Octavio Paz

Estratégias de reconhecimento, polêmicas políticas e debates midiáticos no México

Octavio Paz

Estratégias de reconhecimento, polêmicas políticas e debates midiáticos no México

Priscila Ribeiro Dorella

Copyright© 2013 Priscila Ribeiro Dorella

Grafia atualizada segundo o Acordo Ortográfico da Língua Portuguesa de 1990, que entrou em vigor no Brasil em 2009.

Publishers: Joana Monteleone/Haroldo Ceravolo Sereza/Roberto Cosso
Edição: Joana Monteleone
Editor assistente: Vitor Rodrigo Donofrio Arruda
Assistente acadêmica: Danuza Vallim
Projeto gráfico e diagramação: Ana Lígia Martins/Vitor Rodrigo Donofrio Arruda
Capa: Ana Lígia Martins
Revisão: Rafael Acácio de Freitas
Imagem da capa: "El poeta y su auditório, en comunión electrónica". Foto do jornal *El País*, 07/04/1995

CIP-BRASIL. CATALOGAÇÃO NA PUBLICAÇÃO
SINDICATO NACIONAL DOS EDITORES DE LIVROS, RJ

D7480

Dorella, Priscila Ribeiro
OCTAVIO PAZ: ESTRATÉGIAS DE RECONHECIMENTO, POLÊMICAS POLÍTICAS E DEBATES MIDIÁTICOS NO MÉXICO
Priscila Ribeiro Dorella. 1ª ed.
São Paulo: Alameda, 2013.
356p.

Inclui bibliografia
ISBN 978-85-7939-221-4

1. Paz, Octavio, 1914-1998 – Crítica e interpretação. 2. Paz, Octavio, 1914-1998 – Visão política e social. 3. Imprensa e política. 4. Intelectuais – Atividades políticas – México. I. Título.

13-02812   CDD: 868.9921
                 CDU: 821.134.2(72).09

ALAMEDA CASA EDITORIAL
Rua Conselheiro Ramalho, 694, Bela Vista
CEP: 01325-000 – São Paulo, SP
Tel. (11) 3012-2400
www.alamedaeditorial.com.br

Tanto uma vida, antes de ser vivida, é indeterminada, sejam quais forem os encargos da herança, da cultura e da sociedade na qual se nasce, quanto, uma vez começada, essa vida tende a se tornar cada vez mais necessária, dando a impressão, quando terminada, de que seu desenrolar era inelutável.

Tzvetan Todorov,
A beleza salvará o mundo: Wilde, Rilke e Tsvetaeva

Sumário

Prefácio · 9

Introdução · 15

1. O itinerário do *bezerro de ouro* à *vaca sagrada* · 35

2. A tópica paciana · 117
   2.1 Humanismo, democracia liberal e ensaio · 117
   2.2 Edição, política, reconhecimento e poder · 127
   2.3 Controvérsias sobre o papel público dos intelectuais mexicanos · 139
   2.4 Estados Unidos: o antípoda mexicano · 159
   2.5 Vasos comunicantes: revolução, esquerda e surrealismo · 180

3. O suporte midiático para um poeta · 199
   3.1 Os intelectuais e os meios de comunicação de massa · 200
   3.2 Paz e sua posição democrática sobre a mídia · 209
   3.3 Paz e a Televisa · 221
   3.4 Octavio Paz, Mídia e a Revolução Sandinista · 231
   3.5 Televisa apresenta: "Conversaciones con Octavio Paz" · 242
   3.6 Televisa apresenta: "México en la obra de Octavio Paz" · 257
   3.7 Televisa apresenta: "El siglo xx: La experiencia de la libertad" · 271
   3.8 "El Coloquio de Invierno": uma resposta midiática das esquerdas · 295

Considerações finais · 311

Referências bibliográficas · 315

Agradecimentos · 353

Prefácio

Priscila Ribeiro Dorella apresenta e analisa, neste livro, aspectos da trajetória do poeta e ensaísta mexicano Octavio Paz (1914-1998) ainda insuficientemente discutidos, inclusive considerando-se a produção mexicana sobre este que foi um dos mais importantes intelectuais do México e da América Latina no século xx. A historiadora brasileira debruçou-se sobre as polêmicas políticas nas quais o poeta se envolveu, particularmente em seu próprio país, entre fins da década de 1960 e os anos 1990. Para compreender o significado e a dimensão que essas polêmicas adquiriram, Dorella iniciou sua análise, no primeiro capítulo, com uma recuperação do itinerário de Paz, na perspectiva da História Intelectual, em que enfocou temas relacionados às relações familiares, produção ensaística, publicações, diplomacia, viagens, ideias políticas, sociabilidade intelectual, debates e polêmicas, atuação no espaço público etc., sempre contextualizando a trajetória do poeta na história mexicana, latino-americana e mundial. No capítulo seguinte, Dorella buscou refletir, de maneira mais detida, sobre as ideias políticas de Paz: sua defesa da democracia liberal, a adoção do ensaio como forma principal de expressão de suas ideias, a reflexão sobre o papel do intelectual na vida pública, suas concepções sobre a função do Estado, sua visão sobre os Estados Unidos e suas relações com o México, suas críticas à revolução socialista e às esquerdas, suas vinculações com o surrealismo etc. Finalmente, no terceiro e último capítulo, analisou a inserção de Paz nos meios de comunicação de massa, parte que considero a mais original do trabalho, e sobre a qual voltarei a tratar.

Ressalte-se que a autora, como ela mesma salienta na introdução ao seu trabalho, não pretendeu realizar uma análise estética dos poemas de Paz. Sem desconsiderar a especificidade do texto poético e a centralidade da escritura de poemas na vida do escritor mexicano, Dorella não escreveu um trabalho de crítica literária. Apenas alguns poemas foram citados, em casos nos quais era pertinente relacioná-los às ideias políticas de Paz.

O foco do trabalho – originalmente a tese de doutorado da autora defendida no Programa de Pós-Graduação em História da UFMG, em fevereiro de 2012 – é a reconstituição e análise das polêmicas políticas entre Paz e diversos intelectuais mexicanos, principalmente aqueles identificados com as esquerdas. Figuras importantes da cena intelectual, tanto do México como de outros países da América Latina, como Carlos Monsiváis, Carlos Fuentes, Arnaldo Córdova, Héctor Aguilar Camín, Pablo Neruda etc., entraram em duras contendas com Paz. O autor de *El ogro filantrópico*, por sua vez, obteve o apoio de intelectuais identificados com suas críticas às esquerdas, aos governos revolucionários, ao socialismo, à intervenção do Estado na economia, assim como com a defesa de concepções liberais. Enrique Krauze foi, desde os anos 1970, um dos mais fiéis colaboradores de Paz, tendo trabalhado com o poeta nas revistas *Plural* e *Vuelta*, fundadas em 1971 e 1976, respectivamente.

Para realizar seu trabalho, Dorella utilizou-se de um vasto e diversificado conjunto de fontes: textos autobiográficos e memórias, relatos pessoais, correspondências, entrevistas, artigos, ensaios políticos, poemas etc. Ainda que a autora tenha privilegiado textos do próprio Paz, também fez uso de outras fontes que foram muito importantes, como vídeos e transcrições dos programas televisivos, fundamentais para a construção do seu argumento e a redação do terceiro capítulo. Também foram muito relevantes as referências bibliográficas utilizadas: biografias e textos sobre Paz, obras sobre a história político-cultural mexicana e a vida intelectual do país, trabalhos sobre os debates em torno do socialismo etc. Para tanto, a autora realizou parte fundamental da pesquisa em acervos mexicanos, em 2009, na UNAM, El Colégio de México, Fondo de Cultura Económica e Colégio Nacional.

A autora mostrou, com competência, as estratégias de Paz para obter e ampliar o reconhecimento intelectual: a construção de uma vasta rede de sociabilidade, não só com intelectuais e artistas de vários países e continentes, como também com editores, diplomatas, políticos, governantes, jornalistas e empresários. No caso dos últimos, principalmente aqueles ligados à mídia. Assim, ao seu prestígio como poeta e ensaísta, Paz pôde adicionar uma ampla audiência, através de programas apresentados por ele em canais de televisão do Grupo Televisa, o maior conglomerado mexicano de meios de comunicação, e um dos maiores do mundo.[1]

Dorella também demonstrou como o próprio Paz contribuiu, através de textos autobiográficos e memorialísticos, para a construção da imagem predominante sobre sua vida e trajetória, fazendo-a "confundir-se" com a história mexicana no século XX, conforme é possível identificar em vários estudos biográficos sobre o poeta. Também evidenciou como as atitudes políticas de Paz, e não só suas ideias, estiveram no centro das polêmicas nas quais se envolveu. Como exemplo, a mudança de postura em relação ao Partido Revolucionário Institucional (PRI). Em outubro de 1968, Paz criticou duramente o governo de Gustavo Díaz Ordaz, em razão da violenta repressão ao movimento estudantil e popular na Praça de Tlatelolco, na Cidade do México – episódio que ficou conhecido como *La matanza de Tlatelolco* –, renunciando ao seu cargo de embaixador na Índia e retirando-se, em protesto, da carreira diplomática. Entretanto, a partir dos anos 80, aproximou-se de governos do PRI que defendiam a reforma e enxugamento do Estado, principalmente do presidente Carlos Salinas de Gortari (1988-1994), em cujo mandato foi implementado um programa de privatizações de empresas estatais e assinado o Tratado de Livre Comércio da América do Norte, o NAFTA, com os Estados Unidos e o Canadá.

A decidida defesa de Paz dos valores liberais, sua aproximação com o governo de Salinas, suas duras críticas ao governo sandinista da Nicarágua — nos mesmos anos em que o governo da FSLN era atacado pelos contrarrevolucionários apoiados pelo governo Reagan –, entre outras posições controversas, alimentaram as acirradas polêmicas em que se envolveu, principalmente a partir dos anos 70.

No último capítulo, como já assinalado, a autora analisou os principais programas produzidos pela Televisa que tiveram Octavio Paz como protagonista. A partir dos vídeos e transcrições das séries *Conversaciones con Octavio Paz* (1984),

---

[1] Empresa privada sob controle da família Azcárraga, o Grupo Televisa controla, atualmente, canais de televisão aberta e canais pagos, emissoras de rádio, editora de revistas, portais e provedores de Internet etc. Durante décadas, manteve estreitas relações com os governos do PRI, assim como, entre 2000 e 2012, com os governos do PAN.

México en la obra de Octavio Paz (1989) e do encontro internacional, coordenado pelo poeta, *El siglo XX: la experiencia de la libertad* (1990), a autora pôde refletir criticamente sobre a inserção do poeta na mídia, suas implicações e desdobramentos. Além desses programas, a autora analisou os debates que ocorreram no chamado *Coloquio de Invierno* (1992), evento realizado por intelectuais mexicanos de esquerda como resposta ao *Encuentro de Vuelta* (1990), como ficou conhecido o seminário organizado por Paz, *El siglo XX*, de vertente liberal-democrática e defensora da economia de mercado.

Conforme afirma Dorella, as adesões e críticas às posições de Paz, as "simpatias e antipatias" em relação ao poeta, devem ser buscadas não só nas ideias, obra, trajetória e na pessoa de Paz, mas na "forma como ele se inseriu nos meios de comunicação de massa". O reconhecimento do escritor deve-se, em primeira instância, sem dúvida, ao seu trabalho como poeta, ensaísta, tradutor, diretor de revistas político-culturais, mas não se pode ignorar que suas participações em programas de televisão e rádio não apenas reforçaram esse reconhecimento como o tornaram "célebre". Conforme demonstrou a autora, seu talento como escritor "não foi o único elemento responsável pelo seu êxito".

Dorella fez uma avaliação pertinente e cuidadosa do impacto de seus programas produzidos pela Televisa e das reações e debates políticos que eles provocaram. A autora serviu-se do instrumental teórico da História Intelectual e, ao mesmo tempo, utilizou-se de referências pertinentes sobre os meios de comunicação de massa, as relações dos intelectuais com a mídia, a força das imagens, o papel da televisão nas sociedades latino-americanas na segunda metade do século XX – antes, portanto, da difusão da Internet –, a importância da Televisa na sociedade mexicana etc.

A autora aceitou o desafio de desnudar as contradições do itinerário intelectual, analisar as polêmicas políticas e refletir criticamente sobre a participação na mídia de um dos mais importantes intelectuais mexicanos e latino-americanos do século XX. Ao recuperar criticamente a trajetória de Paz, Dorella incluiu um elemento ainda muito pouco estudado, não só na bibliografia sobre Paz, como nos trabalhos sobre a História Intelectual de um modo geral, e não apenas na

América Latina. Como a própria autora salientou, ela procurou se desviar das interpretações dadas, tanto pelo poeta quanto por muitos de seus comentaristas.

O trabalho de Dorella demonstrou as complexidades do debate político e intelectual nas décadas de 1960 a 1990, em especial no México, país em que as relações dos intelectuais com o Estado e o poder político e econômico foram particularmente imbricadas, ao longo do século xx. E, não menos importante, analisou com competência as implicações da inserção dos intelectuais na mídia, particularmente a televisão, tema tão relevante em tempos de ampliação e diversificação dos meios massivos de comunicação. Vale ressaltar, finalmente, a ousadia da autora em mergulhar criticamente nas contradições de um dos mais consagrados escritores da América Latina.

Kátia Gerab Baggio
Profa. do Departamento de História
Universidade Federal de Minas Gerais

Introdução

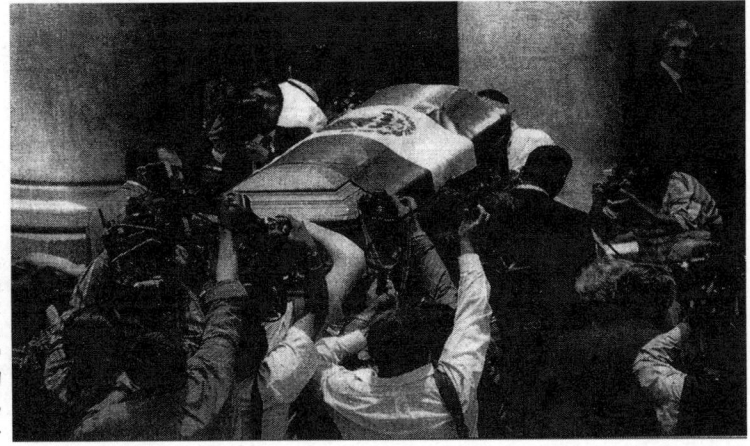

Figura 1: A morte de Octavio Paz no México. Abril/1998[1] Fonte: *Jornal ElUniversal,* abril/1998.

En el Palacio de Bellas Artes la inquietud de los periodistas es de índole testamentaria. Una y otra vez preguntan por el legado de Octavio Paz. ¿Qué es lo que nos deja? Circulan las respuestas obvias (la obra, la actitud) no muy convicentes a esta altura de fin de siglo, donde todo se quiere más específico. Tal vez sería convincente decir: "Deja un poema por habitante", algo sólido, que no admita divagaciones. Pero los intentos persuasivos nacen muertos ante la marejada de cámaras fotográficas y de televisión, de grabadoras cuyo adjetivo sería ansiosas, de rostros que aguardan las exclusivas que no han de llegar, agentes de seguridad y del Estado

---

[1] "El féretro con el cuerpo del Premio Nobel de Literatura, Octavio Paz, cubierto con la bandera de México, es introducido al Palacio de Bellas Artes, donde se le rindió homenaje póstumo." In: Jornal *El Universal,* abril/1998. Fonte: Hemeroteca – El Colegio Nacional de México, Ciudad de México.

> Mayor Presidencial, de Notables de la Nación subdivididos en altos funcionarios, miembros del Colegio Nacional, escritores, colaboradores de la revista *Vuelta*, empresários prominentes, funcionarios y periodistas culturales, cúpulas de la UNAM, del PRD y del PAN (no hay dirigencia priísta, ni clérigos, ni actores, o si los hay se ocultan trás el aspecto indistinguible de Secretarios de Estado).
>
> Bellas Artes bajo control. La multitud se quedó afuera, tal vez para evitar provocaciones y gritos inoportunos que recuerden Chiapas o del mismísimo México. Se aguarda la llegada del Presidente de la República. Luego algunos discursos, guardias fúnebres, parten el Primer Mandatario y su grupo de colaboradores, y ya después entran (diezmados por la espera) los desconocidos de siempre, con sus flores y su aire admirativo.[2]

Seja qual for o grau de acuidade do relato do escritor mexicano Carlos Monsiváis, o espetáculo criado no funeral de Octavio Paz, em abril de 1998, e as ausências sentidas nessa cerimônia (dirigentes do PRI, Igreja Católica etc.) dizem tanto sobre o impacto do poeta na vida política e cultural mexicana quanto dá uma certa dimensão dos incômodos que provocou. Paz morreu, sem dúvida, com a consciência de que a sua existência social foi um sucesso – "los hechos le dan la razón", afirmaram muitos de seus leitores.[3] Recebeu, além do *Nobel* de Literatura, em 1990, mais de duzentos prêmios ao redor do mundo, e assistiu ao aparecimento de inúmeros estudos que se dedicaram à discussão sobre a sua "vida e obra".

No Brasil, quando o nome de Paz é mencionado, é imediatamente associado às suas poesias, às suas críticas literárias e a alguns de seus ensaios, como *O labirinto da solidão* (1950). Já no México, são conhecidos tanto os aplausos incondicionais ao poeta, como também os recursos de negar e ignorar as suas ideias políticas.[4] Não é incompreensível que um poeta festejado e dotado de um profundo amor criativo pelas palavras pudesse ter se tornado alvo de grande aversão em assuntos políticos. A história literária é formada por muitos

---

2   MONSIVÁIS, Carlos. *Adonde yo soy tú somos nosotros: Octavio Paz crónica de vida y obra*. México: Rayaelagua, 2000, p. 104.
3   PAZ, Octavio. "Apunte Justificativo". In: *Ideas y costumbres I: La letra y el cetro*. México, vol. 9. México: Fondo de Cultura Económica, 2003, p. 371. (1ª ed. 1993)
4   GONZÁLEZ TORRES, Armando. *Las guerras culturales de Octavio Paz*. México: Colibri, 2002, p. 11.

exemplos como esse.⁵ Ainda sim, é preciso indagar, como faz Norbert Elias em *Mozart: sociologia de um gênio*,⁶ porque o poeta considerava necessária a expressão pública do seu pensamento político. Por meio de uma análise de sua trajetória, das polêmicas geradas a partir das suas ideias políticas, especialmente durante a segunda metade do século XX, e da sua inserção nos meios de comunicação de massa, este trabalho objetiva explorar as suas escolhas de vida enquanto estratégias constituintes de sua afirmação como protagonista intelectual, bem como iluminar os significados dos incômodos e das reações provocadas por suas ideias políticas, no universo social mexicano.⁷

É sabido que Paz foi um poeta⁸ de vanguarda que contribuiu para a renovação das formas literárias e das percepções críticas da linguagem. Atuou como diplomata, diretor de revistas, apresentador de programas de televisão e como um dos mais proeminentes ensaístas da política e das sociedades latino-americanas. No esforço de registrar, criar, difundir e educar sobre a realidade mexicana, o poeta procurou adotar, como afirmou, em diversos momentos, um compromisso com a crítica moderna.

---

5   Segundo o próprio Paz, a história da literatura moderna é permeada pela paixão dos poetas pela política: "La política llenó de humo el cerebro de Malraux, envenenó los insomnios de César Vallejo, mató a García Lorca, abandonó al viejo Machado en un pueblo de los Pirineos, encerró a Pound en un manicômio, deshonró a Neruda y Aragon, ha puesto en ridículo a Sartre, le ha dado demasiado tarde la razón a Breton [...]Pero no podemos renegar de la política; sería peor que escupir contra el cielo: escupir contra nosotros mismos". PAZ, Octavio. "La letra y el cetro (octubre de 1972)." In: GRENIER, Yvon (org.). *Octavio Paz: sueño en libertad*. México: Seix Barral, 2001, p. 317.
6   Ver: ELIAS, Nobert. *Mozart: sociologia de um gênio*. Rio de Janeiro: Jorge Zahar, 1994.
7   PONIATOWSKA, Elena. *Octavio Paz: las palavras del árbol*. Barcelona: Editora Lúmen, 1998, p. 47.
8   Esclareço que, sem desconsiderar as especificidades do discurso poético, não tenho a intenção, neste livro, de fazer uma análise estética dos poemas de Paz, mas sim, de relacionar em alguns poucos momentos o sentido de seus versos à sua trajetória política. Considero que o ato poético, apesar de "irredutível", se "insere no mundo". Como afirmou o próprio Paz "o que caracteriza o poema é sua necessária dependência da palavra tanto como sua luta por transcendê-la". Assim, a poesia é inseparável da história – por ser criada em um tempo e lugar – e, ao mesmo tempo, irredutível a ela. Ou, ainda mais claramente: "A história não esgota o sentido do poema; mas o poema não teria sentido – nem sequer existência – sem a história, sem a comunidade que o alimenta e à qual alimenta." PAZ, Octavio. *O arco e a lira*. 2ª. ed., Rio de Janeiro: Nova Fronteira, 1982, p. 225-226.

> El espíritu crítico es la gran conquista de la edad moderna. Nuestra civilización se ha fundado precisamente sobre la noción de crítica: nada hay sagrado o intocable para el pensamiento excepto la libertad de pensar. Un pensamiento que renuncia a la crítica, especialmente a la crítica de sí mismo, no es pensamiento. Sin crítica, es decir, sin rigor y sin experimentación, no hay ciência: sin ella tampoco hay arte ni literatura. En nuestro tiempo, creación y crítica son una y la misma cosa.[9]

Ao assumir essa postura crítica, tanto em sua obra poética quanto ensaística, o poeta buscou uma distinção com relação à perspectiva dominante no período latino-americano em que viveu e escreveu, marcada, em grande medida, por posições políticas rígidas e dogmáticas, como as ditaduras militares e as muitas experiências revolucionárias das esquerdas.[10] É importante salientar que uma das consequências do fato de Paz ser um poeta defensor da liberdade de expressão que pensou sobre política é a de que seus trabalhos literários exerceram uma grande influência sobre os seus ensaios políticos. Veja por exemplo as conexões que estabeceu entre a liberdade literária e a política liberal, como também suas reflexões sobre o processo de tradução,[11] que o levaram a repensar a busca pela origem histórica como uma reinvenção da mesma, ou seja, a noção da impossibilidade de alcançar a tradução perfeita e absoluta o fez compreender que a procura das "origens históricas tradicionais" também possuía uma dimensão construída e, muitas vezes, inventada pela linguagem, o que impossibilitava que fossem revividas integralmente. Segundo assinalou o poeta:

> Yo creo que hay una objetividad. El hombre no inventa al universo. El hombre traduce al universo. Evidentemente siempre hay una invención, una cierta dosis de subjetividad. Nunca lo

---

9 *Apud* PONIATOWSKA, Elena, *op. cit.*, p. 202.

10 Paz foi um crítico ferrenho de alguns intelectuais latino-americanos de esquerda, pois os considerava herdeiros de uma "atitude mental neo-tomista", que tornava o pensar político um exercício religioso. Ver: PAZ, Octavio. *Pasión crítica*. México: Universidad Nacional Autónoma de México, 1985.

11 Octavio Paz traduziu diversas obras literárias escritas em francês, inglês e japonês para o espanhol.

que yo digo es exactamente lo que yo veo, pero yo no podría hablar de la silla si no la viese.[12]

Vale ressaltar que Paz adquiriu com o passar dos anos uma percepção de mundo profundamente vinculada ao pensamento humanista à la Camus, no qual o desenvolvimento integral do indivíduo pressupõe a busca por conjugar a ciência com a poesia, a cultura com a democracia, e acreditar tanto na ideia de que é posível viver sem a certeza metafísica ou religiosa, quanto na ideia de que a comunicação deve ser plural, nunca imposta.[13] Por esse caminho, o poeta repensou, reavaliou, refletiu, reescreveu e transformou, exaustivamente e sem pudor, as suas ideias sobre literatura, arte, política e sociedade. Haja vista, as sete edições corrigidas, ampliadas e modificadas, por ele, do livro *Libertad bajo palabra*.[14] O resultado foi uma trajetória de vida reconhecida, produtiva (suas *Obras Completas* somam 15 volumes) e controvertida. Sobre o seu reconhecimento, é importante dizer que foi construído, para além do talento, com incansável esforço. Para que Paz pudesse publicar e se inserir com legitimidade na vida pública foi preciso formar uma rede de sociabilidade que reconhecesse as suas intenções e competências de importar e exportar produtos culturais, de traduzir os autores vanguardistas europeus, de conhecer o passado mexicano, de assimilar o surrealismo e difundir a mitologia asteca no exterior.[15]

No que se refere às controvérsias que permearam sua vida, elas estão localizadas dentro do inventário das práticas que governam a vida intelectual. Conforme analisam os sociólogos franceses Christophe Prochasson e Anne Rosmussen,[16] as controvérsias ocupam um lugar cada vez melhor e mais documentado, ao colo-

---

12 *Apud* PONIATOWSKA, Elena, *op. cit.*, p. 111.
13 Inclusive o seu reconhecimento, ao ser premiado com o *Nobel*, veio por ter desenvolvido uma obra de "humanismo íntegro".
14 SILVA, Gênese de Andrade da. *Verso y reverso de "Libertad bajo palavra", de Octavio Paz*. São Paulo, USP – (dissertação de mestrado em Letras), 1995. Para Gênese de Andrade Silva, o poeta reescreveu sua obra com o intuito de se ver a todo tempo nos seus escritos. Essa atitude pode ser interpretada, segundo ele, como narcisista, perfeccionista e até metalinguística.
15 Ver: GONZÁLEZ TORRES, Armando. *Las guerras culturales de Octavio Paz*. México: Gobierno del Estado de Puebla, 2002.
16 PROCHASSON, Christophe; ROSMUSSEN, Anne. *Du don usage de la dispute*. Paris: Mil neuf cent, 2007, nº 25, p. 5-12.

car em evidência a variedade de fatores sociais, emocionais (a injúria, o amor, a insinceridade, o desejo de enriquecimento, a inveja, a luta pela ascensão social, a amizade etc.) e até mesmo contigenciais, que intervêm diante da constituição do conhecimento. Durante boa parte da era moderna, os historiadores acreditaram que a controvérsia, fruto de enfrentamentos de múltiplos argumentos entre iguais, não era uma ameaça às regras estabelecidas e, sim, uma possibilidade de encontrar "a verdade" de uma época no vencedor da disputa. No entanto, a abordagem utilizada atualmente deixa de lado o problema da verdade, denuncia a "utopia racionalista" que preza por uma "discussão regrada" e busca considerar que as relações de forças e os interesses em jogo, expressos nas táticas de persuação, convencimento, demonstração e publicização das ideias, apresentam uma ferramenta útil para o entendimento relativo aos saberes produzidos e reconhecidos por uma época. Para o sociólogo francês Jean Louis Fabiani,[17] o objetivo da controvérsia não é necessariamente vencer, é também perpetuar uma prática onde se experimenta um modo de sociabilidade específico e onde se manifesta um corpo de ideias próprio de um determinado período. Assim, cada conjuntura engedra um tipo de debate, que para ser devidamente compreendido faz-se necessário destrinchar, por exemplo, o lugar, a época, os motivos, os envolvidos, as negociações feitas, as condições culturais, os modos de argumentação e os estilos de racicínio.

A ideia de ver Paz como um polemista nasceu, de acordo com a historiadora mexicana Malva Flores, provavelmente com os seus próprios escritos. Desde sua ideia de gerações literárias ou sua concepção sobre o mexicano ou sua aberta polêmica com as esquerdas mexicanas, o poeta mostrou uma postura combatente.[18] O poeta dedicou-se a escrever assiduamente ensaios políticos por volta dos anos de 1940, movido, em boa medida, pelo desencanto causado pela descoberta dos campos de concentração na URSS. Segundo assinalou: "Mis críticas [à esquerda stalinista] provocaron una belicosa erupción de vitupérios en muchas almas vir-

---

17 FABIANI, Jean Louis. *Controverses scientifiques, controverses philosophiques: figures, positions, trajets*. Paris: Mil Neuf Cent, 2007, nº 25, p. 11-34.

18 FLORES, Malva. "Un cuartel general hispanoamericano. Início y consolidación de la revista *Vuelta* (1976-1998)". In: CRESPO, Regina (coord.). *Revistas en América Latina: proyectos literários, políticos y culturales*. México: UNAM – Ediciones Eón, 2010, p. 510.

tuosas de México y de Hispanoamérica. La oleada de odio y lodo duró mucho años, algunas de sus salpicaduras todavía están frescas."[19] Entretanto, as polêmicas mais contundentes, provocadas pelos seus ensaios políticos, surgiram, na América Latina, a partir dos anos de 1960, em artigos e em livros como *Posdata* (1970), *El ogro filantrópico* (1979), *Tiempo nublado* (1982), *Pequeñas crónicas de grandes días* (1990) e *Itinerário* (1993).

Para a jornalista mexicana Elena Poniatowska,[20] Paz gostava da polêmica, apreciava um bom opositor, mas era "feroz" quando discutia. Polemizou com intelectuais, grupos e partidos políticos do México sobre, entre outros temas, o socialismo real, o papel dos intelectuais, o Estado mexicano, as esquerdas latino-americanas e a democracia. O seu temperamento, de acordo com o sociólogo Armando González Torres,[21] era colérico; seu humor, mordaz; seus exercícios de ironia, sarcásticos; o que o tornava um personagem "temível" da "República das Letras Mexicanas". Segundo o jornalista Bráulio Peralta, "muchos odios no fueron gratuitos porque Paz acostumbraba a decir lo que pensaba, sin tapujos."[22] Não obstante, como afirmou o historiador Fernando Vizcaíno,[23] quando se persegue um escritor aumenta-se o seu prestígio. Com os anos, Paz ganhou influência pública, leitores e renome. Sobre o desconforto que costumava provocar, o poeta afirmou:

> Sé que muchas de mis opiniones irritarán a más de uno. Ya estoy acostumbrado. Desde que comencé a escribir provoqué antipatías y malquerencias que no pocas veces se convertieron en anatemas y excomuniones. Mis opiniones literárias y estéticas extrañaron a algunos e incomodaron a otros; mis opiniones políticas exasperaron e indignaron a muchos. Tengo el raro

---

19 PAZ, Octavio. *Itinerário*. México: Fondo de Cultura Económica, 1993, p. 38.
20 "Te gusta la polémica y eres feroz cuando discutes. También cuando te enojas de uno. La polémica atiza su inteligencia y aprecias al buen opositor. El debate con Monsiváis no te distanció de él, ao contrario, es difícil que encontres un contricante a tu altura. Pocos en México puede darle la respuesta." PONIATOWSKA, Elena, *ibidem*, p. 180.
21 GONZÁLEZ TORRES, Armando. *Las guerras culturales de Octavio Paz*. México: Gobierno del Estado de Puebla, 2002.
22 PERALTA, Bráulio. *Un poeta en su tierra – diálogos con Octavio Paz*. México: Hoja Casa Editorial, 1996, p. 8.
23 VISCAÍNO, Fernando. *Biografia política de Octavio Paz o la razón ardiente*. Málaga: Editorial Algazara, 1993, p. 129.

> privilégio de ser el único escritor mexicano que ha visto quemar su efigie en una plaza pública. No me quejo: también tengo amigos, críticos generosos y, sobre todo, lectores fieles. Temo, sí, que algunas de mis respuestas susciten otra vez comentários airados y que los de siempre me llamen vendido al poder y otras lindezas. Ante eso, sólo puedo equivocarme y mis errores son de buena fe. No busco nada de ellos, salvo ser fiel a mi conciencia.[24]

Acreditamos que as razões intelectuais, dadas por Paz, em condições de justificar a força do impacto, da relevância e do incômodo de sua obra no universo cultural mexicano, não devem ser analisadas apenas pelos seus escritos e por determinados contextos políticos. É preciso levar em consideração que as simpatias e as antipatias, criadas por Paz, têm relações também, não apenas com a sua pessoa e sua obra, mas com a forma como ele se inseriu nos meios de comunicação de massa. De acordo com Pierre Bourdieu, no livro *Esboço de auto-análise*,

> [...] enquanto a posteridade fica confinada às obras, os contemporâneos têm uma experiência direta ou quase direta, pelos jornais, pelo rádio, hoje pela televisão, mais ainda pelo boato e pela intriga, da pessoa em sua totalidade, de seu corpo, de suas maneiras, de sua indumentária, de sua voz, de seu sotaque – traços que, salvo alguma exceção marcante, não deixam vestígios nos textos, bem como de suas ligações, de suas tomadas de posições políticas, de seus amores e de suas amizades.[25]

Considerar essas outras dimensões do poeta, que não apenas as relacionadas aos seus escritos, contribui para compreender melhor aquilo que o escritor Adolfo Castañon nomeou como "o último escritor público mexicano", uma vez que, como assinalou o autor, qualquer mexicano, não só já o escutou, o leu ou o viu, como, alguma vez, também foi capaz de reconhecê-lo pelas ruas.[26] O fato de Paz ter sido um intelectual que publicava livros, artigos e dirigia relevantes revistas mexicanas possibilitou o seu reconhecimento, mas foram as suas participações em programas de rádio e televisão, muito difundidas nos países de língua

---

24 PAZ, Octavio. *Itinerário, op. cit.*, p. 211.
25 BOURDIEU, Pierre. *Esboço de auto-análise*. São Paulo: Companhia das Letras, 2005, p. 55.
26 Ver: CASTAÑON, Adolfo. "Un hombre llamado ciudad". In: *Viaje a México: ensayos, crónicas y retratos*. México: Iberoamericana, 2008.

espanhola pelas emissoras Televisa e TVE, elementos fundamentais para tornar o poeta "célebre". É possível notar aqui que o seu talento não foi o único elemento responsável pelo seu êxito.[27] Com efeito, após a sua morte, seu prestígio prevaleceu de diversas maneiras. No ano 2000, por exemplo, quando o PRI (Partido Revolucionário Institucional) perdeu pela primeira vez as eleições presidenciais, depois de permanecer no poder por mais de 70 anos, Paz foi homenageado pelo presidente mexicano Vicente Fox Quesada (2000-2006), do PAN (Partido de Ação Nacional), ao ser representado como moeda nacional de 20 pesos, com o seguinte trecho, escrito pelo próprio poeta quando este tratava da modernidade: *Todo es presencia, todos los siglos son este presente*, o que deu ao poeta uma notável visibilidade e proximidade com o grande público. No ano de 2011, em comemoração aos vinte anos do *Nobel*, ganho por ele, o Banco de México, novamente, colocou em circulação a moeda de 20 pesos, que, como nas palavras de Monsiváis, representa "o mais importante escritor desconhecido do México", pois ele é, ainda, certamente, mais visto do que efetivamente lido.[28]

Figura 2: Moeda mexicana de vinte pesos. Fonte: Disponível em: http://www.jornada.unam.mx/2011/04/01/cultura/a05n1cul. Acesso em 20/10/2011.

---

27 Ver: ELIAS, Norbet. *Mozart: sociologia de um gênio*. Rio de janeiro: Jorge Zahar, 1994.
28 RODRÍGUEZ LEDESMA, Xavier. *El pensamiento político de Octavio Paz – las trampas de la ideología*. México: Plaza y Valdés, 1996, p. 12. MONSIVÁIS, Carlos. "El escritor vivo". *!Siempre!*, México, nº 738, 16 de agosto de 1967, p. 4.

Como já foi constatado por Pierre Bourdieu, Jean-François Sirinelli, François Dosse,[29] e tantos outros autores, o estudo das polêmicas intelectuais está cercado por muitas facetas, sentidos, mudanças, matizes e silêncios. Isso se deve à própria natureza complexa do objeto de investigação que abarca não apenas a trajetória e a produção intelectual, mas os seus contextos e as suas relações, como as de sociabilidade e de geração, o que resulta em uma diversidade de fontes a serem trabalhadas. Para além das questões apontadas, o desafio imposto ao historiador é também o da consciência de que o estudo sobre os intelectuais abarca, ao mesmo tempo, um exercício de reflexão sobre o seu próprio ofício, cujos valores relacionados ao prestígio, ao reconhecimento, à relevância e ao esquecimento estão continuamente em jogo.

O corpo documental do livro é composto de ensaios, poemas, memórias autobiográficas, epistolários, revistas, vídeos e edições de livros de Paz pelo mundo afora, assim como os de outros autores sobre o tema. Cabe aqui apresentar as fontes selecionadas, que serão em grande parte utilizadas de acordo com as questões propostas em cada capítulo.

Um primeiro corpo documental é formado pelos escritos autobiográficos do poeta, como *Sór Juana Inés de la Cruz: las trampas de la fe* (1982), *Pequeñas crónicas de grandes dias* (1990) e *Itinerário* (1993). A relevância desses escritos para esse trabalho explica-se por mais de um aspecto: representam eles um volume significativo de informações acerca da personalidade de Paz, de suas opções políticas, de sua genealogia, de seus amores, de sua sociabilidade, de seus valores, da eleição de seus precursores e da sociedade mexicana de seu tempo, como complementam possíveis lacunas sobre a compreensão de suas polêmicas políticas. Além do mais, esses relatos cobrem quase toda a sua vida, o que faz deles sinalizadores das mudanças que aí operaram.

Uma segunda espécie documental é justificável da mesma forma que a primeira, pois sendo constituída por correspondências publicadas, nos últimos dez anos, pela editora Fondo de Cultura Económica, entre Paz e nomes importantes da intelectualidade mexicana e internacional – como o escritor mexicano Alfonso

---

29 REMÓND, René (org.) *Por uma história política*. Rio de Janeiro: FGV, 2001. DOSSE, François. *O desafio biográfico: escrever uma vida*. São Paulo: Edusp, 2009.

Reyes, de 1939 a 1959; o poeta espanhol e tradutor Perre Gimferrer, de 1966 a 1997; o editor argentino, ex-diretor do Fondo de Cultura Económica e fundador da editora Seix Barral, Arnaldo Orfila, de 1965 a 1970; o poeta e tradutor francês J. C. Lambert, de 1952 a 1992; e o poeta espanhol Tomás Segovia, de 1957 a 1985 –, elas possibilitam conhecer melhor o autor ao revelar suas amizades, seus projetos políticos e culturais, seus interesses e suas emoções. Analisaremos esse material levando em consideração não só a especificidade da fonte epistolar[30] como também a forma como o autor construiu a sua rede de sociabilidade.[31]

Outro grupo de documentação é constituído pelos, já mencionados, ensaios políticos produzidos por Paz, entre os anos de 1950 e 1990. Somados aos polêmicos livros ensaísticos como *Posdata* (1970), *El ogro filantrópico* (1979) e *Tiempo nublado* (1982), *Pequeña crónica de grandes días* (1990) foi possível utilizar outros tantos presentes nas revistas *Plural* (1971-1976) e *Vuelta* (1976-1998), que dirigiu. Vale dizer que apesar de Paz produzir ensaios políticos desde a primeira metade do século XX, os trabalhos mais sistemáticos sobre esses ensaios só foram feitos,

---

30 Conforme afirmou o historiador e linguista Tzvetan Todorov: "A carta se situa a meio caminho entre o puramente íntimo e o público, dirigindo-se então a outra pessoa para quem aquele que escreve se caracteriza e se analisa, mas esse outrem é um indivíduo conhecido, não uma massa impessoal. As cartas manifestam sempre uma faceta do autor – sem ser, por isso mesmo, uma janela transparente que se abre sobre sua identidade. A experiência aí atravessa não apenas o filtro da linguagem, mas também aquele que se impõe ao olhar do destinatário, interiorizado pelo autor. Porém, em regra geral, ela não conhece um terceiro, a testemunha estrangeira que seria o destinatário verdadeiro da escrita; apenas a indiscrição nos permite hoje nos instituir como leitores anônimos dessas cartas, reservadas originalmente aos olhos de uma só pessoa." TODOROV, Tzvetan. *A Beleza Salvará o mundo. Wilde, Rilke e Tsvetaeva: os aventureiros do absoluto*. Rio de Janeiro: Difel, 2011, p. 21.

31 A publicação dessas cartas só foi possível devido ao consentimento da segunda esposa de Paz, Maria José Paz, que se encarregou de selecionar o material privilegiando determinados aspectos de sua vida e ocultando outros. O livro de correspondências entre o poeta espanhol e tradutor Perre Gimferrer, nos anos de 1966 a 1997, confirma a afirmação acima. Segundo Gimferrer: "[...] en algunos casos la presente edición omite ciertas palabras o frases que a todas luces Octavio no había deseado que se publicaran de modo inmediato, o en vida de las personas aludidas. Tales omisiones (reducidas al mínimo imprescindible, y que el tiempo permitirá en su día subsanar) representan una muy breve fracción del conjunto. La decisión al respecto correspondía en exclusiva a Maria José Paz y yo me he limitado (como amigo, destinatário de las cartas y editor) a dar mi opinión sólo en la medida en que pudiera ser útil. He juzgado preferible no indicar tipográficamente estos pasajes." GIMFERRER, Pere. *Octavio Paz – Memorias y palabras – Carta a Pere Gimferrer 1966-1997*. México: Seix Barral, 1999, p. 11.

em grande medida, a partir dos anos de 1990, momento esse que o poeta se consagrou com o *Nobel* e apresentou uma perspectiva política controvertida, de caráter, predominantemente, liberal, que é, por exemplo, rechaçada nos estudos do marxista stalinista Enrique González Rojo e endossada nos estudos do amigo e crítico literário Alberto Ruy Sánchez.[32]

Um quarto corpo documental são os programas de televisão feitos por Paz e produzidos pela Televisa, entre as décadas de 1980 e 1990. As principais fontes midiáticas das apresentações de Paz na Televisa *Conversaciones con Octavio Paz* (19 programas – 1984),[33] *México en la obra de Octavio Paz* (6 programas – 1989),[34] *El siglo XX: la experiencia de la libertad* (5 programas – 1990)[35] – foram também transcritas e, algumas delas, publicadas. Acrescente-se a isso, os ensaios de Paz sobre os meios de comunicação de massa, como *El pacto verbal* (1980); *Televisión: cultura y diversidad* (1979); *Democracia: lo absoluto y lo relativo* (1992) e *El pacto verbal III* (1995) –, contribuem para configurar uma abordagem inovadora.

• • •

O encontro com todas essas fontes foi possível devido à realização de parte dessa pesquisa nos arquivos da Universidad Nacional Autónoma de México, El Colégio de México, Fondo de Cultura Económica e Colégio Nacional. Certamente, a vivência de poucos meses, no ano de 2009, em um país tão semelhante e tão distinto do Brasil, como é o México, nos permitiu melhor elaborar as questões aqui apresentadas.

---

32   GONZÁLEZ ROJO, Enrique. *Cúando el rey se hace cortesano. Octavio Paz y el stalinismo.* FCE: México, 1990. SANTÍ, Enrico Mario. *Luz espejeante. Octavio Paz ante la crítica.* México: UNAM: Biblioteca Era, 2009.

33   Dezenove programas, realizados pela Televisa, em comemoração aos setenta anos de Octavio Paz. O poeta recebeu diversos convidados, como o antropólogo Miguel León-Portilla e o historiador Enrique Krauze, e discutiu sobre diversos temas, como literatura, arte, história e política.

34   Seis programas, realizados pela Televisa, destinados a apresentar, com uma mega infraestrutura (atores, locações, investimento tecnológico), o México através da obra de Octavio Paz.

35   Cinco programas, realizados pela Televisa, produzidos em um hotel na Cidade do México e coordenados por Octavio Paz, que congregavam intelectuais de todo o mundo com o intuito de repensar a situação política, econômica e social contemporânea, após a queda do Muro de Berlim (1989).

Quando o pré-projeto foi feito, no ano de 2007, o objetivo era compreender os polêmicos ensaios de Paz, em que temas políticos como democracia, esquerda, revolução, intelectuais, Estado etc., se articulavam no seu pensamento em torno de um eixo central: as relações entre tradição e modernidade, além de recuperar parte dos debates, dos conflitos e das críticas produzidas pela geração de Paz acerca do seu pensamento político sobre a América Latina, entre as décadas de 1950 a 1990. Não obstante, ao longo da minha investigação, as questões propostas inicialmente foram ganhando outro formato. Entendi que as polêmicas provocadas por Paz apenas poderiam ser compreensíveis se também fossem levadas em consideração a sua trajetória, a sua pessoa (postura, vestimenta, forma de escrever, simpatias e antipatias criadas etc.) e a sua inserção nos meios de comunicação de massa durante a segunda metade do século XX. E, depois, no período em que o esforço pelo desenvolvimento democrático na América Latina se fez presente.

Diante da variedade de abordagens e perspectivas constituintes da bibliografia sobre Paz, é importante lembrar que qualquer pesquisa a esse respeito deverá fazer frente à panoramas fragmentários. Sempre que possível esse material foi lido procurando considerar o contexto de sua produção, publicação, circulação e leitura/recepção. O resultado é uma tomada de textos e vídeos um tanto quanto distinta das interpretações que sobre eles tiveram o próprio poeta e muitos de seus comentaristas.

ESTRUTURA

O primeiro capítulo, "O itinerário do *bezerro de ouro* à *vaca sagrada*", se ocupa de analisar a trajetória de Paz por meio, fundamentalmente, de seus escritos autobiográficos, uma vez que estes contribuíram para dar legitimidade à sua vida pública, ao criar um apanhado conciso de razões intelectuais e políticas em condições de justificar a força do impacto de suas obras no universo cultural mexicano. O poeta construiu uma autoimagem tão forte sobre a sua família, os seus amigos, as suas intenções, as suas preocupações e as suas vocações, não apenas via ensaios e poemas, como também por entrevistas a jornais, televisão e rádio, que mesmo os seus críticos em assuntos políticos encontram dificuldades em transcendê-la.

Intelectuais como a jornalista Elena Poniatowska, em seu livro *Las palabras del árbol*, de 1998, o considera um "homem-ponte" capaz de nos levar a conhecer e esclarecer sobre o que nos cerca; o cientista político Fernando Vizcaíno defende, em *Biografia Política de Octavio Paz o la razón ardiente*, de 1993, que a biografia de Paz "permite compreender parte das idéias políticas do século XX"; o crítico literário Carlos Monsiváis, no livro *Adonde yo soy tú, somos nosotros*, de 2000, descreve sua vida como "extraordinária"; o sociólogo Armando González Torres, em seu livro *Las guerras culturales de Paz*, de 2002, acredita que a trajetória de Paz "ilustra as experiências históricas mais importantes de seu tempo". Diante de alguns indícios, podemos notar que as narrativas de seus comentaristas, apesar de em muitos outros aspectos fornecerem perspectivas apuradas e críticas políticas, é pródiga em sacralizar e endossar aquilo que Paz disse sobre a sua própria trajetória. O historiador mexicano Enrique Krauze traduz parte dessas impressões, ainda muito próximas ao próprio poeta, em depoimento publicado no jornal mexicano *La Jornada*, em 31 de março de 1994:

> Imagínate un filósofo griego, un tribuno romano, un humanista del Renacimiento, un poeta metafísico, un sabio de la Ilustración, un revolucionario girondino, un rebelde romántico, un poeta del amor, un anarquista natural, un heróe de la razón, un politeísta secular, un fervoroso socialista, un socialista desencantado, un incómodo liberal, un crítico apasionado. Todas esas corrientes de civilización, y muchas más, asumidas, encarnadas, recreadas por una sola persona. Eso es, aproximadamente, Octavio Paz.[36]

Paz legou aos seus estudiosos dados supostamente fundamentais de sua história pessoal e insistiu em alguns silêncios. Nesta parte do livro, a ideia é se afastar, assim, das representações cristalizadas, tanto pelo poeta quanto pelos muitos de seus comentaristas, por meio da avaliação de fontes reconhecidas como o livro *Itinerário* (1993), outras pouco visitadas pelos seus estudiosos, como os depoimentos de sua primeira esposa, Elena Garro, a seu respeito, e obras históricas com referências autobiográficas como *Sor Juana Inés de la Cruz: las trampas de la fe* (1982). Além disso, serão trabalhadas as publicações póstumas de parte de suas correspondências que resultam, especificamente, em cinco livros publicados, entre 1998 e 2008, nas quais é possível observar, ao longo de muitos anos, suas

---

36   Krauze publicou esse comentário no jornal *La Jornada*, de 31 de março de 1994. *Apud*: PONIATOWSKA, Elena, *op. cit.*, p. 84.

íntimas relações, perspectivas políticas e intenções expressas nas missivas trocadas com o consagrado escritor mexicano Alfonso Reyes, o editor argentino Arnaldo Orfila, o poeta e tradutor francês J. C. Lambert e os poetas e tradutores espanhóis Perre Gimferrer e Tomás Segovia.

No segundo capítulo, "A tópica política paciana" será dada uma atenção à discussão sobre o gênero ensaístico, fruto do entendimento de que as ideias políticas de Paz foram criticadas, em certa medida, pelos meios acadêmicos mexicanos, ao serem expressas nesse formato. Como assinalou o cientista político Yvon Grenier, o ensaio é um gênero aberto que sugere e ilustra mais do que demonstra e prova. A opção de Paz pelo ensaio foi, em parte, a origem de muitos mal-entendidos, entre os seus leitores, durante os anos de 1960 e 1990.[37] Este capítulo procura examinar, a partir desse gênero, as várias facetas que tornaram, no México, seus ensaios políticos objeto de incômodo, por meio de um conjunto definido de questões. Para tanto, a ideia foi nos aprofundar (1) na análise acerca da natureza do seu pensamento político: um humanista sensível aos valores da democracia liberal; (2) no entendimento da sua opção pelo ensaísmo e da rejeição a esse gênero nas universidades mexicanas; (3) na forma como se deram suas relações políticas com as editoras que certificaram o seu reconhecimento no momento de suas publicações;[38] (4) no debate que estabeleceu acerca do papel público do intelectual na sociedade mexicana; (5) na argumentação que construiu sobre os Estados Unidos e as consequências da mesma em uma sociedade como a mexicana marcada, ao longo do século XX, pelo anti-imperialismo, e (6) na transformação, ao longo do tempo, de suas ideias políticas sobre o Estado, a revolução e as esquerdas, que, em conjunto com suas aproximações com o surrealismo, deram

---

37 GRENIER, Yvon. *Del arte a la política: Octavio Paz y la búsqueda de la libertad*. México: FCE, 2004, p. 36.

38 Segundo Sorá, o ato de publicar "demarca la centralidad de la edición como medio generador de un pasaje fundamental en la constituición de la modernidad y los Estados-nacionales: de la privacidad del escribir a la difusión, la recepción y la crítica de las ideas; de la interioridad del escribir a la interioridad del leer, mediadas por instancias públicas, por factores económicos (mercados de bienes simbólicos) y políticos (sistemas de enseñanzas)." SORÁ, Gustavo. "Edición y política. Guerra Fria en la cultura latinoamericana de los años 60." *Revista del Museo de Antropología*, Córdoba: Universidad Nacional de Córdoba, 2008, p. 97-114.

espaço à utilização de um novo vocabulário em defesa da democracia moderna e afinado com certos princípios liberais.

Com efeito, o fato de Paz ter exercido certa influência sobre as reformas de cunho democrático, no México, traduziu-se tanto em loas quanto em críticas ao poeta, o que gerou a necessidade de investigar, como mencionado, os seus ensaios políticos, principalmente, a partir dos anos de 1960, quando Paz passou a produzir ensaios de fôlego, voltados a temas políticos, em obras como *Posdata* (1970), *El ogro filantrópico* (1979), *Tiempo nublado* (1982), *Pequeñas crónicas de grandes días* (1990) e *Itinerário* (1992) e nas revistas *Plural* e *Vuelta*, que dirigiu, nos anos de 1971-1976 e 1976-1998, respectivamente. Identificamos alguns dos mais importantes críticos das ideias políticas de Paz, como o literato Carlos Monsiváis, o historiador Héctor Aguilar Camín e o cientista político Jorge Castañeda, que expressaram suas divergências, principalmente a partir dos anos de 1970, na revista *Nexos* e nos jornais *La Jornada*, *El Proceso*, *Unmásuno*, propiciando debates acalorados.[39]

É dado, nessa parte trabalho, um espaço relevante à interpretação de Paz acerca da modernidade latino-americana, que foi acompanhada também pelo entendimento, na percepção de muitos dos seus comentaristas, como Enrico Mario Santí,[40] de que o poeta havia cumprido um papel fundamental ao se debruçar sobre essa temática. Como apontou Javier González, Paz, além de defender uma modernidade específica na América Latina, tornou-se conhecido como "uno de los más eminentes impulsores de una consciência latinoamericana sin complejos".[41] Assim: Qual teria sido o entendimento de Paz sobre a modernidade na América Latina? Como ele relaciona a modernidade com a tradição? Quais seriam os seus mecanismos de validação para legitimar suas percepções sobre essa

---

39 Sobre esses debates, ver: Jaime Sánchez Susarrey, *El debate político e intelectual en México* (1993); García Cantú, *Los intelectuales y el poder* (1993);Geraldo de la Concha, *La razón y la afrenta: antologia del panfleto y la polémica en México* (1995); Massimo Madonesi, *La crisis histórica de la izquierda mexicana* (2003); Barry Carr, *La izquierda mexicana a través del siglo xx* (2000); Enrico Mario Santí, *La dimensión estética del ensayo* (2004); Roger Bartra, *Ofício Mexicano* (2003) e Elisa Servín, *La oposición política* (2006).

40 Ver: SANTÍ, Enrico Mario. *Luz espejeante: Octavio Paz ante la crítica*. Mexico: Ediciones Era, 2009.

41 Ver: GONZALEZ, Javier. *El cuerpo y la letra – la cosmologia poética de Octavio Paz*. México: Fondo de Cultura Económica, 1990.

temática? Qual seria o seu enquadramento diante dos dilemas de sua geração? E mais, em que medida os seus estudos sobre a modernidade não se desdobraram em visões sobre o político?

Pensar essa "sinuosa modernidade latino-americana" ainda exige, como afirmou o antropólogo Néstor García Canclini, um modo de experiência intelectual destinado a assumir conjuntamente a estrutura conflitiva da própria sociedade, sua dependência de modelos estrangeiros e os projetos para transformá-la.[42] Alguns dos trabalhos que orientam especificamente essa etapa da pesquisa são, além, evidentemente, dos próprios ensaios de Paz sobre o tema da modernidade: *Tudo que é sólido desmancha no ar: a aventura da modernidade*, de Marshall Berman (1981); *Culturas híbridas: estratégias para entrar e sair da modernidade*, de García Canclini (1998) e *A modernidade latino-americana*, de Jesus Martín Barbero (2008). A hipótese proeminente é a de que as ideias de Paz sobre a modernidade resultaram, entre outros aspectos, na sua defesa da democracia, como é possível observar no trecho em que discorre sobre a sua percepção política nos anos de 1990:

> Hay que aproximarse a la realidad con humildad. A la luz de la terrible experiencia del siglo XX, está claro que nuestros programas deberán ser democráticos, lo que no quiere decir que tienen que ser copia de las democracias burguesas occidentales. Deberán contener los gérmenes de un socialismo futuro y, ante todo, proponer modelos de desarrollo económico y organización social menos inhumanos y menos injustos que los de los regímenes capitalistas y los del socialismo burocrático [...][43]

É factível notar e discutir como suas disposições democráticas revelam sobre suas críticas e resistências à rigidez de parte das esquerdas (stalinistas, maoístas, castristas etc.), à formação de um Estado centralizado e burocratizado, à permanência no poder de um mesmo partido, como o Partido Revolucionário Institucional (PRI), na administração pública mexicana, e às posições rígidas de grande parte dos intelectuais sobre os dilemas de seu tempo. Para o desenvolvimento dessa análise, nossas indagações foram: Qual foi a importância dos debates

---

42   GARCÍA CANCLINI, Néstor. *Culturas híbridas: estratégias para entrar e sair da modernidade*. São Paulo: Edusp, 1998, p. 77.

43   *Apud.* PONIATOWSKA, Elena, *op. cit.*, p. 140.

de Paz sobre política na sociedade mexicana? Até que ponto ele movimentou e influenciou os meios intelectuais e políticos mexicanos? Qual foi o papel dos projetos editoriais na validação de suas ideias? Como ele via as esquerdas latino-americanas? Quais eram os principais argumentos das esquerdas em relação às ideias políticas de Paz? É possível considerar Paz um liberal? A postura de Paz em relação ao papel dos intelectuais foi modificada quando ele adquiriu visibilidade e reconhecimento pelos meios de comunicação de massa?

No terceiro capítulo, "O suporte midiático para um poeta", a proposta é investigar, em diversos momentos, a inserção das ideias políticas de Paz na mídia mexicana, não sem antes realizar uma reflexão histórica sobre os intelectuais e suas relações com os meios de comunicação de massa. Sabemos que Paz, além de escrever sobre os intelectuais e a televisão – em ensaios como *Televisión: cultura y diversidad* (1979); *El pacto verbal* (1980); *Democracia: lo absoluto y lo relativo* (1992) e *El pacto verbal III* (1995) –, veiculou suas ideias em jornais, revistas, rádio e televisão. Nesta última, a sua participação foi expressiva, especialmente, pelas suas aparições produzidas pela emissora de telecomunicações: Televisa. Em 1976, Paz começou a colaborar com comentários semanais para *24 Horas*, telejornal noturno considerado tendencioso e conservador. A partir daí, com o diretor de televisão Héctor Tajonar, contribuiu[44] com as famosas entrevistas denominadas *Conversaciones con Octavio Paz* (1984) e com o documentário, que o lançou definitivamente ao grande público, *México en la obra de Octavio Paz* (1989). Somado a isso, organizou um congresso, em 1990, transmitido ao vivo pelo canal fechado da Televisa, intitulado *El siglo XX: la experiencia de la libertad*, que foi duramente combatido pelos intelectuais de esquerda em *El Coloquio de Invierno*, produzido com o financiamento estatal mexicano, em 1992.

A sua postura marcante diante dos meios de comunicação resultou em grandes debates intelectuais em torno da sua imagem na Televisa, uma vez que a emissora procurou, desde 1950, produzir "consenso"[45] e estabelecer uma problemática relação de privilégios e trocas de favores com o Estado priísta. Alguns intelectuais

---

44 SEPTIÉN, Jaime. "Octavio Paz y la televisión". México: *¡Siempre!*, 30 de Abril de 1998.

45 GRUZINSKI, Serge. *A guerra das imagens: de Cristóvão Colombo a Blade Runner (1492-2019)*. São Paulo: Companhia das Letras, 2006, p. 299-300.

mexicanos como Enrique Krauze, Miguel León-Portilla, Ramón Xirau e José de la Colina louvaram a conduta de Paz em atuar na Televisa e, inclusive, participaram de alguns de seus programas. O escritor Álvaro Mutis considerou as apresentações do poeta como um "espetáculo inesquecível". Para o então diretor do Fondo de Cultura Económica, no início dos anos de 1980, García Terrés, os programas do poeta converteram os meios de comunicação em uma "verdadeira tribuna civil da sociedade", por permitir ao cidadão telespectador, com autoridade intelectual, a exposição crítica de suas ideias.[46] Para Krauze:

> Paz reconheceu antes da maioria dos intelectuais mexicanos que mais tarde seguiriam o seu caminho, o poder de aumentar a influência de suas ideias e de sua personalidade proporcionado pelo meio da televisão.[47]

Segundo Septién, a antiga amizade de Paz com um dos donos da Televisa, Emilio Azcárraga Milmo, e com o seu assessor, Jacobo Zabluras, possibilitou a sua aparição nos meios de comunicação. Como um poeta comprometido com a liberdade e a crítica, era capaz de fechar os olhos para as medidas conservadoras e inescrupulosas da Televisa? Essa foi uma das questões levantadas por parte da intelectualidade mexicana, mais especificamente por parte da esquerda mexicana que logo o associou aos interesses imperialistas da direita. Uma de suas polêmicas mais acirradas ocorreu em 1984, ano em que foi premiado na Feira Mundial do Livro, em Frankfurt, por sua obra literária. O seu ensaio, proferido em razão do prêmio, foi intitulado *El diálogo y el ruido*[48] (1984). Esse ensaio, que apresenta uma análise crítica dos desdobramentos da Revolução Sandinista (1979), foi lido e transmitido para o México pela Televisa, provocando grandes protestos no país. Era o momento da primeira eleição democrática nicaraguense, após a Revolução.

A sua ingerência nos meios de comunicação esteve sujeita, sem sombra de dúvida, a conflituosos debates que se apresentam como uma difícil tarefa para o

---

46 MORAES, Sonia & CAMPBELL, Federico. "Paz en la TV, juzgado por intelectuales: muchos se abstienen". Revista *Proceso*, México, 26 de marzo de 1984, p. 46.
47 KRAUZE, Enrique. "Octavio Paz: o poeta e a revolução". In: *Os redentores: ideias e poder na América Latina*. São Paulo: Saraiva, 2011, p. 296.
48 PAZ, Octavio. "El diálogo y el ruido". In: *El peregrino en su patria – Historia y Política de México – Obras Completas*, vol. 8. México: FCE, 2006, p. 547-550 (1ª ed. 1993).

historiador, pois a imagem televisiva não aparece, à primeira vista, como nas palavras de Gruzinski, "recuperável como as imagens santas e nem destrutível como os ídolos".[49] Entretanto, ela é indispensável para a compreensão, por exemplo, das transformações sofridas em relação ao papel dos intelectuais e das ideias políticas na sociedade contemporânea, uma vez que a imagem televisiva se impôs, nas últimas décadas, como um dos principais agentes responsáveis pelo "consenso da razão".

Sobre a inserção dos intelectuais na mídia, não há uma metodologia definida de trabalho, principalmente entre os historiadores brasileiros que se dedicam a pensar essa temática. Segundo Ulpiano Bezerra de Menezes, há certa negligência no uso de algumas modalidades de testemunho como o visual, que são fundamentais para responder às questões colocadas pelos problemas históricos da modernidade, uma vez que "a imagem, além de signo, também age, executa o papel de ator social, produz efeitos".[50] As nossas principais referências são trabalhos de autores como Beatriz Sarlo, *Sensibilidad, cultura y política: el cambio de fin de siglo* (2002); Pierre Bourdieu, *Sobre Televisão* (1997); Guy Debort, *A sociedade do espetáculo* (1967); Umberto Eco, *Apocalípticos e Integrados* (1965); Raymond Williams, *Televisión – tecnología y forma cultural* (1974); Edward Said, *Representações dos Intelectuais* (1993) e Jesus Martín Barbero, *Dos meios às mediações: comunicação, cultura e hegemonia* (2000), que, além de terem produzido reflexões profícuas sobre esse tema, se inseriram nos meios de comunicação de massa.

Por fim, na conclusão, o objetivo foi retomar os principais argumentos da pesquisa, que procura dar respostas ao problema de como o poeta alcançou um controvertido protagonismo intelectual, no México, no que concerne aos debates sobre a política latino-americana, por meio de suas estratégias de reconhecimento, aclamações, polêmicas políticas e debates midiáticos.

---

49 GRUZINSKI, Serge. *A guerra das imagens: de Cristóvão Colombo à Blade Runner (1492-2019)*. São Paulo: Companhia das Letras, 2006, p. 229-300.

50 MENEZES, Ulpiano Toledo Bezerra de. "Fontes visuais, cultura visual, história visual. Balanço provisório, propostas cautelares". *Revista Brasileira de História*, vol. 23, n° 45, São Paulo, ANPUH, 2003, p. 11.

1
O itinerário do *bezerro de ouro à vaca sagrada*

O que se escreveu sobre a biografia política de Paz não se distancia muito do que o próprio poeta escreveu sobre si, principalmente quando se lê o seu livro *Itinerário*,[1] de 1993. As biografias sobre ele – escritas principalmente a partir da década de 1990, por amigos e admiradores críticos como Carlos Monsiváis, Elena Poniatowska, Fernando Vizcaíno, Alberto Luis Sánchez e Enrico Mario Santí – são alguns exemplos nessa direção. Pode-se dizer, sem exageros, que o esforço de Paz em ordenar o seu relato de vida, por meio de ensaios e poemas, criou uma imagem biográfica de difícil contestação. Isto é visível, inclusive, em suas entrevistas e em documentários produzidos por emissoras de televisão como os da TVE ("Octavio Paz", entrevista realizada por Soler Serrano na década de 1970), *Televisa – Canal 11* ("Recuento de una vida", entrevista realizada por Sari Bermudes na década de 1990), *People and Arts* ("Octavio Paz: el mexicano del siglo", documentário realizado na década de 2000) e *Televisa* ("Octavio Paz, el hechicero de su tiempo", programa em homenagem aos 10 anos da morte do poeta, 2008).[2]

As investigações recentes de escritores como Armando González Torres têm contribuído para questionar a leitura sobre a trajetória do poeta. González Torres procurou entender como se deu o processo de reconhecimento intelectual do poeta, através de suas polêmicas políticas. Para ele, Paz foi demasiadamente cuidadoso ao escolher a sua genealogia, fixar suas afinidades e estabelecer o seu papel

---

1 O livro *Itinerário* é dividido em relatos e entrevistas concedidas pelo poeta. Ver: PAZ, Octavio. *Itinerário*. México: FCE, 1993.

2 Os programas mencionados estão disponíveis em: www.youtube.com e www.televisa.com. Acesso em: 20/10/2009.

no pensamento contemporâneo ao ditar a sua biografia, propor contextos, métodos e chaves para interpretar a sua própria obra.[3] Não obstante, a biografia política de Paz, realizada por González Torres é, ainda, presa às análises de textos que expressam um repertório repetido sobre o tema, o que compromete, de certa forma, a realização do objetivo inicialmente proposto.

Procurei, nesta parte da pesquisa, desviar-me das armadilhas criadas pelas narrativas acabadas, tanto do poeta quanto de muitos de seus comentaristas, por meio da análise de outras fontes, como o livro de Paz, *Sor Juana Inés de la Cruz: las trampas de la fé* (1982), que possui algumas referências autobiográficas, pouco visitadas pelos seus estudiosos, e as publicações póstumas de parte de sua correspondência com, entre outros, o escritor mexicano Alfonso Reyes e o editor argentino Arnaldo Orfila. O objetivo é apresentar uma trajetória política de Paz colocando em evidência que o seu papel de destaque na sociedade mexicana esteve vinculado, para além do seu talento literário, ao seu empenho em buscar e conquistar de muitas maneiras o reconhecimento. Saber tudo sobre um poeta idolatrado, um *bezerro de ouro* mexicano, como uma vez o definiu o poeta José Arreola, é uma tarefa impossível, mas expor parte daquilo que foi recalcado pode contribuir, em certa medida, para uma melhor compreensão do "itinerário" paciano e do meio com o qual e contra o qual ele se fez.[4]

• • •

Paz nasceu na Cidade do México no dia 31 de março de 1914, em uma família decadente, mas de expressiva tradição política e intelectual. O seu avô, Ireneo Paz (1836-1924), foi um importante político e jornalista liberal vinculado ao governo de Porfirio Díaz. Dedicado à escrita de contos, poemas e ensaios, fundou um dos mais importantes diários mexicanos de sua época, *La Patria Ilustrada*. Seu pai, Octavio Paz Solórzano (1883-1936) foi, além de jornalista, advogado do movimento zapatista, o que resultou, inevitavelmente, em conflitos familiares acirrados acerca dos ideais revolucionários. Em poema publicado no livro *Ladera*

---

3 GONZÁLEZ TORRES, Armando, *op. cit.*, p. 11.
4 Ver: BOURDIEU, Pierre. *Esboço de auto-análise.* São Paulo: Companhia das Letras, 2005.

Este (1969), é perceptível que a trajetória de Paz foi profundamente marcada pelo interesse de sua família em relação à vida pública.

> **Intermitencias del Oeste**
> **(Canción Mexicana 2)**
>
> Mi abuelo, al tomar café,
> me hablaba de Juarez y de Porfirio,
> los zuavos y los plateados.
> Y el mantel olía a pólvora.
>
> Mi padre, al tomar la copa,
> me hablaba de Zapata y de Villa,
> Soto y Gama y los Flores Magón.
> Y el mantel olía a pólvora.
>
> Yo me quedo callado:
> ¿de quién podría hablar?[5]

É importante ressaltar que a forma de Paz escrever a sua autobiografia, confundindo-a, propositalmente, com a história política mexicana e, até mesmo, contemporânea, contribuiu, de certa maneira, para legitimar as suas manifestações públicas sobre a política e a cultura mexicana. Segue outro exemplo, em que Paz identifica a sua vida com a história contemporânea.

> Nací en 1914, el año en que estalló la primera gran guerra; en mi niñez oí los tiros de las facciones revolucionarias cuando entraban en mi pueblo. He sido testigo de la guerra de España y de la agresión japonesa en Corea, Manchúria y China; del ascenso de Hitler y de las purgas de Stalin; de la Segunda Guerra Mundial y de las bombas atómicas; de los campos de concentración y de las tiranías y despotismos en Asia, África y América Latina [...] Entre tantas desdichas, tuve la fortuna de ver el derrumbe del comunismo totalitario y la victoria de la democracia.[6]

Durante os conturbados anos da Revolução Mexicana (1910-1920), o pai de Paz foi enviado para Los Angeles, com o objetivo de lá representar o *Ejército Libertador del Sur*, comandado por Zapata, e combater a cobertura negativa que

---

[5] PAZ, Octavio. "Ladera Este". In: *Obra Poética I (1935-1970). Obras Completas*, vol. II. México: FCE, 2003, p. 373 (1ª ed. 1991).

[6] PAZ, Octavio. *Itinerário, op. cit.*, p. 143.

o movimento recebia da imprensa internacional. A família, então, mudou-se, por alguns anos, para Los Angeles. Apesar de a empreitada ter sido frustrada, ele chegou a fundar uma editora, *O. Paz Cia*, e o jornal *La Semana*, que publicava artigos de exilados políticos mexicanos, como o filósofo José Vasconcelos.[7] Paz foi, então, alfabetizado em inglês, e quando voltou ao México aprendeu francês com sua Tia Amália, o que lhe permitiu ler, desde a infância, livros de Victor Hugo, Michelet e Rousseau que estavam localizados na enorme biblioteca de seu avô, além dos grandes escritores espanhóis como Cervantes, Quevedo, Calderón e Lope de Vega.[8] Segundo relatou em seu *Itinerário*:

> Desde muy joven fue muy vivo en mí el sentimiento de pertenecer a una civilización. Se lo debo a mi abuelo, Ireneo Paz, amante de los libros, que logró reunir una pequeña biblioteca en la que abundaban los buenos escritores de nuestra lengua.[9]

Para ele, o fato de sua família ser liberal, além de indigenista, a tornava duplamente antiespanhola, apesar de sua mãe, Josefina Lozano, ser espanhola e católica fervorosa. Mais adiante, o poeta explicou essa contradição:

> El antiespañolismo de mis familiares era de orden histórico y político, no literario. Entre los libros de mi abuelo estaban los de nuestros clásicos. [...] La lectura de los grandes escritores y poetas de esos años [de juventud] acabó por reconciliarme con España.[10]

O colégio católico francês *Hermanos de la Orden La Salle* foi onde estudou,[11] até se matricular no curso preparatório do colégio *San Ildefonso*, antigo seminário jesuíta convertido pelos governos republicanos constitucionalistas em *Escola Nacional Preparatória*, porta de entrada para a universidade. Ao final dos anos de

---

7   KRAUZE, Enrique. "Octavio Paz: o poeta e a revolução". In: *Os redentores: ideias e poder na América Latina, op. cit.*, p. 161.
8   MONSIVÁIS, Carlos, *Adonde estas tú estamos nosotros, op. cit.*, p. 25.
9   PAZ, Octavio. *Itinerário, op. cit.*, p. 25.
10 *Idem, ibidem.*
11 Paz chegou a ser expulso do colégio, mas voltou no ano seguinte a uma greve estudantil e a mudanças na direção da escola. Ver: PAZ, Octavio. *Jardines errantes: cartas de Octavio Paz ao poeta e crítico francês J. C Lambert 1952-1992*. México: Seix Barral, 2008, p. 22.

1920, Paz travou amizade com alguns anarquistas, como o espanhol José Bosh,[12] participou da conquista pela autonomia da *Universidad Nacional Mexicana* (atual UNAM) e do apoio à candidatura de José Vasconcelos, representante de um movimento de oposição democrática, à presidência. Vale mencionar que essas disposições literárias e políticas associadas à sua posição de origem propiciaram-lhe, posteriormente, determinados privilégios e obrigações sociais, como foi o caso de sua inserção no serviço diplomático.

Após a fase bélica da Revolução Mexicana, o país vivenciou uma série de transformações políticas e sociais como a reforma agrária, o desenvolvimento da educação, a burocratização do Estado, a nacionalização do petróleo, a aceleração do processo de modernização e a institucionalização e legitimação no poder do Partido Revolucionário Institucional (PRI).[13] Em razão da crise provocada pelo liberalismo econômico (Crise de 1929), os ideais anarquistas e socialistas se apresentavam como vivas possibilidades políticas do período, inclusive parte dos ideais socialistas estava presente no próprio governo mexicano. Lázaro Cárdenas, presidente, de 1934-1940, distinguiu-se por muitas das reformas sociais, mencionadas acima, principalmente as voltadas à educação socialista.

Paz teve fortes simpatias por essas correntes de pensamento político.[14] Nos anos de 1930, expressou isso, através da publicação de poemas e ensaios literários,

12   Em entrevista a Soler Serrano, no canal TVE, em 1977, Paz contou que o contato com os problemas políticos do século XX veio, aos 15 anos, através do seu amigo anarquista: José Bosh. Um dia ele lhe deu, durante uma aula de álgebra, um folheto em que estava escrito um texto de Kropotkin. Esse episódio o marcou com simpatia porque lhe abriu os olhos para a realidade política de seu tempo. Disponível em: www.youtube.com "Entrevista a Soler Serrano". Acesso em: 06/05/2009.

13   É importante mencionar, como se sabe, que o PRI mudou algumas vezes de nome. Em 1929, quando foi fundado pelo ex-presidente Plutarco Elias Calles, foi denominado Partido Nacional Revolucionário (PNR), em 1938, no governo Cárdenas foi renomeado como Partido da Revolução Mexicana (PRM) e, em 1946, no governo de Manuel Ávila Camacho, adquiriu o nome que o acompanha até os dias de hoje, Partido Revolucionário Institucional (PRI).

14   Paz afirmou em seu *Itinerário*: "El ascenso de Lázaro Cárdenas al poder se tradujo en un vigoroso viraje hacia la izquierda [...]. Los más reacios entre nosotros acabamos por aceptar la nueva línea; los socialdemócratas y los socialistas dejaron de ser 'socialtraidores' y se transformaron repentinamente en aliados en la lucha en contra el enemigo común: los nazis y los fascistas. El gobierno de Cárdenas se distinguió por sus generosos afanes igualitários, sus reformas sociales (no todas atinadas), su funesto corporativismo en matéria política y su audaz y casi siempre acertada política internacional." PAZ, Octavio. *Itinerário, op. cit.*, p. 52.

em revistas de esquerda como *El Popular*. Somado a isso, contribuiu para a fundação das revistas: *Barandal* (1931-1932), *Cuadernos del Valle de México* (1933-1934), *Taller* (1938-1941) e *Hijo Pródigo* (1943-1946). Em 1933, Paz publicou seu primeiro livro de poesias, *Luna Silvestre*, e entrou no curso de Direito da UNAM. Mas abandonou o curso, em 1936, ano da morte de seu pai,[15] e passou, em seguida, a dedicar-se à educação popular, na cidade de Mérida, através da *Unión de Estudiantes Pro-Obreros y Campesinos* (Frida Kahlo também participou dessas atividades estudantis). Sair da capital mexicana e conhecer a dura realidade dos descendentes dos maias comoveu o poeta. Em 1941, publicou um poema sobre essa vivência, nomeado de *Entre la piedra y la flor*, com o intuito de mostrar a conexão entre a dura vida dos camponeses e a economia capitalista.

Entre la piedra y la flor (IV)

[...]
Alegría y pena
ni se compran ni se venden.

La pirámide niega al dinero,
el ídolo niega el dinero,
el brujo niega el dinero, la Virgen,
el Niño y el Santito
niegan al dinero.

El analfabetismo es una sabiduría
ignorada por el dinero.

El dinero abre las puertas de la casa del rey,
cierra las puertas del pardón.[...].[16]

Certamente, este foi um dos poucos momentos em que Paz manifestou poeticamente uma clara intenção social, pois a sua concepção de poesia e política foi,

---

15   Sobre sua relação com o pai, Paz afirmou, em entrevista ao jornalista Felipe Gálvez, no ano de 1984: "La falla de mi padre, si es que la tuvo en relación conmigo, es que no se dio cuenta de mi afecto. Y es muy probable que tampoco se diera cuenta de que yo escribía. Pero nada le reprocho. Esas son cosas que la vida nos depara y ya." PAZ, Octavio. "La falla de mi padre fue que no se dio cuenta de mi afecto: Octavio Paz". Revista *Proceso*: México, 15 de outubro de 1984, p. 48.

16   PAZ, Octavio. "Libertad bajo la palabra". In: *Obra Poética I (1935-1970). Obras Completas*, vol. II. México: FCE, 1993, p. 86.

com o passar do tempo, mais comprometidas com a liberdade literária e política do que explicitamente com a justiça social. Para Krauze, esse aspecto esteve vinculado à admiração que nutriu pelo seu avô liberal e ao difícil relacionamento que teve com o seu pai zapatista, que era ausente, boêmio e mulherengo. Uma vez, Paz afirmou: "era quase impossível falar com ele".[17] A trágica morte de seu pai, atropelado, em estado de embriaguez, por um trem, também mereceu de Paz uma expressão poética marcante.

Pasado en claro

> Del vómito a la sed,
> atado ao potro del alcohol,
> mi padre iba y venía entre las llamas.
> Por los durmientes y los rieles
> de una estación de moscas y de polvo
> una tarde juntamos sus pedazos.
> Yo nunca pude hablar con él.
> Lo encuentro ahora en sueños,
> es borrosa patria de los muertos,
> hablamos siempre de otras cosas.[...].[18]

É possível observar que a formação poética e a ação intelectual de Paz, apesar de muitas vezes estarem vinculadas às instituições de ensino, sempre foram muito além destas. Estavam presentes tanto no âmbito familiar quanto no seu compromisso com a vida pública. Como mostrou Bourdieu, em sua obra *A distinção*, as predisposições individuais por determinados tipos de condutas e gostos são direcionadas, tanto pelo meio social como pela educação. No caso, o apreço de Paz pela vida pública e a sua inserção na mesma foi validada e assegurada, em boa medida, pela sua nobre ascendência intelectual.[19]

Em 1937, Paz foi convidado pelo poeta chileno Pablo Neruda para participar, junto com outros escritores mexicanos como Carlos Pellicer e Elena Garro (a primeira esposa de Paz), do II *Encontro de Escritores Anti-Fascistas* na Espanha, em

---

17 KRAUZE, Enrique. "Octavio Paz: o poeta e a revolução". In: *Os redentores: ideias e poder na América Latina, op. cit.*, p. 165.
18 PAZ, Octavio. *Correspondencia: Alfonso Reyes/Octavio Paz (1939-1959)*. México: FCE, 1998, p. 13.
19 BOURDIEU, Pierre. *A distinção: crítica social do julgamento*. Porto Alegre: Zouk Editora, 2007, p. 9.

razão de Neruda ter lido alguns de seus poemas como – *Raiz del hombre* (1936) e *Elegía a un compañero muerto en frente de Aragón* (1937) –, e neles reconhecer um trabalho de significativa qualidade.

Elegía a un compañero muerto en frente de Aragón (III)

Has muerto camarada,
en el ardiente amanecer del mundo.
Has muerto cuando apenas
tu mundo, nuestro mundo, amanecía.
Llevabas en los ojos, en el pecho,
tras el gesto emplacable de la boca,
un claro sonreír, un alba pura.

Te imagino cercado por la balas,
por la rabia y el odio pantanoso,
como relámpago caído y agua
prisionera de rocas y negruras.

Te imagino tirado en lodazales,
sin máscara, sonriente,
tocando, ya sin tacto,
las manos camaradas que soñabas.

Has muerto entre los tuyos, por los tuyos.[20]

Entusiasmado com o convite, Paz viajou para a Europa com a *Liga de Escritores e Artistas Revolucionários* (LEAR), e com o apoio do governo Cárdenas, imprimiu 3500 cópias de seus poemas para serem distribuídos entre os espanhóis, o que tornou seu trabalho apreciado por muitos.[21] Lá, em plena Guerra Civil Espanhola (1936-1939), além de conhecer renomados intelectuais e artistas como Neruda, Antonio Machado, César Vallejo e Luis Buñuel, ele testemunhou a intolerância dos stalinistas em relação aos trotskistas e anarquistas. A condenação do escritor

---

20 PAZ, Octavio. "Libertad bajo la palabra". In: *Obra Poética I (1935-1970)*. Obras Completas, vol. II. México: FCE, 2003, p. 94. (1ª ed. 1991)

21 KRAUZE, Enrique. "Octavio Paz: o poeta e a revolução". In: *Os redentores: ideias e poder na América Latina*, op. cit., p. 178.

André Gide[22] foi emblemática. Gide foi rechaçado por denunciar os campos de concentração stalinistas, nos livros *Retour de l'URSS* (1936) e *Retouches à mon Retour de l'URSS* (1937) e defender a possibilidade de autonomia da literatura em relação à política. A postura intolerante dos stalinistas determinou, para o poeta, o início do descobrimento sobre a necessidade da crítica como bússola moral para a vida.

> Mis primeras dudas comenzaron en España por los métodos abominables que emplearon los comunistas para combatir a la oposición de izquierda, es decir, a los anarquistas, al POUM y a los trotskistas. Después, la disputa entre los estalinistas y los trotskistas me abrió los ojos sobre muchas cosas. Hice mías las críticas del trotskismo al estalinismo. Posteriormente, asumí las críticas al trotskismo de mucha gente que no era trotskista, como Victor Serge. Mi gran ruptura ocurrió al comenzar la década de los años cincuenta, cuando descubrí la existencia de campos de concentración en Unión Soviética.[23]

As memórias de Paz, durante a Guerra Civil Espanhola, foram registradas no livro de poesias *Bajo la sombra clara y otros ensayos*, de 1937. É possível observar que suas leituras, como ele mesmo diz, sempre foram múltiplas. Costumava ler Bukarin, Plékanov, Trotsky, Breton, Freud, Ortega y Gasset, Husserl, Nietzsche, Thomas Mann, André Malraux, Alfonso Reyes etc. As revistas *Occidente, Sur, Contemporáneos* e *Cruz y Raya* lhe permitiram, segundo relatou, compreender os movimentos modernos, especialmente os franceses, de Paul Valéry à André Gide, dos surrealistas à *Nouvelle Revue Française*. Além de T. S. Eliot, Saint-John Perse, Kafka e Faulkner. Não obstante, afirmava que nenhuma dessas admirações foi maior, naquela época, do que a fé na Revolução de Outubro (1917): "Mi generación fue la primera que, en México, vivió como propia la historia del mundo, especialmente la del movimiento comunista internacional."[24] Ao final dos anos de 1930, o poeta passou a lidar com um dilema que, para ele, se agravaria com o tempo: as possibilidades

---

22   André Gide foi um dos mais importantes escritores franceses fundador da Gallimard e da N.R.F. Sua adesão ao comunismo e sua desilusão causaram enormes polêmicas, nos anos de 1930 e 1940. Seu livro *Retour de l'URSS* vendeu mais de 150.000 exemplares, naquela época, e foi traduzido para 15 idiomas.

23   PAZ, Octavio. *Apud*. PERALTA, Bráulio, *op. cit.*, p. 165.

24   PAZ, Octavio. *Itinerário, op. cit.*, p. 51.

de compatibilidade entre as suas afinidades estéticas e poéticas com as suas simpatias pelo comunismo. O poeta, por apreciar, com afinco, a liberdade de expressão e de imaginação, condenava, cada vez mais, o autoritarismo revolucionário.

> La política no era nuestra única pasión. Tanto o más nos atraían la literatura, las artes y la filosofía. Para mí y para unos pocos entre mis amigos, la poesía se convirtió, ya que no en una religión pública, en un culto esotérico oscilante entre las catacumbas y el sótano de los conspiradores. Yo no encontraba oposición entre la poesía y la revolución: las dos eran facetas del mismo movimiento, dos alas de la misma pasión. Esta creencia me uniría más tarde a los surrealistas.[25]

Paz passou a expressar publicamente tanto a ideia da poesia como um meio de comunicação absolutamente transformador quanto os seus questionamentos políticos em relação a determinadas ideias revolucionárias, através de publicações e debates públicos polêmicos, o que o levou a se distanciar de muitos dos seus companheiros de esquerda como Vicente Lombardo,[26] Rafael Carrillo, Rodolfo Dorantes, Victor Manuel Villaseñor, Fausto Pomar, José Revueltas, Alejandro Carrillo Marcor, Enrique Ramírez y Ramírez, e se aproximar de alguns anarquistas e surrealistas como Victor Serge e Benjamin Perét. Por outro lado, sabemos que muitas figuras pertencentes ao surrealismo se declaravam comunistas. Inicialmente, não havia uma contradição tão evidente, ou, como ele mesmo notava: "Era uma contradição da época".[27] Até mesmo o fundador do surrealismo, André Breton, uniu-se a Trotsky, na Cidade do México, em 1938, com o objetivo de lutar pela independência da arte e pela revolução socialista. Após longas discussões redigiram um manifesto, em conjunto com o muralista Diego Rivera, intitulado *Por una Arte Revolucionária Independiente*, em oposição à chamada "literatura proletária", imposta pelo stalinismo através da *Associação Russa de Escritores Proletários* (AREP). Porém, quando o movimento surrealista retomou a sua irrevogável tentativa "sub-

---

25 PAZ, Octavio, *ibidem*, p. 46.
26 Vicente Lombardo Toledano (1894-1968) foi um dos mais proeminentes nomes da esquerda mexicana, um dos maiores líderes trabalhistas e socialistas do México no século XX. Fundou a Confederação dos Trabalhadores Mexicanos, aliada ao PRI, e o Partido Popular Socialista. Somado a tudo isso, foi professor da UNAM.
27 PAZ, Octavio. *Itinerário*, *op. cit.*, p. 51.

versiva" de reencantamento do mundo através da valorização da revolta, da utopia, da liberdade, da imaginação, da poesia e do amor-louco, e a Revolução Russa mostrou, como nunca, uma face autoritária, intolerante e cruel, principalmente após as primeiras denúncias de existência de campos de concentração na URSS, muitos surrealistas, como Buñuel, selaram suas incompatibilidades com o comunismo.[28]

Ainda assim, outros tantos surrealistas permaneceram sensíveis ao marxismo. É relevante lembrar que Breton foi um dos surrealistas que foram fiéis à memória de Trotsky. De acordo com o cientista político Yvon Grenier, muitos intelectuais e artistas dos anos de 1930 e 1940 viam Trotsky com romantismo, uma vez que ele era um revolucionário, "*un poète maldit in actu*" e um sensível apreciador das diversas expressões artísticas.[29] A oportunidade de Paz conviver com os surrealistas e, até mesmo, com os anarquistas frutificou devido ao fato do governo Cárdenas ter concedido asilo político a muitos exilados da Guerra Civil Espanhola, e também ter possibilitado a artistas e intelectuais franceses se refugiarem, no México, durante a Segunda Guerra Mundial. Estes exilados políticos acabaram por desenvolver um interesse aguçado pelas culturas pré-colombianas e mexicanas, o que, por outro lado, contribuiu para diversificar o cenário artístico e intelectual mexicano daquela época, muito voltado, ainda, segundo o historiador Krauze, ao nacionalismo e à busca por assimilar a vasta experiência bélica, social, política e cultural que representou a Revolução Mexicana.[30] Como afirmou Paz:

> Era colaborador de un diário obrero de izquierda: *El Popular*, pero el pacto entre Stalin y Hitler me desconcertó y me dolió. Decidí separarme del periódico y me alejé de mis amigos comunistas. Mis relaciones con ellos empeoraron a raíz del asesinato de Trotsky. […] Yo me sentí cercado y acorralado. Entonces conocí a Victor Serge, a Benjamin Peret y a otros

---

28 LÖWY, Michael. "O marxismo libertário de André Breton". In: *A estrela da manhã: surrealismo e marxismo*. Rio de Janeiro: Civilização Brasileira, 2002, p. 29-36.

29 Segundo o cientista político Yvon Grenier: "Es conjecurable que Paz, junto con muchos otros intelectuales y artistas en los años treinta y cuarenta, vio a Trotsky como un poète maldit in actu, un revolucionário que apreciaba las artes y con un halo romántico por ser el perdedor solitário." GRENIER, Yvon. *Del arte a la política: Octavio Paz y la búsqueda de la libertad*. México: FCE, 2004, p. 69.

30 KRAUZE, Enrique. *La Presidencia Imperial: ascenso y caída del sistema político mexicano (1940-1996)*. México: Tusquets, 1997, p. 19.

> escritores revolucionarios desterrados en México. Esas nuevas amistades rompieron un poco mi aislamiento [...] Las conversaciones con los refugiados europeos, además, me revelaron mis limitaciones y mis lacunas. Aquellos amigos me descubrieron otros mundos. Y, sobre todo, lo que significa el pensamiento crítico. Como buen hispanoamericano yo conocía la rebelión; la indignación personal (no la crítica). A ellos les debo saber que la pasión ha de ser lúcida.[31]

A crítica, segundo ele, o salvou dos fanatismos tanto literário quanto político. Escreveu muito, posteriormente, sobre figuras que valorizavam o pensamento crítico – como os poetas Xavier Villaurrutia, Sór Juana Inés de la Cruz, López Velarde e André Breton –, quanto sobre a necessidade de autonomia da arte em relação à política. Em seu primeiro ensaio, a *"Ética do Artista"*, de 1931, o poeta expressou a sua desconfiança em relação à arte pura, à arte de vanguarda; defendeu uma "poesia de tese" que promovesse a transformação social e o vigor cultural da América. Já nos anos de 1940, tornou-se adversário da poesia social e defendeu o rigor estético e a dissidência, no ensaio "Poesia de comunhão, Poesia de Solidão".[32] Essa mudança ideológica do poeta foi lenta e, de acordo com ele, difícil. De revolucionário na juventude a crítico da esquerda foi um demorado processo, que o fez até mesmo negar, na publicação de suas *Obras Completas* (14 volumes), nos anos de 1990, alguns de seus poemas de cunho revolucionário. Como assinalou:

> [...] Creer que nuestros juicios políticos y morales dependen de la naturaleza histórica de una sociedad determinada y no de los actos de su gobierno y su pueblo, era seguir siendo prisionero del círculo que encerraba por igual a los estalinistas y a los trostkistas. Tardé muchos años en darme cuenta de que me enfrentaba a una falacia.[33]

---

31   PAZ, Octavio. *Solo a dos voces: Octavio Paz y Julián Ríos*. México: FCE – Tierra Firme, 1999, p. 17 (1ª ed. 1973).
32   GONZÁLEZ TORRES, Armando. *Op. cit.*, p. 24.
33   PAZ, Octavio. *Itinerário, op. cit.*, p. 77. Paz afirmou que "[...] nada de lo que escribí en mi juventud me satisface, en 1933 publiqué una plaquette, y todo lo que hice durante los diez años siguientes fueron borradores de borradores. Mi primer libro, mi verdadero primer libro, apareció en 1949: *Libertad bajo palabra.*" MONSIVAÍS, Carlos, *op. cit.*, p. 48.

Paz adotou, assim, uma posição avessa à "arte engajada", que se tornou frequente, a partir de então, como demonstra o seguinte trecho presente no livro *El arco y la lira* (1956):

> Ningún prejuicio más pernicioso y bárbaro que el atribuir al Estado poderes en la esfera de la creación artística. El poder político es estéril, porque su esencia consiste en la dominación de los hombres, cualquiera que sea la ideología que lo enmascare.[34]

A liberdade artística, para o poeta, era o resultado da melhor expressão das crenças, das ideias e dos valores de uma comunidade, que concedia legitimidade ao artista para intervir, sempre que desejável ou necessário, no campo político.[35] Essa ideia é parte de um tema controvertido que toca, entre outros aspectos, no espinhoso sentido do que é arte e do que é revolução.

Com efeito, a opção por essa postura crítica, que compreendia parte da esquerda como uma "falácia" e os processos revolucionários como armadilhas totalitárias, ao mesmo tempo em que contribuiu para afastá-lo dos radicalismos, foi também a base de sua querela com as esquerdas latino-americanas.[36] É fundamental dizer que essa questão levantada por Paz, em razão da atitude ortodoxa dos stalinistas, está também no cerne da filosofia do engajamento francês. Segundo Michel Winock, muitos intelectuais, após a Primeira Guerra, antes mesmo da ida de Gide à URSS, passaram de uma dúvida absoluta a uma fé total, e, em paralelo, da desesperança sem limites a uma esperança igualmente sem limites no marxismo. O resultado era a aceitação, por muitos intelectuais e artistas, do Estado comunista, independente das censuras impostas.[37] Por outro lado, a França, uma vez mais, foi um dos principais países europeus a dar vazão às críticas com relação à esquerda totalitária. A chamada Literatura de Expiação, que vai da autobiografia ao ensaio, passando pelo romance, foi uma prática comum de comunistas que ratificaram as suas posições políticas através de suas autocríticas. Nomes como Boris

---

34 PAZ, Octavio. "Poesía, Sociedad, Estado" (1956). In: *La casa de la presencia: Poesía e Historia. Obras Completas*, vol. 1. 2003, p. 277 (1ª ed. 1991).
35 GONZÁLEZ TORRES, Armando, *op. cit.*, p. 73.
36 GONZÁLEZ TORRES, Armando, *op. cit.*, p. 36.
37 Ver: WINOCK, Michel. "As lutas de Camus". In: *O século dos intelectuais*. Rio de Janeiro: Bertrand Brasil, 2000, p. 521-534.

Souvain, Victor Serge, Edgar Morin, Ernest Mercier, André Gide, David Russet e Kostas Papaionnou formam parte expressiva desse tipo de literatura.

As recordações autobiográficas de Paz, de acordo com González Torres, que mesclam a incompatibilidade com o stalinismo e a redescoberta do liberalismo, constituem "imagens graníticas", construídas depois de 1968, que contribuem para a compreensão de uma determinada visão sobre o poeta. O crítico mexicano Rubén Medina procurou questionar algumas abordagens petrificadas construídas pelo próprio Paz.

> Empieza a colaborar con *El Popular* en julio de 1937. A pesar de que un grupo de redactores renuncia al Pacto de Munich (1938), Paz sigue colaborando en el diario. Tampoco rompe con éste a causa del pacto germano-soviético (23 de agosto de 1939) y el apoyo del diario a la politica de la Unión Soviética. Paz permanece en el diario aún después de la morte de Trostki (1940). Los ultimos artículos de Paz aparecen en octubro de 1941. La actitud crítica en cuanto a su colaboración con *El Popular*, es una actitud dilatada.[38]

É possível ler que a clareza de como e quando ocorreu o seu desencanto em relação às esquerdas está diluída nas suas próprias referências autobiográficas, na medida em que se adianta ou se esquiva perante os questionamentos em relação às suas posturas políticas. Um indício a mais, nessa direção, é a sua opção por escrever uma autobiografia denominada *Itinerário* e defini-la de maneira indeterminada:

> [...] 'Itinerario', relato y descripción de un viaje, a través del tiempo, entre dos puntos, uno de salida y otro de llegada. La línea que traza ese trayecto no es la recta ni el círculo sino la espiral, que vuelve sin cesar y sin cesar se aleja del punto de partida. Extraña lección: no hay regreso pero tampoco hay punto de llegada.[39]

---

38   MEDINA, Rubén. *Apud.* GONZÁLEZ TORRES, Armando, *op. cit.*, p. 38.
39   É possível observar, em seus escritos, que sua concepção de história não é nem evolucionista e nem determinista. In: PAZ, Octavio. *Itinerário, op. cit.*, p. 8.

Para Dosse, essa escrita autobiográfica relativista, enriquecida pelas contribuições da história, da sociologia e da psicanálise é característica da modernidade, que engendra o pensamento crítico e as identidades cindidas.[40] Dessa forma, o que está em jogo no relato de uma vida moderna, como assinala Buñuel no seu livro *Mi último suspiro*, é a consciência das convicções, vacilações, reiterações, lacunas, verdades, mentiras de cada um, ou seja, o entendimento do próprio autobiografado de que a sua memória é invadida tanto pela razão como pela imaginação.[41]

Um dos primeiros momentos notórios em que Paz recordou ter polemizado publicamente com a esquerda se deu através do seu desentendimento com Neruda. Paz sempre nutriu uma expressiva admiração pelo poeta chileno. Eles se conheceram em 1937, no congresso antifascista, na Espanha. Naquele tempo, Neruda já era um poeta renomado e reconhecia, em Paz, o valor das suas produções juvenis. Em 1940, Neruda tornou-se cônsul no México e Paz organizou, junto com outros poetas, uma antologia de poesia moderna, *Laurel*, da qual Neruda se recusou a participar em razão de desentendimentos com um dos editores, José Bergamín, remanescente do prestigiado grupo vanguardista *Contemporáneos*. Paz apoiou publicamente Bergamín pelo fato de Neruda defender o stalinismo e a arte a serviço da propaganda política. O auge da discussão foi no *Centro Asturiano* da Cidade do México, em que Neruda afirmou que a camisa branca que Paz vestia "era mais branca que sua consciência",[42] o que implicava dizer que a falta de engajamento do poeta mexicano e sua intolerância frente aos stalinistas eram, para Neruda, uma postura inconsequente.[43] Sobre Neruda, Paz escreveu, em *Letras de México*, em 15 de agosto de 1943:

> Su literatura está contaminada por la política, su política, por la literatura y su crítica es con frecuencia mera complicidad amistosa

---

40   DOSSE, François. *O desafio biográfico: escrever uma vida*. São Paulo: Edusp, 2009, p. 13
41   BUÑUEL, Luis. *Mi último suspiro*. Madri: Plaza & Janés Editores, 2000, p. 12.
42   Paz relatou sua versão em detalhes, posteriormente: "Lo interrumpí, estuvimos a punto de llegar a las manos, nos separaron y unos refugiados españoles se me echaron encima para golpearme. Mi amigo, José Iturriaga los puso en fuga con dos guantadas". DE LA VEGA, Miguel. "Neruda, Del Paso, Salazar Mallén, Vargas Llosa, Flores Olea… las polémicas de Paz, cargadas de pasión, ira, desdén y afán de imponerse". Revista *Proceso*: México, nº 1121, 26 de abril de 1998, p. 58.
43   Ver: ENCISO, Froylán. *Andar fronteras: el servicio diplomático de Octavio Paz en Francia (1946-1951)*. México: Siglo XXI, 2008.

> y, así, muchas veces no se sabe si habla el funcionario o el poeta, el amigo o el político (…) Es muy posible que el señor Neruda logre algún día escribir un buen poema con las notícias de la guerra, pero dudo mucho que ese poema influya en el curso de ésta. Prefiero siempre un buen comentario de Lasky a los ripios de los poemas políticos [...]. Neruda no representa a la Revolución de Octubre; lo que nos separa de su persona no son las convicciones políticas sino, simplemente, la vanidad …y el sueldo.[44]

De acordo com a historiadora Adriane Vidal Costa,[45] Neruda publicou diversos ensaios e poesias explicitamente engajados, durante a Segunda Guerra Mundial, que vão desde *"Miro a las puertas de Leningrado como miré a las puertas de Madrid"*, passando pelos *"Cantos de amor a Stalingrado"* até *"Sobre Teheran de Browder"*. Condenava os intelectuais que não compartilhavam de sua posição política. Se os intelectuais não estavam com o socialismo, segundo ele, estavam com o capitalismo, contribuindo para sustentá-lo. No México, Neruda chegou a visitar na prisão o pintor muralista David Alfaro Siqueiros, principal envolvido na primeira tentativa, fracassada, de assassinato de Trotsky, em 1940, e conseguir a concessão de asilo político a Siqueiros, no Chile.[46] A sua postura política não se modificou, nem quando foram divulgados os crimes de Stalin, no XX Congresso do Partido Comunista da URSS, em 1956.[47]

Diante da negação da realidade em nome de um "bem maior", muitos stalinistas continuavam a aceitar a ditadura, a falta de liberdade na URSS, o restabelecimento das desigualdades e o culto ao chefe Supremo, pois "do mal nasceria o

---

44 *Apud.* PONIATOWSKA, Elena, *op. cit*, p. 40.

45 COSTA, Adriane Vidal. *Pablo Neruda: uma poética engajada*. Rio de Janeiro: E-papers, 2007, p. 112.

46 Assim Neruda narrou os acontecimentos: "David Alfaro Siqueiros estava então no cárcere. Alguém o tinha metido numa incursão armada à casa de Trótski. Conheci-o na prisão, mas em verdade também fora dela, porque saíamos com Pérez Rulfo, comandante da prisão, e íamos beber juntos onde não déssemos muito na vista. Voltávamos altas horas da noite e eu dava um abraço de despedida em David, que ficava atrás de suas grades. [...] Entre saídas clandestinas da prisão e conversas sobre tudo o quanto existe tratamos, Siqueiros e eu, sua libertação definitiva. Provido de um visto que eu mesmo estampei em seu passaporte, dirigiu-se ao Chile com sua mulher, Angélica Arenales". NERUDA, Pablo. *Confesso que vivi: memórias*. São Paulo: Círculo de Lectores, 1979, p. 163.

47 COSTA, Adriane Vidal, *op. cit.*, p. 90.

bem", como definiu Winock. Podemos observar, dessa forma, a descrença de Paz com relação à arte a serviço da política, na medida em que chamou a atenção para a falta de crítica de escritores, como Neruda, que deveriam, segundo Paz, ao invés de se aliar a partidos políticos e realizar propaganda estatal, contribuir para formar produtores críticos, e não cegos servidores do Estado. Em outros momentos, como no livro *El ogro filantrópico*, de 1976, o poeta reafirmou essas ideias.

> Cuando pienso en Aragon, Éluard, Neruda y otros famosos poetas y escritores stalinistas, siento el calosfrío que me da la lectura de ciertos paisajes del infierno. Empezaron de buena fé, sin duda: ¿Cómo cerrar los ojos ante los horrores del capitalismo y ante los desastres del imperialismo en Asia, y África y nuestra América? Experimentaron un impulso generoso de indignación ante el mal y de solidariedad con las víctimas. Pero insensiblemente, de compromiso en compromiso, se vieron envueltos en una malla de mentiras, falsedades, engaños y perjurios hasta que perdieron el alma. Se volvieron, literalmente, unos desalmados. Puedo parecer exagerado: ¿Dante y sus castigos por unas opiniones políticas equivocadas? ¿Y quién cree hoy en el alma? Agregaré que nuestras opiniones en esta materia no han sido menos errores o fallas en nuestra facultad de juzgar. Han sido un pecado, en el antiguo sentido religioso de la palabra: algo que afecta al ser entero.[48]

O debate em relação ao engajamento político era uma questão que permeava a vida intelectual daqueles tempos de fortes tensões políticas e ideológicas, em que a consolidação de Stalin no poder, a Guerra Civil Espanhola, a ameaça mundial do fascismo, a Segunda Guerra Mundial e a afirmação dos EUA como a grande potência imperialista, provocaram transformações substantivas no cenário mundial. Concomitante a esse seu envolvimento político e literário, Paz deteve-se, entre os anos 30, 40 e 50, em pequenos trabalhos como o de contador de notas do Banco Central do México e escritor de canções para o cinema mexicano, que garantiam a sobrevivência dele, de sua esposa, Elena Garro, e de sua filha, nascida em 1939.

Em 1943, Paz ganhou uma bolsa da Fundação Guggenheim para estudar poesia moderna com o projeto *América y su expresión poética*, na Universidade de Berkeley, e viajou, em 1944, para São Francisco. Naquele período, o México havia

---

48 PAZ, Octavio. *Apud.* MONSIVAIS, Carlos, *op. cit.*, p. 85.

sofrido um desencanto em relação à herança revolucionária, o presidente Ávila Camacho (1940-1946) tinha sido eleito mediante eleições em que se manifestou a primeira fraude aberta pós-revolução e um giro notável do PRI ao conservadorismo, o que marcou o fim da retórica sobre a igualdade revolucionária.[49] O país tornava-se, assim, insuportável, na versão do poeta.

> Me ahogaba en México. Necesitaba irme. Creo por eso que fue bueno romper en un momento con mi pasado y en un momento dado irme primero a los Estados Unidos y luego a Europa.[50]

Nos Estados Unidos, Paz viveu em São Francisco, Vermont, Washington e Nova York. Além de estudar poesia moderna, o poeta trabalhou em muitas funções para sobreviver, tendo sido, inclusive, tradutor de cinema. Por recomendação de Victor Serge, tornou-se um assíduo leitor de *Partisan Review* e de *London Letter*, do pensador anarquista inglês George Orwell. Segundo relatou: "Mi admiración y simpatia por los norteamericanos tenía un lado obscuro: era imposible cerrar los ojos ante la situación de los mexicanos, los nacidos allá y los recién llegados."[51] Isso foi o início das suas reflexões que culminaram no célebre ensaio *O labirinto da solidão*, escrito na França e publicado em 1950, no México.

Ainda nos Estados Unidos, Francisco Castillo Nájera, um velho amigo de seu pai, ofereceu a Paz a oportunidade de trabalhar no Consulado Mexicano, o que permitiu a ele assistir e relatar não apenas a conferência que fundou as Nações Unidas, em 1945, como também o início da Guerra Fria.[52] Após essa experiência, com a ajuda também de um amigo, o poeta José Gorostiza, Paz foi convidado a trabalhar na França, como terceiro secretário da Embaixada Mexicana. Naquela época, a França continuava a ser a "pátria intelectual" dos latino-americanos. Lá, Paz conheceu e conviveu com relevantes intelectuais como Julio Cortázar, Josep Palau, Rufino Tamayo, André Breton, Benjamin Peret, Adolfo Bioy Casares,

---

49   ENCISO, Froylan, *op. cit.*, p. 31.
50   ENCISO, Froylan, *op. cit.*, p. 13.
51   PAZ, Octavio, *Itinerário, op. cit.*, p. 79.
52   PAZ, Octavio, *Itinerário, op. cit.*, p. 81.

Silvina Ocampo, Albert Camus, Roger Callois, Kostas Papaionnou,[53] Raymond Aron, Cornelius Castoriadis etc.

Segundo o historiador Froylán Enciso, o período em que Paz viveu na França, de 1945 a 1951, determinou por muitos anos as suas opiniões políticas, principalmente as suas críticas em relação à esquerda stalinista e a sua defesa em favor do regime político democrático. No entanto, é difícil definir o grau de influência desses pensadores sobre Paz, uma vez que certas ideias políticas e teóricas, tratadas pelo poeta, estavam também dispersas na atmosfera intelectual daquele tempo. Paz apontou, em seus escritos e entrevistas, algumas das origens intelectuais de sua obra, e afirmou suas afinidades com Albert Camus,[54] David Russet, Cornelius Castoriadis, André Breton, Raymond Aron, Kostas Papaionnou e seu distanciamento em relação a Sartre,[55] que, para ele, interpretava a história de

---

[53] Sobre Papaionnou, assim se manifestou Paz: "Daré un ejemplo de la ación esclarecedora de Kostas. En el París de la posguerra, sacudidos por las polémicas entre Camus, Breton, Sartre, David Russet y los comunistas, se discutió mucho el libro de Merleau-Ponty, *Humanismo y Terror*, defensa inteligente, aunque equivocada, del stalinismo disfrazado de razón histórica. Kostas desmontó el argumento del filósofo francés y así nos ayudó a ver claro. Merleau-Ponty incurría, como Sartre, en ese vicio lógico que se llama petición de princípio: para ellos el régimen soviético, *per se* y a pesar de su palmaria injusticia social y sus crímenes, era revolucionário y socialista. Los dos filósofos franceses no habían hecho con la URSS lo que había hecho Marx con el capitalismo: comparar los princípios con la realidad y así examinar la verdadera naturaleza, social y histórica, de la dictadura burocrática. Años más tarde Kostas publicó *L'ideologie froide*. Escrito con violencia y humor y saber, es uno de los textos más brillantes y contundentes de la polémica contemporánea contra el obscurantismo que ha usurpado el nombre y la tradición socialista". PAPAIONNOU, Kostas. *La consagración de la historia*. México: FCE, 1989, p. 9.

[54] O pensamento politico de Octavio Paz possui muitos pontos de contato com Camus (1913-1960). A luta do escritor francês contra os regimes totalitários, tanto de esquerda quanto de direita, as suas críticas contra o imperialismo norte-americano, e sua defesa a favor de regime político democrático e laico. Textos como *"Ni verdugo ni víctimas"* não o impediu de ser acusado, durante a Guerra Fria, de cúmplice involuntário do capitalismo. LOTTMAN, Herbert. *La rive gauche: la elite intelectual y política en Francia entre 1935 y 1950*. Barcelona: Tusquet Editores: Andanzas, 1994, p. 393.

[55] Jean-Paul Sartre (1905-1980) manifestou-se, desde a Segunda Guerra Mundial, a favor do compromisso do escritor com uma literatura comprometida, qualificando de irresponsável a noção de "arte pela arte", como pontuou: "Puesto que el escritor no tiene medio alguno de evadirse, queremos que abrace estrechamente su época; es su única oportunidad; está hecha para él y él está hecho para ella." E mais: "No queremos dejar escapar nada de nuestro tiempo; quizá los haya bellos, pero éste es el nuestro; no tenemos más que esta vida para vivir, en medio de esta guerra, quizá de esta revolución [...] Nuestra intención es contribuir a la

maneira demasiadamente determinista, maniqueísta e engajada: "Es asombroso que Sartre ha creído en sério que era un filosofo de la libertad, es menos asombroso que haya dicho que el hombre esta condenado a ser libre".[56] Não obstante, é difícil, de todo modo, identificar com precisão as suas referências intelectuais, pois sabemos também que a eleição delas presta-se, diversas vezes, a emboscadas analíticas anacrônicas.

Quanto ao seu trabalho na Embaixada Mexicana, na França, segundo ele, era tranquilo e burocrático, o que lhe permitiu desenvolver uma frutífera produção intelectual. Lia muito sobre literatura, história, antropologia, psicanálise, teoria política, e escrevia bastante sobre poesia e história. Ao explorar as correspondências e analogias desses saberes, Paz passou a desenvolver interpretações de caráter fundamentalmente humanista. Em 1949, publicou um dos seus mais importantes trabalhos poéticos, *Libertad bajo palabra*; em 1950, (FCE), como já mencionamos, publicou o ensaio *El labirinto de la soledad* e, em 1951 (FCE), publicou um expressivo livro de prosa poética, *Águila o sol* (FCE). Todas essas obras tornaram-se clássicos da literatura mexicana.

Acrescente-se a isso, Paz produziu algumas colaborações consideráveis ao grupo surrealista, como o poema *Mariposa Obsidiana*, publicado na *Revista de Meio Século do Surrealismo*, em 1950, e a sua campanha em Cannes em prol do filme de Buñuel – *Los Olvidados*, de 1951. Paz apresentou em Cannes, a convite de Buñuel, tal obra cinematográfica e usou de seus contatos para buscar apoio de jornalistas, intelectuais e artistas como Prévert, Cocteau, Chagall e Picasso.[57] Este filme retrata uma imagem realista e cruel da miséria de parte da população da Cidade do México. O impacto deste, na França, provocou muitos debates. O *Le Monde* o colocou nas nuvens e *L'Humanité* o considerou abaixo da crítica. Isso ocorreu porque, segundo Paz, eram os anos do "realismo socialista", em que

---

producción de ciertos cambios en la sociedad que nos rodea. No para cambiar las almas, eso concernía a los especialistas, sino para afectar 'la condicción social del hombre y la concepción que él tiene de sí mismo'." Apud. LOTTMAN, Herbert, *op. cit.*, p. 359.

56   PAZ, Octavio. *Itinerário*, *op. cit.*, p. 86.
57   KRAUZE, Enrique. "Octavio Paz: o poeta e a revolução". In: *Os redentores: ideias e poder na América Latina*, *op. cit.*, p. 226.

era comum se exaltar, entre as esquerdas, como valor central às obras de arte, o sentido positivo.

Já a recepção do filme no México foi péssima, principalmente porque os nacionalistas acreditavam que aquelas imagens maculavam o país.[58] No entanto, Paz defendeu o filme no texto *El poeta Buñuel*, que junto com um poema de Benjamin Perét foi distribuído em folhas soltas na entrada do cinema, no festival de Cannes. Para ele, a obra de Buñuel, *Los Olvidados*, era uma inquestionável obra de arte, pois apresentava, de maneira única, uma temática comum a toda a humanidade, a miséria.[59] Buñuel reconheceu o esforço de Paz, e observou em suas memórias:

> Estrenada bastante lamentablemente en México, la película permaneció cuatro días en cartel y suscitó en el acto violentas reacciones [...]. A fines de 1950, volví para presentarla. [...] Todo cambió después del festival de Cannes en que el poeta Octavio Paz – hombre del que Breton me habló por primera vez a quien admiro desde hace mucho – distribuía personalmente a la puerta de la sala un artículo que había escrito, el mejor, sin duda, que he leído, un artículo bellísimo. La película conoció un gran éxito, obtuvo críticas maravillosas y recebió el Premio de Dirección. [...] Tras el éxito europeo, me vi absuelto del lado mexicano. Cesaron los insultos, y la película se reestrenó en una buena sala de México, dónde permaneció dos meses.[60]

Para Paz, o surrealismo de Buñuel não foi uma escola de delírio, mas de razão crítica que o México deveria saber apreciar. Esta foi uma das diversas tentativas do poeta de pensar o México para além de suas fronteiras nacionais, de contribuir

---

58 Pensar a história e a política a partir da defesa do nacionalismo era ainda um tema relevante. Obras como a de Samuel Ramos – *El perfil del hombre y la cultura en México*, de 1934, deram o tom da primeira metade do século XX. O nacionalismo mexicano encontrava a sua expressão mais nítida nas artes plásticas, e o muralismo estabelecia uma nova simbologia carregada de pedagogia social.

59 Segue o trecho escrito por Paz sobre o filme: "'Los Olvidados' é algo mais que um filme realista. Sonho, desejo, horror, acaso, a porção noturna da vida também tem sua participação nisso. E o peso da realidade que ele nos mostra é tão atroz que termina nos parecendo impossível, insuportável. E é. A realidade é insuportável e, por isso, porque não pode suportá-la, o homem mata e morre, ama e cria". *Apud.* KRAUZE, Enrique. "Octavio Paz: o poeta e a revolução". In: *Os redentores: ideias e poder na América Latina, op. cit.*, p. 226.

60 BUÑUEL, Luis. *Mi último suspiro, op. cit.*, p. 237. (1ª ed. 1982)

para a modernização da cultura mexicana e de se tornar um intermediário entre a América Hispânica e a modernidade ocidental.⁶¹ Foi nesse mesmo período que ocorreu também a ruptura aberta de Paz em relação ao stalinismo através da divulgação, na América Latina, de denúncias da existência dos campos de concentração na URSS, que coincidiu, segundo Krauze, com sua aproximação involuntária ao trotskismo, tendo em vista que sucedeu a renúncia de Natalia Sedova, viúva de Trotsky, da Quarta Internacional, quando rejeitou publicamente a ideia de que a Rússia Soviética era um Estado de trabalhadores.⁶² Baseado nos depoimentos do escritor francês David Rousset contra o totalitarismo, a guerra e os campos de concentração (*gulags*), no livro *L'univers concentrationnaire*, de 1946,⁶³ Paz recopilou fragmentos de testemunhos do escritor e os publicou na revista argentina *Sur*, com o apoio da diretora Victoria Ocampo⁶⁴ e do editor José Bianco. Em 1951, o texto foi publicado com o título *Os campos de concentração soviéticos*.⁶⁵

> Los campos de extermínio me abrieron una inesperada vista sobre la naturaleza humana. Expusieron ante mis ojos la indubidable realidad del mal [...] El mal no es únicamente una noción

---

61 GONZALEZ TORRES, Armando, *op. cit.*, p. 29.

62 KRAUZE, Enrique. "Octavio Paz: o poeta e a revolução". In: *Os redentores: ideias e poder na América Latina*, *op. cit.*, p. 228.

63 Paz, Octavio. *Itinerário*, p. 94. Sobre David Rousset, Paz mencionou também, em suas memórias, a obra *Les jours de nôtre mort*, sobre campos de concentração nazistas.

64 Sobre a situação política na América Latina, Paz observou em carta à J. C. Lambert, no ano de 1953: "Querido amigo: [...] ¿Se ha enterado de lo que ocurre en Argentina? Lo más asombroso es el silencio de la prensa europea y el silencio de los amigos de Victoria. (Me refiero, en especial, a Callois, que no quiere que se publique nada porque teme perjudicarla. Política de avestruz [...]) No sé si sepa que no sólo Victoria está presa, sino también Francisco, Romero y otros muchos escritores argentinos. Valiéndome de mi situación he enviado – en nombre de D. Rougemont – un telegrama de Gobierno de México pidiéndole que intervenga por los presos. Tengo noticias de que Reyes y otros han hecho la misma petición. Si ve a Castro y a Cortázar (sobre todo este último) le ruego que les diga que me escriban con urgencia dándome toda clase de detalles. Creo que puedo ser de alguna utilidad, en virtud de mi posición (provisional), en Ginebra." PAZ, Octavio. *Jardines errantes: cartas de Octavio Paz ao poeta e crítico francês J. C Lambert 1952-1992*, *op. cit.*, p. 51.

65 Ver: PAZ, Octavio. "Los campos de concentración soviéticos". In: *Ideas y costumbres I: La letra y el cetro. Obras Completas*, vol. 9. 2003, p. 167-170. (1ª ed. 1993)

metafísica o religiosa: es una realidad sensible, biológica, psicológica e histórica. El mal se toca, el mal duele.[66]

De acordo com o poeta, a recepção crítica ao artigo foi escassa. Alguns o nomearam de "anticomunista" e de "burguês", enquanto outros optaram pelo silêncio. Aliás, Paz queixou-se, em boa parte de sua trajetória, dos excessivos silêncios sobre os seus ensaios políticos, ou como ele mesmo expressou, do "ninguneo". Este termo "ninguneo" está relacionado ao ostracismo, ao horror à crítica e à dissidência intelectual no México. Para o poeta, "o mexicano" transformava as diferenças de opinião em querela pessoal. A opção de "ningunear" implicava, assim, em enfrentar a crítica sem argumentos bem fundamentados.[67] Mais adiante assinalou: "En México no hay crítica, sólo un curioso procedimiento de elogiosas y breves notitas donde no se economizan incoloros adjetivos."[68] Em carta dirigida ao poeta e tradutor J. C. Lambert, no ano de 1954, Paz comentou, novamente, sobre a crítica mexicana:

> [...] La situación no es muy distinta que Europa, excepto que aqui no existe un grupo de intelectuales capaz de adoptar una posición realmente independiente. Imposible encontrar una posición semejante a la de Camus (la existéncia de un Breton en la América Latina sería imposible).[69]

Segundo Monsiváis, é preciso lembrar, por outro lado, também, que muitos intelectuais latino-americanos de esquerda, como Sartre, optaram pelo silêncio, em relação aos fatos apresentados por Rousset acerca do socialismo real, para não dar razão ao inimigo norte-americano, durante a Guerra Fria. Entretanto, para Paz, ainda assim, continuava a ser escandaloso que, mesmo em 1956, com

---

66 PAZ, Octavio. *Apud.* PONIATOWSKA, Elena, *op. cit.*, p. 36.
67 Paz explica o "ninguneo": "No sólo [los mexicanos] nos disimulamos a nosotros mismos y nos hacemos transparentes y fantasmales; también disimulamos la existencia de nuestros semejantes. No quiero decir que los ignoremos o los hagamos menos, actos deliberados y soberbios, los disimulamos de manera más definitiva y radical: los ningunemos. El ninguneo es una operación que consiste en hacer de Alguien, Ninguno. La nada de pronto se individualiza, se hace cuerpo y ojos, se hace Ninguno." PAZ, Octavio, *El laberinto de la soledad*, México, Fondo de Cultura Económica, 2000, p. 48-49.
68 PAZ, Octavio. *Apud.* PONIATOWSKA, Elena, *op. cit.*, p. 53.
69 PAZ, Octavio. *Cartas a J. C. Lambert, op. cit.*, p. 63.

as confissões de Kruschov no XX Congresso do Partido Comunista da URSS, a invasão soviética na Hungria e a militarização das "democracias populares" do Leste Europeu, que "ataram profundamente" do marxismo ao socialismo real, as esquerdas latino-americanas se recusassem a realizar uma autocrítica.

De janeiro a março de 1952, o poeta trabalhou na Embaixada do México na Índia, e até janeiro de 1953, na Embaixada no Japão.[70] Em 1953, Paz passou rapidamente pela Suíça e regressou ao México, já como diretor dos Organismos Internacionales de la Secretaría de Relaciones Exteriores.[71] As suas impressões sobre o México, depois de tantos anos de ausência, foram de estranheza, principalmente pelo vertiginoso crescimento demográfico e pelas desconcertantes tentativas de modernização do país: "Me he encontrado un México, o mejor dicho, una Ciudad de México bastante distinta a la que me había imaginado".[72] A causa das viagens e de seu retorno indesejado[73] para o México foi, segundo Anthony Staton, a desaprovação do embaixador mexicano Torres Bodet a respeito das relações que o poeta mantinha na França. O embaixador rejeitou sua aproximação com Albert Camus e Maria Casares em um ato comemorativo da Guerra Civil Espanhola, organizado em 19 de junho de 1951 por grupos próximos aos anarquistas espanhóis, e a já referida campanha em favor do filme de Buñuel que, segundo Torres Bodet, comprometia a imagem internacional do México.[74]

Para Paz, como ele mesmo assinalou, não foi fácil deixar Paris, justamente no momento em que se sentia reconhecido e útil entre grupos de intelectuais e artistas.[75] Buñuel endossou a versão do poeta sobre a resistência do embaixador às suas "afinidades eletivas":

---

70 É importante recordar que a Índia acabava de conquistar sua independência (1947) e o governo mexicano pretendia, desse modo, instalar sua representação na capital.

71 PONIATOWKA, Elena, *ibidem, op. cit.*, p. 50.

72 PAZ, Octavio. *Cartas a J. C Lambert (1952-1992)*, p. 56.

73 Segundo Paz: "No es fácil dejar París. Además me parece torpe cambiarme de puesto. Me cambian cuando empezaba a ser útil, cuando los franceses se empezaban a dar cuenta de mi existencia [...]" (Carta a Alfonso Reyes, no dia 3 de novembro de 1951). STATON, Anthony (org.). *Correspondencia: Alfonso Reyes & Octavio Paz*. México: FCE, p. 159.

74 STANTON, Anthony (org.). *Correspondencia: Alfonso Reyes & Octavio Paz*. México: FCE, 1998, p. 29.

75 PAZ, Octavio. *Cartas a J. C. Lambert (1952-1992), op. cit.*, p. 159,

> En Paris, con ocasión de las proyecciones privadas, otro adversário de la película fue el embajador de México, Torres Bodet, hombre cultivado que había pasado largos años en España e, incluso, había colaborado en la *Gaceta Literária*. También él estimaba que *Los olvidados* deshonraba a su país.[76]

É conhecido o fato de que a defesa do nacionalismo mexicano por intelectuais e políticos, como o poeta e embaixador Torres Bodet, foi e é fortemente relacionada aos interesses do Estado, que prezou e preza pela construção de uma imagem positiva e orgulhosa da nação. O problema, segundo Paz, seria a conduta desses intelectuais e artistas que, em nome do Estado ou da memória da Revolução Mexicana, desconsideravam ou, até mesmo, excluíam a alteridade e a autocrítica como possibilidade para a constituição de uma nação moderna.

Apesar dos contratempos, sua produção intelectual tornou-se, nesse período, cada vez mais prolífica: publicou um livro de poesia, – *Semillas para un hino* (1954, FCE), uma peça de teatro – *Las hijas de Rapaccini* (1956, *Revista Mexicana de Literatura*), mais dois livros de poesias – *Piedra de Sol* (1957, FCE), *La estación violenta* (1958, FCE) e mais outros dois livros de prosa, sobre poesia, *El arco y la lira* (1956, FCE) *Las peras del olmo* (1957, UNAM). Em 1956, viajou a Nova York e foi a Princeton para ministrar um curso sobre poesia e tentar publicar em inglês o seu livro *El arco y la lira*, editado, nesse mesmo ano, pelo Fondo de Cultura Económica. Além dessas atividades, acrescente-se a isso, Paz defendeu o movimento surrealista diante dos nacionalistas, na conferência "Los grandes temas de nuestro siglo",[77] organizada pela UNAM. Em 1954, fundou, no México, um grupo de poesia experimental denominado "Poesia en voz alta", e influiu na produção de uma das mais significativas revistas mexicanas, a *Revista Mexicana de Literatura,* dirigida, a partir de 1955, por Carlos Fuentes e Emmanuel Carballo. Mais adiante, em 1957, coordenou uma edição especial para a revista *Sur*[78] sobre a literatura japonesa.

Havia, naquele tempo, toda uma geração de artistas e intelectuais mexicanos que já buscavam por Paz. O poeta Juan José Arreola nomeava Paz, como já mencionamos, de *bezerro de ouro*, porque, em sua visão, muitos se curvavam diante dele.

---

76   BUÑUEL, Luis, *op. cit.*
77   PAZ, Octavio. *Cartas a J. C. Lambert (1952-1992), op. cit.*, p. 73.
78   Nº 249 da Revista *Sur*.

A reconhecida jornalista e amiga de Paz – Poniatowska citou, em suas memórias sobre o poeta, algumas das instituições e das figuras públicas que eram atraídas por ele: Librería Zaplanta, Librería Francesa, Relaciones Exteriores, Novedades, os embaixadores, Pepe Alvarado, Jorge Portilla, Juan García Ponce, Jaime García Terrés, Carlos Monsiváis, José Emilio Pacheco, José Vasconcelos, Max Aub, Juan Rulfo, Salvador Elizondo, Juan Soriano, Leonora Carrington, Tomas Segóvia, Pita Amor, José Luis Martinez, Ramon Xirau, Julieta Campos, Carlos Fuentes, Melchor Ocampo.[79] Como comentou Juan Goytisolo, Paz tornou-se ao lado de intelectuais como Andrés Bello, Domingo Sarmiento, José Martí, José Enrique Rodó, José Vasconcelos e Alfonso Reyes, um dos expoentes mais destacados da busca pela diversidade interpretativa, e da reflexão sobre as possibilidades de superação das carências de uma sociedade latino-americana atrasada.

É importante dizer que o seu prestígio foi construído com incansável esforço. Para que Paz pudesse publicar e se inserir com legitimidade na vida pública foi preciso formar uma rede de sociabilidade que reconhecesse as suas intenções e competências de importar e exportar produtos culturais, de traduzir os autores vanguardistas europeus, de conhecer o passado mexicano, de assimilar o surrealismo e difundir a mitologia asteca no exterior. Seguramente, a carreira diplomática e a amizade com diretores de importantes editoras, como Fondo de Cultura Económica, Siglo XXI, Editorial Joaquín Mortiz e Editora Gallimard, o ajudaram. Como é possível observar, o reconhecimento não é apenas um fenômeno aleatório que corresponde à posteridade, mas um bem desejado e perseguido no presente.[80]

A imagem do *bezerro de ouro* mexicano, formada por muitos dos seus comentaristas, é preponderantemente indiferente ao trabalho que teve o próprio Paz para se tornar um poeta e ensaísta de destaque. Essa questão é clara quando se analisa parte do seu epistolário, em que o empenho em estabelecer contatos, construir amizades, publicar textos e participar da vida pública e política mexicana foi enorme e se faz evidente. A correspondência entre Paz e Alfonso Reyes é um dos muitos exemplos. Assim como Reyes, Paz procurou inserir o México dentro de um diálogo universal, e soube, como considerou González Torres, apresentar-se

---

79 PONIATOWSKA, Elena, *ibidem*, p. 18.
80 GONZÁLEZ TORRES, Armando, *op. cit*, p. 23.

como mexicano entre os estrangeiros e ser cosmopolita entre os mexicanos.[81] Ainda assim, as resistências foram muitas, principalmente, como já mencionamos, as dos nacionalistas. Foi acusado, no México, de estar "contaminado" pelos surrealistas e, anos depois, pelo Oriente.[82]

Reyes foi, para Paz, não apenas uma forte referência intelectual, mas um grande mecenas que contribuiu para a publicação de diversas obras do poeta e o uniu a um grupo seleto de escritores de El Colégio de México,[83] como Juan José Arreola, Luis Cernuda, Juan Rulfo, Tomas Segóvia etc. Parte da correspondência de Paz com Reyes foi publicada, no ano da morte de Paz, em 1998, revelando uma rica troca de experiências, em que o entusiasmo e o esforço de ambos para pensar e publicar sobre a realidade mexicana é latente. Reyes comentou muitos dos escritos de Paz e os indicou para revistas e editoras, como *Cuadernos Americanos*, dirigida por Jesus Silva Herzog[84] e Fondo de Cultura Económica, dirigida então por Arnaldo Orfila.[85] Reyes foi um dos maiores entusiastas da obra do amigo – "lo leo, lo releo, lo aplaudo, lo recuerdo, lo quiero de veras".[86]

As cartas, entre eles, mostram, como se afirmou acima, a busca pela escrita mais apurada, o esforço de publicar o melhor de cada trabalho, e também a ansiedade e a insegurança que essa empreitada envolve. Seguem alguns trechos de Paz e uma resposta de Reyes sobre essas intenções:

> Muy querido y respetado amigo:
> Me atrevo a molestar su atención para pedirle – como siempre – un consejo y un favor. [...] Perdone, querido Alfonso Reyes,

---

81 GONZÁLEZ TORRES, Armando, *op. cit*, p. 146.
82 STANTON, Anthony (org.). *Correspondencia: Alfonso Reyes & Octavio Paz*. México: FCE, 1998, p. 10.
83 Paz chegou a ganhar uma bolsa de estudos no México para desenvolver os seus projetos literários em 1956, quando Alfonso Reyes era o presidente da instituição. PAZ, Octavio. *Correspondencia: Alfonso Reyes e Octavio Paz, op. cit.*, p. 37.
84 Revista criada por exilados europeus e adepta da causa da República Espanhola. Foi fundada e dirigida, desde 1941, por Jesus Silva Herzog (1892-1985).
85 Um dos fundadores do Colégio de México, Daniel Cosío Villegas, era o braço direito de Reyes. O argentino Arnaldo Orfila Reynal dirigiu o FCE de 1948 a 1965. Após esse período, fundou a editora *Siglo XXI*.
86 STANTON, Anthony (org.). *Correspondencia: Alfonso Reyes & Octavio Paz*. México: FCE, 1998, p. 21.

esta molestia y reciba un cordial abrazo de su amigo que tanto le debe y admira, Octavio Paz (24/09/1948).

Muy querido don Alfonso:
[...] Si a usted le parece que el libro merezca el sacrificio, podría intentar publicarlo colaborando económicamente con el editor, esto es, yo estaría dispuesto a pagar una parte de la edición. [...] Muy afectuosamente. Octavio Paz (18/01/1949).

Muy querido don Alfonso:
[...] Me da gran alegría que *Cuadernos* lo publique – aunque no deja de parecerme revelador que todas las dificultades con que tropecé para publicar un libro de poesía se allanen cuando se trata de uno de ensayos. [...] Un saludo cordial de su amigo que lo quiere y admira, Octavio Paz (14/10/1949).

Muy querido don Alfonso:
[...] Supongo que, además de los ejemplares de prensa, podré contar con 50, destinados a los amigos. Ya envío una lista de 30 o 35 personas a Joaquín Díez-Canedo, con sus direcciones, para que el Fondo de Cultura les envíe un ejemplar. Se trata de personas que viven en el continente americano. El resto me los pueden enviar; yo mismo me encargaré de distribuirlos aquí, y en España, Inglaterra e Italia, en donde tengo algunos amigos. [...] Reciba usted un cariñoso saludo de su amigo que lo quiere y admira, Octavio Paz (28/04/1949).

Señor. don Alfonso Reyes:
[...] Considero inútil decirle hasta qué punto estoy contento con el libro. Ha sido un verdadero día de fiesta para mí. Quizá a usted le parezca excesiva mi alegría. Pero le aseguro que ver el libro ha sido como una prueba, superior a la de Descartes, de mi existencia personal, de la que ya empezaba a dudar. Y, al mismo tiempo, como que ese libro ya no es mío, como que la existencia que justifica es la de otra persona – mejor y más pura que yo. [...] Un saludo cordial de su amigo, Octavio Paz. (20/09/1949).

Querido Octavio Paz
No se impaciente, que todos tenemos que sufrir lo mismo. La Gráfica Panamericana que hace nuestros libros y la mayoría de los del Fondo de Cultura ha estado recargada de trabajo, y Joaquín me dice que van despacio con su libro. No lo abandonan, no

tema. Simplemente, prepárese para dejar pasar todavía más un més. Un abrazo afectuoso. Alfonso Reyes. (10/05/1949)[87]

As cartas publicadas pela editora Seix Barral, no ano de 2008, de Paz para J. C. Lambert, entre os anos de 1952 a 1992, é mais um exemplo do empenho do poeta em difundir seus poesias e ensaios. As cartas revelam, além do mais, parte da sua rede de sociabilidade, dos seus anseios políticos e culturais e de suas primeiras e últimas impressões sobre o Oriente. O poeta fez a sua primeira viagem ao Oriente, nos inícios dos anos de 1950, por motivo da sua ocupação no serviço diplomático. A Índia foi para Paz um país misterioso à beira de se tornar problemático devido ao alto índice de pobreza e de conflitos políticos.[88] Os seus sentimentos sobre esse país foram inicialmente conflitantes, muito em razão de sua vontade de voltar a viver na França. É interessante notar o incômodo do poeta diante do desconhecimento, observado na Índia, a respeito da tradição intelectual do Ocidente, principalmente a francesa.

> Querido Alfonso Reyes:
> [...] No abundan las mujeres bonitas, ni las personas inteligentes entre mis nuevos colegas. Y Relaciones – que no me asciende – nos tiene en una situación difícil, que ya empieza a ser insostenible. Tengo mucho trabajo – los otros compañeros tienen aún menos experiencia diplomática que su servidor – y me paso el día haciendo notas o contestando invitaciones [...] Así, ni escribo, ni leo y apenas vivo. [...] Octavio Paz (27/01/1952).[89]
>
> Querido J. C. Lambert:
> [...] El problema es que esta gente ignora *todo de Occidente*. Conocen admirablemente la cultura inglesa, pero Baudelaire, Nerval o Novalis son nombres vacíos. El surrealismo los deja fríos; sencillamente, no saben lo que es. Nadie me ha hablado de Proust o Apollinaire. Y no hablan de literatura española o italiana. Temo que suponga que Cervantes escribió en portugués. En fin, ya veremos. Ellos se dan cuenta – empiezan a darse cuenta

---

87 STANTON, Anthony (org.). *Correspondencia: Alfonso Reyes & Octavio Paz*. México: FCE, 1998, p. 60, p. 66, p. 114, p. 84, p. 106, p. 89.
88 PAZ, Octavio. *Cartas a J. C. Lambert (1952-1992), op. cit.*, p. 8.
89 PAZ, Octavio. *Correspondencia: Alfonso Reyes & Octavio Paz, op. cit.*, p. 168.

– que Europa no es Inglaterra y que América es algo más que los EUA. [...] Octavio Paz. (14/04/1952).⁹⁰

Já de volta ao México, em 1959, Paz separou-se definitivamente de Elena Garro e voltou a Paris para ocupar o posto de agregado da Embaixada Mexicana. Vale ressaltar que, segundo Krauze, sua vida amorosa com Garro era um "campo de batalha", movido por disputas, brigas públicas e traições explícitas.⁹¹ Logo depois de sua conturbada separação de Garro, em 1962, ele foi nomeado embaixador na Índia e, em 1964, conheceu aquela que seria o seu grande amor – Maria José Tramini. É necessário dizer que, sem contar o amor declarado que o poeta passou a ter por Maria José, Paz pronunciou-se muito pouco sobre o seu primeiro casamento com Garro e sobre sua única filha, Helena Laura Paz Garro. Apenas quando se sentia injustiçado diante de algumas acusações públicas que Garro direcionava a ele, como as queixas por não ter pago devidamente a pensão, é que o poeta se pronunciava publicamente.⁹² Esses silêncios sobre parte de sua vida pessoal demonstram inicialmente uma estranheza, já que Paz manifestou, tantas vezes, o orgulho que sentia em relação à sua família (pai zapatista, avô liberal etc.) e o seu amor pela segunda esposa, Maria José. O desconforto em tratar sobre separações e desentendimentos, vividos no seu meio familiar, resultou, em parte, no desconhecimento do público leitor, principalmente o estrangeiro, sobre dados importantes de sua trajetória. Afinal, Garro, sua primeira esposa, foi uma grande escritora mexicana que compartilhava de muitas de suas amizades. Escreveu romances, contos e peças de teatro, reconhecidos pela crítica e pelo próprio Paz, como *El porvir del pasado* (1963), e ganhou prêmios importantes, como o *Prémio Xavier Villauruttia*.

Após a separação, Garro passou, junto com sua filha, a uma postura crítica e, em muitos momentos, ressentida diante das escolhas políticas, sentimentais e intelectuais do poeta. Acusou Paz de tê-la impedido de realizar muitas das coisas que ela gostava, de comprometer a educação de sua filha, de dificultar que ela

---

90 PAZ, Octavio. *Cartas a J. C. Lambert (1952-1992), op. cit.*, p. 8.
91 KRAUZE, Enrique. "Octavio Paz: o poeta e a revolução". In: *Os redentores: ideias e poder na América Latina, op. cit.*, p. 216.
92 PAZ, Octavio. "Rectificaciones de Octavio Paz". Periódico de Cultura – *La Reforma*: México, martes 1 de octubre de 1996.

conquistasse um reconhecimento maior como escritora no México. A jornalista Gabriela Mora entrevistou Garro nos últimos anos de sua vida, em que a contista ratificou sua querela pessoal:

> Yo vivo contra él, estudié contra él, tuve amantes contra él, escribí contra él y defendí los índios contra él. Escribí de política contra él, en fin, todo, todo, todo lo que soy es contra él. En la vida no tiene más que un enemigo y con esto basta. Mi enemigo es Octavio Paz.[93]

Para a jornalista Poniatowska, Garro acabou se tornando uma inimiga de si mesma ao fechar as portas, com intrigas e mágoas, para parte significativa do meio intelectual ao qual pertencia, que claramente se posicionou ao lado do poeta. Já sua filha, Helena Paz Garro, acompanhou a mãe contra o pai, o que resultou em uma relação sempre conflituosa com Paz. Em uma entrevista recente, Helena Paz comentou sobre seu pai: "Era un hombre muy fluctuante, porque veía a la gente como ángel o como demonio, o se veía a él mismo como un ser prepotente, un gran poeta, un genio universal o un pobre idiota, dependía de su humor".[94] A ausência de comentários dele sobre seus problemas familiares em entrevistas e, principalmente, escritos autobiográficos expressam, compreensivelmente, seus esforços para manter uma imagem pública simpática a sua pessoa. No prefácio de suas *Obras Completas*, diz: "la verdadera biografia de un poeta no está en los sucesos de su vida sino en sus poemas".[95] A intenção (re)velada aqui é a do zelo pela formação de uma imagem pública, no mínimo, atraente.

Durante sua estada na Índia, Paz visitou Ceilão, Afeganistão, Nepal, Birmânia, Tailândia, Singapura e Camboja. O poeta publicou, nessa época, *Salamandra* (poesia, 1962 – Joaquín Mortiz), *Topoemas* (poesia, 1962 – Ediciones Era), *Viento entero* (poesia, 1965 Delhi: The caxton Press), *Cuadrivio* (prosa, 1965 – Joaquin Mortiz), *Los signos en rotación* (prosa, 1965 – Sur), *Puertas al ocampo* (prosa, 1966),

---

93   *Apud.* DOMÍNGUEZ MICHAEL, Christopher. *Diccionário crítico de la literatura mexicana (1955-2005)*. México: FCE, 2007, p. 180.

94   HERNANDÉZ PÉREZ, Hernando. "Elena Garro". México, agosto de 2008. Disponível em http://elrincondehernando.blogspot.com/2008_08_01_archive.html. Acesso: 03/2010

95   PAZ, Octavio. "Preliminar". In: *Obra Poética II. Obras Completas*, vol. 12. México: FCE, 2004 (1ª ed. 2003).

Claude Lévi-Strauss, o el nuevo festín de Esopo[96] (prosa, 1967 – Joaquin Mortiz), *Blanco* (poesia, 1967 – Joaquim Mortiz), *El monogramático* (prosa, 1967 – Seix Barral – 1974), *Corriente alterna* (prosa, 1967 – Siglo XXI), *Discos visuales* (poesia,1968 – Ediciones Era). Além disso, participou de festivais de poesia em Spoleto e Londres, em 1967, e traduziu poetas europeus, norte-americanos e orientais: Nerval, Mallarmé, Apollinaire, Pound, Li Po etc.

A partir da década de 1960, segundo o escritor José Donoso, Paz encontrou, junto com outros escritores latino-americanos, um ambiente propício para ser editado e apreciado por um grande público, principalmente, o europeu. A descolonização da África, a "autopunição" europeia do Pós-Guerra e a façanha extraordinária da Revolução Cubana (1959) contribuíram para que as editoras europeias desejassem conhecer grandes nomes da literatura latino-americana, que teve como um de seus desdobramentos a descoberta, a valorização e a leitura massiva de escritores latino-americanos na própria América Latina. [97]

Não obstante, Paz advertiu que o chamado *boom* latino-americano deveria ser analisado com cautela, pois, grande parte dos jornalistas e comentaristas teria aderido ao entusiasmo, à moda e à repetição, não à crítica. Há anos era comum se lamentar, segundo contou, sobre a pobreza da literatura latino-americana, mas esses anos de pobreza tinham sido os de criação para Borges, Neruda, Reyes, Carpentier etc. Como assinalou, a atividade crítica na América Latina era, muitas vezes, indistinguível das formas mais banais da publicidade, que consistem em apelar para os clichês chamativos como "éxito de nuestros escritores, especialmente los novelistas, en el extranjero."[98] Em primeiro lugar, êxito lembrava a Paz um vocabulário próprio dos negócios e do esporte, não da literatura. Em segundo lugar, o aumento das traduções era um fenômeno universal e não exclusivo da América Latina. Era inegável que os agentes editoriais percorriam os cinco continentes em busca de novidades. Uma coisa, a seu ver, era a edição, e outra, a literatura.

Em todo caso, como já dito, ocorreu, ao mesmo tempo, tanto um esforço do poeta para que seus trabalhos fossem publicados pelo meio editorial, através

---

96 Paz foi o grande responsável por divulgar o pensamento de Leví-Strauss no México.
97 DONOSO, José. *Historia personal del "boom"*. Barcelona: Anágrama, 1972, p. 29.
98 MONSIVÁIS, Carlos, *op. cit.*, p. 117.

de amizades e contatos, quanto um reconhecimento do seu talento. As relações amigáveis entre Paz e J. C. Lambert são mais uma evidência. Lambert foi um poeta francês apaixonado pelo trabalho de Paz, que contribuiu significativamente para que a sua obra fosse difundida na França. Traduziu para o francês: *Águila o sol?* (1957), *El laberinto de la soledad* (1959) e *Libertad bajo palavra* (1966), e colaborou, em boa medida, com a publicação de mais de vinte livros do poeta pela prestigiada editora francesa Gallimard, entre 1972 e 2008. As cartas trocadas, nos anos de 1965 a 1970, entre Paz e o editor argentino Arnaldo Orfila, fundador da Siglo XXI, demonstram também um interesse mútuo em publicar e divulgar nos países de língua espanhola os seus escritos poéticos e políticos, sem cair nas armadilhas ufanistas, e revelam, ainda, ao leitor, os contatos já realizados pelo poeta com outras editoras estrangeiras, que poderiam viabilizar a divulgação dos seus escritos fora do país.

Paralelo ao seu indiscutível êxito editorial, a sua vivência na Índia foi acompanhada nos seus inícios por um estranhamento, que posteriormente se transformou em experiências fascinantes, ocasionadas, fundamentalmente, por suas viagens pela região e pela satisfação com o seu segundo casamento, ocorrido em 1966. Paz descobriu na Índia outra civilização, bastante distinta da ocidental. A preocupação, ao longo desses anos, em estreitar os laços entre Oriente e Ocidente fez-se evidente não só em seu trabalho diplomático (1962-1968), mas também no seu trabalho literário, ao tratar de temas como o amor, a alimentação, a espiritualidade, a antiguidade, e realizar comparações entre a Índia e o México, que resultaram mais adiante na publicação de livros como *El mono gramático* (prosa poética, 1974, Editora Seix-Barral), *La llama doble* (prosa poética, 1993, FCE) e *Vislumbres de la Índia* (prosa poética, 1995, FCE).

Apesar de sua distância, Paz mantinha, da Índia, contatos e emitia opiniões acerca dos processos políticos latino-americanos. Pensar a política foi um elemento muito importante da cultura latino-americana nas décadas de 1960 e 1970, e, nesse sentido, resulta compreensível que a Revolução Cubana fosse vista como um acontecimento relevante na luta contra o imperialismo, a injustiça e o atraso social da América Latina. Grande parte dos intelectuais a celebrou como a realização de uma utopia. Pablo Neruda, García Márquez, Vargas Llosa, Cabrera Infante, Julio

Cortázar foram escritores extremamente influenciados e influentes na divulgação de uma imagem positiva da Revolução Cubana, nos seus inícios, o que levou muitos pesquisadores a afirmar que os intelectuais latino-americanos desse período se aproximaram, em grande medida, das concepções de esquerda.

Paz nutria simpatias e reservas à Revolução Cubana. Chegou a ser convidado três vezes para visitar Cuba como membro da *Casa de las Américas*, mas não aceitou. Em carta ao escritor argentino José Bianco (cujo apoio à Revolução Cubana seria responsável pela saída de Bianco da revista *Sur*), datada de 26 de maio de 1961, após a fracassada invasão patrocinada pela CIA na Baía dos Porcos, afirmou:

> Embora eu entenda seu entusiasmo (e quase o inveje), não compartilho totalmente dele. Não gosto da linguagem usada pelos inimigos de Castro, nem do que eles representam e são. Mas a Revolução Cubana também não me agrada. Não era o que eu queria (e quero) para nossos países. Nossos países, como aquele da África e da Ásia, escolheram o caminho de Castro. Nenhum outro recurso (não lhes é permitido nenhum) lhes restou. Além das guerras e das calamidades que (esta situação) desencadeará, os resultados só podem ser ditaduras de direita se os movimentos populares forem destruídos ou, caso triunfem, ditaduras totalitárias como essa de Castro [...] Acho que nosso século verá o triunfo da "ideologia marxista"; o que ele não verá, pelo menos em nossa geração, é o triunfo do socialismo.[99]

Em 1967, escreveu outra carta, desta vez dirigida ao escritor cubano Fernández Retamar, figura proeminente da *Casa de las Américas,* [100] em que dizia: "(...) Soy amigo de la Revolución Cubana por lo que tiene de Martí, no de Lenin". O poeta comentou que Retamar não lhe respondeu, e depois de muitos anos escreveu acerca desse fato, em seu *Itinerário*, publicado em 1993:

> El régimen cubano se parecía más y más no a Lenin sino a Stalin (modelo reducido). Sin embargo, muchos intelectuales

---

99 *Apud.* KRAUZE, Enrique. "Octavio Paz: o poeta e a revolução". In: *Os redentores: ideias e poder na América Latina, op. cit.*, p. 237.

100 Ver: COSTA, Adriane Vidal. Intelectuais, *Política e Literatura na América Latina: o debate sobre revolução e socialismo em Cortázar, García Márquez e Vargas Llosa* (1958-2005). Departamento de História – FAFICH – UFMG, 2009 (tese de doutorado). MISKULIN, Silvia Cezar. Cultura Ilhada: *Imprensa e Revolução Cubana (1959-1961)*. São Paulo: Xamã, 2003.

> latinoamericanos, obliterados por una atración ideológica, aún defienden a Castro en nombre del 'princípio de no intervención'. ¿Ignoran acaso que ese princípio esta fundado en otro: el 'derecho de autodeterminación de los pueblos'? Un derecho que Castro, desde hace más de treinta años, niega al pueblo cubano.[101]

Segundo o jornalista Homero Campa, o poeta manteve, até 1968, uma "cálida" relação epistolar com grandes expoentes da literatura cubana, como o já citado Retamar, Lezama Lima e Cintio Vitier, em que o que se compartilhava era, em boa medida, uma afinidade literária, não ideológica.

Entretanto, era difícil desconsiderar a política. Em suas missivas, o poeta deixava sempre transparecer a simpatia pelo povo cubano, tanto quanto as suas reservas ao governo castrista. Em outra carta dirigida a Retamar, no dia 5 de junho de 1964, comentou:

> En el caso de Cuba se interroga: ¿Como voy a olvidar que se trata de gente de mi lengua y de mi historia? ¿No son tu y Lezama Lima y Cintio Vitier y tantos otros mis amigos? No sigo el camino de ustedes pero en algo siquiera coincido con ustedes: un día América Latina se recobrará la parte del futuro y la parte de realidad que le toca. Cierto, no es verdad que todos los caminos lleven a Roma (hay que volver al revés todos los proverbios: antigua máxima surrealista) pero tampoco es verdad que sólo hay un camino para llegar a ella. Como dice Darío: "esperar, esperemos todavía [...]" Nos queda mucho por andar, pero el día está cercano.[102]

De acordo com González Torres,[103] Paz chegou a apoiar posteriormente os dissidentes de Cuba, como também os dos países do Leste Europeu. Sem escapar da virulência ideológica da época, o poeta denunciava, seguindo a linha de outros intelectuais como Cornelius Castoriadis e Claude Lefort (fundadores da

---

101 PAZ, Octavio. *Itinerário, op. cit.*, p. 107.
102 CAMPA, Homero. "La cálida relación epistolar de Octavio Paz con Lezama Lima, Cintio Vitier y Fernández Retamar". Revista *Proceso*: México, núm 1123 /10 de mayo /1998, p. 55-58.
103 GONZALEZ TORRES, Armando, *op. cit.*, p. 82.

revista *Socialismo ou Barbárie* – 1948 a 1965),[104] o fanatismo revolucionário das esquerdas. Vale dizer que a Revolução Cubana, tal como apontou Carlos Fuentes, "consentiu [ao escritor] falar em público mais de política do que de literatura; na América Latina ambas eram inseparáveis e agora ele [o escritor] só tinha olhos para Cuba".[105] Naquele momento, discutir sobre política provocava debates tensos, alianças conflituosas, proclamações polêmicas, desentendimentos e distanciamentos que nos revelam um universo de disputas intelectuais acirradas pelo poder da palavra. "O caso Padilla" foi emblemático nessa direção.

Tudo começou, como narrou Vidal Costa,[106] quando o poeta cubano Heberto Padilla publicou alguns artigos no suplemento literário *El Caimán Barbudo* em 1967, nos quais questionou muitas das vertentes da Revolução Cubana tais como: a atuação de Lisandro Otero, definindo-o como "burocrata cultural"; a necessidade de defender e elogiar o escritor cubano Guillermo Cabrera Infante, exilado que se tornou inimigo do governo; as semelhanças entre a Revolução Cubana e o stalinismo; a existência de campos de internação e trabalhos forçados, como as *Unidades Militares de Ayuda a la Producción* (UMAPS) e os campos Guanahacabibes, comparando-os ao *gulags* soviéticos.

Em resposta às opiniões de Padilla, os editores do suplemento cubano afirmaram que ele havia caído em um "equívoco teórico de significação reacionária". Retiraram os seus prêmios, o condenaram por tendências contrarrevolucionárias e o acusaram de conceder informações a CIA. Em 1971, o governo cubano obrigou Padilla a se declarar culpado por "crimes contrarrevolucionários" (falar com jornalistas estrangeiros foi o pior deles), após ter sido preso e torturado pelo regime.

---

104 O grupo *Socialisme ou Barbarie* foi constituído como uma dissidência do trotskismo. A sua importância histórica foi dupla. Por um lado, levou as discussões acerca do regime de exploração prevalecente na União Soviética a um plano teórico mais sofisticado, permitindo uma melhor avaliação das semelhanças entre esse regime e os regimes ocidentais. Por outro lado, o *Socialisme ou Barbarie* contribuiu para lançar um olhar novo sobre a militância política e sobre as formas sociais em que essa militância deveria prosseguir se não quisesse ser vitimada pela burocratização. In: *Sessenta anos de "Socialism ou Barbarie"*. Por João Bernardo, 2 de março de 2009. http://passapalavra.info/?p=1222. Acesso 20/10/2011.

105 *Apud* DONOSO, José, *op. cit.*, p. 56-57.

106 COSTA, Adriane Vidal. *Intelectuais, Política e Literatura na América Latina: o debate sobre revolução e socialismo em Cortázar, García Márquez e Vargas Llosa*. (1958-2005). Departamento de História – FAFICH –UFMG, 2009 (tese de doutorado).

Paz, junto com muitos outros intelectuais, demonstrou indignação diante da postura política de Fidel Castro e reagiu quando assinou uma carta, redigida por Julio Cortázar e Juan Goyotisolo, *Declaración de los 54*, solicitando explicações. Fidel Castro respondeu, em contrapartida, justificando a necessidade de punir os "traidores" e defender a "arte revolucionária".

Uma nova carta foi escrita a *Declaración de los 62* (outros escritores mexicanos como Carlos Fuentes, José Revueltas e José Emílio Pacheco assinaram o documento), cobrando a absolvição de Padilla. Segundo a historiadora Silvia Miskulin,

> os escritores também apelavam para que Cuba voltasse a ser um modelo dentro do socialismo e evitasse o 'obscurantismo dogmático, a xenofobia cultural e o sistema repressivo que impôs o stalinismo nos países socialistas'. Paz não assinou esta última carta, pois se sentia 'alheio à decepção que a motivava'.[107]

As cartas foram publicadas em diversos periódicos, como *Le Monde*, e a polêmica revolucionária foi instalada. Como observou Paz:

> Todo esto sería únicamente grotesco si no fuese un sintoma más de que en Cuba ya está en marcha el fatal proceso que convierte al partido revolucionario en casta burocrática y al dirigente en Cesar. Un proceso universal y que nos hace ver con otros ojos la historia del siglo xx. Nuestro tiempo es el de la peste autoritaria: si Marx hizo la crítica del capitalismo, a nosotros nos falta hacer la del Estado y las grandes burocracias contemporáneas [...][108]

O "caso Padilla" foi simbólico diante do meio intelectual da época. E, para o poeta, esse episódio tinha revelado, uma vez mais, a necessidade de autocrítica das esquerdas frente aos governos autoritários.[109] É importante considerar que a

---

107 MISKULIN, Silvia. *Debates entre intelectuais latino-americanos: a Revolução Cubana nas publicações Plural e Vuelta.* Segundo Congreso – Flacso, México 2010. Ver: PADILLA, Heberto. *Fuera del juego.* Miami: Editores Universal, 1998, p. 160. Tese de Silvia Miskulim.

108 MONSIVÁIS, Carlos, *op. cit.*, p. 91.

109 Em carta a Arnaldo Orfila, no ano de 1968, Paz compartilhou da "fórmula feliz" de Carlos Fuentes sobre essa temática: "a partir de la izquierda, nuestra actitud es crítica – y sin excluir a la misma izquierda". In: PAZ, Octavio. *Cartas cruzadas: Octavio Paz/Arnaldo Orfila Reynal (1965-1970).* México: Siglo XXI, 2005, p. 156.

maioria dos historiadores, segundo Kristine Vanden Bergue,[110] tendia a aceitar o predomínio do intelectual marxista e pró-castrista no campo cultural latino-americano até pelo menos o "caso Padilla". Daí em diante, Cuba não voltaria a ser mais objeto de consenso e um número expressivo de intelectuais anticomunistas, como Paz, denominados por muitos como "progressistas", começaram a ocupar a hegemonia do campo cultural por meio tanto do "rechaço" ao imperialismo e à direita, quanto das duras críticas tecidas às atuações das esquerdas revolucionárias. Com efeito, ao final dos anos de 1980, dezenas de intelectuais, cientistas e artistas, como Paz, Federico Fellini, Manuel Puig, Susan Sontag e Vargas Llosa, voltaram a assinar uma "carta aberta" a Fidel Castro pedindo que ele realizasse um plebiscito semelhante ao realizado no Chile, em 1988, que teve como resultado o "não" à ditadura comandada pelo general Pinochet. A carta encontrou o silêncio de Fidel Castro e a forte indignação de muitos membros das esquerdas, como Gabriel García Márquez, Elena Poniatowska, Jorge Castañeda, Carlos Fuentes etc., inconformados com a comparação do ditador Pinochet com o revolucionário Fidel Castro.[111]

---

110 VANDEN BERGUE, Kristine. "Intelectuales 'demócratas' contra 'comunistas': ¿Un estilo peculiar?". *Cuadernos Americanos – Año XII*, vol. 4: México, julio-agosto de 1998, p. 148.

111 Segue a carta a Fidel Castro:
"26/12/1988. Señor Fidel Castro Ruiz: El primero de enero de 1989 se cumplen 30 años de estar usted en el poder sin que, hasta la fecha, se hayan efectuado elecciones para determinar si el pueblo cubano desea que usted continúe ejerciendo los cargos de Presidente de la República, Presidente del Consejo de Ministros, Presidente del Consejo de Estado y Comandante y Jefe de las Fuerzas Armadas. *Después del ejemplo de Chile, donde el pueblo, luego de 15 años de dictadura, ha podido manifestar su opinión libremente sobre el destino político del país, nos dirigimos a usted para pedirle que en Cuba se efectúe un plebiscito en el que el pueblo, con un sí o no, pueda decidir, mediante voto libre y secreto, su conformidad o rechazo a que usted continúe en el poder.* Para que este plebiscito se realice de una manera imparcial es imprescindible que se cumplan los seguientes puntos.
1 – Que se cree un comité internacional neutral para supervisar el plebiscito.
2 – Que se pongan en libertad a todos los presos políticos y que se suspendan la leyes que impiden la libertad de expresión.
3 – Que los exilados puedan regresar a Cuba y que, junto con otros actores de la oposición, se les permita hacer campaña en todos los medios de comunicación.
4 – Que se legalicen los comités de derechos humanos dentro de Cuba.
De triunfar el no, usted, Señor Presidente, debe dar paso a un poceso de apertura democrática y a la mayor brevedad posible, convocar elecciones para que el pueblo cubano pueda elegir libremente a sus gobernantes".

• • •

Foi pela BBC na Índia que Paz teve notícias sobre o Maio de 1968. Entusiasmado com o movimento, acreditava que *a poesia tinha entrado em ação* na transformação moral e sentimental da sociedade. Em carta a Orfila, escrita de Nova Delhi, em 28 de maio de 1968, disse acerca das possibilidades políticas dessa transfornação:

> Sigo con pasión los sucesos de Francia. Creo que a todos nos han sorprendido. Es admirable. Si los obreros continúan con su firme actitud – a pesar de la no oculta resistencia de los dirigentes comunistas y socialistas que quisieron detenerlos, asistiremos a la primera revolución socialista en un país *desarrollado*. Esto es, seremos testigos de *la verdadera revolución* socialista. (Para mí, y creo que también para usted, el auténtico socialismo es una consecuencia del desarrollo y no un método para desarrollarse.) Vivimos momentos extraordinarios. Estoy emocionado por la actitud de los estudiantes y por la decisión de los obreros y del pueblo [...][112]

Logo depois escreveu sobre o tema no livro *Conjunciones y dijunciones* (prosa, 1969, Joaquín Mortiz).[113] Em outubro de 1968, ao ler notícias de jornais, notas oficiais do governo mexicano e comentários de amigos próximos sobre os últimos acontecimentos políticos no México, o poeta tomou conhecimento da violenta repressão do Exército mexicano à manifestação pacífica dos estudantes, no dia 2 desse mesmo mês, na Praça de Tlatelolco, Cidade do México, e imediatamente colocou em disponibilidade o seu cargo de embaixador na Índia movido por "horror e indignação".[114] Para Paz, era inconcebível representar no exterior o governo autoritário de Gustavo Díaz Ordaz (1964-1970), que, para manter a "face moderna" do México, nas vésperas de sediar as Olimpíadas, reprimiu uma manifestação estudantil que resultou em centenas de mortos e desaparecidos.[115]

In: XAVIER LEDESMA, *op. cit.*, p. 176. (os grifos são nossos)
[112] PAZ, Octavio. *Cartas cruzadas: Octavio Paz y Arnaldo Orfila Reynal (1965-1970)*, *op. cit.*, p. 164.
[113] PAZ, Octavio. *Cartas a J. C. Lambert*, *op. cit.*, p. 189.
[114] *Idem, ibidem*, p. 183.
[115] Ver: GARCÍA CANTÚ, Gastón & CAREAGA, Gabriel. *Los intelectuales y el poder.* México: Contrapuntos, 1993.

Diante do fato, o ministro de Relações Exteriores Antonio Carrillo Flores, em acordo assinalou:

> En virtud de que es muy grave que un embajador de México, dando crédito a versiones inexatas, difundidas por ciertos órganos de información extranjero, juzgue el país o al gobierno que represente, *la Secretaría de Relaciones Exteriores*, por acuerdo superior, ha resuelto conceder al embajador Paz su separación del Servicio Exterior Mexicano.[116]

A carta, em nome do então presidente Díaz Ordaz, ao presidente da Índia indica que ele "ha decidido poner fin a la misión que el señor Octavio Paz venía desempeñando". Não obstante, Paz declarou à imprensa internacional que não foi demitido do cargo, e, sim, que renunciou.

Como observou o jornalista Guillermo Sheridan, o então presidente Díaz Ordaz se aproveitou da semântica ambígua para desqualificar Paz, insinuando que colocar o cargo em "disponibilidade" não era o mesmo que "renunciar", pois revelava uma atitude interessada em conservar benefícios. Em carta, o escritor relembrou que a *Ley Orgánica del Servicio Exterior Mexicano* vigente em 1968, em seu capítulo VII, intitulado: "De la Separación y Disponibilidad", reconhecia cinco causas de separação do serviço diplomático: suspensão, demissão, destituição, aposentadoria e disponibilidade, que se outorgava "a solicitud del interesado". Em outras palavras, apesar da lei não contemplar a renúncia, colocar o cargo em disponibilidade era o único caminho a percorrer devido à burocracia diplomática. Encontra-se o parágrafo com a renúncia de Paz, dirigida a Carrillo Flores, no dia 4 de outubro de 1968: "Ante los acontecimientos últimos, he tenido que preguntarme si podía seguir sirviendo con lealtad y sin reservas mentales al Gobierno. Mi respuesta es la petición que ahora le hago: le ruego que se sirva ponerme en disponibilidad, tal como señala la *Ley del Servicio Exterior Mexicano*".[117]

---

116 SHERIDAN, Guillermo. "La renuncia de Paz". Revista *Proceso*, México, 28 de agosto de 1998. Alguns dados mostram que a repressão resultou em 325 mortos e outras centenas de desaparecidos, apesar da polícia reconhecer, posteriormente, a morte de apenas 35 estudantes.

117 Continuação da carta dirigida a Carrillo Flores, datada de 1968: "Grande y buen amigo: *Tengo a honra comunicar a Vuestra Excelencia que he decidido poner fin a la Misión que el señor Octavio Paz venía desempeñando en la República de la Índia, con el carácter de Embajador Extraordinário y Plenipotenciario de los Estados Unidos Mexicanos*. En la confianza de que el señor Embajador Paz habrá sido intérprete fiel de los sentimientos de amistad de mi Gobierno hacia el de la República

A carta de renúncia e o poema de indignação, escritos em resposta ao convite oficial do governo para participar do *Encontro Mundial de Poetas,* durante as Olimpíadas de 1968, tornaram-se públicos, no dia 7 de outubro de 1968, em jornais internacionais como o *Le Monde,* na França, e o *Juventud Rebelde,* em Cuba.

Nueva Delhi, a 7 de octubre de 1968

Señores Coordinadores del Programa Cultural
de la XIX Olimpiada, México D.F.

Muy señores míos:
Tuvieron ustedes, hace algún tiempo, la amabilidad de invitarme a participar en el Encuentro Mundial de Poetas que se celebrará en México durante el presente, señores, como una parte de las actividades del programa cultural de la XIX Olimpiada. Asimismo, me invitaron a escribir un poema que exaltase el espíritu olímpico. Decliné ambas invitaciones porque, según expresé a ustedes oportunamente, no pensaba que yo fuese la persona más a propósito para concurrir a esa reunión internacional y, sobre todo, para escribir un poema con ese tema. No obstante, el giro reciente de los acontecimientos me ha hecho cambiar de opinión. He escrito un pequeño poema comemorativo de esa Olimpíada. Se los envío a ustedes, anexo a esta carta y con la atenta súplica de transmitirlo a los poetas que asistirán al Encuentro. Les agradezco de antemano la atención que les merezca el ruego contenido en la parte final del segundo párrafo de esta comunicación. Sírvanse aceptar la expresión de mi atenta consideración.

Octavio Paz

Intermitencias del oeste (3)
(México: Olimpiada de 1968)
A Dore y Adja Yunkers

La limpidez
(quizá valga la pena
escribirlo sobre la limpieza

---

de la Índia, le ruego aceptar los sinceros votos que formulo por la prosperidad del pueblo indio y por la ventura personal de Vuestra Excelencia, de quien soy leal y buen amigo, El Secretario de Relaciones Exteriores". SHERIDAN, Guillermo. "La renuncia de Octavio Paz a la embajada de la Índia". Revista Proceso: México, nº 1144/4 de octubre/1998, p. 68. (os grifos são nossos).

> de esta hoja)
> no es límpida:
> es una rabia
> (amarilla y negra
> acumulación de bilis en español)
> Extendida sobre la página.
> ¿Por qué?
> *La vergüenza es ira*
> *vuelta contra uno mismo:*
> *si*
> *una nación entera se avergüenza*
> *es león que se agazapa*
> *para saltar.*
> (Los empleados
> municipales lavan la sangre
> en la Plaza de los Sacrificios.)
> Mira ahora,
> manchada
> antes de haber dicho algo
> que valga la pena
> la limpidez.[118]

É válido dizer que a renúncia de Paz foi acompanhada pelos jornais mexicanos das acusações feitas por sua ex-esposa Elena Garro e sua filha Helena Paz Garro aos intelectuais de esquerda, por terem estes, segundo elas, instigados os estudantes a protestar contra o governo mexicano. Os principais responsáveis pelo massacre de Tlatelolco, na visão delas, eram os próprios intelectuais de esquerda. Garro publicou, no dia 17 de agosto de 1968, na *Revista de América*, um artigo intitulado *"El complot de los cobardes"*, no qual culpou os intelectuais de atiçar os estudantes. Como afirmou Garro:

> En los tumultos provocados, según los rumores, existen millares de muertos e incinerados secretamente por el gobierno. También se cuentan por millares los detenidos y los heridos en las cárceles. ¿Por qué entonces los intelectuales no buscan a las famílias de las centenas de asesinatos y heridos para presentarlos a la opinión

---

[118] PAZ, Octavio. "Intermitencias del oeste (3) (México: Olimpiada de 1968)" In: *Obra poética I – 1935-1988. Obras Completas*, vol. II. México: FCE, 1997, p. 374 (1ª ed. 1996).

> pública? ¿Por qué no piden seriamente un castigo para los autores intelectuales de estas masacres?[119]

A escritora denunciou para a polícia vários nomes de pessoas conhecidas que ela acreditava estarem diretamente envolvidas com o massacre. No dia 7 de outubro do mesmo ano, Garro já havia publicado uma lista, no jornal da UNAM, com nomes de escritores e artistas "suspeitos". Entre eles, estava Carlos Monsiváis. Segundo Christopher Domínguez Michael, essa foi a principal causa da impopularidade de Garro junto aos intelectuais mexicanos. A filha de Paz chegou a dirigir uma carta aberta ao pai, no jornal *El Universal*, logo que ele deixou a embaixada da Índia, como protesto aos acontecimentos de Tlatelolco.

> Tu condena debió de ser dirigida a los apoltronados que arrojan a la muerte y a la destrucción a jóvenes desposeídos de fortuna [...]. Debes saber que estos directores del desastre no han tenido ningún escrúpulo. Primero: en dejarlos caer y renegar los caídos. Segundo: en entregarlos a la policía, en cuyas manos, siento decírtelo, están muchísimo más seguros que entre sus secas cabezas enfermas de ansia de poder. Tercero: en cubrirlos de injurias, que van desde cobardes, asesinos, espías, traidores, delatores, provocadores, granujas, etcétera, sólo porque perdieron la sangrenta batalla de Tlatelolco, que los intelectuales organizaron, y la razón que ha convertido a estos violentísimos jóvenes, a quienes no conoces, es la carencia de una causa justa y la turbiedad de las cabezas dirigentes de su pérdida.[120]

Garro e sua filha reivindicaram proteção do governo para continuar informando à polícia "o que ocorria" dentro dos círculos intelectuais, e logo depois se exilaram na Europa. A reação de Paz foi de uma profunda reprovação a essas manifestações, seguida, posteriormente, de um "perdão silencioso",[121] o que o fez

---

119 GARRO, Elena. *Apud.* DOMÍNGUEZ MICHAEL, Christopher. *Diccionário crítico de la literatura mexicana (1955-2005)*. México: FCE, 2007, p. 181.

120 GARRO, Helena. *Apud.* DOMÍNGUEZ MICHAEL, Christopher. *Diccionário crítico de la literatura mexicana (1955-2005)*. México: FCE, 2007, p. 182 (carta publicada no *El Universal* de 23 de outubro de 1968).

121 PAZ, Octavio. "Retificaciones de Octavio Paz. México". *Periódico de Cultura/Reforma:* México, martes, 1 de octubre de 1996.

adiar por um ano a sua volta ao México.[122] Para o poeta, a filha apenas reproduzia as atitudes da mãe pelo fato dele ter se separado dela. Quando voltaram ao México, Garro se aliou aos desafetos de Paz. Para Domínguez Michael, o "grave erro" que cometeram ao por em risco a vida de vários amigos compremeteu definitivamente a sociabilidade de Garro, no universo cultural mexicano.

Apesar dos constrangimentos sofridos, dentro do governo e pela postura pública de seus familiares, a sua saída da Índia foi tranquila. Indira Gandhi chegou a convidá-lo, segundo contou Paz, para um jantar de despedida em gesto de amizade.[123] Para o poeta, representar um governo repressor era intolerável, ainda mais porque Paz já se sentia enfadado com os afazeres diplomáticos e nutria planos de realizar outras atividades.[124] Como narrou no livro *Itinerário*, a sua carreira diplomática foi "medíocre e com avanços propositalmente lentos".[125] Em carta a J. C. Lambert, afirmou no ano de 1953, em Genebra: "Desgraciadamente, Relaciones Exteriores me quita casi todo el tiempo, lo cual me exaspera".[126] Em 19 de agosto de 1968, antes mesmo do massacre de Tlatelolco, dizia de Nova Delhi: "Desde hace más de un año deseo regresar a México y tratar de ser útil en algo. Aprovecharé mi viaje [a México] para buscar un *Job* en la Universidad o en algún otro sitio."[127] Em outra carta, agora a Tomás Segovia, observou, em 27 de maio de 1967: "[...]

---

122 Em carta a Orfila, no dia 27 de julho de 1969, Paz afirmou "[...] No pienso ir a México durante este año. No tanto por lo que llamaría 'razones políticas' (aunque también eso cuente) cuanto por razones personales que, según Fuentes y otros amigos, podrían convertirse en razones públicas. Es el colmo [...]". PAZ, Octavio. *Cartas cruzadas: Octavio Paz y Arnaldo Orfila (1965-1970)*, op. cit., p. 219.

123 PAZ, Octavio. *Cartas a J. C. Lambert*, op. cit., p. 198.

124 Em carta a Orfila, escrita de Nova Delhi, no dia 12 de dezembro de 1967, o poeta escreveu: "Una vez resuelto el problema fundamental, es decir: asegurar el financiamiento de la revista por lo menos durante dos años, trataremos del otro problema que a usted le preocupa (y a mí también): mi regreso a México. Sobre esto sólo puedo decirle que mi decisión depende de dos cosas: la primera, la revista, la segunda, obtener en la Universidad o en algún otro sítio una suma decente que me permita subsistir decorosamente y gozar de cierto tiempo libre para mi trabajo personal." In: PAZ, Octavio. *Cartas cruzadas: Octavio Paz y Arnaldo Orfila (1965-1970)*, op. cit., p. 145.

125 PAZ, Octavio. op. cit. *Itinerário*.

126 PAZ, Octavio. *Cartas a J. C. Lambert (1952-1992)*, op. cit., p. 73.

127 PAZ, Ocatvio. *Cartas a J. C. Lambert, (1952-1992)*, op. cit., p. 191.

la burocracia me estrangula con sus insidiosas redes, reglas y reyes [...]".[128] Estas últimas citações do seu epistolário não estão explicitamente presentes nos seus escritos autobiográficos, talvez pelo desejo contido de apagar as possíveis dúvidas em torno da idoneidade de seu ato ao abrir mão da carreira diplomática. De um modo ou de outro, a sua renúncia causou, na época, uma enorme polêmica, pois alguns o acusaram de oportunismo, enquanto outros louvaram a sua conduta e viram nela um comprometimento moral. Em uma entrevista de 1977, concedida a Sheridan, Paz declarou:

> En México, todos o casi todos los escritores, sin excluir la gente que fue la independencia misma, como Revueltas y Cosío Villegas, hemos servido en el gobierno. Compromiso peligroso que puede convertirse en pecado mortal si el escritor olvida que su oficio es un oficio de palabras y que entre ellas una de las más cortas y convincentes es NO. Uno de los privilegios del escritor es decir NO al poder injusto. Pero ese NO debe brotar de la conciencia y no de la táctica, la ideología o las necesidades del partido. La función política del escritor depende de su condición de hombre fuera de las combinaciones políticas. El escritor no es el hombre del poder ni el hombre del partido: es el hombre de conciencia.[129]

A ideia de que um escritor deva ser independente para exercer sua crítica social, acima das ideologias, ganhou grande fôlego em sua obra. Os escritores, ao exercerem, de acordo com Paz, a crítica da moral, da linguagem, da sociedade e dos valores produzem, consequentemente, irritações. Mais adiante, assinalou:

> Mis ideas son opiniones. Las defiendo y las he defendido por fidelidad a mi verdad relativa. Esto me ha convertido en una persona difícil, detestada por mucha gente. Lo siento. Mi actitud no ha sido la del político ni la del escritor que, en busca del éxito y la fama, adula a sus lectores. Hay que arriesgarse a ser impopular. ¡Qué más quisiera uno que ser querido por todos! No quise hacer una "carrera" literaria, quise ser fiel a mí mismo.[130]

---

128   PAZ, Octavio. *Cartas a Tomás Segovia (1957-1985), op. cit.*, p. 128.
129   PAZ, Octavio. "Suma y sigue". In: *El peregrino en su patria: Historia y Política de México. Obras Completas*, vol. 8. México: FCE, 2006, p. 377 (1ª ed. 1993).
130   PERALTA, Bráulio. *El poeta en su tierra: diálogos con Bráulio Peralta*. México: Hoja Casa Editorial, 1996, p. 165.

Assim que renunciou ao posto de embaixador, Paz afirmou ter sido convidado por algumas universidades dos EUA e da Europa, como Harvard, Austin, Yale, Pittsburg, Califórnia, Oklahoma e Cambridge, a ministrar cursos sobre poesia e crítica literária.[131] Nesse período, o poeta publicou *Marcel Duchamp o el castillo de la pureza* (1968, Ediciones Era), *Discos Visuales* (1968, Ediciones Era), *La centena* (1969, Seix Barral) e *Ladera este* (1969, Joaquín Mortiz). Não é exagero considerar que muitos dos convites recebidos para lecionar nessas universidades foram também buscados pelo poeta. Antes mesmo de sua renúncia como embaixador mexicano, Paz já realizava, como dito, cursos e visitas a centros acadêmicos.[132]

Após lecionar em universidades, publicar diversos poemas e ensaios, e refletir sobre suas experiências no Oriente, Paz voltou ao México, em 1971, e procurou conciliar essas atividades com outros projetos. O poeta passou a ser visto pelos setores democráticos, e mesmo pelas esquerdas revolucionárias, como um "líder moral",[133] apesar de afirmar que não queria estar nessa posição. O revolucionário marxista José Revueltas o considerou, por exemplo, nessa época, um amigo. Leu, quando preso, em 1968, seus poemas, chegando a declarar que todos os jovens no México pensavam nele.[134] Quanto à sua recusa em assumir o papel de "líder moral" no México, não deixa de ser uma contradição, uma vez que, ao se propor a analisar a sociedade e se colocar como porta voz crítico da mesma, por meio de artigos, livros, debates intelectuais e participações em programas de televisão, ele desejou animar e orientar a sociedade mexicana. Como observou Jorge Castañeda, em seu livro *A utopia desarmada: intrigas, dilemas e promessas da esquerda latino-americana*,[135] muitos intelectuais latino-americanos, como Paz, se sentiam impelidos a servir à sociedade civil, a dar sentido ao tempo em que

---

131 CAITOR, Nick. *Octavio Paz*. Londres: Critical Lives, 2007. p. 100.

132 PAZ, Octavio. *Cartas cruzadas: Octavio Paz/Arnaldo Orfila (1965-1970)*, op. cit., p. 188.

133 Nomes como Arnaldo Orfila, Carlos Monsiváis, Jesus Silva Herzog, Carlos Fuentes, Elena Poniatowska apoiaram publicamente a renúncia de Paz.

134 *Apud.* KRAUZE, Enrique. "Octavio Paz: o poeta e a revolução". In: *Os redentores: ideias e poder na América Latina*, p. 253.

135 "Com frequência, os intelectuais situaram-se justamente no interstício, seja entre a América Latina e o resto do mundo, seja entre um Estado forte e uma sociedade civil fraca." In: CASTAÑEDA, Jorge. *A utopia desarmada: intrigas, dilemas e promessas da esquerda latino-americana* São Paulo: Companhia das Letras, 1994, *op. cit.*, p. 153.

viviam porque compreendiam que grande parte da população se encontrava fragilizada e despolitizada diante das duras condições econômicas, políticas e sociais.

É importante esclarecer que o Estado construído, após a Revolução Mexicana, implementou, como já afirmado anteriormente, uma política protecionista e nacionalista, que propiciou resultados econômicos positivos. Alguns analistas, como o historiador Héctor Aguilar Camín, consideram que esse processo culminou no "milagre mexicano" (1940-1968), que teve como características marcantes a estabilidade política e um notório crescimento econômico. No entanto, entre 1968 e 1984, iniciou-se no México uma série de indagações a respeito da duração e do destino do sistema político institucional, em razão da crescente desigualdade social, da burocratização do Estado e do autoritarismo político. De acordo com Krauze,[136] o sistema político mexicano chegou ao seu limite nos anos de 1960, até porque ele foi projetado para atender a uma população menor e fechada, insustentável em um mundo que se abria à concorrência e comunicação global. A repressão aos protestos políticos de estudantes, que culminou na matança de Tlatelolco, em 1968, foi um momento de inflexão, o começo da decadência desse sistema.

Muitos estudantes, antes mesmo de 1968, já se manifestavam, segundo Miskulin, contra o autoritarismo e em prol da liberdade de presos políticos, da idoneidade da polícia, da indenização às vítimas da repressão e da investigação dos excessos repressivos. O que chama a atenção é que não havia nenhuma reivindicação acadêmica, – como ocorreu na França em maio de 1968 –, e que, apesar do governo mexicano considerar essas manifestações ilegítimas, elas não foram tão violentamente reprimidas como em 2 de outubro.[137] O resultado foi, também, as manifestações de muitos intelectuais, além de Paz, em revistas, periódicos e livros em favor de mudanças na política: Elena Poniatowska (*La noche de Tlatelolco. Testimonios de historia oral* – 1971), Daniel Cosío Villegas (*El sistema político mexicano* – 1972), Pablo González Casanova (*La democracia en México* – 1965); Gabriel Zaid (*El progreso improductivo* – 1976), Octavio Paz (*Posdata* – 1970, Editora Siglo

---

136 Ver: KRAUZE, Enrique. *La Presidencia Imperial: ascenso y caída del sistema político mexicano (1940-1996)*. México: Tusquets, 1997.

137 MISKULIN, Silvia. "O movimento estudantil de 1968 no México". *Anais Eletrônicos do VIII Encontro Internacional da ANPHLAC*. Vitória, 2008. Disponível em http://www.anphlac.org/html/revista.php. Acesso: 20/08/2011.

XXI – *El ogro filantrópico: história y política (1971-1978)* – 1979, Editora Joaquín Mortiz), entre outros.

No ano de 1971, o então presidente Luis Echeverría (1970-1976) iniciava o seu governo com o intuito de resgatar, de acordo com Krauze, a legitimidade do Estado, que se encontrava bastante abalada pelas políticas autoritárias de Gustavo Díaz Ordaz (1964-1970). As medidas tomadas foram em direção às reformas democráticas, necessárias à modernização do país. O governo concedeu anistia aos presos políticos como Heberto Castillo e José Revueltas, e manteve boas relações com a UNAM. Muitos intelectuais, – como Paz, Fernando Benítez, Carlos Fuentes –, apoiaram, inicialmente, Echeverría. Paz pontuou suas primeiras impressões sobre o governo:

> El Presidente Echeverría inició su gobierno usando un lenguaje que no tardó en alarmar a los partidarios de las palabras-máscaras y que poco a poco, no sin vencer nuestro natural escepticismo, ha acabado por conquistar a la mayoría de la opinión independente. [...] El Presidente ha devuelto su transparencia a las palabras. Valemos entre todos para que no se vuelvan a entubiar. Echeverría merece nuestra confianza. Y con ello, cada vez que sea necesario, algo más precioso: nuestra crítica.[138]

Com efeito, a abertura democrática permitiu uma relativa independência das esquerdas. Exilados políticos das ditaduras militares do Cone Sul foram bem recebidos no México e líderes políticos das esquerdas, como Castillo, puderam se manifestar em defesa do fortalecimento do Estado. Castillo representava, naquele momento, uma face inovadora da esquerda. Paz, junto com outros intelectuais como Carlos Fuentes e Luis Villoro, chegou a apoiar e a participar, inicialmente, da formação do *Partido de los Trabajadores Mexicanos*, no qual essa esquerda de viés democrático atuava. Em carta de Paz dirigida a J. C. Lambert, o poeta manifestou-se sobre as suas relações, nessa época na vida política partidária.

Cambrigde, 25 de octubre de 1971

Querido Jean-Clarence:
[...] Nuestra situación – la de mis amigos y la mía – no es fácil: estamos entre la espalda del PRI y el muro del PC. Y a nuestra

---

138 PAZ, Octavio. *Apud.* GONZÁLEZ TORRES, Armando, *op. cit.*, p. 87.

> izquierda, el charco de los extremistas, las ranas trotskistas y los sapos maoístas. Mi posición es la misma y se ajusta a lo que he dicho en Posdata. [...] Apesar de todo, trabajamos por fundar un partido político. ¿Quiénes? Pues algunos de los recién salidos de la cárcel – estudiantes, dirigentes obreros y profesores como Herberto Castillo, Cabeza de Vaca, Demetrio Vallejo – y algunos intelectuales (Fuentes, Benítez, yo, etc.) [...]. Un abrazo, Octavio.[139]

No entanto, logo após a formação do *Partido de los Trabajadores Mexicanos* e o apoio dado a Castillo para concorrer ao Senado da República, Paz decidiu se afastar desse partido que ajudou a fundar para se dedicar a outras frentes. Segundo contou:

> No éramos políticos profesionales; tampoco buscábamos el poder ni teníamos una filosofía política definida. Nos unían ciertas aspiraciones democráticas y nuestra doble oposición a la hegemonía del PRI y a las formas aberrantes y autoritarias que había adoptado el comunismo.[140]

É possível notar aqui o quão ambígua foi a defesa de Paz pela independência do intelectual em relação ao Estado, uma vez que ele mesmo esbarrou e, em alguns momentos, ultrapassou as barreiras que construiu entre os intelectuais e o poder político. Um repórter da Televisa, segundo narrou o jornalista Bráulio Peralta, uma vez lhe perguntou: "– Desde dónde escribe usted? Desde el centro, desde la izquierda, desde dónde? – Desde mi cuarto, desde mi soledad, desde mí mismo. Nunca desde los otros".[141] Para Monsiváis e outros intelectuais de esquerda, a imagem do intelectual independente, à margem dos partidos e das ideologias que Paz forjava, era, cada vez mais, considerada "uma banalidade liberal, enganosa e impraticável".[142]

Em 10 de junho de 1971, houve outra manifestação estudantil nos arredores da UNAM, reprimida violentamente por um grupo de elite do Exército, denominado

---

139   PAZ, Octavio. *Cartas a J. C. Lambert (1952-1992), op. cit.*, p. 214.
140   PAZ, Octavio. *Itinerário, op. cit.*, p. 218.
141   PERALTA, Bráulio, *op. cit.*, p. 19.
142   MONSIVÁIS, Carlos. *Apud.* SÁCHEZ SUSARREY, Jaime, *op. cit.*, p. 33.

Los Halcones, que resultou em dezenas de mortos.[143] O governo de Echeverría prometeu uma investigação apurada, porém nada foi feito. As críticas com relação a não realização das reformas democráticas, ao suposto envolvimento do presidente Echeverría com o massacre de Tlatelolco e o aumento, cada vez mais significativo, da dívida externa, propiciaram reações de intelectuais liberais como Gabriel Zaid e Daniel Cosío Villegas, que foram, por sua vez, duramente abafadas. Em seu *Itinerário,* Paz discorreu sobre o episódio e rememorou os comentários feitos sobre a necessidade de reformas efetivas do sistema político mexicano, em artigos como *México 1972: los escritores y la política.*

> Por los aires de México corre un secreto a voces: el sistema político que desde hace más de cuarenta años nos rige, está en quebra. El 2 de octubre de 1968 y el 10 de junio de 1971 fueron el testemonio – la prueba por la sangre – de la gravedad de la crisis. […] Así, la crisis del sistema y la crítica de los escritores se iniciaron casi al mismo tiempo. Una y otra se han agravado e intensificado.[144]

De acordo com o escritor Roger Bartra,[145] desde 1968 configuraram-se no México duas posturas claras das esquerdas, que predominavam no cenário político mexicano: o dogmatismo marxista e o nacionalismo revolucionário. O dogmatismo marxista defendia que a democracia formal não era mais que uma superestrutura política do modo de produção capitalista e denunciava o seu caráter burguês. Já a esquerda nacionalista, acreditava que a democracia só funcionava em países desenvolvidos, sendo a herança populista de Cárdenas a mais apropriada ao México. Nesse contexto, Paz estava contra a corrente, uma vez que não era nem dogmático, nem nacionalista e nem se assumia como um intelectual de direita.

Essas esquerdas, em grande medida, acusavam o governo mexicano, segundo Bartra, da perda de seus princípios revolucionários, ao se aliar, cada vez mais, aos interesses da burguesia e dos EUA. Paz, ao defender publicamente Echeverría, nos inícios de seu governo, e os valores democráticos, ao invés dos revolucionários

---

143 SÁCHEZ SUSARREY, Jaime, *op. cit.,* p. 29.
144 PAZ, Octavio. "México 1972 – Los escritores y la política". Revista *Plural.* México, 13 janeiro de 1972, p. 21.
145 Ver: BARTRA, Roger. *Oficio mexicano.* México: Lecturas Mexicanas, 2003 (1ª edição, 1993).

– em livros como *Posdata* (1970) –, contribuiu para animar os debates em relação ao socialismo real e aos movimentos guerrilheiros.

> Mis ideas fueron criticadas con dureza lo mismo por voceros del gobierno que por los intelectuales de izquierda. Unos estaban empeñados en la conservación del *statu quo* y los otros soñaban con la instauración, por medios revolucionarios, de un régimen socialista. [...] Si, hablaban de democracia pero para ellos era un medio subordinado a la acción revolucionaria, es decir, era un episodio de la lucha de clases, un escalón en el camino hacia la toma del poder.[146]

O livro *Posdata* é, entre outros, um exame implacável contra o sistema político mexicano e uma interpretação dos acontecimentos de Tlatelolco. Para Paz, o episódio de Tlatelolco era parte constituinte de uma "cultura política da violência", marcada por sacrifícios humanos, desde o período pré-colombiano e colonial. A recepção ao livro, segundo comentou o poeta em carta a J. C. Lambert, resultou em uma "chuva de insultos", o que não impediu que se convertesse no *best-seller* da temporada.[147] Em outra carta a Orfila, Paz disse que um deputado federal chegou a nomeá-lo de "traidor da pátria" e, o próprio poeta, esclareceu que a popularidade do livro era tributária tanto de suas ideias como também das propagandas midiáticas realizadas pela emissora Televisa.[148]

Foi até a publicação de *Posdata*, ou melhor, até 1972, que as esquerdas da geração de 68, segundo Krauze, leram e admiraram Paz em termos políticos. Um grupo liderado por Monsiváis (David Huerta, Héctor Manjarrez, Héctor Aguilar Camín, Carlos Pereyra e o próprio Krauze), que publicava no suplemento *La cultura* do jornal à esquerda *¡Siempre!* sentiu-se profundamente incomodado com o último capítulo de *Posdata*, em que o poeta utilizou de mitos históricos para explicar o massacre de Tlatelolco. O grupo considerou essa histórica conexão falsa como também irresponsável, pois o argumento de Paz, de compreender o massacre por uma "cultura política da violência", atenuava a culpa dos assassinos. Além disso, concluiu-se que os seus ensaios resultavam em uma "estetização da história

---

146 PAZ, Octavio. *Itinerário, op. cit.*, p. 215.
147 PAZ, Octavio. *Carta a J. C. Lambert (1952-1992), op. cit.*, p. 210.
148 PAZ, Octavio. *Cartas cruzadas: Octavio Paz/Arnaldo Orfila (1965-1970), op. cit.*, p. 265.

e uma tendência para a abstração e generalização". Somado a tudo isso, o grupo ficou "aborrecido" com o seu reformismo político e seu abandono dos ideais revolucionários. O artigo do suplemento foi intitulado: *"Sobre o liberalismo mexicano nos anos 70"*, e recebeu uma resposta não assinada do poeta publicada na revista *Plural*, naquele mesmo ano, intitulada *"A crítica dos papagaios"*, em que lembrou aos seus críticos, como Monsiváis, que até mesmo os grandes teóricos do marxismo, desde Marx, Engels até Kolakowski e Kosik, incluindo Rosa Luxemburgo, "jamais insultaram os ideais da liberdade de expressão e da democracia". Esta polêmica, assim, representou a primeira ruptura de Paz com os intelectuais das esquerdas mexicanas.[149]

Como já observado, para muitos dessa geração de 68, influenciada pela Revolução Cubana, a democracia era vista com desconfiança, significando, muitas vezes, de acordo com Krauze, sinônimo de "prematura, tardia, formal, burguesa".[150] Parte substantiva das esquerdas considerava, tanto nas universidades quanto nas ações guerrilheiras, o marxismo como o instrumento mais sólido de análise da sociedade. Se através das urnas a luta era absurda devido aos esquemas de corrupção, muitos acreditavam que o melhor a fazer era pegar em armas. Os que optaram pelo caminho da guerrilha, rural e urbana, recuperavam, segundo Aguilar Camín, a tradição da violência revolucionária de Zapata, Villa, Flores Magón [...] Como afirmou: "La revolución violenta fue sueño vivo y pesadilla mortal de miles de jóvenes latinoamericanos que trataron de emular la epopeya cubana y la epopeya vietnamita: resistir y derrotar al imperialismo de los EUA".[151] Dessa maneira, surgiram no país diversas organizações guerrilheiras, inspiradas no castrismo, no maoísmo etc. A mais importante foi a guerrilha urbana *Liga 23 de Septiembre*, que atuava em sequestros de políticos e empresários.

---

149 KRAUZE, Enrique. "Octavio Paz: o poeta e a revolução". In: *Os redentores: ideias e poder na América Latina*, op. cit., p. 262.
150 KRAUZE, Enrique. *La Presidencia Imperial: ascenso y caída del sistema político mexicano (1940-1996)*. México: Tusquets, 1997, p. 399.
151 AGUILAR CAMÍN, Héctor. *Pensando en la izquierda*. México: FCE, 2008, p. 16.

A repressão imposta pelo PRI teve como contraponto, então, a violência revolucionária, que encontrou grande apoio nos centros universitários.[152] É interessante salientar que esse apoio advém de uma prática intelectual e política de inspiração marxista e de crítica ao sistema capitalista, que remonta, no México, aos inícios do século XX. Antes da Segunda Guerra, era comum culpar, nas universidades mexicanas, o imperialismo europeu pelo atraso. Após essa Guerra, o responsável pelas mazelas sociais da região passou a ser o imperialismo norte-americano e o apoio aos ideais revolucionários das esquerdas. Segundo o poeta, isso era o absurdo de gerações, como a dele, que acreditaram nos ideais revolucionários, e não nas possibilidades das reformas democráticas. Em entrevista ao jornalista Bráulio Peralta, nos anos de 1990, o poeta afirmou a descrença em relação aos processos revolucionários:

> – Hablemos de las revoluciones. Ha escrito usted que las revoluciones son "una pasión generosa y un fanatismo criminal, una iluminación y una oscuridad". Hemos vivido dos siglos de revoluciones: hay otro camino en busca de igualdad y justicia?
> – Sí, hay otros caminos. No todas las transformaciones sociales han sido obra de la violencia revolucionaria. Tampoco es cierto que la violencia sea la partera de la historia. Con frecuencia los frutos de esos partos violentos han sido fetos. Las revoluciones, como las religiones, son iluminación y oscuridad: San Franscisco de Assis y el inquisidor Torquemada, Marx y Stalin. La tendencia de las religiones y de las revoluciones a transformarse en regímenes que pratican el terror desde lo alto – los exemplos modernos son el nazismo y el fascismo, las dictaduras comunistas y el Islam – se explica, sobre todo, porque esas ideologías introduzen en la política nociones e ideas absolutas. La política, por definición, es el reino de los valores relativos; la tiranía, en cambio, se presenta casi siempre enmascarada por un absoluto: un hombre, una idea, un fetiche.[153]

Paz posicionou-se, cada vez mais, como um crítico fervoroso dos sistemas políticos considerados revolucionários, pois, no seu entendimento, estes utilizavam, em grande medida, práticas violentas e autoritárias. Por oposição a essa

---

152 Vale mencionar que as guerrilhas mexicanas não receberam apoio de Cuba, uma vez que o PRI apoiava e reconhecia a legitimidade do governo revolucionário na ilha.

153 PAZ, Octavio. *Apud.* PERALTA, Bráulio, *op. cit.*, p. 170.

forma de fazer política, o poeta defendeu as reformas sociais como possibilidade única para o desenvolvimento social e o exercício da democracia. A sua percepção política é vivamente influenciada pelo humanismo do filósofo espanhol Ortega y Gasset, quando este discute, por exemplo, a postura do intelectual, as diferenças entre as crenças e as ideias, entre a fibra revolucionária e a reformista – "a primeira faz uma crítica dos usos, a segunda, dos abusos".[154]

Nesse mesmo período, nos anos 70, Paz contou, em seu *Itinerário,* que foi por meio do convite feito pelo jornalista Julio Sherer García, em 1971 – "me invitaron a colaborar"[155] –, que decidiu escrever e dirigir uma revista cultural de vertente democrática. A bandeira democrática levantada por Paz e outros intelectuais como Luis Villoro, Pablo González Casanova, Heberto Castillo, José de la Colina, Eduardo Lizalde, tornou-se mais frequente, a partir de então. Não obstante, observamos, novamente, no epistolário de Paz aos amigos J. C. Lambert, Tomás Segovia e Arnaldo Orfila, as manifestações de um desejo antigo de dirigir uma revista. Desde os anos de 1950, pelo menos, as suas intenções, inspiradas em experiências europeias e norte-americanas, já existiam. Veja como exemplos, trechos das cartas a esses escritores:

> Querido Lambert:
> [...] Hay varios proyectos, que no sé si se realicen. Uno de ellos consiste en la vieja idea de hacer una revista y publicar algunos libros de poesía moderna (en español y traducciones); también

---

[154] PAZ, Octavio. *Soror Juana Inés de la Cruz: as armadilhas da fé, op. cit.*, p. 645. Ortega y Gasset distingue entre crenças e ideias: "A vida humana está montada num sistema de crenças básicas. Tais crenças são de ordem vital (não necessariamente religiosas), constituem a interpretação vigente do mundo e de nós mesmos e nos aparecem como a própria realidade. As ideias se têm e se sustêm, nas crenças se está. Daí a certeira expressão popular 'estar na crença'. Elas constituem o continente, o leito que decorre a nossa vida. [...] As crenças constituem a base de nossa vida, o terreno sobre o qual acontece. Porque elas nos colocam diante do que para nós é a realidade mesma. Toda nossa conduta, inclusive intelectual, depende de qual seja o sistema de nossas crenças autênticas. Nelas vivemos, movemo-nos e somos. Por isso mesmo não costumamos ter consciência expressa delas, não as pensamos; elas atuam latentes, como implicações de quanto fazemos e pensamos. [...] Os ocos de nossas crenças são, pois, o lugar vital onde as ideias inserem sua intervenção. Nelas se trata sempre de substituir o mundo instável, ambíguo, da dúvida por um mundo em que a ambiguidade desaparece. Como se logra isso? Fantasiando, inventado mundos. A ideia é imaginação." KUJAWSKI, Gilberto de Mello. *Ortega Y Gasset: a aventura da razão.* São Paulo: Editora Moderna, 1994, p. 67 e 68.

[155] PAZ, Octavio. *Itinerário, op. cit.*, p. 219.

se me ha hablado de la posibilidad de dirigir un suplemento literario y artístico de un diario o de un boletín de una editorial (algo así como "Arts" o "Le Figaro Literaire"). He pensado asociarlo a cualquiera de estos proyectos, nombrándolo nuestro corresponsal literario y artístico en Francia. Se trataría de enviarnos cada mes una suerte de carta en la que se sinteticen los acontecimientos más importantes en poesía, teatro, novela, etc., con ocasionales comentarios sobre lo que llamaríamos la 'política de la inteligencia' (polémica Sartre-Camus, posición política del surrealismo etc.) [...] Salude mucho a André Breton y demás amigos, si es que los ve. Y para usted un abrazo muy cordial de su camarada, Octavio Paz. (17/11/1953)[156]

Seguem mais algumas evidências: três cartas a Tomás Segovia, uma escrita em Cabul, em 27 de julio de 1965, outra escrita em Nova Delhi, em 15 de março de 1967, e outra escrita também em Nova Delhi, em 28 de janeiro de 1968.

Querido Tomás:
[...] Sin abandonar la zona del sueño te diré ahora cuáles son mis ideas, mejor dicho: mi idea de la revista. Es casi superfluo tratar de definir de antemano su carácter. Esa revista, si llega a existir, será más o menos lo que somos nosotros. No es ilegítimo, sin embargo, imaginar algunos de sus rasgos. En primer término, una diferencia con las del pasado (Revista de Occidente, Sur, Contemporáneos, Cruz y Raya, etc.): antes lo urgente era 'poner al día la gente' y de ahí que en esas publicaciones fuesen numerosos los colaboradores extranjeros y predominantemente el interés por lo que ocurría en París, Londres o Berlim (había que dar a conocer a Heidegger, Breton, Joyce o Malraux); ahora, sin descuidar ese sano cosmopolitismo – al fin y al cabo la literatura de Occidente es una, lo urgente es comunicarnos entre nosotros. [...] El dinero: en princípio tienes razón. A mi juicio – ¡limoneros con garrote! – deberíamos imponer las condiciones antes de aceptar cualquier ayuda: total independencia artística y intelectual (sin excluir nuestros derechos a juzgar los actos de nuestros 'benefactores') y compromiso firme de la subvención no menos de tres o cuatro años. De otro modo no valdría la pena intentar la aventura. [...] Ahora bien, antes de iniciar esta gestión de sondeo, es necesario ponernos de acuerdo sobre ciertas cosas. [...] 1. Costos (impresión y papel) de uma

---

156 PAZ, Octavio. *Cartas a J. C. Lambert, op. cit.*, p. 56.

revista de 128 páginas. Tiro: ¿cinco mil exemplares? Impresión y papel: decentes. 2. Colaboraciones: poemas: en princípio en cada número deberían publicar dos poemas, y su contribuición consistiría en un poema largo o una serie de poemas cortos, cada uno; dos ensayos, dos cuentos (o fragmentos de novela, teatro o relatos); tres comentarios de extensión media, a la manera de las crónicas de la NRF, sobre la actualidad literária y artística – pintura, teatro, cine, etc. – y política en el sentido amplo de la palabra; seis notas (crítica de libros). Es indispensable pagar bien a los colaboradores, especialmente a los comentarios y notas. 3. Sueldo mensual de la persona (uno de nosotros dos) que se encargue de las tareas de Jefe de Redacción. 4. Sueldo de uma secretaria. 5. Gastos de la oficina: um pequeño local, teléfono, papel, correos, etc. 6. Gasto inicial para adquisión de inmobiliário y útiles de trabajo. [...]Un abrazo, Octavio.[157]

Querido Tomás:
[...] creo que la revista es indispensable y que debe *ser uma revista de batalla*. Me parece imposible soñar en una gran revista – implica demasiadas concesiones y compromisos. Te contesto que con una suerte de gazeta, parecida con *New York Review of Books* – aunque con una tipografía más decorosa. Una publicación mensual. No bibliográfica pero sí crítica. No creo que resulte muy cara y entre todos podríamos sostenerla, sobre todo si Orfila o a Joaquín acuden a distribuirla (es lo que podrían hacer – y no dudo que lo harán.) El núcleo: tú, Fuentes y yo. Una revista hispano-americana y que agrupe a los supervivientes de mi generación [Lezama Lima, Cortázar, Parra, Molina], a la generación de ustedes dos [Fuentes y tú] y a los jóvenes. Una publicación inspirada por una idea en la que todos estamos de acuerdo: en nuestro tiempo la imaginación es crítica. [...] Un gran abrazo, Octavio.[158]

Querido Tomás:
[...] A mi juicio, debemos pensar dos modelos: a) una revista de 98 páginas, mensual, como la Revista Mexicana de Literatura, b) una revista como la Quinzaine Literarie (30 páginas), sin grabados – a mi modo de ver: ¿por qué darle gusto al público con retrativos? Y también mensual. Tiraje: cinco mil ejemplares. Aparte del capítulo de impresión y papel, el no menos importante de las colaboraciones: cuatro textos a mil pesos, ocho a

---

157 PAZ, Octavio. *Cartas a Tomás Segovia (1957-1985), op. cit.*, p. 55.
158 PAZ, Octavio. *Cartas a Tomás Segovia (1957-1985), op. cit.*, p. 123.

750, más pago de traducciones (dos en cada número). Por último sueldo de secretário de redacción, de una mecalógrafa y los gastos del correo de la redacción, no incluyo los gastos de distribuición, local, mobiliario, luz, administración etc., porque esto debe ocorrer por parte de la editorial que nos ampare, sea Orfila, MORTIZ o el Diablo. [...] Um abrazo, Octavio.[159]

A vontade de publicar ideias com liberdade artística e intelectual foi um sonho antigo. Segundo Beatriz Sarlo, a frase "Publiquemos una revista"[160] foi repetida, centenas de vezes, por intelectuais latino-americanos diante de outros intelectuais. Movidos pela necessidade que sentiam de expressar suas percepções cotidianas sobre a vida social, cultural e política latino-americana, a partir de um campo periférico. Apenas os livros, para Sarlo, não davam conta dos conflitos ideológicos e estéticos, do dia a dia, e nem dos movimentos coletivos, formadores de um espaço de intervenção e transformação social. As iniciativas programáticas, modernizadoras e propositivas das quais o poeta fazia parte objetivaram informar, por meio de revistas, não apenas sobre a geografia política e cultural do contexto europeu e norte-americano como também latino-americano.

Paz fundou, finalmente, a revista *Plural*, em outubro de 1971, depois de ter amadurecido as ideias a respeito de suas intenções e das possibilidades de consolidá-las. *Plural* era um suplemento cultural do jornal *Excélsior*, e contava com alguns colaboradores permanentes como Gabriel Zaid, Juan García Ponce, Kasuka Sakai, Salvador Elizondo, José de la Colina, Alejandro Rossi e Tomás Segovia, e outros recorrentes como Noam Chomski, Woody Allen, Susan Sontag, Eric Hobsbawm, François Furet, Néstor García Canclini, Julio Cortázar, Mario Vargas Llosa, entre outros. Segundo o escritor espanhol Juan Goytisolo, *Plural* chegou a ser a mais importante revista cultural da América Latina e congregou parte significativa da inteligência crítica do Ocidente.[161] A revista também se configurou como sinalizadora das transformações progressivas das ideias políticas de

---

159 PAZ, Octavio. *Cartas a Tomás Segovia (1957-1985), op. cit.*, p. 148 e p. 138.
160 SARLO, Beatriz. "Intelectuales y Revista: razones de una prática". In: *Le discours culturel dans le revues latino-américaines (1940-1970)*. Paris: Université de Sorbonne Nouvelle –Paris III, 1990.
161 *Apud.* PONIATOWSKA, Elena, *op. cit.*, p. 145.

Paz, desde a publicação da "Carta a Adolfo Gilly",[162] de fevereiro de 1972, em que dialogava com ele sobre a necessidade de justiça social, às iniciativas frequentes de publicar dissidentes do Leste Europeu, de Cuba e dos Estados Unidos.[163]

Em matéria política, a revista realizou severos questionamentos ao presidencialismo mexicano, ao partido único (PRI), ao regime totalitário soviético e seus satélites (Cuba etc.), às ditaduras latino-americanas, às democracias liberais do Ocidente, em particular os EUA. Embora realizasse, com frequência, duras críticas à URSS e à Cuba, Paz dizia que nunca tinha visto as democracias capitalistas como um "modelo" para a América Latina. Mas era preciso defender, segundo ele, as instituições democráticas e os germes de liberdade que continham. Em um momento posterior, pontuou:

> [...] siempre me ha parecido esencial la crítica de las democracias capitalistas; nunca las he visto como un modelo. Sin embargo, mis adversários no han dejado de llamarme "derechista" y "conservador". No sé cuál pueda ser hoy el significado, si alguno tiene, de esos anticuados adjetivos; en cambio, no es difícil adivinar la razón de sus dicterios: desde 1950 me negué a equiparar a las democracias liberales capitalistas con los regimenes totalitarios comunistas.[164]

É interessante notar que Paz se recusou a comparar os regimes totalitários comunistas com as democracias liberais capitalistas, mas comparou as experiências comunistas, como a cubana, aos regimes ditatoriais da América Latina. Sabemos que, em plena Guerra Fria, era difícil conceber uma posição independente, como argumentava Paz. Qualquer posição era facilmente vinculada à esquerda ou à direita e cada qual interpretava a realidade social, em boa medida, limitando-se ao seu horizonte ideológico.[165] A defesa de Paz pela democracia, pela reforma política e pela economia global esteve vinculada ao liberalismo, ou seja, ao pensamento

---

162 Adolfo Gilly, trotskista argentino que havia participado do movimento estudantil de 68 e estava preso no México.
163 KRAUZE, Enrique. "Octavio Paz: o poeta e a revolução". In: *Os redentores: ideias e poder na América Latina, op. cit.*, p. 260.
164 PAZ, Octavio. *Itinerário, op. cit.*, p. 111.
165 AGUILAR CAMÍN, Héctor. "Octavio Paz: metáforas de la tercera via". *La cultura en México, Siempre!* México, nº 9000, 6/6/1979, p. 49.

situado à direita. Não obstante, para o cientista político liberal Grenier, é também importante considerar que: "Quem lia André Breton, Marx, Trotsky e, de forma repetida, repreendia o Ocidente, o capitalismo e o progresso não é um direitista comum".[166] Como assinalou o autor, a polêmica em torno de Paz ocorria porque se pedia a ele uma postura única diante do Estado, do mercado, da TV, da esquerda etc., e era estéril pedir a um humanista um colorido único diante do poder. Mesmo para um liberal controvertido e convicto, como se tornou Vargas Llosa, compreender o poeta como um escritor conservador e reacionário era um equívoco. Segundo o escritor peruano, "el pensamiento de Paz estuvo mucho más cerca del socialismo democrático de nuestros días que del conservadurismo e, incluso, que de la doctrina liberal".[167]

No que concerne à sua revista, é possível dizer que, apesar de não ter sido uma revista popular, com formato e preço acessíveis ao grande público leitor, ela ampliou o debate intelectual latino-americano concomitante ao surgimento de outras revistas e editoras mexicanas, como *La Revista Mexicana de Literatura*, *Los Cuadernos del Viento*, *El Suplemento México en la Cultura de Novedades*, a *Revista de la Universidad*, a *Casa del Lago*, as editoras Era, Joaquín Mortiz e Siglo XXI. Em 1976, *Excélsior* foi fechada por motivos políticos e a revista *Plural* chegou ao seu fim.[168] Mas, no mesmo ano, mais especificamente quatro meses depois, Paz fundou *Vuelta* (1976-1998),[169] com grande apoio da iniciativa privada e com uma visão crítica cada vez mais contundente em relação ao Estado mexicano. Segundo

---

166 GRENIER, Yvon. *Del arte a la política: Octavio Paz y la búsqueda de la libertad*. México: FCE, 2004, p. 15.

167 VARGAS LLOSA, Mário. *Diccionario del Amante de América Latina*. Barcelona: Paidós, 2006, p. 291.

168 O jornal *Excélsior* foi fechado pelo governo, em julho de 1976, depois que seu diretor Julio Sherer realizou duras críticas ao presidente Luis Echeverría. O governo atuou da seguinte maneira: primeiro, procurou boicotar o jornal ao convencer vários empresários a retirar os seus anúncios de publicidade, depois decidiu destituir o diretor do jornal. Octavio Paz e os outros membros da revista *Plural*, em solidariedade a Sherer, se retiraram da publicação. FLORES, Malva. "Vuelta (1976-1998)". *Revista en América Latina: proyectos literarios, políticos y culturales*. México, Ediciones Éon, 2010, p. 508.

169 A revista *Vuelta* chegou ao fim com a morte do poeta. No entanto, o seu legado crítico teve continuidade em uma nova revista denominada *Letras Libres* (1999), fundada por Enrique Krauze, um dos principais editores de *Vuelta*. A revista *Letras Libres* esta disponível em: www.letras.libres.com. Acesso: 20/02/2011.

o jornalista Peralta, o poeta foi acusado de formar um grupo intelectual de "mafiosos", por tentar instituir determinadas ideias de cunho liberal na vida política mexicana. Guillermo Sheridan, em um artigo do suplemento *El Ángel* do periódico *Reforma*, em 1999, apresenta essa polêmica da seguinte forma:

> Esta representación muestra a Paz como un tirano y a quienes tuvimos la suerte de ser amigos y/o colaboradores como su corte de aduladores. [...] El átavico conflicto mexicano con "el padre terrible", aspira a continuarse, enderezando ahora los ataques contra quienes estuvimos cerca de él: su mafia de "caballerangos". Es curiosa la relación de deberes adjudicados a esta mafia: 1) "Evitar que los bárbaros, generalmente izquierdistas, cobrizos o de origen dudoso, tuvieran la mínima posibilidad de entrar a su revista *Vuelta*". 2) Organizar el "coro de alabanzas" y "defender el templo". 3) "Golpear" a los enemigos y propiciar con cualquier recurso a mano que sólo el "Maestro" ostentase los laureles de la "gloria literaria mexicana". 4) Servir a Paz en su macabro propósito de erradicar a cualquier escritor que osase hacerle sombra (Paz "ordenó" desaparecer Elena Garro; orquestró sabotajes contra Rulfo; le "ordenó" a Krauze "atacar" a Carlos Fuentes, etcétera). 5) Filtrarse en toda instituición y establecer cabezas de playa desde las cuales ejecutar sus maldades. 6) Atacar a quienes osen hablar mal de Paz; reclutar y educar *men in black* que destruyan a sus enemigos. Todo esto, claro está, se hace a cambio de "prebendas y canonjías": puestos "codiciados" en el gobierno, o en Televisa, o en vastedad que se llama "el poder".[170]

Paz contestou essas insinuações sustentando que *Vuelta* foi constituída por um grupo com afinidades estéticas e filosóficas, e não por um grupo de "mal feitores".[171]

> Es natural y saludable la existencia de grupos, sin grupos no hay vida literaria. Los grupos significan revistas, tendencias estéticas, afinidades en el gusto o en las ideas. Si sólo hubiese un grupo, todo sería muy aburrido y la literatura se empobrecería. Por fortuna

---

170 SHERIDAN, Guillermo. "Octavio Paz. Post-Mortem", *Reforma, El Ángel*, México, 18/04/1999. Disponível em: http://busquedas.gruporeforma.com/reforma/Pages/Buscaimpresa.aspx. Acesso: 20/04/2008.

171 Para o jornalista Jorge Volpi, "de modo natural Vuelta ha sido moldeada con los mismos instrumentos que el poeta emplea en sus batallas personales: del insulto y la descualificación a la objetividad analítica, la revista ha sido, todo este tiempo, una prolongación del temperamento crítico de Paz. VOLPI, Jorge. "La guerra de los veinte años...". *Viceversa*: México, nº 43, p. 9.

> no es así. Además, en cada grupo hay individuos distintos y aun opuestos. La literatura está hecha por seres humanos. Nada más normal, nada más legítimo que la existencia de grupos y personalidades. Lo que no es legitimo es lo otro: ningunear al vecino.[172]

Não obstante, as relações de Paz, tanto com o poder público quanto privado, tornaram-se muito discutíveis com o passar dos anos.[173] Há uma anedota bastante ilustrativa das complicadas ligações de Paz com esses poderes. Poniatowska, ao rememorar a intensa vida social do poeta, no já mencionado livro *Las palabras del árbol*, conta o seguinte:

> Platicábamos felices de Michi Strausfeld cuando se presentó un tercer mesero con otra botella, luego otro, luego otro, luego otro, hasta que comenté: "esto parece película de Buñuel. Es como El ángel exterminador". Me preocupé mucho y interrogué a Marie-Jo:
> — ¿Qué vamos hacer? Como vamos a poder beber tanto? Nos vamos a morir.
> Marie-Jo me explicó:
> — Cada vez que salimos sucede lo mismo.
> Como los políticos mexicanos y también los iniciativos privados acostumbran enviar paquidérmicas canastas navideñas, imaginé como estaría tu departamento en tiempos de Navidad. Marie-Jo me contó riendo:
> — Nos enviaron un pavo tan inmenso que no cabía en el refrigerador.[174]

É certo que, ao aceitar com naturalidade presentes, convites, prêmios e benefícios, Paz colaborou para acirrar a polêmica em torno de seu pensamento político e de sua moral como intelectual. A própria fundação da revista *Vuelta*, financiada primeiramente com o dinheiro do leilão de uma obra do pintor mexicano Rufino Tamayo em que participaram 763 pessoas, e mantida, daí em diante, por meio de edições recheadas por propagandas estatais e privadas, contribuiu para converter o poeta

---

172 *Apud.* PERALTA, Bráulio, *op. cit.*, p. 30.
173 FLORES, Malva. "Un cuartel general hispanoamericano. Início y consolidación de la revista Vuelta (1976-1998)". In: CRESPO, Regina (coord.). *Revistas en América Latina: proyectos literários, políticos y culturales*. México: UNAM – Ediciones Eón, 2010, p. 503-536.
174 PONIATOWSKA, Elena, *op. cit.*, p. 145.

em um intelectual pioneiro na exploração das formas de financiamento e interação com o mercado.[175] Os meios de comunicação de massa como o rádio e a televisão foram formas de se expressar sobre essas e outras de suas batalhas políticas e culturais. Seguramente, a Televisa foi uma das marcas de propaganda mais frequentes em sua revista, como também foi um meio utilizado pelo poeta para difundir suas ideias.

Em 1976, Paz começou a colaborar com comentários semanais em *24 Horas*. A partir daí, contribuiu, com as entrevistas denominadas *Conversaciones con Octavio Paz*, em 1984, e com o documentário, que o lançou ao grande público, *México en la obra de Octavio Paz*, em 1989. Além disso, organizou um congresso, em 1990, transmitido ao vivo pelo canal fechado da Televisa, intitulado *El siglo XX: la experiencia de la libertad*. O poeta converteu-se, assim, em um extraordinário personagem público capaz de opinar e de ser ouvido em diversos âmbitos da cultura e da política.

Figura 3: Octavio Paz na televisão, 1995[176] Fonte: *El País*, México, 07/04/1995.

---

175 A historiadora mexicana Malva Flores fez uma revisão preliminar dos anunciantes de *Vuelta* e notou que é curioso observar que o maior anunciante foi a Secretaria de Educación Pública, SEP (incluindo os seus dependentes: INBA, CONACULTA, CREA etc.). O total de anúncios publicados resultou em 4.248, entre os quais está incluída a própria revista: 11% SEP (485), 9% Grupo Televisa (385), 6% UNAM (246), e 5% FCE (196). FLORES, Malva. "*Vuelta* (1976-1998)". In: CRESPO, Regina (coord.). *Revistas en América Latina: proyectos literarios, políticos y culturales*. México: Editora Éon, 2010, p. 519.

176 "El poeta y su auditório, en comunión electrónica". Foto do jornal *El País* em 7 de abril de 1995, acompanhada da reportagem de Mauricio Flores sobre o vídeo mensagem enviado por Paz para a abertura do *Primer Congreso Internacional de la Lengua*, encabeçada pelo então presidente Ernesto Zedillo, acompanhado dos reis da Espanha, Juan Carlos I e Sofia.

Apesar da audiência conquistada, e das críticas proferidas ao Estado, para García Canclini,

> os artistas e escritores que mais contribuíram para a independência e profissionalização do campo cultural [como Paz] fizeram da crítica ao Estado e ao mercado eixos de sua argumentação. Mas por diversas razões o rechaço ao poder estatal costuma ser mais virulento que o que dirigem ao mercado.[177]

Em 1977, Paz ganhou uma das mais significativas condecorações mexicanas – *El Prémio Nacional de Letras* –, em reconhecimento pelo seu trabalho literário, e concedeu ao jornalista Julio Sherer uma entrevista controvertida, na qual fez reflexões sobre as carências da esquerda e da direita mexicanas, publicada na revista *Proceso*, revista fundada em 1976 com um marcado compromisso com o pensamento crítico e democrático.[178] O poeta argumentou que a direita não possuía um projeto nacional porque pensava apenas em negócios, já a esquerda, vivia uma "paralisia intelectual", ao pensar pouco e discutir muito. Segundo Paz, as esquerdas teriam a dificuldade de se abrir à imaginação, à inovação, à autocrítica e à superação das tradições políticas autoritárias, advindas do passado colonial e pré-hispânico. Mais tarde, essas ideias foram sistematizadas, entre outras, no livro *El ogro filantrópico* (1979, Joaquín Mortiz).

A resposta às concepções de Paz veio de Monsiváis, o seu principal interlocutor das esquerdas, que travou um debate acirrado com o poeta, entre 1977 e 1978, na própria revista *Proceso*.[179] Nesse episódio, Monsiváis defendeu a luta das esquerdas a favor dos explorados; chamou atenção para o fato de que o dogmatismo era próprio de um grupo minoritário, dentro das esquerdas; argumentou que o papel do intelectual em tempos de crise era ser partidário; justificou que as dificuldades enfrentadas pelas esquerdas eram devidas ao autoritarismo do PRI, e acusou Paz de

---

177 GARCÍA CANCLINI, Néstor. *Culturas híbridas: estratégias para entrar e sair da modernidade, op. cit.*, p. 100.

178 Ao sair de *Excélsior*, o jornalista Julio Sherer passou a dirigir a revista *Proceso* a partir de 1976 e a contribuir para o aprimoramento do debate democrático no México. Ver: Historia em www.proceso.mx. Acesso: 20/03/2011.

179 Revista *Proceso* (nº 59, 60, 61, 62). In: DE LA CONCHA, Geraldo. "Carlos Monsiváis X Octavio Paz". In: *La razón y la afrenta – Antologia del panfleto y la polémica en México*. Toluca – Estado de México: Instituto Mexiquense de Cultura, 1995, p. 521-532.

anticomunista.[180] Monsiváis concluiu o resultado da polêmica ressaltando a mudança de postura política do poeta:

> Para una mentalidad autoritaria, tener razón en parte quiere decir tener razón en todo. Véase la visión de O. P. de la realidad mexicana actual [...] En 1977, es muy difícil sostener que la izquierda "sufre una suerte de parálisis intelectual" [...] ¿A quiénes alude Paz con su imagen de "izquierda de murmuradores y retobones"? [...] ¿Murmuradores y retobones los detenidos y torturados y desaparecidos? Es casi penoso recordarle – a quien nos legó el gesto extraordinário de su renuncia diplomática después de la matanza de Tlatelolco y a quien abandonó junto con un equipo de escritores la revista *Plural* como acto de dignidad al consumarse el golpe pistoleril contra el *Excélsior* dirigido por Julio Scherer– que la izquierda por más limitaciones históricas que tenga, sigue siendo la alternativa más coherente y valiosa para el país.[181]

A relação de Paz com as esquerdas mexicanas tornou-se, ao longo do tempo, cada vez mais problemática. No entanto, o poeta sempre foi contundente ao esclarecer a necessidade de diálogo com essas vertentes, uma vez que se formou, inicialmente, como um pensador de esquerda. É possível pensar que a vontade do poeta de dialogar com as esquerdas esteve também relacionada à necessidade de convencê-las, uma vez que o reconhecimento obtido por suas "vitórias", nessas e em outras polêmicas públicas, contribuiria para dar legitimidade às suas ideias em prol da democracia e da reforma do Estado priísta, na sociedade mexicana. Afinal, o pensamento de esquerda mexicano é considerado, ainda hoje, a base mais ampla das ideias políticas mexicanas, sendo associado à Revolução Mexicana e à influência das ideias marxistas.

O debate entre Paz e Monsiváis tornou-se célebre, justamente no ano em que ocorreu uma das primeiras e mais significativas reformas democráticas do sistema político do país. O governo de José López Portillo (1976-1982) tratou de recuperar a legitimidade do regime, questionado desde 1968 e ao longo dos anos 70, através

---

180 SÁNCHEZ SUSARREY, Jaime. *El debate político e intelectual en México*. México: Grijalbo, 1993, p. 45.
181 DE LA CONCHA, Geraldo. "Carlos Monsiváis X Octavio Paz". In: *La razón y la afrenta – Antologia del panfleto y la polémica en México*. Toluca – Estado de México: Instituto Mexiquense de Cultura, 1995, p. 524.

da abertura dos mecanismos eleitorais. A participação eleitoral foi ampliada e as oposições passaram a adquirir maior representatividade política, como foi o caso do Partido de Acción Nacional (PAN) e do Partido Comunista Mexicano (PCM), que desde muitos anos não possuíam visibilidade.[182] Segundo Aguilar Camín, o próprio PCM representou uma esquerda avessa à descrição das esquerdas mexicanas feita por Paz, pois foi aliado da reforma aberta, legal e institucional, e não da revolução armada.[183]

Após essa acirrada polêmica com Monsiváis, outros intelectuais como Enrique Semo, Aguilar Camín e Jorge Castañeda, passaram a questionar, sistematicamente, as perspectivas políticas do poeta associando-o ao pensamento de direita, em revistas e jornais como *Nexos*, *Unomásuno*, *Proceso*, *El Financiero* e *¡Siempre!*. A revista *Nexos*, fundada em 1978 e dirigida por Aguilar Camín, configurou-se, por exemplo, como a mais importante revista de oposição às propostas políticas de *Vuelta*, ao manifestar uma postura desconfiada em relação à forma e ao conteúdo crítico e supostamente independente de Paz. Em 1978, Aguilar Camín publicou um artigo em que enfatizava a "decadência" do pensamento político do poeta para as esquerdas mexicanas:

> Pero en buena lógica de un ego que ha crecido tanto con la edad, y en ánimo de darle justicia retrospectiva a su poseedor, lo adecuado sería no dirimir la posición de Octavio Paz. Porque esta es la verdadera degradación que, a los 64 años, le han infligido por igual su vanidad, la historia, el socialismo, la humanidad y el curso implacable del siglo XX: del poeta adánico de sus años veinte y treinta, al desolado clarificador de su pasado en sus años sesenta; del nacionalista sano, fundador, de *El Labirinto de la Soledad*, al jugar de mitos socialmente vacíos y de imágenes circulares de *Posdata*; del intelectual indisputado y deslumbrante de apenas el decenio pasado – escuela y signo de una generación – al Jeremias de las últimas épocas. Paz es sustancialmente inferior a su pasado y está, políticamente, a la derecha de Octavio Paz.[184]

---

182 SERVÍN, Elisa. *México: la oposición política*. México: FCE, 2006, p. 63; SÁNCHEZ SUSSARREY, Jaime. *El debate político e intelectual en México*. México, Grijalbo, 1993, p. 14.
183 AGUILAR CAMÍN, Héctor. *Pensando en la izquierda*. México: FCE, 2008, p. 27.
184 Idem. "El Apocalipsis de Octavio Paz". Revista *Nexos*: México, 01/10/1978. Disponível em http://www.nexos.com.mx/?P=leerarticulov2print&Article=265696. Acesso: 20/10/2010.

Junto às polêmicas que o acompanharam e as acusações de "direitista", a produtividade de Paz continuou, ao longo dos anos de 1970, 1980 e 1990, sob diversas maneiras. O poeta publicou livros de poesia *Renga* (poesia coletiva com Jacques Roubaud, Eduardo Sanguietti e Charles Tomlinson, 1972, Joaquín Mortiz), *Pasado en claro* (1975, FCE), *Árbol adentro* (1987, Seix Barral), *La otra voz: poesía del fin de siglo* (1990, FCE), *Convergencias* (1991, FCE), *Al paso* (1992, FCE) e outros, de prosa: *El signo y gabarato* (1973, Joaquín Mortiz); *El monogramático* (1974, Seix Barral); *Los hijos del limo: del romantismo a la vanguardia* (1974, Seix Barral), *Xavier Villaurrutia, en persona y prosa* (prosa, 1978, FCE), *El ogro filantrópico* (1979, Joaquín Mortiz), *In/Mediaciones* (1979, Seix Barral), *Sor Juana Inés de la Cruz o las trampas de la fé* (1982, Seix Barral), *Tiempo nublado* (1983-Seix Barral), *Hombres en su siglo y otros ensayos* (1984, Seix Barral); *La otra voz: Poesía del fin de siglo* (1990 – FCE); *Pequeña crónica de grandes días* (1990, FCE); *Itinerário* (ensaio, 1993, FCE) e *La llama doble: amor y erotismo* (1993, FCE). Luiz Miguel Águilar, jornalista da revista *Nexos*, ressaltou a produtividade de Paz e sua importância no universo cultural mexicano, no ano de 1989:

> Los últimos calendarios editoriales han registrado uno de los hechos más estimulantes para nuestra vida cultural: varios libros de Octavio Paz en sucesión. Más aún, se diría que cualquier año mexicano está incompleto si Octavio Paz no publicó un libro en su transcurso. Y por supuesto, cualquier sección de libros de cualquier publicación estaría incompleta si no recibe en el mejor sentido los libros de Octavio Paz.[185]

Importa destacar que seus livros políticos como *Tiempo nublado, Hombres en su siglo y otros ensayos, Pequeñas crónicas de grandes dias,* demonstram uma preocupação do poeta, latente e recorrente, em tratar sobre as questões internacionais a partir da América Latina, enfatizando as circunstâncias das esquerdas na região e a decadência da URSS até a sua dissolução em 1991. Em um programa de televisão da rede Televisa de 1984, a manifestação de suas ideias políticas propiciou uma reação das esquerdas, desta vez, bastante virulenta.

---

185 MIGUEL ÁGUILAR, Luiz. "Lecturas de Octavio Paz". Revista *Nexos*, México, 01/02/1989.

A situação foi a seguinte: em 1984, Paz ganhou, em Frankfurt, o Prêmio Literário pela Paz da Associação de Editores e Livreiros Alemães. O discurso, proferido em razão da premiação, foi intitulado *"El diálogo y el ruído"*.[186] A emissora Televisa transmitiu o discurso causando uma grande comoção no México, por esse polemizar acerca dos desdobramentos da Revolução Sandinista. Era momento da primeira eleição democrática nicaraguense, após a revolução em 1979. As esquerdas mexicanas apoiavam o processo e Paz criticava a viabilidade democrática na região e o associava a experiência autoritária cubana. A consequência foi uma enorme manifestação pública das esquerdas o acusando de uma postura inconsequente e injusta, pois o país estava em guerra civil sendo atacado pelos contrasandinistas financiados pelo governo Reagan.[187]

Em meio às suas acirradas controvérsias políticas, Paz escreveu uma de suas mais expressivas obras, permeada, à parte, por uma esclarecedora expressão autobiográfica. É importante dizer que, apesar de *El laberinto de la soledad* ser o "Abra-te Sésamo" do poeta, pela visibilidade que ele alcançou a partir dessa obra, foi em 1982 que ele publicou, pela Seix Barral, aquela que seria considerada por muitos críticos a sua maior obra: *Sóror Juana Inés de la Cruz: las trampas de la fe.* O livro se propõe a compreender a obra da renomada poetisa mexicana e o seu mundo, a Nova Espanha do século XVII, através de uma pesquisa bibliográfica apurada. O método encontrado pelo poeta consistiu em uma análise rigorosa das fontes, mas o que chama a atenção aqui é o seu incansável esforço de comparar, sempre que possível, o sistema colonial às burocracias do século XX, e Sóror Juana aos intelectuais contemporâneos. Sóror Juana foi uma freira que se dedicou a uma intensa vida intelectual e social. Produziu uma expressiva obra – romances, sonetos, poemas, liras e glosas –, e manifestou, em muitos momentos, um pensamento crítico com relação ao seu tempo, enfrentando a censura e a punição dos membros eclesiásticos, que a obrigaram, ao final de sua vida, a se retratar. Como assinalou Paz, a compreensão de sua obra e de seu mundo incluía as proibições que ela enfrentou. Mais adiante, acrescentou:

---

[186] PAZ, Octavio. "El diálogo y el ruído". In: *El peregrino en su patria – Historia y Política de México,* vol. 8. México: FCE, 2006, p. 547-550. (1ª ed. 1993)

[187] Ver: CASTAÑEDA, Jorge. *Utopia desarmada: intrigas, dilemas e promessas da esquerda latino--americana.* São Paulo: Companhia das Letras, 1994.

> No século XX, por uma espécie de regressão histórica, há também exemplos de escritores e ideólogos transformados em acusadores de si próprios. As semelhanças entre os anos finais de sóror Juana e esses casos contemporâneos levaram-me a escolher como subtítulo do meu livro o da última parte: as armadilhas da fé. Confesso que essa frase não se aplica à vida inteira de Sóror Juana, nem mesmo define a natureza de sua obra: o melhor dela mesma e de seus textos foge à sedução dessas armadilhas. Contudo, parece-me que a expressão refere-se a um mal comum em sua época e na nossa. [188]

A retratação feita por Sóror Juana, após realizar duras críticas ao Padre Vieira, demonstrava o poder e a rigidez da Igreja e da filosofia jesuítica, voltada à neoescolástica. Essas práticas, segundo observou Paz, eram recorrentes nas esquerdas latino-americanas, que atuavam com rigor e dogmatismo caindo "nas armadilhas da fé". A intenção de tornar a vida de Sóror Juana um capítulo do embate entre a liberdade intelectual e o poder, o gênio intelectual e as burocracias ideológicas é explícita. Nessa direção, o "caso Padilla", assim como o de muitos escritores censurados da chamada Literatura de Expiação, são passíveis de serem comparados à retratação a que a freira foi obrigada a fazer.

> Minha geração viu os revolucionários de 1917, os companheiros de Lênin e Trotski, confessar diante dos juízes crimes irreais numa linguagem que era uma abjeta paródia do marxismo, como a linguagem hipócrita dos protestos de fé que Sóror Juana assinou com o seu sangue são uma criatura da linguagem religiosa. Os casos dos bolcheviques do século XX e o da freira poeta do século XVII são muito diferentes, mas é inegável que apesar das numerosas diferenças, existe entre eles uma semelhança real e perturbadora: são acontecimentos que unicamente se podem dar em sociedades fechadas, regidas por uma burocracia política e eclesiástica que governa em nome da ortodoxia. Ao contrário de outros regimes, sejam democráticos ou tiranos, as ortodoxias não se contentam em castigar as rebeldias, as dissidências e os desvios, mas exigem a confissão, o arrependimento e a retratação dos culpáveis. Nessas cerimônias de expiação – seja um processo

---

188 PAZ, Octavio. *Sóror Juana Inés de la Cruz: as armadilhas da fé*. São Paulo: Mandarin, 1998, p. 20.

judicial ou uma confissão geral – as crenças dos acusados são o aliado mais seguro dos promotores e inquisidores.[189]

Certamente, essas comparações geraram desconforto entre as esquerdas latino-americanas. É válido mencionar como essa obra, preocupada em revelar aspectos da vida de uma poetisa do século XVII, contribuiu para pôr em evidência as posições políticas e estéticas do autor, na década de 1980. A sua aversão ao stalinismo, por exemplo, aparece, até mesmo, em suas comparações entre a estética do realismo socialista e a estética colonial.

> Ética e estética que exaltavam não a transgressão, mas a conformidade ao padrão coletivo. Essa exigência lembra "o realismo socialista" de alguns anos atrás, que pretendia mostrar a realidade não como a vemos, mas através de lentes da "dialética". A diferença é que o teatro espanhol do final do século XVII produziu algumas obras notáveis enquanto o "realismo socialista" só deixou romances menores e poemas desalinhados.[190]

As semelhanças que Paz estabeleceu, entre Sóror Juana e ele mesmo, foram muitas. O poeta identificava-se com a sua "individualidade forte" da freira, o seu amor pela poesia, o seu prazer pelo conhecimento, o seu prestígio social, a sua vontade de ser verdadeira, o seu meio social asfixiante, a sua avidez pela escrita, a sua vaidade, o seu oportunismo, a sua ânsia por ser imoderada e, até mesmo, com as suas angústias em relação às censuras que lhe eram impostas. No programa de televisão de 1984, denominado *Conversaciones con Octavio Paz*,[191] o poeta confessou que sobre Sóror Juana sentia algo parecido a Flaubert, quando este disse: Madame Bouvary – *Cést moi*. É importante pontuar que nenhum de seus comentaristas, citados, analisou essa obra e a importância autobiográfica que ela possui, ao recriar o enovelamento de experiências que estão na raiz de suas disposições e capacidades de levar a cabo um projeto criativo original ao ser, segundo o próprio poeta, um dos primeiros a introduzir a crítica no pensamento político das esquerdas mexicanas.

---

189 PAZ, Octavio. *Sóror Juana Inés de la Cruz: as armadilhas da fé, op. cit.*, p. 635.
190 PAZ, Octavio. *Sóror Juana Inés de la Cruz: as armadilhas da fé, op. cit.*, p. 459.
191 Apesar de não ter sido publicado, o programa foi transcrito. Consegui obter todas as trancrições, que foram concedidas por Adolfo Castañon, em entrevista realizada em março de 2009 no México.

No México, a Igreja Católica reagiu às análises feitas por Paz, nessa obra, ao universo religioso. Comparar o catolicismo com o socialismo real foi para muitos padres, sacerdotes e teólogos uma analogia descabida, assim como a imagem "crítica" e "feminista" que ele construiu de Sóror Juana. Segundo o sacerdote Miguel de la Vega, a Igreja considerou Paz um ignorante em assuntos de fé. Provocador, libidinoso, mentiroso foram alguns dos adjetivos dados, segundo Poniatowska, ao poeta.

Figura 4: Sor Juana Inés de La Cruz e Octavio Paz, 1995.[192] Fonte: Ilustración de Luy, Ciudad de México.

A charge acima revela mais uma das indisposições de Paz. Em 1995, durante o festejo dos 300 anos da morte de Sóror Juana, o acadêmico Tarcisio Herrera travou um duelo de epigramas com o poeta:

> Más por monja que por musa,
> Paz a Sor Juana mal ve,
> y en todo un libro la acusa.
> Mas para acusarla él usa
> trampas de muy mala fe.

E Paz replicou:

> Ese ofidio enroscado en la Academia
> es un quidan que llaman fray Tarcisio;
> su mente debilucha sufre anemia,
> mamó bilis y añora al Santo Oficio.

---

192 Ilustración de Luy, 1995 – Fonte: Hemeroteca do Colegio Nacional de México, México.

Tarcisio Herrera afirmou que a Paz "le encanta ser admirado por los apresurados cuando da opiniones profundas sobre temas frívolos; pero le incomoda ser criticado por los reflexivos cuando da opiniones frívolas sobre temas profundos".[193] Para irritação, ainda maior, dos religiosos, o poeta pediu ao presidente Ernesto Zedillo para não construir mais monumentos em homenagem a Sóror Juana, e sim financiar projetos de pesquisa científica sobre o tema. Nesse mesmo período, após os conflitos políticos na América Central, durante os anos de 1970 e 1980, e, principalmente, após a queda do Muro de Berlim (1989), as esquerdas latino-americanas passaram por uma profunda crise, a hegemonia norte-americana tornou-se mais evidente, a democracia foi sendo considerada progressivamente a melhor opção política para a América Latina e as ideias de Paz foram adquirindo uma adesão cada vez maior. Muitos intelectuais mexicanos reconheceram, naquela época, que a história havia dado razão a Paz.[194] Isto não significa, necessariamente, que ele estava certo, mas que suas ideias representavam elementos afinados aos poderes econômicos e políticos vigentes, vinculados ao neoliberalismo. Escreveu explicitamente sobre essas transformações ocorridas no livro *Pequeñas crónicas de grandes días* (1990, FCE).

Em 1990, Paz organizou o mencionado congresso *El siglo XX: la experiencia de la libertad*, patrocinado pela Televisa com transmissão ao vivo, e convidou intelectuais de diversas tendências ideológicas democráticas, como Monsiváis e Vargas Llosa, para debater acerca do mundo pós-1989 em um hotel luxuoso da Cidade do México. O resultado foi, além de uma inovação nos meios de comunicação de massa, um evento controvertido. Se o PRI era uma "ditadura perfeita", como então afirmou Vargas Llosa na televisão, ou se era uma democracia problemática, como defendia Paz, foi um dos pontos discutidos que reverberaram pelo México. Muitos intelectuais consideraram que as esquerdas não estavam bem representadas nesse evento, e organizaram, dois anos depois, um *Colóquio de Inverno* na UNAM, televisionado pelo Canal 22, com o intuito de refletir sobre os possíveis caminhos da contemporaneidade. Intelectuais como Eric Hobsbawm, Jorge Castañeda, Carlos Fuentes e Benedict Anderson participaram do evento.

---

193   DE LA VEGA, Miguel. "Neruda, Del Paso, Salazar Mallén, Vargas Llosa, Flores Olea...las polémicas de Paz, cargadas de pasión, ira, desdén y afán de imponerse". Revista *Proceso*, México, nº 1121, 26 de abril de 1998, p. 59.
194   *Apud* PONIATOWSKA, Elena, *op. cit.*, p. 212.

Paz chegou a ser convidado de última hora, mas se negou a participar, acusando o evento de privilegiar apenas uma tendência política e comprometer a democracia. A polêmica foi para as capas de jornais e revistas, que enfatizaram o rompimento da amizade entre Paz e Fuentes, desde 1988.

Não obstante, a essas alturas, o poeta já tinha ganhado o prêmio *Nobel* de literatura[195] e havia deixado de ser, como nas palavras de Poniatowska, o *bezerro de ouro* mexicano para se tornar uma *vaca sagrada*. O único *Nobel* do México, o orgulho literário da nação, o poeta humanista que conseguiu pensar a viabilidade da modernidade mexicana conciliada com suas tradições.[196] Quando perguntado sobre o *Nobel*, em entrevista ao jornalista Peralta, ele afirmou: "No me pregunte nada del prémio *Nobel* de Literatura. Parecemos colegiales de fin de año en que se ponen orejas de burro, o de oro. Es una lata hablar de los prémios. [...] No es para tanto."[197] É cabível pensar aqui, como analisou Bourdieu, que as manifestações públicas de Paz, ao longo do tempo, negaram ou ocultaram o poder obtido através de suas relações políticas, o desejo de reconhecimento pelo seu trabalho e o conforto propiciado pelos contatos empresariais. Não assumir esses desejos comuns traz em seu bojo a afirmação de uma "atitude superior" que valoriza prazeres sublimados, requintados, desinteressados e legitima sua distinção social pela posse de "bens simbólicos" (educação, competência linguística e estética).[198]

---

195 O secretário da Academia Sueca, Sture Allién, advertiu que todos os documentos que envolvem a premiação de Paz só estarão disponíveis para pesquisa depois de 50 anos de sua morte. A justificativa é dada para a jornalista Sanjuana Martinez da revista *Proceso*: "Desde mi punto de vista, es muy importante guardar ese tipo de secreto porque tiene mucho interés. Hay mucho dinero en juego y casas editoriales en cuestión." MARTINÉZ, Sanjuana. *El secretario de la Academia Sueca: todo lo relacionado con el Nobel Paz estará bajo secreto durante 50 años*. Revista *Proceso*, México, nº 1121, 26 de abril, 1998, p. 60.

196 Segue um trecho do discurso que Paz pronunciou por ocasião do recebimento do *Nobel*: "México buscó el presente fuera y lo encontró dentro, enterrado, pero vivo. La búsqueda de la modernidad nos llevó a descobrir nuestra antigüedad, el rostro oculto de la nación. Inesperada lección histórica que no sé si todos han aprendido: entre tradición y modernidad hay una puente. Aisladas las tradiciones se petrifican y las modernidades se volatizan en conjugación, una amina la otra y la otra le responde dándole peso y gravedad." PAZ, Octavio. "La búsqueda del presente – Conferencia Nobel, 1990". In: *Fundación y disidencia. Dominio Hispánico. Obras Completas*, vol. 3. México: FCE, 2004, p. 37. (1ª ed. 1991)

197 PAZ, Octavio. *Apud.* PERALTA, Bráulio. *Ibidem*, p. 16 e p. 125.

198 BOURDIEU, Pierre. *A Distinção: crítica social do julgamento, op. cit.*, p. 14.

Seguramente, o *Nobel* o coroou como uma expressão autônoma e singular, autorizada a não se incomodar com o julgamento do outro, mas a sua vida foi também permeada por outras centenas de prêmios literários ao redor do mundo.[199] Espanha, França, Estados Unidos, México, Inglaterra, Alemanha, Israel etc. reconheceram o seu talento travado entre acordos de júris e editores, que acrescentou legitimidade em suas "opiniões políticas"[200] e gerou no México um brutal "distanciamento de

---

199 Alguns dos principais prêmios e distinções concedidos ao poeta:
1956 – Prêmio Xavier Villaurrutia, México.
1963 – Prêmio Internacional de Poesia, Maison Internacional de Poésie, Bruxelas, Bélgica.
1967 – Membro do Colégio Nacional de México.
1972 – Membro Honorário da American Academy of Arts and Letters, New York, EUA.
1972 – Prêmio do Festival de Poesia de Flandres, Bélgica.
1973 – Doutorado Honoris Causa, Boston University, EUA.
1977 – Prêmio Jerusalém de Literatura, Israel.
1977 – Prêmio de Crítica, Barcelona, Espanha.
1977 – Prêmio Nacional de Letras, México.
1979 – Prêmio Águia de Ouro do Festival Internacional do Livro, Nice, França.
1979 – Doutorado Honoris Causa, Universidad Nacional Autônoma de México.
1980 – Prêmio Ollin Yoliztli, Festival Internacional Cervantino, México.
1980 – Doutorado Honoris Causa, Harvard University, EUA.
1981 – Prêmio Miguel de Cervantes, Madrid, Espanha.
1982 – Prêmio Internacional Neustadt de Literatura, Universidade de Oklahoma, EUA.
1983 – Medalha "Wilhelm Heinse", Alemanha Federal.
1984 – Prêmio da Paz, Feira do Livro em Frankfurt, Alemanha.
1985 – Doutorado honoris Causa, New York University, EUA.
1985 – Prêmio Mazatlán de Literatura, México.
1986 – Prêmio Internacional Alfonso Reyes, México.
1986 – Gran Cruz Alfonso X El Sábio, Madrid, Espanha.
1987 – Prêmio Internacional Menéndez Pelayo, Santander, Espanha.
1987 – T.S. Eliot Prize pela criatividade como escritor, Fundação Ingersoll, EUA.
1988 – Medalha Picasso da Associação de Poetas sem Fronteiras.
1989 – Prêmio Aléxis Tocqueville, Instituto de França, Paris.
1989 – Prêmio Montale, Itália.
1990 – Prêmio Nobel de Literatura, Estocolmo, Suécia.

200 O presidente François Miterrand concedeu o prêmio a Paz, no segundo centenário da Revolução Francesa, por sua defesa da poesia inseparável da liberdade. Raymond Aron e Karl Popper foram alguns dos intelectuais que reberam esse prêmio de cerca de 100 mil francos. Com efeito, esse prêmio o associou mais à direita no cenário político e intelectual do período. In: RODRIGUEZ LEDESMA, Xavier. *El pensamiento político de Octavio Paz: las trampas de la ideologia*. México: Plaza y Valdes, 1996, p. 178.

grandeza" em relação aos seus pares e aos que os rodeiam.²⁰¹ Observe a descrição de Poniatowska sobre a comoção causada pela fama midiática de Paz, no seu país.

> Los fotógrafos no te dejan avanzar; cualquier rendija es buena para captarte; el asedio es constante (hay que recordar a Rogelio Cuéllar siguiendo a Borges hasta W. C.), se acuclillan, levantan su cámara por encima de su cabeza, te atosigan con sus grabadoras, te meten los micrófonos a la boca. Permaneces en los chiflones y no le pides a nadie que cierre la puerta. En todos los restaurantes a los que se te ocurre acudir llegan las botellas a tu mesa – como si fueras Madonna – y mandas destapar el champagne, brindas, nunca desairas. Expuesto, avanzas con muchas miradas encima que han de lastrarte, viciar el aire. Tanto amor mata. Saludas a todos, escuchas a divas contarte sus desvaríos. Tu espacio em la tierra há sido invadido; lo aceptas. "Casa tomada", diría Julio Cortazar: vida tomada.²⁰²

Figura 5: "No es para tanto", Octavio Paz após ganhar o *Nobel*, 1990.²⁰³

O outro lado da visibilidade alcançada ao criticar as esquerdas, ao ser conivente com as opções conservadoras da Televisa, ao manter amizades com presidentes neoliberais acusados de corrupção, como Carlos Salinas de Gortari (1988-1994)²⁰⁴ foi

---

201 HEINCH, Nathalie. *A sociologia da arte*. São Paulo: Edusc, 2008, p. 107.
202 PONIATOWSKA, Elena, *op. cit*, p. 213.
203 20 de outubro de 1990. No aeroporto Benito Juárez, na Cidade do México, Octavio Paz disse: "No es para tanto". In: PONIATOWSKA, Elena, *op. cit*, p. 125.
204 O caso mais escandaloso foi o de 1988, quando Carlos Salinas de Gortari (PRI), Cuauhtémoc Cárdenas (PRD) e Manuel Clouthier (PAN) disputaram a presidência do país. Durante a apu-

certa aversão à sua pessoa. Soberbo, pedante, assertivo, drástico, vaidoso, arbitrário foram alguns dos adjetivos atribuídos, ao longo do tempo, ao poeta que influiu no debate político mexicano. A charge da revista *Proceso*, no ano de 1990, após a premiação com o Nobel, ilustra parte dessas provocativas críticas:

Figura 6: Charge sobre o Nobel de Paz "¿No te da gusto? Pues sí. Pero a ver ahora quien lo aguanta."[206] Fonte: NARANJO. "A la altura de la vanidad". Revista *Proceso*, México, 15/10/1990.

---

ração dos votos na noite de 6 de julho de 1988, Cárdenas vencia com ampla vantagem quando "misteriosamente" o sistema de computadores saiu do ar. Todos aqueles que estavam na sala foram retirados e a apuração foi retomada somente no dia seguinte, com o candidato do PRI tendo uma ampla vantagem sobre qualquer outro candidato. Os números oficiais atestam uma vitória de Salinas (50,4%), com Cárdenas em segundo (30,9%) e Clouthier em terceiro (16,7%). Segundo Igor Fuser "Carlos Salinas de Gortari, o presidente que prometeu levar o México aos umbrais do Primeiro Mundo desenvolvido, democrático e civilizado, chegou ao poder através da fraude mais escandalosa da história política do Ocidente". In: FUSER, Igor. *México em transe*. São Paulo: Scrita, 1995, p. 25. Paz apoiou Salinas e publicou polêmicos artigos em *La jornada* (10, 11 e 12 de agosto de 1988). No texto intitulado: "Ante un presente incierto", defendeu a necessidade de modernização e reformas liberais iniciadas por Miguel de La Madrid. In: RODRIGUEZ LEDESMA, Xavier, *op. cit*, p. 174.

205 NARANJO. "A la altura de la vanidad". Revista *Proceso*, México, 15/10/1990.

Na altura de seus oitenta anos, Paz continuou a provocar controvérsias no universo cultural mexicano. Vale destacar sua última querela: 1º de janeiro de 1994 foi o dia em que o México assinou o acordo de livre comércio com os EUA e o Canadá – NAFTA, e também o dia da primeira manifestação pública do Exército Zapatista de Libertação Nacional – EZLN, liderado pelo subcomandante Marcos. O movimento surgiu com o intuito de lutar pelos direitos indígenas usurpados e esquecidos pelo Estado, de contestar a implementação de políticas neoliberais no México e de reivindicar a necessidade da democracia para o desenvolvimento político e social do país. O EZLN utilizou-se fartamente dos meios de comunicação de massa (rádio, televisão, cinema, internet), ganhando um apoio considerável da comunidade internacional.

Logo nesse início, Paz escreveu no jornal *La Jornada* e na sua revista *Vuelta* sobre suas primeiras impressões acerca do movimento que "estremeceu o país", e depois qualificou o conjunto dos artigos produzidos, em suas *Obras Completas*, como "Días de prueba". Na sua percepção: as reivindicações dos zapatistas eram legítimas; as injustiças históricas sofridas por essas populações indígenas deveriam ser sanadas por meio de reformas políticas, sociais, econômicas e morais; e o uso da força militar deveria ser evitado. No entanto, Paz defendeu as políticas neoliberais propostas pelo presidente Salinas e a privatização das terras comunais indígenas: "La emancipación de los campesinos no puede pasar por las horcas caudinas de esa versión mexicana de los ineficaces Kóljos soviéticos que han sido la mayoría de nuestros ejidos".[206]

Em entrevista a Krauze, Paz afirmou, por outro lado: "hay que corregir el liberalismo con el zapatismo,"[207] ou seja, a modernização econômica deveria ser acompanhada da devida atenção do governo acerca das questões indígenas porque a virulência do mercado e a transformação dos valores em mercadorias não poderia continuar sem o respeito às pluralidades, nesse caso, o respeito às tradições indígenas. O zapatismo se tornou o emblema das tradições indígenas que necessitavam ser consideradas em meio ao inevitável processo de modernização

---

206 PAZ, Octavio. "Días de prueba". In: *Miscelánea II. Obras Completas*, vol. 14, México, FCE, 2001, p. 262 (1ª ed. 2000).

207 PAZ, Octavio. *Apud.* KRAUZE, Enrique. "Octavio Paz: de la revolución a la crítica". In: *Travesía Liberal*. México: Tusquets, 2003, p. 143.

e democratização da sociedade mexicana. Para o poeta, isso não foi um dilema, uma vez que a modernidade tinha implicado na sua percepção da reinvenção das tradições, inclusive nas tradições marginalizadas. Os indígenas aqui não eram, nesse caso, os mesmos do passado, portanto, não mereciam mais ser demonizados, infantilizados ou idealizados.

O poeta criticou, nesses ensaios, a postura dos intelectuais mexicanos que apoiaram cegamente os zapatistas: "somos testigos de una recaída en ideas y actitudes que creíamos enterradas bajo los escombros – cemento, hierro y sangre – del muro de Berlín"[208] As primeiras manifestações dos zapatistas foram interpretadas, assim, por Paz, como um resquício dos movimentos guerrilheiros existentes durante a Guerra Fria,[209] mas logo depois compreendeu que não se tratava de um movimento revolucionário, pois os zapatistas não queriam tomar o poder e nem transformar radicalmente a sociedade, o que queriam era o reconhecimento dos seus direitos expressos publicamente pela voz do subcomandante Marcos.

A dificuldade dos intelectuais em reconhecer outros fatores que poderiam ter contribuído para a emergência do movimento zapatista, como o excessivo crescimento demográfico em Chiapas, foi, para o poeta, mais um indício de suas limitações. Segundo Paz, os intelectuais mexicanos de esquerda ou estavam obcecados por um partido, ou adotavam uma postura de vítima e passavam a culpar os outros pelas mazelas sociais do país, ou buscavam a fama a qualquer custo, ou eram movidos por bons sentimentos, mas continuavam equivocados.[210] Com efeito, suas críticas, uma vez mais, irritaram a muitos intelectuais, que consideraram suas análises prematuras, preconceituosas e coniventes com o *status quo*. Para González Torres:

> La perspectiva de Paz se orientó principalmente a denunciar el aspecto arcaico de las metas y lo contradictorio de los procedimientos

---

208 PAZ, Octavio. "Días de prueba". In: *Miscelánea II. Obras Completas*, vol. 14, México, FCE, 2001, p. 248 (1ª ed. 2000).

209 Segundo Paz: "Han olvidado, si alguna vez la aprendieron, la terrible lección de la guerrilla latinoamericana; en todos los países, sin excepción, ha sido derrotada, no sin antes arruinar a esas desdichadas naciones y no sin provocar la instauración de regímenes de fuerza. ¿Esto es lo que quieren para México?" PAZ, Octavio. "Días de prueba". In: *Miscelánea II. Obras Completas*, vol. 14, México, FCE, 2001, p. 251 (1ª ed. 2000).

210 PAZ, Octavio, *ibidem*, p. 250.

> políticos del zapatismo, sin reparar suficientemente en que muchos de estos rasgos – la reivindicación de las identidades particulares y de las minorías, el rechazo a la globalización económica, el ascepticismo en torno a la representación democrática – han dejado de ser privativos de grupos políticos anclados en el pasado y se han convertido, para bien o para mal, en parte fundamental del discurso contestatario contemporáneo.[211]

Essa foi, sem dúvida, sua última grande polêmica travada com as esquerdas mexicanas. Desde os anos 80, Paz organizou, silenciou, acrescentou, reescreveu e divulgou metodicamente tudo o que pôde sobre o seu trabalho e com a ajuda de uma rede complexa de atores, como os tradutores, editores, críticos, diretores de televisão e jornalistas. Ele encontrou seu público leitor e telespectador.[212] O resultado foi a publicação de suas *Obras Completas*, em 15 volumes, editados pelo Fondo de Cultura Económica; a gravação na Espanha de seus poemas em audiolivros pelo *Círculo de Lectores;* e a divulgação de seus programas de televisão, produzidos pela Televisa, pelo mundo afora. Alguns de seus programas televisivos, como *México en la obra de Octavio Paz* (6 programas, 1989), foram vendidos para a Europa e, segundo a historiadora Alícia Correa Pérez, constituem um dos principais meios pelos quais o México se tornou conhecido por outros países.[213] As cartas de Paz a J. C. Lambert revelam essas concretizações, ainda como intenções.

> Querido Jean-Clarence:
> [...] Te recuerdo, además, que habíamos pensado en la posibilidad de exhibir algunos programas de televisión de la série *México en la obra de Octavio Paz* [en festivais literários de Roma e Avignon]. Cada uno tiene una duración de 50 minutos. Podríamos exhibir uno, excelente, sobre Sor Juana, otro sobre el arte precolombino de México y otro más sobre el tema, hoy a la moda, de la conquista y el mundo colonial. Hay otros más, pero creo que estos tres podrían interesar particularmente al público francés e italiano. Hay versión francesa de todos ellos.

---

211 GONZÁLEZ TORRES, Armando. "El itinerario polémico en los 80 y 90". *Las guerras culturales de Octavio Paz*. México: Editora Colíbri, 2002.

212 Ver: GARCÍA CANCLINI, Néstor. *Leitores, espectadores e internautas*. São Paulo: Iluminuras, 2008.

213 CORREA PÉREZ, Alicia. "Acercamiento a la obra de Octavio Paz". *Cuadernos Americanos*, México, nº 70, julio-agosto de 1998, p. 59.

Espero tus noticias y te envío un abrazo grande, Octavio Paz. (24/03/1992).[214]

O incêndio na casa de Paz, ocorrido em 1996, destruiu a maior parte do acervo que havia construído ao longo de sua vida. Isso o deixou desconsolado. Pouco depois, muitos de seus amigos e admiradores lhe propuseram a criação da *Fundación Octavio Paz*, e o poeta concordou. Em 1997, a fundação foi inaugurada. Na sua última residência – a Casa Alvarado, onde o poeta passou os seus últimos dias, o então presidente Ernesto Zedillo (1996-2000) declarou, ainda nesse mesmo ano, o apoio e o reconhecimento do Estado mexicano ao doar a casa para o poeta, como também a disposição de alguns dos mais importantes empresários mexicanos em financiar a sua fundação (por exemplo, Carlos Slim, proprietário do Grupo Carso, Telmex, Telcel, Sunborns; Emilio Azcarrága Jean, propietário da Televisa, entre outros).[215] Mas em 1998, Paz faleceu de câncer na medula espinhal (uma metástase de um câncer inicialmente debelado pela cirurgia que fez em Cambrigde no ano de 1977),[216] deixando um vazio substantivo na vida política e cultural mexicana.[217]

---

214   PAZ, Octavio. *Cartas a J. C. Lambert, op. cit.*, p. 235.
215   Segundo o então presidente Ernesto Zedillo: "El pasado jueves 11 de diciembre, con la anuencia de Octavio Paz, quedó constituida la Fundación Octavio Paz. Esta asociación civil se ha formado gracias a la donación de esta casa por parte del Gobierno de la República, la generosa aportación de la Fundación de Investigaciones Sociales, representada por los señores Antonio Ariza, Emilio Azcárraga Jean e Isaac Chertorivski, y las contribuiciones, igualmente espléndidas, de los señores Manuel Arango, [...] y nuestro también muy querido amigo Carlos Slim. A todos ellos nuestro más entusiasta reconocimientoo, nuestra más profunda gratitud."
      ZEDILLO, Ernesto. "Versión estenográfica de las palabras del presidente Ernesto Zedillo, en la ceremonia de constituición de la *Fundación Octavio Paz*, hoy por la tarde en la Casa Alvarado, de esta ciudad". Presidencia de la República, 17 de diciembre de 1997. Disponível em: http://zedillo.presidencia.gob.mx/pages/disc/dic97/17dic97-2.html. Acesso: 20/10/2011.
      FLORES, Malva. "Un cuartel general hispanoamericano. Início y consolidación de la revista Vuelta (1976-1998)". In: CRESPO, Regina (coord.). *Revistas en América Latina: proyectos literários, políticos y culturales*. México: UNAM: Ediciones Eón, 2010, p. 518.
216   KRAUZE, Enrique. "Octavio Paz: o poeta e a revolução". In: *Os redentores: ideias e poder na América Latina*. São Paulo: Saraiva, 2011, p. 315.
217   Paz fez fortuna com sua premiada atuação intelectual. Sua filha, ao reivindicar sua herança, no ano de sua morte, assegurava que seus bens giravam em torno de 20 milhões de dólares. In: ARANDA, Julio. *Helena Paz dice que sus padres nunca se divorciaron, y exige parte de la herencia para ella y su madre*. Revista Proceso, México, nº 1121 /26 de abril /1998, p. 60.

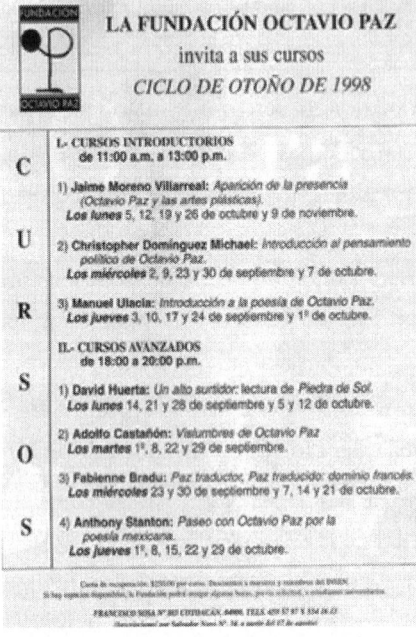

Figura 6: Convite para o ciclo de palestras da Fundação Octavio Paz, em 1998. Fonte: *Vuelta*, n° 261, em agosto-setembro de 1998.

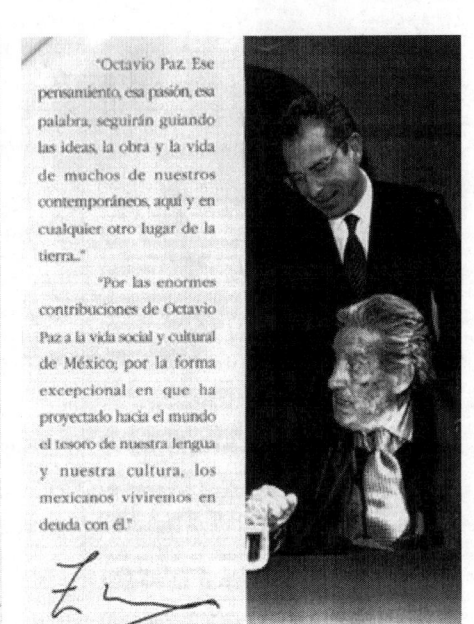

Figura 7: Homenagem de Zedillo a Octavio Paz, em 1998.[218] Fonte: *Vuelta*, n° 261, em agosto-setembro de 1998.

Como já dito, os seus escritos e entrevistas autobiográficas silenciaram muitas das ambiguidades de suas relações com o poder estatal e empresarial, e seu desejo inconfesso pelo reconhecimento. O trabalho de inculcação de certos modos de perceber o poeta, feito por ele mesmo, está presente também nos seus ensaios, na sua poesia, na sua sociabilidade e na sua inserção nos meios de comunicação de massa. Em todos os casos, os seus amigos e inimigos – Carlos Monsívais, Elena Poniatowska, José Emilio Pacheco, Héctor Aguilar Camín, Jorge Aguilar Mora, Gabriel Zaid, Daniel Cosío Villegas, Jorge Cuesta, Carlos Fuentes, Adolfo Gilly, Pablo González Casanova, Helena Paz, Enrique Krauze, Roger Bartra

---

218 A foto mostra a homenagem feita a Octavio Paz pelo presidente do país – Ernesto Zedillo. Publicado na revista *Vuelta*, n° 261, em agosto-setembro de 1998. É possível notar, nesse cartaz, publicado em 1998, na revista *Vuelta*, a iniciativa da Fundação Octavio Paz em proferir cursos em homenagem ao poeta no local onde ele viveu seus últimos dias.

– reconhecem não apenas a enorme importância do poeta, como, também, a influência que ele exerceu sobre eles.[219]

Aguilar Camín, um de seus críticos políticos mais fervorosos nos anos 70 e 80, afirmou, após a sua morte:

> Más allá de los errores específicos que alguién puede detectar em su obra, hay que decir que Paz ha acertado a lo largo de estos años en varias de las cuestiones fundamentales de nuestra vida política e intelectual, y que todos somos, al menos yo, sus deudores por ello.[220]

Poniatowska, em seu libro de memórias sobre o poeta, publicado em 1998, assinalou: "Claro, a veces eres bien arbitrario, quieres y desquieres, pero los desqueridos siempre regresan, caen de nuevo en tus brazos (panal de miel), alegan que ya no, que esta es la última, y vienen de nuevo, corre que corre con la lengua de fuera. ¿Qué tiene que te vuelves entrañable aún cuando no coincidamos con tus juicios y condenas políticas?"[221] É instigante pensar, que esses intelectuais, mencionados acima, segundo pontuou Viscaíno, independentemente das críticas tecidas ao poeta, sentem-se "parte da extremidade do gigante", utilizando-o, fundamentalmente após a sua morte, como uma referência contínua para temas políticos.[222]

---

219 Logo após a morte de Paz, sua filha – Helena Garro – afirmou na revista *Proceso* que ele teve ao longo dos anos diversas posturas políticas, e que após sua morte todos querem estar associados a ele. Assim compreendeu a trajetória de seu pai: "Primero fue de izquierda, luego se pasó a la derecha y terminó aplaudiendo cosas que hicieron el PRI y algunos presidentes de la República. Era parte de un selecto grupo que manejaba la cultura, al que también pertenecieron Elena Poniatowska y Carlos Monsiváis. Ahora cada uno compite por su lado". ARANDA, Julio. *Helena Paz dice que sus padres nunca se divorciaron, y exige parte de la herencia para ella y su madre*. Revista *Proceso*, México, nº 1121 /26 de abril /1998, p. 60.

220 AGUILAR CAMÍN, Héctor. "Pequeño regreso al gran hechizo del mundo". Revista *Nexos*, México, 1998, p. 74

221 PONIATOWSKA, Elena, *op. cit.*, p. 48.

222 VISCAÍNO, Fernando. *Biografia política de Octavio Paz o la razón ardiente*. Málaga: Editorial Algazara, 1993, p. 131; GRENIER, Yvon. *Del arte a la política: Octavio Paz y la búsqueda de la libertad*. México: FCE, p. 177.

2
A tópica paciana

Paz produziu ideias políticas, sob a forma do gênero ensaístico, que circularam de maneira bastante controvertida no universo social mexicano, fundamentalmente, entre os anos de 1960 e 1990. Esse capítulo se propõe a compreender, por meio de um conjunto definido de questões, algumas das várias facetas que tornaram, no México, seus ensaios políticos objeto de incômodo e debate. Para tanto, a ideia aqui é aprofundar a análise acerca (1) da natureza política do seu reconhecimento como humanista vinculado à democracia liberal; (2) da sua opção pelo ensaísmo e da rejeição a esse gênero nas universidades mexicanas; (3) da forma como se estabeleceram suas relações políticas com as editoras que certificaram o seu reconhecimento; (4) do debate que estabeleceu sobre o papel do intelectual na sociedade mexicana; (5) da argumentação que construiu sobre os Estados Unidos e as consequências da mesma em uma sociedade, como a mexicana, marcada pelo anti-imperialismo, e (6) da transformação, ao longo do tempo, de suas ideias políticas sobre o Estado, a revolução e as esquerdas, que, em conjunto com sua aproximação poética com o surrealismo, deram espaço à utilização de um novo vocabulário em defesa da democracia moderna e afinado com os princípios liberais.

2.1 – Humanismo, democracia liberal e ensaio

Em 1990, Paz recebeu o Prêmio *Nobel* por unanimidade, "pela sua obra apaixonada e com amplos horizontes, caracterizada por uma inteligência sensual dotada de integridade humanística".[1] Não era a primeira vez que o humanismo do poeta era reconhecido, a exemplo: o Prêmio Jerusalém, ganho em 1977, foi uma congratulação dada por motivo de sua contribuição em prol da liberdade de expressão na vida pública, e o Prêmio Alex de Tocqueville, ganho em 1989, ressaltou as suas conexões com o pensamento francês, cujos primeiros ingredientes do humanismo liberal estavam ali colocados. É verificável com facilidade, nos ensaios políticos e literários de Paz, um traçado humanista, no momento em que valorizou a crítica, a liberdade e o conhecimento secular. Não obstante, ou por conta disso mesmo, esse reconhecimento diz respeito também à associação de Paz à democracia liberal. Em seu discurso *"Poesía, Mito, Revolución"*, quando recebeu o prêmio Tocqueville das mãos do presidente François Mitterrand, afirmou:

> Por qué a mi un poeta? Pronto vislumbré la razón: una y otra vez, movido tanto por los accidentes de mi vida como por los cambios y transtornos del mundo y de mi país, he participado en la vida pública y he escrito algunos libros sobre la historia y la política de nuestro tiempo.[2]

Com efeito, Paz tinha plena consciência de que, a despeito de ser um poeta, muitos de seus prêmios foram concedidos em razão de suas ideias políticas, principalmente as relativas à democracia liberal, ainda que justificasse que seu interesse pela política estava vinculado ao fato de ser um poeta humanista defensor

---

[1] "Nobel Prize in 1990 – Octavio Paz".
Disponível em: http://nobelprize.org/nobel_prizes/literature/laureates/1990/. Acesso: 20/06/2011.
Vale mencionar que o aspecto relativo ao reconhecimento do humanismo de Paz foi reverenciado por um dos jurados de seu prêmio *Nobel* – Arthur Lundvist, ocupante da cadeira num. 18, que sempre procurava defender os escritores hispano-americanos. Segundo Gabriel García Márquez, em um artigo sobre o *Nobel*, publicado no ano de 1980, o poeta Lundvist é "quem conhece a obra de nossos escritores, quem propõe suas candidaturas e quem luta por eles na batalha secreta. Isto o converteu, para seu pesar, numa divindade remota e enigmática, da qual depende de certo modo o destino universal de nossas letras. Na vida real, é um ancião juvenil, com senso de humor um pouco latino, e com uma casa tão modesta que é impossível pensar que dele depende o destino de alguém". GARCÍA MÁRQUEZ, Gabriel. "Nobel". In: *Crónicas – Obra Jornalística 5* – 1961-1984. Rio de Janeiro: Record, 2006, p. 43.

[2] PAZ, Octavio. "Poesía, Mito, Revolución". In: GRENIER, Yvon. (org.). *Octavio Paz: sueño en libertad*. Barcelona: Seix Barral – Biblioteca Breve, 2001, p. 439.

da liberdade.³ Segundo Tzvetan Todorov, o regime político que melhor traduz o pensamento humanista contemporâneo é de fato a democracia liberal, uma vez que ela adota a ideia de autonomia coletiva (a soberania do povo), autonomia do indivíduo (a liberdade do indivíduo) e universalidade (igualdade de direitos para todos os cidadãos).

Em todo caso, não se pode constituir uma ligação tão direta entre a amplitude de significados do humanismo e da democracia, pois esses conceitos nem sempre coincidiram ou coincidem, não há uma implicação mútua de um com o outro e, na prática, há uma distância muito grande dos ideais libertários humanistas com a imperfeição democrática.⁴ Ainda assim, apesar de o poeta nos seus escritos ter evitado se assumir como um liberal⁵ e ter denunciado, diversas vezes, a deficiência da democracia liberal, uma vez que ela deixa de lado, segundo afirmou, uma série de questões relativas às necessidades humanas, como as questões de cunho filosófico ou religioso (o porquê e o para que existir ficam, por exemplo, sem respostas⁶), ele considerou, especialmente a partir dos anos 70, esse sistema político o mais adequado à contemporaneidade: "es el único régimen capaz de

3   PAZ, Octavio. "Posdata". In: GRENIER, Yvon (org.). *Octavio Paz: sueño en libertad*. Barcelona: Seix Barral – Biblioteca Breve, 2001, p. 7.
4   TODOROV, Tzvetan. *O jardim imperfeito: o pensamento humanista na França*. São Paulo: Edusp, 2005, p. 37.
5   Como assinalou Paz: "Hoy nos llaman 'neoliberales' con cierto retintín. No me siento liberal aunque creo que es imperativo, sobre todo en México, rescatar la gran herencia liberal de Montesquieu y Tocqueville. No soy liberal porque el liberalismo deja sin respuesta a más de la mitad de las interrogaciones humanas. Pero es una filosofía que nos puede guiar, moral y políticamente, en nuestro trato con los otros pues nos enseña la tolerancia. Además, es un pensamiento fundado en la libertad, un valor irrenunciable." PAZ, Octavio. "Conversaciones con Tesuji Yamamoto y Yumio Awa – En el filo del viento: México y Japón, 1994". In: GRENIER, Yvon (org.). *Octavio Paz: sueño en libertad*. Barcelona: Seix Barral – Biblioteca Breve, 2001, p. 334.
6   Para Paz: "La pluralidad de valores y su carácter temporal y relativo nos somete a tensiones contradictorias difícilmente soportables. Hay una pregunta que todos nos hacemos al nacer y que no cesamos de repetirnos a lo largo de nuestras vidas: ¿por qué y para qué vine al mundo, cuál es el sentido de mi presencia en la tierra? La democracia moderna no puede responder a esta pregunta, que es la central. O lo que es igual: ofrece muchas respuestas. Dos principios complementários rigen a nuestras sociedades: la neutralidad del Estado en materia de religión y de filosofía, su respeto a todas las opiniones; y en el otro extremo, la libertad de cada uno para escoger este o aquel código moral, religioso o filosófico. La democracia moderna resuelve la contradicción entre la libertad individual y la voluntad de la mayoría mediante el recurso

asegurar una convivencia civilizada, a condición de que este acompañado por un sistema de garantias individuales y sociales y fundado en una clara división de poderes."[7] Esta afirmação, entre outras, além de testemunhar sua autoidentificação com o humanismo, serviu para reforçar sua associação com essa controvertida vertente política liberal.

É necessário, assim, matizar melhor essa questão. Para o cientista político Yvon Grenier, o humanismo democrático do poeta revelou que sua visão acerca da liberdade[8] não esteve estritamente associada ao que se compreende atualmente por liberalismo econômico, devido à crítica que realizou ao progresso capitalista, e sim a uma espécie de "liberalismo romântico", comprometido com a liberdade de expressão democrática e com a crítica em relação às formas de modernização e massificação da cultura. Afinal, escreveu o liberal canadense, tal como considerou Ortega y Gasset, o primogênito da democracia moderna é o romantismo e o poeta foi sensível ao impacto causado por esse movimento, quando se analisa muito de seus ensaios.[9] Já o jornalista mexicano Jaime Perales, quando entrevistou o poeta em 1989, considerou que a democracia liberal defendida por Paz era acompanhada fundamentalmente de uma tradição libertária, advinda dos anarquistas e surrealistas.[10] No entanto, não é cabível deixar de evidenciar, mais uma vez, que,

---

al relativismo de los valores y el respeto al pluralismo de las opiniones." PAZ, Octavio. "La democracia: el absoluto y el relativo". Revista *Vuelta*, México, nº 184, 1992.

7   PAZ, Octavio. "Alba de la libertad – 1990". In: GRENIER, Yvon (org.). *Octavio Paz: sueño en libertad*. Barcelona: Seix Barral – Biblioteca Breve, 2001, p. 347.

8   Cervantes foi o primeiro "liberal" a encarnar como ninguém, para Paz, os sentidos de liberdade. No ensaio do poeta *La tradición liberal*, a sua simpatia pelo escritor espanhol é visível: "Con Cervantes comienza la crítica de los absolutos: comienza la libertad. Y comienza con una sonrisa, no de placer sino de sabiduría. El hombre es un ser precario, complejo, doble o triple, habitado por fantasmas, espoleado por los apetitos, roído por el deseo: espetáculo prodigioso y lamentable. Cada hombre es un ser singular y cada hombre se parece a todos los otros. Cada hombre es único y cada hombre es muchos hombres que él no conoce: el yo es plural. Cervantes sonríe: aprender a ser libre es aprender a sonreír". In: GRENIER, Yvon. *Del arte a la política: Octavio Paz y la búsqueda de la libertad*. México: FCE, 2004, p. 84.

9   Para Paz: "El progreso ha poblado la historia de las maravillas y los monstruosos de la técnica pero ha deshabitado la vida de los hombres. Nos ha dado más cosas, no más ser." PAZ, Octavio. "Posdata". In: GRENIER, Yvon. *Del arte a la política: Octavio Paz y la búsqueda de la libertad*. México: FCE, 2004, p. 93.

10 PERALES, Jaime. "A lo largo de los años, me reconcilié con el liberalismo: Paz". *El Financiero*, México, 12 de mayo de 1998.

apesar de Paz não ter se considerado, em seus ensaios, propriamente um liberal, e muitos analistas de sua obra endossarem essa sua percepção, principalmente nos seus últimos anos, seus escritos estiveram relacionados, mais do que admitiu por meio deles, ao liberalismo. Os ensaios que publicou em livros como *A façanha da liberdade*,[11] de 1985, e *El desafío neoliberal: el fin del tercermundismo en América Latina*,[12] de 1992, são exemplos irrefutáveis.

Tendo em vista essas associações, que humanismo é o de Paz? Qual a relação que Paz estabelece entre o humanismo e a democracia liberal? Muitos conservadores e acadêmicos julgam, segundo Todorov, a defesa feita pelos humanistas à democracia liberal uma máscara do individualismo, expressa, de acordo com eles, na forma desordenada do gênero ensaístico, que se abre de maneira indiferenciada e descompromissada a tudo.[13] O ensaio é de fato a grande e controvertida forma de expressão do humanismo. O antropólogo García Canclini, por exemplo, mesmo sendo simpático ao gênero ensaístico, assinalou, em seu livro *Culturas híbridas*, que no fundo a verdadeira preocupação de Paz, como humanista, não era com a sociedade política, e sim com a liberdade literária, que esteve ausente nos regimes políticos autoritários tanto de esquerda quanto de direita, daí uma explicação para a sua defesa da democracia liberal.[14]

A condição exploratória, a tentativa de avançar sem esgotar um tema e o compromisso com a liberdade constitui traços do texto ensaístico. Esse gênero nascido da filosofia humanista teve grande destaque, durante os séculos XVI, XVII e XVIII, principalmente em países precursores da formação de um pensamento crítico moderno, como a França e a Inglaterra. Nos países ibéricos, o ensaio aparece com vigor somente no século XIX. De acordo com José Miguel Oviedo, os espanhóis, profundamente influenciados pela filosofia neotomista, compreenderam

---

11   FRANCIATTO, Claudir (org.). *A façanha da liberdade*. São Paulo: OESP, 1985. Vale mencionar que participaram desse livro autores como Vargas Llosa e Wanderley Guilherme dos Santos.

12   BARRY B. LEVINE (org.). *El desafío neoliberal: El fin del tercermundismo en América Latina*. Bogotá: Grupo Editorial Norma, 1992.

13   Ver: TODOROV, Tzvetan. *O jardim imperfeito: o pensamento humanista na França*. São Paulo: Edusp, 2005.

14   O escritor mexicano Carlos Pereyra afirmou, em 1972, que os liberais, tal como Paz, na verdade tinham outros interesses que não a questão pública. PEREYRA, Carlos. "La crisis ideológica". La Cultura en México, supl. Cult. de ¡Siempre!, México, nº 548, 9 de agosto de 1972, p. 3-4.

por muito tempo esse gênero como algo "inacabado e informe".[15] Segundo Arenas Cruz, o ensaio não pode vingar nas regiões ibéricas porque

> [La Inquisición] actuando como un instrumento destructor de la independencia y el progreso, impidió el nacimiento de una clase de textos que implicaba el ascepticismo, la polémica y la afirmación incondicional de la personalidad individual, es decir, un determinado modo de conocer la realidad.[16]

No entanto, a partir dos processos de independência na América Latina ocorreu um esforço de modernização e de constituição das identidades nacionais e americanas, em que as elites intelectuais elaboraram, em grande parte, concepções políticas e históricas sob a forma ensaística. Domingo Faustino Sarmiento, na Argentina; Manuel González Prada, no Peru; José Martí, em Cuba; e José Enrique Rodó, no Uruguai, são alguns exemplos. No século XX, o ensaio chegou a ser considerado pelo escritor mexicano Alfonso Reyes como o "centauro de los géneros". Para o próprio Paz, assim como as preocupações intelectuais do período colonial adotaram a forma de sermão, no seu tempo elas assumiram a forma de ensaio.[17] A sua sobrevivência entre os grandes nomes da história intelectual latino-americana, do século XX, foi, talvez, devido a certa liberdade moderna criadora e crítica, o que permitiu também a sua permanência, mesmo após o fortalecimento do meio científico cujas regras e métodos exigiam rigor e comprovação. John Skirius assinalou algumas das principais alterações sofridas pelo ensaio hispano-americano, ao longo dos séculos XIX e XX:

> El ensayista del siglo XX tiende a describir y enunciar problemas, no a resolverlos. [...] En el siglo XX, muchos ensayistas han tratado de ser cronistas de sus sociedades más que redentores. En contraste, los ensayistas hispano-americanos en el siglo XIX estuvieron más seguros de sí mismos al proponer programas de reforma.[18]

---

15   OVIEDO, José Miguel. *Breve historia del ensayo hispano-americano*. Madrid, Alianza Editorial, 1991, p. 20.
16   ARENA CRUZ. *Apud.* SALGADO, Dante. *Ensayística de Octavio Paz*. México: Universidad Baja California Sur, 2004, p. 38.
17   Ver: PAZ, Octavio. *Sóror Juana Inés de la Cruz: as armadilhas da fé*. São Paulo: Mandarin, 1998.
18   SKIRIUS, John (org.). *El ensayo hispano-americano del siglo XX*. México: FCE, 1981, p. 13.

Segundo Skirius, o ensaio é uma meditação escrita em estilo literário e, para analisar o ensaio hispano-americano, deve-se ter em mente quatro intenções básicas: confessar, persuadir, informar e criar arte. Assim, é possível notar que há fortes elementos literários presentes nos ensaios hispano-americanos, como a poesia e a ficção. No caso de Paz,[19] os seus ensaios se aproximam definitivamente da narrativa poética e suas preocupações estão associadas aos principais problemas dos ensaístas latino-americanos, como, por exemplo, a discussão sobre a modernidade latino-americana.[20]

Vale destacar que muitos dos grandes ensaios não só foram publicados originalmente em jornais, como foram os próprios jornais que, a partir do século XVIII, na América Espanhola, estimularam o interesse pelo gênero e facilitaram a sua difusão. Ambos compartilharam de uma finalidade principal: a divulgação, que contribuía para o debate e a mobilidade de ideias. Posteriormente, as revistas adquiriram um papel tão importante quanto os jornais na produção e divulgação de ensaios. Quando se observa a trajetória do poeta, as manifestações de suas ideias artísticas, políticas, literárias estão completamente vinculadas à expressão ensaística, e sua divulgação em jornais, revistas, livros e mídias.

O ensaio, ao ser um meio de comunicação sem dogmatismos e métodos, interroga, contradiz, inquieta e questiona o leitor, conciliando diversas áreas do conhecimento, buscando uma boa comunicação e demonstrando a força da subjetividade. Dessa forma, parece ser um gênero camaleônico capaz de adotar diversas formas e se adaptar às mudanças do mundo moderno. Entretanto, como já se percebe na citação de Todorov acima apresentada, essa peculiaridade apareceu como um problema expressivo para o conhecimento acadêmico latino-americano, durante a Guerra Fria, uma vez que historiadores, economistas e cientistas

---

19　Para Dante Salgado: "El hecho de que Paz sea poeta, es decir, un poeta ensayista, es de capital importancia para acercarse a sus textos. No basta entonces con tener a mano las herramientas de la teoría general del ensayo, se vuelve indispensable además saber que, en el caso particular de Paz, su condición de poeta es inseparable a la de ensayista." SALGADO, Dante. *Ensayística de Octavio Paz*. México: Universidad Baja California Sur, 2004, p. 66.

20　De acordo com Rodolfo Mata, Paz produziu uma obra ensaística importante que tem como característica o uso do paradoxo na estruturação de seus conceitos (tradição de ruptura, eternidade dentro da sucessão, identidade dentro da diversidade, o mesmo dentro do outro etc.) e o apoio de jogos paronomásticos. *Octavio Paz – nota bibliográfica*. In: *Octavio Paz: Nota bibliográfica*. Disponível em: <www.biopaz.com>. Acesso 10/08/2011.

políticos foram substantivamente influenciados por teorias cientificistas, como foi o caso da predominância das teorias marxistas nas universidades mexicanas,[21] que contribuíram, nesse período, para a compreensão do ensaio como um conhecimento impreciso, genérico, sem referência clara e comprovação possível. Paz, ao fazer referência às contribuições inestimáveis dos ensaios de Ortega y Gasset para a sua formação e pontuar as "incompreensíveis críticas" que o filósofo espanhol recebeu por não produzir "tratados científicos", afirmou:

> ¿No se puede decir lo mismo de Montaigne y de Thomas Browne, de Renan y de Carlyle? Los ensayos de Schopenhauer no son inferiores a su gran obra filosófica. Lo mismo sucede, en nuestro siglo, con Bertrand Russell. El mismo Wittgenstein, autor del libro de filosofia más riguroso y geométrico de la Edad Moderna, sintió necesidad de escribir libros más afines al ensayo, hechos de reflexiones y meditaciones no sistemáticas. Fue una fortuna que Ortega y Gasset no haya sucumbido a la tentación del tratado y la suma. Su genio no lo predisponía a definir ni a construir. No fue geómetra ni arquitecto. No veo a sus obras como un conjunto de edificios sino como una red de caminos y de ríos navegables. Obra transitable más que habitable: no nos invita a estar sino a caminar.[22]

Talvez fosse assim que Paz desejasse que seus ensaios fossem percebidos, mas alguns críticos do poeta, advindos das esquerdas mexicanas, como o historiador Aguilar Camín,[23] o acusaram de produzir textos históricos e políticos demasiadamente imprecisos e com sérias consequências políticas, como foi o caso dos seus ensaios acerca do Estado mexicano, dos desdobramentos das crises políticas na América Central, nos anos de 1980, e de suas afirmações sobre o período colo-

---

21 As universidades mexicanas foram as mais influenciadas pelo marxismo na América Latina. Ver: CARR, Barry. *La izquierda mexicana a través del siglo XX*. México: Ediciones ERA, 1996. Somado a isso, segundo Xavier Rodríguez, nos anos de 1960 e princípios de 1970: "el *boom* de la difusión del marxismo en nuestros países se caracterizó por ser la diseminación de un marxismo eminentemente simplificado y de manual." In: RODRÍGUEZ LEDESMA, Xavier. *El pensamiento político de Octavio Paz, op. cit.*, p. 13.

22 PAZ, Octavio. "El cómo y el para qué: José Ortega y Gasset". In: *Fundación y disidencia: Dominio Hispánico. Obras Completas*. México: FCE, 2004, vol. 3, p. 295. (1ª ed. 1991)

23 AGUILAR CAMÍN, Héctor. "Pequeño regreso al gran hechizo del mundo". Revista *Nexos*, México, nº 83, noviembre de 1994, p. 71-74.

nial mexicano. Segundo observou o historiador, o poeta incorreu no pecado da generalização: "En virtud de su fascinación por 'la felicidad del fraseo redondo y los silogismos acabados', Paz confundía fenómenos históricos puntuales con causas naturales y establecía 'identidades totales donde sólo hay semejanzas significativas'".[24] Já, o escritor mexicano Dante Salgado, escreveu em defesa de Paz:

> Me parece, sin embargo, que no siempre fue bien leído [os ensaios]: o porque sus lectores se enfrascan en debates puramente ideologícos o porque al no entender la naturaleza de la estructura ensayística le reclamaban y le exigían precisiones, desde la especialidad pseudo-científica, a las que el ensayo no obliga.[25]

Por outro lado, o fato de Paz optar pela expressão ensaística, que não lhe abrigava a moralizar, a ensinar, a dizer a verdade, e sim a problematizar sobre determinadas realidades, efetivamente não o isentava de algumas acusações, pois suas ideias como intelectual reconhecido eram lidas e ainda são pelo grande público como um discurso de verdade. Certa vez, ele mesmo, ciente de ser um importante porta-voz das interpretações políticas da sociedade mexicana, disse, no ano de 1977, em entrevista a Julio Scherer: "No tengo recetas infalibles para curar los males de México y América Latina. Tengo, sí, unas cuantas ideas o, más bien, sugerencias".[26] Mas suas "sugestões" foram, na maior parte das vezes, orientações contundentes daquilo que deveria ser feito na vida pública. Veja as suas "opiniões", no ensaio *El escritor y el poder*, em um momento que já não era servidor público, no ano de 1975, publicadas no jornal *Excélsior*, sobre os gastos públicos relativos à cultura:

> El primero: debe gastarse menos en administración y más en ayuda de los creadores y productores de literatura y arte. Por ejemplo: en lugar de hacer revistas medíocres, o de organizar

---

24 AGUILAR CAMÍN, Héctor. "Metáforas de la 'tercera vía'". *La cultura en México*, México, nº 900, junio 6 de 1979, p. 2-11.
25 SALGADO, Dante. *Ensayística de Octavio Paz*. México: Universidad Baja California Sur, 2004, p. 8.
26 PAZ, Octavio. "Suma y Sigue". In: GRENIER, Yvon (org.) *Octavio Paz: sueño en libertad*. Barcelona: Seix Barral – Biblioteca Breve, 2001, p. 74.

> innumerables y aburridas mesas redondas sobre dos o tres lugares comunes de la sociología del arte, el INBA [órgão do governo] debería dar becas a los escritores y artistas jóvenes. Lo ideal sería constituir un fondo para el fomento de la literatura y el arte, que funcionase de una manera independiente y destinado a ayudar a escritores y artistas dentro de la máxima libertad estética e ideológica. Hay precedentes en Inglaterra y en otros países.[27]

No ano de 1990, a revista *Proceso* trouxe uma reportagem com o seguinte título: "Empezando por el PRI, todos los partidos en México deben democratizarse, dice Octavio Paz".[28] Em 1994, o jornal *Universal* publicou: "Octavio Paz resume en cinco puntos las reformas democráticas esenciales".[29] Fica claro, com esses exemplos, que não cabe aqui uma ingenuidade a respeito dos incômodos provocados por suas "opiniões desinteressadas" sobre a política, a cultura e a história mexicanas, expressas, na maior parte das vezes, sob o gênero ensaístico, uma vez que elas tinham um peso considerável nos debates intelectuais e políticos de sua época.

Foi quando parte dos intelectuais acadêmicos do século XX se deu conta, em grande medida, da crise da razão, do progresso e da ciência, já percebida e formulada por alguns pensadores do século anterior – como analisou Marshall Berman em seu livro *Tudo que é sólido desmancha no ar: a aventura da modernidade*[30] –, mas incorporada pela maioria apenas após as drásticas mudanças vivenciadas no século XX (guerras mundiais, conflitos étnicos, problemas ecológicos etc.), que ocorreu o questionamento da verdade cientificista e a (re)valorização de outras lógicas, como a do gênero ensaístico, na própria produção do conhecimento

---

27 PAZ, Octavio. "El escritor y el poder". In: GRENIER, Yvon (org.) *Octavio Paz: sueño en libertad*. Barcelona: Seix Barral – Biblioteca Breve, 2001, p. 326.

28 MERGIER, Anne Marie. "Empezando por el PRI, todos los partidos en México deben democratizarse, dice Octavio Paz". Revista *Proceso*, México, junio de 1989, p. 24.

29 BAIA, Quina. "Octavio Paz resume en cinco puntos las reformas democráticas esenciales". *El Universal*, México, 2 de octubre de 1994.

30 Marshall Berman, em seu livro *Tudo que é sólido desmancha no ar,* tratou de observar como Marx, Nietzsche e Freud construíram narrativas sobre a modernidade que revelavam aspectos ambíguos, ou seja, de entusiasmo e temor diante da nova realidade histórica. BERMAN, Marshall. *Tudo que é sólido desmancha no ar: a aventura da modernidade*. São Paulo: Companhia das Letras, 1995.

acadêmico.³¹ Na América Latina, esse fato tornou-se mais evidente a partir dos anos 80, após o fim da maioria dos movimentos guerrilheiros, dos regimes autoritários e ditatoriais. Mas a tensão entre o humanista, que dialoga com várias áreas do conhecimento e considera o campo literário uma herança cultural privilegiada, e o especialista, formado pelas universidades, voltado mais para a lógica, a estatística e a objetividade científica, permaneceu nos debates entre os intelectuais.

Logo, em um momento em que não se pode mais afirmar a possibilidade de uma objetiva realidade histórica extraída dos documentos e sustentada por teorias totalizantes, as discussões sobre o conhecimento nas universidades não só consideram os ensaios latino-americanos como obras clássicas do pensamento social como também propiciaram, com certa frequência, a esse gênero, o mesmo tratamento analítico dado ao texto acadêmico/científico. Como dito a pouco, durante a Guerra Fria, alguns dos críticos de esquerda do ensaísmo paciano, embora por outros motivos como os relativos às consequências de suas colocações, também não estavam atentos ou interessados acerca das marcas próprias desse discurso, que não opera de forma plenamente cartesiana, procurando manter uma independência estética e uma desconfiança do sentido único das coisas.

2.2 – Edição, política, reconhecimento e poder

Ortega y Gasset foi para Paz o mestre do ensaísmo de língua espanhola, sem se distinguir muito, segundo ele mesmo afirmou, do pai do ensaísmo moderno: Montaigne, que apesar de basear muitas de suas ideias na Antiguidade e em alguns de seus contemporâneos, conquistou a originalidade: "En la manera en que vivió y revivió esas ideas y cómo, al repersarlas, las cambió, las hizo suyas y, así, las hizo nuestras".³² A questão da originalidade é, assim, relativizada nesse entendimento do gênero ensaístico, pois a forma como se apresenta a ideia e o lugar onde ela é transmitida pode produzir por si só a inovação. É possível pensar, como afirmou Newton Bignotto, que tornar acessíveis as ideias é uma das principais

---

31   De acordo com Edward Said, nos anos 60 e 70, o estruturalismo e o pós-estruturalismo abalaram também o humanismo tradicional. Ver: SAID, Edward. *Humanismo e crítica democrática*. São Paulo: Companhia das Letras, 2007.

32   PAZ, Octavio. "El cómo y el para qué: José Ortega y Gasset". In: *Fundación y disidencia: Domínio Hispánico. Obras Completas*, vol. 3. México: FCE, 2004, p. 296 (1ª ed. 1991).

características dos humanistas, uma vez que consideram o espaço público como um local privilegiado para as discussões acerca da condição humana.[33]

Com efeito, é a tradição francesa humanística, ensaística, moralizante e democrática que formou a base do pensamento político paciano, cujo tema é o homem e suas vicissitudes nesse mundo. Seus ensaios políticos e históricos como *El laberinto de la soledad* (1950), *Posdata* (1970), *El ogro filantrópico* (1979), *Sóror Juana Inés de la Cruz: las trampas de la fe* (1982), *Tiempo nublado* (1983) e *Pequeña crónica de grandes días* (1991) caminham nessa direção. A especificidade do "Montaigne mexicano",[34] como uma vez o definiu Krauze, foi pungente não apenas quando o poeta colocou em prática certas atitudes próprias do humanismo liberal, como também quando atuou no meio social mexicano, de maneira provocativa, assertiva e hiperbólica. Em carta a Pedro Gimferrer, Paz disse a respeito de si: "Tal vez estoy más cerca de Pirrón y de Montaigne, aunque sin alcanzar su sonriente sabiduría: soy colérico, tengo el 'genio irritable' de los poetas, el mundo me sigue hechizando y no me resigno a la desdicha y a la muerte."[35] Em um artigo sobre o debate intelectual mexicano, ele pontuou:

> Movido por el entusiasmo o por la cólera, por lealtad a lo que pienso que es justo y verdadero o por amor inmoderado a las inciertas ideas e inestables opiniones de los hombres, he participado de muchas polémicas y disputas. Nací en un siglo batallador y en un acerbo país de peleas encarnizadas. No me arrepiento. Tampoco me envanezco: sé que hubiese sido mejor gastar esas horas conversando con un amigo, con un libro o con un árbol.[36]

É interessante notar que mesmo os títulos de seus ensaios políticos e históricos sobre o México e a América Latina são também títulos drásticos e, muitas vezes, sombrios. Segundo Juan Villoro,[37] o que se passa com esses títulos é a ideia de

---

33   BIGNOTTO, Newton. "Humanismo cívico hoje". In: *Pensar a República*. Belo Horizonte: UFMG, 2000, p. 52.
34   SALGADO, Dante. *Ensayística de Octavio Paz*. México: Editorial Práxis, 2004, p. 65.
35   PAZ, Octavio. *Memorias y palabras, op. cit.*, p. 361.
36   PAZ, Octavio. "La conjura de los letrados". In: *Miscelánea II. Obras Completas*, vol. 14. México: FCE, 2001, p. 327 (1ª ed. 2000).
37   "Juan Villoro". In: Tal TV/Disponível em: http://www.tal.tv/pt/webtv/videoasp?house=P006 001&video=JUAN-VILLORO. Acesso: 20/07/2011.

que a literatura mexicana toca a uma realidade dramática, igualmente comum em outros escritores mexicanos, como em Ramón Gómez de la Serna (*Entrando en fuego*, 1905), Mariano Azuela (*Esa sangre* – 1956 e *La maldición*, 1955), Juan Rulfo (*En llano en llamas*,1953) etc. As interpretações de muitos desses escritores sobre a realidade dramática mexicana estiveram coladas, em diversos momentos, para a geração do poeta, a uma ideia acerca da inferioridade da região e uma tentativa de superação dessa condição. Em 1965, Paz escreveu a Orfila Reynal: "Saber que tenemos un pasado en nada inferior a los angloamericanos tal vez nos dé fuerzas para afrontar lo que venga".[38]

Para a realização e divulgação de suas iniciativas culturais, como a tentativa de superação do complexo de inferioridade latino-americano, foi preciso, como dito em outros momentos, conceder uma atenção especial aos editores cujos projetos estavam relacionados, na maioria das vezes, aos seus interesses econômicos e ideológicos. Paz publicou os seus ensaios políticos, ao longo de sua trajetória, em editoras de várias partes do mundo, principalmente as de língua espanhola: Cuadernos Americanos, Fondo de Cultura Económica, Seix Barral, Joaquín Mortiz, Siglo XXI, Círculo de Lectores. A história de suas publicações, pouco investigada, converge com a história das editoras e suas práticas políticas. O livro *El laberinto de la soledad* – escrito, em Paris, entre 1948 e 1949, foi publicado pela primeira vez em 1949, com cerca de três mil cópias, pelo *Cuadernos Americanos*, editora dirigida, naquela época, por seu fundador, o economista Jesus Silva Herzog. Em 1950, o poeta publicou uma edição revisada do livro pela mesma editora, que inicialmente não tinha patrocínio e pagava modestamente seus colaboradores. Vale mencionar que *Cuadernos Americanos* era uma espécie de revista-livro com edições bimestrais, fundada em 1942 por intelectuais mexicanos e exilados espanhóis com o objetivo de divulgar a literatura de língua espanhola. Ortega y Gasset, Samuel Ramos, Gabriela Mistral e Carlos Fuentes são alguns exemplos de nomes expressivos que publicaram em *Cuadernos Americanos*.[39]

---

38 PAZ, Octavio. *Cartas a Arnaldo Orfila Reynal*, op. cit., p. 11.
39 Disponível em: http://www.catalogoderevistas.unam.mx/interiores/c/c_americanos.html. Acesso: 05/07/2011.

É importante considerar que publicar em uma revista ou editora reconhecida implica, como assinalou o norte-americano Roderic Camp, ter seu nome associado a intelectuais prestigiosos e círculos destacados, pois, na maior parte das vezes, os indivíduos importantes, ao publicarem em certas editoras, legitimam as mesmas e abrem espaço para que outros, ao publicarem nessas mesmas editoras, tenham também projeção.[40] Em 1959, ocorreu a publicação da segunda edição de *El labirinto de la soledad*, pela Fondo de Cultura Económica, com maior tiragem, publicidade e circulação, sob a direção do editor argentino Orfila Reynal.[41] O poeta sempre reverenciou, em seus ensaios, o fundador e diretor da FCE, entre 1934 e 1948, Daniel Cósio Villegas,[42] pelos escritos críticos e perspectivas liberais, evidentes em obras como *Crisis de México* (1947), e nutriu, desde a publicação de *El laberinto de la soledad*, uma estreita amizade com Orfila Reynal, que dirigiu a FCE, entre 1948 e 1965. Como se sabe, a FCE foi criada em 1934 com o apoio do Estado mexicano, que apesar de entrar com o financiamento, não tinha o intuito de determinar as escolhas das obras a serem publicadas. O objetivo da FCE foi, desde seus inícios, atuar com independência do Estado e ser um serviço de utilidade pública para a ampliação da cultura livresca no país.[43]

Em 1965, quando Orfila Reynal foi demitido da direção da FCE pelo seu claro posicionamento à esquerda, ao permitir, no auge da Guerra Fria, a publicação do livro *Los hijos de Sánchez* (1964), do antropólogo norte-americano Oscar Lewis, muitos intelectuais o apoiaram e lamentaram a sua demissão. O livro chamou a atenção para as condições de pobreza crônica da sociedade mexicana e o autor foi acusado pela crítica de escrever uma obra subversiva, antimexicana e que representava apenas aspectos sociais negativos do país. Segundo o jornalista Ilán Semo, o livro incomodou tanto quanto o filme *Los Olvidados*, de Luis Buñuel, por afetar

---

40 CAMP, Roderic A. *Los intelectuales y el Estado en el México del siglo XX*. México: FCE, 1988, p. 180.

41 *El laberinto de la soledad* não teve uma boa recepção até a sua segunda edição de 1959, que produziu numerosas resenhas e provocou enormes polêmicas. GONZÁLEZ TORRES, Armando. *Las guerras culturales de Octavio Paz*, op. cit., p. 144.

42 PAZ, Octavio. "Daniel Cósio Villegas: las ilusiones y las convicciones". Revista *Plural*, México, nº 56, Abril de 1976, p. 74-80.

43 SORÁ, Gustavo. "Edición y política. Guerra Fría en la cultura latinoamericana de los años 60." *Revista del Museo de Antropología*. Córdoba: Universidad Nacional de Córdoba, 2008, p. 99.

a imagem nacional construída pelo discurso elitista.[44] É preciso considerar, como assinalou o antropólogo Gustavo Sorá, que os projetos editoriais possuem um significado substantivo no espaço público, e por isso são objeto de controle e disputa das elites sobre as representações "mais aceitáveis" do cidadão, da nação, da educação e da política.[45]

Paz optou, diante dessas circunstâncias, por continuar publicando com frequência pela FCE, mesmo com os problemas políticos relativos à direção da editora, o que não o impediu de prestar solidariedade a Orfila Reynal no momento em que foi demitido, junto com outros nomes importantes como Elena Poniatowska, Jesús Silva Herzog, Pablo González Casanova, e apoiá-lo na iniciativa de fundar uma nova editora: Siglo XXI. Para Sorá, a capacidade do editor Orfila Reynal[46] de tecer relações sociais, mobilizar capital econômico e concretizar seus ideais políticos em um novo projeto editorial acabou por levar consigo o *boom* da literatura latino-americana, e o fez alcançar, entre 1965 e 1975, grande notoriedade pelas publicações de autores como Carlos Fuentes, Juan Rulfo, Gabriel García Márquez etc.

A Siglo XXI publicou apenas dois livros do poeta:[47] um de ensaios sobre arte e literatura *Corriente Alterna* de 1967, e outro sobre política, *Posdata* de 1970, obra esta crítica ao sistema político mexicano, que ocasionou diversas polêmicas no meio intelectual. Mas o perfil político da editora era carregado da ideologia das esquerdas, mantendo uma íntima conexão com a editora cubana *Casa de*

---

44 SEMO, Ilán. "Los hijos de Sánchez, de Oscar Lewis. La antropología como narrativa y afección". Revista *Letras Libres*, México. Disponível em: http://www.letraslibres.com/index.php?art=14975. Acesso: 20/06/2011.

45 SORÁ, Gustavo. "Edición y política. Guerra Fría en la cultura latinoamericana de los años 60." *Revista del Museo de Antropología*, Córdoba: Universidad Nacional de Córdoba, 2008, p. 98.

46 Segundo Jorge Castañeda: "Orfila converteu-se no arquétipo do 'intelectual de esquerda' latino-americano. Ao longo de uma carreira editorial que se estende por quase todo o século XX, permaneceu fiel as suas raízes socialistas argentinas: nunca foi comunista e sempre permaneceu muito anti-soviético. Porém, negou-se, até o fim, a publicar livros críticos à Revolução Cubana ou a Nicarágua – "autocensura", dizia ele. Ainda assim, no México e na Argentina, Orfila tornou-se um símbolo de liberdade de expressão e, nas horas negras dos anos 70, quando livros eram queimados em Santiago e Buenos Aires, o México foi o único refúgio e conforto encontrado por incontáveis escritores latino-americanos." CASTAÑEDA, Jorge. *Utopia desarmada: intrigas, dilemas e promessas da esquerda latino-americana*. São Paulo: Companhia das Letras, 1994, p. 151.

47 Ver: PAZ, Octavio. *Corriente Alterna*. México: Siglo XXI Editores, 1967.

las Américas, com temas mais voltados às ciências sociais e à política. Vendeu milhares de cópias de teólogos da libertação, nacionalistas revolucionários, teóricos marxistas etc. Como exemplo, os escritos políticos de Che Guevara e os livros de Marta Harnecker, chilena exilada em Cuba após o golpe de Pinochet em 1973, foram alguns dos campeões de vendas da editora.[48] As relações do fundador da Siglo XXI, na batalha por divulgar uma determinada cultura latino-americana, e Paz se arrefeceram quando o poeta se tornou um simpatizante, cada vez mais convicto, dos princípios liberais, e crítico severo do pensamento autoritário das esquerdas. Como afirmou Jaime Labastida no prólogo de *Cartas cruzadas – Octavio Paz/ Arnaldo Orfila*, surgiram, entre eles, a partir de 1971, "sombras e diferenças".[49]

Em 1979, o poeta publicou em primeira mão, pela editora Joaquín Mortiz, mais um ensaio político: *El ogro filantrópico*. Fundada, em 1962, pelo espanhol Joaquín Díez-Canedo, exilado do regime franquista, essa editora mexicana, mais focada em projetos literários e ensaísticos, além de ter lançado livros do poeta, divulgou também outros escritores mexicanos relevantes, como a contista Elena Garro, ex-mulher do poeta. Vale destacar que a Guerra Civil Espanhola, a Segunda Guerra Mundial e o franquismo comprometeram o protagonismo editorial da Espanha na publicação dos livros de língua espanhola. Por outro lado, o México tornou-se uma grande referência, pois não passou por regimes ditatoriais tais como os vividos em diversos países latino-americanos, o que possibilitou abrir o país aos múltiplos investimentos relativos ao mercado editorial.[50] Segundo Gabriela Pellegrino Soares, esse aspecto provocou a expansão da indústria cultural mexicana por meio, entre outros, das práticas, conceitos e sensibilidades transmitidas pelos exilados espanhóis. Uma das consequências, como assinalou a própria historiadora, foi o estabelecimento de diálogos mais próximos entre os escritores e

---

48   Ver: KRAUZE, Enrique. "Octavio Paz: o poeta e a revolução". In: *Os redentores: idéias e poder na América Latina*. São Paulo: Saraiva, 2011.

49   ORFILA REYNAL, Arnaldo. *Cartas cruzadas: Octavio Paz/Arnaldo Orfila Reynal (1965-1970)*. México: Siglo XXI, 2005.

50   SORÁ, Gustavo. "Edición y política. Guerra Fría en la cultura latinoamericana de los años 60". Córdoba: Universidad Nacional de Córdoba – *Revista del Museo de Antropología*, 2008, p. 100.

as editoras hispano-americanas, pois no século XIX e princípios do XX, eles ficavam sujeitos às decisões dos distantes editores espanhóis e franceses.[51]

Em 1985, a editora Joaquín Mortiz foi incorporada a Editora Planeta, assim como tinha sido incorporada, três anos antes, a editora espanhola, localizada em Barcelona, Seix Barral, que publicou e publica ainda hoje, além de *El ogro filantrópico*, muitos trabalhos ensaísticos e literários de Paz, na selecionada "Biblioteca Breve". O controverso livro de ensaios políticos *Tiempo Nublado,* de 1983, foi divulgado primeiramente pela Seix Barral. De acordo com a historiadora María Andueza, o poeta Carlos Barral, diretor da Seix Barral, de 1951 a 1989, contribuiu, a partir dos anos 60 para a inserção dos escritores latino-americanos na Espanha, como também rompeu, de certa forma, com a censura imposta pelo franquismo.[52] A proximidade conquistada entre Paz e a Seix Barral gerou muitas alegrias como também uma série de expectativas e desencontros em relação aos projetos editoriais, à remuneração e à capacidade de divulgação da editora. Em outubro de 1984, quando Paz foi para Frankfurt receber o Prêmio Literário promovido pela Feira de Livros, ele desabafou, reservadamente, com o amigo Gimferrer, responsável por muitos de seus contatos editoriais na Europa:

> Querido Pedro
> [...] Una pequeña queja *muy confidencial*: los de Seix Barral (Planeta) no se dieron por enterados ni del Premio ni de mi presencia en Francfort. No me buscaron, no asistieron a la cerimonia de ayer ni a la conferencia de prensa de antier. Yo visité su *stand* y encontré que sólo dos de mis libros estaban expuestos, en un rincón. Lo contrario de lo que hicieron mis otros editores (Suhrkamp, Gallimard, los holandeses etc.). Incomprensible actitud [...][53]

---

51 SOARES, Gabriela Pellegrino. "Novos meridianos da produção editorial em castelhano: o papel de espanhóis exilados pela Guerra Civil na Argentina e no México". *Varia História,* Belo Horizonte, vol. 23, nº 38 jul/dez 2007. Disponível em: http://www.scielo.br/scielo.php?script=sci_arttext&pid=S0104-87752007000200009. Acesso: 20/07/2011.

52 ANDUEZA, María. Carlos Barral: "Poeta, Navegante y Editor". *Cuadernos Americanos,* México, Marzo-Abril de 1991, p. 337.

53 Paz, Octavio. *Memorias y palabras, op. cit.,* p. 268.

Gimferrer justificou-se ao dizer que a intenção da editora foi apresentar, na feira literária de Frankfurt, apenas os seus livros mais recentes.[54] Em todo caso, os livros do poeta publicados pela editora Seix Barral foram também publicados, quase ao mesmo tempo, por outras editoras, como a Gallimard, na França, e a FCE, no México. Interessa mencionar, ainda, que muitos dos seus livros sobre política são compilações de ensaios divulgados anteriormente em diversos jornais e revistas como *El País*,[55] *Plural, Vuelta, La Jornada*, e em conferências como as realizadas nas universidades de Harvard e Cambridge, entre outras. O epistolário de Paz com Gimferrer dá muitos sinais acerca do mundo da edição. Em outra carta a Gimferrer, de 19 de julho de 1974, é observável a complexidade dessas relações:

> Querido Pedro:
> [...] Las proposiciones de Seix Barral [acerca das condições para o lançamento de seu livro] me parecen razonables. En principio, estoy de acuerdo. Espero hablar en esos días con los de Fondo y con Joaquín Díez-Canedo. La reacción de este último me preocupa. Es un buen amigo y un buen editor – en el sentido técnico, físico de la palabra: sus libros son bonitos y tienen pocas erratas – pero su distribuición es nula fuera de México. Ya te pondré al corriente de lo que haya arreglado. En todo caso, cuenten con el libro sobre Sor Juana y con los otros que proyecto.[56]

Escolher a melhor forma de divulgação dos livros, estreitar e manter laços de amizade com editores e continuar produzindo ideias relevantes ao meio social são tarefas, como é possível notar, que exigem um esforço considerável em direção à aprovação intelectual. A editora Círculo de Lectores, fundada em 1962, dirigida, nos anos 80 e 90, por Hans Meinke, localizada em Barcelona e incorporada, tal como outras editoras citadas, à Editora Planeta (que possui atualmente mais de 70 editoras pelo mundo), teve também grande interesse na divulgação das obras

---

54 Paz, Octavio. *Memorias y palabras, op. cit.*, p. 268.
55 Ver a carta de Paz a Gimferrer sobre seus artigos que resultaram em livros: "A 16 de junio de 1980. Muy querido Pere: [...] Decidí no enviarte *Tiempo Nublado* porque se trata de textos demasiado ligados a actualidad. Por cierto, me extraña mucho que no los hayas visto en El País: me los pagaron por anticipado. Espero reunir otros textos sobre temas de esta índole y hacer con ellos un volúmen semejante a *El ogro filantrópico* [...]". GIMFERRER, Pere. *Octavio Paz: Memorias y palabras – Cartas a Pere Gimferrer 1966-1997*. México: Seix Barral, 1999, p. 206.
56 PAZ, Octavio. *Memorias y palabras, op. cit.*, p. 69.

completas do poeta, principalmente após o reconhecimento, mundial, alcançado com o prêmio *Nobel*. Essa editora especializou-se, com o passar do tempo, em produzir, inclusive, livros especiais, diferenciados no mercado, e publicar, principalmente a partir de 1989, escritores, estadistas, artistas e representantes prestigiados da cultura que já houvessem alcançado notabilidade, como Salvador Dalí, Pablo Picasso, Mario Vargas Llosa etc. É cabível afirmar que a versão de luxo das obras completas de Paz veio, assim, da associação feita entre a Círculo de Lectores, na Espanha, e a FCE, no México, apesar de ter tido continuidade e maior visibilidade com a segunda.

Foi, sem dúvida, a FCE, a editora que fez a maior publicidade massiva da obra de Paz. Publicou os seus mais importantes livros como *El laberinto de la soledad* e *Sóror Juana Inés de la Cruz: las trampas de la fé*. Lançou, nos anos 90, os 15 volumes das obras completas de Paz, organizados pelo próprio autor, iniciando a coleção de luxo "Letras de México", em comemoração ao seu 80º aniversário; nomeou uma de suas mais importantes livrarias na Cidade do México com o nome do poeta,[57] e manteve vínculos com a Televisa na feitura de programas televisivos como "México en la obra de Octavio Paz". Somado a isso, divulga, ainda hoje, em outras frentes, os livros do poeta pela "Colección Popular", mais acessível ao grande público, e pela "Tezontle", destinada à divulgação de obras poéticas.[58] Em 2006, a editora comemorou com o livro *El laberinto de la soledad* o exemplar número 100 milhões.

É importante compreender como os projetos editoriais dedicados à divulgação cultural são também guiados por princípios políticos e contribuem para a construção do poder e do reconhecimento. Diversas vezes, é o próprio poder político que influencia diretamente as decisões culturais e o reconhecimento intelectual. O caso da FCE é instigante, uma vez que é uma editora que possui autonomia em relação ao poder público mexicano, mas recebendo financiamento do mesmo. A complexidade desse vínculo gerou alguns casos em que os próprios políticos mexicanos ocuparam cargos importantes no FCE. O ex-presidente Carlos Salinas

---

57 FONDO DE CULTURA ECONÓMICA – Librería FCE Octavio Paz – Av. Miguel Ángel de Quevedo 115 – Col. Chimalistac, México, D.F.
58 Ver: CASTAÑON, Adolfo (org.). *Octavio Paz en sus "Obras Completas"*. México: FCE: CONACULTA, 1994.

de Gortari, por exemplo, participou de diversas sessões do FCE, e o ex-presidente Miguel de la Madrid, formado em Direito, dirigiu o FCE, durante os anos de 1990, autorizou a publicação das edições de luxo das obras completas de Paz, nomeou a principal livraria da editora FCE com o nome do poeta e manteve estreitas ligações com a Televisa, além de contribuir com a criação na UNAM da "Cátedra Octavio Paz", em 1997. Vale destacar que, quando ocuparam a presidência da República, tanto De la Madrid quanto Salinas de Gortari, e mesmo Ernesto Zedillo, prestaram homenagens oficiais em comemoração aos aniversários do poeta.[59]

Isto tudo feito em nome do enorme prestígio alcançado por Paz que, como assinalou, certa vez, De la Madrid, tornou-se com o *Nobel*: "Orgullo de México".[60] Por outro lado, não deixa de ser interessante perceber que o seu reconhecimento pelos políticos esteve vinculado ao apoio dado, em muitos de seus ensaios políticos e programas de televisão a De la Madrid e Salinas de Gortari, quando estes governaram o México, entre os anos 80 e 90, por meio de medidas políticas e econômicas de cunho neoliberal. Em seu livro *Pequeña crónica de grandes días*, publicado em 1991, pela FCE, o poeta reconheceu que o México, quando De la Madrid tomou posse, estava arruinado, e o que o governo conseguiu em boa medida foi impor limites aos gastos públicos, sanear as finanças, combater a corrupção etc., e quando Salinas de Gortari assumiu, Paz afirmou publicamente o seu apoio às medidas adotadas pelo governo para a modernização do país.[61] Em entrevista aos jornalistas Anthony Day e Sergio Muñoz, o poeta declarou:

> 'Es injusto, aunque natural y humano' lo que se ha hecho del ex presidente Carlos Salinas de Gortari: 'un chivo expiatorio' de la presente crisis financiera. 'Salinas fue un hombre muy valiente

---

59 GRENIER, Yvon. *Del arte a la política: Octavio Paz y la búsqueda de la libertad*. México: FCE, 2004, p. 74.

60 MUELLER, Enrique. Octavio Paz, homenageado como "orgullo de Mexico". *El País*, México – 22/08/1984. Disponível em: http://www.elpais.com/articulo/cultura/PAZ/_OCTAVIO/ MADRID/_MIGUEL_DE_LA_/MEXICO/MEXICO/Octavio/Paz/homenajeado/orgullo/Mexico/ elpepicul/19840822elpepicul_7/Tes. Acesso: 01/08/2011.

61 PAZ, Octavio. "Pequeña crónica de grandes días". In: GRENIER, Yvon (org.) *Octavio Paz: sueño en libertad*. Barcelona: Seix Barral – Biblioteca Breve, 2001, p. 235.

> en cuestões de economía. Hizo lo correto al liberar la economía del control estatal.'⁶²

Ainda hoje, de acordo o jornalista Fernando Buen Abad Domínguez, Salinas de Gortari se ressente da falta que faz o poeta:

> Dice Salinas [em 2010] que la intelectualidad en México está empobrecida: 'el país parece estar empobrecido intelectualmente', y quizá derrame una lágrima – nostálgica – por no contar con Octavio Paz para que le escriba los guiones y le legitime las maravillas de la 'Economía de Mercado'.

É preciso não esquecer, segundo o jornalista, as arbitrariedades cometidas durante a implementação de políticas neoliberais no México, disfarçadas pelas tendências civilizadoras de ingresso a uma nova fase de integração à economia mundial.⁶³ Para Monsiváis, o discurso acerca da modernidade mexicana, proferido tanto por Salinas de Gortari quanto por Paz, trazia em seu bojo, nessa época, uma mensagem de privatização categórica da economia, ou seja, "'ser moderno', en la práctica es adecuarse mentalmente a los ritmos del 'mundo unipolar'".⁶⁴

Seguramente, a história das edições dos livros do poeta coincide significativamente, além da história política e intelectual mexicana, com o desenvolvimento

---

62 DAY, Anthony & Muñoz, Sergio. "Usen el adjetivo o etiqueta que quieran, pero no 'conservador': Octavio Paz". México: *La Jornada*, 12 de mayo de 1995. Disponível em: http://www.cs.uwaterloo.ca/~alopez-o/politics/opaz.html. Acesso: 24/07/2011.

63 Assim o jornalista criticou acerca da política neoliberal de Salinas de Gortari: "No olvidamos que ocupó la presidencia de México del 1 de diciembre de 1988 al 30 de noviembre de 1994, bajo fuertes acusaciones de fraude electoral. No olvidamos la privatización masiva de empresas estatales incluída la banca. No olvidamos la entrega de Telmex a su prestanombres Slim. No olvidamos su servidumbre al Vaticano y su traición a los principios de Juárez y Zapata. No olvidamos su ofensiva contra el movimiento obrero ni el atentado a muerte contra los ejidos campesinos de todo el país. No olvidamos su silencio, ni las maniobras para enturbiar las investigaciones, por el asesinato de Luis Donaldo Colosio. No olvidamos sus paseos en 'la Ferrari' lujosa al lado de Carlos Saúl Menem en Argentina. No olvidamos su frivolidad política, sus torneos de dominó ni la visión obscena de la vida empeñada en convertirlo todo en mercancía". BUEN ABAD DOMÍNGUEZ, Fernando. "Nuevo evangelio electorero de un viejo gerente del TCL y del neoliberalismo en México: Salinas de Gortari y la demagogia desesperada". México, Publicado em 21/12/2010. Disponível em: http://www.avizora.com/atajo/informes/mexico_textos/0045_salinas_de_gortari_y_la_demagogia_desesperada. Acesso: 22/07/2011.

64 MONSÍVAIS, Carlos. "Moderno X Nacional = Tradición". In: *El Coloquio de Invierno. III – México y los cambios de nuestro tiempo*. México: UNAM – CONACULTA – FCE, 1992, p. 144.

da indústria cultural, que ao inovar em tecnologia, alcançou um público leitor muito mais amplo e exigiu do intelectual uma visibilidade social antes impensada. Em uma das muitas entrevistas concedidas, após ganhar o *Nobel*, o poeta chamou a atenção para as dificuldades de quem opta por seguir a carreira de escritor: "Hay que luchar contra la indiferencia del público. Y, debo decirlo, México es un país duro con sus escritores. Lo ha sido siempre. Y los escritores de México no son muy generosos con sus colegas. Eso dificulta la carrera. No me quejo de modo personal".[65] Somado a isso, considerou, nos seus últimos anos, que os projetos editoriais estavam, com efeito, cada vez mais voltados a compromissos mercadológicos[66] ao invés de ideológicos, o que implicava na publicação de leituras "fáceis". Esse aspecto salientado é o preço a ser pago, segundo ele, pelo progresso econômico dentro do sistema democrático.[67] Desse modo, a trajetória intelectual de Paz coloca em evidência que a dificuldade de sobrevivência de um escritor latino-americano, ao viver apenas da escrita, exige para a superação dessa condição, a luta pela autonomia na indústria cultural por meio da atuação em outras frentes como: participar de feiras literárias; conceder entrevistas em jornais, rádio e televisão; escrever textos por encomenda; estabelecer contatos em diver-

---

65 PAZ, Octavio. *Apud.* BAUTISTA, Virginia. "A veinte años del Nobel de Octavio Paz". *Excélsior.* México. 26/12/2010. Disponível em: http://www.excelsior.com.mx/index.php?m=nota&id_nota=699256. Acesso: 22/07/2011.

66 Ver a carta enviada por Paz a Gimferrer em 10 de fevereiro de 1986: "Te confieso que no me gustó mucho, en primer término, la combinación de unir en un libro un texto de crítica e historia de la poesía con una colección de poemas. Tampoco me gustó que no me hubiesen avisado. Ya sé que estas maniobras, mitad editoriales y mitad mercantiles, se justifican porque se piensa que así se pueden vender más los libros de autor; como se cuenta con que la historia de la literatura será comprada sin duda por los estudiantes, se agregan, como complemento, dos libros en uno. Temo que se trate de una fantasía de los expertos en mercadotécnica, como se llama por aquí a esas especulaciones". In: PAZ, Octavio. *Memorias y palabras: cartas a Pere Gimferrer 1966-1997.* Barcelona: Seix Barral: Blibliteca Breve, 1999, p. 299.

67 Paz escreveu em 1991: "A las grandes casas editoriales les interesa cada vez menos la buena literatura, y cada vez más los libros de venta fácil, los *best-sellers*. Nos amenaza una nueva barbarie, diferente a la de la Antiguedad. Los bárbaros del pasado – los hunos o los vándalos – venían de fuera, de la periferia de la civilización; los bárbaros contemporáneos surgen dentro de la sociedad: son los hijos de la técnica. Entre sus aliados están las grandes corporaciones políticas y financieras". PAZ, Octavio. "Postotalitarismo – Conversación con Eugenio Umerenkov (México: La Jornada, 12 de octubre de 1991)". In: GRENIER, Yvon. (org.). *Octavio Paz: Sueño en libertad.* Barcelona: Seix Barral – Biblioteca Breve, 2001, p. 410.

sos centros intelectuais; manter ligações com o poder político; participar, ganhar, criar e julgar prêmios literários; lecionar em universidades e publicar em expressivas editoras as suas obras para maior circulação, visibilidade e certificação. É preciso lembrar, antes de finalizar esse tópico, que o poeta foi reconhecido pela sua poesia e críticas literárias, mas são raros os que lêem poesia no mundo contemporâneo. Com efeito, seus ensaios políticos foram mais lidos, mas, de fato, o seu destaque massivo foi validado, para além de sua inegável aptidão, pelo conjunto de atuações nessas outras frentes aqui mencionadas.

2.3 – Controvérsias sobre o papel público dos intelectuais mexicanos

Nessa parte do trabalho, a proposta é identificar algumas das características dos intelectuais mexicanos, associadas às suas relações com o Estado no século XX, como também apresentar as posições de Paz sobre o papel público dos intelectuais, e as reações que suas ideias provocaram acerca desse tema durante e depois da Guerra Fria.

Após a Revolução Mexicana (1910-20), o país foi completamente reestruturado, fundamentalmente, em termos de administração pública. Muitos intelectuais, principalmente os vinculados às ideologias de esquerda, como se sabe, participaram da reconstrução do país a partir das demandas revolucionárias. Diego Rivera, Lombardo Toleano, José Revueltas, Alfonso Reyes, Juan Rulfo, Carlos Fuentes são alguns exemplos ilustres. O governo Cárdenas (1934-1940), deu muitos estímulos para o forte envolvimento dos intelectuais com a ideologia nacionalista e o poder público, seja por meio da educação, da arte ou mesmo da carreira diplomática. É possível afirmar que quase todos os intelectuais mexicanos, ao longo do século XX, estiveram associados de uma forma ou de outra à administração pública. Não havia, até meados do século XX, segundo disse Paz e tantos outros intelectuais, um lugar para uma prática profissional exclusivamente privada. Assim como assinalou Fritz K. Ringer acerca das relações entre os intelectuais e o Estado alemão no início do século XX, grande parte da história da elite intelectual mexicana é também a história da própria burocracia estatal.[68]

---

68 RINGER, Fritz K. *O declínio dos mandarins alemães*. São Paulo: Edusp, 2000, p. 24.

O prestígio alcançado por esses intelectuais – que passaram a controlar todo o esquema de qualificação por meio de atuações nos centros universitários, publicações em jornais e revistas, entrevistas para rádio e televisão, e inserção expressiva nos projetos editoriais –, gerou-lhes uma posição de real importância na sociedade, e passou, ao mesmo tempo, a representar, por meio de suas críticas político-sociais, um perigo à legitimidade estatal. O caso do poeta é bastante conhecido e emblemático. Paz serviu a diplomacia mexicana e renunciou a ela, em 1968, quando passou a discordar das medidas autoritárias do governo. O impacto de seu gesto na sociedade e o reconhecimento moral adquirido tanto da comunidade internacional quanto de muitos intelectuais mexicanos concedeu a ele, como visto no primeiro capítulo, o domínio da comunicação acerca das interpretações possíveis sobre o seu país e o direito de proclamar os objetivos culturais do Estado, mesmo estando afastado dele. Desde seu livro *Posdata* (1970), o poeta escreveu em defesa da democracia e da modernização do Estado mexicano. Em 1978, no livro *El ogro filantrópico*, denunciou a burocratização excessiva do Estado. Entre 1970 e 1990, envolveu-se em uma série de controvérsias acerca do suposto envolvimento acrítico dos intelectuais de esquerda com o Estado e da necessidade de reformas de cunho neoliberal. A consequência foi ter se tornado um polemista sobre as políticas públicas e um defensor da democracia liberal. De qualquer forma, suas reflexões estiveram invariavelmente empenhadas em desvelar o quanto houve de conservador e acrítico nas relações entre muitos intelectuais e o Estado, por mais ambíguas que fossem as suas próprias posições.

É relevante também considerar que se, de um lado, os intelectuais adquiriram importância, do outro, o Estado agiu ao exercer certo controle no país sobre a venda de livros, filmes, revistas, programas de rádio e televisão, e, consequentemente, sobre a vida intelectual. Diversos jornalistas, como Humberto Musacchio, denunciaram, por exemplo, as interferências do Estado mexicano na indústria cultural (jornais, cinema, rádio, televisão etc.), o que fez do Estado, durante os anos de 1970 a 1990, o maior anunciante publicitário do país com o intuito de reforçar o lastro de apoio em favor de políticas ou medidas específicas do governo.⁶⁹ No México, pelas oportunidades de emprego dos intelectuais terem sido muito limitadas, durante boa parte do século XX, as relações deles com o Estado, em posição de empregador dos intelectuais, tiveram implicações sobre a liberdade de expressão.⁷⁰ Para alcançar uma relativa autonomia, os intelectuais criaram, principalmente a partir dos anos 60, com a ajuda da iniciativa privada, seus próprios jornais, revistas e prêmios que geraram, de outra forma, reconhecimento social, recompensas financeiras e psicológicas. Para o poeta, as relações dos intelectuais mexicanos com o governo foram, a partir dessa época, de "cordialidade e hostilidade".⁷¹

As características específicas e polifacéticas dos intelectuais mexicanos estão relacionadas, segundo o norte-americano Roderic A. Camp,⁷² a diversos fatores, como:

(a) O significado e os deslocamentos da Revolução Mexicana, processo este que, além de dramático por resultar em cerca de um milhão de mortos e em uma grave crise econômica, constituiu-se, de acordo com a maior parte dos historiadores, no fundamento para a construção da identidade nacional. Alguns intelectuais buscaram valorizar, nesse momento, as tradições agrárias defendidas por Zapata; outros a experiência democrática de Madero (ex. Octavio Paz); outros marcaram daí o surgimento de uma sociedade verdadeiramente comprometida com a modernidade; outros, ainda, reverenciaram os ideais anarquistas dos irmãos Flores Magón e socialistas de Karl Marx com a intenção de apontarem os caminhos para o desenvolvimento do país.

O próprio Paz reconheceu, em entrevista a Julian Rios, que a Revolução Mexicana foi um elemento (re)fundador, gerador do envolvimento dos principais intelectuais mexicanos com o Estado, e citou, como exemplos, a carreira diplomática de Fuentes, o trabalho de Rulfo e o serviço prestado por Revueltas ao Ministério da Educação. No entanto, apontou o fato de que, na sua percepção,

---

69   Ver: MICELI, Sergio. "O papel político dos meios de comunicação de massa". In: SCHWARTZ, Jorge. (org.). *Brasil: o trânsito da memória*. São Paulo: Edusp, 1994, p. 41-67.

70   CAMP, Roderic A. *Los intelectuales y el Estado en el México del siglo XX*. México: FCE, 1988, p. 13.

71   PAZ, Octavio. "La literatura y el Estado – Premio Alfonso Reyes – 1986". In: GRENIER, Yvon. (org.). *Octavio Paz: sueño en libertad*. Barcelona: Seix Barral – Biblioteca Breve, 2001, p. 439, p. 328.

72   Ver: CAMP, Roderic A. *Los intelectuales y el Estado en el México del siglo XX*. México: FCE, 1988.

após 1968, participar do Estado era representar uma cultura "burocrática e oficialesca".[73] A denúncia feita pelo poeta foi comum à de muitos outros intelectuais, como Elena Poniatowska, Monsiváis, Luis Villoro, Fuentes etc., que entenderam que quando a revolução se converteu em instituição por meio do PRI, produziu, visivelmente, com o passar do tempo, fraudes, partidos de fachada, cargos de privilégios, violência política e a burocratização estatal, comprometendo objetivamente, a partir desse período, o desenvolvimento da nação.

(b) O problema da administração pública: é cabível notar que os intelectuais mexicanos se concentraram, durante boa parte do século XX, na capital do país, uma vez que em grande medida a administração pública e cultural estava lá. Este aspecto precede a Revolução Mexicana e remonta aos tempos pré-colombianos, pois mesmo os astecas, ao dominarem outros povos indígenas optaram por uma administração centralizada. Nos períodos colonial e independente essa característica não foi substancialmente modificada. Com efeito, isto não deixa de ser revelador das dificuldades de muitos dos intelectuais do século XX para conseguir comunicar certos problemas sociais, como os relativos ao meio rural, pois esses diziam respeito a outras realidades vividas no país, das quais eles, em grande medida, não faziam parte, não conheciam a fundo ou ignoravam.[74] Assim, refletiram, na maioria das vezes, sobre os problemas sociais que envolviam o meio urbano, como as implicações do modo de vida cosmopolita e as controvérsias acerca da liberdade política.

O extraordinário aumento demográfico da capital do país, que, de cerca de dois milhões de habitantes, em 1950, passou, no ano 2000, para mais de vinte milhões, é um elemento a ser considerado e explicado nos equívocos de uma excessiva centralização política, já denunciada seriamente por Paz e Monsiváis, e narrada em romances sobre a Cidade do México como *La región más transparente* de Carlos Fuentes, nos anos de 1950. Vale acrescentar também que o poeta, na luta pela descentralização política e a democratização do país, encampou a defesa contra a criminalização do aborto, tanto como uma opção para o controle do

---

73   PAZ, Octavio. *Solo a dos voces*. México: Tierra Firme: FCE, 1999, p. 21 (1ª ed. 1973).
74   CAMP, Roderic A. *Los intelectuales y el Estado en el México del siglo XX*. México: FCE, 1988, p. 16 e p. 277.

aumento demográfico, quanto como um reconhecimento social do direito da mulher de decidir sobre sua vida e resistir ao machismo, o que resultou em uma série de controvérsias no seio de um dos maiores países católicos da América Latina.

(c) As implicações da sociabilidade: na Cidade do México, apesar do imenso número de pessoas e lugares públicos, os intelectuais, na maior parte do século XX, independentemente de suas vertentes ideológicas, frequentaram, muitas vezes, os mesmos ambientes, ou seja, a direita e a esquerda intelectual conviveram e se encontraram informalmente, mais do que o imaginado, ao longo do século XX. A consequência, como assinalou Camp, é que:

> Ningún intelectual o político puede ser entrevistado en tales locales sin saludar a varios otros colegas igualmente promnentes. Como sugirió con humor un respondiente, en virtud de que los intelectuales asisten sólo a un pequeño número de establecimientos uno de los líderes culturales de México no podría tener una aventura en la ciudad de México sin ser descubierto rápidamente.[75]

Somado a isso, Camp apontou que não houve tanta lealdade entre os intelectuais. Os desentendimentos, por exemplo, fizeram com que os grupos de intelectuais fossem intercambiáveis dando margem aos individualismos e inconformismos.

> Tal diversidad ha llevado a un intelectual, José Joaquín Bianco, a sugerir que algunos grupos, como de Octavio Paz y de Carlos Monsiváis, son intercambiables. Afirma Bianco que los miembros de ambos grupos pueden encontrarse a menudo en las mismas reuniones sociales, y que muchos de los supuestos desacuerdos se basan en rumores más bien que en hechos sólidos. Otro intelectual afirma que el novelista José Emilio Pacheco, quien ha trabajado con Paz y con Monsiváis, y quien atribuye sus propias influencias intelectuales a ambos hombres, pertenece a las dos facciones.[76]

---

75 CAMP, Roderic A. *Los intelectuales y el Estado en el México del siglo XX, op. cit.*, p. 184.
76 Apesar de compreender os grupos intelectuais como intercambiáveis Camp não deixou de considerar também a repressão do governo mexicano a liberdade de expressão dos escritores e a opinião de alguns intelectuais, como Cosío Villegas, que via as revistas literárias como um espaço fechado e competitivo. Ver as observações de Camp acerca da repressão do governo

É factível pensar que determinados grupos, de tendências políticas divergentes, por serem intercambiáveis, permitiram a manutenção, no meio social, de certas regras de comunicação, convivência, discussão e reconhecimento. Como visto anteriormente, muitos dos críticos políticos mais severos de Paz, como Monsiváis, Aguilar Camín e Fuentes, foram, por exemplo, seus amigos e não deixaram, assim, de reverenciá-lo em diversos artigos e entrevistas pelo seu extraordinário trabalho literário, o que evidencia, entre outras coisas, o apreço por manter uma forte ligação com o poeta tão premiado, e desse modo marcar uma posição de legitimidade dentro do meio intelectual mexicano.

Paz escreveu muito acerca dos intelectuais, sem abrir mão da ideia de que o elemento crítico é indispensável ao seu papel social,[77] pois considerava essa função o "fermento político e moral da idade moderna."[78] É possível notar a presença, ao

---

mexicano: "Los escritores y los periodistas mexicanos han percibido correctamente que la libertad de expresión cambia de un régimen presidencial a otro. Su evaluación se refleja claramente en dos incidentes relacionados con el depuesto director de Excélsior, Julio Scherer, en 1976. Tratando de publicar una nueva revista y de escapar a las acciones de Luis Echeverría y sus colaboradores en noviembre de 1976, Scherer buscó a José Lopez Portillo, el presidente electo. López Portillo, a sólo un mes de tomar posesión, prometió que garantizaría a Scherer la libertad de expresión absoluta, pero sólo cuando se convirtiera en presidente en lo diciembre. En segundo lugar, en el primer año de López Portillo en la presidencia, la prensa que antes había hecho caso omiso de las penurias de Excélsior, e incluso había criticado a Scherer, otorgó una cobertura positiva y escandalosa a su recepción de un premio periodístico. Como sugiere Daniel Cósio Villegas, y como lo ilustran algunos de estos ejemplos, la libertad política depende en México de la autenticidad de la crítica al presidente, así como la autocrítica y el diálogo." Assim se pronunciou Cósio Villegas: "Si, estas revistas intelectuales son muy cerradas. Si perteneces a un grupo no puedes intercambiar ideas en la revista de otro grupo. Puedo darle los nombres de cincuenta personas que jamás aparecerían en los artículos de *Vuelta* o *Excélsior*. Un excelente ejemplo reciente fue el reportaje del funeral de Carlos Chávez. Octavio Paz pronunció la oración fúnebre y su nombre ni si quiera fue mencionado en los artículos de *Excélsior*. Cuando doy una conferencia en el Museo de Arte Moderno, *Excélsior* anuncia el título de mi charla, el momento y el lugar, pero no publica mi nombre. En México llamamos a estos el "ninguneo", una palabra que se refiere a la política de no mencionar jamás el nombre de alguien en la historia de la literatura o del arte." CAMP, Roderic A. *Los intelectuales y el Estado en el México del siglo XX*. México: FCE, 1988, p. 187, p. 262 e p. 266.

77 PAZ, Octavio. "Intelligentsia II – Conversación con Eugenio Umerenkov (1995)". In: GRENIER, Yvon. (org.). *Octavio Paz: Sueño en libertad*. Barcelona: Seix Barral – Biblioteca Breve, 2001, p. 337.

78 PAZ, Octavio. "Ante un presente incierto – (México, 11 de dezembro de 1988)". In: YVON, Grenier. (org.). *Octavio Paz: Sueño en libertad*. Barcelona: Seix Barral – Biblioteca Breve, 2001, p. 218.

longo de seus ensaios, de reflexões recorrentes sobre o papel público dos intelectuais mexicanos. Em 1950, no livro *El laberinto de la soledad*, Paz defendeu a ideia de que quando os intelectuais mexicanos serviam ao governo, dificilmente conseguiam adotar uma postura crítica. Como indagou: "La *intelligentsia* mexicana no sólo ha servido al país: lo ha defendido. Ha sido honrada y eficaz, pero no ha dejado de ser *intelligentsia*, es decir, ¿no ha renunciado a ser la conciencia crítica de su pueblo?".[79] Já em 1970, logo depois que renunciou ao cargo de diplomata, publicou *Posdata*, e discorreu a respeito desse tema, que se radicalizou cada vez mais, ao longo dos anos, ao sustentar explicitamente a noção de que o intelectual, para exercer a sua função com independência crítica deveria se afastar do Estado e do poder. Vale dizer que o poeta, apesar de frequentemente não se identificar com os rumos do governo mexicano pós-68 e defender a autonomia intelectual, afirmou em entrevista a Rios que sempre esteve de acordo com a política externa mexicana.[80] Aliás, a política externa foi sempre vista pela intelectualidade mexicana como um setor à parte das crises do governo, motivo de orgulho e prestígio quase incontestáveis, ao longo do século XX, devido especialmente à postura cordial, aberta e conciliatória adotada em relação aos outros países. A exemplo, o fato de ter sido um dos únicos países da América Latina a abrir as portas para os exilados espanhóis da Guerra Civil (1936-1939).

No polêmico artigo *El escritor y el poder*, publicado em 1972 na revista *Plural*, Paz assinalou:

> Como escritor mi deber es preservar mi marginalidad frente al Estado, los partidos, las ideologías y la sociedad misma. Contra el poder y sus abusos, contra la seducción de la autoridad, contra la fascinación de la ortodoxia. Ni el sillón del consejero del Príncipe ni el asiento en el capítulo de los doctores de las santas Escrituras revolucionarias.[81]

---

79   PAZ, Octavio. "El laberinto de la soledad". In: GRENIER, Yvon (org.). *Octavio Paz: Sueño en libertad*. Barcelona: Seix Barral – Biblioteca Breve, 2001, p. 314.

80   PAZ, Octavio. *Solo a dos voces*. México: Tierra Firme: FCE, 1999, p. 15. (1ª ed. 1973)

81   PAZ, Octavio. "El escritor y el poder". In: GRENIER, Yvon (org.). *Octavio Paz: Sueño en libertad*. Barcelona: Seix Barral – Biblioteca Breve, 2001, p. 321.

No entanto, como notado, ele contribuiu no princípio dos anos de 1970 com a formação do *Partido de los Trabajadores Mexicanos*, manteve publicamente, a partir dos anos de 1980, amizades com presidentes mexicanos, foi homenageado oficialmente em seus aniversários e fez parte do júri, entre o final de 1980 e início de 1990, de um expressivo órgão do governo que definia os investimentos culturais do país – CONACULTA. Aguilar Camín, em um artigo crítico a respeito de Paz declarou que a sinceridade de suas convicções não evitava "que el verdadero rostro de su trabajo crítico, independiente del Príncipe y sus burocracias, termine siendo acrítico partidario del gerente y sus exacciones, así como de sus desembozados pistoleros ideológicos". A defesa de Paz em relação a independencia intelectual crítica e marginal era contraditoriamente acompanhada, segundo González Torres, do seu afã de conquistar reconhecimentos, influir e representar a intelectualidade independente.[82]

Como visto, muito do seu discurso em prol da independência intelectual foi considerado discutível, pois a sua trajetória caminhou em conjunto com suas ligações com o poder estatal. Em 1978, publicou, no livro *El ogro filantrópico*, algumas reflexões acerca das relações dos intelectuais mexicanos com o poder:

> Es comprehensible la obsesión de los intelectuales mexicanos por el poder. En nuestra escala de valores el poder está antes que la riqueza y, naturalmente, antes que el saber. Cuando los mexicanos sueñan con la gloria, se ven el pecho cruzado por la banda trigarante. No predico la abstención: los intelectuales pueden ser útiles dentro del gobierno [...] a condición de que sepan guardar las distancias con el príncipe. Gobernar no es la misión específica del intelectual.[83]

No México, a ideia vigente, segundo o poeta, era a de que a tradição intelectual mexicana deveria conceber o intelectual não como crítico, mas como um porta-voz do poder ou intérprete do mesmo através de alianças e proteções

---

82 AGUILÁR CAMÍN, Héctor. "Metáforas de la 'tercera vía'". *La cultura en México*, México, nº 900, junio 6 de 1979, p. 2-11. In: GONZÁLEZ TORRES, Armando. *Las guerras culturales de Octavio Paz*, p. 95.

83 PAZ, Octavio. "El ogro filantrópico – (1978, México: Joaquín MORTIZ, 1ªedição)". In: GRENIER, Yvon (org.). *Octavio Paz: sueño en libertad*. Barcelona: Seix Barral – Biblioteca Breve, 2001, p. 66.

oficiais.[84] Nessa época, Paz já havia conquistado um expressivo poder como formador da opinião pública, e garantido a sua "independência" em relação ao Estado, principalmente graças aos prêmios literários, aos investimentos de empresas privadas na revista *Vuelta*, à venda de livros por diversas editoras e à participação em programas televisivos como os produzidos pela Televisa. Em entrevista ao escritor Fernando Savater, no ano de 1979, ficou clara a sua visão em relação à sua própria importância social, no México: "Se le vigila, se le exige, se le insulta: hoy, en México, escribir, pensar, crear, significa siempre, de un modo u otro, afrontar a Paz".[85]

A partir de meados dos anos 70, nos seus ensaios políticos, o poeta afirmou repetidas vezes que deveria ser superada, no México, para que o país entrasse efetivamente na modernidade, a problemática tradição de associação entre intelectuais de esquerda, revolução, engajamento político e dogmatismo. Foi imprescindível seguir alertando os intelectuais de esquerda, segundo ele, a respeito da necessidade deles incorporarem a democracia como um valor político para o alcance de um projeto moderno, pois persistir na revolução, na transformação radical da sociedade, no efeito positivo das guerrilhas, não levaria ao diálogo profícuo, ao respeito pela divergência de opinião e à liberdade de expressão, enfim não conduziria à democracia. Quando perguntado sobre quais eram as necessidades dos intelectuais mexicanos de esquerda, ele respondeu que era "ir à escola da democracia", ou seja, realizar, além da crítica às experiências revolucionárias de Cuba e da Nicarágua, a modernização de suas plataformas políticas.[86]

O resultado foi uma série de críticas recebidas, como as de Monsiváis e Córdova,[87] acerca da interpretação simplista de Paz sobre as esquerdas e as relações das mesmas com a democracia. Monsiváis, por exemplo, criticou o fato de Paz ver as esquerdas como um "bloco coerente", o que para ele era um equívoco

---

84 PAZ, Octavio. "Una conjura de los letrados". In: *Miscelánea II,* vol. 14: México: FCE, 2001, p. 327 (1ª ed. 2000).

85 RODRIGUEZ LEDESMA, Xavier. *El pensamiento político de Octavio Paz. – las trampas de la ideología*. México: Plaza y Valdés, 1996, p. 180.

86 PAZ, Octavio. "Conversaciones con Bráulio Peralta (1981-1996)". In: GRENIER, Yvon (org.). *Octavio Paz: sueño en libertad*. Barcelona: Seix Barral – Biblioteca Breve, 2001, p. 344.

87 CÓRDOVA, Arnaldo. *Octavio Paz y la izquierda*. Disponível em: http://www.iis.unam.mx/biblioteca/pdf/arnaldo_cordo9.pdf. Acesso:20/08/2011.

porque eram formadas, no México, por vários ramos como a esquerda comunista, revolucionária, utópica, nacionalista, indigenista, intelectual e, inclusive, a democrática, que tinham em comum basicamente a justiça social, a oposição ao imperialismo e as críticas a certas condutas burocráticas e corruptas do PRI.[88] São compreensíveis aqui os atritos criados por ter apresentado suas ideias de maneira enfática em um universo intelectual ainda predominantemente simpático às experiências revolucionárias das esquerdas, uma vez que abrir mão do legado da Revolução Cubana, por exemplo, representava para as mesmas, durante a Guerra Fria, assumir o fracasso diante do imperialismo estadunidense. Somado a isso, a política revolucionária nos anos 60 e 70, era para muitos escritores mexicanos marxistas, como Adolfo Sánchez, Enrique Semo e González Rojo, a única maneira de se alcançar a democracia em sociedades cuja maioria da população era desprovida de direitos sociais.

Para o historiador Semo, por exemplo, Paz marcou uma visão apocalíptica dos processos revolucionários, a partir dos anos 70, sem referir-se aos elementos efetivos dessa decadência. Segundo ele, "Paz mostraba las limitaciones de la perspectiva liberal, pues al no contar con el aparato teórico para integrar e interpretar el conjunto de los acontecimientos como una maduración revolucionaria, se refugiaba en un pesimismo paralizante e inútil". Ao final de sua provocação, questionou sobre o que desejava Paz: "¿Impugnar el marxismo o discutir con los marxistas? Si es lo segundo, debería respetar mejor las normas de rigor intelectual que él mismo recomienda".[89]

O poeta entendeu que o comportamento dogmático e, algumas vezes, violento das esquerdas mexicanas, na fé inabalável pela manutenção de um Estado provedor e na insistência em apoiar as guerrilhas urbanas e rurais, era parte de uma questão mais antiga que merecia ser analisada por meio da trajetória da "cultura política latino-americana", influenciada sobremaneira pelo seu passado colonial e religioso, tributária da filosofia neotomista, fundamentada em São Tomás de Aquino e avessa

---

88 MONSIVÁIS, Carlos. *Adonde yo soy tú somos nosotros – Octavio Paz: crónica de vida y obra*. México: RayaelAgua, 2000, p. 90.

89 SEMO, Enrique. "El mundo desolado de Octavio Paz. 1. Del irracionalismo filosófico al social reformismo. 2. Socialismo y libertad". Revista *Proceso*, México, nº 98/99, sep. de 1978. In: GONZÁLEZ TORRES, Armando. *Las guerras culturales de Octavio Paz*, p. 93.

ao pensamento moderno. Os intelectuais de esquerda, na sua percepção, se tornaram, em boa parte do século XX, "cruzados" que pretenderam impor a fé "marxista-escolástica" em qualquer situação, e com isso esqueceram que a função que lhes cabia era essencialmente saber usar livremente a palavra, e não atuar cegamente a serviço do Estado ou de uma ideologia, pois, assim, ao perderem a sua antiga fé religiosa, abraçaram outra.[90] A independência crítica do intelectual era desse modo o único caminho a ser buscado.

> La palabra del escritor tiene fuerza porque brota de una situación de no – fuerza. No habla del Palacio Nacional, la tribuna popular o las oficinas del Comité Central: habla desde su cuarto. No habla en nombre de la nación, la clase obrera, la gleba, las minorias étnicas, los partidos. Ni siquiera habla en nombre de sí mismo: lo primero que hace un escritor verdadero es dudar de su propia existência. La literatura comienza cuando alguien se pregunta: ¿quién habla en mi cuando yo hablo? El poeta y el novelista no duda sobre el lenguaje y por eso la creación literária es simultáneamente crítica del lenguaje y crítica de la misma literatura.[91]

Intelectuais como Zola, Proust, Orwell, Camus,[92] tornaram-se as grandes referências para o poeta, ao contrário de nomes como Neruda e Sartre que, sob o ponto de vista político, mereciam, segundo ele, o esquecimento porque representavam uma "relação servil" com o Estado socialista ao produzirem obras profundamente "engajadas e acríticas".[93] Sartre, assim como Neruda, acreditou no engajamento

---

90 PAZ, Octavio. "América Latina y la democracia (Tiempo Nublado, Seix Barral 1983)". In: GRENIER, Yvon (org.). *Octavio Paz: Sueño en libertad*. Barcelona: Seix Barral – Biblioteca Breve, 2001, p. 387.

91 PAZ, Octavio. "La letra y el cetro. (Plural, 13 de octubre de 1972)". In: GRENIER, Yvon (org.). *Octavio Paz: Sueño en libertad*. Barcelona: Seix Barral – Biblioteca Breve, 2001, p. 322.

92 É possível notar, na seguinte citação de Camus, como as ideias de Paz possuem muitos pontos de contato com as do escritor. "A democracia não é o melhor dos regimes e agora podemos compreender isso. Mas esse regime só pode ser concebido, realizado e sustentado por homens que saibam que não sabem tudo, que se recusem a aceitar a condição proletária e nunca se conformem com a miséria dos outros, mas que se recusem, justamente, a agravá-la em nome de uma teoria ou de um messianismo cego". A Democracia. Exercício da modéstia. CAMUS, Albert. "La Pléiade", Essais. Paris: Gallimard, 1965, p. 1582.

93 PAZ, Octavio. "Intelligentsia II – Conversación con Eugenio Umerenkov 1995. (Komosómolskaya Prenda – La jornada – 9-12 octubre de 1991 – Obras Completas, 1995.)" In: GRENIER,

político dos intelectuais em nome da liberdade, mas a contradição que estabeleceu ao defender a relação íntima dos intelectuais com o Estado ou partido, nos países em desenvolvimento, era insustentável, para Paz, que chegou a polemizar acerca da justificativa dada por Sartre em relação ao fato dele considerar compreensível a existência de campos de concentração nos países comunistas, uma vez que os países capitalistas produziam um efeito semelhante em suas próprias "colônias".[94]

A sua questão, nos inícios da Guerra Fria, como tratado, não era que o intelectual não poderia se envolver a fundo na política e experimentar uma vasta experiência social, e sim que deveria compreender que o seu papel é essencialmente ser escritor, é usar a palavra, é comunicar uma ideia, e não pegar em armas e atuar como político. O motivo utilizado para criticar as esquerdas mexicanas era porque, segundo ele, conhecia muito bem seus pontos altos e baixos, pois vinha "del pensamiento llamado izquierda"[95] e tinha conseguido se afastar dos seus "vícios", uma vez que havia se libertado do Estado e do dogmatismo revolucionário, assim como muitos intelectuais europeus e norte-americanos, tais como Cornelius Castoriadis e Daniel Bell.

É preciso, assim, considerar que o desencanto do poeta em relação à esquerda comunista esteve complemente vinculado aos argumentos esgrimidos na Europa, desde o final da Segunda Guerra Mundial. Pensadores como Camus, Raymond Aron, François Furet e revistas como *Civilização e Barbárie* (1949-1965), dirigida por Castoriadis e Claude Lefort, foram fontes de identidade e inspiração em sua crítica ao papel intelectual das esquerdas na América Latina, uma vez que essas referências apresentavam uma tendência distinta, que se expressava contra o totalitarismo e a favor da democracia e da autocrítica intelectual. Nomes como Sartre – que lutou a favor do engajamento político e dos processos revolucionários da URSS e de Cuba – foram vistos pelos intelectuais, mencionados acima, como exemplos indefensáveis de abnegação moral em detrimento das paixões

---

Yvon (org.). *Octavio Paz: Sueño en libertad*. Barcelona: Seix Barral – Biblioteca Breve, 2001, p. 337 & p. 340.

94 RODRÍGUEZ LEDESMA, Xavier. *El pensamiento político de Octavio Paz: las trampas de la ideología*, p. 238.

95 PAZ, Octavio. "Conversaciones con Braulio Peralta. (1981-1996)". In: GRENIER, Yvon (org.). *Octavio Paz: Sueño en libertad*. Barcelona: Seix Barral – Biblioteca Breve, 2001, p. 344.

políticas da URSS,⁹⁶ pois as acusações dos crimes de Stalin, durante o XX Congresso do Partido Comunista em 1956, as insurreições em Budapeste, nesse mesmo ano, apontaram as primeiras decepções públicas francesas, que se agravaram com o livro de denúncias acerca dos campos de concentração da URSS do russo Alexander Soljenítsin, denominado *O arquipélago Gulag*, de 1973.

Somado a isso, é importante ressaltar que Paz contribuiu, na América Latina, com a circulação dessas ideias políticas advindas da França e dos Estados Unidos, principalmente, por meio de publicações em revistas mexicanas que dirigiu a partir dos anos 70, *Plural* e *Vuelta*. Paz divulgou escritores como Camus, Castoriadis, Lefort, Aron, Furet, Gunter Grass, George Orwell, Noam Chomsky, Eric Hobsbawm, Susan Sontag, Daniel Bell, Irving Howe, Tzvetan Todorov etc. Segundo o historiador Barry Carr, a pergunta que se fazia na Europa, durante esse período, entre alguns intelectuais defensores da democracia liberal, era a mesma:

> Como se podia confiar [nas esquerdas comunistas] em suas promessas solenes de democracia, se nunca condenaram o caráter autoritário do socialismo na URSS? Como era possível acreditar em seu suposto respeito pela democracia caso chegassem ao poder, diante do fato de que aceitaram a destruição da democracia na Europa Oriental?⁹⁷

Por outro lado, a esquerda comunista, no México, também se inspirou em alguns exemplos de intelectuais engajados europeus, que contestaram e denunciaram, como Sartre e Antonio Gramsci,⁹⁸ a inviabilidade da independência intelectual. Sartre ao apoiar com veemência a Revolução Cubana, em livros como *"Furacão sobre Cuba"*, tornou-se o grande paradigma de engajamento na Europa para os intelectuais latino-americanos, principalmente entre os anos 60 e 70, o que foi alvo de duros questionamentos tecidos pelo poeta, em 1983:

---

96 RODRIGUES, Helenice. "O intelectual no 'campo' cultural francês: do 'Caso do Dreyfus' aos dias atuais". *Revista Varia História*, Belo Horizonte, vol. 21, nº 34: Julho 2005, p. 395-413.

97 CARR, Barry. *La izquierda mexicana a través del siglo XX*. México: Ediciones Era, 2000, p. 283.

98 O sociólogo Jaime Sánchez Susarrey menciona o fato de parte das esquerdas mexicanas ter sido influenciada por Gramsci. Ver: SÁNCHEZ SUSARREY, Jaime. *El debate político e intelectual en México*. México: Gribaldo, 1993.

> No es difícil entender por qué el régimen de Castro todavía goza de algún crédito entre ciertos grupos. Pero explicar no es justificar ni menos disculpar, sobre todo cuando entre los "creyentes" se encuentran escritores, intelectuales y altos funcionarios de gobierno como los de Francia y México. Todos ellos, voluntariamente, han escogido no ver lo que sucede en Cuba no oír las quejas de las víctimas de una dictadura inicua. La actitud de estos grupos y personas no difiere de la de los estalinistas de hace treinta años; algunos, un día, se avergonzarán como aquéllos de lo que dijeron y lo que callaron. Por lo demás el fracaso del régimen de Castro es manifiesto e innegable.[99]

Paz ignorou a influência da obra de Gramsci, *Cadernos do Cárcere*, como um marco teórico alternativo e relevante que contribuiu decisivamente, entre a segunda metade dos anos 70 e os anos 80, para as esquerdas intelectuais latino-americanas abrirem mão da violência revolucionária e incorporarem a importância da democracia e da cultura como possibilidades de transformação social. Além de fomentar o debate e a revisão sobre o papel moral dos intelectuais com o fim dos regimes autoritários na América Latina e a emergência da sociedade civil.[100] O intelectual "orgânico", parcial e engajado socialmente, atuaria, de acordo com Gramsci, não mais em favor da revolução e da tomada do poder estatal, e sim, da transformação das forças sociais por meio da subversão cultural, de forma progressiva, pacífica e permanente. Esse foi sem dúvida um importante ponto de referência para os intelectuais mexicanos de esquerda, como Monsiváis, Poniatowska, Roger Bartra, Luis Villoro e tantos outros, que apoiaram nos inícios dos anos 80 os sandinistas na redefinição das estratégias de suas lutas a favor da democracia. O caso de Monsiváis,[101] talvez seja um dos mais emblemáticos, pois é

---

99 PAZ, Octavio. "América Latina y la democracia. (*Tiempo Nublado* Seix Barral 1983)". In: GRENIER, Yvon (org.). *Octavio Paz: sueño en libertad*. Barcelona: Seix Barral – Biblioteca Breve, 2001, p. 383.

100 Ver: DAGNINO, Evelina (org.). "Cultura, Cidadania e Democracia. A transformação dos discursos e práticas na esquerda latino-americana". In: *Cultura e política nos movimentos sociais latino-americanos*. Belo Horizonte: UFMG, 2000.

101 Algumas obras de Carlos Monsiváis: «Notas sobre la cultura mexicana en el siglo XX» en *Historia General de México* (1976); *Amor perdido* (1976); *El crimen en el cine* (1977); *Cultura urbana y creación intelectual. El caso mexicano* (1981); *Cuando los banqueros se van* (1982); *De qué se ríe el licenciado (una crónica de los 40)* (1984); *Conferencias* (1985); *El poder de la imagen y la imagen del poder. Fotografías de prensa del porfiriato a la época actual* (1985); *Entrada libre*.

considerado um dos mais importantes intelectuais marxistas mexicanos, que incorporou os valores democráticos e desenvolveu uma sensibilidade especial acerca da cultura popular e da cultura de massas no México. Escreveu sobre cinema, novela, esporte, música popular, religião, política, literatura, enfim, permeou os meandros da cultura, como poucos, na busca por expressar o dinamismo, a riqueza e as resistências do povo mexicano, com a consciência de que a cultura de esquerda resistiu e renovou suas intervenções sociais para além do sistema partidário.

É certo que, no meio dessas influências dos intelectuais de esquerda, ocorreu, segundo a cientista política Evelina Dagnino, algumas combinações heterodoxas feitas pelos mesmos: de Foucault a Castoriadis e Agnes Heller, de Claude Lefort a Norberto Bobbio, Tocqueville e Hannah Arendt. A renovação das esquerdas, ao final dos regimes ditatoriais na América Latina, resultou na abertura para o ecletismo antiautoritário que certamente incluiu Paz, o que tornou difícil distinguir influências particulares.[102] O poeta, em diálogo com o jornalista Peralta, apontou que sua defesa pela democracia foi incorporada pelas esquerdas mexicanas, apesar delas nunca reconhecerem completamente o seu papel nessa transformação de perspectiva política: "Muchas de las posiciones que nosotros teníamos han sido adoptadas por nuestros críticos, aunque ellos nunca

---

Crónicas de la sociedad que se organiza (1987); *Escenas de pudor y liviandad* (1988); *El género epistolar. Un homenaje a manera de carta abierta* (1991); *El teatro de los Insurgentes: 1953-1993* (1993); *Sin límite de tiempo con límite de espacio: arte, ciudad, gente*, colección de Carlos Monsiváis (1993); *Rostros del cine mexicano* (1993); *Por mi madre, bohemios I* (1993); *Los mil y un velorios. Crónica de la nota roja* (1994); *Luneta y galería (Atmósferas de la capital 1920-1959)* (1994); *Los rituales del caos* (1995); *Cultura popular mexicana* (1995); *Aires de familia*. Colección de Carlos Monsiváis (1995); *El bolero* (1995); *Recetario del cine mexicano* (1996); *Diez segundos del cine nacional* (1996); *Del rancho al Internet* (1999); *Aires de familia. Cultura y sociedad en América Latina* (2000); *Las herencias ocultas del pensamiento liberal del siglo XIX* (2000); *Las tradiciones de la imagen: Notas sobre poesía mexicana* (2001); *Protestantismo, diversidad y tolerancia* (2002); *Bolero: Clave del corazón* (2004); «No sin nosotros». *Los días del terremoto 1985-2005* (2005); *Las herencias ocultas de la Reforma Liberal del Siglo XIX* (2006); *Imágenes de la tradición viva* (2006); *Las alusiones perdidas* (2007); *El Estado laico y sus malquerientes* (2008); *El 68, la tradición de la resistencia* (2008); *Los mil y un velorios. Crónica de la nota roja en México* (2009); *Antología personal* (2009); *Apocalipstick* (2009); *Historia mínima de la cultura mexicana en el siglo XX* (2010); *Democracia, primera llamada. El movimiento estudiantil de 1968* (2010); *Que se abra esa puerta. Crónicas y ensayos sobre la diversidad sexual* (2010).

102 DAGNINO, Evelina (org.). "Cultura, Cidadania e Democracia. A transformação dos discursos e práticas na esquerda latino-americana". In: *Cultura e política nos movimentos sociais latino-americanos*. Belo Horizonte: UFMG, 2000, p. 71.

lo confesarán. ¡Hay tantos ejemplos! Durante mucho tiempo no se podia hablar de la persecución a los homosexuales en Cuba [...]"[103] Novamente, em 1989, entrevista a Jaime Perales, Paz afirmou: "Quien primero habló de democracia no fue el gobierno, ni fue la izquierda en México, fuimos nosotros. Primero en *Plural* y luego en *Vuelta*. En segundo lugar, la izquierda en México ha evolucionado por nosotros, y esto nunca lo van a confesar autores como Monsiváis y Gilly".[104] Postura compreensível a assumida pelas esquerdas mexicanas, quando se observa o papel controvertido que o poeta desempenhou no meio intelectual mexicano. O cientista político marxista Córdova, confessou, por exemplo, não sem expressar certo rancor, que já em 1967, havia publicado um ensaio teórico *"Sociedad y Estado en el mundo moderno"*, em que defendia o Estado democrático e as liberdades humanas, e Paz prontamente não quis tomar conhecimento do texto, ou seja, ignorou-o.[105]

Por outro lado, alguns exilados latino-americanos, no México, como os marxistas argentinos Gilly – revolucionário preso por motivos políticos no México, já citado, e José Aricó –, intelectual socialista gramsciano que produziu importantes reflexões críticas sobre a obra de Marx, quando não reconheceram nas ideias, tanto culturais quanto políticas, do poeta um caminho necessário para a autocrítica das esquerdas latino-americanas, ao menos o escutaram.[106] Em carta de Paz a Adolfo Gilly, no ano de 1972, escrita no momento em que o argentino esteve na prisão por motivos políticos, com o intuito de dialogar com ele em prol de reformas políticas pacíficas, é possível observar a iniciativa do poeta em se aproximar da esquerda, ao dizer a ele, entre outras coisas, que "la violencia terrorista no es un lenguaje sino un grito, quiero decir, no es una solución sino que es el tiro por la culatra de la desesperación". Mais adiante afirmou:

---

103 PAZ, Octavio. "Arte y Política – Conversaciones con Bráulio Peralta". In: GRENIER, Yvon (org.). *Octavio Paz: sueño en libertad*. Barcelona: Seix Barral – Biblioteca Breve, 2001, p. 343.

104 PERALES, Jaime. "A lo largo de los años, me reconcilié con el liberalismo: Paz". *El Financiero*, México, 12 de mayo de 1998.

105 CÓRDOVA, Arnaldo. "Octavio Paz y la izquierda". *La Jornada*: México (01/07/2007). Disponível em: http://www.iis.unam.mx/biblioteca/pdf/arnaldo_cordo9.pdf. Acesso:20/08/2011.

106 Ver a introdução de Horácio Crespo sobre a importância de Paz para José Aricó: CRESPO, Horacio (org.). *José Aricó: Marx e a América Latina*. Buenos Aires, FCE, 2010, p. 16.

> Usted escogió el socialismo – y por eso está en la cárcel. Este hecho también me lleva a mí escoger y a condenar a la sociedad que lo encarcela. Así, al menos en ciertos momentos, nuestras diferencias filosóficas y políticas se disuelven en esta proposición: hay que luchar contra una sociedad que encarcela a los disidentes.[107]

Já ao final desse período conturbado da Guerra Fria, com o evidente desgaste dos regimes comunistas e do Estado provedor, a corrente política que ganhou força no Ocidente foi a que propôs a renovação da reflexão liberal caracterizada por uma desmoralização do marxismo, expressa por intelectuais como o sociólogo Aron, que, nesse caso, ajudou a reforçar as antigas reflexões dos "amigos da liberdade",[108] como o próprio Paz. De acordo com o embaixador brasileiro José Guilherme Merquior, ninguém mostrou melhor que Aron a "superioridade" da democracia liberal no Ocidente, apesar dos seus limites, através de um modo próprio de teorização da história, que implicava no gosto pelo conhecimento crítico e na paixão pela liberdade. A ascensão dessa vertente política liberal, nesse período, propiciou também o resgate de Tocqueville com sua análise jurídica e histórica da democracia moderna. É verificável, assim, que Paz, quando ganhou o prêmio Tocqueville, em 1989, ganho também por Aron, em 1979, e por Karl Popper em 1984, esteve completamente vinculado ao poder político hegemônico na época, que fez da valorização da democracia e do liberalismo o centro da reflexão política. Vale mencionar, ainda, que a retomada de Tocqueville permitiu aos republicanos franceses, segundo Bignotto, abrirem mão do legado revolucionário e do passado como algo acabado e, ainda sim, conservarem a defesa pela liberdade.[109]

Para Avital Bloch,[110] o poeta foi um dos protagonistas mexicanos que imprimiu na sua própria revista, *Vuelta,* uma percepção burguesa da sociedade mexicana e contribuiu no país com a formação de um "neoconservadorismo", ao in-

---

107 PAZ, Octavio. "Carta a Adolfo Gilly". Revista *Plural,* México, nº 5, 1972, p. 16-20.
108 KRAUZE, Enrique. "José Guilherme Merquior: el esgrimista liberal". Revista *Letras Libres,* México, nº 182, 1992. Disponível em: http://letraslibres.com/pdf/3376.pdf. Acesso: 20/05/2011.
109 BIGNOTTO, Newton. "Humanismo cívico hoje". In: *Pensar a República.* Belo Horizonte: UFMG, 2000, p. 62.
110 BLOCH, Avital H. "Vuelta y cómo surgió el neoconservadurismo en México". *Universidad Autónoma de Baja California,* México, 2008, jul/dez vol. IV, nº 8, p. 74-100.

corporar as críticas de Tocqueville acerca do jacobinismo na Revolução Francesa e de Aron sobre a sociedade contemporânea. Somado a isso, o historiador François Furet, publicado com frequência na revista *Vuelta*, ao criticar as interpretações marxistas sobre a Revolução Francesa, tornou-se também um alvo de crítica dos intelectuais mexicanos, como Bloch, mas um ponto paradigmático para o poeta no que concerne à mudança de postura em relação ao marxismo. Em 1990, quando Paz organizou no México o congresso em conjunto com a Televisa *La experiencia de la libertad,* Furet, não sem motivo, foi um dos convidados de destaque.

As controvérsias, os ressentimentos e os desencontros foram recorrentes, como notado, nesses anos, na relação do poeta com os intelectuais de esquerda, e suas posturas com relação ao papel do Estado. A revista mexicana *Nexos* é seguramente mais um testemunho de suas indisposições.[111] O poeta chegou ao ponto de confessar com amargura em carta ao poeta e amigo francês Pere Gimferrer, no ano de 1988, em pleno conflito eleitoral em que apoiou o então candidato neoliberal, Salinas de Gortari, que tinha melhores amigos na Espanha, França e Inglaterra do que no México:

> Un perpetuo *malentendu* envenena mi relación con mi propia gente, sobre todo con los escritores, los artistas y los intelectuales, es decir, con todo por es aquellos que deberían ser, ya que no mis amigos, al menos mis compañeros. He escrito páginas y páginas – más de dos mil – para desvanecer ese equívoco y todo ha sido en vano.[112]

O problema que o afligiu em relação aos intelectuais mexicanos, além das divergências políticas, foi o fato de que os desentendimentos eram também de ordem pessoal. Esse era justamente o momento de suas divergências irreconciliáveis com o amigo Carlos Fuentes, que o acusou publicamente de ter deixado Enrique Krauze publicar, na revista *Vuelta*, um artigo extremamente ofensivo e calunioso a respeito dele. No entanto, quando se observa o trabalho de Camp sobre como são intercambiáveis os grupos intelectuais, e verificamos a estreita relação que

---

111 Ver: MALPICA VALADEZ, Karina. *Construyendo consensos: Vuelta y Nexos*. México: UNAM – Tesis de Ciencias Políticas y Administración Pública, 1995.

112 PAZ, Octavio. *Memorias y palabras: cartas a Pere Gimferrer 1966-1997*. Barcelona: Seix Barral: Bliblioteca Breve, 1999, p. 324.

Paz construiu, ao longo de sua trajetória, com alguns nomes de esquerda como Monsívais, talvez a sua expectativa estivesse acompanhada veladamente por uma vaidade quando alcançou, no México, com atitudes controversas, apoio, reconhecimento e visibilidade social.

O reconhecimento de suas ideias foi, entre outras coisas, uma disputa pública pela palavra no meio intelectual mexicano, que surtiu mais efeitos, segundo Paz, no exterior do que no próprio México, pois no país, depois de se sentir, durante décadas, "ninguneado", [113] confessou em um ensaio que muitos intelectuais, de "má vontande", não tiveram como não reverenciá-lo devido aos expressivos prêmios conquistados. Visão essa desencontrada da admiração explicitada por muitos de seus críticos políticos que o consideravam invariavelmente um grande escritor.[114] O próprio stalinista Gonzalez Rojo é um exemplo nessa direção. Em seu livro sobre o poeta *El rey se va desnudo,* de 1989, comentou:

> A decir verdad, y no hay por qué ocultarlo, Paz es y actúa como un rey de las letras nacionales. [...] Monarca intelectual al que conviene leer, examinar, oír, beberle las palabras. Pero que no podemos dejar de enjuiciarlo con todo el rigor y la capacidad de nuestra pasión crítica.[115]

Com efeito, no México do XIX, esse tipo de disputa pelo reconhecimento acontecia, entretanto, por meio do duelo de armas entre alguns intelectuais. O próprio avô do poeta, o liberal Irineo Paz,[116] prestigiado como jornalista, literato

---

113   Como exemplo, Paz acusou Aguilar Camín de tê-lo excluído de seu livro *La guerra de gálio,* que trata acerca dos principais personagens públicos de 1968, no México. Ver: AGUILÁR CAMÍN, Héctor. *La guerra de galio*. México: Planeta, 2007. (1ª ed. 1990)

114   PAZ, Octavio. "Una conjura de los letrados". In: *Miscelánea II. Obras Completas,* vol. 14. México: FCE, 2001, p. 327. (1ª ed. 2000)

115   GONZÁLEZ ROJO, Enrique. *Cuando el rey se hace cortesano. Octavio Paz y el Stalinismo*. FCE: México, 1990, p. 13.

116   Segundo o jornalista Francisco M. Noyola, da revista *Zócalo,* o duelo ocorreu da seguinte maneira: "[...] El periódico *La Libertad,* propiedad de los hermanos Sierra, abrió fuego tachando a nuestro personaje [Irineo Paz] de ingrato por haber traicionado a su caudillo y compañero de lucha de Tuxtepec. Paz, herido en su fuero interno, encargó a su amigo Manuel Caballero que investigara quién había sido el autor de aquel artículo. Caballero le aseguró que era obra de Santiago Sierra. Nuestro autor tapatío respondió en las columnas de *La Patria* injuriando a éste, y así se fueron recrudeciendo las hostilidades, hasta la intervención de Altamirano, quien buscó entrevistarse con Paz con el objeto de apaciguar los ánimos. El punzante aguijonazo

e político, travou um duelo de armas com o jornalista Santiago Sierra Méndez, irmão do aclamado escritor positivista Justo Sierra, por divergências políticas e ideológicas, o que ocasionou na morte do segundo. Mas o modo de experimentar a sociabilidade de Paz se distingue, assim, não pelo uso, em última instância, da violência física, tal como viveu o seu avô, mas pelo corpo de ideias de um período que debatia, fundamentalmente, pelos jornais, revistas, programas de rádio e televisão, o papel do intelectual na vida pública, os caminhos da revolução, a viabilidade da democracia com justiça social e os desafios acerca do processo de modernização.

Ao final do século xx, o mundo bipolar da Guerra Fria foi sendo reconfigurado e junto com ele o próprio papel público do intelectual. Um número infinito de posições e localizações apareceu, segundo Said, transformando a noção acerca do tema. O poeta esteve circunscrito a um conjunto de outras vozes contemporâneas de literatos dissonantes, cada vez mais raras, e premiadas com o *Nobel*, como Rigoberta Menchú, Garcia Márquez, Wole Soyinka, Gunter Grass, Bertrand Russel, que conseguiram intervir e provocar os debates públicos.[117] Paz era consciente da imprevisibilidade do futuro e da fragilidade das opiniões políticas produzidas pelos intelectuais para públicos muito amplos, mas ainda assim,

---

final que don Ireneo quiso dar a la situación fue afirmar que no volvería a molestar a quien no conocía las leyes de la caballerosidad. Finalmente, en las páginas de *La Libertad*, Sierra se puso a las órdenes de Paz para cualquier clase de ajuste de cuentas que éste deseara llevar a cabo. A las nueve de la mañana del 28 de abril de 1877 se presentaron en terrenos de la Hacienda de San Javier, en las inmediaciones de Tlanepantla, escenario del drama, ambos contendientes portando sus pistolas y acompañados por sus padrinos. Por el lado de Paz lo fueron los generales Ángel Martínez y Bonifacio Topete. Sierra era acompañado por los señores Hammecken y Garay.
Ambos duelistas, llegado el momento, dispararon al aire para no hacerse daño. Los testigos de Paz sostuvieron que el lance debía darse por concluido, luego de hacer patente su valor ambos caballeros. Mas los padrinos de Sierra presionaron a que el asunto se llevase hasta sus últimas consecuencias. Al ver el peligro letal e inminente, Paz se apresuró a evitar su inmolación, mientras que Sierra disparó bajando la vista, erró el tiro y recibió en la parte alta de la frente la herida mortal. Durante el resto de su vida, don Justo Sierra afirmó con sobrado pesar que su hermano se había llevado consigo lo mejor del gran maestro positivista, y muchos sostuvieron en aquella época que el líder científico persiguió implacablemente a Paz durante años, mediante asesinos a sueldo.[...]" NOYOLA, Francisco M. "Irineo Paz y el periodismo político del siglo xix". Revista *Zócalo*. México, 08/07/2010. http://www.revistazocalo.com.mx/index.php?option=com_content&view=article&id=667&Itemid=5. Acesso: 10/08/2011.

[117] SAID, Edward, *Humanismo e crítica democrática, op. cit.*, p. 149.

em 1990, justificou a necessidade de "falar a verdade" aos intelectuais mexicanos, mesmo ignorando os avanços das esquerdas em direção a democracia:

> Tener ilusiones a mi edad es una debilidad; no lo es, ante este gran cambio, tener esperanzas. Las tengo a pesar de las penurias y las desigualdades, el desastre de la educación y nuestras graves limitaciones en la ciencia y la cultura. A pesar, asimismo, de las actitudes públicas de muchos de nuestros intelectuales. Al hablar de los intelectuales no me refiero a sus trabajos, siempre respetables y a veces excelentes, sino a la participación de muchos de ellos en nuestra vida colectiva. Hace años abrazaron causas que ya entonces eran dudosas y en las que hoy nadie cree. A diferencia en sus colegas europeos, que rectificaron hace mucho tiempo, los de nuestro país se han aferrado a ellas con una terquedad que no cesa de intrigarme. Ahora, esas creencias y los regímenes que las representaban son barridos por la cólera de los pueblos. Ha caído el muro de Berlín pero el muro de prejuicios de nuestros intelectuales resiste, intacto. Unos callan y otros, desaforados, incurren en interpretaciones grotescas de lo que ocurre.[118]

A denúncia intelectual feita por Paz foi comum a outros intelectuais europeus, norte-americanos e, inclusive latino-americanos, e dá muitos indícios acerca de sua posição na sociedade política mexicana, do papel da esquerda, do poder da direita e da dificuldade de "não ser compreendido", e continuar, como nas palavras de Said, a seguir em frente.[119]

2.4 – Estados Unidos: o antípoda mexicano

Interessa nesta parte da pesquisa analisar como Paz construiu suas interpretações sobre os Estados Unidos, e como as reavaliou, ao longo do tempo, pois dada a relevância de suas ideias no universo cultural mexicano e a importância das relações entre o México e os Estados Unidos, suas posições sobre esse tema foram muito publicizadas, influenciaram sobremaneira a sociedade mexicana e incomodaram, algumas vezes, as esquerdas mexicanas, resistentes aos Estados Unidos,

---

[118] PAZ, Octavio. "México: Modernidad y Patrimonialismo – 1990". In: GRENIER, Yvon (org.). *Octavio Paz: sueño en libertad*. Barcelona: Seix Barral – Biblioteca Breve, 2001, p. 248.

[119] SAID, Edward. *Humanismo e crítica democrática, op. cit.*, p. 173.

durante boa parte do século XX, por considerarem este país o grande entrave para o desenvolvimento da região.

Paz escreveu expressivos ensaios literários e políticos sobre os Estados Unidos. Alguns de seus ensaios literários foram sobre poesia, música e pintura do modernismo norte-americano.[120] Walt Whitman, Ezra Pound, T. S. Eliot, William Carlos Williams, Robert Frost, John Cage eram alguns nomes de seu interesse. Já os seus ensaios políticos sobre essa nação trataram sempre a respeito de suas relações com o México e a América Latina. Desde 1823, com a Doutrina Monroe, e principalmente 1848, quando o México perdeu cerca da metade do seu território para os norte-americanos na guerra "México-Americana", este se tornou um tema difícil, muitas vezes impopular, e seguramente dramático para os mexicanos. Como afirmou o poeta: "[...] No es extraño: desde niños los mexicanos vemos a ese país como al *otro*. Un *otro* que es inseparable de nosotros y que, al mismo tiempo, es radical y esencialmente el extraño".[121] Os ensaios *"El pachuco y otros extremos"* (1949),[122] *"El espejo indiscreto"* (1976),[123] *"Posiciones y contraposiciones: México y Estados Unidos: Pobreza y Civilización, Norte y Sur, Dentro y Fuera, Pasado y Futuro, La doble posición"* (1978), *"Inventar la democracia: América Central, Estados Unidos, México" – Entrevista con Giles Bataillon* (1985),[124] *"Contraronda"* (1986),[125] *"América en plural y singular" Entrevista con Serge Marras* (1991),[126] *"América: ¿comunidad o coto redondo?"*

---

120 "Dos siglos de pintura norte-americana (1776-1971)" *(Sombras de obra* – Seix Barral, 1983) e "Arte y identidad: los hispanos en los Estados Unidos" (1986 – publicado em *Convergencias* – Seix Barral 1991) são alguns de seus ensaios sobre esse tema.

121 PAZ, Octavio. "El espejo indiscreto". In: *El peregrino en su patria. Obras Completas*, vol. 8. México: FCE, 2006, p. 421 (1ª ed. 1993).

122 PAZ, Octavio. "El pachuco y otros extremos". In: *El peregrino en su patria. Obras Completas*, vol. 8. México: FCE, 2006, p. 47-61 (1ª ed. 1993).

123 PAZ, Octavio. "El espejo indiscreto". In: *El peregrino en su patria. Obras Completas*, vol. 8. México: FCE, 2006, p. 421-437 (1ª ed. 1993).

124 PAZ, Octavio. "Posiciones y contraposiciones: México y Estados Unidos: Pobreza y Civilización, Norte y Sur, Dentro y Fuera, Pasado y Futuro, La doble posición". In: *El peregrino en su patria. Obras Completas*, vol. 8. México: FCE, 2006, p. 437-453 (1ª ed. 1993).

125 PAZ, Octavio. "Contraronda". In: *Ideas y costumbres I – La letra y el cetro. Obras Completas*, vol. 9. México: FCE, 2003, p. 119-136 (1ª ed. 1993).

126 PAZ, Octavio. "América en plural y singular". In: *Ideas y costumbres I – La letra y el cetro. Obras Completas*, vol. 9. México: FCE, 2003, p. 137-163 (1ª ed. 1993).

(1990)¹²⁷ representam suas visões políticas e culturais mais sistemáticas sobre os Estados Unidos. Mesmo sem dar muitas evidências explícitas sobre suas influências teóricas para o desenvolvimento de suas ideias políticas sobre a América considerada pelo próprio poeta como "un camino [de ideias] cruzado por muchas voces",¹²⁸ é possível afirmar que foram baseadas em pensadores como Samuel Ramos, Alexis de Tocqueville, Max Weber, Hannah Arendt, George Orwell, Irving Howe, Daniel Bell e Richard Morse.

Por todos os conflitos intensos que envolveram, e ainda envolvem as relações do México com a grande potência global que são os Estados Unidos, é interessante observar que a trajetória pessoal de Paz com esse país, apesar de alguns dilemas, não caminhou nessa direção, e sim pelo viés das descobertas, conquistas e reconhecimentos. Quando criança, o poeta mudou-se para Los Angeles junto com sua família, pois o seu pai, como advogado e jornalista, pretendia lá representar o *Ejército Libertador del Sur*, comandado por Zapata. Paz foi, então, alfabetizado em inglês. Logo depois, voltou ao México. Quando adulto, em 1943, o poeta pleiteou e ganhou uma bolsa Guggenheim para estudar poesia moderna com o projeto *América y su expresión poética*, na Universidade de Berkeley e viajou, em 1944, para São Francisco. Nessa época, o México tornou-se, segundo ele, insuportável devido ao desgaste do legado revolucionário.¹²⁹ As suas primeiras impressões sobre os Estados Unidos foram de um povo que se encontrava confiante em relação ao seu futuro, lutando pela "boa guerra" contra os nazistas e sem ainda estar abalado pelas "caças às bruxas" promovida pelo macarthismo, e pelo perigo de uma guerra nuclear, que delineou o clima da Guerra Fria. Como afirmou:

> Cuando llegué a los Estados Unidos me asombró por encima de todo la seguridad y la confianza de la gente, su aparente alegría y su aparente conformidad con el mundo que los rodeaba. Esta satisfación no impide, claro está, la crítica – una crítica valerosa y decidida, que no es muy frecuente en los países del Sur, en donde

---

127 PAZ, Octavio. "Pequeña crónica de grandes días". In: *Ideas y costumbres I – La letra y el cetro. Obras Completas,* vol. 9. México: FCE, 2003 (1ª ed. 1993).

128 VELAZQUEZ YEBRA, Patricia. "Octavio Paz: Mi obra es un camino cruzado por muchas voces – Preséntalos últimos cuatro tomos de sus obras completas." *El Universal*, México, sábado 9 de abril de 1994.

129 ENCISO, Froylán, *op. cit.*, p. 13.

prolongadas dictaduras nos han hecho más cautos para expresar nuestros puntos de vista.[130]

Os seus ensaios estiveram ligados, nessa época, a essas circunstâncias políticas. Não é gratuito, desse modo, que nesses anos a poesia de Whitman tenha chamado a atenção de Paz por ter sido o grande poeta modernista norte-americano, o "poeta da democracia",[131] que não experimentou, segundo ele, a inconformidade frente ao mundo e nem a expressou como um pesadelo norte-americano, a exemplo de Melville, Poe, Dickson. Nos Estados Unidos, Paz viveu em San Francisco, Vermont, Washington e Nova York. Além de estudar poesia moderna, o poeta trabalhou em muitas funções para sobreviver, tendo sido, inclusive, tradutor de cinema, uma vez que o valor de sua bolsa de estudos era muito reduzido, e ele já tinha esposa e filha para cuidar. Segundo relatou: "Mi admiración y simpatía por los norteamericanos tenía un lado obscuro: era imposible cerrar los ojos ante la situación de los mexicanos, los nacidos allá y los recién llegados."[132] Os problemas imigratórios, as dificuldades dos mexicanos em serem aceitos e assimilarem os padrões norte-americanos eram cada vez mais incômodos para ele. Isso foi o início das suas reflexões que culminaram no célebre ensaio *El Laberinto de la soledad*, escrito na França e publicado no México, em 1950.

Ainda nos Estados Unidos, Francisco Castillo Nájera, um velho amigo de seu pai, ofereceu a Paz oportunidade de trabalhar no Consulado Mexicano, o que lhe permitiu assistir e relatar não apenas a Conferência que fundou as Nações Unidas, em 1945, como também o início da Guerra Fria.[133] Certamente, antes de seguir em sua carreira diplomática para a França e a Índia, a experiência de modernidade que vivenciou nos Estados Unidos, descrita por ele como a "mais

---

130 PAZ, Octavio. *El laberinto de la soledad*. México: FCE, Colección Popular, 1982, p. 20.

131 PAZ, Octavio. "Whitman, poeta de América". In: *La casa de la presencia: Poesía e Historia. Obras Completas*, vol. 1. México: FCE, 2003, p. 285 (1ª ed. 1991).

132 PAZ, Octavio, *Itinerário, op. cit.*, p. 79.

133 Segue uma de suas impressões sobre a política externa dos Estados Unidos: "En ese período [1945] se descubrió la falla de la democracia norteamericana, un defecto advertido un siglo antes por Tocqueville: la torpeza de su política exterior. Lo contrario, precisamente, de la república romana, la primera nación, según Políbio, que tuvo una verdadera política internacional." PAZ, Octavio. *Tiempo Nublado*. In: GRENIER, Yvon (org.). *Octavio Paz: sueño en libertad*. Barcelona: Seix Barral – Biblioteca Breve, 2001, p. 81.

perfeita" [134] do Ocidente, – por ser fundamentada na valorização da mudança, da novidade, da liberdade individual, da crítica e do futuro –, lhe serviu de inspiração, entre outras, para a escrita de ensaios sobre o modernismo, publicados em livros como *El arco y la lira* e *Los hijos del limo*.[135]

Paz contou também que, ainda no período em que viveu nesse país, converteu-se em um assíduo leitor, particularmente, da revista nova-iorquina *Partisan Review*, criada em 1934, com o intuito de propor uma renovação acerca da política e do modernismo artístico. A revista foi inicialmente vinculada ao Partido Comunista, depois tornou-se anti-stalinista, trotskista e, segundo a socióloga brasileira Heloisa Pontes,[136] nos anos 50, tinha adentrado ao campo liberal-democrata sendo considerada, nesses anos, uma revista conservadora. Como assinalou o poeta, em 1983, é preciso lembrar que

> o liberal norte-americano é partidário da intervenção do Estado na economia e isso o aproxima, mais que os liberais europeus e latino-americanos, da social-democracia; o conservador norte-americano é um inimigo da intervenção estatal, igualmente na economia e na educação, atitudes que não estão muito afastadas das atitudes dos nossos liberais.[137]

Assim, o poeta chamou atenção para os possíveis equívocos dos latino-americanos ao tentarem compreender os sentidos do vocabulário político norte-americano. Mesmo porque ele foi influenciado por muitos liberal-democratas norte-americanos, que foram interpretados como conservadores e neoliberais na América Latina. Como afirmou Krauze, as esquerdas latino-americanas são

---

134   PAZ, Octavio. *Tiempo Nublado, op. cit.*, p. 45.

135   Sobre a modernidade, Paz afirmou: "Ese período que se inicia en el siglo XVIII y que quizá llega ahora a su ocaso – es la primera que exalta el cambio y lo convierte en su fundamento. Diferencia, separación, heterogeneidad, pluralidad, novedad, evolución, desarrollo, revolución, historia: todos esos nombres se condensan en uno: futuro. No el pasado ni la eternidad, no el tiempo que es, sino el tiempo que todavía no es y que siempre está a punto de ser." PAZ, Octavio. "La tradición de ruptura". In: *La casa de la presencia – Poesía e Historia. Obras Completas*, vol. I. México: FCE, 2003, p. 345. (1ª ed. 1991)

136   PONTES, Heloisa. "Cidades e intelectuais: os novaiorquinos do *Partisan Review* e os paulistas de *Clima* entre 1930 e 1950". *Revista Brasileira de Ciências Sociais*. Brasil, vol. 18, nº 53. 2003. Disponível em: http://www.scielo.br/pdf/rbcsoc/v18n53/18077.pdf. Acesso: 20/08/2011.

137   PAZ, Octavio. *Tempo Nublado, op. cit.*, p. 67.

antinorteamericanas e "no distinguen la mentalidad conservadora de la liberal. Identifican – o por lo menos supeditan – la libertad política con la libertad económica".[138]

A revista *Partisan Review*, fundada e desenvolvida por imigrantes judeus humildes com desempenho acadêmico acima da média e que ganharia posição de destaque social com o passar dos anos, tais como Irving Howe, Daniel Bell, recebeu então a contribuição de europeus como Hannah Arendt e George Orwell, e mais tarde, já nos anos de 1960 e 1970, de muitos literatos latino-americanos como Manuel Puig, José Donoso, Mario Vargas Llosa, Gabriel García Márquez e o próprio Paz. Em 1954, Howe, um dos grandes nomes da segunda geração do *Partisan Review*, fundou a revista *Dissent*, considerada a mais à esquerda do período, pelas críticas tecidas ao macarthismo, mas que posteriormente não deixou de atacar também as experiências revolucionárias autoritárias, como a de Cuba, pelo seu apreço aos valores democráticos e libertários. É importante ressaltar que a formação desse campo intelectual crítico e independente, que utilizou o ensaio como modo privilegiado de expressão, apesar de não ter tido um poder de persuasão política muito eficaz nos Estados Unidos[139] influenciou Paz[140] na formação e concepção das revistas *Plural* e *Vuelta*. Inclusive, Howe e Bell chegaram a contribuir nessas revistas com significativos artigos, a partir dos anos de 1970.[141] Nos anos 80, assim se pronunciou Paz sobre os caminhos tomados por *Partisan Review*:

---

138   KRAUZE, Enrique. "Los tempos de la cultura", p. 602 *Apud*: GONZÁLEZ TORRES, Armando. *Las guerras culturales de Octavio Paz*, p. 151.

139   Segundo Said: "A literatura dissidente sempre existiu nos Estados Unidos ao lado do espaço público autorizado; pode-se dizer que ela é de oposição ao desempenho nacional e oficial geral. O triste é que o poder dissuasivo dela não é muito eficaz. As opiniões contrárias não conseguiram deter ou adiar a política imperial". SAID, Edward. *Cultura e Imperialismo, op. cit.*, p. 355.

140   PAZ, Octavio. "Las elecciones de 1994: Doble Mandato". In: GRENIER, Yvon (org.). *Octavio Paz: sueño en libertad*. Barcelona: Seix Barral – Biblioteca Breve, 2001, p. 291.

141   PERALES, Jaime. "*Vuelta y Partisan Review*, revistas que aspiran a entender las cosas". México, 1994. Disponível em: http://biblioteca.itam.mx/estudios/estudio/letras36/notas2/sec_1.html. Acesso: 20/07/2011. Nuestro Jeremías. Daniel Bell (1919-2011): "A partir de 1981, *Vuelta* fue el vehículo principal donde Daniel Bell dio a conocer sus ensayos en habla hispana. A lo largo de casi dos décadas, publicó casi una treintena de textos memorables sobre el amplísimo registro de sus preocupaciones, una bitácora intelectual de primer nível sobre los temas fundamentales del siglo XX: 'Occidente y la fe', 'Estados Unidos: rebeldía y autoridad en los setentas', 'Gutenberg y la computadora', 'La vanguardia fosilizada', 'Viaje al país de la Perestroika', 'Nuevas

> Esta revista passou do comunismo para o trotskismo, e deste para uma visão mais ampla, viva e moderna da realidade contemporânea. [...] Os editores e colaboradores da *Partisan Review* estavam mais próximos, pelas suas preocupações e estilo intelectual, dos escritores europeus desse período penso sobretudo em Camus, em Sartre e Merleau Ponty – do que seus contemporâneos norte-americanos.[142]

Com efeito, a "visão mais ampla, viva e moderna" sobre a qual se referiu o poeta, além de aproximar-se de "sua pátria intelectual", expressão pela qual denominava a França, esteve certamente associada à valorização, cada vez mais pungente, em Paz, da democracia liberal, da independência intelectual e da autonomia cultural em relação ao Estado, evidenciada em trabalhos críticos, como o da mexicana Avital Bloch,[143] que interpretou a sua relação com esses intelectuais norte-americanos como um elemento inegável de sua adesão inconfessa ao projeto "neoconservador", ou seja, neoliberal, expresso na revista *Vuelta*.

Em entrevista a Jaime Perales, no ano de 1989, o jornalista lhe perguntou sobre a influência de *Partisan Review* na revista *Vuelta*, que dirigiu a partir de 1976, e ele respondeu dizendo que todas as revistas dissidentes influenciaram *Vuelta*, inclusive *Partisan Review*, além de pontuar, entre parênteses, as suas reservas em relação às acentuadas mudanças progressistas, ou seja, mudanças voltadas muito à esquerda, tomadas pela revista *Dissent* ao longo do tempo:

> *Vuelta* tiene influencias de todas estas revistas dissidentes, porque han influído en una cosa: la unión de la crítica social, filosófica y política con la crítica literária. Esto es fundamental. Esta inclusión no se dio en México, sólo con nosotros y no sólo en la crítica, en la pulsión de la política, sino en la literatura y el arte. Esto está en *Espirit*, en *Dissent* (menos ahora que cuando yo la

---

visiones sobre el '*excepcionalismo americano*', 'Nuevo prólogo a *Las contradicciones culturales del capitalismo*', 'Alemania: el temor permanente', 'El orden (y desorden) futuro del mundo', 'Guerras culturales en Estados Unidos (1965-1990)', 'La caída de las grandes empresas', 'El porvenir de Europa', 'El futuro de la población mundial', 'Las Naciones Unidas y el derrumbe del orden mundial', 'Reflexiones al término de una época'. De particular interés por su carácter profético fue el ensayo 'El fundamentalismo islámico: ¿Cuán grave es la amenaza?'"

142 PAZ, Octavio. *Tempo Nublado, op. cit.*, p. 67.
143 BLOCH, Avital H. "Vuelta y cómo surgió el neoconservadurismo en México". *Universidad Autónoma de Baja California*, México, 2008, jul/dez vol. IV, nº 8, p. 74-100.

conocí porque se ha convertido casi en una revista política) y en *Partisan Review*.[144] Para Paz, essas relações com os intelectuais norte-americanos tinham também outro aspecto, pois representavam um caminho crítico para o conhecimento mais profundo entre o México e os Estados Unidos. Em carta ao amigo Tomás Segovia, em 1968, o poeta afirmou que parte de suas justificativas, ao fundar a revista *Plural* em 1971, estavam associadas a essas intenções:

> Querido Tomás: [...] El diálogo entre América Latina y los Estados Unidos se convierte siempre en un monólogo debido a la desigualdad entre los interlocutores, mi idea es que ese diálogo debe realizarse como una conversación entre Francia (y con ella todos los europeos que quieran participar) y América Latina por una parte y, por la otra, los Estados Unidos. Las realidades que designan todos esos nombres son asimismo realidades culturales, históricas: designan distintas *versiones* de la civilización occidental.[145]

Sua resistência em aceitar uma concepção de mundo que atribuía um papel superior à cultura norte-americana, e uma posição periférica e subdesenvolvida aos latino-americanos é visível, quando enfatizou a ideia de que as duas regiões são fruto de duas versões distintas da civilização ocidental, e não de versões superiores e inferiores de desenvolvimento humano. A postura crítica adotada por Paz na análise acerca do político fez com que o norte-americano Howe o visse como uma espécie de "George Orwell da América Latina".[146] Até porque, Orwell foi um aclamado poeta e crítico literário inglês que se tornou um dissidente dos regimes comunistas ao fazer oposição ao totalitarismo.

Em todo o caso, suas relações intelectuais com os norte-americanos foram plurais. Mesmo não voltando a morar nos Estados Unidos, conseguiu estabelecer amizades e despertar admiração também de artistas e intelectuais de esquerda, como John Cage e Susan Sontag, que tiveram um papel significativo na expressão

---

144 PERALES, Jaime. "A lo largo de los años, me reconcilié con el liberalismo: Paz". *El Financiero*, México, 12 de mayo de 1998.

145 PAZ, Octavio. *Cartas a Tomás Segovia (1957-1985)*, op. cit., p. 146.

146 BLOCH, Avital H. "Vuelta y cómo surgió el neoconservadurismo en México". *Universidad Autónoma de Baja California*, México, 2008, jul/dez vol. IV, n° 8, p. 74-100.

modernista dos 60. A arte viva, rica, interativa, performática e próxima das massas interessou muito ao poeta, pois esta conseguia superar o ambiente cultural rígido, fechado e solene das expressões nacionalistas e da arte engajada por meio da exploração das nuanças acerca da modernidade. É cabível notar que esses modernistas reverenciaram, assim como Paz, outros tantos que iniciaram o movimento no XIX como: Baudelaire, Withman, Apollinaire e William Carlos Williams. Paz foi reconhecido nos Estados Unidos como um grande poeta modernista, que conseguiu, segundo afirmou Marshall Berman, trazer à vida o dinâmico e dialético modernismo do século XIX, em um momento, como os anos 70, em que imperava um vivo sentimento de decadência da sociedade norte-americana[147] e uma visão estreita e dicotômica da modernidade, associada exclusivamente ao capitalismo, progresso, liberalismo econômico, evolução científica e especialização acadêmica.[148]

Um pouco antes dessa clara sensação de decadência acerca dos EUA, compartilhada por muitos intelectuais, é relevante dizer que, em 1968, quando Paz abriu mão de seu cargo de diplomata, ele viajou para os Estados Unidos e Europa proferindo palestras. De fato, o poeta já havia feito algumas apresentações em universidades estrangeiras,[149] mas nada comparado, até mesmo pela falta de disponibilidade, às suas incursões após 1968. Nos Estados Unidos, visitou Austin, Yale, Pittsburg, Califórnia, Oklahoma e Harvard a fim de ministrar cursos de poesia e crítica literária. Publicou, em muitos desses centros universitários, entre os anos de 1960 e 1990, seguramente mais trabalhos literários e poéticos do que reflexões políticas. Chama a atenção aqui, uma vez mais, a capacidade do poeta de estabelecer laços sociais e circular pelo ambiente intelectual e artístico de seu tempo.

Paz observou que os intelectuais norte-americanos não tinham na vida política de seu país o mesmo peso que os intelectuais europeus e latino-americanos.

---

147 Berman descreve acerca do sentimento de decadência norte-americana ao tratar da Times Square, nos anos de 1970 e 1980. Ver: BERMAN, Marshall. *Um século em Nova York – Espetáculos em Times Square*. São Paulo: Companhia das Letras, 2009.

148 BERMAN, Marshall. *Tudo que é sólido desmancha no ar: a aventura da modernidade*. São Paulo: Companhia das Letras, 1995, p. 38.

149 *Posdata* é fruto das conferências que deu em Austin, nos Estados Unidos. PERALES, Jaime. "A lo largo de los años, me reconcilié con el liberalismo: Paz". *El Financiero*, México, 12 de mayo de 1998.

O fato de serem denominados como *egghead* ou *highbrown* foram indícios de uma sociedade individualista, indisposta a conceder publicamente espaço aos intelectuais, o que implicou, por um lado, segundo Paz, em não se deixarem seduzir pelas grandes questões abstratas que apaixonaram a sua época ao não se envolverem completamente com os grandes debates públicos contemporâneos e atuarem de maneira pragmática, o que também os livraram, salvo raras exceções, de muitos extravios como a adesão ao totalitarismo. Essas características, de acordo com sua argumentação, conduziram alguns conservadores à "paranoia política", e alguns liberais à "ingenuidade na análise social", quando julgaram moralmente os fatos históricos, ao invés de conhecerem e compreenderem melhor os vários lados da realidade. Esse foi o caso, para o poeta, da atitude de muitos intelectuais norte-americanos em relação à Guerra do Vietná, aos conflitos na América Central e à Guerra do Golfo.[150]

Edward Said, também com um olhar estrangeiro acerca do meio intelectual norte-americano,[151] corroborou os argumentos de Paz, ao tratar, ao final do século XX, dos danos causados pela excessiva profissionalização da vida intelectual, e chamar a atenção para a falta de crítica de muitos intelectuais norte-americanos, que, em sua maioria, ou seguiam uma orientação política de interiorização das normas do Estado, apoiando ditaduras, guerras e crimes na América Latina, África e Oriente Médio, ou quando movidos por princípios mais nobres, ficavam circunscritos aos seus gabinetes sem participarem ativamente da vida pública.[152] Não obstante, para Paz, o significado dessa condição estava colado à "desconfiguração do projeto moderno" que fundou os Estados Unidos, no século XVIII, e não à anulação ou fim da possibilidade de uma atuação intelectual crítica dos norte-americanos.

Interpretação essa oposta à sua visão sobre os intelectuais latino-americanos, que sofreram, segundo o poeta, as consequências de um projeto colonial e nacional ao se submeterem, em muitos momentos, a uma tradição de fundação conservadora e religiosa, e ignorarem, assim, as possibilidades democráticas

---

150 PAZ, Octavio. *Tempo Nublado, op. cit.*, p. 62.
151 Edward Said foi um intelectual palestino e professor na Universidade de Columbia, NY.
152 SAID, Edward. *Cultura e Imperialismo, op. cit.*, p. 373.

experimentadas em algumas situações políticas do seu próprio passado, o que fez do pensamento crítico latino-americano susceptível às influências modernas dos Estados Unidos e da Europa.[153]

> En el caso de México – lo mismo se puede decirse de los otros países de América Latina – los principios democráticos fueron implementados, en primer término, por los españoles: ayuntamientos, audiencias, visitadores, juicios de residencia y otras formas de autogobierno y de crítica del poder. Estas semillas democráticas fueron desarrolladas y radicalizadas, sucesivamente, por los "ilustrados" del siglo XVIII y, sobre todo, por los hombres que lucharon por la independencia de nuestro país y por los que consumaron, en los siglos XIX y XX, la reforma política democrática. En ese sentido la democracia mexicana – o más exactamente: los siempre amenazados islotes democráticos del México contemporáneo – ha sido una recriación original, con frecuencia heroica, de unos principios descubiertos por los pueblos y los intelectuales europeos en su lucha contra las distintas formas de dominación que ha conocido el hombre desde su origen. En México la defensa de la democracia es la defensa de la herencia de Hidalgo, Morelos, Juárez y Madero. Así, no debe confundirse con la defensa del imperialismo norteamericano ni con los regímenes militares conservadores de América Latina. Tampoco puede confundirse con la complicidad, activa o pasiva, ante la expansión del totalitarismo ruso en nuestro continente.[154]

É evidente a preocupação do poeta, neste e em outros momentos, em não estar vinculado com o discurso imperialista norte-americano, quando diz que a democracia é uma herança histórica experimentada e reinventada, mesmo que esporadicamente, pelos próprios latino-americanos. Logo, não seria preciso se espelhar na experiência de fundação norte-americana para encontrar os caminhos para a democratização da América Latina. Vale dizer também que a partir dos anos 70, Paz escreveu, com frequência, ensaios políticos críticos acerca dos Estados Unidos, em que denunciou as arbitrariedades cometidas pelo governo norte-americano na América Latina ao apoiarem as ditaduras militares. No caso

---

153 PAZ, Octavio. *Tempo Nublado*, op. cit., p. 47.
154 PAZ, Octavio. "Y qué América Latina?". In: *Miscelánea II. Obras Completas*, vol. 14. México: FCE, 2001, p. 367-368 (1ª ed. 2000).

do golpe militar de Pinochet, em 1973, por exemplo, ele foi bem enfático, ao apontar no artigo "Los centurones de Santiago",[155] o quão "problemático e imoral" tinha sido o envolvimento dos Estados Unidos no golpe militar que derrubou um governo eleito democraticamente. Quando os Estados Unidos invadiram o Panamá, em 1990, para prender um narcotraficante, sem a permissão do presidente do país, esse episódio também mereceu um artigo de repúdio escrito pelo ataque à soberania do país.[156] Assim, afirmou, muitas vezes, que o imperialismo norte-americano na América Latina teve a responsabilidade de se aproveitar de um estado de coisas na região para lucrar e dominar, por uma questão econômica, e não por motivações ideológicas.[157]

Com efeito, a sua maneira de ver os Estados Unidos é similar à leitura que Tocqueville tinha feito do país no século XIX, não só na ideia de que o país é tanto um exemplo de fundação de uma nação essencialmente democrática e

---

[155] PAZ, Octavio. "Los centurones de Santiago". In: GRENIER, Yvon (org.). *Octavio Paz: Sueño en libertad*. Barcelona: Seix Barral – Biblioteca Breve, 2001, p. 353-355.

[156] "No es fácil compreender la política de los Estados Unidos en nuestro continente. El presidente Bush y el secretario Baker, así como otros altos funcionarios del gobierno de Washington, han expresado reiteradamente su deseo de afianzar, estrechar y diversificar sus lazos con México y con los otros países de la zona. Han dicho, con franqueza, que ellos necesitan nuestra colaboración tanto o más que nosotros la suya. Al mismo tiempo, desmienten esa voluntad de colaboración con actos unilaterales como el envío de tropas a Panamá." PAZ, Octavio. "Panamá y otros palenques – 1990". In: GRENIER, Yvon (org.). *Octavio Paz: Sueño en libertad*. Barcelona: Seix Barral – Biblioteca Breve, 2001, p. 401.

[157] "Cierto, la fragmentación de nuestros países, las guerras civiles, el militarismo y las dictaduras no han sido una invención de los *Estados Unidos*. Pero ellos tienen una responsabilidad primordial porque se han aprovechado de este estado de cosas para lucrar, medrar y dominar. Han fomentado las divisiones entre los países, los partidos y los dirigentes; han amenazado con el uso de la fuerza, y no han vacilado en utilizarla, cada vez que han visto en peligro sus intereses; según su conveniencia, han ayudado a las rebeliones o han fortificado a las tiranías. Su imperialismo no ha sido ideológico y sus intervenciones han obedecido a consideraciones de orden económico y de supremacia política. Por todo esto, los Estados Unidos han sido uno de los mayores obstáculos con que hemos tropezado en nuestro empeño por modernizarnos. Es trágico porque la democracia norteamericana inspiró a los padres de nuestra Independencia y a nuestros grandes liberales, como Sarmiento y Juárez. Desde el siglo XVIII la modernización ha querido decir, para nosotros, democracia e instituciones libres, el arquétipo de esa modernidad política y social fue la democracia de los Estados Unidos. Némesis histórica: los Estados Unidos han sido, en América Latina, los protectores de los tiranos y los aliados de los enemigos de la democracia". PAZ, Octavio. "América Latina y la democracia." In: GRENIER, Yvon (org.). *Octavio Paz: Sueño en libertad*. Barcelona: Seix Barral – Biblioteca Breve, 2001, p. 378.

moderna, quanto na percepção de que a política externa exercida pelos norte-americanos é arbitrária, indefensável, expansionista e imperial.[158] A contradição de ser um império e uma democracia, somada aos conflitos entre liberdade e igualdade, individualismo e democracia, liberdades locais e centralismo político são compreendidas como as grandes conquistas norte-americanas e, ao mesmo tempo, as razões de seus problemas.[159] Nos anos 70 e 80, a derrota no Vietnã, os problemas econômicos ligados ao petróleo, a maior mobilização da sociedade civil norte-americana, e as arbitrariedades cometidas na América Latina por uma política agressivamente imperialista, foram traduzidas por Paz como sinônimo de "arrogância, oportunismo e cegueira" dos norte-americanos, sendo o regresso às suas origens democráticas e modernas o caminho necessário para que eles recobrassem os seus princípios fundacionais, a sua "lucidez", e resolvessem ou, ao menos, atenuassem, as contradições no que toca à política externa, entre império e democracia.[160] Mas essa "lucidez" desejada por Paz, de acordo com Said, talvez nunca seja encontrada, pois a própria fundação norte-americana já dava indícios de uma contradição irreconciliável nos próprios "pais fundadores" da República, como, por exemplo, George Washington, que tinha o objetivo de expandir a nação e transformá-la num império capaz de "civilizar" e "salvar" o mundo, e não democratizar efetivamente o mesmo.[161] Desse modo, a naturalização da concepção da história da democracia norte-americana como fruto de um momento de fundação excepcional, que teria como missão se expandir para os quatro cantos do mundo, é tão arraigada no imaginário ocidental, que se encontra presente no pensamento crítico de muitos escritores, inclusive, no pensamento do próprio

---

158 Ver: TOCQUEVILLE, Alexis de. *A democracia na América*. São Paulo: Martins Fontes, 2005.
159 PAZ, Octavio. *Tempo Nublado, op. cit.*, p. 44.
160 PAZ, Octavio. "Contrarronda" (1985) In: I*deas y costumbres I: La letra y el cetro*, vol. 9. México: FCE, 2003, p. 124. (1ª ed. 1993)
161 Como assinalou Said: "Segundo o historiador Richard W. Van Alstyne, em *The rising American Empire* [O império americano em ascensão], nos Estados Unidos, é quase uma heresia definir a nação como um império." No entanto, ele mostra que os primeiros fundadores da República, inclusive George Washington, caracterizavam o país como um império, daí decorrendo uma política externa que rejeitava a revolução e promovia o crescimento imperial. Ele cita um estadista após o outro, afirmando, com os termos cáusticos de Reinhold Niebuhr, que o país era 'a Israel americana de Deus', cuja 'missão' consistia em ser 'o curador de Deus da civilização do mundo'". SAID, Edward. *Cultura e Imperialismo, op. cit.*, p. 364.

Paz.¹⁶² Segue um trecho da entrevista que concedeu a Eugenio Umerenkov, publicada em *La Jornada*, em 12 de outubro de 1991.

> El único país que comenzó su historia en forma realmente democrática fueron los Estados Unidos. La razón es que los Estados Unidos no tuvieron un pasado feudal ni conocieron el absolutismo monárquico. Sus orígenes nacionales se confunden con los de Edad Moderna: comenzaron con la Reforma y la Ilustración. En cambio, para el resto del mundo la conversión hacia la democracia ha consistido en un prolongado periodo de aprendizaje.¹⁶³

As crises políticas e econômicas aqui mencionadas, que afetaram gravemente os Estados Unidos, principalmente a partir dos anos 70, evidenciaram também, segundo o poeta, outra crise mais profunda, a crise da modernidade norte-americana, que é uma crise correspondente à concepção de tempo e de história voltada exclusivamente para o futuro e movida por um sentimento de predestinação, até então, segundo ele, inabalável. Era como se a partir desse período os norte-americanos tivessem começado a adquirir a consciência clara de que não estavam imunes às dores do mundo. Paz expressou explicitamente esse aspecto da decadência norte-americana no ensaio "democracia imperial", escrito precisamente durante a luta eleitoral entre Reagan e Carter, em 1980:

> A imagem dos Estados Unidos não é tranquilizadora. O país esta desunido, dilacerado por polêmicas sem grandeza, corroído pela dúvida, minado por um hedonismo suicida e aturdido pela gritaria dos demagogos. Sociedade dividida, não tanto vertical quanto horizontalmente, pelo choque de interesses enormes e egoístas: as grandes companhias, os sindicatos, os fazendeiros, os banqueiros, os grupos étnicos, a poderosa indústria da informação. A imagem de Hobbes torna-se palpável: todos contra todos. *O remédio é recuperar a unidade de propósito, sem a qual não há possibilidade de ação, mas de que modo?* A enfermidade das democracias é a desunião, mãe da demagogia. *O outro caminho, o da saúde pública, passa pelo exame de consciência e de autocrítica: volta às origens, aos fundamentos da nação.* É o caso dos Estados

---

162 SAID, Edward. *Cultura e Imperialismo, op. cit.*, p. 355.
163 PAZ, Octavio. "Postotalitarismo – Conversación con Eugenio Umerenkov – *(La Jornada*, 9-12 de octubre de 1991)". In: GRENIER, Yvon (org.). *Octavio Paz: sueño en libertad*. Barcelona: Seix Barral – Biblioteca Breve, 2001, p. 497.

> Unidos: a visão dos fundadores. Não para repeti-los: para recomeçar. Digo: não para fazer o mesmo que eles, mas para, como eles, começar de novo. Esses começos são, ao mesmo tempo, purificações e mutações: com eles começa sempre algo diferente. Os Estados Unidos nasceram com a modernidade e, agora, para sobreviver, devem enfrentar os desastres da modernidade.[164]

É preciso enfatizar que a decadência da modernidade norte-americana, tal como salientou Paz, não sinalizou necessariamente, para ele, o fim da modernidade, mas a consciência de que ela é ambígua, transformadora, crítica e impossível de ser traduzida simplesmente como progresso do sistema capitalista. Dessa forma, a sua visão contundente da decadência, a partir dos anos 70 e 80, esteve também, paradoxalmente, vinculada às suas aproximações, cada vez mais claras, com pensadores norte-americanos liberal-democratas como Daniel Bell, o que contribuiu para que ele fosse compreendido pelas esquerdas mexicanas, principalmente as esquerdas universitárias, não como um crítico do imperialismo norte-americano, mas como o seu defensor. É importante evidenciar que, apesar da pluralidade das esquerdas mexicanas, durante a Guerra Fria, elas possuíam fundamentalmente em comum um discurso anti-imperialista resistente ao contato com os Estados Unidos e simpático às causas dos movimentos revolucionários latino-americanos.[165]

O episódio, por exemplo, em que o poeta criticou publicamente o regime sandinista, nas eleições de 1984, teve como consequência a ira das esquerdas mexicanas, manifestada em um ato simbólico ao se reunirem na Embaixada norte-americana e gritarem: "Reagan, rapaz, tu amigo es Octavio Paz". Naquele momento, o cientista político Jorge Castañeda disse que Paz era um "reacionário".[166] Em 1990, Violeta Chamorro ganhou as eleições na Nicarágua contra o sandinista Daniel Ortega e com o apoio norte-americano, e Paz reconheceu publicamente que as eleições foram democráticas provocando, novamente, a antipatia das

---

164 PAZ, Octavio. *Tempo Nublado*. Rio de Janeiro: Guanabara, 1986 (1ª ed. 1983), p. 72 (os grifos são nossos).
165 Ver: AGUILAR CAMÍN, Héctor. *Pensando en la izquierda*. México: FCE, 2008.
166 CASTAÑEDA, Jorge G. "Octavio Paz, Nicarágua y México". Revista *Proceso*, México, 15 de octubre de 1984, p. 21.

esquerdas que consideraram as eleições uma fraude promovida pelo imperialismo norte-americano.[167]

Em entrevista a Juan Cruz, Paz avaliou, posteriormente, que o impacto produzido por suas opiniões, que engendraram o ódio das esquerdas mexicanas, foi, entre outros motivos, causado por uma verdade incontestável, a verdade que a violência revolucionária era incapaz de instituir a democracia e o desenvolvimento pacífico dos países da América Central:

> La respuesta fue una salva de injurias de la prensa cubana, coroada por varios y distinguidos escritores mexicanos, escandalizados por nuestra osadía. Espero que algunos entre ellos sientan ahora un poco de verguenza, aunque quizá no se atrevan a confesarlo en público. No están enamorados de sus errores sino de su reputación.[168]

Mas, em 1984, é preciso lembrar que o que estava em jogo na Nicarágua não era a luta armada para a tomado do poder político, mas as eleições democráticas organizadas pelo novo Estado nicaraguense, e a oposição das esquerdas às intervenções militares dos Estados Unidos na região.

Como é característico de muitas das querelas políticas, durante a Guerra Fria, qualquer menção em reconhecimento à democracia norte-americana, ou aos aspectos positivos do liberalismo ou aos intelectuais norte-americanos simpáticos ao liberalismo era facilmente associada ao discurso imperialista norte-americano. Muitas das nuances do pensamento de Paz foram ocultadas, ou "ninguneadas", pelas esquerdas mexicanas, e vice-versa. Provavelmente, entre outras coisas, pelo argumento ponderado não ter tido visibilidade nos debates apaixonados acerca dos desdobramentos políticos da América Central. A ambiguidade da democracia norte-americana foi, por exemplo, observada, nesse caso, pelo próprio poeta:

> Durante el gobierno Reagan la oposición de los senadores paralizó su política en Nicarágua y se dio el caso, único en la historia diplomática, de que mientras el presidente de la nación se

---

167 Ver: PAZ, Octavio. "Pequeñas crónicas de grandes días". In: *Ideas y costumbres I – La letra y el cetro. Obras Completas*, vol. 9. México: FCE, 2003 (1ª ed. 1993).

168 PAZ, Octavio. "Ecologia – Conversación con Juan Cruz – 1995". In: GRENIER, Yvon (org.). *Octavio Paz: sueño en libertad*. Barcelona: Seix Barral – Biblioteca Breve, 2001, p. 424.

negaba a recibir a Daniel Ortega, jefe del gobierno de Nicarágua, el presidente del Senado lo recibía y lo escuchaba.[169]

Como dito, esse aspecto poderia ter sido considerado irrelevante para as esquerdas, pois, independentemente das divergências internas, a política externa norte-americana financiou efetivamente os paramilitares na Nicarágua. O escritor mexicano González Torres deu alguns sinais sobre o estado de ânimo nesse período:

> Así como la derecha invocaba el fantasma del comunismo para ejercer la intolerancia, la izquierda también tuvo sus fantasmas. La presencia ubicua de las multinacionales, el brutal intervencionismo militar y las tareas de inteligencia y espionaje que realizaba Estados Unidos permitían asimilar su figura al totalitarismo. En particular, la existencia de una agencia como la CIA que, evadiendo los controles supuestamente establecidos por la democracia, realizaba espionaje, patrocinaba campañas de opinión a favor o en contra de los gobiernos establecidos, vigilaba los movimientos progresistas y planeaba intervenciones, hizo crecer una suerte de paranóia, muy propia de la Guerra Fría, en que ninguna opinión intelectual podía aspirar a la neutralidad.[170]

Esse jogo de espelhos, entre os Estados Unidos e o México, que fez com que muitos mexicanos de esquerda alimentassem, não sem razão, uma série de receios sobre os Estados Unidos, resultaram também em equívocos lamentáveis, reconhecidos frequentemente pelo poeta como frutos da mútua ignorância entre os dois países:

> En general los norte-americanos no han buscado a México en México; han buscado sus obseciones, sus entusiasmos, sus fobias, sus esperanzas, sus intereses y eso es lo que han encontrado. En suma, la historia de nuestras relaciones es la de un mutuo y pertinaz engaño, generalmente – aunque no siempre – involuntario".[171]

---

169 PAZ, Octavio. "Panamá y otros palenques – 1990". In: GRENIER, Yvon (org.). *Octavio Paz: sueño en libertad*. Barcelona: Seix Barral – Biblioteca Breve, 2001, p. 404.

170 GONZÁLEZ TORRES, Armando. *Las guerras culturales de Octavio Paz, op. cit.*, p. 155.

171 PAZ, Octavio. "Posiciones y contraposiciones: México y Estados Unidos". In: GRENIER, Yvon (org.). *Octavio Paz: sueño en libertad*. Barcelona: Seix Barral – Biblioteca Breve, 2001, p. 438. Said endossa essa visão: "Estudos recentes de americanos mostram um quadro desolador de como a maioria dessas atitudes e as políticas por elas geradas baseavam-se na ignorância e

Sem dúvida, um dos únicos intelectuais norte-americanos dedicados a compreender a América Latina que mereceu a atenção do poeta foi o historiador Richard Morse. É notável a estreita afinidade com as interpretações tecidas por ele, especialmente, a partir dos anos 70, acerca das relações históricas entre essas duas partes do continente. Morse foi um dos expressivos intelectuais norte-americanos a se desiludir com o espírito modernizador de seu país, considerado um dos críticos mais ferozes do pensamento intelectual especializado e do ideal civilizatório dessa nação. O seu principal trabalho, *O espelho de Próspero* (1982), foi publicado no México, e não nos Estados Unidos. Escrito como um jogo de espelhos, entre Estados Unidos e América Latina, para chamar a atenção do primeiro acerca dos problemas da modernização de seu país, e do valor civilizatório da América Latina, o trabalho teve como resultado uma rejeição por parte dos norte-americanos, e uma discussão acalorada por parte dos latino-americanos.[172] Vale dizer que, nos anos 80, as ideias de Morse foram também bastante ventiladas na revista *Vuelta*, por meio de diversos artigos e de resenhas críticas feitas para a revista.[173]

A concepção de que a América Latina não era fruto do atraso e das ideias copiadas, e sim de uma opção cultural e civilizatória diferenciada, é, nesse sentido, compartilhada por Paz quando este trata da ideia da modernidade, das tradições democráticas esquecidas e ignoradas pela América Latina e do modernismo na região. Paz o citou, em livros como *Tiempo Nublado*, assim como Morse o fez em seus artigos e livros, sem deixar de pontuar a admiração que nutria pelo poeta ao reconhecê-lo como uma figura "muito mais importante" do que ele.[174] Aliás, o fato de se citarem revela uma afinidade intelectual, que teve como consequência a difusão de uma determinada forma de entender as Américas que, em linhas gerais, se "naturalizou", em muitas das discussões acerca

---

em interpretações equivocadas, quase petulantes e cabais, exceto pelo desejo de comando e dominação, ele próprio marcado pelas idéias de excepcionalidade americana." SAID, Edward. *Cultura e Imperialismo, op. cit.*, p. 358.

172 Ver: AROCENA, Felipe; LEÓN, Eduardo de (orgs.). *El complejo de Próspero: ensayos sobre cultura, modernidad y modernización en América Latina*. Montevidéu: Vintén Editor, 1993.

173 Ver: MORSE, Richard. *Latinoamérica: hacia una redefinición de la ideología*. Revista Vuelta, México, nº 128, Julio de 1987, p. 34-41.

174 BOMENY, Helena Maria Bousquet. "Entrevista com Richard Morse". *Estudos Históricos*, Rio de Janeiro, vol. 2, nº 3, 1989, p. 77-93.

da modernidade latino-americana, a partir dos anos de 1970. Desde o século XIX, pensar a(s) identidade(s) latino-americana(s) por meio da comparação com os Estados Unidos foi uma prática frequente, na América Latina, com o intuito tanto de apontar o que faltava, como teceu Sarmiento sobre o papel frutífero do liberalismo nos Estados Unidos, como o que se tinha de positivo, como ressaltou Rodó acerca da tradição ibérica, católica e greco-romana. Já, nesses anos de 1970 em diante, foi a visão culturalista que, embora inspirada em *Ariel* de Rodó, ganhou foco com o seu corpo de ideias acerca do relativismo etnocêntrico, ao colocar ênfase em como a diversidade social apresentava experiências políticas prolíficas, que não necessariamente pertence aos padrões enrijecidos de civilização. No seu artigo *"América Latina y democracia"*, Paz expôs, uma vez mais, a visão dicotômica sobre a questão, inspirado em Weber:

> Esplendor engañoso: lo que en Estados Unidos era amanecer, en la América hispana era crepúsculo. Los norteamericanos nacieron com la Reforma y la Ilustración, es decir, con el mundo moderno; nosotros, con la Contrareforma y la neoescolástica, es decir, contra el mundo moderno. No tuvimos ni revolución intelectual ni revolución democrática de la burguesia.[175]

Como já mencionado aqui, para Paz, México e Estados Unidos representavam duas versões distintas da civilização ocidental.[176] A ideia de que a América Latina era uma civilização que fez uma opção cultural diferenciada está conectada ao argumento de que o atraso econômico não é sinônimo de atraso cultural, argumento esse que contribuiu para a superação do "sentimento de inferioridade" latino-americana, descrito por Paz desde *El laberinto de la soledad* (1949) como "una instintiva desconfianza acerca de nuestras capacidades" e o combate às teorias das escolas econômicas, daquele tempo, que ampliavam a ideia de subdesenvolvimento para todas as esferas do social.

Acrescente-se a isso que esse argumento induziu, consequentemente, a noção de que os regimes políticos latino-americanos estavam em descompasso com a

---

175 PAZ, Octavio. "América Latina y la democracia (1983)". In: GRENIER, Yvon (org.). Octavio Paz: sueño en libertad. Barcelona: Seix Barral – Biblioteca Breve, 2001, p. 373.
176 PAZ, Octavio. "Posiciones y contraposiciones: México y Estados Unidos". In: GRENIER, Yvon (org.). *Octavio Paz: sueño en libertad*. Barcelona: Seix Barral – Biblioteca Breve, 2001, p. 439.

riqueza de sua diversidade cultural, ou como o próprio poeta afirmou: "Desde Bolívar a Rodó, o que fizemos de melhor foi no domínio da cultura, não da política e nem da economia. Temos que traduzir a política para a nossa unidade cultural".[177] O caminho apresentado, como inevitável e único, segundo Paz, para tornar a política latino-americana um elemento, de fato, compatível com as demandas da modernidade cultural da região foi frisar que as tradições políticas deveriam ser reinventadas, repensadas e reatualizadas diante dos novos desafios do mundo contemporâneo, o que implicou dizer, entre outras coisas, que as sementes da modernidade já estavam plantadas na própria América Latina. Segundo afirmou, em 1990:

> No sé si la modernidad es una bendición, una maldición o las dos cosas. Sé que es un destino: si México quiere ser, tendrá que ser moderno. Nunca he creído que la modernidad consista en renegar de la tradición sino en usarla de un modo creador. La historia de México está llena de modernizadores entusiastas, desde la época de los virreyes ilustrados de Carlos III. La falla de muchos de ellos consistió en que echaron por la borda las tradiciones y copiaron sin discernimiento las novedades de fuera. Perdieron el pasado y también el futuro. Modernizar no es copiar sino adaptar; injertar y no trasplantar. Es una operación creadora, hecha de conversación, imitación e invención.[178]

Essa visão acerca da modernidade latino-americana foi considerada por muitos críticos, como Simon Schwartzman, problemática e conservadora, pois se desdobra facilmente ou na ideia de que essa modernidade pode ser colada a modelos democráticos como dos Estados Unidos, ou na noção de que essa modernidade política é fruto de uma tradição cultural arraigada historicamente, ou seja, atávica, e por isso impossível de se desvincular das experiências autoritárias.

Com o fim dos regimes revolucionários comunistas, nos anos 80 e 90, o triunfo econômico dos Estados Unidos voltou a ficar evidente e provocou um novo arranjo no jogo de forças que estruturou o mundo, o que significou, para a

---

177 PAZ, Octavio. "La invasión fue condenable". In: GRENIER, Yvon (org.). *Octavio Paz: sueño en libertad*. Barcelona: Seix Barral – Biblioteca Breve, 2001, p. 412.

178 PAZ, Octavio. "Pequeñas crónicas de grandes dias". In: GRENIER, Yvon (org.). *Octavio Paz: sueño en libertad*. Barcelona: Seix Barral – Biblioteca Breve, 2001, p. 233.

maioria dos intelectuais das esquerdas mexicanas um tema de difícil aceitação e discussão. Foi também, nessa época, que a política mexicana liderada pelo presidente Salinas de Gortari, tendia a se afastar da América Latina e a se integrar aos Estados Unidos por meio do Tratado de Livre Comércio da América do Norte (NAFTA). Segundo a revista *Proceso*, até mesmo a própria formação do presidente mexicano Salinas de Gortari dava indícios acerca de sua afinidade com os Estados Unidos e da proximidade ainda maior com o país do norte por meio de uma abertura econômica de cunho liberal: "Es el gobernante de George H. Bush y de Margaret Thatcher. Se formó en Harvard y es impulsor natural de la integración de México con Estados Unidos porque, entre otras cosas, su llegada al poder es una concesión yanqui."[179]

Apesar do próprio Paz reconhecer, tantas vezes, a capacidade de Washington de permanecer impopular na América Latina, pois continuava a exercer em diversos países da região uma política externa interventora, problemática e condenável,[180] ele apoiou os projetos neoliberais de modernização implementados por Salinas de Gortari, como o NAFTA. Para tratar desse novo cenário, o poeta já havia sido influenciado nos Estados Unidos pelos dissidentes russos[181] e cubanos que ali viviam, e organizado, em 1990, em conjunto com a Televisa, um congresso midiático, *Televisa: la experiencia de la libertad*, em que convidou para debater diversos dissidentes comunistas, como os intelectuais norte-americanos Bell e Howe, o que gerou grande resistência das esquerdas mexicanas, pois discutiu os dilemas do mundo contemporâneo em uma mídia de direita e com convidados declaradamente simpáticos ao liberalismo em um universo político-cultural mexicano predominantemente à esquerda.

Paz incentivou, assim, as controvertidas medidas neoliberais adotadas pelo presidente mexicano, como o NAFTA, em 1994, justificando-as como inevitáveis ao

---

179 CASTILLO, Heberto. "Entregar no es integrar". Revista *Proceso*, México, 15 de octubre de 1990, p. 30.
180 PAZ, Octavio. "La invasión fue condenable". In: GRENIER, Yvon (org.). *Octavio Paz: sueño en libertad*. Barcelona: Seix Barral – Biblioteca Breve, 2001, p. 402.
181 Veja a carta de Paz a Pere Gimferrer sobre a boa impressão que teve em relação aos dissidentes russos. PAZ, Octavio. *Memorias y palabras: cartas a Pere Gimferrer 1966-1997*. Barcelona: Seix Barral: Bliblioteca Breve, 1999, p. 312.

processo de modernização econômica e democratização política e cultural. Apesar de fazer algumas críticas ao mercado sem controle, ele concluía, naqueles anos, que o sistema capitalista deveria ser constantemente aprimorado: "El capitalismo no sólo ha demonstrado ser mucho más eficaz economicamente sino que posee una capacidad de adaptación superior [ao comunismo]. El capitalismo de 1990 no es el capitalismo de 1890 ni el que conoció Marx."[182] O tema das relações com os Estados Unidos deveria ser tratado então, como afirmou, com extremo rigor e máxima objetividade, sem paixão ou rancor ou xenofobia.[183] Não obstante, escrever sobre política, ainda mais sobre as relações desiguais entre Estados Unidos e México, não é uma atividade neutra, como tanto já tinham defendido Monsiváis, Said, Chomski e outros, pois é acompanhado de interesses, poderes e paixões. Paz foi, dessa forma, um polemista que construiu uma relação de admiração e aversão com os Estados Unidos, ou seja, que construiu uma relação de fascinação, palavra esta que o próprio poeta utilizou para definir o comportamento habitual dos mexicanos em relação aos norte-americanos.

2.5 – Vasos comunicantes: revolução, esquerda e surrealismo

Este tópico descreve como as relações de Paz com o movimento surrealista contribuíram para conduzir o poeta, no México, a uma postura política dissidente e controvertida diante de um meio intelectual predominantemente à esquerda e um meio social profundamente nacionalista e religioso.

> Certa vez Paz falava de Revolução. Sem a menor intenção de ofendê-lo, seu velho amigo José Luis Martínez ousou lhe dizer tranquilamente, como uma zombaria amigável: "Mas, Octavio, você nunca foi realmente um revolucionário". Paz se levantou e respondeu em tom alto, quase furioso: "O que você está dizendo? Que eu não fui um revolucionário!". Martínez, evidentemente, referia-se à ação revolucionária, ou aos perigos consideráveis enfrentados por um militante como José Revueltas. Paz praticou a Revolução essencialmente com sua poesia e seu pensamento,

---

182 PAZ, Octavio. "América en plural y en singular". In: *Ideas y Costumbres: La Letra y el Cetro. Obras Completas,* vol. 9. FCE, 2003, p. 150. (1ª ed. 1993)

183 PAZ, Octavio. "América: comunidad o coto redondo?". In: *Ideas y Costumbres: La Letra y el Cetro. Obras Completas,* vol. 9. México: FCE, 2003, p. 397 (1ª ed. 1993).

mas, não obstante, se considerava um revolucionário. E ele pagou seus próprios tributos, em angústia e culpa por ter sido um.[184]

Esse episódio, narrado por um liberal como Krauze, vivenciado ao final da vida de Paz, coloca em evidência que, apesar das críticas contra o autoritarismo que teceu, ao longo de sua trajetória, principalmente, aos desdobramentos excessivamente nacionalistas e burocráticos da Revolução Mexicana, aos campos de concentração na URSS, à supremacia do Estado autoritário em Cuba e às dúvidas sobre a viabilidade da democracia sandinista, ele não deixou de marcar que o seu pensamento político surgiu dessas esquerdas revolucionárias e que sempre se sentiu como um revolucionário, ou seja, como alguém capaz de lutar para transformar radicalmente a sociedade. No seu caso, esta ideia esteve vinculada não ao uso da violência, e sim da comunicação escrita e verbal. Assim, sua dissidência política implicou, ao longo do tempo, na resistência à ideia de revolução adotada pelos regimes comunistas, e na necessidade que sentiu de manifestar publicamente a culpa e a angústia pelos anos de conivência com os crimes exercidos por esses Estados ditos revolucionários. Como já visto, a partir de 1951, ele manifestou publicamente sua dissidência ao denunciar os campos de concentração soviéticos:

> Es inexacto, por lo tanto, decir que la experiencia soviética condena al socialismo. La planificación de la economía y la expropiación de capitalistas y latifundistas no engendran automáticamente el socialismo, pero tampoco producen inexorablemente los campos de trabajos forzados, la esclavitud y la deificación en vida del jefe. Los crímenes del régimen burocrático son suyos y bien suyos, no el socialismo.[185]

É conhecido que a revolução foi vista por várias gerações no século XX como promessa de igualdade, instrumento necessário para viabilizar a modernização das economias muito precárias e a garantia de ingresso no mundo desenvolvido. No México, o ideal revolucionário permeou o pensamento político dos intelectuais, que simpáticos ou não tiveram que dialogar com o momento fundador que foi

---

184 KRAUZE, Enrique. "O poeta e a revolução". In: *Os redentores: idéias e poder na América Latina*, p. 313.
185 PAZ, Octavio. "Los campos de concentración soviéticos". In: GRENIER, Yvon (org.). *Octavio Paz: sueño en libertad*. México: Seix Barral, 2001, p. 352.

a Revolução Mexicana, cristalizado na concepção de Estado priísta nacionalista, burocrático e provedor. Segundo Aguilar Camín, o coração das esquerdas mexicanas é o lugar onde se acreditou, no século XX, que o Estado é o instrumento de justiça social contra os poderes privados.[186] Com o passar dos anos, essa visão foi duramente criticada por Paz, principalmente em seu livro de ensaios *El ogro filantrópico* (1978): "[...] el Estado del siglo XX se ha revelado como una fuerza más poderosa que las de los antiguos imperios y como un amo más terrible que los viejos tiranos y déspotas. Un amo sin rostro, desalmado y que obra no como un demonio sino como una máquina."[187] É possível vislumbrar aqui as controvérsias provocadas, a partir dos anos 70, por suas críticas ao Estado mexicano (Estado patrimonialista, burocrático e autoritário) e por sua defesa pública em prol de reformas políticas democráticas de cunho liberal. Observe-se, por exemplo, que durante as contubardas eleições de 1988, ganhas por Salinas Gortari, do PRI, contra Cuauhtémoc Cárdenas, do PRD (Partido da Revolução Democrática), avesso ao neoliberalismo, o poeta afirmou publicamente a sua incompatibilidade com o PRD, que embora lutasse por reformas democráticas à esquerda, não tinha aberto mão da ideia de um Estado provedor:

> Devolverle la iniciativa a la sociedad no significa únicamente reconocer [segundo Paz] la función de la iniciativa privada en la economía moderna, reducir el gasto público y acabar con el capitalismo de Estado. También exige reformas políticas y sociales que el gobierno actual no ha intentado o no ha podido emprender, como llevar la democracia a los sindicatos y a los ejidos o liberar a nuestros campesinos de la tutela estatal que, con la mejor intención, los convierte en perpetuos menores de edad (herencia de las leyes de Indias). En una palabra: la modernización de nuestra economía es inseparable de la reforma política, social y cultural. Todas ellas pueden resumirse en la palabra democracia.[188]

---

186 AGUILÁR CAMÍN, Héctor. *Pensando en la izquierda*, op. cit., p. 29.
187 PAZ, Octavio. "El ogro filantrópico". In: GRENIER, Yvon (org.). *Octavio Paz: sueño en libertad*. México: Seix Barral, 2001, p. 149.
188 PAZ, Octavio. "Ante un presente incierto (11 de dezembro de 1988)". In: GRENIER, Yvon (org.). *Octavio Paz: sueño en libertad*. México: Seix Barral, 2001, p. 220.

Acerca dessa interpretação de Paz em defesa da modernização do país por meio de reformas democráticas e neoliberais, não é cabível deixar de considerar que se trata da defesa de um poeta que pensou a realidade social e política também a partir dessa condição poética, o que implicou, segundo ele próprio escreveu, em recordar realidades esquecidas e operar com o pensamento comprometido com uma imaginação livre e capaz de colocar em relação realidades contrárias e dissonantes.[189] Segundo assinalou Fuentes, "o poeta Paz reúne-se ao pensador Paz, porque a sua poesia é uma forma de pensamento e seu pensamento uma forma de poesia; como resultado desse encontro, ocorre um encontro de civilizações."[190] Com efeito, o motivo principal da incompatibilidade do poeta com a revolução armada e o Estado autoritário nacionalista e provedor é o entendimento de que a vida presente e a liberdade de comunicação não deveriam ser sacrificadas em nome de um futuro derivado e imperfeito,[191] pois abdicar do presente em nome da promessa de um futuro melhor tinha sido o caminho de muitos revolucionários, mas não era o caminho de poetas modernistas como ele, que valorizavam a liberdade política e a imaginação literária que o tempo presente oferecia como possibilidade de transformação da realidade social. Sua dissidência política expressou uma soberania crítica, no México, em relação ao Estado burocrático e, principalmente, aos regimes comunistas totalitários quando tornou público as falhas do autoritarismo e denunciou acerca das mentiras difundidas por esses governos. Postura essa muito comum à de outros dissidentes políticos contemporâneos a ele, como Orwell, Camus, Castoriadis, Claude Lefort, Bródski, Bell, Kostas Papaïoannou,[192] Buñuel, entre outros.

Não obstante, é necessário se ater em sua simpatia poética mais importante, o surrealismo, com o intuito de conceder uma dimensão mais ampla da ideia de que suas posturas políticas controversas, ao longo da segunda metade do século

---

189 PAZ, Octavio. "La outra voz (1º de dezembro de 1989)". In: GRENIER, Yvon (org.). *Octavio Paz: sueño en libertad*. México: Seix Barral, 2001, p. 436.

190 FUENTES, Carlos. *Eu e os outros: ensaios escolhidos*. Rio de Janeiro: Rocco, 1989, p. 34.

191 JARDIM, Eduardo. *A duas vozes (Hannah Arendt e Octavio Paz)*. Rio de Janeiro: Civilização Brasileira, 2007.

192 Vale destacar que Kostas Papaïoannou (1925-1981) foi um importante filósofo e historiador francês de origem grega cujos estudos críticos acerca do marxismo influenciaram profundamente Octavio Paz.

xx, não estão associadas única e exclusivamente a uma adesão ao humanismo liberal-democrático e ao anticomunismo. Afinal, a sua imaginação social é também fruto, como dito a pouco, de sua percepção poética. Em *Posdata*, escreveu: "Pronto descubrí que la defensa de la poesía, menospreciada en nuestro siglo, era inseperable de la defensa de la libertad. De ahí mi interés apasionado por asuntos políticos y sociales que han agitado a nuestro tiempo."[193]

Paz, de fato, nunca aderiu integralmente ao grupo surrealista. Mas alguns de seus poemas como *Mariposa de Obsidiana* são traçados considerados, por ele, de surrealistas e alguns de seus ensaios foram manifestações em homenagem aos principais representantes desse movimento, como André Breton, Juan Miró, Luis Buñuel, Paul Éluard e Benjamin Péret. No seu ensaio sobre Breton, em razão de sua morte, no ano de 1966, *André Breton ou a busca do começo*,[194] afirmou, por exemplo, que em muitas ocasiões, tinha escrito como se sustentasse um diálogo silencioso com "o pai do surrealismo", onde coexistiam réplica, resposta, coincidência, divergência e homenagem. Diferenças evidentes existiam entre Paz e Breton: o primeiro tornou-se um crítico fervoroso das esquerdas e o outro, um trotskista "incorrigível". O que eles partilhavam eram, para além de uma poética subversiva que se propunha a superar a dualidade entre "arte" e "ação", o espírito orgulhoso de revolta e de insubmissão, e uma mútua admiração. Paz o considerava um grande revolucionário herdeiro do romantismo, enquanto Breton reconhecia em Paz o poeta de língua espanhola mais comovente.

Mas as relações de Paz com o surrealismo foram parte de um processo de transformação que resultou de atitudes iniciais receosas a um interesse profundo sobre o tema, que o conduziu, segundo assinalou o crítico literário Eduardo Becerra,[195] a um destacado papel como revitalizador do movimento em um país profundamente nacionalista como o México, que nunca entendeu completamen-

---

193 PAZ, Octavio. "Posdata". In: GRENIER, Yvon (org.). *Octavio Paz: sueño en libertad*. Barcelona: Seix Barral – Biblioteca Breve, 2001, p. 7.

194 PAZ, Octavio. André Breton o la busca del comienzo. In: *Excursiones/Incursiones: Dominio Extrangero. Obras Completas*, vol. 2. México: FCE, 2003, p. 210 (1ª ed. 1991).

195 Ver: BECERRA GRANDE, Eduardo. "Mariposa de Obsidiana": El surrealismo y la voz del mito. *América sin nombre*. (nº 9-10), Universidad de Alicante: España, noviembre 2007, p. 43-48. Disponível em: http://biblioteca.universia.net/html_bura/ficha/params/id/35527107.html. Acesso em: 10/02/2011.

te o surrealismo, pois esse movimento cultivou com frequência uma bandeira revolucionária internacionalista e antipatriótica, ou seja, de difícil aceitação para a maior parte dos intelectuais e artistas mexicanos do século XX, comprometidos com a ideia de nação.[196] Não obstante, muitos artistas e intelectuais mexicanos foram vistos por alguns críticos europeus como surrealistas, apesar da maioria deles não se assumir como surrealista e ter de fato construído uma relação bastante imprecisa com o movimento. Como exemplo, os pintores Frida Khalo, María Izquierdo, Gunther Gerso, Rufino Tamayo, Alberto Gironella e Vicente Rojo.[197]

Encantamento é um termo possível para explicar essa mudança dos sentimentos do poeta quando de sua descoberta do surrealismo nos anos de 1930. Em entrevista ao escritor colombiano Álvaro Mutis,[198] nos anos 80, Paz contou que foi durante aqueles anos que começou a ler textos surrealistas, em revistas como *Contemporáneos, Sur, Revista de Occidente* e *La Gazeta Literária*, onde apareciam poemas de Paul Éluard, Breton e Philippe Soupault. A "revelação" em relação a Breton veio, um tempo depois, quando leu o capítulo intitulado *O castelo estrelado*, de seu livro *O amor louco*, na revista argentina *Sur*, em que este divagava sobre o amor, o considerando uma das grandes revoluções subversivas da modernidade. Isso foi para Paz uma enorme novidade, pois em plena crença na razão e no progresso, os surrealistas defendiam, justamente, a poesia e o amor como uma das únicas expressões capazes de transformar a realidade e dizer verdades não ditas.

Mais tarde, escreveu sobre esse fascínio ao tratar da importância dos movimentos de vanguarda, como o surrealismo, e suas semelhanças com o romantismo, no livro *Los hijos del limo: del romantismo a la vanguardia,* de 1974. Para Paz, tanto o romantismo quanto as vanguardas foram movimentos juvenis, rebeliões contra a razão, tentativas de destruir a realidade social visível para encontrar ou inventar outra – mágica, sobrenatural, super real – que, provocada pelas transformações políticas, como a Revolução Francesa e a Revolução Russa, pretendeu unir a vida e a

---

196 PIERRE, José. *Al surrealismo entre Viejo y Nuevo Mundo*. Fundación Cultural Mapfre Vida, España, 6 Marzo – 22 Abril, 1990, p. 100 (catálogo da exposição).

197 BONET, Juan Manuel. *Al surrealismo entre Viejo y Nuevo Mundo*. Fundación Cultural Mapfre Vida, España, Marzo – 22 Abril, 1990, p. 18 (catálogo da exposição).

198 PAZ, Octavio. *Conversaciones con Octavio Paz y Álvaro Mutis: Sobre el surrealismo*. México: Televisa, 1984 (Transcrição do programa televisivo).

arte.[199] Porém, ainda nos anos 30, Paz era, como mencionado no primeiro capítulo, um poeta militante de esquerda, que vivenciava um conflito, que se agravaria com o tempo: o da paixão pela liberdade de expressão com a atração pela legitimidade moral das revoluções socialistas. Ao se aproximar, cada vez mais, de anarquistas e surrealistas como Victor Serge e Benjamin Péret, ele marcou uma posição a favor, sobretudo, da liberdade e contra a autoridade, apesar de muitos desses intelectuais e artistas se assumirem como comunistas. Isto até os anos 50, pois a partir da confirmação da existência dos campos de concentração stalinistas que foi fortemente divulgada em alguns países da Europa e da América, muitos surrealistas, como Buñuel,[200] selaram a sua incompatibilidade com o Partido Comunista.

> Conservé mis simpatías por el Partido Comunista hasta finales de los años cincuenta. Después, me fui alejando cada vez más de él. El fanatismo me repugna, donde quiera que lo encuentre. Todas las religiones han hallado la verdad. El marxismo, también. En los años treinta, por ejemplo, los doctrinarios marxistas no soportaban que se hablase del subconsciente, de las tendencias psicológicas profundas del individuo. Todo debía obedecer a los mecanismos socio-económicos, lo cual me parecía absurdo. Se olvidaba a la mitad del hombre.[201]

Mas nem todos os surrealistas romperam com a defesa da revolução. Breton foi um dos surrealistas que se manteve fiel a Trotsky, até porque o revolucionário russo foi um sensível apreciador das diversas expressões artísticas. Em todo caso, a oportunidade que Paz teve de conhecer os surrealistas no México – facilitada pelo fato do governo Cárdenas abrir as portas para os exilados dos regimes autoritários como o fascismo, o stalinismo e o franquismo – estimulou, nele, a valorização da importância do pensamento crítico, da liberdade e da participação política. Vale mencionar alguns dos intelectuais e artistas mais importantes que passaram pelo México na primeira metade do século xx: Antonin Artaud, André Breton, Wolfgang Paalen, Alice Rahon, Eva Sulzer, Remedios Varo, Benjamin

---

199 PAZ, Octavio. "El ocaso de la vanguardia: revolución, eros, metaironía". Revista *Plural*, México, nº 26, 1973, p. 4.
200 Vale mencionar que Buñuel chegou ao México em 1947 e lá produziu diversos filmes como *El Ángel Exterminador*, entre outros.
201 BUÑUEL, Luis. *Mi último suspiro*. Madri: Plaza & Janés Editores, 2000, p. 194.

Péret, Leonora Carrington, Gordon Onslow-Ford, Edward James, Luis Buñuel, entre outros.[202]

Mas foi longo o caminho percorrido até Paz conhecer Breton e passar a defender o surrealismo. Paz não chegou a conhecer Breton quando este visitou o México, ao final dos anos 30, apesar de ter lido, com fascinação, alguns de seus livros. O poeta e amigo Jorge Cuesta,[203] do grupo vanguardista mexicano *Contemporáneos,* chegou a insistir para que os dois se conhecessem, mas Paz não quis. Não se aproximou dele porque acreditava que suas críticas à *III Internacional* (*Komintern*) podiam dar razões aos inimigos nazifascistas e prejudicar os republicanos da Guerra Civil Espanhola (1936-1939). Segundo Becerra, nem a *Exposição Internacional Surrealista* promovida por Breton, em 1940, na Cidade do México, gerou uma reação entusiasmada do poeta.

Não obstante, em 1937, Paz viajou à Europa com a *Liga de Escritores e Artistas Revolucionários* (LEAR) contra o fascismo. Lá, em plena Guerra Civil Espanhola, além conhecer artistas e intelectuais como Buñuel, testemunhou a intolerância dos stalinistas em relação aos trotskistas e anarquistas e passou a rever os seus posicionamentos políticos. A postura intransigente dos stalinistas foi fundamental para o poeta compreender a necessidade da crítica como bússola moral para a vida. Paz reviu posteriormente as suas posições políticas e concluiu que estava equivocado em questionar as críticas de Breton ao totalitarismo stalinista. Mais tarde, em 1991, terminou por endossar, em suas memórias, a visão amarga de Breton sobre essa temática.

> La historia dirá si esos que reivindican hoy el monopolio de la transformación social del mundo trabajan por la liberación del hombre o lo entregan a una escluvitud peor.

---

202 ANDRADE, Lourdes. *Al surrealismo entre Viejo y Nuevo Mundo.* Fundación Cultural Mapfre Vida: España, 6 Marzo – 22 Abril, 1990, p. 101 (catálogo da exposição).

203 Observe a transcrição da conversa informal entre Octavio Paz e Álvaro Mutis em um programa televisivo sobre o surrealismo: PAZ – "Jorge Cuesta que fue muy amigo de Breton, fue el hombre que entendió mejor a Breton yo creo en México en aquella época. Cuesta me dijo: Octavio usted debe ir a ver a Breton, le va a encantar, es un hombre muy inteligente, hay muchos puntos de contacto entre usted y él. Pero, yo me negué, lo vi de lejos. PAZ, Octavio. *Conversaciones con Octavio Paz y Álvaro Mutis – Sobre el surrealismo.* México: Televisa, 1984, p. 148 (Transcrição do programa televisivo feito por Adolfo Castañon).

> El surrealismo, como movimiento definido y organizado en vista de una voluntad de emancipação más amplia, no pudo encontrar un punto de inserción en su sistema [...][204]

Apesar de Breton denunciar a falta de liberdade do regime stalinista, alguns intelectuais e artistas que apoiaram Stalin não deixaram de ser influenciados pelo surrealismo. O poeta chileno Pablo Neruda é um exemplo, tantas vezes mencionado, pois embora tenha se tornado um stalinista quando muitos surrealistas tinham selado sua incompatibilidade com Stalin, ele escreveu diversos poemas sob forte inspiração surrealista, como *Caballo verde para poesía*. Mesmo assim, Paz passou a considerar execrável a postura política de Neruda, e de alguns poucos surrealistas como Aragon.

Em 1946, oito anos depois de Breton ter estado no México – lugar, para Breton, de eleição dos surrealistas,[205] – Paz foi convidado, com a ajuda de seu amigo, o poeta José Gorostiza, a trabalhar na França, como Terceiro Secretário da Embaixada Mexicana. Naqueles anos, a França continuava a ser o ponto de referência intelectual e cultural dos latino-americanos. Lá, Paz conviveu e conheceu significativos intelectuais. Foi precisamente nessa época que o poeta foi apresentado a Breton, através de seu amigo surrealista Péret, especialmente quando o movimento, segundo Paz, "havia deixado de ser uma chama".[206] Entretanto, não

---

204 BRETON, André. *Apud.* PAZ, Octavio. "André Breton o la busca del comienzo". In: *Excursiones/Incursiones: Dominio Extranjero*, vol. 2. México: FCE, 2003, p. 210 (1ª ed. 1991).

205 Paz afirmou em seu programa *Conversaciones con Octavio Paz*, transmitido pela Televisa: "Para los surrealistas hubo varios países de elección. En primer lugar, claro está, lo que llamaba Breton, las grandes lejanías, el Pacífico, Nueva Guinea, etc. Pero, sobretodo y de un modo especial, México. Fue uno de los países de elección de México. Y esto es muy antiguo, Alvaro. Imagínate que [...] Bueno, tú lo sabes también como yo, la primera prefiguración del mito mexicano en la poesía surrealista francesa es [...] está en un maestro de los surrealistas, que nunca fue realmente surrealista, fue su maestro Apollinaire. Apollinaire, en los poemas de Apollinaire hay una serie de alusiones a México." PAZ, Octavio. *Conversaciones con Octavio Paz y Álvaro Mutis – Sobre o surrealismo*. México: Televisa 1984, p. 142. (Transcrição do programa televisivo)

206 Paz afirma que conheceu o surrealismo "cuando ese fuego era brasa en algunos y en otros cenizas frias. No importa: me dio conciencia [...] Comprendí la función de la imaginación como fuerza de liberación del hombre. Creí que la poesía no podía ser sino una tentativa por realizar, aquí y ahora, en nuestras vidas y en la vida social, esa liberación." PAZ, Octavio. *El pesadelo del regímen stalinista para mi generación*. Revista *Proceso*, México, nº 1123, mayo de 1998, p. 10.

se importava, porque acreditava que os surrealistas haviam dado, a ele, a consciência clara da importância da imaginação e da palavra como força de libertação do homem.

É possível dizer que existiram várias gerações de surrealistas, com formações e perspectivas distintas, que alimentaram o movimento durante muitos anos. Segundo Buñuel, foi uma espécie de chamada aqui e ali, nos Estados Unidos, na Alemanha, na França, na América Latina etc., de pessoas que utilizaram uma expressão intelectual e artística, intuitiva e, algumas vezes, irracional. Certamente, qualquer um poderia aderir formalmente à proposta subversiva do movimento, como também ser "expulso dele pelo seu fundador", Breton. Para o cineasta espanhol:

> La mayoría de aquellos revolucionarios – al igual que los señoritos que yo frecuentaba en Madrid – eran de buena familia. Burgueses que se rebelaban contra la burguesía. Éste era mi caso. A ello se sumaba en mí cierto instinto negativo, destructor que siempre he sentido con más fuerza que toda tendencia creadora. Por ejemplo, siempre me ha parecido más atractiva la idea de incendiar un museo que la de abrir un centro cultural o fundar un hospital.[207]

Nesse tempo em que Paz viveu na França, o poeta frequentou tanto os cafés *La Place Blanche* e *Promenoir de Venice*, uns dos lugares de predileção dos surrealistas em Paris, localizados em uma zona marginal da capital francesa, quanto também a casa de Breton. O poeta conta que o escritor francês morava em um apartamento pequeno, mas que isso não o impedia de colecionar objetos de arte pré-colombiana por todos os lados. Sua admiração pelo México fez de Breton um dos primeiros e principais divulgadores de artistas mexicanos na Europa, que nutriam pontos de contato com o surrealismo, como foi o caso da pintora Frida Khalo (1907-1954), do fotógrafo Manuel Álvarez Bravo (1902-2002) e, posteriormente, do pintor Alberto Gironella (1929-1999).

À medida que Paz se aproximava cada vez mais dos surrealistas, ele compreendia melhor que a razão do profundo interesse de muitos deles pelo México não era simplesmente pelo fato de o país representar, para eles, o primitivo, o exótico, o

---

207 BUÑUEL, Luis. *Mi último suspiro*. Madri: Plaza & Janés Editores, 2000, p. 122.

desconhecido e o distante em relação à Europa, mas também por eles terem construído essas imagens pitorescas sobre o México a partir das leituras que tinham feito de artistas e intelectuais europeus advindos de outras gerações e movimentos.

O poeta afirmou, por exemplo, que Breton leu na sua infância os romances de aventura do francês Gabriel Ferry, escritor de livros como *Capitaine Don Blas et les jarochos, scenes de la vie mexicaine*, 1848; *Impressions de voyages et aventures dans le Mexique, la Haute Californie et les régions de l'or*, 1851; *Costal l'Indien: roman historique. Scènes de la guerre de l'indépendance du Mexique*, 1852; *Scènes de la vie sauvage au Mexique*, 1879, que muito contribuiu para a sua visão mítica a respeito do México. Além disso, tomou conhecimento das exposições internacionais de objetos de arte pré-colombiana, em 1889 e 1890, no *Musée du Trocadéro* e no *Musée de l'Homme*, que despertaram em alguns intelectuais e artistas franceses o interesse pela cultura mexicana.[208]

Por outro lado, antes mesmo de conhecer os surrealistas, Paz já lia os poetas modernos que os surrealistas liam, como Apollinaire, Lautréamont, Rimbaud, Nerval, e os poetas hispano-americanos e espanhóis tocados pelo surrealismo, como Neruda, Cernuda, Prados, García Lorca e Alberti. Assim, é difícil definir o grau de influência desses pensadores sobre Paz, uma vez que certas ideias políticas e artísticas, tratadas pelo poeta, estavam também diluídas na atmosfera intelectual daquele tempo. Apesar dele manifestar em seus escritos e entrevistas algumas das origens intelectuais de sua obra, e afirmar as suas "afinidades eletivas" com Breton e Buñuel, é conhecido que a escolha de seus interlocutores, expressa em poemas e textos ensaísticos, presta-se, também, diversas vezes, a análises imprecisas.

Nos anos em que Paz viveu na França, de 1946 a 1951, além de alimentar uma resistência cada vez maior com relação à violência revolucionária e uma simpatia pela liberdade democrática, ele produziu algumas colaborações significativas ao grupo surrealista, em conjunto com artistas e intelectuais, como Toyen, Heilsler, Julien Gracq, Mandiargues, Schuster, entre outros que se somaram aos surrealistas de outras gerações que voltavam para a Europa, após a Segunda Guerra Mundial. Exposições como *Le Surréalisme*, em 1947, e publicações como *Neón* e

---

208 ANDRADE, Lourdes. *Al surrealismo entre Viejo y Nuevo Mundo*. Fundación Cultural Mapfre Vida: España, 6 Marzo – 22 Abril, 1990, p. 103 (catálogo da exposição).

Almanach Surréaliste du demi-siècle dão testemunho, nessa época, das mudanças sofridas pelo movimento.

Mariposa Obsidiana, publicado em *Almanach Surréaliste du demi-siècle*, em 1950, e a sua campanha em Cannes em prol do filme de Buñuel *Los Olvidados*, de 1951, foram algumas das principais contribuições do poeta ao movimento surrealista. O poema trata do maravilhoso, na civilização asteca; a divindade Chichimeca Noturna, como também da Virgem de Guadalupe. É um poema bastante religioso por uma parte e bastante blasfemo por outra. Esse aspecto herege, segundo Paz, irritou e molestou os marxistas-leninistas, pois o poema destrói toda "a ideologia *corset* infame" ao dar asas à imaginação. Segue abaixo, uma pequena estrofe:

> Me cogieron suavemente y me depositaron en el átrio de la catedral. Me hice gris que muchos me confundieron con un montocito de polvo. Sí, yo misma, la madre del padernal, yo, encita del rayo, soy ahora la pluma que abandona el pájaro en el zarza. Bailaba, los pechos el alto y girando, girando, girando hasta quedarme quieta, entonces empezaba a echar hojas, flores y frutos. En mi vientre latía el águila.[209]

A proposta poética de Breton, assim como de muitos poetas românticos, colocou Paz em contato com a ideia de que as contradições mais radicais da existência – a vida e a morte, o real e o imaginário, o passado e o futuro, o comunicável e o incomunicável – poderiam ser percebidas em sua íntima unidade. Isso é explícito no seu poema *Mariposa Obsidiana* (material que é representação da alma humana e, ao mesmo tempo, utilizado para fabricar as facas do sacrifício), símbolo dual da vida e da morte. Ao passar, nesse poema, da deusa generosa da vida, mãe do mundo fundida com a natureza, à imagem diminuída e terna, encerrada entre os muros das catedrais foi revelado, segundo Becerra, o hibridismo indígena e espanhol, pungente na própria cultura mexicana.

Como tratado no primeiro capítulo, o embaixador mexicano na França, Torres Bodet, rejeitou essas aproximações de Paz com os surrealistas, principalmente em razão da campanha do poeta em favor do filme de Buñuel, *Los*

---

209 Ver: BECERRA, Eduardo. "Mariposa de Obsidiana: El surrealismo y la voz del mito". América sin nombre (n° 9-10), España, 2007, p. 43-48. Disponível em: http://biblioteca.universia.net/html_bura/ficha/params/id/35527107.html. Acesso: 10/02/2011

Olvidados, que, segundo Torres Bodet, comprometia a imagem internacional do México.[210] Por outro lado, o problema, segundo Paz, não era o surrealismo, e sim a conduta de intelectuais e artistas, como Torres Bodet, que, em nome da nação mexicana menosprezou a possibilidade de contestação e autocrítica na constituição do Estado moderno. Em carta a Poniatowska, de 1967, Paz esclareceu, uma vez mais, sua visão sobre essa questão:

> El nacionalismo fue una invención europea y el cosmopolitismo también; es decir, las dos son actitudes que reflejan lo que pasa en otros lados. Lo importante es ni extasiarse ante el "Mexiquitito" ni tampoco escupir contra él. Lo importante es escribir obras que, por lo menos, sean válidas en la lengua española en este momento. ¡Por lo menos! Y si bien nos va, que sean realmente universales. Pero para crear obras universales no es indispensable seguir el último grito de París o de Londres.[211]

Mas, em carta a Arnaldo Orfila, de 5 de abril de 1968, Paz afirmou sobre o nacionalismo:

> Nuevo e hispanoamericano significa, ante todo, hablar un español de americanos del siglo XX. No carecemos en la trampa del nacionalismo. Somos cosmopolitas por totalidad, por nacimiento: somos de este tiempo. Pero nuestro cosmopolitismo, a diferencia de los modernistas, no es fuga hacia Babilonia, Roma, París, Moscú o Nueva York".[212]

O conflito vivido entre Paz e o embaixador mexicano Torres Bodet, além de salientar as resistências de Paz ao discurso intelectual ufanista, foi uma das causas de sua transferência da França para o México. Nesse útimo, Paz continuou a levantar a bandeira do movimento surrealista diante dos nacionalistas, que estavam ávidos

---

210   STATON, Anthony (org.). *Correspondencia: Octavio Paz/Alfonso Reyes 1939-159*. México: FCE, 1998, p. 29 e p. 150.

211   *Apud*. PONIATOWSKA, Elena. *Octavio Paz: las palabras del árbol*. Barcelona: Editora: Lúmen, 1998, p. 96.

212   PAZ, Octavio. *Cartas cruzadas Octavio Paz; Arnaldo Orfila Reynal (1965-1970)*. México: Siglo XXI, 2005, p. 156.

por "enterrá-lo". Sua conferência "Los grandes temas de nuestro siglo",[213] realizada em 1954 no teatro Bellas Artes, com um público de cerca de 500 pessoas, foi uma expressiva iniciativa de apresentar aos mexicanos um dos "maiores movimentos do século XX". O surrealismo não foi, de acordo com ele, uma escola de delírio, mas de razão crítica, que o México deveria saber apreciar, pois, no auge da Guerra Fria (1954-1964), muitos membros do movimento, como Buñuel, conseguiram, como poucos artistas e intelectuais do período, se oporem, com um olhar crítico, à propaganda hegemônica, tanto de Moscou quanto de Washington.[214]

É importante lembrar que, ao longo de sua trajetória, Paz procurou pensar o México para além de suas fronteiras nacionais, contribuir para a modernização da cultura mexicana e se tornar um intermediário entre a América Hispânica e a modernidade ocidental. Em parte, isto explica o seu crescente fascínio pelo movimento surrealista, apesar de ser acompanhado também por algumas discordâncias, pois rejeitava a defesa de alguns surrealistas da escrita automática, que na sua visão era uma insistência inalcançável, e a adesão "cega" de tantos outros surrealistas ao comunismo. Ainda assim, não se pode deixar de constatar uma profunda "afinidade eletiva" entre o seu empenho como crítico da modernidade e as ideias e atitudes de Breton e seus amigos.

Com efeito, a percepção de Paz sobre o movimento surrealista sensibilizou outros tantos artistas e intelectuais mexicanos, que já buscavam pelo poeta e sua versatilidade intelectual, antes mesmo dele se consagrar com o Prêmio Nobel de Literatura, em 1990. Fuentes foi, por exemplo, um dos seus principais admiradores. E referiu-se, em suas memórias, à importância de Paz nos anos 50, contra o nacionalismo mexicano enrijecido e a favor de pensar a tradição na modernidade:

> Para a minha geração no México, o problema não consistia em descobrir a nossa modernidade, mas em descobrir a nossa tradição. Ela era brutalmente negada pelo ensino comatoso e petrificado dos clássicos na escola secundária mexicana: era preciso ressuscitar Cervantes, contrariando um sistema educacional

---

213 PAZ, Octavio. *Jardines errantes: cartas de Octavio Paz ao poeta e crítico francês J. C Lambert 1952-1992*. Barcelona: Seix Barral, 2008, p. 73.

214 A propósito da exposição *El arte del Surrealismo*, a Revista *Plural* publicou a carta de Octavio Paz a Fernando Gamboa. PAZ, Octavio. "El arte del Surrealismo". Revista *Plural*, México, 1972., p. 36.

> fatalmente orientado para o ideal de universidades semelhantes a fábricas de salsichas; contrariando formas grotescas do nacionalismo mexicano daquele tempo. [...] Para ser um escritor no México dos anos cinqüenta era necessário estar de acordo com Alfonso Reyes e com Octavio Paz, que afirmavam que o México não era uma província isolada, virginal, mas parte da raça humana e de sua tradição cultural; nós todos éramos, fosse para o bem ou para o mal, contemporâneos de todos os homens.[215]

Quando o movimento surrealista chegou "oficialmente" ao fim em 1967, principalmente por motivo da morte de Breton, ele ganhou, por outro lado, uma nova notabilidade por coincidir com o redescobrimento massivo do pensamento freudiano, que exaltava as liberdades oníricas. Paz colaborou muito, a partir daí, para a revitalização do movimento, ao produzir outros tantos ensaios e poemas surrealistas, como *Estrella de trés puntas: el surrealismo* e *Esto y esto y esto*; rememorar sobre o papel fundamental do grupo, nas revistas que fundou *Plural (1971-1976)* e *Vuelta (1976-1998);* e participar de programas de televisão, como *Conversaciones con Octavio Paz*, com o intuito de difundir os significados do movimento.

O poeta chamou a atenção do público leitor e telespectador para a ideia de que os surrealistas não tinham sido importantes apenas artisticamente, como também por compartilharem de uma profunda percepção ética e moral da sociedade, rara de encontrar no mundo contemporâneo. Certa vez, Paz afirmou:

> Minha adesão ao surrealismo foi por razões poéticas. E quando digo poéticas, digo morais. E isto, Buñuel dizia o mesmo. Para ele, o surrealismo foi uma escola moral, uma escola ética, de conduta. Para mim também. Em um grande momento que estávamos, por um lado frente a um mundo ocidental corrompido, atroz em tantos aspectos, por outro lado, os campos de concentração, o culto a Stalin, e tudo aquilo. Então, o surrealismo era um pouco como uma via de salvação e havia uma afirmação da poesia, da liberdade.[216]

---

215 FUENTES, Carlos. *Eu e os outros: ensaios escolhidos*. Rio de Janeiro: Rocco, 1989, p. 35.
216 PAZ, Octavio. Estrella de tres puntas: el surrealismo. In: *Excursiones/Incursiones: Dominio Extrangero*. Obras Completas, vol. 2. México: FCE, 2003(1ª ed. 1991).

O problema moral colocado por sua época e evidenciado pelo movimento surrealista estava relacionado, entre outros, aos limites existentes para a realização de uma sociedade mais justa e mais igualitária. Até que ponto o autoritarismo político ou o dinheiro ou a religião deveriam conduzir a imaginação e determinar a liberdade das pessoas para se atingir o objetivo da "boa sociedade"? Esta foi uma das grandes questões do movimento surrealista. Em um estudo do mexicano González Torres sobre o poeta, o autor menciona, sem aprofundar na questão, o movimento surrealista como uma das manifestações modernas que mais influenciou Paz: "Por eso, ante las promesas incumplidas de la revolución social, el poeta surrealista es la representación más acabada de una rebeldía arcaica, de una facultad visionaria, que busca la restituición de lo humano en la vida contemporánea".[217] Mas que faculdade visionária era essa? O que havia sido perdido na sociedade contemporânea que os surrealistas foram capazes de resgatar?

Talvez um determinado tipo de sensibilidade, traduzida, pelos próprios surrealistas, como a força moral capaz de rechaçar os valores convencionais relacionados à razão, à burguesia, ao Estado burocrático e à Igreja, e exaltar a paixão, a mistificação, o insulto, o riso maldoso e a atração. Uma moral, segundo Buñuel, transgressora, subversiva e que fazia sentido. Como afirmou Buñuel:

> A menudo me preguntan qué ha sido del surrealismo. No sé qué respuesta dar. A veces digo que el surrealismo triunfó en lo accesorio y fracasó en lo esencial. André Breton, Éluard y Aragon figuran entre los mejores escritores franceses del siglo XX, y están en buen lugar de todas las bibliotecas. Max Ernest, Magritte y Dalí se encuentran entre los pintores más caros y reconocidos y están en buen lugar en todos los museos. Reconocimiento artístico y éxito cultural que eran precisamente las cosas que menos nos importaban a la mayoría. Al movimiento surrealista le tenía sin cuidado entrar gloriosamente en los anales de la literatura y pintura. Lo que deseaba más que nada, deseo imperioso e irrealizable, era transformar el mundo y cambiar la vida.[218]

---

217 GONZÁLEZ TORRES, Armando. *Las guerras culturales de Octavio Paz*. México: Colibrí, 2002, p. 26.
218 BUÑUEL, Luis. *Mi último suspiro*. Madri: Plaza & Janés Editores, 2000, p. 140.

Porém, no mundo tomado, cada vez mais, pelo capital, pela burguesia, pela publicidade, pela mídia e pelo espetáculo – a ponto de o próprio Breton[219] considerar, em 1955, a impossibilidade do escândalo como força de transformação social e se perguntar se publicar e divulgar ideias era uma forma de ação ou uma maneira de dissolvê-las no anonimato da publicidade –, a questão que se colocava para Paz era qual seria, assim, a vigência do surrealismo, e ele respondeu o seguinte, em entrevista a Monsiváis:

> Yo no creo que el surrealismo haya tenido nunca vigencia. La función del surrealismo, en mi opinión, es no ser vigente. Ser la otra voz, la otra cara de la sociedad. La voz secreta, subterránea, la voz de la disidencia. El surrealismo es la enfermedad constitucional, la enfermedad congénita de la civilización occidental. Su enfermedad sagrada.[220]

Essa "outra voz", incômoda, insubmissa, resistente, teimosa, é a rebeldia necessária ao exercício da crítica moderna. Falar de rebeldia foi para Paz falar de liberdade. Aqueles que não eram capazes de dizer não, segundo ele, estavam mortos. A poesia acontece quando a rebelião se converte em revelação. De acordo com Monsiváis, essas duas palavras – rebelião e revelação – estremeceram Paz, mas a muitos não deram nem frio e nem calor. Elas são, para os surrealistas, manifestações marginais de uma mesma realidade que inicia, incita, provoca, transforma e maravilha o ser humano. A poesia moderna é, assim, uma tradição de rebeldia, na medida em que se mostrou insubmissa ao conformismo religioso e ao "conformismo revolucionário" da sociedade contemporânea. Vale citar, para finalizar esse tópico, um trecho do poema de Paz sobre o surrealismo, publicado nos anos 50, em que a rebelião surrealista é revelada e reverenciada na sua defesa da necessidade de transformação da realidade política e social do Ocidente.

---

219 PERALTA, Braulio. "El surrealismo ya no existe como actividad, queda como aventura interior: Octavio Paz". *La Jornada*, México, 18/12/1996, Cultura 27.

220 PAZ, Octavio. *Apud.* MONSIVÁIS, Carlos. *Adonde yo soy tú somos nosotros. Octavio Paz: crónica de vida y obra*. México: RayaelAgua, 2000, p. 121.

Esto y esto y esto

El surrealismo ha sido la manzana de fuego en el árbol de la sintaxis.
El surrealismo ha sido la camelia de ceniza entre los pechos de la adolescente poseída por el espectro de Orestes.
El surrealismo ha sido el plato de lentejas que la mirada del hijo pródigo transforma en festín humeante del rey caníbal.
El surrealismo ha sido el bálsamo de Fierabrás que borra las señas del pecado original en el ombligo del lenguaje.
El surrealismo ha sido el escupitajo en la hóstia y el clavel de dinamita en el confesionario y el sésamo ábrate de las cajas de seguridad y de las rejas de los manicomios.
El surrealismo ha sido la llama ebria que guia los pasos del sonámbulo que camina de puntillas sobre el filo de sombra que traza la hoja de la guillotina en el cuello de los ajusticiados.
El surrealismo ha sido el clavo ardiente en la frente del geómetra y el viento fuerte que a media noche levanta las sábanas de las vírgenes.
El surrealismo ha sido el pan selvaje que paraliza el vientre de la Compañia de Jesús hasta que la obliga a vomitar todos sus gatos y sus diablos encerrados.
El surrealismo ha sido el puñado de sal que disuelve los tlaconetes del realismo socialista.
El surrealismo ha sido la corona de cartón del crítico sin cabeza y la víbora que se desliza entre las piernas de la mujer del crítico.
El surrealismo ha sido la lepra del Occidente cristiano y el látigo de nueve cuerdas que dibuja el camino de salida hacia otras tierras y otras lenguas y otras almas sobre las espaldas del nacionalismo embrutecido y embrutecedor.
El surrealismo ha sido el discurso del niño enterrado en cada hombre y la aspersión de sílabas de leche de leonas sobre los huesos calcinados de Giordano Bruno.
El surrealismo ha sido las botas de siete leguas de los escalpados de las prisiones de la razón dialéctica y el hacha del Purgacito que corta los nudos de la enredadera venenosa que cubre los muros de las revoluciones petrificadas del siglo xx.
El surrealismo ha sido esto y esto y esto.[221]

---

221   PAZ, Octavio. "Esto y esto y esto". In: *Obra Poética II (1969-1998). Obras Completas,* vol. 12, México: FCE, 2004, p. 119 (1ª ed. 2003).

3
O suporte midiático para um poeta

Este capítulo objetiva apresentar aspectos importantes do debate acerca da inserção dos intelectuais nos meios de comunicação de massa; discutir a posição de Paz sobre esse tema, por meio de alguns dos seus mais expressivos ensaios, como *Televisión: cultura y diversidad* (1979); *El pacto verbal* (1980); *Democracia: lo absoluto y lo relativo* (1992); *El pacto verbal III* (1995); e analisar as suas participações televisivas, como também algumas das polêmicas intelectuais criadas em torno de sua inserção nessa mídia. É conhecido que Paz veiculou suas ideias em jornais, rádios, revistas e canais de televisão, mas as suas mais expressivas aparições na mídia foram produzidas pela Emissora de Telecomunicações – Televisa. Em 1976, Paz começou a colaborar com comentários semanais para *24 Horas*, telejornal considerado tendencioso e conservador. A partir daí, com o diretor de programas culturais televisivos Héctor Tajonar,[1] contribuiu, segundo o jornalista Jaime Septién,[2] com as famosas entrevistas denominadas *Conversaciones con Octavio Paz* (19 programas – 1984 – 21 horas de gravação) e com o documentário, que o lançou definitivamente ao grande público, *México en la obra de Octavio Paz* (6 programas – 1989 – 12 horas de gravação). Além disso, organizou um congresso, em 1990, transmitido ao vivo pelo canal fechado da Televisa, intitulado *El siglo XX: la experiencia de la libertad* (1 semana – cerca de 20 horas de gravação). Uma de suas polêmicas mais acirradas ocorreu em 1984, ano em que foi premiado na Feira Mundial do Livro, em Frankfurt, por

---

1   Héctor Tajonar é um importante diretor de programas culturais no México. Além de ter escrito e dirigido programas de televisão com Octavio Paz pela Televisa, realizou também documentários sobre expressivos pintores mexicanos, como Frida Kahlo e David Alfaro Siqueiros.
2   SEPTIÉN, Jaime. "Octavio Paz y la televisión". *¡Siempre!*, México, 30 de Abril de 1998, p. 64.

sua obra literária. O seu ensaio, proferido em razão do prêmio, foi intitulado *El diálogo y el ruído* (1984). Esse ensaio, que apresenta uma análise crítica dos desdobramentos da Revolução Sandinista (1979), foi lido e transmitido para o México pela Televisa, provocando grandes protestos no país. Era o momento da primeira eleição democrática nicaraguense, após a Revolução.

3.1 – Os intelectuais e os meios de comunicação de massa

> "La cultura tambíen se ve" (con José Maria Pérez Gay)
> "La cultura también TV" (con Jorge Volpi)
> Algumas das chamadas da TV mexicana – Canal 22

Muito já se falou que, ao longo do século XX, a cultura foi completamente reestruturada na esfera visual, a ponto da sociedade moderna acreditar, segundo Susan Sontag, na necessidade de imagens para que algo se torne perceptivelmente "real". O conhecimento ou o reconhecimento de qualquer coisa é validado, então, pelo fragmentado e incompleto olhar para a representação imagética.[3] Ulpiano Bezerra de Menezes, ao problematizar as questões relativas à imagem, chama a atenção para a necessidade de o pesquisador compreender que o lugar e a importância do visual são historicamente relativos, e cita a obra de Maurice Dumas: *Images et sociétés dans L'Europe moderne*.

> Por exemplo, os lugares de concentração das imagens, no século XV, eram bastante diferentes do que ocorrerá no século XVIII; respectivamente Igreja, prefeitura, festas e procissões em tempos determinados; mais tarde, com a difusão assegurada pela litografia espalham-se, inclusive no campo, as gravuras, almanaques,

---

3   Ver: SONTAG, Susan. Fotografia: uma pequena suma. In: *Ao mesmo tempo*. São Paulo: Companhia das Letras, 2008. Jean-Louis Missika exemplifica, em seu livro *La fin de la télévision*, como o acontecimento adquire um estatuto de realidade na medida em que é veiculado pela mídia através do depoimento de uma jornalista da CBS. "A cena se passa em meados dos anos 1960 nos Estados Unidos. Um produtor demanda a uma jornalista da CBS, Mayra Mclaughlin, aquilo que ela acaba de fazer, e ela responde: 'Eu decido se eu cubro ou não uma manifestação que não terá lugar se eu não a cobrir". MISSIKA, Jean-Louis. *La fin de la télévision*. Paris: La Republique des Idees, 2006, p. 87.

calendários, tornando-se a imagem um bem de consumo acessível a todos e em tempos variados e dilatados.⁴

Na modernidade, a imagem foi convertida em tema fundamental, com implicações específicas que são impossíveis de minimizar, uma vez que o espaço público foi ligado a inúmeras produções visuais e à circulação de ideias e opiniões complexas, que têm feito repensar as costuras da inteligência tradicional, e com elas suas formas de apreciação e de valores.⁵ Com efeito, o desenvolvimento dos meios de comunicação no século XX (fotografia, cinema, televisão etc.) foi fundamental, tanto para a imensa importância social concedida às imagens quanto para a transformação substantiva da formação e da atuação dos intelectuais. Entre outras coisas, o conhecimento produzido pelos intelectuais, que, em grande parte, era direcionado a um público específico, fosse ele acadêmico, político ou escolarizado, passou a ser difundido, cada vez mais, para um público mais amplo.

Nesse sentido, houve uma inegável democratização do conhecimento produzida pelos meios de comunicação de massa, acompanhada de uma perda de prestígio em relação ao papel dos intelectuais. De acordo com Beatriz Sarlo, se antes os intelectuais expressavam suas ideias e competiam entre si, sobretudo, dentro dos meios escritos, nas últimas décadas os intelectuais estabeleceram também as suas ideias nos meios de comunicação de massa, que é um espaço aonde essas ideias não são as únicas e nem sequer as mais prestigiosas.⁶

As reações dos intelectuais a essas mudanças tecnológicas sinalizaram, para o francês Jean-Louis Missika, desconfiança ao adquirir formas múltiplas que vão desde a hostilidade declarada, como a de Theodor Adorno,⁷ à simpatia benevolen-

---

4   DUMAS, Maurice. *Images et sociétés dans L'Europe moderne*. Paris: Armand Collin, 2000, p. 97. *Apud*: MENEZES, Ulpiano T. Bezerra de. "Fontes visuais, cultura visual, história visual. Balanço provisório, propostas cautelares". *Revista Brasileira de História*, São Paulo, vol. 23, nº 45, ANPUH, 2003, p. 13.

5   Ver: MISSIKA, Jean-Louis & WOLTON, Dominique. "Les intellectuals et la télévision". In: *La folle du logis: la télévision dans les sociétes démocratiques*. Paris: Gallimard, NRF, 1983, p. 231.

6   Ver: SARLO, Beatriz. "Sensibilidad, cultura y política: el cambio de fin de siglo". In: TONO MARTINEZ, José (comp.) *Observatorio siglo XXI: Reflexiones sobre arte, cultura y tecnologia*. México: Paidos, 2002.

7   Segundo Adorno: "A televisão tende a uma síntese do rádio e do cinema [...], mas cujas possibilidades ilimitadas prometem intensificar a tal ponto o empobrecimento dos materiais

te ou à participação seletiva diante dos meios de comunicação de massa,[8] como as de Raymond Williams, Umberto Eco, Jacques Le Goff, François Furet e Octavio Paz. A hostilidade de muitos intelectuais diante da televisão durou décadas, a ponto de considerarem sinal de distinção manifestar publicamente não vê-la ou não ter o aparelho em suas residências. Suas decepções acerca do desenvolvimento da televisão e do comportamento do público, bem como suas dificuldades em encontrar um lugar e saber a quem conceder a palavra explicam a distância que diversos deles tomaram, há muitos anos, a esse respeito. Com o tempo, isto mudou, em parte, por meio de participações seletivas dos mesmos, que relativizaram tanto a ideia de que a televisão não produz cultura como, ao mesmo tempo, compreenderam o enorme poder do meio para a divulgação de suas obras e opiniões. Segundo Vargas Llosa, "la pantalla ha conseguido realizar aquella desmedida ambición que ardió siempre en el corazón de la literatura y que esta nunca alcanzó: llegar a todo el mundo, hacer comulgar a la sociedad entera con sus creaciones".[9] Vale observar a emblemática trajetória midiática do historiador Georges Duby:

> Como tantos intelectuais da minha idade, por muito tempo eu esnobei a televisão. Considerava-a uma intrusa. Ela ameaçava invadir, em minha intimidade, o vasto campo que eu pretendia reservar à leitura, à música, às trocas de amizade. Parece-me que cheguei a trabalhar para ela antes mesmo de abrir-lhe espaço em minha casa. Fui solicitado pela primeira vez em 1972, por Pierre Dumayet. [...] Acompanhado de um diretor, Roland Darbois, ele veio propor-me no Collége de France: "Li *O tempo das catedrais* e gostaria de traduzir o livro em imagens, em imagens em movimento".[10]

---

      estéticos que a identidade apenas ligeiramente mascarada de todos os produtos da indústria cultural já amanhã poderá triunfar abertamente". ADORNO, Theodor; HORKHEIMER, Max. "A indústria cultural. O iluminismo como mistificação de massas". In: LIMA, Luiz Costa (org.) *Teoria da cultura de massa*. São Paulo: Paz & Terra, p. 162.

8   MISSIKA, Jean-Louis & WOLTON, Dominique. "Les intellectuals et la télévision". In: *La folle du logis: la télévision dans les sociétes démocratiques*. Paris: Gallimard, NRF, 1983.

9   VARGAS LLOSA, Mario. *Apud.* PASTORIZA, Francisco R. *Cultura y televisión: una relación de conflicto*. Barcelona: Gedisa, 2003, p. 32.

10 DUBY, Georges. *A História continua*. Rio de Janeiro: UFRJ, 1993, p. 129.

Embora, nas sociedades modernas, a televisão alcance o maior número de pessoas, de todas as camadas sociais e de forma regular e generalizada,[11] a ponto de a Unesco reconhecê-la, nos anos 80, como o principal meio de acesso à cultura e às formas criativas, o espectador de elite tende ainda a manifestar que não tem necessidade da televisão para adquirir cultura, já que para isso existem os livros, as exposições nos museus, as revistas e os cinemas. Para Missika, o discurso das elites que define a "boa televisão" para todos dissimula uma má consciência e uma dificuldade de aceitar ter as mesmas distrações que o mundo.[12]

Em todo caso, muitos intelectuais, em diversos países, principalmente na França, passaram a participar do desenvolvimento da televisão, fundamentalmente da televisão estatal. Movidos frequentemente por um projeto de "cultura para todos", eles desejaram fazer da televisão um objeto diversificado e qualificado. Como apontou Peter Burke, em seu livro *História social da mídia*:

> Educar, não entreter, esse permanecia o objetivo prioritário para alguns dos primeiros defensores da televisão contra as acusações de que ela exercia uma influência inevitavelmente corruptora da sociedade e da cultura, e de que levava os espectadores a gastar mais tempo com ela do que com outras atividades.[13]

A longa tradição de programas culturais da televisão francesa revela, por exemplo, segundo o célebre jornalista e apresentador de programas culturais Bernard Pivot, a verdadeira obsessão, tanto da esquerda quanto da direita francesa, pelo nível da transmissão. Para Pivot, o relativo sucesso da audiência de programas culturais na França ocorre pela admiração que os franceses possuem por seus escritores: "Desde los tiempos de Voltaire y Victor Hugo, a los franceses les gusta más contemplar y escuchar a sus escritores que a sus hombres políticos,

---

11 PASTORIZA, Francisco R. *Cultura y televisión: una relación de conflicto*. Barcelona: Gedisa, 2003, p. 27.
12 MISSIKA, Jean-Louis & WOLTON, Dominique. "Les intellectuals et la télévision". In: *La folle du logis: la télévision dans les sociétes démocratiques*. Paris: Gallimard, NRF, 1983, p. 228.
13 BRIGGS, Asa & BURKE, Peter. *Uma história social da mídia: de Gutenberg à internet*. Rio de Janeiro: Jorge Zahar. 2004, p. 258.

deportistas o cantantes [...]".[14] Programas como *Droîte de Réponse; Club des poétes; Lectures pour tous; Apostrofhes* etc. apresentaram ao grande público referências intelectuais tradicionais e modernas, e séries culturais, como *O tempo das catedrais*, apoiadas por centros universitários como o *Collège de France*, levaram para as telas aspectos das identidades históricas francesas. Nomes como Jacques Le Goff, Michel Foucault, Pierre Bourdieu, Claude Levy-Strauss, François Furet etc., ganharam visibilidade, em programas como *Apostrofhes*, e colocaram em relevo a ideia de que a informação sobre o mundo do livro ou da "cultura de elite" não era incompatível com a ampla audiência.

Seguramente, as experiências dos programas culturais franceses não foram experimentadas da mesma forma na América Latina, até porque o público francês costuma ler e conhecer melhor os seus escritores que os latino-americanos que, ainda hoje, encontram sérios desafios na leitura, como uma prática social sistematizada. Por outro lado, é certo afirmar que o papel desses programas televisivos seria também o de tocar e atrair as pessoas simples para compreenderem e apreciarem um mundo cultural do qual elas desconhecem, além de revelar as diferenças de gostos e comportamentos que eram, até então, dissimuladas.[15] Escritores como Arturo Uslar Pietri na Venezuela; Jaime Bayly, Vargas Llosa no Peru; Eduardo Lizalde, Carlos Fuentes, Octavio Paz no México; Antonio Skármeta no Chile converteram-se, a partir dos anos 60, em uns dos principais protagonistas do espaço cultural da televisão latino-americana,[16] apesar de suas audiências nunca terem sido tão expressivas como os programas de entretenimento (novelas, futebol, carnaval, jornais diários etc.), que se interessavam, inclusive, por tratar acerca da vida íntima de muitos deles.

Na América Latina, a partir das independências, os intelectuais contribuíram para a constituição das nações por meio de romances, poesias, obras históricas, contos, charges, etc., ao evidenciar desde uma visão idealizada a um olhar profundamente crítico e desencantado a respeito das mesmas. Na primeira metade do

---

14   PASTORIZA, Francisco R. *Cultura y televisión: una relación de conflicto*. Barcelona: Gedisa, 2003, p. 57.
15   DUBY, Georges. *A História continua*. Rio de Janeiro: UFRJ, 1993, p. 134.
16   PASTORIZA, Francisco R. *Cultura y televisión: una relación de conflicto*. Barcelona: Gedisa, 2003, p. 57.

século XX, com o desenvolvimento do rádio, do cinema e da televisão, eles mantiveram uma participação significativa e vinculada, na maioria das vezes, segundo o historiador Bernardo Subercaseaux,[17] ao Estado, que nesse período, era ainda possuidor de uma ideia centralizadora da cultura, como é possível observar nas práticas educacionais dos regimes populistas. Certamente, é a geração do *boom* latino-americano, na segunda metade do século XX, que vai experimentar uma circulação massiva e plural de suas obras em conjunto com uma viva participação nos meios de comunicação, fomentada pela chamada "indústria cultural", que, como definiu Adorno, produz uma cultura característica do capitalismo realizada por poucos pólos emissores e dirigida a milhares de pessoas.[18] A possibilidade da inserção desses escritores do *boom* na indústria cultural foi devida ao fato de serem, como afirmou Subercaseaux,

> Capaces de articular un discurso interesante y de opinar sobre los temas y utopías más candentes del momento. Las revistas y sobre todo la entrevista a los autores se conviertieron en un verdadero género periodístico, afianzando así un sistema de marketing que para las editoriales prácticamente tenía costo cero. Convertido el escritor en una estrella se generó así una presión por parte del público lector – presión que fue mediada por los editoriales. [...] En ese contexto, se afianzó la profesionalización del escritor y también se dieron casos – por la dependencia de los *royalties* – en que éstos se vieron obligados a sobrescribir o a armar libros que no eran espiritual y profundamente libros, o a publicarlos cuando todavía no estaban sedimentados como tales. Todo esto fue resultado, por supuesto, de un fenómeno nuevo en América Latina y en España: El paso de un mercado de consumo literario de elite a uno de masas.[19]

---

17 SUBERCASEAUX, Bernardo, "Élite ilustrada, intelectuales y espacio cultural". In: GARRETÓN, Manuel Antonio. (coord.). *América Latina: un espacio cultural en el mundo globalizado. Debates y perspectivas.* Bogotá: Convenio Andrés Bello, 1999.

18 WILLIAMS, Raymond. *Palavras-Chave.* São Paulo: Boitempo, 2007, p. 431.

19 SUBERCASEAUX, Bernardo, "Élite ilustrada, intelectuales y espacio cultural". In: GARRETÓN, Manuel Antonio. (coord.). *América Latina: un espacio cultural en el mundo globalizado. Debates y perspectivas.* Bogotá: Convenio Andrés Bello, 1999, p. 180. Veja as observações de Paz sobre as exigências do mercado na publicização do conhecimento, em carta ao amigo Pere Gimferrer, em 1973: "Un consejo fraternal: no te dejes ganar por los compromisos editoriales y escribe sólo sobre lo que a ti te guste o te apasione. Te lo digo porque este año y el anterior acepté, por debilidad a veces y otras por amistad, escribir prólogos, presentaciones y textos de

Vale dizer também que as relações desses intelectuais latino-americanos com as mídias foram conflituosas, pois apesar de ganharem visibilidade, fama e reconhecimento do grande público ao se inserirem no rádio, na televisão ou no cinema, eles continuamente denunciavam, através, fundamentalmente, da imprensa escrita, a lógica mercantil desses meios e, no último quartel do século XX, o empobrecimento cultural dos mesmos.[20] Em 1995, Paz, como exemplo, participou de uma reunião de ganhadores do *Nobel*, na Itália, destinada a refletir sobre os meios de comunicação de massa, e marcou a sua posição ao denunciar a forma acrítica como eram transmitidas as mensagens e defendeu a necessidade da existência de regras claras por meio de reformas contundentes capazes de garantir que os meios de comunicação fossem efetivamente democráticos, ou seja, que traduzissem a pluralidade cultural das sociedades.[21]

Parte das críticas recorrentes a respeito dos programas culturais midiáticos, sem perceber, muitas vezes, esqueceu-se do fato inevitável de que a cultura contemporânea está condicionada aos meios de comunicação de massa, ou, como afirmou Raymond Williams, a tecnologia não está isolada da cultura. A televisão foi inventada e popularizada, cada vez mais, a partir dos anos 50 como um resultado de pesquisas científicas e técnicas e o seu poder foi capaz de alterar os procedimentos da informação, a percepção sobre a realidade, a vida social e a relação com o conhecimento.[22] Por mais questionáveis que sejam os resultados dos programas culturais televisivos, de acordo com Duby, os intelectuais trabalham,

---

encargo. Todo eso me há distraído mucho y se ha interpuesto entre mi poesía y yo. Nuestros países son terribles: te matan con su indiferencia o con su solicitud exigente. El désden o la sangria." PAZ, Octavio. *Memorias y palabras: cartas a Pere Gimferrer (1966-1997)*. Barcelona: Seix Barral: Bliblioteca Breve, 1999, p. 55.

20 MISSIKA, Jean-Louis. *La fin de la télévision*. Paris: La Republique des Idees, 2006, p. 87.

21 PAZ, Octavio. "El Pacto Verbal III". In: *Octavio Paz Obras Completas – Miscelánea II*, vol. 14. México: FCE, 2001, p. 395-401 (1ª ed. 2000).

22 Segundo Raymond Williams, é importante considerar a história do advento da televisão: "La invención de la televisión no fue un acontecimiento individual ni una serie de acontecimientos individuales. Dependió de un conjunto de inventos y desarrollos en los campos de la electricidad, la telegrafía, la fotografía, el cine y la radio. Podría decirse que si la aisló como un objetivo tecnológico específico en el período comprendido entre 1875 y 1890 y luego, después de un intervalo, fue desarrollada, a partir de 1920, como una empresa tecnológica específica, hasta que en la década de 1930 se pusieron en funcionamiento los primeros sistemas de televisión pública. Con todo, en cada una de estas fases, algunas partes de la creación de la televisión

nesse caso, para o efêmero, o que os obriga a serem objetivos para que a informação seja apreendida.

> Condensar a mensagem, esquematizá-la, torná-la em última instância caricatural é uma prática válida, pois o seu tempo de transmissão é extremamente curto. Além disso, o intelectual deve aceitar que o produto final nunca corresponde ao que ele esperava, e que, nesse caso, ele é um mau juiz.[23]

A televisão, assim, como não se destina exclusivamente aos intelectuais, muito pelo contrário, pode funcionar sem recorrer às suas normas e aos seus julgamentos.

O fato de toda a estrutura da comunicação, seja ela midiática ou não, impor contraste à difusão de ideias, e risco de certa deformação das mesmas, não é impedimento para a continuidade dos processos comunicativos ou para a reformulação deles nos moldes intelectuais. Nada prova, de certa maneira, como afirmou Missika,[24] que a televisão seja uma vasta empresa de despolitização dos cidadãos, e de toda forma se isso ocorreu ou ocorre, os intelectuais teriam uma parcela de responsabilidade. Segundo o autor, amanhã eles serão julgados sobre a capacidade de se situarem efetivamente nas mídias e sobre o uso que delas fizeram.

Outro aspecto a ser considerado é que toda produção cultural e trabalho intelectual, nas sociedades ocidentais, sempre serviram mais aos poderes políticos, econômicos e religiosos do que ao conhecimento "puro", possuindo, assim, um papel estratégico dentro das relações de força e dos conflitos sociais. Mas isto só se tornou um problema admissível de análise no mundo contemporâneo e democrático. Para tanto, os intelectuais tiveram o seu papel, como detentores da crítica social, questionado pela generalização das mídias, apesar de constituírem um grupo de referência para todas as questões relativas à sociedade. Segundo Burke, o surgimento regular e massivo da televisão, na década de 1950, possibilitou de modo significativo um interesse acerca da comunicação visual e estimulou

---

dependieron de outros inventos concebidos en principio con outros propósitos." WILLIAMS, Raymond. *Televisión: tecnología y forma cultural.* Buenos Aires: Paidós, 2011, p. 27.
23   DUBY, Georges. *A história continua.* Rio de Janeiro: UFRJ, 1993, p. 131.
24   MISSIKA, Jean-Louis & WOLTON, Dominique. "Les intellectuals et la télévision". In: *La folle du logis: la télévision dans les sociétes démocratiques.* Paris: Gallimard, NRF, 1983, p. 238.

a emergência de uma teoria interdisciplinar da mídia. Mas as denúncias sobre a televisão, escreveu o historiador, "remetem a debates antigos sobre os efeitos prejudiciais dos romances sobre os leitores e de peças teatrais sobre o público, nos séculos XVIII ou mesmo XVI, ao alimentar o ímpeto das paixões".[25]

Se as pesquisas sobre essa matéria, durante anos, foram relativamente escassas e reticentes no que concerne à autocrítica de quem as produz, isto, sem dúvida, revela uma repugnância dos intelectuais de se tornarem objeto de análise. Como assinalou Missika, eles estão dentro de uma dupla posição. Por sua função, os intelectuais refletem sobre o sentido da mídia massiva e, simultaneamente, estão engajados dentro de uma relação de forças, que colocam em evidência os seus interesses particulares e suas fragilidades.[26]

Mas o incômodo maior da imprensa, e de alguns intelectuais, não é a informação rápida e esquematizada dos programas culturais veiculados pela mídia, e sim o peso, cada vez mais excessivo, do mercado publicitário nas produções culturais televisivas, levando, em boa medida, à mediocridade e à dependência do intelectual com relação às empresas de telecomunicações. O contraponto existente a essa crítica é que os interesses econômicos se sobrepõem aos interesses culturais em vários âmbitos das sociedades capitalistas. Projetos editoriais, musicais, artísticos e educativos também sofrem, com frequência, do mesmo drama dos programas televisivos no mundo capitalista, porém com menos visibilidade. O problema acerca da televisão na América Latina, de acordo com Jesus Martín-Barbero, é que ela quase nunca é considerada nas políticas culturais estatais, o que compromete a diversificação de suas emissões. A oposição entre "cultura" e "massa" ainda perdura e, com isso, restringe o significado da "cultura" ao conteúdo e da "massa" ao entretenimento, comprometendo a representação da diversidade social na mídia, e a implementação de políticas públicas capazes de transformar essa realidade.[27]

---

25   BRIGGS, Asa & BURKE, Peter. *Uma história social da mídia: de Gutenberg à internet*. Rio de Janeiro: Jorge Zahar, 2004, p. 14.
26   MISSIKA, Jean-Louis & WOLTON, Dominique. Les intellectuals et la télévision. In: *La folle du logis: la télévision dans les sociétes démocratiques*. Paris: Gallimard, NRF, 1983, p. 224.
27   MARTÍN-BARBERO, Jesus. "Las transformaciones del mapa: identidades, indústrias y culturas". In: GARRETÓN, Manuel Antonio. (coord.). *América Latina: un espacio cultural en el mundo globalizado. Debates y perspectivas*. Bogotá: Convenio Andrés Bello, 1999, p. 180.

É importante pontuar que o conflito latente entre "cultura letrada" e "cultura imagética" advém do predomínio da primeira sobre a segunda, desde muitos séculos atrás. Certamente, a abertura democrática do espaço público foi responsável por transformar as regras sociais, diversificar as condições materiais, ampliar os meios de comunicação imagéticos, aumentar o número de informação circulante e de pessoas que exprimem suas opiniões, e julgam as alheias. Assim, a elite se tornou mais plural e o seu gosto, mais e mais, estranho àquilo que chamávamos de "cultura de elite" ou "cultura letrada". Raymond Williams, ao trabalhar acerca da mudança de sentido de algumas palavras diante das transformações econômicas, políticas e sociais do mundo moderno, industrializado e democrático notou como a palavra cultura dá testemunho dessas numerosas reações importantes e continuadas da sociedade, nos últimos séculos, ao ter o seu sentido significativamente ampliado.

> [A cultura representa] todo um modo de vida que não é apenas maneira de encarar a totalidade, mas ainda, maneira de experimentar toda experiência comum e, à luz dessa interpretação, mudá-la. Cultura significa um estado ou um hábito mental ou, ainda, um corpo de atividades intelectuais e morais; agora, significa também todo um modo de vida. Essa evolução como dos significados originais e de suas relações, não é acidental, mas geral e profundamente importante.[28]

O pensamento de Paz e sua inserção nos meios de comunicação de massa são emblemáticos desse conjunto de questões e transformações sociais apontadas acima.

3.2 – Paz e sua posição democrática sobre a mídia

A modernidade foi um acontecimento histórico irreversível para o poeta, pois redimensionou o tempo das sociedades e propiciou uma ruptura com a tradição,

---

28   WILLIAMS, Raymond. *Cultura e Sociedade (1780-1950)*. São Paulo: Cia. Editora Nacional, 1969, p. 18-20. Segundo Burke: "Raymond Williams estimulou o estudo da mudança da mídia durante um longo período de tempo, começando formalmente com a Revolução Industrial. A abordagem – que deixava de fora a religião – era mais de história social e cultural do que econômica e política, embora Williams, como marxista, jamais ignorasse o fator econômico. Nela, os livros aparecem com mais proeminência do que os jornais, mas o rádio e a televisão também têm o seu lugar." BRIGGS, Asa & BURKE, Peter. *Uma história social da mídia: de Gutenberg à Internet*. Rio de Janeiro: Jorge Zahar. 2004, p. 251.

através da crítica. Essa ruptura não foi apenas um movimento de negação, mas também de reinvenção da realidade. A consequência dessa nova conjuntura histórica foi, entre outros fatores, o de possibilitar o exercício da diferença e da liberdade humana. A sua forma mais adequada de governo seria, portanto, a democracia, que, apesar das possíveis imperfeições é o único regime político capaz de evitar os abusos e as arbitrariedades do poder pessoal. Baseado na obra de Claude Lefort, o poeta compreende a democracia como uma invenção política capaz de questionar as suas próprias instituições sociais e encontrar novas possibilidades históricas, portanto o sistema mais apropriado à modernidade.[29]

Vale pontuar que a democracia, para Paz, não se define somente pelas eleições livres. Apesar da legitimidade dos governos ocorrer por meio do voto livre, secreto e universal é preciso que haja outras condições para que um regime mereça ser chamado de democrático como, por exemplo, vigência de liberdades, direitos individuais e coletivos, pluralismo, enfim, respeito às pessoas e às minorias.[30] Nessa direção, é possível compreender como sua postura política está intimamente conectada à noção de que a política é a arte de se comunicar, ou seja, através da palavra, inventar um mundo plural, um mundo democrático.[31] É o pacto verbal e não o pacto social que fundamenta, para Paz, a sociedade.

> La sociedad humana comienza cuando los hombres empiezan a hablar entre ellos, cualquiera que haya sido la índole y la complejidad de esa conversación: gestos y exclamaciones o, según hipótesis más verosímiles, lenguajes que esencialmente no difieren de los nuestros.[32]

Como dito algumas vezes, essa concepção em relação ao modo de se fazer política não teve, a seu ver, grande impacto na sua geração, uma vez que foi uma

---

29 Ver: LEFORT, Claude. *A invenção democrática*. Rio de Janeiro: Autêntica, 2011 (1ª edição – 1981).

30 PAZ, Octavio. "La democracia: lo absoluto y lo relativo". In: *Ideas y Costumbres I: La letra y el cetro. Obras Completas*, vol. 9. México: FCE, 2003, p. 473-485 (1ª ed. 1993).

31 Ver o programa de entrevistas de Soler Serrano, nos anos de 1970, em que Octavio Paz aparece falando sobre sua vida e sua obra. Está disponível em www.youtube.com "Entrevista a Soler Serrano". Acesso em: 28/03/2011.

32 PAZ, Octavio. "El pacto verbal". In: *Ideas y Costumbres II: Usos y símbolos. Obras Completas* México: FCE, 2006, vol. 10 (1ª ed. 1996).

geração que acreditou na prática revolucionária, e não na prática democrática, como a grande possibilidade política de realização social. É certo que a revolução armada impunha limites à liberdade de expressão e, dessa maneira, nutriu certo desprezo pelos valores democráticos. Segundo o sociólogo mexicano Jaime Sánchez Susarrey, para um revolucionário marxista a supressão da liberdade é legítima em prol da justiça e da igualdade social.[33] A ideia moderna de revolução, ao longo dos últimos séculos, apresentou-se, para o poeta, como um acontecimento absoluto, que disseminou a crença de que os homens dominariam inteiramente suas instituições e concordariam em conjunto com suas atividades e seus fins. Entretanto, as experiências revolucionárias, em boa medida, demonstraram, a ele, a constituição de regimes burocratizados e autoritários.

> A Idade Moderna muda a velha relação entre religião e política: na conquista da América, a política vive em função da religião, é um instrumento da idéia religiosa; na Revolução Francesa, a política transforma-se em religião. Mais exatamente: a revolução confisca o sentimento do sagrado. A religião revolucionária não foi outra coisa além da religião civil de Rousseau, convertida em paixão e corpo político. Seu Cristo foi um ente metade abstrato e metade real: o povo (mais tarde seria o proletariado).[34]

A defesa desses valores democráticos na América Latina fez dele, como tratado, um escritor dissonante em relação ao contexto latino-americano de Guerra Fria, em que os intelectuais se aproximavam, em grande medida, das concepções de esquerda (trotskistas, maoístas, leninistas etc.), menos afeitas aos valores democráticos do que ao autoritarismo e à luta armada.[35] Paz acreditava que a política moderna não poderia ser vivenciada como um dogma revolucionário porque não levaria à salvação e sim à intolerância e, até mesmo, à guerra. A política deveria, então, propiciar condições para a existência da diversidade e da contradição social através da comunicação. Como afirmou: "La guerra nace de la incomunicación

---

33   SANCHEZ SUSARREY. *El debate político y intelectual en México*. México: Grijaldo, 1993, p. 23.
34   PAZ, Octavio. "La democracia: lo absoluto y lo relativo". In: *Ideas y Costumbres I: La letra y el cetro. Obras Completas*, vol. 9. México: FCE, 2003, p. 473-485 (1ª ed. 1993).
35   Ver: CASTAÑEDA, Jorge. *Utopia desarmada: intrigas, dilemas e promessas da esquerda latino-americana*. São Paulo: Companhia das Letras, 1994.

y busca sustituir la comunicación plural por una comunicación única: la palabra del vencedor".[36]

Após o advento da Revolução Cubana, a conquista da palavra era uma disputa na América Latina, preponderantemente, ideológica, o que, para Paz, era por definição belicosa e avessa a qualquer possibilidade de existência pacífica e até mesmo democrática. Ele conquistou a palavra, assim como outros escritores de sua geração, não só pelo seu extraordinário trabalho literário, mas também pela sua habilidosa inserção nos meios de comunicação de massa. Considerava a participação nesses meios como uma possibilidade democrática para o desenvolvimento comunicativo diversificado, imaginativo, pluralizado e crítico. Paz tinha uma consciência afiada não só dos danos provocados nos meios de comunicação pela censura estatal, como também pela publicidade e pelo poder do mercado nas mídias. A transformação das ideias, das opiniões e das pessoas em notícias e em produtos comerciais massificados era um desafio, segundo ele, a ser vencido por uma filosofia política democrática que levasse em consideração tanto o legado do liberalismo como o do socialismo.[37]

Logo, era necessário, segundo Paz, pensar sobre os modos de utilização e de inserção nos meios de comunicação, pois estes deveriam corresponder, para serem democráticos, a um repertório amplo de conhecimentos produzidos em cada sociedade. É essencial dizer que suas análises a esse respeito, nos anos 70 e 80, expressaram um desejo otimista de mudança, o que para alguns poderia ser traduzido como um desejo ingênuo, ao assinalar algumas possibilidades de atuação dos e nos meios de comunicação de massa. Observe a sua visão sobre a televisão, presente no texto *"El pacto verbal"*, de 1980:

> La televisión puede ser el instrumento del césar en turno y así convertirse en un medio de incomunicación. O puede ser plural, diversa, popular en el verdadero sentido de la palabra. Entonces será un auténtico medio de comunicación nacional y universal. Hace años McLuhan dijo que la televisión comenzaba el periodo del *global village*, la aldea universal, idéntica en todas partes.

---

36   PAZ, Octavio. "El pacto verbal". In: *Ideas y Costumbres II: Usos y símbolos. Obras Completas*, vol. 10. México: FCE, 2006, p. 661 (1ª ed. 1996).

37   PAZ, Octavio. "La democracia: lo absoluto y lo relativo". In: *Ideas y costumbres I: La letra y el cetro. Obras Completas*, vol. 9. México: FCE, 2003, p. 473-485 (1ª ed. 1993).

> Creo justamente lo contrario. La historia va por otro camino: la civilización que viene será diálogo de culturas nacionales o no habrá civilización. Si la uniformidad reinase, todos tendríamos la misma cara, máscara de la muerte. Pero yo creo lo contrario: creo en la diversidad que es pluralidad que es vida.[38]

Como é possível notar, suas reflexões sobre a modernidade se desdobram não somente em uma visão democrática da política, mas também em uma visão democrática da cultura. Ou seja, o apreço, pela diversidade e pela pluralidade expressa uma compreensão ampla do conceito de cultura. Em seu ensaio intitulado *Televisión: cultura y diversidad*, apresentado no *Segundo Encontro Internacional de Comunicações*, patrocinado pela Televisa, na cidade de Acapulco, em 1979, o escritor se propôs a pensar a televisão como cultura. Além de discutir sobre o seu entendimento das ideologias, liberais e marxistas, a esse respeito.

De acordo com Paz, no decorrer do século XX, a crença no progresso e na unificação cultural do mundo foi um projeto ideológico tanto marxista como liberal. Os marxistas pensavam que o agente da unificação seria o proletariado internacional que aboliria as fronteiras e as distintas culturas nacionais. Os liberais, por sua vez, acreditavam que o jogo da empresa e do mercado, tanto como a influência benéfica da ciência e da técnica, atenuariam, ao menos, as diferenças culturais, religiosas e linguísticas. A questão que o poeta observou, baseado em Cornelius Castoriadis, é que essas ideologias naturalizaram determinadas formas de viver em sociedade, impedindo os indivíduos de participar do poder e construir democraticamente suas próprias experiências sociais, políticas e culturais. Assim, a essas ideologias modernas escapa uma dimensão crítica fundamental: "a imaginação criativa", que seria a consciência da "capacidad que la sociedad tiene de producir imágenes y, después, creer en aquello mismo que imagina. Todos los grandes proyectos de la historia humana son obras de la imaginación, encarnada en actos de los hombres". Mais adiante, afirmou:

> Justamente porque la sociedad produce sin cesar imágenes, puede producir símbolos, vehículos de transmisión de diferentes significados. Dentro del sistema de signos y símbolos que es toda

---

38   PAZ, Octavio. "El pacto verbal". In: *Ideas y Costumbres II: Usos y símbolos. Obras Completas*, vol. 10. México: FCE, 2006, p. 658 (1ª ed. 1996).

> cultura, los hombres tienen nombres; son signos dentro de un sistema de signos pero signos que producen signos. El hombre no solo se sirve del lenguaje: es lenguaje productor de lenguajes. La sociedad no es una masa indiferenciada sino una compleja estructura o, más bien, un sistema de estructuras. Cada parte, cada elemento – clases, grupos, individuos – está en relación con otros.[39]

Em discordância com o crítico literário canadense Marshall McLuhan, Paz situa a sua visão sobre os meios de comunicação de massa e, posteriormente, sobre o conceito de cultura. McLuhan, ao afirmar a centralidade das mídias, identifica e traça as características das estruturas organizacionais, independentemente das pessoas que as usam. Desse modo, os meios de comunicação de massa constituem-se, para ele, como outra linguagem, o que quer dizer que cada meio (escrita, rádio, cinema, televisão etc.) possui um sentido próprio e igual.

> A televisão, por exemplo, difere do cinema quanto à mediação com que capta e transmite o visível. A câmara de TV é como o microfone em relação à voz. O filme não possui tal imediação de captação e transmissão. À medida que começamos a examinar o caráter inevitavelmente cognitivo dos vários meios, logo superamos as perturbações advindas das preocupações exclusivas com qualquer forma de comunicação.[40]

Essa interpretação – "o meio é a mensagem" –, que colocou em relevo características intrínsecas e determinantes das formas radiofônicas, televisivas ou cinematográficas sobre qualquer conteúdo que por elas fossem divulgados, apareceu em muitos livros de McLuhan como *Galáxia Gutenberg* (1962), e tornou-se descabida, para Paz, uma vez que considerou que os meios de comunicação não constituíam uma linguagem e sim, meios onde fluem todo tipo de linguagem. A televisão podia ser entendida metaforicamente como gramática, morfologia e sintaxes, mas não podia ser entendida, segundo Paz, como semântica porque emitia somente signos portadores de sentidos e não sentidos diretos. A "audiência

---

39 PAZ, Octavio. "El pacto verbal". In: *Ideas y Costumbres II: Usos y símbolos. Obras Completas*, vol. 10. México: FCE, 2006, p. 652 (1ª ed. 1996).
40 MCLUHAN, Marshall. "Visão, som e fúria". In: LIMA, Luiz Costa (org.) *Teoria da cultura de massa*. São Paulo: Paz e Terra, 1978, p. 151.

invisível" de uma mesa redonda televisionada formada, por um grupo de intelectuais poderia produzir múltiplas leituras. Ou mesmo, as personalidades massivas que apareciam na televisão, no cinema e/ou no rádio poderiam gerar muitos debates. Como observou: "Todos assistem ao papa, a atriz famosa, ao grande boxeador, ao ditador turco, ao prêmio Nobel e ao assassino célebre, mas cada um lê isso de uma forma".[41] As imagens se universalizam. Livros, periódicos, rádio, cinema e televisão se espalham pelo mundo. O público é plural e apto ao diálogo entre diversas culturas. Todos assistem à televisão, mas a interpretação não é unívoca.

Os meios de comunicação de massa possuem, assim, segundo o poeta, uma forma vinculada à sociedade a que pertencem e são constituídos por relações históricas de comunicação, como é possível observar adiante: "La discusión política en la plaza pública corresponde a la democracia ateniense, la homilia desde el púlpito a la liturgia católica, la mesa redonda televisionada a la sociedad contemporánea".[42]

Paz chama a atenção para o fato de artistas, contistas, autores de teatro, poetas, intelectuais mexicanos não compreenderem, em boa medida, ao longo do século XX, os meios de comunicação como possibilidade de recriação e reinvenção das tradições na sociedade moderna, possivelmente por associarem esses meios a uma expressão cultural inferiorizada. Intelectuais, como o filósofo mexicano Gabriel Zaid,[43] acreditam, ainda, que as características das manifestações intelectuais não são a oratória parlamentaria, a teatralidade do discurso, o sermão, a cátedra, a mesa redonda ou as entrevistas por rádio e televisão, mas as manifestações escritas. O poeta, por sua vez, defende que a palavra oral é a grande expressão da democracia moderna, uma vez que possibilita a troca de experiências através do diálogo.[44]

---

41 PAZ, Octavio. "El pacto verbal". In: *Ideas y Costumbres II: Usos y símbolos. Obras Completas*, vol. 10. México: FCE, 2006, p. 663 (1ª ed. 1996).

42 PAZ, Octavio. *Ideas y Costumbres II. Obras Completas*, vol. 10. México: FCE, 2006, p. 662 (1ª ed. 1996).

43 Segundo Zaid: "Intelectual es el escritor, artista o científico que opina em cosas de interés público con autoridad moral entre las élites." ZAID, Gabriel. "Los intelectuales". Revista *Vuelta*, México, 1999, nº 168, p. 21.

44 PAZ, Octavio. "El Pacto Verbal". In: *Ideas y Costumbres II: Usos y símbolos. Obras Completas*, vol. 10. México: FCE, 2006, p. 657 (1ª ed. 1996).

Paz atuou nos meios de comunicação, dos anos 70 aos 90, não só concedendo entrevistas, como também apresentando programas culturais. Uma das mais ricas experiências interativas do escritor com as mídias foi a construção do poema *Blanco* e a apresentação deste na mídia mexicana, nos anos 80. Em entrevista ao escritor vanguardista espanhol Julían Ríos, durante sua estada em Cambridge, nos anos 70, o poeta já sinalizava como imaginava seu poema sendo apresentado na mídia televisiva:

> O. P: Yo pienso – hace tres años que tengo este proyecto – hacer una película con *Blanco*. Un exprimento visual y tipográfico: sobre la pantalla van a parecer las letras como los personajes de una película. A veces el espectador verá el texto sobre la pantalla, a veces no habrá nada sino la voz humana. Las letras van a cambiar de tamaño y de color. La pantalla va a ser blanca o negra o azul o verde.
>
> J. R.: ¿El lector tiene ante la pantalla esas posibilidades de libertad combinatoria que le permite la página?
>
> O. P.: Sí, sí las tiene. A mí lo que me interesa en esta experiencia (posiblemente la realizaré el año que viene en México, con Vicente Rojo, el pintor) es proyectar la experiencia de la lectura sobre una pantalla. El espectador *verá el acto de leer el poema* Blanco.
>
> J. R.: Los *Topoemas* se prestarían admirablemente a esas experiencias, incluso hay la posibilidad de que giren los signos.
>
> O. P.: Las posibilidades serán mayores cuando se puedan comprar programas de televisión. Tú compras una "casette" y proyectas sobre tu pantalla una escritura que también será habla y texto en movimiento. Como ves, el concepto de escritura solamente de un modo metafórico puede abarcar a toda la literatura. La literatura es escritura, es tipografía, es sentido, es habla, es muchas cosas. No podemos reducirla a la escritura. Yo creo que la literatura contemporánea norteamericana subraya el carácter hablado. Y lo mismo sucede con nuestra literatura.[45]

Ao idealizar seu *poema-película*, Paz procurou elaborar uma poesia em que o sentido sonoro e escrito estivessem hipoteticamente projetados em uma tela de

---

45 PAZ, Octavio. *Solo a dos voces*. México: FCE – Tierra Firme, 1999, p. 79 (1a ed. 1993).

cinema ou de televisão, propiciando, entre outros efeitos, a sensação de movimento. É uma espécie de uma performance artística, que se pauta pela capacidade do meio cinematográfico ou televisivo de reproduzir e recriar sentidos.

Blanco

me miro en lo que miro | es mi creación esto que veo
como entrar por mis ojos | la percepción es concepción
en un ojo más límpido | agua de pensamientos
me mira lo que miro | soy la creación de lo que veo

Octavio Paz
Trecho do Poema – 1967.[46]

A poesia é uma arte verbal que pode ser escrita, fala, imagem sonora e visual.[47] Paz procurou incorporar nessa arte, inspirado na televisão e no cinema, um elemento totalmente novo: o movimento. Propôs construir signos que se movem: "um ballet de signos". Dessa forma, ele ressaltou as possibilidades de relacionar a arte e os meios de comunicação de massa porque a arte permite, para ele, "recobrar a capacidade de dizer não, retomar a crítica de nossas sociedades satisfeitas e adormecidas, despertar as consciências anestesiadas pela publicidade".[48] Por outro lado, Paz também reconheceu, nesses anos, que havia um cansaço das vanguardas, da ideia do novo, da ruptura, do escândalo como força de transformação social, mas, ainda sim, atentou para a arte marginal como possibilidade crítica de aprimoramento dos meios de comunicação de massa. No seu poema *Puertas al Campo* de meados do século XX, já havia indícios sobre essas considerações:

---

46 PAZ, Octavio. "Blanco". In: *Obra Poética I (1935-1970). Obras Completas*, vol. II. México: FCE, 2006.

47 Segundo Ortega y Gasset: "A poesia, em rigor, não é linguagem. Faz uso desta como mero material para transcendê-la e se propõe a expressar o que a linguagem, em sentido estrito, não pode dizer. A poesia começa onde a eficácia da fala termina. Surge, pois, como nova potência da palavra irredutível ao que propriamente é". Poesia e Linguagem – "La reviviscencia de los cuadros", VIII, p. 491. *Apud*: KUJAWSKI, Gilberto de Mello. *Ortega y Gasset: a aventura da razão*. São Paulo: Editora Moderna, 1994, p. 126.

48 PAZ, Octavio. "La democracia: lo absoluto y lo relativo". In: *Ideas y Costumbres I: La letra y el cetro. Obras Completas*, vol. 9. México: FCE, 2003, p. 484 (1ª ed. 1993).

Puertas al Campo
> La uniformidad empieza a ser una de las caracteristicas del arte contemporáneo. El estilo absorbe a la visión personal: la manera congela el estilo, la fabricación en fin sucede a la manera. Se dira que la situación no es nueva. Lo es para nuestra época. Durante más de 50 años el arte moderno no ceso de asombrar o de irritar, hoy cuando consigue logra vencer el cansancio del espectador, conquista apenas una tibia aprobación. A medida que disminuye el poder expresivo de las obras, aumenta el frenesi especulativo de la crítica.[49]

García Canclini reforçou as observações de Paz ao notar o "cansaço das vanguardas", na segunda metade do século XX, quando apontou que as artes de vanguarda conseguiram, durante décadas, diferenciarem-se de uma cultura tradicional e massiva por meio da "surpresa incessante das inovações", mas "no momento em que as artes deixaram de chamar-se de vanguarda, cederam ao mercado, às galerias, aos editores e à publicidade a tarefa de provocar o assombro para atrair público".[50] O próprio fundador do movimento surrealista, André Breton,[51] considerou, ainda em 1955, como tratado no segundo capítulo, a impossibilidade do escândalo como força de transformação social e se perguntou se publicar e divulgar ideias era uma forma de ação, ou uma maneira de dissolvê-la no anonimato da publicidade.

Segundo Martín-Barbero, em seu livro *Os exercícios do ver: hegemonia audiovisual e ficção televisiva*, os "mandarins da cultura" seguiam perguntando se a televisão podia ser considerada cultura, mas é a noção de cultura que foi sendo modificada pelo desenvolvimento tecnológico, pelos processos democráticos e pela influência latente do mercado.[52] Paz foi inegavelmente produto e produtor intelectual dessa transformação cultural, na América Latina, ao levar em consideração

---

49 PAZ, Octavio. *Conversaciones con Octavio Paz* – Transcrição de Adolfo Castañon, 2009, p. 660.
50 GARCÍA CANCLINI, Néstor. *Leitores, espectadores e internautas*. São Paulo: Iluminuras, 2008, p. 14.
51 PERALTA, Braulio. "El surrealismo ya no existe como actividad, queda como aventura interior: Octavio Paz". *La Jornada*, México, 18 de deciembre de 1996, Cultura 27.
52 Ver: MARTÍN-BARBERO, Jesus. *Os exercícios de ver: hegemonia audiovisual e ficção televisiva*. São Paulo: Senac, 2001.

não só a amplitude do conceito de cultura como também as possibilidades de mesclas entre o culto, o popular e o massivo.

> La alta cultura es elitista y reaccionaria; la cultura popular es espontánea y creadora. Lo curioso es que, en México, los apóstoles de la cultura popular son intelectuales minoritarios, miembros de cerradas cofradías y devotos de ceremonias en las catacumbas. En todas las sociedades hay un saber especializado y, por lo tanto, hay técnicas y lenguajes especializados. Ese saber y esos lenguajes minoritarios coexisten con las creencias e ideas colectivas. [...] El teólogo [alta cultura] y el simple creyente [cultura popular] pertenecen a la misma cultura. Y del mismo modo: aunque solo unos cuantos conocen los principios científicos que rigen su funcionamiento, todos oímos la radio y vemos la televisión.[53]

Com efeito, o pensamento moderno de Paz esteve intimamente vinculado à defesa da democracia cultural e política, inclusive nos próprios meios de comunicação de massa. O poeta não apenas refletiu sobre os meios de comunicação, em artigos como *El pacto verbal* (1980), *Televisión: cultura y diversidad* (1979), *Democracia: lo absoluto y lo relativo* (1992) e *El pacto verbal III* (1995), como também inseriu-se neles, como nos já citados programas de televisão que apresentou na emissora Televisa, o que ocasionou inúmeras críticas do meio intelectual mexicano, e outras tantas revisões sobre o tema, feitas pelo próprio poeta.

Quando ocorreu, por exemplo, a primeira manifestação do movimento zapatista, em 1994, o poeta escreveu diversos artigos sobre o assunto. Entre eles, o texto intitulado *"Chiapas: hechos, dichos, gestos"*,[54] em que analisou os acontecimentos na Selva Lacandona levando em consideração a forma como as notícias eram divulgadas pela mídia. Transmitir as notícias "ao vivo", e permeadas por "imagens romanceadas", consideradas mais reais do que a própria realidade, era, na sua percepção, o que distinguia a nossa época das demais. As notícias televisivas fazem com que o tempo seja percebido de outra forma, sem continuidade e consistência em prol do instantâneo, da sensação imediata, sem muita reflexão.

---

53   PAZ, Octavio. "El Pacto Verbal." In: *Ideas y Costumbres II. Obras Completas*, vol. 10. México: FCE, 2006, p. 654 (1ª ed. 1996).

54   PAZ, Octavio. "El peregrino en su patria. – 28 de febrero de 1994". In: *Miscelánea II. Obras Completas*, vol. 14. México: FCE, 2001, p. 265 (1ª ed. 2000).

Já a imagem, produz a sensação de que a realidade é sempre outra, inacessível. Nesse novo mundo, o tempo e o espaço são representações mágicas, vibrantes e grandiosas, ou seja, espetaculares, e, muitas vezes, cruel. Como afirmou:

> Los espectadores no tienen memoria; por esto tampoco tienen remordimientos ni verdadera conciencia. Viven prendidos a la novedad, no importa cuál sea con tal de que sea nueva. Olvidan pronto y pasan sin pestañear de las escenas de muerte y destruición de la guerra del Golfo Pérsico a las curvas, contorciones y trémolos de Madonna y de Michael Jackson. Los comandantes y los obispos están llamados a sufrir la misma suerte; también a ellos les aguarda el Gran Bostezo, anónimo y universal, que es el Apocalipsis y el Juicio Final de la sociedad del espectáculo.[55]

Essa visão sobre o telespectador, acrítico e ávido por novidades, foi concluída de maneira ainda mais trágica, por ele, quando afirmou, ao final do seu artigo, que a única solução seria apagar a televisão para ver se é possível deixar de sermos imagens e agirmos como homens e mulheres de carne e osso, feitos de emoção e de razão. A proposta utópica feita por Paz, em 1994, distanciou-se muito do seu entusiasmo inicial por esses meios. De acordo com Susan Sontag, em seu livro de ensaios *Ao mesmo tempo* a maneira moderna de conhecer exige de fato imagens para que algo se torne "real", importante, ou até mesmo, memorável. Para que um movimento como o de Chiapas, por exemplo, conseguisse alcançar as pessoas, era preciso que houvesse imagens que fossem difundidas aos milhões pelas mídias (jornais, revistas, televisões e cinemas). Essas imagens, segundo a ensaísta, não constroem, por sua vez, uma visão única sobre a realidade, e sim fragmentos que nunca podem ser complementados.[56]

Paz, no que concerne ao seu entendimento sobre os meios de comunicação de massa, oscilou entre o otimismo,[57] nos anos 70, e o pessimismo, em meados

---

55   PAZ, Octavio. "Chiapas: hechos, dichos, gestos". Revista *Vuelta*, México, nº 208, marzo de 1994, (escrito em 24 de fev. de 1994).

56   SONTAG, Susan. "Fotografia: uma pequena suma". In: *Ao mesmo tempo*. São Paulo, Companhia das Letras, 2008, p. 140.

57   Segundo Poniatowska. Paz ocupou-se do tema desde 1967, quando deu uma conferência em *El Colegio Nacional* intitulada "Una nueva analogía". Ver: PONIATOWSKA, Elena. *Octavio Paz: las palavras del árbol*. Barcelona: Editora Lúmen, 1998.

dos anos 90, o que, por outro lado, não o impediu de participar ativamente desse meio até os seus últimos dias. A Cristina Pacheco, o poeta disse em entrevista: "La televisión siempre me ha interesado mucho como medio. Resistirse a verla sería como no querer ir al cine, sería lo mismo que si, en otro tiempo, la gente se hubiese negado a aceptar adelantos como el fotógrafo o la imprenta".[58] Mas em 1993, perguntou-se: "O que lêem as massas ao final do século XX?" E, respondeu: "Bestsellers, historietas e pornografia".[59] E dois anos depois, declarou: "En el futuro será necesaria una televisión para las minorias, para los que leen [...] También la 'élite' requiere de una televisión propia. Si no es así viviremos sólo el lado bárbaro de la TV".[60] A vulgarização e a padronização da sociedade mexicana tiveram como consequência, na sua percepção, a vivência cultural associada quase que exclusivamente ao entretenimento. Isto era um indício de que a liberdade de escolha da maior parte da população dependia, e depende ainda, da real democratização do conhecimento, o que o tornou, apesar dos desencantos, um defensor incansável de uma televisão para todos, capaz de abarcar todas as diferenças, e de atender e formar novos públicos leitores.

3.3 – Paz e a Televisa

Como dito, Paz se inseriu em diversos momentos nos meios de comunicação de massa. Algumas de suas mais expressivas aparições na mídia foram produzidas pela Televisa, fundada por Emílio Azcárraga Vidaurreta. Em 1976, Paz começou a colaborar com comentários semanais para *24 Horas*. A partir daí, com o diretor de projetos culturais da Televisa Héctor Tajonar, contribuiu com as entrevistas denominadas *Conversaciones con Octavio Paz* e com o documentário *México en la obra de Octavio Paz*. Além disso, organizou um congresso, em 1990, intitulado *El siglo XX: la experiencia de la libertad*.

---

58   PONIATOWSKA, Elena. *Octavio Paz: las palavras del árbol*. Barcelona: Editora Lúmen, 1998, p. 182.
59   PAZ, Octavio. *Itinerário*. México: FCE, 1993, p. 232.
60   Em 1995, Paz, concedeu uma entrevista à imprensa italiana em defesa da diversidade dos meios de comunicação e da necessidade de uma televisão focada nas elites para tentar evitar que esses meios existissem apenas para "lo bárbaro". PAZ, Octavio. "Falta una televisión para las minorías que leen: Paz". México: *Unomásuno*, viernes 13 de octubre de 1995.

A sua postura diante dos meios de comunicação provocou uma grande polêmica intelectual em torno da sua imagem. Alguns intelectuais mexicanos como Enrique Krauze, Miguel León-Portilla, Ramón Xirau e José de la Colina louvaram a sua conduta e, inclusive, participaram de alguns programas de Paz. O escritor Álvaro Mutis considerou as apresentações do poeta um "espetáculo inesquecível". Para o então diretor do Fondo de Cultura Económica – García Terrés, os programas do poeta converteram os meios de comunicação em uma "verdadeira tribuna civil da sociedade", por permitir ao cidadão, com autoridade intelectual, a exposição crítica de suas ideias.[61]

Segundo Septién, a antiga amizade de Paz com um dos donos da Televisa, Emilio Azcárraga Milmo,[62] e com o seu assessor, Jacobo Zabluras, possibilitou a sua aparição nos meios de comunicação. Como um poeta comprometido com a liberdade e a crítica, era capaz de fechar os olhos para as medidas conservadoras e inescrupulosas da Televisa? Essa foi uma das questões levantadas por parte da intelectualidade mexicana, mais especificamente por parte da esquerda mexicana, que logo o associou aos interesses imperialistas da direita. Veja a exemplo, a visão de Martínez Verdugo, um dos líderes do Partido Comunista Mexicano, em 1990: "A Octavio Paz ya se le olvidó el 68 y otros períodos de los que habló de manera crítica y justa. Ahora ha dado un viraje a una posición retrógrada de derecha, 'de dogmatismo muy primitivo'".[63] No mesmo ano, o crítico Ignácio Taibo publicou um artigo denominado *"Televisa ha comprado una figura mundial"*, defendendo a ideia de que Paz tinha três personalidades diferentes: o admirado poeta, o ensaísta instigante e o líder da nova direita mexicana. Ligado aos interesses da emissora

---

61 MORAES, Sonia & CAMPBELL, Federico. "Paz en la TV, juzgado por intelectuales: muchos se abstienen". Revista *Proceso*, México, 26 de marzo de 1984, p. 46.

62 Segundo Héctor Tajonar: "El señor Emilio Azcárraga (Milmo) tenía una gran admiración por Octavio Paz", e foi a sua colaboração na televisão que deu lugar a "una amistad bastante profunda". GARCÍA HERNANDEZ & ESPINOSA, Pablo. "La simbiosis Paz-Televisa, capítulo pendiente de reflexión". *La Jornada*, México, 21 de abril de 1998, p. 11.

63 ZAMARRA, Roberto. "Paz exerce un dogmatismo primitivo". *Reforma*, México, jueves 30 de agosto de 1990.

Televisa, segundo Taibo, o poeta estaria sujeito à sua manipulação e sua atitude, por isso, era merecedora de grande repúdio.[64]

A Televisa é um grupo de mídia mexicano que, apesar de atuar com capital privado, desenvolveu-se estreitamente vinculado aos interesses do governo unipartidário do PRI. O jornalista Ignácio Ramírez, em 1984, denunciou as ambições da emissora e a conivência do Estado a respeito de suas atuações ilícitas. Os membros da Televisa, segundo assinalou:

> Dejan de cumplir convenios, incurren en anomalías administrativas y técnicas, impugnan tarifas, incursionan en la clandestinidad y pretenden, inclusive, violar acuerdos internacionales firmados por México.
>
> Para todo ello Televisa cuenta con un aliado sin par: el gobierno federal, que de una administración a otra mantiene apoyo irrestricto y manga ancha para que el monopolio de la televisión comercial lo sea cada vez más en el uso, a su arbitrio, del espacio aéreo nacional.
>
> El gobierno no sólo reconoce las irregularidades de Televisa, sino que admite que la propia administración federal las ha propiciado y fomentado. Pero nada más. No parece dispuesto erradicarlas ni, mucho menos, a recuperar el control sobre el funcionamiento de la televisión mercantil.[65]

É importante mencionar que, desde os anos 30, com Cárdenas, o governo apoia os sistemas de radiodifusão e televisão de empresas privadas mexicanas. O nome Televisa (*Televisión Via Satélite*) surgiu, em 1973, da união, no ano anterior, entre o *Telesistema Mexicano* e a *Televisión Independiente de México*. A origem da empresa remonta aos anos 30, quando seu fundador, Azcárraga Vidaurreta, realizou as primeiras transmissões da estação de rádio XEW e, em 1949, quando conquistou a primeira concessão de canal de televisão na América Latina em conjunto com outras empresas associadas do mesmo ramo, iniciando, em 1951, suas

---

64 TAIBO, Ignácio. "Televisa ha comprado una figura mundial". *El Financeiro*, México, 12 de Octubre de 1990, p. 43.

65 RAMÍREZ, Ignacio. "Además de las empresas oficiales, Televisa va trás las centrales obreras." Revista *Proceso*, México, 27 de agosto de 1984, p. 20.

transmissões regulares.⁶⁶ O monopólio criado logo nos inícios dos projetos de experimentação da televisão mexicana já anunciava as facilidades dadas pelo Estado para o desenvolvimento lucrativo da indústria do entretenimento.⁶⁷

A partir dessa época, a televisão passou a ser bastante difundida no México. Apesar do preço alto e da baixa qualidade sonora e visual, ela conseguiu alcançar um lugar privilegiado nos lares do país por meio de propagandas diárias em rádios, jornais e revistas, como também em escolas, mercados e hospitais onde eram destinados os primeiros aparelhos para que o público massivo apreciasse e "adquirisse os benefícios do progresso" na sociedade mexicana.⁶⁸ O apoio concedido pelo Estado às empresas privadas realçava no discurso as potencialidades educativas e culturais da tecnologia televisiva, mas a prática foi a institucionalização da televisão espetáculo.

No *site* oficial da emissora, os seus diretores apresentam a intenção que tornou a Televisa um dos grupos mais poderosos de comunicação do mundo: "Desde sus inícios, la estratégia de Televisa fue crear un consorcio multimedia muy preocupado con los gustos de todas sus audiencias, lo cual lo ha colocado

---

66 "[...] 1935 – El presidente Cárdenas apoya los experimentos de González Camarena y dispone le faciliten los estudios de la radiodifusora XEFO del Partido Nacional Revolucionário. Esta emisora trae a México, en junio de ese año, un equipo de televisión.
1949 – Se otorga la primera concesión para operar comercialmente un canal de televisión. El titular de la otra concesión es la empresa Televisión de México S.A. propriedad del señor Rómulo O'Farril, dueño también del diario Novedades de la ciudad de México. La estación adopta las siglas XHGT y se le asigna el Canal 4.
1951 – El 21 de mayo inicia sus transmisiones regulares la estación XEWTV Canal 2, concesionado a la empresa televimex, S.A. propiedad de Azcárraga Vidaurreta.
1972 – En deciembre se lleva a cabo la fusión de Telesistema Mexicano y Televisión Independiente de México. Principios del año seguiente se crea Televisa." RAMÍREZ, Ignacio. "En el gobierno encontró la Televisa...". Revista *Proceso*, México, 27 de agosto de 1984, p. 22.

67 MARTINEZ MEDELLIN, Francisco J. *Televisa: siga la huella*. México: Instituto Politécnico Nacional: Claves Latinoamericanas, 1989, p. 29.

68 Segundo Francisco Martínez, o jornal *Novedades* (propriedade de O'Farril), no dia 1 de setembro de 1950 noticiou: "La televisión el más nuevo adelantado, ya funciona en México [...] fecha histórica para el progreso de México fue la de ayer [...] la estación televisora XHTV Canal 4 comenzó a operar de forma definitiva para llevar mensajes de enseñanza y cultura a los hogares mexicanos (después de citar el nombre de la empresa, el periódico afirma que ésta) se ha echado a cuestas el proporcionarle por el novísimo medio de difusión y entretenimiento ligado a la educación." MARTINEZ MEDELLIN, Francisco J. *Televisa: siga la huella*. México: Instituto Politécnico Nacional: Claves Latinoamericanas, 1989, p. 35.

en el liderazgo de la oferta de entretenimiento 360° a nivel mundial".⁶⁹ Segundo o jornalista Raul Trejo,

> Televisa se ha convertido no protótipo de un empresariado moderno, realista, que apoya al gobierno cuando le conviene, que establece acuerdos con quien se pueda, pero siempre a condición de no perder. Sin embargo, es, paradójicamente, un empresariado escasamente empreendedor, como no sea para especular o para negociar con criterios exclusivamente rentistas.⁷⁰

Certamente, a aproximação da empresa Televisa com a indústria de comunicações nos Estados Unidos foi um elemento marcante no tratamento dado à cultura, não só pelos constantes investimentos tecnológicos, como também pela abordagem empresarial pragmática e mercadológica. É conhecido que o desenvolvimento da televisão norte-americana teve predominantemente uma preocupação expressiva em associar a informação ao entretenimento e ao lucro, e colocar a questão cultural em segundo plano. Isto é perceptível, principalmente, segundo Francisco R. Pastoriza, quando comparado às experiências midiáticas europeias.⁷¹ Serge Gruzinski corrobora essa ideia, ao afirmar que a Televisa, inspirada

---

69 Disponível em: http://www.televisa.com/quienes/. Acesso em: 28/03/2011.

70 TREJO DELARBE, Raúl (org.). *Televisa: el quinto poder*. México: Claves Latinoamericanas, 1989, p. 14.

71 PASTORIZA, Francisco R. *Cultura y televisión: una relación de conflicto*. Barcelona: Gedisa, 2003, p. 73. De acordo com Alzimar Ramalho, no artigo *"Consumo cultural que permita reinventar o caráter público da televisão"*: "No Reino Unido, o rádio já se configurava como monopólio público desde 1927, quando o Estado assumiu a direção e as transmissões da BBC (British Broadcasting Corporation). Em 1936, iniciou os serviços televisivos, sendo considerado "serviço público"-, serviço, no sentido da existência de uma necessidade básica da população que precisa ser atendida; e público por considerar este uma obrigação do Estado, sendo por ele mantido total ou parcialmente. Como destaca Leal Filho, especialmente no período da Guerra Fria (1945-1991), seu objetivo era contrapor a soberania do produto cultural midiático que surgia a reboque da dependência política, econômica e tecnológica dos Estados Unidos: "[...] na prática, o rádio e depois a televisão vinham somar-se aos empreendimentos culturais responsáveis por gerar e disseminar a riqueza linguística, espiritual, estética e ética dos povos e nações. Eles se colocavam [como] as universidades, as bibliotecas e os museus, e a população os reconhecia dessa forma, distantes da esfera dos negócios ou da política de partidos e grupos. (LEAL FILHO, 1997, p. 18) GOBBI, Maria Cristina & MELO, José Marques de (orgs.). "Consumo cultural que permita reinventar o caráter público da televisão." *Televisão na América Latina: 1950-2010, pioneirismo, ousadia e inventividade*. São Bernardo do Campo, Unesp, 2011, p. 264.

no modelo norte-americano, desde 1950, difunde uma imagem "triunfalista" e "hábil em criar uma imagem niveladora, destinada a provocar consenso".[72] Não se pode deixar de levar em conta também que os Estados Unidos tiveram, durante a Guerra Fria, um grande interesse em difundir seus valores na América Latina através da indústria das comunicações, incentivando as empresas a lutarem, segundo Francisco Martínez, pela "liberdade de informação e livre circulação de informações" sem a intervenção estatal. Tamanho era o impacto desses incentivos que, no México, em 1960, cerca de 70% dos investimentos das indústrias das comunicações eram feitos pelos Estados Unidos.[73]

Por outro lado, é importante considerar que, a partir dos anos 60, ocorreu no México a ampliação das universidades, o aumento do número de leitores e o acirramento de críticas de esquerda ao governo do PRI. Desse modo, a partir da década seguinte, a Televisa, empresa privada, com funções públicas e fins lucrativos, teve que criar, de acordo com o jornalista mexicano Humberto Musacchio, alternativas elaboradas de entretenimento cultural para conquistar o novo público. O "Canal 8", que mais tarde se tornaria o "Canal 9" era destinado a essa temática cultural – *Una visión analítica del quehacer cultural* –, porém, com o tempo, passou a desenvolver um formato comercial, muito mais atento às demandas do mercado e da propaganda.[74]

---

72 GRUZINSKI, Serge. *A guerra das imagens: de Cristóvão Colombo a Blade Runner (1492-2019)*. São Paulo: Companhia das Letras, 2006, p. 299.

73 MARTINEZ MEDELLIN, Francisco J. *Televisa: siga la huella*. México: Instituto Politécnico Nacional: Claves Latinoamericanas, 1989, p. 28.

74 Ver: MISSIKA, Jean-Louis. *La fin de la télévision*. Paris: La Republique des Idees, 2006.

Figura 8: Divulgação do programa cultural da Televisa nos anos 80. Fonte: Hemeroteca do Colégio Nacional do México.

Diversos escritores, como Juan José Arreola, Salvador Novo e Paz, foram, assim, chamados pela emissora com a promessa de poderem criar uma ponte com os telespectadores e garantirem, assim, a sobrevivência.[75] Suas aparições foram principalmente transmitidas pelo "Canal 9 – *El Canal Cultural de Televisa*" – Seguramente, o reconhecimento de Paz pelo grande público esteve relacionado às suas participações na Televisa, entre os anos 70 e 90, movidas por afinidades comunicativas e, em certa medida, afinidades ideológicas, uma vez que possuía uma grande habilidade comunicativa, exaltava os valores democráticos, expressava, cada vez mais, suas simpatias em relação ao liberalismo e realizava severas críticas aos regimes de esquerda (Cuba, Nicarágua, Europa do Leste etc.).

Paz, ao se inserir nesses meios, tornou-se uma celebridade, cujas atividades públicas e privadas eram relatadas e discutidas com frequência. Desse modo, seus desentendimentos familiares passaram a ser de interesse público. Veja, por

---

75 MUSACCHIO, Humberto. "Octavio Paz en Televisa /El laberinto de la impunidad". In: TREJO DELARBRE (org.). *Televisa: el quinto poder*. México: Claves Latinoamericanas, 1989.

exemplo, a chamada da entrevista na revista *Proceso*, concedida por Paz ao jornalista Felipe Gálvez, no ano de 1984: "La falla de mi padre fue que no se dio cuenta de mi afecto: Octavio Paz".[76] E a de sua filha Helena Garro, concedida ao jornalista Julio Aranda, logo após a morte do poeta, nos dias 20 e 26 de abril de 1998, respectivamente: "Tengo buenos recuerdos suyos, pese a que se portó muy mal"; "Helena Paz dice que sus padres nunca se divorciaron, y exige parte de la herencia para ella y su madre"; "Carta inédita de Octavio Paz a su hija Helena em 1983: 'No te desampararé'".[77] É notável observar como a sociedade contemporânea encontrou na publicização de questões íntimas, inclusive de intelectuais, um modo para o entretenimento.

Segundo o jornalista Septién, o poeta inaugurou no México "un modalidad hoy en boga del gran artista que se expone a los medios electrónicos y que habla sin demasiadas complacéncias a un público acostumbrado al chisporroteo gutural, al páramo verbal de las telenovelas".[78] A diferença de Paz de outros artistas é que Paz era um intelectual e nunca um intelectual no México tinha adquirido tanto poder político.[79] O estatuto de celebridade contribuiu para dar maior visibilidade, fama, notoriedade a Paz, mas não necessariamente propiciou uma maior e melhor leitura de sua obra. Como afirmou Monsiváis: "Los lectores son forzosamente una minoría en el país ya sojuzgado por el analfabetismo funcional que cada tres minutos cambia de canal."[80] Aguilar Camín assegurou, em entrevista ao Canal 22, em 1998, que o poeta era mais debatido no México do que realmente lido.

Muito já se discutiu, inspirado na obra de Guy Debort, que esse aspecto está relacionado às sociedades massificadas do mundo contemporâneo, que tornaram a cultura objeto de mercadoria e entretenimento. A leitura e a reflexão foram colocadas em segundo plano, uma vez que os acontecimentos são considerados

---

76 GÁLVEZ, Felipe. "La falla de mi padre fue que no se dio cuenta de mi afecto: Octavio Paz". Revista *Proceso*, México – 20 de agosto de 1984, nº 407, p. 48.

77 ARANDA, Julio. "Helena Paz dice que sus padres nunca se divorciaron, y exige parte de la herencia para ella y su madre". Revista *Proceso*, México, nº 1121 /26 de abril de 1998, p. 60.

78 SEPTIÉN, Jaime. "Octavio Paz y la televisión". *¡Siempre!*, México, 30 de Abril de 1998.

79 AVILES FABILA, René. "Su reinado dividió a la cultura del país". *Excélsior*, México, domingo 26 de abril de 1998.

80 MONSIVÁIS, Carlos. *Adónde yo soy tú somos nosotros. Octavio Paz: crónica de vida y obra*. México: RayaelAgua, 2000, p. 105.

efêmeros e se "acumulam como espetáculos". Para Vargas Llosa, a sociedade do espetáculo possui uma dimensão problemática quando banaliza a cultura, generaliza a frivolidade e conduz a informação de maneira irresponsável.[81] Paz teve, como notado, uma profunda consciência desse fenômeno, o que não o impediu de se inserir em mídias como a Televisa. Um velho amigo do poeta, o diretor e produtor de teatro Rafael Solana, afirmou certa vez que:

> No faltará quien se queje de que Octavio, por televisión, en videocasettes, no es simpático. Hay quienes le tienen por pedante sólo porque está muy por encima del nivel medio, tan bajo en México y sin duda en otras partes del orbe. Creo que Paz es, además de un gran escritor, caudaloso y ferviente, una figura moral de primer orden, con su valentía por defender ideas que ya no son sólo suyas, sino se han abierto paso en el mundo.[82]

À parte as resistências à inserção do poeta na Televisa, as suas manifestações públicas contra os regimes autoritários de esquerda e a favor da democracia política e cultural foram manifestações influentes. Para Sánchez Susarrey,[83] colaborador da revista *Vuelta*, as críticas de Paz ao PRI, na mídia, foram observações fundamentais para as reformas políticas democráticas do Estado burocrático mexicano. A historiadora Alicia Correa Pérez apontou também que a transmissão dos encontros culturais de Paz, na Televisa, deu a volta ao mundo, sendo, em parte, o meio pelo qual o México tornou-se conhecido por outros países.[84]

Em um artigo publicado, em 2009, por Vargas Llosa *La civilización del espetáculo*, o escritor avaliou que a civilização ocidental tinha produzido o fim de um personagem político que tinha desempenhado um papel importante na vida das nações, o intelectual. Desde a Grécia, segundo o escritor peruano, esse personagem

---

81 VARGAS LLOSA, Mário. *La civilización del espetáculo*. Revista *Letras Libres*, México, Ano 6, nº 122, 02/2009, p. 14-21.

82 SOLANA, Rafael. *Apud.* PONIATOWSKA, Elena. *Octavio Paz: Las palavras del árbol.* Barcelona: Editora: Lúmen, 1998, p. 183.

83 Entrevista concedida pelo escritor e jornalista mexicano Jaime Sánchez Susarrey a emissora *Televisa* para o programa *Octavio Paz: el hechicero de la palavra*, realizado em comemoração aos dez anos de morte do poeta Octavio Paz – 05/08. Disponível no site da Televisa – www.televisa.mx. Acessado em: 16/02/2009.

84 CORREA PÉREZ, Alicia. "Acercamiento a la obra de Octavio Paz". *Cuadernos Americanos*, México, nº 70, julio-agosto de 1998, p. 59.

tinha contribuído com uma ativa participação e criação da vida pública, tanto em debates religiosos como políticos. Hoje em dia, o intelectual sumiu dos debates públicos. É certo que alguns ainda firmam manifestos, enviam cartas aos jornais e se envolvem em polêmicas, mas nada disso produz uma profunda repercussão na marcha da sociedade, cujos assuntos econômicos, institucionais e inclusive culturais são decididos pelo poder político, administrativo e econômico. Os intelectuais "só brilham por sua ausência" e só interessam em seguir o jogo da moda: "Os mandarins de antes são os anônimos de hoje". Uma das hipóteses do autor para entender essa transformação é o fato de haver um culto às imagens e, ao mesmo tempo, um empobrecimento das ideias como força motora da vida cultural. Somado a isso, as simpatias de muitos intelectuais por regimes totalitários (fascismo, nazismo, stalinismo e maoísmo) e seus silêncios diante das arbitrariedades dessas experiências, tinham sido fatores que contribuíram, segundo ele, para a volatilização de sua importância em nosso tempo.[85]

É um pouco discutível a interpretação de Vargas Llosa sobre o papel do intelectual no mundo contemporâneo, principalmente quando pensamos nos impactos produzidos, nos últimos tempos, por intelectuais como Edward Said, Noam Chomsky ou até mesmo o próprio Vargas Llosa, que recentemente ganhou o *Nobel* de literatura. No entanto, se há realmente um empobrecimento das ideias na vida cultural contemporânea, a recepção aos discursos intelectuais pode soar não só desinteressante e desnecessária como também pedante. Paz foi nomeado com esse adjetivo, mas foi, ao mesmo tempo, um dos mais importantes intelectuais de seu tempo a se inserir nos meios de comunicação, logrando o estatuto, segundo García Canclini, de "protagonista da comunicação massiva" durante o processo de redemocratização na América Latina.[86]

Não obstante, apesar de o poeta defender a independência crítica em relação ao Estado e à mídia, foi irresistível a tentação de usufruir do imenso poder que essas instituições conferiram a ele e que a sociedade também reconheceu. Como já observado, o cientista político Jorge Castañeda apontou que:

---

85 VARGAS LLOSA, Mario. "La civilización del espetáculo". Revista *Letras Libres*, México, 02/2009, Año XI, n° 122, p. 14-22.

86 GARCÍA CANCLINI, Néstor. *Culturas híbridas: estratégias para entrar e sair da modernidade*. São Paulo: Edusp, 1998, p. 99.

Octavio Paz foi membro do serviço diplomático durante muitos anos, até pedir demissão, em 1968, como protesto pelo massacre de Tlatelolco. Em 1986, ao completar aniversário, aceitou uma homenagem oficial feita pelo governo De La Madrid; mais tarde, Carlos Salinas de Gortari cortejou-o astutamente, e Paz tornou-se um defensor tão incondicional do novo regime autoritário do PRI como havia sido crítico do regime antigo.[87]

A dificuldade latente do poeta em manter um distanciamento do poder político é também consequência do seu próprio poder intelectual. Foi nesse período que o processo de democratização política e cultural na América Latina iniciou o enfrentamento de indivíduos especialmente preparados, como os intelectuais, com outros que, independente de seus saberes, são "iguais" por definição. É essa contradição da modernidade democrática, segundo Beatriz Sarlo, "a de uma igualdade política e comunicativa que contradiz as hierarquias, também modernas, do prestígio, do saber, do mérito, transformando o cenário onde se julgava o conflito".[88]

3.4 – Octavio Paz, Mídia e a Revolução Sandinista

El día 11 de octubre [1984] más de 5000 personas tomaron las calles de la Ciudad de México y demandando la muerte del poeta marcharon con pacartas hasta la embajada de los Estados Unidos. Entre la multitud destacaban unos diez personajes que vestían boina y camisa militar. Con ese pobre atuendo, que no se puede llamar uniforme, y con movimientos y consignas querían evocar la imagen revolucionaria de Ernesto Che Guevara. *Aunque también había uno que vestido con andrajos caminaba buscando tropezar de continuo emitiendo sonidos vagos; cargaba sobre su cabeza un gran monigote de dos metros de altura y cabeza cuadrada, con el logotipo de Televisa, que representaba a Octavio Paz.* Tras hora y media de porras a los sandinistas y mueras al imperialismo norte-americano, la gente formó un gran círculo alrededor del monigote. Mientras éste bañado en gasolina y

---

87 CASTAÑEDA, Jorge. *Utopia desarmada: intrigas, dilemas e promessas da esquerda latino-americana*. São Paulo: Companhia das Letras, 1994, p. 168.
88 SARLO, Beatriz. "Sensibilidad, cultura y política: el cambio de fin de siglo". In: TONO MARTINEZ, José (comp.) *Observatorio siglo XXI: reflexiones sobre arte, cultura y tecnología*. México: Paidos, 2002, p. 27.

elevado sobre un grosero palo, se repetía en coro esta frase que, lejos de ser una consigna política, parecía más un conjunto cantado en derredor de un totem mítico: *"Reagan rapaz, tu amigo es Octavio Paz"*.[89]

Em 1984, foi realizada a primeira eleição democrática na Nicarágua, após a Revolução Sandinista (1979), resultando na vitória dos próprios sandinistas. No mesmo ano, Paz ganhou, em Frankfurt, o Prêmio Literário pela Paz da Associação de Editores e Livreiros Alemães. O discurso, proferido em razão da premiação, foi intitulado *"El diálogo y el ruído"*.[90] A emissora Televisa transmitiu o discurso pelo jornal *24 Horas* causando uma grande comoção no México entre intelectuais, jornalistas, caricaturistas, deputados e militantes, pelo fato de Paz polemizar acerca dos desdobramentos da Revolução Sandinista, poucos dias depois de a Nicarágua ter denunciado às Nações Unidas a iminência de uma invasão norte-americana.

No polêmico ensaio *"El diálogo y el ruído"*, Paz afirmou que a ideia de revolução foi compreendida, no mundo moderno, como uma utopia, capaz de romper com o mundo estabelecido e construir um outro, esperançosamente melhor, e, ao mesmo tempo, igual ao tempo original. Essa discutível ambivalência do sentido revolucionário não está desvinculada do reconhecimento sobre a importância do Estado na sociedade. No entanto, para o poeta, o único Estado capaz de criar condições de convivência pacífica é o Estado republicano democrático, uma vez que ele garante a liberdade de expressão crítica e plural. Assim, o problema do movimento revolucionário seria o de possibilitar a criação de Estados autoritários e violentos em nome da paz.

O caso da Nicarágua é bastante emblemático para Paz. A Revolução Sandinista tornou-se legítima por derrubar um governo autoritário e corrupto em nome da constituição de um governo democrático. Porém, comentou o poeta em 1984: "Los actos del régimen sandinista muestran su voluntad de instalar en Nicarágua una dictadura burocrático-militar según el modelo de La Habana. Así se ha desnaturalizado el sentido original del movimiento revolucionario".[91]

---

89   VIZCAÍNO, Fernando. "Octavio Paz y la razón ardiente". *La Jornada Semanal*, México, nº 224, 26 de septiembre de 1993, p. 26 (os grifos são nossos).

90   PAZ, Octavio. "El diálogo y el ruído". Revista *Vuelta*, México, 12/1984, p. 4-7.

91   PAZ, Octavio. "El diálogo y el ruído". Revista *Vuelta*, México, dez. 1984, p. 6.

Essa posição sobre a Nicarágua Sandinista é bastante questionável, pois havia, naquele momento, no país, um sistema político pluripartidarista e uma economia mista (muitos capitalistas ainda conservavam suas propriedades), substantivamente diferente do regime comunista autoritário da Cuba Castrista.[92] Dessa forma, a visão de Paz poderia ser interpretada como tendenciosa, precipitada e, até mesmo, inconsequente. Segundo Sánchez Susarrey, a resposta das esquerdas mexicanas ao discurso do poeta foi escandalosa e revelava não um episódio isolado, mas uma boa mostra do estado de ânimo, daqueles tempos de Guerra Fria, na América Latina. Uma parte significativa da imprensa e dos intelectuais associava as declarações de Paz ao pensamento de direita (democracia sem adjetivos, liberalismo econômico e política aliada aos interesses imperialistas) que era, claramente, incompatível com o nacionalismo revolucionário.[93]

Paz reconheceu que a compreensão desse processo revolucionário não era simples. Diversos fatores, como o caudilhismo e o imperialismo estadunidense, provocaram problemas sociais, econômicos e políticos na Nicarágua, conduzindo o país a ditaduras e democracias "caóticas". Ainda assim, ele insistiu na ideia de que a implementação de um governo revolucionário "autoritário" não criaria condições para uma sociedade melhor. O poeta apontou a falta de liberdade de expressão dos jornalistas nicaraguenses às vésperas da primeira eleição pós-revolucionária e citou, como exemplo, a censura dos sandinistas ao jornal *La Prensa*. Não obstante, é importante recordar que a Nicarágua estava em guerra civil, com o governo da FSLN sendo atacado militarmente pelos contrassandinistas, apoiados e sustentados pelo governo dos EUA. Nesses anos de 1980, o tema da intervenção dos Estados Unidos na América Central e a crise econômica tomaram conta dos principais debates na América Latina. Poucos foram os intelectuais que realizaram oposição declarada, como foi o caso de Paz, à Nicarágua Sandinista.[94]

---

92 LÖWY, Michel (org.). *O marxismo na América Latina: uma antologia de 1909 aos dias atuais*. São Paulo: Fundação Perseu Abramo, 1999, p. 56.

93 SANCHÉZ SUSARREY, Jaime. *El debate político e intelectual en México*. México: Grijalbo, 1993, p. 64.

94 Ver: CASTAÑEDA, Jorge. "Troca de Guarda – Dos intelectuais às bases". In: *Utopia desarmada. Intrigas, dilemas e promessas da esquerda latino-americana*. São Paulo: Companhia das Letras, 1994.

Antes mesmo do discurso em Frankfurt, o poeta já havia se comprometido em divulgar na revista *Vuelta* a censura do governo da FSLN ao maior jornal nicaraguense, *La Prensa*. Desde 1981, a revista publicava os artigos produzidos pelos jornalistas do *La Prensa* e censurados pelo governo sandinista. Segundo os editores nicaraguenses Pablo Antonio Cuadra y Pedro J. Chamorro Barrios:

> *La Prensa* sigue un trayecto marcado por el pensamiento y los ideales de su director mártir Pedro Chamorro, que podemos definir, ante la actualidad revolucionaria, como democrática, pluralista, plenamente partidária de un profundo cambio social que beneficie al pueblo, pero basados en princípios cristianos, respectuoso de la libertad y de la dignidad de la persona humana y realizado con originalidad nicaraguense y no según esquemas marxistas-leninistas.[95]

É conhecido que a Revolução Sandinista teve, inicialmente, um caráter pluralista reunindo marxistas, social-democratas, democrata-cristãos e liberal-democratas, o que contribuiu para a obtenção de um amplo apoio internacional. O jornal *La Prensa*, apesar de apoiar no início a Revolução Sandinista, respondia aos interesses mais conservadores. Com o tempo, ficou claro que, para o jornal, não eram os valores democráticos que estavam efetivamente em jogo e, sim, a necessidade de excluir os sandinistas do poder, por estes agirem segundo "esquemas marxistas". A defesa da democracia, feita pelo jornal *La Prensa*, apresentava-se, muitas vezes, segundo Löwy, como um discurso vazio. Somado a isso, a FSLN não seguiu fielmente as diretrizes dos partidos comunistas e nunca foi fiel às políticas da URSS, até porque, nos anos 80, a URSS vivia um período de reformas sob a liderança de Gorbachev.[96]

Por outro lado, os jornalistas do *La Prensa* denunciaram que o Ministro da Cultura, o sandinista Ernesto Cardenal,[97] desejava excluir esse jornal do jogo político porque acreditava no seu envolvimento com a CIA e com o governo

---

95   ANTONIO CUADRA, Pablo & CHAMORRO BARRIOS, Pedro J. "También en Nicarágua". Revista *Vuelta*, México, nov. de 1981, p. 54-55.

96   Ver: LÖWY, Michel (org.). *O marxismo na América Latina: uma antologia de 1909 aos dias atuais*. São Paulo: Fundação Perseu Abramo, 1999.

97   O padre e poeta Ernesto Cardenal foi um dos mais importantes representantes da Teologia da Libertação na Nicarágua e atuou, também, como ministro da Cultura do governo sandinista.

Ronald Reagan.[98] O jornal *La Prensa* representava, naquele momento, parte da elite conservadora (Igreja católica, partidos conservadores e Confederação de Empresários). Segundo Castañeda, essa elite apoiou de fato políticas estadunidenses gerando grande desgaste para o governo sandinista, que chegou a gastar mais de 40% do orçamento do Estado para conter os avanços armados da oposição.[99]

É certo que a Guerra Fria levou à definição de posicionamentos políticos e propiciou disputas ideológicas acirradas na América Latina. No entanto, essas disputas eram extremamente complexas e controversas. Para a historiadora mexicana Lucrecia Lozano, é preciso levar em consideração a peculiaridade da experiência revolucionária na Nicarágua, uma vez que a revolução foi democraticamente institucionalizada nas eleições de 1984.

> A diferencia, sin embargo, de otras experiéncias históricas, las elecciones en Nicarágua cobran un sentido particular: no son, como usualmente ocurre en las democracias liberales representativas, un ejercicio periódico através del cual se "míden" los índices del consenso político, sino que, por el contrario, expresan el encuentro entre la legitimidad de la revolución con su institucionalización jurídica. [...] La realización de las elecciones de noviembre de 1984 se enmarca en este rico y complejo proceso y sus resultados expresan la opción histórica del pueblo nicaraguense ser dueño de su propio destino y recorrer el camino trazado por Sandino y los miles de patriotas caídos en la lucha por la justicia, la libertad y la independencia nacional.[100]

Contrariamente a Lozano, Paz questionou justamente a legitimidade democrática das eleições devido às medidas "autoritárias, repressoras e agressivas" dos sandinistas. Sua posição política foi oposta, até mesmo, à do governo do PRI, que apoiou e reconheceu as eleições de 1984. De acordo com Löwy, de fato as eleições foram reconhecidas internacionalmente como livres e democráticas. Os "erros

---

Ver: SADER, Emir (org.) *Enciclopédia Contemporânea da América Latina e do Caribe*. São Paulo, Boitempo, 2007.

98 ANTONIO CUADRA, Pablo & CHAMORRO BARRIOS, Pedro J. "Situación de la cultura en Nicarágua". Revista *Vuelta*, México, enero de 1985, p. 53.

99 Ver: CASTAÑEDA, Jorge. "A segunda onda". In: *Utopia desarmada. Intrigas, dilemas e promessas da esquerda latino-americana*. São Paulo: Companhia das Letras, 1994.

100 LOZANO, Lucrecia. *De Sandino al triunfo de la revolución*. México: Siglo XXI, 1985, p. 323.

autoritários", segundo o escritor marxista, teriam sido progressivamente corrigidos, embora continuasse a predominar um estilo vertical de liderança política.[101]

Vale recordar, mais detalhadamente, que os movimentos guerrilheiros na América Central (Guatemala, Nicarágua e El Salvador) ressurgiram, nos anos de 1960 e 1970, influenciados pela Revolução Cubana (1959) e mobilizados por uma profunda crise econômica. O êxito da Revolução Sandinista, em 1979, além de inspirar outros países da América Central, trazia em seu bojo a opção pela democracia representativa, pela economia mista e por uma política externa independente. Porém, como mencionou o intelectual de esquerda Emir Sader, a revolução enfrentou sérios problemas com a contraofensiva do governo Reagan. Os esforços dos sandinistas, no enfrentamento militar com a oposição armada pelo governo dos EUA, resultaram em graves problemas econômicos e milhares de mortos.[102]

Nesse contexto, o discurso de Paz pela defesa da democracia na Nicarágua estava, para as esquerdas, vinculado aos interesses da política externa da Era Reagan. Como se sabe, entretanto, o discurso democrático foi sendo incorporado pelo pensamento político e intelectual latino-americano, de maneira evidente a partir dos anos de 1980, tanto pela direita como pela esquerda. A questão é que a democracia, naquele período, não era, ainda, claramente vista por todos como a melhor opção política na América Latina. De acordo com o escritor mexicano Alberto Ruy Sánchez, escritor de *Vuelta* e defensor de Paz:

> En varios países latino-americanos Perú, Bolívia, Honduras, Brasil, Uruguay y Argentina los gobiernos militares han tenido que ceder su lugar a gobiernos civiles, marcando un retorno a democracia, que se ha convertido en pesadilla de los generales. Ahora parece que no solamente los generales aborrecen y temen a la democracia: un sector de izquierda también la ataca.[103]

---

[101] LÖWY, Michel (org.). *O marxismo na América Latina: uma antologia de 1909 aos dias atuais*. São Paulo: Fundação Perseu Abramo, 1999, p. 56.

[102] SADER, Emir (org.) *Enciclopédia Contemporânea da América Latina e do Caribe*. São Paulo, Boitempo, 2007, p. 505.

[103] SÁNCHEZ, Alberto Ruy. "Octavio Paz contra cualquier invasión a Nicarágua". Revista *Vuelta*, México, dez. de1984, p. 46.

A eleição nicaraguense não apenas criou intensas polêmicas pela atuação violenta da esquerda e da direita, mas também gerou debates com relação às possibilidades efetivas da revolução colocar em prática um sistema político democrático na região. Seguramente, era preciso construir uma prática política plural para aquela sociedade civil debilitada pelas experiências ditatoriais.

O próprio México, ao passar por grave crise econômica nos anos 80, foi obrigado, segundo o historiador Barry Carr, a repensar o Estado burocrático e o papel violento das guerrilhas. Com Miguel de la Madrid, o país conteve a luta armada e optou por reformas democrático-liberais.[104] Para Aguilar Camín, a esquerda mexicana, ao longo do século XX, tendeu, mesmo assim, a acreditar na violência revolucionária como componente constitutivo de legítima transformação social. De acordo com o autor, é perceptível o que representa a Revolução Mexicana na história do país, em que líderes violentos como Pancho Villa são oficialmente reconhecidos e celebrados pelos seus gestos fundadores. No México, a violência revolucionária de esquerda é a "boa violência" que segue, ainda, no imaginário político, com os seus adeptos e os seus heróis, Pancho Villa, Che Guevara, Sandino e Subcomandante Marcos.[105] As relações de Paz com as esquerdas mexicanas tornaram-se, assim, ao longo do tempo, cada vez mais problemáticas. No entanto, o poeta é contundente ao esclarecer a necessidade de diálogo com essa vertente ideológica.

> Siempre creí – y creo – que mi interlocutor natural era el intelectual llamado de izquierda. Vengo del pensamiento llamado de izquierda. Fue algo muy importante en mi formación. No sé ahora [...] lo único que sé es que mi diálogo – a veces mi discusión – es con ellos. No tengo mucho lo que hacer con los otros.[106]

O marxista Arnaldo Córdova discordou do poeta, ao afirmar que ele não queria discutir efetivamente com a esquerda.

---

104 Ver: CARR, Barry. "La crisis económica y la unificación de la izquierda". In: *La izquierda mexicana a través del siglo XX*. México: Ediciones Era, 2000, p. 281-304.
105 AGUILAR CAMÍN, Héctor. *Pensando en la izquierda*. México: Centzontle, 2008, p. 17.
106 PERALTA, Braulio. *Un poeta en su tierra: diálogos con Octavio Paz*. México: Grijalbo, 1996, p. 45.

> Tenia [Octavio Paz] un concepto de izquierda muy própio y muy conveniente: para él era el conjunto de los seguidores de lo Partido Comunista Soviético, de Castro o de Mao. No sabía que había un pensamiento de izquierda, marxista, que era diferente. Ese pensamiento a él no le interesaba. Queria un enemigo a modo y era ése lo que estaba restando. Probablemente le habría encantado que Leonid Brejnev o Fidel Castro se dirigieran a él y lo invitarán a polemizar como él queria, probablemente en la Plaza Roja o en la Plaza de la Revolución. Cuando Paz se convertió en estrella de la televisión con sus magníficos y muy ilustrativos programas jamás abrió las puertas a una polémica como él decía que quería con la izquierda.[107]

A explicação para a forte indignação, de grande parte da esquerda mexicana, provocada pelo discurso de Paz, possui vários lados. Um dos principais relaciona-se à sua participação na Televisa, que costumava alcançar em média, naquela época, 45 milhões de telespectadores. O diretor de televisão Tajonar afirmou, em 1998, que grande parte da comoção social provocada pelo poeta, em 1984, foi gerada pelo lugar e pela maneira como o discurso foi transmitido na mídia. A imagem do poeta através da Televisa, transmitida em horário nobre, adquiriu, no México, um sentido muito questionável por estar associada a uma empresa de posicionamento político conservador.[108]

Aguilar Camín – diretor de *Nexos*, revista que fez por vezes oposição ao poeta –, endossou a visão de Tajonar, muito tempo depois do episódio, ao escrever que o principal responsável pelos protestos foi a forma "beligerante" como a Televisa transmitiu o discurso de Paz, restringindo-se à paisagem centro-americana. O discurso *"El diálogo y el ruído"*, segundo o historiador, tornou-se melhor conhecido várias semanas depois dos protestos contra o poeta, o que, por outro lado, não excluiu a crítica sobre a tendência do poeta em omitir dados, nos seus ensaios, que encobriam os seus preconceitos e intenções.[109]

Jorge Castañeda afirmou, em 1984, de modo distinto dos autores já citados, que o discurso de Paz foi transmitido na íntegra pela Televisa e que foi a primeira

---

107 CÓRDOVA, Arnaldo. "Octavio Paz y la izquierda". *La Jornada:* México (01/07/2007). Disponível em: http://www.iis.unam.mx/biblioteca/pdf/arnaldo_cordo9.pdf. Acesso: 20/08/2011.
108 TAJONAR, Héctor. "Pensamiento, poesía y televisión". *Reforma*, México, 26 de abril, 1998, p. 4.
109 AGUILAR CAMÍN, Héctor. *Pensando en la izquierda*. México: Cenzontle, 2008, p. 71.

vez que se conjugou a onda direitista da intelectualidade europeia – da qual o poeta era, na visão dele, um adepto – com os meios de comunicação de massa para atacar a Nicarágua. Nesse caso, o poder desigual dos estadunidenses frente aos sandinistas não tinha sido levado devidamente em consideração por Paz e pela Televisa. Para Castañeda, a projeção que Paz alcançou, com o seu discurso, foi inigualável em comparação com a imprensa escrita, o que resultou, consequentemente, na indignação da esquerda e na diminuição do apoio da opinião pública mexicana em relação à Revolução Sandinista, justamente no momento em que a revolução mais precisava.[110]

Os caricaturistas mexicanos não deixaram por menos e se pronunciaram a respeito: Magú, do jornal *La Jornada*: "Reagan envía a Centroamérica: armas, dólares y el discurso de Octavio Paz"; Hélio Flores, no mesmo diário: "El 'monodemocrático' Napoléon Duarte sostiene una taza y una hoja de papel avalada por Octavio Paz"; "Tú también, Octavio?", disse Augusto César Sandino em um balão de Luis de la Torre no jornal *Excélsior*, enquanto no mesmo matutino Marino utilizou a frequente imagem do ventríloco e seu boneco: o Tio Sam e Octavio Paz, nessa ordem. Ainda sim, segundo a revista *Proceso*, os seus defensores também se manifestaram publicamente: Fermín Santa María, no jornal *El Heraldo*: "Paz 'virilmente condenó al gobierno sandinista'", e Alfredo Márquez Campos no jornal *Novedades*: "En el estupendo discurso de aceptación del prémio [...] El problema más grave señalado por Paz con la mayor valentía [...]", e Jacobo Zabludowsky, o apresentador do jornal *24 horas* da Televisa, que ao manifestar apoio ao poeta, confessou a dificuldade de estar sempre ao seu lado, por ser um jornalista da emissora.[111] De acordo com Vargas Llosa – já convertido, nessa época, em um convicto pensador liberal –, Paz sempre tinha condenado as intervenções norte-americanas de Ronald Reagan na América Latina, como também, desconfiado dos benefícios do mercado livre, de modo que não merecia ter sido parte de um ato inquisitorial ao ter sua imagem queimada em praça pública. Isso foi, para o escritor peruano,

---

110   CASTAÑEDA, Jorge. "Paz, 'Nicarágua y México'". Revista *Proceso*, México, oct. 1984, p. 40.
111   F. C. "Abrumadora condena a las declaraciones de Octavio Paz contra la Revolución Nicaraguense". Revista *Proceso*, México, 19 de noviembre de 1984, p. 50-51.

um exemplo do nível de "sectarismo e imbecilidade" que tinha alcançado o debate público na América Latina.[112]

O próprio Paz, ao responder às críticas recebidas, disse que nunca foi a favor da intervenção dos EUA na América Central, e sim da existência de condições políticas verdadeiramente democráticas. O discurso em Frankfurt teria ressaltado que os problemas na Nicarágua eram anteriores à invasão norte-americana e que os sandinistas poderiam transformar o país em uma ditadura burocrático-militar, assim como se tornou Cuba. Sobre o ódio manifestado pelas esquerdas em relação às suas declarações, o poeta declarou: "No sólo han isolado ciertas frases mías del contexto sino que se desfiguraron mís palabras o se me atribuyeron cosas que yo no dije".[113] Em um outro momento, Paz realizou um "Apunte Justificativo":

> Un párrafo del discurso de Frankfort, dedicado al conflicto centroamericano, provocó un alboroto. Durante una semana, como si tratase de una tempestad de teatro, los diarios y las revistas semanales publicaron artículos, caricaturas, encuestas y hasta un manifiesto firmado por doscientos veinteocho profesores "en todos los ramos científicos y culturales de trece países de cinco instituiciones." La condenación del discurso que muy pocos habían leído, fue general. Los más suaves dijeron que yo era un mal mexicano. En la Cámara de Diputados hubo discursos encrespados y en Festival Cervantino se eliminó mi nombre en un concierto de música con textos de mis poemas (el actor contratado para declamarlos se negó airadamente a hacerlo, con la aprobación de alto funcionário que presidía el acto). La culminación fue un mitin frente a la Embajada de los Estados Unidos en que se me quemó en efigie mientras los fieles coreaban: "Reagan rapaz, tu amigo es Octavio Paz". Unos pocos escritores y periodistas tuvieron el valor y la generosidad de defenderme. [...] Lo juzgaron no una traición a mi pátria sino a mi pasado [...] Olvidemos esas trápalas. Los otros textos explican por sí solos.[114]

---

112   VARGAS LLOSA, Mario. *Diccionario del amante de América Latina*. México: Paidós, 2006, p. 287-293.
113   SÁNCHEZ, Alberto Ruy. "Octavio Paz contra cualquier invasión a Nicarágua". Revista *Vuelta*, México, dez. de1984, p. 46.
114   PAZ, Octavio. "Pequeñas crónicas de grandes días". In: *Ideas y Costumbres II: La Letra y el Cetro. Obras Completas*, vol. 9. México: FCE, 2003, p. 375 (1ª ed. 1993).

Com efeito, as posições acerca da Nicarágua sandinista, em muitos momentos, eram, e ainda são, partidárias e apaixonadas, mesmo as posições mais críticas e apuradas dos intelectuais de Guerra Fria, são, em sua maioria, consideradas como binárias (Estados Unidos x América Latina; capitalismo x comunismo; reforma x revolução; direita x esquerda). Assim, o acirrado debate intelectual, daquele tempo, imperdoável quanto às manifestações políticas ponderadas, amenas e ingênuas, foi um elemento fundamental para o ressurgimento da sociedade civil latino-americana e o desencanto com os movimentos revolucionários.

Além disso, a reação espetacular ao discurso de Paz narrada por Fernando Viscaíno revelou uma possibilidade na revisão das suspeitas sobre a difusão de notícias televisivas enquanto estratégias para anestesiar os insatisfeitos, injustiçados ou oprimidos. Basta, como observou García Canclini, notar que também a resistência se desdobra em ações espetaculares. Manifestações de rua, como os protestos contra Paz, destinadas a chamar a atenção do mundo, tornam o espaço público uma "tela pública", na medida em que também são veiculadas pela mídia.[115]

Analisar como as ideias políticas de um expressivo intelectual mexicano, sobre a Revolução Sandinista, foram sendo debatidas, deformadas, (re)construídas e polemizadas – entre outros meios, através da transmissão televisiva durante o processo de redemocratização dos países latino-americanos –, foi um dos pontos desse tópico. Dessa maneira, é claramente perceptível como a história contemporânea das lutas políticas e sociais da América Latina está, muitas vezes, vinculada aos meios de comunicação de massa e ao discurso intelectual.

---

115 GARCÍA CANCLINI, Néstor. *Leitores, espectadores e internautas*. São Paulo: Iluminuras, 2008, p. 49.

3.5 – Televisa apresenta: "Conversaciones con Octavio Paz"

Figura 9: Foto de Octavio Paz e Enrique Krauze na Capela Alfonsina[116] Fonte: *Revista Proceso*, 1984 n° 386, p. 47

En el SETENTA ANIVERSARIO del poeta TELEVISA presenta CONVERSACIONES CON OCTAVIO PAZ

Hoy es un día muy especial para la Televisión Mexicana, porque se inicia una serie que tiene una importancia singular, se llama:

CONVERSACIONES CON OCTAVIO PAZ

Como lo indica su nombre, son programas en los que este gran escritor mexicano platica con prestigiados intelectuales mexicanos y extranjeros sobre temas que ha tratado en sus libros: el arte plástico, la literatura, la historia y la política de México, la poesía española, francesa, inglesa y claro está la suya propia, el surrealismo, las relaciones entre Oriente y Occidente, su experiencia durante la Guerra Civil Española, el problema de la pos--modernidad en el arte y la situación política mundial.

Las conversaciones con Octavio Paz no constituyen propiamente unas memorias, sino que son reflexiones informales acerca de temas e ideas, sobre las que Paz ha pensado y escrito acerca de

---

116 Foto de Octavio Paz e Enrique Krauze na Capela Alfonsina, durante o programa televisivo *Conversaciones con Octavio Paz*, de 1984. PONCE, Armando. "Cultura: Conversaciones por televisión". Revista *Proceso*, México, 1984, n° 386, p. 47. A *Capilla Alfonsina* é o local onde viveu o escritor e diplomata Alfonso Reyes (1889-1959). Atualmente, é um centro de estudos literários destinado tanto à divulgação da obra de Reyes como a atividades culturais.

> experiencias que ha vivido y acerca de los artistas e intelectuales con quienes ha convivido a lo largo de su vida como escritor y como diplomático.
>
> Además en esos programas Paz se revela como un magnífico conversador. Por todo ello, las Conversaciones con Octavio Paz, constituyen un testimonio valiosísimo de un escritor mexicano reconocido dentro y fuera de nuestro país como uno de los máximos representantes de la intelectualidad latino-americana.
>
> Para TELEVISA es muy satisfactorio presentar la serie Conversaciones con Octavio Paz y lo hace como un modesto homenaje al poeta con motivo de su aniversario número 70, que se cumple este año. Usted podrá coincidir o diferir de las opiniones expresadas con absoluta libertad por Octavio Paz en estos programas, pero creo que será difícil permanecer indiferente a ella, por esta razón tenemos mucho interés en conocer sus comentarios sobre estas pláticas. Mucho agradecemos sus llamadas a los teléfonos que aparecen en la pantalla o sus cartas dirigidas al Programa Conversaciones con Octavio Paz. Boulevard Adolfo Lopez Mateos 232, código postal 01060, San Ángel Inn, México, D.F.
>
> Espero sinceramente que las Conversaciones con Octavio Paz le resulten interesantes. Muchas Gracias. [...].[117]

Em março de 1984, em comemoração aos 70 anos de Paz, a Televisa produziu, com recursos relativamente modestos e direção do produtor cultural Héctor Tajonar, uma série denominada *Conversaciones con Octavio Paz*, que resultou em 19 programas, exibidos semanalmente, em um total de 21 horas de duração. Esse projeto cultural teve como objetivo apresentar informalmente as ideias do poeta acerca da poesia, da política, da história e da arte mexicana através de conversas com convidados. Nomes como o antropólogo Miguel León-Portilla, o historiador Enrique Krauze, o poeta colombiano Álvaro Mutis foram alguns dos participantes.

---

[117] Apresentação do programa produzido pela Televisa, em 1984: *Conversaciones con Octavio Paz*. Transcrição de Adolfo Castañon.

Quadro: Programas e convidados de Conversaciones con Octavio Paz – 1984

1	México y sus Pasados – Miguel León-Portilla
2	El Arte Plástico Mexicano – Teodoro Gonzalez de León
3	La Guerra Civil Española – Luis Mario Schneider
4	El Surrealismo – Álvaro Mutis
5	Mexicano Independiente y Contemporáneo – El Laberinto – Enrique Krauze
6	Y el Liberalismo – Enrique Krauze
7	Arte Moderno I – Las Maquinas Eróticas de Marcel Duchamp – José Miguel Ullán
8	Arte Moderno II – Ínsulas Extrañas Miró, Tapies, Balthus y Otros – José Miguel Ullán
9	Oriente y Occidente – La India – Raymundo Panikkar
10	Oriente y Occidente – China y Japón – Raymundo Panikkar
11	La experiencia Poética I – Ramón Xirau
12	La persona y la obra de Sóror Juana Inés de la Cruz – Georgina Sabat de Rivers
13	Invitación a la poesía I – Medievales, Barrocos e Modernistas – Álvaro Mutis
14	Invitación a la Poesía II – Modernistas Lengua Española – Álvaro Mutis
15	La tradición poética de México I – Salvador Elizondo
16	La tradición poética de México II – Salvador Elizondo
17	México Independiente y Contemporáneo – El presente de México – Enrique Krauze
18	Crisis del Futuro – Hugo Verani
19	Poesía en lengua inglesa – Emir Rodríguez Monegal
19	La experiencia poética II – Ramón Xirau

Os convidados eram todos especialistas influentes e reconhecidos entre seus pares, possuíam em comum a amizade e a admiração por Paz. O escritor e tradutor mexicano Salvador Elizondo, o poeta e filósofo espanhol Ramón Xirau e o historiador e editor Enrique Krauze foram integrantes das revistas *Plural* e *Vuelta*, dirigidas pelo poeta. Hugo Verani, uruguaio, especialista em literatura hispano-americana, chegou a escrever, em 1983, uma bibliografia crítica de Paz.[118] O poeta espanhol José Miguel Ullán já havia tido uma expressiva participação em programas culturais midiáticos na Europa, dirigido em Paris as edições de língua espanhola de *France Culture* (ORTF), e atuado como comentarista, entre 1983 e 1984, da *Televisión Española* dos Festivais da Eurovisión. Raymundo Panikkar, professor de Harvard, escreveu uma vasta obra dedicada ao diálogo inter-religioso, principalmente entre hindus e cristãos. O renomado arquiteto mexicano Teodoro González de León, que projetou importantes edifícios modernos na Cidade do México, como do *El Colegio de México*,[119] estabeleceu uma grande amizade com o poeta, existem alguns escritos dele sobre a relevância da obra de Paz, e vice-versa.

É possível ver, portanto, que as *Conversaciones con Octavio Paz* foram, então, programas em que debates acirrados, polêmicos e conflituosos não floresceram, uma vez que era um evento entre amigos, que pretendia comemorar os 70 anos do poeta. Muito do que se falou, girou em torno das convicções de Paz, isto é, foi um reconhecimento para divulgar suas perspectivas artísticas, literárias e políticas e criar com o grande público uma intimidade "como se" os gestos, a atenção, as ideias estivessem vivamente presentes com eles.[120] Como assinalou Mutis à revista *Proceso*:

> Se me ha reprobado cierta actitud pasiva, cierto silencio complaciente en estos diálogos. Sólo puedo decir que en buena parte ese silencio indicaba una comunión con las opiniones del poeta. Disentir de alguna de sus opiniones me parece que hubiera roto neciamente el hilo de su pensamiento."[121]

---

[118] VERANI, Hugo J. *Bibliografía crítica de Octavio Paz*. México: UNAM, 1993.

[119] Ver: GONZÁLEZ DE LEÓN, Teodoro. "El museo de Octavio Paz". In: *Octavio Paz en sus "Obras Completas"*. México: CONACULTA & FCE, 1994, p. 68-74. PAZ, Octavio. "El azar y la memoria: Teodoro González de León". In: *Los Privilegios de la Vista II – Arte de México – Obras Completas*, vol. 7. México: FCE, 2006, p. 392-397 (1ª ed. 1993).

[120] Ver sobre o debate na televisão: WILLIAMS, Raymond. *Televisión: tecnología y forma cultural*. Buenos Aires: Paidós, 2011.

[121] WILLIAMS, Raymond. *Televisión: tecnología y forma cultural, op. cit.*, p. 46.

Filmada em importantes ambientes fechados da Cidade do México – como a Capela Alfonsina, a Sala Mexica do Museu Nacional de Antropologia e o Claustro do Convento São Gerônimo, onde permaneceu por muitos anos Sóror Juana Inés de la Cruz –, a série foi produzida procurando simular, nesses locais, uma espécie de "sala de estar", em que o poeta recebia a cada vez um especialista convidado, e acolhia com familiaridade o telespectador. Para Tajonar, o grande mérito desse trabalho é o seu "caráter testemunhal", ao apresentar oralmente o pensamento de importantes intelectuais, além de Paz, sobre diversos temas.[122] Seguem outras palavras de apresentação do primeiro programa da série – *México y sus pasados*, em que Paz recebeu o antropólogo Miguel León-Portilla. Aparece na abertura do programa a lista completa da obra do poeta e uma lista com seus prêmios literários, como o Nacional de Letras, Nice, Jerusalém, Ollin-Yoliztli, Cervantes y Nustag, assim como os doutorados honoris causa das Universidades de México, Boston, Guadalajara e Harvard, com o intuito de atestar suas opiniões sobre os assuntos tratados. A excepcionalidade da erudição de seus convidados não deixou também de conferir autoridade ao programa televisivo.

> TAJONAR: Estamos en la SALA MEXICA del MUSEO NACIONAL DE ANTROPOLOGIA para presentar a ustedes la primera de nuestras conversaciones con Octavio Paz. Nuestro invitado esta noche es el Dr. MIGUEL LEÓN-PORTILLA, uno de los más importantes estudiosos de nuestro pasado precortesiano. El Dr. León-Portilla es especialista en lengua y cultura Náhuatl. Durante 12 años fue Director del Instituto de Investigaciones Historicas de la Universidad Nacional Autonóma de México [...].
>
> Muchas gracias por su presencia esta noche aqui Dr. León-Portilla. El tema de nuestra plática de hoy es MEXICO Y SUS PASADOS. Hablamos de pasados en plural, porque los orígenes culturales y las influencias que a lo largo de más de dos mil años de historia han dado lugar al México de hoy son múltiples y en la conversación de esta noche nos centraremos sobretodo en los pasados precolombinos y novohispano. Quiero empezar preguntándoles si creen ustedes que los pasados de México están vivos y de ser así, de qué manera están presentes estos pasados. Maestro Paz, por favor [...].

---

122 TAJONAR, Héctor. "Pensamiento, poesía y televisión". *Reforma: El Ángel*, México, 26 de abril de 1998, p. 4 (os grifos são nossos).

Pensar, escrever e falar sobre tudo: arte, literatura, política, poesia, relações entre Ocidente e Oriente é típico da formação humanista de Paz, que, pela via das generalizações e das conexões entre diversas áreas do conhecimento, procura enfrentar as grandes interrogações humanas. Nesses programas, produzidos com um formato que reproduz e amplifica uma velha maneira de comunicação – a conversa amigável –, a Televisa procurou promover o poeta, além de "magnífico conversador", "pensador universal" comprometido com a liberdade, no momento em que a televisão era, para os mexicanos, um objeto amplamente familiar, popular e de uso cotidiano.

Segundo Missika, o primeiro período da história televisiva durou até meados dos anos 70 e foi vivido pelo público, em geral, como um espaço sagrado, protegido e distante, marcado pelo tratamento hierarquizado e por papéis claramente identificáveis. No entanto, como é possível notar em *Conversaciones con Octavio Paz*, a intenção expressa nos programas passou a ser no sentido de comunicar uma relação mais aberta e afetiva com o telespectador, ao conceder a ele autonomia para discordar e participar das discussões:

> Usted podrá coincidir o diferir de las opiniones expresadas con absoluta libertad por Octavio Paz en estos programas, pero creo que será difícil permanecer indiferente a ellas, por esta razón tenemos mucho interés en conocer sus comentarios sobre estas platicas.[123]

Isto evidencia uma mudança, pois o direito à palavra era antes dado apenas aos detentores do poder (políticos, artistas e intelectuais), e a partir dessa época há uma certa preocupação em, ao menos, ouvir o cidadão e explicitar a intenção de tornar esse meio um espaço democrático.[124]

Durante as décadas de 1970 e 1980, o debate intelectual e político teve uma expressão considerável nos meios televisivos. Na América Latina, principalmente após o início das reformas políticas de cunho democrático, o telespectador passou a contestar a submissão das ideias e a demandar a expressão da pluralidade

---

123 Apresentação do programa produzido pela Televisa, em 1984: *Conversaciones con Octavio Paz*. Transcrição de Adolfo Castañon.

124 É claro que as críticas feitas ao programa por meio de cartas e telefonemas não foram divulgadas pela Televisa. Ainda hoje, isso não costuma ocorrer nos programas televisivos.

e da liberdade, inclusive nos meios televisivos. Somado a isso, a crise econômica, as transformações políticas, a ampliação massiva dos centros universitários, o desenvolvimento tecnológico e as mudanças de comportamento cultural deram à televisão, nesse período, um papel de "gestora" dos conflitos sociais.[125] Nesse contexto, os pedidos do público que assistira aos programas da série eram, em sua maioria, para solicitar um maior espaço para os assuntos políticos. Como disse Tajonar publicamente, ao longo da programação:

> Muy buenas noches. Hemos recibido decenas de cartas y cientos de telefonemas felicitando a Octavio Paz y a Televisa por la serie CONVERSACIONES CON OCTAVIO PAZ. Muchas gracias por su interés en esta serie. Muchas de sus cartas y telefonemas nos solicitan que volvamos a transmitir los programas de contenido histórico-politico. Ellos son la EXPERIENCIA DE LA GUERRA CIVIL ESPAÑOLA con Luis Mario Schneider[126] y los dos programas que tuvieron por tema EL MEXICO INDEPENDIENTE Y CONTEMPORANEO, la primera parte titulada EL LABERINTO Y EL LIBERALISMO y la segunda PRESENTES DE MEXICO en la que tuvimos como invitado a ENRIQUE KRAUZE. Atendiendo a sus solicitudes, vamos a transmitir a partir de hoy estos tres programas durante las proximas tres semanas. Empezamos con la Experiencia de la Guerra Civil Española que usted la disfrute.[127]

"Atendiendo a sus solicitudes", os temas políticos tratados por Paz resultaram, em boa medida, no diálogo que ele estabeleceu com o pensamento liberal de Krauze. Ao expressar suas ideias como "simples opiniões", Paz dissimulou o seu papel na Televisa como suposto representante da "opinião pública latino-americana". É possível identificar, graças às transcrições dos programas realizadas por Adolfo Castañon, alguns trechos polêmicos, quando Paz: (1) acusou os marxistas

---

125 Segundo Peter Burke: "En la década de 1980 y, sobre todo, a partir de los inicios del proceso de globalización, el encuentro entre cultura y comunicación adquiere un nuevo significado. En la década de 1990, las tecnologías de la comunicación y de la información influyen sobre la cultura para superar el modelo de comunicación unidireccional dominante, según el cual comunicar cultura equivalía a poner en relación vertical a unos públicos con unas obras." BURKE, Peter. *História social da mídia, op. cit.*, p. 17.

126 Luis Mario Schneider é poeta e crítico literário argentino.

127 "La Guerra Civil Española" – Luis Mario Schneider. *Conversaciones con Octavio Paz*. Transcrições feitas por Adolfo Castañon, p. 95.

latino-americanos de não terem autocrítica e possuírem uma fragilidade teórica ao incorporar mal e tardiamente as ideias de Marx; (2) deu ênfase ao papel fundamental dos dissidentes políticos na revisão crítica do marxismo;[128] (3) posicionou-se como pensador liberal na televisão – "después de todo soy un liberal", atitude esta nunca vista explicitamente em seus ensaios políticos;[129] (4) objetivou marcar a ideia de que a mudança de opinião no mundo moderno era natural e recorrente;[130] (5) defendeu

---

[128] "Muy buenas noches atendiendo a sus solicitudes de que volvamos a transmitir los programas de contenido histórico político dentro de la serie *Conversaciones con Octavio Paz*. [...] PAZ: El marxismo por una parte [...] la parte positiva diríamos del marxismo, es que es crítico y eso no había penetrado profundamente en lengua española. Incluso, las tendencias críticas de la enciclopedia, también penetraron mal y tardíamente. En consecuencia, durante mucho tiempo en lengua española no hubo grandes análisis teóricos de lo que significa realmente el comunismo. Fue necesario que lo hicieron antes, en primer lugar los rusos, los disidentes rusos, la oposición de izquierda y la oposición democrática de Rusia y después, pues gente como Bertrand Russel en un momento dado, Gide en otro momento...tantos, (no? Pero en la lengua española, fue tardío). [...]." In: "La Guerra Civil Española" – Luis Mario Schneider. *Conversaciones con Octavio Paz*. Transcrições feitas por Adolfo Castañon, México, 2009, p. 112.

[129] "[...] PAZ: [...] Después de todo soy un liberal, nací en el liberalismo, soy hijo de liberales y mis primeras lecturas fueron justamente los enciclopedistas franceses, por ejemplo, y los liberales mexicanos. Así es que, incluso por fatalidad familiar, pero también diríamos por vocación histórica, por origen histórico, soy un liberal. Como todos los liberales, hemos nacido en este gran desorden que es la critica moderna en el mundo moderno.
[...] KRAUZE: [...] Y al mismo tiempo pienso que lo que es muy interesante es que usted en sus escritos posteriores, está mucho más cerca de ese liberalismo, de lo que en estos momentos usted refleja. Quizá, como dijimos al principio, que esta plática iba a dar cuenta o pretende dar cuenta de esos pasos. Quizá con usted [...] con que nos cotejemos con los últimos escritos, incluso con aquel ensayo sobre Cosio Villegas etc. En los años 70, pienso que usted se ha acercado muchísimo más a estos valores." In: "México Independiente y Contemporâneo" – Enrique Krauze. Conversaciones con Octavio Paz. Transcrições feitas por Adolfo Castañon, p. 182, p. 188.
 [...] PAZ: [...] Después de todo nuestros grandes fracasos en los últimos años en materia económica, en materia social, han sido de la desmesura. Hemos querido demasiado [...] demasiado pronto y hemos administrado mal nuestra riqueza.
KRAUZE: Dilapidado, incluso. [...]
KRAUZE: Hay un desencanto digamos, podemos apuntar para los programas siguientes (hay o no un desencanto con la imagén y con el mito, digamos se puede llamar así, de la revolución? [...]" In: "México Independiente y Contemporáneo" – Enrique Krauze. Transcrições feitas por Adolfo Castañon, México, 2009, p. 211.

[130] "[...] KRAUZE: Octavio Paz, objeto de pasión y contemplación, de reflexión y crítica, pero, su obra no es la de un historiador que registre o recrea una época, sino la de un poeta que se pregunta por el sentido de la historia. Para Paz, la historia es un texto por descifrar, cada etapa esconde un signo, un significado, una clave. Su historia no es una historia, es una visión de la

o fim das distinções entre esquerda e direita no mundo ocidental;[131] (6) definiu as diferenças e críticas possíveis acerca das relações entre o México e os Estados Unidos,[132]

---

historia. Al mismo tiempo, la obra de Octavio Paz no es estática...usted no piensa ahora lo que pensaba en 1950 [...]
PAZ: No, definitivamente. (...)" In: "México Independiente y Contemporáneo" – Enrique Krauze. *Conversaciones con Octavio Paz*. Transcrições feitas por Adolfo Castañon, México, 2009, p. 180.

[131] "[...] KRAUZE: ¿En qué modo sigue usted siendo socialista?
PAZ: Bueno, yo sigo pensando en que no es posible encontrar...es decir que el capitalismo clásico no es la solución de los problemas sociales. Para mí lo fundamental no es el progreso económico sino la dignidad de los hombres. Y esto en capitalismo no lo encuentro.
TAJONAR: ¿Entonces no estaría usted de acuerdo con la crítica que le hace la izquierda o algunos sectores, o algunos representantes de la izquierda mexicana que Octavio Paz esta hoy a la derecha de Octavio Paz?
PAZ: Bueno mire usted, ellos estan a la derecha de la derecha. En primer lugar los términos izquierda y derecha son términos que han perdido absolutamente todo sentido, toda validez histórica al final del siglo XX. (¿qué quiere decir derecha, que quiere decir izquierda? (¿Bregner es de derecha o es de izquierda? No sabemos. Así es que hablemos de [...]". In: "México Independiente y Contemporáneo" – Enrique Krauze. *Conversaciones con Octavio Paz*. Transcrições feitas por Adolfo Castañon, México, 2009, p. 631.

[132] "[...] TAJONAR: Quiere decir usted [...] digamos, no sé si la frase es excesiva. (¿Se puede hablar de una especie de autismo histórico en Estados Unidos?
PAZ: Bueno sí creo, mire usted, es un problema muy complejo. Yo acabo de escribir un largo ensayo sobre este tema, sobre la democracia imperial. He escrito dos ensayos paralelos, uno que se llama "La democracia imperial", que es un examén sobre la Unión Soviética, su política internacional y la naturaleza de sus relaciones con los Estados vasallos y con los Estados antiguos y con los Estados independientes y lo mismo hago con los Estados Unidos. Evidentemente en la fundación de los Estados Unidos está una tentativa única en la historia, es el liberalismo llevado a sus últimas consecuencias, pero un liberalismo que viene de la revolución protestante, del puritanismo. Crear una sociedad humana al abrigo de las vicisitudes y de los horrores de la historia. Los norteamericanos crearon su país contra el pasado europeo frente al pasado europeo, para escaparse de la historia. Pero claro, quisieron hacer [...]
KRAUZE: La historia se escapo de ellos entonces ahora.
PAZ: [...] claro, quisieron hacer una democracia fuera de la historia. Pero claro, no fueron una democracia nada más fueron una gran potencia industrial, fueron un imperio. Son un imperio, pero en fin fueron imperio en sentido que un imperio significa participar en este mundo, ser de este mundo. Entonces hay una contradicción profunda en los Estados Unidos. Por una parte son la democracia ahistorica, que le quiere dar la espalda a la historia, autista como usted dice. Un mundo ensimismado, que ve con horror el extranjero, el de fuera es lo malo. El inmigrante es bueno si se asimila, si entra en el "melting pot" (¿no? Bueno. He aquí un país en el cual hay una contradicción profunda entre su destino como nación y su destino como imperio. Entre la democracia americana frente a la historia y el imperio americano que interviene en la historia. Pero no tiene elementos intelectuales para intervenir en la historia. Es

e, por fim, (7) comparou as ditaduras militares na América Latina ao regime de Fidel Castro em sua defesa pela democracia.¹³³

> exactamente lo contrario en la Unión Soviética, en la cual el mesianismo imperialista zarista se continúa en el mesianismo imperialista ruso actual.
> KRAUZE: (Y en el terreno latinoamericano, cómo ve usted se ajedreza ahora [...]?)
> PAZ: Bueno, yo lo veo como una gran [...] evidentemente los norteamericanos no han sabido oírnos [...]
> KRAUZE: Eso es.
> PAZ: [...] no es fácil dialogar con ellos y esto ha sido una tragedia, porque es claro que necesitamos entendernos con ellos de alguna manera, porque hay cosas que defender, cosas comunes que defender. La oposición entre México y los Estados Unidos es muy profunda. Por una parte hay una oposición de civilización, somos dos versiones distintas de civilización de Occidente, somos dos vocaciones distintas. Nosotros en primer lugar tenemos un pasado indígena muy rico que ellos no tienen. En segundo lugar tenemos...nacimos con la contrareforma y tenemos una serie de valores que ellos no conocen, que ellos ignoran. A su vez ellos tienen una serie de valores que nosotros no conocemos. Ellos nacieron con la reforma y con la modernidad y con el capitalismo. Así es que hay esta oposición de civilización entre ellos y nosotros. Pero estamos condenados a dialogar, porque tenemos una frontera común de varios miles de kilómetros. Si mañana, por un accidente extraordinario los americanos cambiasen de régimen político y nosotros también, de todos modos las realidades fundamentales, que son las realidades de estilo de vida, de civilización y de cultura, seguirán siendo las mismas. La misma división entre polacos y rusos, entre alemanes y polacos, cualquiera que sea el régimen social existiría entre nosotros y ellos. Pero, aparte de esta división de civilizaciones, hay ciertos valores comunes que defender. La gran realidad del siglo XX a mí juicio, es el totalitarismo. Esto habría que encontrar una manera de dialogar con los norteamericanos. Es muy difícil porque ellos no tienen ni siquiera conciencia clara de lo que están haciendo. [...]" In: "Crisis del futuro" – Hugo J. Verani. *Conversaciones con Octavio Paz*. Transcrições feitas por Adolfo Castañón, México, 2009, p. 640.

133 "Es atroz lo que pasa en América Latina. Yo no voy a defender ni a las oligarquías latinoamericanas, ni a los militares latinoamericanos, ni a las dictaduras latinoamericanas y mucho menos a los Estados Unidos, cuando han apoyado y siguen apoyando a veces [sic!] esos regímenes reaccionarios. No se trata de eso, evidentemente. Se trata de algo muy distinto, se trata de que en los Estados Unidos es posible manifestar contra la guerra de Vietnan. Se trata de que en los Estados Unidos hoy se puede hablar y decir que la política norteamericana en El Salvador está equivocada. Yo no sé si está equivocada o no, pero se puede decir. Yo puedo decir [...] (¿cómo? esto es evidente una diferencia fundamental. Yo puedo decir hoy en México que estoy o no de acuerdo con una serie de ideas del gobierno, yo no puedo decir esto en Cuba. Bueno, esto es lo que hay que defender. Esto es el límite entre lo defendible y lo no defendible. Ahí donde hay posibilidad de cambiar la sociedad, si no, estamos perdidos. De modo que la democracia si, tiene que ver con las reformas sociales. La democracia tiene que ver con la clase obrera, ahí donde la clase obrera no tiene derecho de huelga, no tiene derecho de asociación, no se puede hablar ni de revolución, ni de socialismo, no me hagan reír. Esto es fundamental.[...]"In: "México Independiente y Contemporâneo"– Enrique Krauze. *Conversaciones con Octavio Paz*. Transcrições feitas por Adolfo Castañón, México, 2009, p. 644.

Com efeito, no momento em que o poeta contou na televisão, em 1984, sobre o seu desencanto com o socialismo, reafirmou os seus valores liberais, explicou a dura relação do México com os EUA, defendeu a autonomia do intelectual, promoveu os seus livros políticos, como *El ogro filantrópico* (1978) e *El Tiempo Nublado* (1983), comparou as ditaduras militares latino-americanas com a experiência cubana, e associou seu nome com historiadores como o francês François Furet, crítico das interpretações marxistas acerca da Revolução Francesa, e o mexicano liberal Daniel Cósio Villegas, ele marcou uma posição passível de ser associada, no México, aos ideais da direita, embora frisasse que as definições direita e esquerda estavam ultrapassadas.

Como assinalou Norberto Bobbio, durante as décadas de 1980 e 1990, foram frequentes as afirmações no mundo ocidental de que, diante da complexidade da realidade contemporânea, os termos direita e esquerda eram simplificadores, pois os problemas econômicos, políticos e culturais não poderiam mais ser analisados apenas no âmbito dos Estados nacionais, e sim por meio de uma análise global que levasse em consideração a permeabilidade do mercado e das ideias. Mas, para o cientista político italiano, a vigência desses termos, nos pensadores das esquerdas, ainda permanecia, pois os compromissos com a igualdade e a justiça social eram característicos das esquerdas, ao passo que o compromisso com a liberdade, o direito individual e a propriedade privada era uma bandeira da direita.[134]

As apresentações de Paz na Televisa tornou o poeta objeto de debate em meio às transformações políticas e sociais do espaço público mexicano. Se, por exemplo, o PRI deveria ou não realizar reformas de cunho liberal, ou se as esquerdas deveriam ou não incorporar a democracia como um valor, isto evidenciava questões pungentes na sociedade e, nesse sentido, a televisão acompanhou essas mudanças ao se transformar na principal mídia política do México.

Levando em consideração as resistências de muitos intelectuais das esquerdas a respeito da Televisa e dos posicionamentos políticos de Paz, as reações aos programas foram desde manifestações públicas de reconhecimento a muitos silêncios. Como observou a revista *Proceso* em março de 1984: 'Paz en la TV, juzgado por

---

[134] BOBBIO, Norberto. *Direita e esquerda: razões e significados de uma distinção política*. São Paulo: Unesp, 2001, p. 19.

intelectuais, muchos se abstienen".¹³⁵ "Fatal, bueno, fluído, áspero, asequible, imposible" foi o comentário, no geral, sobre o programa. De acordo com a revista, Paz não gerou consenso. Para o escritor espanhol José de la Colina, exilado no México: "Los ataques a Octavio Paz porque dice esto desde Televisa son imbéciles. Vivimos en un sistema que no es el que escogió Octavio Paz ni el que hayan escogido lo que lo critican. No hay órgano de difusión que no acepte publicidad y no tenga de alguna manera ataduras con las instituiciones, el Estado o la iniciativa privada".¹³⁶

O pintor mexicano Rufino Tamayo, bastante reverenciado nos ensaios e nos programas televisivos feitos por Paz sobre arte moderna mexicana, questionou, por sua vez, segundo o jornalista Armando Ponce, a sua participação:

> El pintor Rufino Tamayo opinó que la televisión daña a Paz, que coarta su libertad de pensamiento porque en cierto modo está al servício de Televisa. ¿Qué piensa de eso [Krauze]?: Tamayo hace un gran elogio de Paz y de paso lo critica por aparecer en televisión. Tiene todo el derecho a hacerlo: a él le desagrada, a otras personas les gusta.¹³⁷

O poeta colombiano Mutis, novamente, defendeu Paz:

> ¿Cuál es su opinión acerca de cómo aborda Paz los distintos temas literários, arquitectónicos, históricos, políticos, metafísicos, estéticos, en la televisión? [perguntou o jornalista Ponce] Ya estuvo suave con otra pregunta: ¿Qué prefiere: el lumpen folclore de Velasco, Saldaña y Ernesto Alonso,¹³⁸ o los programas de Paz?.

---

135   MORALES, Sonia & CAMPBELL, Federico. "Paz en la TV, juzgado por intelectuales: muchos se abstienen". Revista *Proceso*, México, nº 386 – 1984. 26/03 p. 46-50.

136   MORALES, Sonia & CAMPBELL, Federico. "Paz en la TV, juzgado por intelectuales: muchos se abstienen". Revista *Proceso*, México, 386 – 1984. 26/03, p. 47.

137   PONCE, Armando. "Paz no quiere ser pontífice, sino interlocutor": Krauze. Revista *Proceso*, México, num, 386, 26/03, p. 47. É possível identificar uma contradição no comportamento de Tamayo. Quando a imagem de Tamayo foi utilizada no programa *México en la obra de Octavio Paz* para tratar dos maiores pintores contemporâneos do México, o artista não impediu que ela fosse veiculada pela Televisa.

138   Ator bastante conhecido das telenovelas mexicanas.

Krauze não deixou por menos: "Paz no quiere ser pontífice, sino interlocutor". O historiador liberal compreendia que era a primeira vez que uma parte das esquerdas começava a dar ouvidos a ele, e não acreditou que suas aparições na TV o denegriam, pois os seus argumentos não foram editados e sim transmitidos integralmente. A única questão, para ele, sujeita à crítica era a veiculação excessiva da série, ao longo da programação da Televisa, em média quatro vezes por semana. E mais adiante afirmou: "Confieso que tengo una mala opinión de Televisa, pero me parece igualmente malo satanizarla. Sería mejor criticarla. No me siento mucho autorizado para hacerlo porque no veo mucha televisión, pero la que veo no me gusta."[139]

Em livro, já citado, sobre a Televisa, publicado no mesmo ano da série *Conversaciones*, o jornalista Musacchio escreveu um artigo denominado *"Octavio Paz en Televisa: el laberinto de la impunidad"*, em que acusou o poeta de ter se transformado em "árbitro de los conflictos ideológicos" do mundo contemporâneo, de enxergar apenas uma vertente das esquerdas, ou seja, a ala mais radical, e silenciar sobre as ditaduras militares do Cone Sul, o que é discutível se observadas as transcrições de seus programas televisivos e, também, alguns de seus ensaios sobre as ditaduras na América Latina.[140] Somado a isso, quando o poeta convidou para participar de uma das séries de *Conversaciones*, o uruguaio Emir Rodríguez Monegal, um dos mais prestigiados críticos literários latino-americanos, acusado de receber dinheiro da CIA e financiamento da Fundação Ford para fazer frente a revistas de esquerda, como *Casa de las Américas*, no momento em que dirigiu

---

139 PONCE, Armando. "Paz no quiere ser pontífice, sino interlocutor": Krauze. Revista *Proceso*, México, nº 386, 26/03, p. 47. É interessante observar o comentário de Krauze quando afirma que não assistia e não gostava de televisão, pois é um típico comportamento do elitismo intelectual que, embora colabore com os meios de comunicação de massa, não usufrui deles porque acredita que isso não seria um meio adequado para adquirir cultura. É a massa que assiste televisão, e não os intelectuais. Isso é, ao menos, o que eles dizem.

140 Ver: PAZ, Octavio. "Los centuriones de Santiago". Revista *Plural*, México, nº 25, outubro de 1973.

e divulgou a revista de literatura e política – *Mundo Nuevo* (1966-1968) [141] –, vinculou-se, segundo Musacchio, estritamente aos interesses da direita.[142]

Em todo caso, quando se lê as correspondências entre Paz e o socialista, fundador da editora Siglo XXI, Arnaldo Orfila, nos anos 60, as acusações feitas por Musacchio podem ser reavaliadas, pois são notáveis tanto as resistências do poeta, naquela época, em relação às ligações de Rodríguez Monegal com a CIA, quando ele dirigia a revista *Mundo Nuevo*, quanto o seu reconhecimento pelo fato do escritor uruguaio ter renunciado ao cargo de diretor com "honra e independência" intelectual por não querer mais ser suspeito de se submeter às intenções ideológicas dos norte-americanos.

> Nova Delhi, a 19 de febrero de 1968
> Querido amigo [Arnaldo Orfila]:
> [...] PS: Cortázar me anuncia (y Fuentes me lo confirma en su carta de hoy) que *Mundo Nuevo* desaparece o que, al menos, Rodríguez Monegal deja la dirección. Esto me parece una razón más para hacer nuestra revista [Paz pretendia, nesse momento, fundar a revista *Plural*], con o sin ayuda francesa.
>
> México, D. F., marzo 15 de 1968
> Mi querido amigo [Octavio Paz]:
> [...] Usted me dice en su P. S. que la desaparición de *Mundo Nuevo* "es una razón más para hacer la revista con o sin ayuda exterior". Yo no veía mucha conexión entre la revista en que hemos pensado y *Nuevo Mundo*; no le oculto que no era ésta una publicación que gozara de mi símpatia, desde luego por todas las implicaciones políticas que alrededor de ella existían.
>
> Nova Delhi, a 5 de abril de 1968
> Querido amigo [Arnaldo Orfila]:
> [...] Nunca pensé que hubiese conexión ideológica, estética o política entre la revista que nosotros proyectamos y *Mundo Nuevo*. Usted recordará que nuestro punto de coincidencia fue aquel

---

141 Veja a visão crítica e controvertida de parte da esquerda ao seu respeito: "Emir Rodríguez Monegal era o diretor da revista *Mundo Nuevo*, que segundo uma documentada investigação da argentina María Eugenia Mudrovcic foi uma criação da CIA para diminuir a influência das revistas latino-americanas de esquerda como *¡Siempre!*, *Marcha* e sobretudo *Casa de las Américas*". SÁNCHEZ, Iroel. *Vargas Llosa: motivos para um prêmio*. Disponível em: http://lapupilainsomne.wordpress.com/vargas-llosa-motivos-para-um-premio. Acesso: 23/05/2011.

142 MUSACCHIO, Humberto. "Octavio Paz en Televisa: el laberinto de la impunidad." In: TREJO (coord.) *Televisa, el quinto poder*. México: Claves Latinomaericanas, 1985, p. 150-159.

artículo-manifesto de Carlos Fuentes – *La palabra enemiga*. Lo que yo quise decir es que la desaparición de *Mundo Nuevo* – o, más exactamente, la renuncia de Emir Rodríguez Monegal – revela que cada día es más y más incompatible la 'filantropia cultural', venga de donde viniere, con el sano ejercicio de la literatura. *En este caso, la Fundación Ford se comprometió a sostener a Rodríguez Monegal sin imiscuirse en la dirección de la revista ni en su orientación independiente. En aparencia, la Fundacion cumplió su compromiso, como lo reconocen inclusive varios amigos que han firmado las declaraciones cubanas contra Mundo Nuevo. No obstante, por debajo de cuerda, se intentó minar la autoridad del director y se le sometió a las conocidas presiones burocráticas. Rodríguez Monegal no capituló y, con la misma honradez e independencia con que dirigió la revista, ha renunciado. Me parece muy bien que renuncie como me pareció muy mal que intentase presentarlo como un agente de la* CIA. *Su actitud desmiente a sus detractores y desenmascara a sus pretendidos protectores.* En suma, este episodio prueba, una vez más, que es indispensable la existencia de una revista efectivamente independiente en América Latina. Éste y no otro, fue el sentido de mis palabras.[143]

Seguramente, a animosidade que Paz despertou em muitos de seus críticos, como Musacchio, esteve relacionada, à belicosidade do clima intelectual durante a Guerra Fria em que os intelectuais de esquerda viam com rejeição ostensiva a política externa norte-americana na América Latina. A opinião do poeta acerca do resultado dessas *Conversaciones* de 1984 foi, de acordo com Tajonar, muito positiva, a ponto de não sentir necessidade de se manifestar a respeito das críticas recebidas, e desejar, ainda, publicar as falas dos programas por meio das edições da Fondo de Cultura Económica,[144] o que até hoje não aconteceu. De qualquer

---

143 PAZ, Octavio. *Cartas cruzadas: Octavio Paz y Arnaldo Orfila Reynal (1965-1970)*. México: Siglo XXI, 2005, p. 150, p. 152, p. 155 (os grifos são nossos).

144 "La conversaciones representan una síntesis dialogada de algunos de los temas que Octavio ha tratado en su obra: desde el México pré-hispánico, hasta Marcel Duchamp, pasando por el surrealismo, la Guerra Civil Española, la historia y la política de México y la suya propia: Oriente y Occidente, la crisis del futuro y Soror Juana. En esta serie participaron especialistas muy destacados en cada uno de los temas abordados. *Se trata de un documento muy interesante que, a sugerencia del propio Paz, serán editadas por el Fondo de Cultura Económica*. Pienso que el principal valor televisivo de esta serie es de carácter testimonial, ya que la producción fue relativamente modesta". TAJONAR, Héctor. "Pensamiento, poesía y televisión". *Reforma: El Ángel*, México, 26 de abril de 1998, p. 4. (os grifos são nossos)

forma, isto não deixa de ser revelador da sua forte percepção sobre a sua própria relevância dentro da cultura mexicana.

3.6 – Televisa apresenta: "México en la obra de Octavio Paz"

Esta parte da pesquisa tem o intuito de analisar como se deu a produção da importância cultural do poeta pela Televisa. Aquilo que Paz escreveu se desdobrou em imagens de TV e exposições em museus mediadas pela emissora, concomitante ao expressivo apoio dado pela editora FCE, principal difusora massiva de sua obra, o que garantiu a ele não apenas um espaço de destaque no universo cultural mexicano, mas também poder político e econômico. Como afirmou Nathalie Heinich,[145] uma obra de arte não encontrará leitores para lê-la, ouvintes para escutá-la ou espectadores para contemplá-la a não ser graças à cooperação de uma rede complexa de atores, como editores, intérpretes e produtores midiáticos, e isso, certamente, não faltou a Paz.

Em fevereiro de 1989, nas vésperas do poeta completar 75 anos, a Televisa realizou outra homenagem na transmissão da série escrita e apresentada por ele mesmo: *México en la obra de Octavio Paz*, com 12 horas de duração, exibidas ao longo da sua programação para diversos países de língua espanhola – *La cadena de las Américas*. Segundo Rodríguez Ledesma, os programas resultaram em um "interessante experimento artístico" ao traduzir a sua obra para a linguagem televisiva:

> La entrada de la serie era un *collage* en tonos brillantes hecha por Héctor Tajonar, productor de la serie, y Alberto Gironella, consistente en un retrato de Paz, la cara de Sor Juana Inés de La Cruz, Zapata y otros personajes de la Historia de México, todos retocados y alterados con tachones. Por otra parte se organizó, a partir del 28 de marzo en el Centro de Arte Contemporáneo, también de Televisa, la exposición de pintura "Los privilégios de la Vista", una reconstrución visual de la obra de Paz. La muestra reunió 350 obras provenientes de 11 países y de distintas épocas y culturas. Se estructuró en forma de libro con seis capítulos: el mundo precolombino, el surrealismo, el arte de Europa, de Estados Unidos, Oriente y la poesía concreta. El presidente Salinas inauguró la exposición el 27 de marzo con estas palabras dirigidas a Octavio Paz, "tenemos en usted a un poeta y a un

---

145 HEINICH, Nathalie. *A sociologia da arte*. São Paulo: Edusc, 2008, p. 88.

mexicano de dimensión universal. Un mexicano excepcional. Gracias por darnos tanto orgullo".[146]

Figura 10: Exposição de arte realizada no México, em 1989, baseada nas análises feitas por Octavio Paz ao longo de sua obra e divulgada na revista *Vuelta*.

É possível observar na citação acima como o complexo ciclo de reconhecimento de Paz, "o mexicano universal", foi mediado, para além dos seus pares, por especialistas, editores, autoridades políticas, curadores de museus e diretores de televisão que, ao contribuírem com a transformação de sua obra em imagens, matéria, oralidade e sentidos, agregaram valor à mesma. Acrescente a isso, que, por mais que o poeta afirmasse que o intelectual deveria se afastar do poder político e econômico, foi irresistível, mais uma vez, a atração exercida por esses poderes e pelos benefícios do prestígio alcançado, quando viu a sua obra convertida em imagem televisiva.

Tajonar, produtor e diretor cultural da Televisa, foi premiado pela série *México en la obra de Octavio Paz*, que teve investimentos financeiros consideráveis ao objetivar prender a atenção vacilante do telespectador para compreender o

---

146 RODRIGUEZ LEDESMA, Xavier. *El pensamiento político de Octavio Paz: las trampas de la ideología.* México: Plaza y Valdés, 1996, p. 180.

México por meio da interpretação do seu "maior intelectual". Recebeu em Jalisco o *Prémio Nuevas Tecnologias*, outorgado pela Universidad de Guadalajara, e na Alemanha, uma Menção Honrosa, no Prix Futura Berlin, em 1989. Vale ressaltar que o programa mobilizou uma série de profissionais[147] das áreas de administração, arte, história, música etc.

Permeados por efeitos tecnológicos inovadores, mesclados na entrada por *collages* de Alberto Gironella, e acompanhados de uma musicalidade instrumental, os episódios dos programas foram divididos em 6 temas (I – *El laberinto de la soledad/ Mesoamerica y Nueva España;* II – *De la independéncia a la revolución crítica de la pirâmide;* III – *Arte Pre-Colombino/Arte Moderno;* IV – *Re/Visiones de la pintura mural;* V – *Sor Juana Inés de la Cruz: Las trampas de la fe /Poesia Moderna: los fundadores;* VI – *Los contemporáneos /Itinerario Político*), que contaram com a participação de atores, de intelectuais mexicanos reconhecidos – como Alberto Ruy Sánchez (entrevistador de Paz) e Guillermo Sheridan (narrador da série), de caricaturistas – como Jorge Carreño, Ernesto García Cabral e Salvador Pruneda; de recursos fílmicos e fotográficos que retratavam imagens antigas do México e locações que mostravam lugares importantes do país, como, entre outros, as ruínas arqueológicas de Teotihuacán, o centro da Cidade do México, o Museu de Antropologia, o Colégio de San Idelfonso, o Convento de São Jerônimo, onde viveu Sor Juana Inés de La Cruz, e o Teatro de Bellas Artes, que abarca parte das pinturas dos muralistas (David Alfaro Siqueiros, José Clemente Orozco e Diego Rivera).

---

147 *México en la obra de Octavio Paz*. Ficha técnica: Fevereiro de 1989 – Produtor e Diretor Cultural: Héctor Tajonar – Produtor Executivo: Miguel Alemán Velazco – Realização: Jorge Vásquez Desenho: Abel Quezada – Música: Mario Lavista – Participação Especial: Maria José Paz. Edição: Alberto Avila – Coordenação Administrativa: Irma Tajonar Loyola. Narração: Guilhermo Sheridan – Coordenador Geral de Produção: Alejandro Recamier – Gerente de Produção e Investigação Iconográfica: Diana Roldán – Caricaturas: Jorge Carreño, Ernesto García Cabral e Salvador Pruneda – Fotografia de 68: Héctor García – Investigação Histórica: Maria Eugenia de Lara – Pintura eletrônica: Pedro Cervantes, Arnaldo Coen, Jose Luis Cuevas.

Figura 11: Divulgação do programa televisivo de Paz publicada na revista *Vuelta*, em 1989.

Sobre a produção artística da série televisiva, Paz[148] escolheu um dos maiores pintores mexicanos para a abertura dos programas – Gironella, pintor que se rebelou contra a estética muralista, nacionalista, e nutriu pontos de contato com o surrealismo, como é possível observar nas *collages* feitas acima.[149] Gironella, por

---

148   PAZ, Octavio. "Las obvisiones de Alberto Gironella". In: *Los privilegios de la vista* II: *Arte de México. Obras Completas*, vol. 7. México: FCE, 2006, p. 364-371. (1ª ed. 1993)

149   GOMES HARO, Geramine. *"Muere el pintor Alberto Gironella, una de las grandes figuras del arte mexicano."* Disponível em: http://www.elpais.com/articulo/cultura/GIRONELLA/_

sua vez, foi considerado "leitor atento, minucioso e obsessivo da obra paciana". Segundo o jornalista Geramine Gomes Haro,

> Ecos, reverberaciones, ambiguas combinaciones: las cajas – *collages* de Gironella son variaciones sobre un tema central: el indisoluble binomio literatura-pintura. El espectador atento – y en especial quien conozca la obra de Paz – irá "leyendo" y descifrando en cada una de estas singulares cajas las prolijas metáforas que Gironella utiliza para configurar, a manera de mosaico caleidoscópico, el retrato conceptual del poeta. Para ello, el artista se sirve, ante todo, de alusiones y analogías, sutilmente engarzadas entre pinceladas de humor e ironía: "Ningún arma es más poderosa que la del humor", escribe Paz. Y el humor está siempre presente en la producción gironelliana, ese humor negro que fascinaba a Breton.[150]

Logo na abertura do programa, como afirmou Rodriguez Ledesma, é possível, assim, identificar o seu trabalho de *collage*, onde o retrato de Paz aparece no centro associado a uma série de referências históricas, artísticas e literárias do México, como Sor Juana Inés de la Cruz, Zapata, Arte Meso-americana, Arte Moderna, Guerra Civil Espanhola.[151] A imagem de Paz foi confundida propositalmente com a própria história da arte, da política e da literatura mexicana por meio da expressão artística televisiva, muito diferente da expressão habitual do poeta. De forma que a participação de Paz na produção e direção foram elementos fundamentais na criação, edição e execução do programa cultural voltado para o grande público, que se distanciou muito da apresentação imediata dos acontecimentos da atualidade e das distrações tolas.[152] Segundo Tajonar, um dos episódios produzidos foi uma "síntesis apretadísima de algunos de los conceptos rectores de *El laberinto de la soledad*, que muestra la dificultad enorme que supuso la traducción al lenguaje televisivo del célebre ensayo de Octavio Paz. La intenci-

---

ALBERTO/MEXICO/Muere/pintor/Alberto/Gironella/grandes/figuras/arte/mexicano/elpepicul/19990804elpepicul_3/Tes. Acesso: 28/03/2011.

150 GOMES HARO, Geramine. *"Paz y Gironella: complicidades estéticas"*. Disponível em: http://www.letraslibres.com/index.php?art=5767. Acesso: 28/03/2011.

151 GOMES HARO, Claudia. *"A potlatch de Alberto Gironella a Octavio Paz"*. Disponível em: http://www.jornada.unam.mx/1999/09/25/cul-alberto.html. Acesso: 10/03/2011.

152 Duração de cada programa da série *México en la obra de Octavio Paz*: 1h e 20 minutos.

ón fue la de crear imágenes que, al tiempo que acompañaran dignamente al texto, tuvieran una cierta autonómia estética y expresiva,"[153] apesar do tempo curto em relação à reflexão intelectual: "En menos de una hora, el poeta expresa con gran claridad su pensamiento sobre este periodo clave [mesoamericano] para entender el México actual." O diretor também demarcou que: "La diferencia de las historias plagadas de fechas y nombres, pero ayunas de ideas, el ensayo televisivo de Paz analisa e interpreta los procesos ideológicos que acompañan a los acontecimientos históricos. [...]."[154]

O poeta contou que teve o aval do amigo, e também dono da Televisa, Emílio Azcárraga Milmo, para apresentar com plena liberdade a sua obra em imagens televisivas, e o tempo suficiente de preparo com o jornalista da emissora Jocobo Zabludovski, que trabalhou por quase trinta anos como diretor e apresentador do jornal televisivo *24 horas*. Durante o ano de 1988, toda a semana, Zabludovski ia à casa do poeta com uma equipe de filmagem para que ele aprendesse a lidar com o tempo sintético, esquemático e breve da televisão.

> Lo encontraba siempre sentado en una mesa de trabajo de su biblioteca memorizando y corrigiendo el texto que iba a decir al cuadro. Al principio dictaba fragmentos cortos y tenía que inclinar la cabeza para ver el papel y poder continuar su discurso. Esos movimientos de cabeza se ilustraban con imágenes alusivas al tema de su comentario. Poco a poco fue memorizando textos más largos hasta que fue capaz de decir su comentario completo viendo la cámara, como si fuera improvisado. Su experiencia llego a tal grado, que en la serie *México en la obra de Octavio Paz* raras veces fue necesario hacer dos tomas de un paramento suyo a cuadro. Todo lo llevaba perfectamente estructurado en la mente, lo cual le permitía decir su texto correctamente a la primera. Ello revela no sólo su capacidad de retentiva, sino la seriedad y profesionalismo con que tomaba su trabajo.[155]

---

153 TAJONAR, Héctor (org.). *México en la obra de Octavio Paz*. México: Videovida – Televisa, 1989, p. 6.

154 TAJONAR, Héctor (org.). *México en la obra de Octavio Paz*. México: Videovida – Televisa, 1989, p. 9.

155 TAJONAR, Héctor. "Pensamiento, poesía y televisión". *Reforma: Él Angel*, México, 26 de abril de 1998, p. 4.

Apesar de Zabludovski reconhecer o processo de superação do poeta para se comunicar com maior habilidade na mídia televisiva, aos olhos de hoje, essas apresentações, do final dos anos de 1980 na Televisa soam por vezes artificiais devido a memorização enrijecida de longas passagens. Paz chegou a narrar, em *México en la obra de Octavio Paz*, a história das relações obsessivas do México com os Estados Unidos, depois da Guerra de 1846-1848: "Eran el ideal [os Estados Unidos], pero al mismo tiempo el enemigo, el intruso, el agresor".[156] Diante dos desafios políticos do mundo contemporâneo, o poeta disse: "Que la tarea de la próxima generación intelectual será la de reconstruir una nueva filosofía política que reúna elementos de las tres grandes tradiciones del Occidente heredadas del cristianismo y del pensamiento grecoromano: el liberalismo, la democracia y el socialismo."[157] Sobre a arte contemporânea, ele denunciou:

> Desde hace ya bastante tiempo, Nueva Iorque ha sido el teatro – o más exactamente: el circo – de la descomposición de la vanguardia. En menos de treinta años, la vanguardia, después de convertise en una academia – es decir en procedimiento y manera – se ha convertido en moda. La obra de arte como objeto de uso y de especulación financiera.

Em seguida, propôs como meio para combater o capital financeiro, que o México voltasse, outra vez, como nos anos 20, a ser "un centro autónomo de creación y distribuición de obras de arte."[158]

Quando se assiste à série *México en la obra de Octavio Paz*, é factível observar que:

(1) Apesar da maior parte dos programas tratar sobre diversas questões culturais do México e possuir um formato de comunicação mais "artístico" e "experimental" que a média dos programas veiculados pela Televisa, há uma carga ideológica por trás de ideias aparentemente desinteressadas. Por exemplo: quando

---

156 TAJONAR, Héctor (org.). *México en la obra de Octavio Paz*. México: Videovida – Televisa, 1989, p. 10.

157 TAJONAR, Héctor (org.). *México en la obra de Octavio Paz*. México: Videovida – Televisa, 1989, op. cit., p. 12.

158 TAJONAR, Héctor (org.). *México en la obra de Octavio Paz*. México: Videovida – Televisa, 1989, op. cit., p. 20.

Paz apresentou a trajetória dos muralistas mencionou a respeito do apoio que eles receberam do governo Cárdenas, a influência socialista desse governo e a adesão de muitos desses artistas a essa vertente política, além de colocar junto às imagens desse período, imagens dos regimes totalitários stalinista, fascista e nazista. A intenção não era dizer que o governo Cárdenas foi totalitário, mas que os ideais socialistas foram confundidos com o totalitarismo, e que, dessa forma, as produções artísticas dos muralistas deveriam ser apreciadas para além da trajetória engajada de seus criadores. Outro exemplo: quando defendeu os avanços democráticos experimentados ao final do século XX pela política mexicana, o poeta citou como exemplo as eleições de 1988,[159] que muitos analistas, ainda hoje, consideram uma das mais fraudulentas que já ocorreram no país, cujo vencedor foi o economista neoliberal Carlos Salinas de Gortari. Nesse período, é clara a ligação de Paz com a vertente reformista e neoliberal do Partido Revolucionário Institucional (PRI).

(2) Durante os episódios, há uma forte intenção de demonstrar, de muitas maneiras, que sua trajetória esteve vinculada à própria história mexicana, o que possivelmente concedia a ele maior "autoridade" para manifestar suas "opiniões" a respeito das questões políticas e culturais do país. Por exemplo, quando diz que o seu avô era liberal [...] o seu pai era zapatista [...] nasceu em Mixcoac, na Cidade do México [...] nasceu marcado pela história [...] conheceu Diego Rivera [...] foi diplomata [...] renunciou ao cargo em prol da democracia mexicana [...] etc. É preciso lembrar aqui que a posição de destaque que Paz alcançou no meio intelectual mexicano se deve tanto à sua obra, qualificações, esforços e premiações, quanto ao peso de sua hereditariedade e de sua sociabilidade.

(3) A postura do poeta durante toda a série é altiva, assertiva, contundente, podendo ser interpretada tanto como sendo de alguém com uma cultura acima da média disposto a esclarecer as massas, quanto alguém pedante que se expressava com ar de superioridade na sua "Torre de Marfim". Nesse último caso, não seria gratuito associar a sua escolha em falar aos telespectadores a partir de locações em lugares históricos relevantes, muitas vezes, restritos e monumentais, como o Palácio de Iturbide.

---

159   BARTRA, Roger. "La izquierda ante las elecciones de 1988." In: *Oficio Mexicano*. México: CONACULTA, 2003, p. 155-165.

(4) Há uma fidelidade dos programas televisivos aos escritos de Paz. Inexiste uma revisão ou autocrítica feita pelo poeta ao traduzir em imagens televisivas os seus ensaios e poesias. Permanece ainda a sua vertiginosa capacidade de se expressar com "autoridade", na televisão, sobre os mais diversos assuntos: arte, política, filosofia, cultura, identidade nacional etc.

(5) Existiu uma grande preocupação de Paz em dizer ao público que a história e a cultura mexicana são apreciadas internacionalmente. Por exemplo: quando diz que os modernistas europeus reconheceram as inovações e a autonomia do Muralismo em relação às produções artísticas contemporâneas, o poeta preocupou-se em atestar a legitimidade do movimento por meio do crivo dos europeus. Essa atitude é um típico exemplo, entre outros, da estima distorcida e do desafio da modernidade entre os latino-americanos.[160]

(6) A produção dos programas mobilizou, em parceria com a editora Fondo de Cultura Económica, diversos recursos, ao investir em pesquisas históricas. Alguns dos locais pesquisados foram: museus de arte, antropologia e história; bibliotecas mexicanas (ex: UNAM); jornais como *El Excélsior* e *El Día*, acervos pessoais, cinematográficos, eclesiásticos etc.

(7) O poeta, quando considerou em um de seus programas que o período da Nova Espanha foi de "tranquilidade, paz e desenvolvimento", e que as restrições daquela época com relação à liberdade de expressão e formação de um pensamento moderno eram semelhantes às opressões impostas pelo socialismo real, provocou,

---

160 A carta de Paz a Tomas Segóvia, escrita em Kabul no dia 14 de julho de 1965, é um dos muitos escritos do poeta acerca da estima distorcida da tradição Ibérica: "[...] Hay días en que la sola palabra España (o México, Perú, Chile etc.) me deprime. No sé si tú sepas que por estas tierras, en los primeros años del siglo XV, pasó Clavejo, embajador rey de España ante Tamerlán. A su regreso escribió un "informe" de lo que había visto (su descripción de Constantinopla, por ejemplo, es la última que tenemos antes de la caída ante los turcos). El el siglo XVII, si no recuerdo mal, se publicó en Madrid el manuscrito de Clavijo. Después, nada. Yo leí el libro, hace dos años, en traducción inglesa. Hemos perdido algo – no sé que, el alma, el temple, el amor, el respecto por el otro y por las obras ajenas, el sentido del pasado, el de presente, el de futuro – y nos hemos convertido en micos. Por eso admiro a Francia (y en primer término a De Gaulle): resisten, no se traicionan, resucitan. [...] A nosotros nadie nos respeta porque nosotros no nos respetamos a nosostros mismos. En una época creí que la envidia era nuestro pecado. Hoy temo que sea algo más grave: nuestro servillismo ante los poderosos (sobre todo si son extranjeros) y nuestro desprecio por los nuestros revela que no tenemos ninguna estimación por nosotros mismos". Paz, Octavio. *Carta a Tomás Segovia (1957-1985)*. México: FCE, 2000, p. 52.

seguramente, controvérsias no meio intelectual. Aguilar Camín, por exemplo, ressaltou a irresponsabilidade do poeta ao apresentar a história colonial mexicana sem dar uma ênfase maior às intolerâncias, às crises e às guerras daquele período. García Canclini traduziu bem as inquietações do historiador: "Como pode o impugnador do sistema centralizador stalinista celebrar a magnificência arquitetônica e a estabilidade política dos séculos XVI e XVII na Nova Espanha, construídas com o rigor das espadas e o extermínio de dois terços dos indígenas?".[161]

(8) Ao tratar sobre o México independente, o poeta ressaltou a relação ambígua dos mexicanos com os EUA (atração e desprezo) e defendeu a ideia de que a cultura mexicana, para tornar-se "independente", deveria impedir que o Estado nacionalista monopolizasse todas as áreas da cultura, ou seja, o México deveria abrir-se, nessa área, aos investimentos privados. A crítica ao nacionalismo mexicano é de certa forma incoerente nos seus programas, quando se nota que Paz prestigiou, curiosamente, poetas como o nacionalista e diplomata Torres Bodet,[162] que nutriu sérias divergências políticas com ele, durante a sua carreira diplomática, chegando até a contribuir para a sua transferência da França para o México, e depois para Índia.

(9) Ao tratar da política contemporânea, Paz afirmou que esta deveria ser o resultado de elementos da herança cristã e do pensamento greco-romano, em que liberalismo, socialismo e democracia se mesclariam. Essa mescla filosófica seria aquilo que Bobbio considerou como a representação política da "Terceira Via", mas como essas ideias foram veiculadas pela Televisa, entre outros meios, elas foram logo associadas pelas esquerdas mexicanas aos interesses conservadores de direita.

Para além da sua eficiente habilidade como comunicador da indústria cultural mexicana,[163] e do seu entendimento de que as imagens televisivas feitas sobre o

---

161 Ver: GARCÍA CANCLINI, Néstor. *Culturas híbridas: estratégias para entrar e sair da modernidade*. São Paulo: Edusp, 2008, p. 101.

162 Ver o Capítulo 1.

163 "Las industrias culturales actúan en el mercado, interno y externo, según sus perspectivas fundamentalmente de mercado. Sus estratégias están desconectadas de cualquier 'política pública'. Las actuaciones en este o aquel país son, no obstante, de ocurrencia por razones de mercado. Sé que los productos culturales no son mercancias, que éstos contienen un fuerte elemento simbólico que los diferencia de simples artefactos, por ello, es bueno no olvidar que

México eram, para a grande maioria dos telespectadores, o principal acesso a realidades das quais não teriam experiência direta de espécie alguma, é importante dizer que suas ideias elaboradas não alcançaram uma audiência televisiva expressiva ou, em outras palavras, não alcançaram, na época, em termos empresariais, uma lucrativa comercialização do conhecimento produzido massivamente, a ponto de Azcárraga Milmo dizer, sobre o programa: "No habíamos dado con la fórmula de la televisión cultural".[164] É sabido que a audiência não tem relação direta com a qualidade, pois as indústrias culturais atuam fundamentadas na lógica de mercado. Como afirmou Bourdieu, a favor da democracia, e contra as leis do mercado, é preciso lutar para ser impopular.[165]

Além do mais, as experiências dos programas culturais televisivos no Ocidente atuam sempre com uma audiência muito inferior à dos programas de entretenimento, ou seja, fala-se em geral, para uma categoria realtivamente limitada de telespectadores. Quando Missika escreveu sobre a França nos inícios de 1980, os intelectuais franceses, por exemplo, temiam muito a exposição massiva, porém as suas audiências televisivas não passavam de 5%, o que equivalia naquele país a dois milhões de telespectadores, o mesmo número, segundo ele, dos leitores do *Nouvel Observateur*.

Mas o agravante, como assinalou García Canclini, é que Paz era um "protótipo do escritor culto", que produziu interpretações que interessavam principalmente às elites. Os "saberes implícitos" em suas obras, e mesmo na televisão, obrigavam o leitor ou o telespectador a possuir certo "capital simbólico", a fim de melhor compreendê-los e criticá-los.[166] A arte de Gironella, o discurso sobre a identidade mexicana, a defesa do sistema político democrático, a forma de comu-

---

la lógica de las industrias culturales es marcadamente mercantilista." ORTIZ, Renato. "Indentidades, Industrias Culturales, Integración". In: GARRETÓN, Manuel Antonio (coord.). *América Latina: un espacio cultural en el mundo globalizado. Debates y perspectivas*. Bogotá: Convenio Andrés Bello, 1999, p. 331.

164 TAJONAR, Héctor. "Pensamiento, poesía y televisión". *Reforma: El Ángel*, México, 26 de abril de 1998, p. 4.

165 MIRANDA, Luciano. *Pierre Bourdieu e o campo da comunicação: por uma teoria da comunicação praxiológica*. Porto Alegre: Edipucrs, 2005, p. 161.

166 GARCÍA CANCLINI, Nestor. *Culturas híbridas: estratégias para entrar e sair da modernidade*. São Paulo: Edusp, 1998, p. 88.

nicação – recheada de efeitos especiais sobre a história mexicana –, as declamações poéticas eram "registros de valores" estéticos, hermenêuticos, éticos, cívicos, funcionais que acrescentavam sentido e valor à produção do programa.[167] Sendo assim, o interesse despertado pelos programas culturais de Paz, a avaliação de seu desempenho, de sua sensibilidade literária e a compreensão de suas interpretações dependia, em parte, daqueles que eram iniciados ou não no tipo de conhecimento que veiculou pelos meios de comunicação de massa.

Quando Paz optou por Gironella para a abertura de seu programa, ele estava marcando uma posição a favor da arte contemporânea mexicana; quando criticou o socialismo e o liberalismo, ele evidenciou, na mídia, as preferências ideológicas mais voltadas à social-democracia; quando criticou o consumismo e o autoritarismo, ele pontuou uma formação humanista. Ora, quem era capaz de ver com uma relativa distância a história do México, por meio de sua apresentação, revelou um "capital simbólico" bem maior do que o normalmente exigido para o telespectador. Assim, é possível pensar que seu programa cultural não devia ser necessariamente comparável à mesma lógica das emissões destinadas ao grande público.

Segundo Martín-Barbero, até meados dos anos 70, as séries norte-americanas dominaram boa parte da programação televisiva na América Latina. Ao final desses anos, a situação começou a mudar e, durante os anos de 1980, a produção nacional cresceu e começou a disputar com os seriados norte-americanos.[168] Foi nesse contexto de afirmação de uma cultura televisiva nacional que Paz veiculou seus programas na Televisa. E foi também, nesse período, que o desenvolvimento tecnológico, a abertura econômica, a especialização do conhecimento tornaram-se evidentes. Segundo Missika, a televisão ocidental, em poucos anos, transformou-se na televisão da "bonança e da riqueza", o que não eliminou os conflitos entre as ideias de cultura e mídia, pois grande parte das estratégias televisivas foi desconectada de qualquer "política pública".[169] O encontro da Unesco "Políticas

---

167 Ver: HEINICH, Nathalie. *A sociologia da arte*. São Paulo: Edusc, 2008.
168 MARTÍN-BARBERO, Jesus. "Las transformaciones del mapa: identidades, indústrias y culturas". In: GARRETÓN, Manuel Antonio (coord.). *América Latina: un espacio cultural en el mundo globalizado. Debates y perspectivas*. Bogotá: Convenio Andrés Bello, 1999, p. 180.
169 MISSIKA, Jean-Louis. *La fin de la télévision*. Paris: La Republique dês Idees, 2006, p. 12.

audiovisuales en América Latina y el Caribe", sediado na Cidade do México, em 1991, traduziu, em parte, essas questões:

> ¿Queremos o no preservar y fortalecer los recursos humanos, tecnológicos y culturales del espacio audiovisual que hemos venido generando desde hace un siglo? ¿Deseamos sostener e incrementar la capacidad productiva de nuestras propias imágenes o aceptamos converti colectivamente en meros transmisores de imágenes ajenas? ¿Intentamos vernos en esos espejos socioculturales que constituyen nuestras pantallas o renunciamos a construir nuestra identidad, nuestra posibilidad de ser colectivo y reconocible?[170]

É importante acrescentar que as inquietações apontadas são ainda hoje objeto de discussão na América Latina. Segundo José Marquez de Melo:

> Decorridos 60 anos do nascimento da nossa televisão, temos consciência do seu impacto determinante na vida social de nossos países, mas ainda não fomos capazes de avaliar o saldo resultante dos investimentos feitos e dos rendimentos usufruídos pela sociedade. E tampouco formulamos políticas públicas de comunicação sintonizadas com o interesse público e as demandas coletivas.[171]

A noção de uma responsabilidade social em relação à democratização cultural, objeto de investimentos bem maiores do que se pensa, conduziu a reflexões críticas sobre os caminhos da comunicação. Os artistas e intelectuais, como Paz, ao se inserirem na mídia, deixaram de competir e reivindicar unicamente pela aprovação e pela cumplicidade dos seus pares, o que implica dizer que o reconhecimento ou a falta dele perpassa uma rede cada vez mais complexa e ligada à indústria cultural, e menos dependente, exclusivamente, do "campo intelectual". Isto envolve, além dos leitores, amigos, críticos literários, editores e museus, os

---

170 Unesco, Encuentro regional sobre "Políticas audiovisuales en América Latina y el Caribe", México, 1991. *Apud.* GARCÍA CANCLINI, Néstor. "Por un espacio audiovisual latinoamericano". In: GARRETÓN, Manuel Antonio (coord.). *América Latina: un espacio cultural en el mundo globalizado. Debates y perspectivas.* Bogotá: Convenio Andrés Bello, 1999, p. 321.

171 GOBBI, Maria Cristina & MELO, José Marquez (orgs.). "60 anos de televisão na América Latina." In: *Televisão na América Latina: 1950-2010, pioneirismo, ousadia e inventividade.* São Bernardo do Campo, Unesp, 2011, p. 19.

telespectadores. Certamente, esses últimos são os que vão conceder uma legitimidade social mais ampla aos artistas e intelectuais, e o esforço que se faz na mídia é também o de seduzi-los, com efeitos especiais, linguagem clara e acessível a todos. Assim, as "instâncias específicas de seleção e consagração" do "campo intelectual" perderam grande parte de sua autonomia com as transformações tecnológicas da comunicação, que modificaram, significativamente, como afirmou Raymond Williams, os sentidos dados à cultura.[172] Outro sintoma emblemático dessas tendências é a declaração do próprio poeta ao ganhar o Prêmio *Nobel* de Literatura, em 1990, ao jornal *El Financiero*: "El *Nobel* no es un pasaporte para la inmortalidad, pero sí me permitirá mayor audiencia".[173]

Os conjuntos dos procedimentos de objetivação[174] que permitem à obra de Paz adquirir e conservar as marcas de valorização, que farão dela uma "obra" aos olhos de diferentes públicos, são, além do seu talento, a sua inserção nos meios de comunicação de massa, e a sua capacidade de circular por várias instâncias do meio social. Não é fácil examinar, como tratou García Canclini, no livro *Por un espacio audiovisual latinoamericano*, os principais agentes frente às transformações dos mercados simbólicos na América Latina:

> São escassos os estudos empíricos na América Latina destinados a conhecer como os artistas procuram seus receptores e clientes, como operam os intermediários e como respondem os públicos. Também porque os discursos com que uns e outros julgam as transformações da modernidade nem sempre coincidem com as adaptações ou resistências perceptíveis em suas práticas.[175]

O resultado da série *México en la obra de Octavio Paz* foi comercializado pela Televisa e rodou o mundo como ponto de referência para a compreensão massiva

---

172 GARCÍA CANCLINI, Néstor. *Leitores, espectadores e internautas*. São Paulo: Iluminuras, 2008, p. 20.

173 KLAHR, Marco Lara. "El *Nobel* no es un pasaporte para la inmortalidad, pero sí me permitirá mayor audiencia". *El Financiero*, México, 12/10/1990, p. 42.

174 HEINICH, Nathalie. *A sociologia da arte*. São Paulo: Edusc, 2008, p. 106.

175 Ver: GARCÍA CANCLINI, Nestor. *Culturas híbridas: estratégias para entrar e sair da modernidade*. São Paulo: Edusp, 1998.

do que significava o México.[176] Isto feito em um momento em que as mídias na América Latina estavam carregadas de contradições com o acelerado desenvolvimento tecnológico dos meios de comunicação de massa, principalmente o televisivo, no início dos anos 90, acompanhado da desregularização do mercado, e dos novos direcionamentos acerca da propriedade, da conformação de novas formas de cidadania e dos novos espaços destinados à esfera pública.[177] Segundo afirmou Vargas Llosa, sobre a amplitude das interpretações do poeta, "México será visto, soñado, amado y odiado, en la versión de Octavio Paz",[178] que, como demonstrado, contou, nas décadas de 1980 e 1990, com um amplo apoio midiático.

3.7 – Televisa apresenta: "El siglo xx: La experiencia de la libertad"

A queda do Muro de Berlim (1989) e o fim da URSS (1991) não foram fatos previstos, uma vez que o socialismo foi, durante a Guerra Fria, uma realidade ideológica explícita, reconhecível em muitas discussões teóricas, experiências políticas e atividades sociais. O término desse período, nos anos 90, foi também o dos ideais revolucionários das esquerdas, e a confirmação da hegemonia norte-americana e da democracia neoliberal no final do xx. A América Latina foi uma das regiões que mais sentiram o fim desses ideais, a exemplo da derrota da Frente Sandinista de Liberación Nacional (FSLN) para Violeta Chamorro, candidata que recebeu o apoio dos Estados Unidos na Nicarágua, durante as eleições de 1990, e do triunfo da economia de livre mercado,[179] nos governos de Alberto Fujimori, no Peru; Fernando Collor, no Brasil; Carlos Salinas de Gortari, no México; Carlos Menen, na Argentina, entre outros.

As esquerdas – comunista, socialista, populista, reformista e castrista – estiveram particularmente presentes no cenário político e intelectual mexicano ao longo do século xx. Paz introduziu, no país, principalmente no tempo de Guerra Fria, a crítica a uma parte dessa vertente política, ao denunciar

---

176 CORREA PÉREZ, Alicia. "Acercamiento a la obra de Octavio Paz". *Cuadernos Americanos*, México, nº 70, julio-agosto de 1998, p. 59.
177 GARCÍA CANCLINI, Nestór. *Por un espacio audiovisual latinoamericano, op. cit.*, p. 315.
178 VARGAS LLOSA, Mario. *Diccionario del amante de América Latina*. Madri: Paidós, 2006, p. 292.
179 CASTAÑEDA, Jorge. *Utopia desarmada: intrigas, dilemas e promessas da esquerda latino-americana*. São Paulo: Companhia das Letras, 1994, p. 19.

fundamentalmente os regimes autoritários, burocráticos e revolucionários, existentes em alguns dos governos do PRI e na própria experiência revolucionária cubana, o que o envolveu, como já foi analisado, em enormes polêmicas. De acordo com González Torres, o término do socialismo real foi vivenciado pelo poeta como "uma vitória moral e intelectual".[180] Para os jornalistas Armando Ponce e Geraldo Ochoa Sandy,[181] foi a primeira vez que o poeta manifestou otimismo, no que concerne aos temas políticos.

Não obstante, as resistências das esquerdas mexicanas diante desse novo cenário permeado por reformas democráticas e por mudanças no vocabulário político (aonde se dizia capitalismo se diz neoliberalismo, aonde se dizia revolução se diz democracia, aonde se dizia imperialismo se diz globalização) foram evidentes. Como tratado anteriormente, para a maior parte das esquerdas mexicanas é difícil abrir mão de um Estado provedor. Segundo Aguilar Camín, grande parte dessas esquerdas haviam lutado a favor de um Estado nacionalista e populista, não de um Estado social-democrata. Essa foi, assim, a grande cisão do PRI quando tratou das reformas liberalizantes, em 1988. Ainda hoje, "as esquerdas, em sua maioria, vêem a social-democracia como uma farsa".[182]

Com o objetivo de analisar os possíveis significados, impactos e transformações do fim do socialismo em razão da queda do Muro de Berlim, Paz, antes mesmo da desintegração da URSS, em 1991, organizou, com a revista *Vuelta* e a Televisa, um encontro televisionado[183] denominado: *El siglo XX: la experiencia de*

---

180 GONZÁLEZ TORRES, Armando. *Las guerras culturales de Octavio Paz*. México: Gobierno del Estado de Puebla, 2002, p. 119.

181 PONCE, Armando & OCHOA SANDY, Geraldo. "En las afueras del encuentro: acciones, afueras y reacciones, expectación, polemicas, denuestos"; MASA, Enrique. "Paz drástico y brillante. Paz dictó cátedra ante cincuenta intelectuales del mundo". Revista *Proceso*, México, n° 796 03/02 1992, p. 49-53.

182 AGUILAR CAMÍN, Héctor. *Pensando en la izquierda*. México: FCE, 2008, p. 47.

183 "El propósito de la reunión de intelectuales convocada por Vuelta era arrojar luz sobre las implicaciones de un cambio político mundial de importancia histórica: la caída del sistema de economia centralizada y del régimen político de partido único en los países que, con alguna imprecisión, nos hemos acostumbrados a llamar de Este. Esos países, que hasta poco pertencían a la esfera del socialismo – ese nombre le dará ya siempre la historia, intentan hoy, no sin dificultad, integrarse al mundo de la economia de mercado y la democracia parlamentaria. No es una transición fácil, porque se trata de países con economías ruinosas y de sociedades educadas bajo regímenes totalitarios, con poco o ninguna práctica de la vida democrática.

la libertad.[184] Considerado pelo historiador Christopher Domínguez Michael[185] como um evento insólito pelo fato de nunca ter acontecido nada parecido na televisão mexicana, o encontro foi realizado nos últimos dias do mês de agosto e nos primeiros de setembro de 1990, e contou com a participação de cerca de 50 intelectuais com posturas ideológicas distintas, de várias partes da Europa, América Latina e Estados Unidos (30 estrangeiros e 17 mexicanos), tais como Cornelius Castoriadis, Carlos Monsiváis, Mario Vargas Llosa, Jean-François Revel, Daniel Bell, Irving Howe, Jorge Semprún, José Guilherme Merquior, Carlos Franqui, Adolfo Sánchez Vázquez, Héctor Aguilar Camín, Arnaldo Córdova, Luis Villoro e colaboradores de *Vuelta*. Como afirmou Paz, em seu *Itinerário*: "El acontecimiento más importante de este fin de siglo ha sido el derrumbe del socialismo totalitário. Éste fue el tema precisamente del Encuentro de *Vuelta*."[186]

Pero se trata también de países con una historia larga y compleja, de culturas cuyos rasgos esenciales han sobrevivido sin duda a la opresión y a la aparente homogeneidad impuesta por el socialismo, y no es improbable que, al cabo de pocos años, veamos desarrollarse en ellos formas de vida política distintas de la que conocemos." ASIAIN, Aurelio. "Prólogo". In: PAZ, Octavio & KRAUZE, Enrique. *La experiencia de la libertad*. México: Ediciones de Obsidiana (Fundación Cultural Televisa), 1991, vol. 3, p. 5.

184 Nomeado também de *El encuentro Vuelta: La experiencia de la libertad*.

185 DOMÍNGUEZ MICHAEL, Christopher. "Memorias del encuentro: La experiencia de la libertad." *Revista Letras Libres*, México, Nov. 2009. Disponível em: http://www.letraslibres.com/index.php?art=14169. Acesso em 23/04/2011.

186 PAZ, Octavio. *Itinerário, op. cit.*, p. 228.

Figura 12: El siglo XX – La experiencia de la libertad – 1990.[187]

Para o jornalista Fernando García Ramírez, desde os inícios das revistas *Plural* (1971-1976) e *Vuelta* (1976-1998), ambas dirigidas por Paz, existiu uma clara preocupação do poeta em acompanhar os desdobramentos do socialismo real, o que resultou em vários artigos por ele publicados sobre essa temática.[188] Em 1989, quando Praga se libertou dos soviéticos, de acordo com Krauze:

> Octavio Paz concebía ya la idea de organizar un encuentro televisivo en México con algunos protagonistas de aquellos sucesos [...]. A los pocos meses se organizó un viaje relámpago a la URSS, Checoslovaquia y Hungría para invitar personalmente a los escritores elegidos.[189]

Os critérios de seleção dos intelectuais convidados estavam relacionados, principalmente, com a sua credibilidade, ao tratar, segundo Paz, dos desencantos a respeito das experiências socialistas. É importante mencionar que as relações da revista *Vuelta* com a Televisa, além de viabilizarem o evento, já tinham se estreitado desde os inícios

---

187 GARCIA RAMIREZ, Fernando. "La experiencia de la libertad". *Letras Libres*, México, dez/2006. Disponível em: http://www.letraslibres.com/index.php?art=11682. Acesso 20/04/2011.

188 Ver: PAZ, Octavio. "O império totalitário". In: *Tempo Nublado*. Rio de Janeiro: Editora Guanabara, 1986 (1ª ed. 1983).

189 GARCIA RAMIREZ, Fernando. "La experiencia de la libertad" *Letras Libres,* México, dez/2006. Disponível em: http://www.letraslibres.com/index.php?art=11682. Acesso 20/04/2011.

de 1980, quando a emissora passou a publicar diversos anúncios publicitários na revista. Segundo Mussacchio: "La esplendidez de la televisión obedece a la profunda coincidencia ideológica con los editores [de *Vuelta*] que, a cambio, acrescientan constantemente su colaboración con los concesionarios de los medios electrónicos".[190]

Somado a essas afinidades ideológicas entre a Televisa e a revista *Vuelta*, o encontro *La experiencia de la libertad* foi patrocinado por empresas privadas como Benson & Hedges, IBM, Domecq e anunciantes de *Vuelta*,[191] o que, segundo Paz, marcou a independência dos financiamentos estatais e garantiu a pluralidade do evento. Como tratado, para o poeta, desde os anos 70, o vínculo dos intelectuais mexicanos com o Estado representou o vínculo a uma ideologia nacional, acrítica e burocrática, que deveria ser modificada. O encontro, dirigido por Rafael Baldwin e produzido por Miguel Sabido, no Salão Habsburgo do luxuoso hotel Galeria Plaza, na Cidade do México, foi transmitido ao vivo e direto pelo Canal 2[192] – XEW – TV Cablevisión (TV fechada) e também, ao final, pelo Canal 5 (TV aberta com ampla audiência), precisamente entre os dias 27 de agosto (segunda-feira) e 2 de setembro (domingo) de 1990, em dois horários, de 11:00h às 13:00h da manhã e de 17:00h às 19:00h da tarde. É possível observar com precisão, dessa maneira, como a cobertura do evento feita pela Televisa foi um investimento de grande fôlego. Vale mencionar, de acordo com Serge Gruzinski,[193] que a emissora foi nesse período e é ainda hoje considerada uma potência comercial capaz de produzir uma hegemonia cultural e política de proporções quase míticas. A própria noção recorrente acerca da Televisa

---

190 "Televisa ha mostrado una amplia generosidad con la revista que dirige el citado poeta, *Vuelta*, pese a que su tiraje difícilmente pasa de los diez mil ejemplares, cobra la publicidad a precios semejantes y hasta superiores a los órganos de tiraje superior, lo cual no impide que tanto Televisa como sus filiales ocupen páginas de forros con selección de color, espacios en interiores y hasta un caballo (inserción) en él figuran las mercanderías del Museo Tamayo." In: GARCÍA HERNANDEZ & ESPINOSA, Pablo. "La *simbiosis* Paz-Televisa, capítulo pendiente de reflexión". México: *La Jornada*, 21 de april de 1998, p. 11.

191 PONCE, Armando & OCHOA SANDY, Geraldo. "Vuelta" inicia su encuentro de la libertad:" Fidel Castro no haría algo así": Krauze. Revista *Proceso*, México, nº 721, 27 de agosto de 1990, p. 56.

192 Cerca de 100.000 pessoas assistiram o evento pela televisão apenas na capital.

193 GRUZINSKI, Serge. *A guerra das imagens: de Cristovão Colombo a Blade Runner (1492-2019)*. São Paulo: Companhia das Letras, 2006, p. 299.

como o "quinto poder" é com frequência utilizada para nomear o espaço excepcional que ocupa no México e nos países de língua espanhola.

Segundo Ponce e Ochoa Sandy,[194] o local de gravação, fechado e amplo, onde, para a maioria daqueles intelectuais "se enterrou o comunismo", era composto de uma tela de fundo com representações de dezenas de motivos hispano-americanos de dois a três metros, e doze mesas redondas ocupadas pelos intelectuais, que anotavam suas ideias, fumavam constantemente e, sempre que possível, expressavam seus pontos de vista. Para a imprensa mexicana, o evento foi de difícil acesso: horários para os jornalistas, saída secreta para os intelectuais, boletins oficiais feitos pela revista *Vuelta*. Isto fez com que a imprensa não tivesse um contato direto com os participantes. Sobre a escolha dos integrantes e do tema em debate, Paz e Krauze declararam à imprensa:

> De la libertad: "No invitamos a semintelectuales que han sido cómplices de los tiranos." Octavio Paz
> De la pluralidad: "No se puede ser plural invitando a los antipluralistas". Enrique Krauze.
> Y de las ideas: "Es necesário clarificar y elevar el nível del debate intelectual en México". Enrique Krauze
> "Fidel Castro no haría algo así". Enrique Krauze.[195]

No entanto, quando a imprensa escrita percebeu, segundo os jornalistas da revista *Proceso*, as resistências em relação ao pensamento das esquerdas revolucionárias (russa, cubana, sandinistas etc.), foi feita outra avaliação sobre *La experiencia de la libertad*:

> Que los organizadores invitaron a intelectuales afines a sus simpatías ideológicas.
> Que las voces opositoras servirían para darle al encuentro un maquillaje de diversidad teórica.
> Que las argumentaciones de distinto signo serían forzadas para que coincidieran con las tesis de Paz.

---

194 PONCE, Armando & OCHOA SANDY, Geraldo. "En las afueras del encuentro: acciones y reacciones, expectación, polémicas, denuestos". Revista *Proceso*, México, nº 796 03/02 1992, p. 45-53.
195 PONCE, Armando & OCHOA SANDY, Geraldo. "'Vuelta' inicia su encuentro de la libertad: 'Fidel Castro no haría algo así'": Krauze. Revista *Proceso*, México, nº 721, 27 de agosto de 1990, p. 56.

Que en los asuntos espinosos no habría derecho a réplica. Que [...][196]

Fica claro aqui que o evento não foi visto com indiferença pela opinião pública mexicana. Os apoios, as reações, as contestações, os aplausos e as críticas estavam estampados nas matérias de muitos jornais e revistas da época, como *La Jornada, Unomásuno, El Financiero, Proceso, Nexos, Vuelta*, entre outros. Os temas tratados nos debates entre os intelectuais foram, em sua maioria, acerca do fim do socialismo e as possibilidades de implementação de um regime político liberal e democrático nos países em desenvolvimento: "Hacia la sociedad abierta;[197] El mapa del siglo XXI;[198] La palabra liberada;[199] Las pasiones de los

---

[196] PONCE, Armando & OCHOA SANDY, Geraldo. "'Vuelta' inicia su encuentro de la libertad: 'Fidel Castro no haría algo así'": Krauze. Revista *Proceso*, México, nº 721, 27 de agosto de 1990, p. 56.

[197] Hacia la sociedad abierta: Coordenador Geral: Octavio Paz e Enrique Krauze. Prólogo: Eduardo Lizalde. Coordenação Editorial: Fernando García Ramírez. Mesa 1 – Del socialismo autoritário a la difícil libertad; Diretor do Debate: Octavio Paz; Participantes da mesa: Daniel Bell, Agnes Heller, Leszek Kolakowski, Eduardo Lizalde, Adolfo Sánchez Vázquez, Jorge Semprún; Outros participantes: Cornelius Castoriadis, Ferenc Fehér, Juan Nuno, Hugh Thomas, Leon Wieseltie; Mesa 8 – Del comunismo a la sociedade abierta; Diretor do Debate: Enrique Krauze; Participantes da mesa: Bronnislaw Geremek, Vitaly Korotich, Adam Michnik, Jaime Sánchez Susarrey, Hugh Thomas, Mario Vargas Llosa. Outros participantes: Cornelius Castoriadis, Jorge Edwards, Agnes Heller, Octavio Paz.

[198] El mapa del siglo XXI: Coordenador Geral: Octavio Paz e Enrique Krauze. Prólogo: Juan María Alponte. Coordenação Editorial: Fernando García Ramírez. Mesa 4 – La nueva Europa, Estados Unidos y América Latina. Diretor do Debate: Octavio Paz. Participantes da mesa: Héctor Aguilar Camín, Daniel Bell, José Guilherme Merquior, Jean-François Revel, Hugh Thomas, Mario Vargas Llosa. Outros participantes: Ronald Dallas, Jorge Edwards, Carlos Franqui; Norman Manea, Jorge Semprún. Mesa 7 – Hacia una nueva Europa? Diretor do Debate: Octavio Paz. Participantes da mesa: Juan María Alponte, Michael Ignatieff, Jean-François Revel, Rafael Segovia, Peter Sloterdijk, Hugh Trevor-Roper. Outros participantes: Cornelius Castoriadis, Roland Dallas, Carlos Franqui, Mario Vargas Llosa.

[199] La palabra liberada: Coordenador Geral: Octavio Paz e Enrique Krauze. Prólogo: Aurélio Asiain. Coordenação Editorial: Fernando García Ramírez. Mesa 3 – Los intelectuales y la nueva sociedad. Director del Debate: Enrique Krauze. Participantes en la Mesa: Lucio Colletti, Ferenc Fehér, Carlos Monsiváis, Jean-François Revel, Alejandro Rossi, Jorge Semprún, Outros Participantes: Jorge Edwards, Agnes Heller, Michael Ignatleff, Valtr Komárek, Juan Nuno, Octavio Paz. Mesa 10 – De la literatura cautiva a la literatura en libertad. Diretor do Debate: Octavio Paz. Participantes da mesa: José de la Colina, Irving Howe, Ivan Klíma, Normán Manea, Czeslaw Milosz, Alberto Ruy Sánchez, Tatyana Tostaya. Outros participantes: Cornelius Castoriadis, Carlos Franqui, Hugh Thomas, Leon Wieseltier.

pueblos;[200] El ejercicio de la libertad: política y economía;[201] Las voces del cambio; Miradas al futuro."[202]

Figura 13: Divulgação da publicação do evento *La experiencia de la liberdad*, em 1990.

200 Las pasiones de los pueblos: Coordenador Geral: Octavio Paz e Enrique Krauze. Prólogo: Jean Meyer. Coordenação Editorial: Fernando García Ramírez. Mesa 6 – Las tensiones nacionalistas y religiosas I. Diretor do Debate: Octavio Paz. Participantes da mesa: Leszek Kolakowski, Vitaly Korotich, Jean Mayer, Czeslaw Milosz, Hugh Trevor-Roper, Isabel Turrent. Outros participantes: Cornelius Castoriadis, Ferenc Fehér, Agnes Heller, Hugh Thomas, Tomas Venclova. Mesa 9 – Las tensiones nacionalistas y religiosas II. Diretor do Debate: Enrique Krauze. Participantes da mesa: Juan Maria Aponte, Carlos Castillo Peraza, Carlos Franqui, Bronnislaw Geremek, Tomas Venclova, Leon Wieseltier. Outros participantes: Jorge Edwards, Ferenc Fehér, Irving Howe, Adam Michnik.

201 El ejercicio de la libertad: política y economia: Coordenador Geral: Octavio Paz e Enrique Krauze. Prólogo: Enrique Krauze. Coordenação Editorial: Fernando García Ramírez. Mesa 5 – De la economia estatal a la de mercado. Diretor do Debate: Enrique krauze. Participantes da mesa: Ronald Cordera, Ferenc Fehér, Valtr Komárek, János Kornai, Josué Sáenz, Nickolay Shmeliev. Outros participantes: Irving Howe. Mesa 11 Balance y perspectivas. Diretor do Debate: Octavio Paz. Participantes da mesa: Jorge Edwards, Ferénc Fehér, Bronnislaw Geremek, János Kornai, Nickolay Shineliev. Outros participantes: Cornelius Castoriadis, Carlos Franqui, Juan Nuño, Adolfo Sánchez Vásquez.

202 PAZ, Octavio (coord.) *La experiencia de la libertad.* (7 tomos) México: Editora Obsidiana – Televisa, 1991.

Muitos dos participantes do evento eram simpatizantes do neoliberalismo,[203] uma parte substantiva era formada por defensores da social-democracia,[204] outra parte considerável por desiludidos das experiências socialistas,[205] e a minoria era formada por intelectuais que se assumiam como de esquerda e reconheciam a importância social da democracia.[206] Segundo Domínguez Michael, os protagonistas do encontro eram, além de Paz, os sobreviventes dos regimes totalitários que foram marcados, em algum momento, pelo "stalinismo, o XX Congresso dos PCUS, a revolta da Hungria, a invasão da Checoslováquia e a frustração emanada da Revolução Cubana".[207] García Ramírez,[208] um dos organizadores do evento, afirmou que as primeiras conclusões dos debates giraram, fundamentalmente, em torno da crítica tanto ao socialismo quanto ao capitalismo, e da defesa da liberdade com a justiça.

Como visto, Paz desenvolveu, ao longo de sua trajetória, uma percepção muito forte de seu próprio valor nos debates culturais e políticos do México, a ponto de organizar um encontro desse porte, destinado a debater e esclarecer o público massivo sobre os últimos acontecimentos do mundo contemporâneo. Compreendeu esse encontro televisionado tanto como um experimento democrático, quanto um serviço de utilidade pública. A importância, para ele,

---

203 O historiador e político polaco Bronnislaw Geremek, o escritor peruano Vargas Llosa, o historiador mexicano Enrique Krauze, o historiador e político canadense Michael Ignatieff, o economista húngaro János Kornai, o jornalista e editor russo Vitaly Korotich, o político católico mexicano Carlos Castillo Peraza, entre outros.

204 O filósofo e economista greco-francês Cornelius Castoriadis –; o economista, político e jornalista mexicano Rolando Cordera; o crítico literário norte-americano Irving Howe, o historiador e político polaco Adam Michnik, o cientista político e jornalista mexicano Jaime Sánchez Susarrey, o filósofo francês Jean François-Revel.

205 O diplomata e jornalista chileno Jorge Edwards, o escritor cubano Carlos Franqui, o economista checo Valtr Komárek, o filósofo italiano Lucio Colletti, o ensaísta e político espanhol Jorge Semprún, entre outros.

206 O crítico literário mexicano Carlos Monsiváis, o filósofo mexicano Adolfo Sánchez Vázquez, o cientista político mexicano Arnaldo Córdova, o economista e político russo Nickolay Shemeliev, o historiador Héctor Aguilar Camín [deixou de ser considerado de esquerda logo depois, por seus vínculos com o governo FOX e suas simpatias a algumas políticas de cunho neoliberal].

207 DOMÍNGUEZ MICHAEL, Christopher. "Memorias del encuentro: La experiencia de la libertad." Revista *Letras Libres*, México, nov/2009. Disponível em: http://www.letraslibres.com/index.php?art=14169. Acesso em 23/04/2011.

208 GARCIA RAMIREZ, Fernando. "La experiencia de la libertad". Revista *Letras Libres*, México, dez/2006. Disponível em: http://www.letraslibres.com/index.php?art=11682. Acesso 20/04/2011.

foi dupla, primeiro porque apresentou aos telespectadores grandes referências intelectuais, nacionais e internacionais, de várias vertentes ideológicas, e segundo porque envolveu uma questão moral cujo comprometimento era a exaltação da liberdade. Para o embaixador brasileiro José Gilherme Merquior, participante do encontro, uma experiência plural como essa era algo raro de se ver: "Só na França, mas em menor proporção."

Para Carlos Monsiváis, por sua vez, essa experiência não foi tão plural nem tão democrática como se vendeu. Muitos dos debates tiveram a cena tomada por expressivos pensadores vinculados à centro-direita e Monsiváis, ao expor suas dificuldades para manifestar a sua opinião como participante, escreveu, após o evento, no jornal *La Jornada*, o artigo intitulado: *"Una réplica pospuesta (y aumentada)"*, em que advertiu que não teve oportunidade de contestação, e que não havia faltado quem considerasse, naquele momento, "liquidada, inútil, destruída a la izquierda internacional".[209] Na mesa em que participou – *Los intelectuales y la nueva sociedad*, Monsiváis afirmou que os intelectuais mexicanos marxistas eram a minoria no país, e estavam sendo responsabilizados no encontro por grande parte dos males sociais, mas em sua perspectiva eram os intelectuais burocratas os que mais prejudicaram o país, pois sem fanatismos, sem convicções eles conseguiram danificar significativamente, por exemplo, os propósitos educativos.[210] Paz disse a última palavra sobre esse assunto ao terminar a sessão afirmando que Monsiváis havia minimizado a responsabilidade dos intelectuais marxistas e exagerado a respeito do mal feito pelos intelectuais que serviram ao Estado, pois nomes importantes da cultura mexicana viveram do financiamento público: José Vasconcelos, Daniel Cósio Villegas e

---

209 "En el encuentro *"la experiencia de la libertad"*, organizado por la Revista Vuelta, al final de la mesa redonda *Los intelectuales y la nueva sociedad*, conducida por Enrique Krauze, el poeta Octavio Paz habló refutándome. Ya no hubo oportunidad de réplica. Pedí dos o tres veces la palabra, pero no la obtuve por razones del tiempo disponible y porque Paz declaró a la suya la intervención final. Ahora, sin las limitaciones obligadas de la televisión, elaboró y presentó mi respuesta como mínima contribución al debate. En el contexto de los extraordinarios – y muy estimulantes – acontecimientos de la Europa del Este no faltan quienes consideran liquidada, inútil, destruída a la izquierda internacional." MONSIVÁIS, Carlos. "Una réplica pospuesta (y aumentada)". México: *La Jornada* – 30-VIII-90. In: PAZ, Octavio (coord.) *La experiencia de la libertad*. (7 Tomos) México: Editora Obsidiana (Televisa), 1991, p. 107-110.

210 PAZ, Octavio (coord.) "La palabra liberada". In: *La experiencia de la libertad*. (Tomos 3) México: Editora Obsidiana – Televisa, 1991, p. 28.

Manuel Gomez Morín. Além disso, para o poeta, a esquerda havia se beneficiado muito do Estado e cometido muitos equívocos na tentativa da implementação de uma educação socialista (ao "substituir Cristo por Marx") e na condenação do controle da natalidade no país, que havia resultado em um aumento drástico da população da capital ao longo do século XX.[211]

Arnaldo Córdova, também representante das esquerdas, endossou a opinião de Monsiváis, tendo conseguido dizer apenas algumas de suas ideias durante o encontro televisivo. Por exemplo, a de que os governos da Europa do Leste agiram de maneira autoritária porque os obstáculos que experimentaram na construção do socialismo foram ocasionados, especialmente, em um contexto internacional agressivo e belicoso. Porém, Córdova sentiu-se incomodado com os desdobramentos do debate, e publicou o artigo *La difícil libertad*, incluído nos volumes impressos de *La experiencia de la libertad*, com o intuito de denunciar o "grau de intolerância" do encontro, e concluiu: "Todavía me estoy preguntando para qué diablos me invitaron si no querían que hablara".[212]

Com efeito, Paz seguiu, ao longo do evento, dizendo que a grande interrogação daquele tempo era como construir a liberdade, e acentuou muito pouco sobre questões relativas à injustiça social e à desigualdade econômica, apesar da opinião divergente de Monsiváis e de outros participantes das esquerdas, como Córdova, que ampliaram as polêmicas para além da televisão ao publicarem logo após o evento artigos em jornais mexicanos. De acordo com Domínguez Michael, a esquerda reagiu dessa forma porque queria ter tido a última palavra e

---

211 PAZ, Octavio (coord.) "La palabra liberada". In: *La experiencia de la libertad*. (Tomos 3) México: Editora Obsidiana – Televisa, 1991, p. 40.

212 "En la mesa en que participé (la segunda: '*Del socialismo a la difícil libertad*', donde los mexicanos éramos Luis Villoro y yo, se produjo, además, un gran desorden porque el director del debate, Enrique Krauze, no logro que ninguno de los participantes se centrara en el tema de la mesa. Krauze me invitó dos veces a hablar empezando, me estuvo quitando la palabra sin que me dejara hacer mi intervención, y cuando Octavio Paz se refirió a alguna de mis opiniones en tono ofensivo, no me dejó contestarle y cerro la discusión. [...] Todavía me estoy preguntando para qué diablos me invitaron si no querían que hablara", concluye Córdova. RIVERA, Héctor. "Cómo se han enfrentado Paz y Fuentes a sus adversarios". Revista *Proceso*, México, nº 789, 17 de febrero de 1992, p. 53; CÓRDOVA, Arnaldo. *La experiencia de la libertad*. (7 Tomos) México: Editora Obsidiana – Televisa, 1991, p. III-112.

não conseguiu.²¹³ O jornalista Enrique Masa, por sua vez, observou a impossibilidade do pensamento de esquerda ganhar espaço no encontro televisionado, pois o único prêmio *Nobel* mexicano era quem ditava sempre a última palavra, apesar de se colocar como o moderador do debate.

> Como moderador, diría, no tenía derecho a participar formalmente ni a opinar. "Pero". Y dentro del "pero" cubrieron siempre todas sus intervenciones, sus juicios sobre lo que decían los demás, sus acuerdos y sus desacuerdos y, sobre todo, su última palabra. Porque siempre tuvo la última palabra, aunque fuera desde la tribuna, era el Olimpo de Octavio Paz. Desde allí le dio su coscorrón a Mario Vargas Llosa, su latigazo de desprecio a Carlos Monsiváis, su refutación, su desacuerdo, su aprobación a los demás. Inclusive su silencio. ²¹⁴

É instigante notar, na leitura do texto de abertura do evento, escrito por Paz,²¹⁵ que o poeta assinalou, principalmente, a noção de que a liberdade, mais do que uma ideia filosófica ou um conceito teleológico, era uma experiência, "que todos vivimos, sentimos y pensamos cada vez que pronunciamos dos monosílabos: sí y no". Era impossível esquecer, disse ele, antes de ter recitado o seu poema sobre a liberdade, 1945,²¹⁶ as críticas lúcidas de poetas, romancistas, filósofos con-

---

213 DOMÍNGUEZ MICHAEL, Christopher. "Memorias del encuentro: La experiencia de la libertad." Revista *Letras Libres*, México, noviembre de 2009. Disponível em: http://www.letraslibres.com/index.php?art=14169. Acesso em 23/04/2011

214 MASA, Enrique. "Octavio drástico y brillante. Paz dictó cátedra ante cincuenta intelectuales del mundo". Revista *Proceso*, México, nº 796 03/02 1992, p. 44.

215 Ver a transcrição dos programas em: PAZ, Octavio (coord.) *La experiencia de la libertad.* (7 Tomos) México: Editora Obsidiana – Televisa, 1991.

216 **1945**
La libertad es alas,
es el viento entre hojas,
detenido por una simple flor,
y el sueño en que somos nuestro sueño.
Es morder la naranja prohibida,
abrir la vieja puerta condenada
y desatar al prisionero.
Esa piedra ya es pan,
esos papeles blancos son gaviotas,
son pájaros las hojas,
y pájaros tus dedos: todo vuela.

tra os regimes totalitários, como também a execrável conivência de outros tantos diante desses regimes, tais como Neruda e Sartre. Mas, logo no primeiro dia do debate, "Hacia la sociedad abierta", Paz, como "moderador" da mesa, marcou a sua posição ao relacionar a liberdade com a ideia de livre mercado:[217]

> El mercado libre es el sistema mejor – tal vez el único – para asegurar el desarrollo económico de las sociedades y el bienestar de las mayorías. [...] Creo no equivocarme si digo que la mayoría entre nosotros está igual distancia del Estado patrón y del *lassez--faire* absoluto.[218]

E aproveitando para defender-se das acusações sofridas por parte da intelectualidade mexicana, Paz contestou:

> Todos han sido insultados por la propaganda comunista, como hoy lo hemos sido, en cierta prensa mexicana, por escritores y periodistas que nos han llamado, con poca escrupulosa incontinencia verbal, fascistas e incluso stalinistas. Son gente que tiene tan larga la lengua como corto entendimiento.[219]

E delimitou as questões, no início dos debates, ao dizer que:

---

217 Vale dizer que o mesmo texto de abertura do evento foi publicado no livro, em 1992, organizado por Barry B. Levine, denominado *"El desafío neoliberal"*, o que evidencia, uma vez mais, os vínculos do poeta com o projeto político de direita, na América Latina. Na capa, encontra-se a seguinte apresentação: "Tras el fracaso del estatismo, del populismo, del nacionalismo o de eso que ha dado en llamarse la tradición revolucionaria latinoamericana, surge hoy una nueva propuesta. Liberal, neoliberal o neoconservadora, el rótulo poco importa. Se inspira en una concepción integral de la libertad, en la búsqueda de una sociedad abierta y en la idea, dominante en el mundo en este fin de siglo, de que el verdadero instrumento de cambio y desarrollo no es el Estado sino el mercado". Ver: LEVINE, Barry B. (comp.). *El desafío neoliberal: el fin del tercermundismo en América Latina*. Colombia: Grupo Editorial Norma, 1992.
218 PAZ, Octavio. *La experiencia de la libertad*, op. cit., p. 372.
219 PAZ, Octavio. *La experiencia de la libertad*, op. cit., p. 372.
Segundo o jornalista Fernando Garcia Ramirez: "La señora Cecilia Corona Arellano, secretaria general del hoy desaparecido PSD, declaró que los participantes formaban parte de 'la internacional fascista' (sin darse cuenta de que dirigía su acusación a personas que en carne propia habían padecido en sus países la persecución totalitaria: censura, tortura, cárcel, exilio.) La prensa militante les propinó también curiosos adjetivos a los participantes: estalinistas, totalitarios, apologistas del gran capital." GARCIA RAMIREZ, Fernando. La experiencia de la libertad. Revista *Letras Libres*, México, diciembre de 2006. Disponível em: http://www.letraslibres.com/index.php?art=11682. Acesso: 20/04/2011.

> El tema del pasado inmediato fue la crítica de los poderes enemigos de la libertad. El tiempo que viene es el de su invención: ¿Cómo los pueblos, sobre todo los de Europa de Este y de América Latina podrán edificar la casa de la nueva democracia? Tarea dificílima.[220]

Monsiváis criticou com dureza as argumentações de Paz e defendeu as esquerdas no *La Jornada*, ao argumentar que elas não tinham morrido e continuavam a ter o seu lugar. Ser de esquerda equivalia, para o escritor, a ter um compromisso com a crítica e a justiça social.

> ¿Qué se quiere o qué se obtiene demonizando a la izquierda? Ciertamente, la izquierda o las izquierdas no es o no son el mayor obstáculo para la democracia. Creo más bien lo contrario, si se consigue asimilar con lucidez las lecciones del fracaso inexorable del socialismo real, y del marxismo doctrinario que lo acompaño en su auge y en su caída. En México y en América Latina son otros los escollos inmensos a la vida democrática: el afán depredador del imperialismo norte-americano (el término es antiguo pero la atroz realidad a que alude se renueva a diario), la voracidad empresarial, el analfabetismo moral de la derecha, el presidencialismo y los grupos de poder, la falta de respuesta crítica y analítica (la construcción sólida de alternativas teóricas) a la embestida neoliberal contra la economía popular. Este, en última instancia, y va ahora ampliado y desglosado, fue y quiso ser el sentido de mi intervención, y lamento que Octavio Paz haya preferido oír otra cosa.[221]

A aproximação de Paz com o liberalismo, difundido em vários textos fundamentalmente a partir dos anos 80, era colada à noção de que não existia mais esquerda e direita, o que para Monsiváis era uma avaliação descabida:

> Pese a las dificultades para usar los términos, siempre habrá izquierda y derecha porque no son posturas fijas sino reacciones y posiciones y razonamientos ante los hechos. Tiene razón

---

220 PAZ, Octavio (coord.) *La experiencia de la libertad*. (7 Tomos) México: Editora Obsidiana – Televisa, 1991.
221 MONSIVÁIS, Carlos. "Una réplica pospuesta (y aumentada)". México: *La Jornada* – 30-VIII-90. In: PAZ, Octavio (coord.) *La experiencia de la libertad*. (7 Tomos) México: Editora Obsidiana (Televisa), 1991, p. 110.

> Jorge Semprún al decir que Stalin es el mayor exponente de la derecha mundial, y no tengo duda de que la política moralista del régimen cubano ha sido profundamente derechista. Por eso, ¿cuál es el caso de culpabilizar a la izquierda actual de todos los pecados de sus antecesores, y de no situar en perspectiva un panorama de responsabilidades muy diversificadas?[222]

Para engrossar o coro das esquerdas mexicanas estava o marxista mexicano Adolfo Sánchez Vázquez, quando este manifestou sua intenção de livrar Marx e o marxismo das experiências totalitárias do socialismo real, o que foi vivamente refutado pelos filósofos dissidentes marxistas, o italiano Lucio Colletti e o francês Jean-François Revel, que com dureza afirmou:

> Los marxistas dicen que lo que se hizo no fue marxismo, y piden otra oportunidad. Yo les contesto: no. El socialismo ha podido experimentar sus ideas sobre más de dos mil millones de seres humanos, sobre los cuales ejerció un poder absoluto. Ningún otro sistema ha tenido semejante oportunidad.[223]

Quando Sánchez Vázquez manifestou-se novamente na mesa sobre *El ejercicio de la libertad: política y economía*, rogou a Paz que não o interrompesse na defesa dos ideais marxistas e na crítica à democracia liberal. Paz lhe respondeu logo depois de sua fala: "Agradezco a Adolfo Sánchez Vázquez su pequeña conferencia. Lamento que calificara esse Encuentro como una operación montada: esto revela la persistencia de ciertas atitudes mentales de su partido."[224]

O encontro democrático, permeado pelo prestígio histórico de seus participantes, cuja grande interrogação girava em torno de como construir a liberdade, resultou em um "enfrentamento ideológico" fora e dentro dos parâmetros da Televisa. Segundo Xavier Rodríguez Ledesma, um dos participantes de esquerda,

---

222 MONSIVÁIS, Carlos. "Una réplica pospuesta (y aumentada)". México: *La Jornada* – 30-VIII-90. In: PAZ, Octavio (coord.) *La experiencia de la libertad.* (7 Tomos) México: Editora Obsidiana (Televisa), 1991, p. 109.

223 DOMÍNGUEZ MICHAEL, Christopher. "Memorias del encuentro: La experiencia de la libertad." Revista Letras Libres, México, nov/2009. Disponível em: http://www.letraslibres.com/index.php?art=14169. Acesso em 23/04/2011.

224 PAZ, Octavio (coord.) "Balance y perspectivas". In: *La experiencia de la libertad.* (Tomo II) México: Editora Obsidiana – Televisa, 1991, p. 95.

Sánchez Vázquez, que também colaborava para a revista *Vuelta*, havia questionado, assim como Monsiváis e Córdova, a pluralidade do evento: "En ese encuentro se ha pretendido hacer el funeral del socialismo, pero el socialismo al igual que el marxismo vive."[225] Semprún, dissidente comunista, então Ministro da Cultura na Espanha, declarou ao participar do encontro: "[...] lo que agora ocurre es, desde el punto de vista de los que hemos sido marxistas, que lo que está triunfando hoy es la democracia. Tenemos que decirlo más fuerte que los que no han sido marxistas."[226] O jornalista Jean Patula denunciou que o espectador "mal informado" corria o risco de achar que o marxismo tinha morrido:

> Lo que despierta en mí ánimo crítico es la pretensión del grupo *Vuelta* de presentarse como el único foro en México y América Latina que lucha por los cambios democráticos. [...] En honor a la verdad y la justicia elemental, tengo que decir que tal ambición me parece desmesurada y sólo pretende acallar los esfuerzos de muchas personas.[227]

Muitos intelectuais das esquerdas viram com hostilidade as palavras de Paz e chegaram até a associar o seu Prêmio *Nobel*, ganho poucos meses depois, a um reconhecimento literário dado por questões ideológicas. Como assinalou Beatriz Espejo, no jornal *El Financiero*, Paz converteu-se no México, em una espécie de "dictador literario": "El premio a Paz muestra la gran fuerza que tiene la derecha en este momento, y en ese sentido la historia lo favoreció. Con todo, México merecía tener por fin un Premio *Nobel* que había esperado largos años, desde las épocas de Alfonso Reyes".[228] Em resposta a Monsiváis e a todos que partilhavam de suas posições, o poeta publicou, após o evento, na revista *Vuelta*, um artigo intitulado: *"Izquierda y derecha sesenta años después"*, no qual novamente refutou essa ideia:

---

225 RODRIGUEZ LEDESMA, Xavier. *El pensamiento político de Octavio Paz, las trampas de la ideologia*. México: Plaza y Valdes, 1996, p. 181.

226 Ver: PAZ, Octavio (coord.) *La experiencia de la libertad*. (7 Tomos) México: Editora Obsidiana (Televisa), 1991.

227 PATULA, Jean. "'Vuelta' y 'Nexos': Vidas Paralelas, Vecinos Distantes". Revista *Proceso*, México, nº 796, 3 de fevereiro de 1992, p. 52-53. Obs: Patula (Proceso 722), denunciou o "exclusivismo dictatorial" [a hegemonía das ideias de Paz] do encontro no ensaio publicado nesta revista.

228 ESPEJO, Beatriz. Paz: "Nobel de Literatura de 1990 – La fuerza de la derecha". *El Financiero*, México, 12/10/1990, p. 43.

> Todos los maldicientes del Encuentro de *Vuelta* se proclaman "de izquierda" y todos ellos repiten, mejor dicho: parodian, las actitudes que, en 1930, Julian Benda presentaba como característica de la derecha. Lo que distingue al intelectual de izquierda, dice el escritor francés, es el individualismo y la independencia; el intelectual de derecha, en cambio, vive en grupo, habla para ese grupo y es coreado y defendido por ese grupo. La derecha, especialmente la católica, dice Benda, es particularmente diestra "en la organización militar de lo espiritual". En México, los herederos de ese espíritu militar pseudo-religioso no han sido los conservadores sino los intelectuales que se llaman "de izquierda": piensan en grupo, hablan para su grupo y maldicen en grupo. [...] Lo que contan no son las denominaciones sino las actitudes.[229]

É possível notar o estado de ânimo desses debates sobre os significados de esquerda e direita, ao final da Guerra Fria, em que os pressupostos acerca da compreensão da ordem social foram significativamente transformados. Para a esquerda, a distinção permanecia válida, mas para o centro e a direita a distinção já tinha se tornado obsoleta, pois o mundo havia iniciado uma nova etapa: a hegemonia do capitalismo neoliberal.

Sobre o encontro, Poniatowska observou, ainda, que ocorreram várias manifestações controversas: o escritor mexicano Gabriel Zaid, por exemplo, recusou o convite para participar porque acreditava que os escritores deveriam escrever, e não "propagar sus imagénes en la televisión". Krauze afirmou, em meio ao debate televisivo: "Pienso que el último estalinista no morirá en la Unión Soviética, sino en el aula de una universidad latinoamericana." E o poeta Luis Cardoza y Aragón concluiu, sobre Paz: "Quién no coincide con él está mal." O poeta mexicano Eduardo Elizalde, por sua vez, ressaltou a "extraordinária importancia histórica" do evento.[230]

O intelectual mexicano Abelardo Villegas, por sua vez, assinalou que *La experiencia de la libertad* foi um "simulacro da democracia", pois, na sua visão, o PRI, a Televisa e Paz desejavam a mesma coisa: reformas liberalizantes para o México.

> Se trataba, en primer término, de una reunión no pública, supuestamente para proteger las sesiones, pero en realidad para

---

229 PAZ, Octavio. "Izquierda y derecha sesenta años después". Revista *Vuelta*, México, nº 168, nov./1990, p. 375.

230 PONIATOWSKA, Elena. *Las palabras del árbol, op. cit.*, p. 184.

que Televisa manipulara la información. Manipulara encaminada a anunciar con bombo y platillo el fracaso y fin del socialismo y para amenazar al régimen de Fidel Castro".[231]

Para González Torres, se por um lado a posição de Paz trouxe enfrentamentos e desgostos, por outro lado trouxe também recompensas e renome internacional ao vencer as polêmicas com as esquerdas mexicanas, em uma época em que elas estavam fragilizadas.[232] Observe a divertida charge do mexicano Naranjo, na revista *Proceso*, ao retratar um possível diálogo de Marx e Paz com o aval da Televisa.

Figura 13: Paz & Marx
(Frase contida no balão da charge – "El sabio Octavio: Si viene hacerme alguna pregunta, haga una cita con el Sr. Azcárraga"). Fonte: NARANJO, Rogelio."El sábio Octavio Paz". Revista Proceso, México, n° 722, septiembre de 1990, p. 29.

As expressivas participações de tchecos, poloneses e russos, como Leszek Kolakowski, que se manifestou em relação aos regimes totalitários socialistas; a

---

231 VILLEGAS, Abelardo. "¡PRI, PAZ!". Revista *Proceso*, México, n° 724, 17/10/1990, p. 36.
232 GONZÁLEZ TORRES, Armando. *Las guerras culturales de Octavio Paz*. México: Gobierno del Estado de Puebla, 2002, p. 138.

defesa de Castoriadis acerca da democracia direta; e a salva-guarda do socialismo feita por Sánchez Vásquez foram pontos altos do encontro, segundo García Ramírez.[233] Mas, de fato, o momento mais memorável e polêmico, que ocupou páginas e páginas de diversos jornais latino-americanos da época, não foi proporcionado pelas discussões sobre o socialismo real, o papel dos Estados Unidos na América Latina, as tensões nacionalistas ou a literatura da liberdade, e sim pelos comentários de Vargas Llosa em uma mesa dedicada ao autoritarismo latino-americano, na tarde do dia 30 de agosto. Para o escritor peruano: "México es la dictadura perfecta. La dictadura perfecta no es el comunismo, ni la Unión Soviética, ni Fidel Castro, es México". Ele se referia ao domínio político do PRI, que, segundo o jornalista Roberto Pliego,[234] era, na época, um "partido imóvel", com uma retórica de esquerda, que "patrocinava os partidos opositores", recrutava muitas das mentes mais brilhantes e concedia espaço para certa dose de crítica, mas não aquela que colocava em risco sua permanência. A reação ao seu comentário foi imediata. Paz, diante da televisão, reagiu assertivamente ao argumento, ao dizer que não era cabível chamar o PRI de ditadura, mas sim de um "sistema hegemônico de dominação": "Este partido hegemónico, este partido creado por el Estado posrevolucionario está en crisis y está en vías de desaparecer o bien de transformarse".

"Vargas Llosa tocou em um vespeiro", como afirmou Pliego. No dia seguinte, deixou, antes do previsto, a Cidade do México em direção a Londres para resolver assuntos familiares, o que aguçou os comentários sobre a controvérsia. Foram várias as hipóteses acerca de sua partida e a imprensa muito especulou sobre o assunto: Teria ocorrido uma pressão da Televisa para ele deixar o encontro ou Vargas Llosa teria rompido com Paz? O governo mexicano teria convidado o escritor peruano a se retirar do país ou ele teria se sentido constrangido diante da polêmica criada? Segundo Paz, essas especulações eram infundadas: "Ni el gobierno mexicano era tan estúpido como para expulsar a un escritor de la talla de Vargas Llosa ni los organizadores de la reunión tan dóciles como para aceptar sin chistar una arbitrariedad

---

233 GARCIA RAMIREZ, Fernando. "La experiencia de la libertad". Revista *Letras Libres*, México, dez/2006. Disponível em: http://www.letraslibres.com/index.php?art=11682. Acesso 20/04/2011.

234 PLIEGO, Roberto. "Vargas Llosa en el laberinto mexicano". Revista *Nexos*, México, 03/11/2010. Disponível em http://www.nexos.com.mx/?P=leerarticulo&Article=1197810. Acesso: 20/04/2011.

semejante."[235] Paz chegou a divulgar a carta do peruano, em que ele justificou publicamente sua precipitada saída do evento, no dia 31 de agosto, tamanhos eram os comentários "escandalosos" sobre o episódio:[236]

> Sr. D. Octavio Paz,
> Encuentro Vuelta.
> Querido Octavio:
> Un imprevisto asunto familiar me obliga a viajar de inmediato a Londres, lo que me impide asistir, muy a mi pesar, a la Mesa Redonda de mañana. Quiero pedirte a ti y a Enrique Krause, que me disculpen esta inasistencia que me va a privar, estoy seguro, de un intercambio de opiniones de muy alto nivel, y dentro de la mayor libertad, como ha ocurrido en todas las sesiones del Encuentro.
> Me faltan palabras para felicitarlos por este admirable acontecimiento cultural, en la que se han analizado por un abanico tan amplio y plural de intelectuales de tres mundos, los sucesos de Europa del Este, de la Unión Soviética y las repercusiones que ellos tienen – y, sobre todo, tendrán – en el resto del mundo. Quiero destacar, además de la calidad intelectual del Encuentro, la absoluta libertad con que hemos podido formular nuestras opiniones y críticas. Esta es la mejor manera de defender a la libertad: practicándola, como lo hemos hecho a diario en las Mesas Redondas del Encuentro Vuelta. La frecuencia de las discrepancias entre los participantes fue la mejor demostración del espíritu abierto y tolerante en que fue concebido. El pluralismo se defiende con la pluralidad.
> Un fuerte abrazo, con la admiración y el afecto de siempre.
> Mario Vargas Llosa (rubrica)

Em um momento em que o PRI procurava realizar, de fato, intensas reformas políticas de cunho democrático e liberal, Vargas Llosa afirmou que o partido tinha implementado, nas décadas anteriores, a "ditadura perfeita" no México.

---

235 EFE. "Responde el escritor peruano a Octavio Paz". *Reforma*, México, martes 5 de noviembre de 1996.

236 PONCE, Armando & OCHOA SANDY, Gerardo. "Cultura: desencuentro en el Encuentro de Intelectuales – Detrás de "los asuntos familiares" de Vargas Llosa: su pleito con Octavio Paz". Revista *Proceso*, México, 10 de octubre de 1990, p. 50-55.

Alguns políticos do partido manifestaram, indignação ao assinalar que o peruano servia apenas para escrever romances, pois era comprovadamente um político fracassado que tinha acabado de perder as eleições para Alberto Fujimori, no Peru. Apesar de alegar "razões familiares" para deixar o evento, as especulações sobre o escritor continuaram em vários jornais de língua espanhola,[237] que tomaram conhecimento da controvérsia devido à influência da Televisa em diversos países:

> *La República*, de Lima: "Vargas Llosa se va de México; cancelan encuentro".
>
> *Fortín Diario* de Chile: "Vargas Llosa huye de México".
>
> *La Tercera*, de Santiago: "Vargas Llosa salió apresadamente de México depués de asestar uma bofetada al denominar a ese país 'la dictadura perfecta'".
>
> *La Jornada*: "El desacuerdo de Paz con el escritor Vargas Llosa".
>
> ABC de Madrid: "Para Mario Vargas Llosa, la dictadura perfecta es la que tiene México".

Os jornais ficaram apenas alimentando os constrangimentos políticos criados por Vargas Llosa no México, e as divergências entre o escritor e Paz, o que também não deixa de ser instigante analisar, visto que o poeta, considerado por muitos, nesse momento, como um representante da direita mexicana, se indispôs com o grande defensor do neoliberalismo na América Latina. Mas se Vargas Llosa ofendeu Paz ou não, não é exatamente a questão. O que interessa é notar como o poeta, que sempre havia criticado o PRI,[238] defendeu publicamente, naquele momento, o partido e o presidente da república. Segundo a revista *Proceso*, o jornal londrino *The Observer* publicou uma resenha com um dos participantes, o

---

237 PONCE, Armando & OCHOA SANDY, Gerardo. "Cultura: desencuentro en el Encuentro de Intelectuales – Detrás de "los asuntos familiares" de Vargas Llosa: su pleito con Octavio Paz". Revista *Proceso*, México, 10 de oct. de 1990, p. 50-55.

238 Em *Postdata*, publicado em 1970, Paz afirmou que o PRI em 1968 havia se tornado opressivo e asfixiante. Sua conclusão: "No México não há maior ditadura do que aquela do PRI e não há maior perigo de anarquia do que aquele provocado pelo prolongamento não natural do monopólio político do PRI [...] Qualquer correção ou transformação que possa ser tentada vai requerer, antes de tudo e como precondição necessária, a reforma democrática do regime." PAZ, Octavio. *Apud.* KRAUZE, Enrique. *Os redentores: ideias e poder na América Latina*, p. 252.

canadense liberal Michael Ignatieff, que relatou o seguinte a respeito dos bastidores de *La experiencia de la libertad:*

> Paz incluso llevó a Vargas Llosa y a los participantes de la conferencia a conocer al nuevo Presidente del PRI, Carlos Salinas de Gortari, quien se presentó a sí mismo como la encarnación de la modernización y como un reformador liberalizador. Paz parecía decir: ahí está el liberalismo en acción, la desnacionalización de los bancos y los teléfonos, libera el sistema político de sus obstáculos.[239]

Figura 13: Octavio Paz, Carlos Salinas de Gortari e Victor Flores Olea em 1990.[240]

Paz, depois de lutar tanto para se distanciar do príncipe, viveu ao seu lado no auge do seu prestígio. Seguramente, seu reconhecimento esteve associado, entre outros fatores, ao poder adquirido por apoiar o presidente Salinas de Gortari, acusado de se eleger em 1988 de maneira fraudulenta, e também por veicular suas ideias num congresso financiado, em boa medida, pelo principal aliado desse governo – a Televisa. No entanto, o poeta fazia questão de marcar sua independência frente ao Estado, quando afirmou, por exemplo, que o encontro *Vuelta* não

---

239 PONCE, Armando & OCHOA SANDY, Gerardo. "Cultura: desencuentro en el Encuentro de Intelectuales – Detrás de "los asuntos familiares" de vargas llosa: su pleito con Octavio Paz". Revista *Proceso*, México, 10 de oct. de 1990, p. 50-55.

240 Foto de Rogelio Cuéllar para o jornal *La Jornada* em 1990. Disponível em: http://www.jornada.unam.mx/2009/05/18/index.php?section=politica&article=011n1pol. Acesso:21/04/2011.

tinha recebido nenhum financiamento do governo.[241] Dois anos após o séquito, Vargas Llosa publicou um extenso artigo no diário *El País*[242] para aqueles que se sentiram assombrados com suas declarações no México. "Para todos los efectos prácticos", escreveu: "México es ahora el PRI, y lo que no es el PRI, incluidos sus más enérgicos críticos e impugnadores, también sirve, de una manera misteriosa, genial y horripilante, a perpetuar el control del PRI sobre la vida política y la sociedad mexicana". Segundo o entendimento do peruano, que não voltou atrás em suas declarações, até os críticos mais ferrenhos do PRI, como Paz, corroboraram, de certa forma, com a perpetuação desse regime Em 1996, o poeta tocou de novo no assunto ao solicitar que Vargas Llosa esclarecesse publicamente essas desavenças, uma vez que o peruano insistia em considerar o PRI uma "ditadura perfeita". Paz afirmou que Vargas Llosa "es muy libre de pensar y decir lo que quiera [...] también es libre de imaginar fábulas disfrazadas de hipótesis políticas. Lo que no es lícito es faltar a la verdad o callar ante la mentira." E Vargas Llosa assim respondeu à agencia de noticias EFE: "Quiero reinterarme a mi admirado y querido Octavio Paz que yo no necesito inventarle atropellos al PRI – ya comete bastantes por sí mismo – y asegurarle que sólo miento cuando escribo novelas, nunca cuando hago declaraciones políticas."[243] Alguns anos mais tarde, após a morte do poeta, quando Vargas Llosa publicou um livro intitulado *Diccionario del amante de América Latina*, ele dedicou um verbete a Paz, tocando, uma vez mais, no polêmico encontro *Vuelta* de 1990, que, segundo confessou, "levantó una sombra fugaz en nuestra amistad de muchos años". As relações que o poeta estabeleceu com o PRI, desde os anos de 1980, moderaram, segundo o escritor peruano, a sua atitude crítica.

241 RAMIREZ, Ignácio. "Octavio Paz replica a Flores Olea: 'La conciencia de los escritores de 'Vuelta' no está en venta; busque clientes por otro lado'". Revista *Proceso*, México, nº 800, 2 de março de 1992, p. 55.
242 VARGAS LLOSA, Mario. "Tribuna: La dictadura perfecta, piedra de toque". *El País*, Madrid, 01/06/1992. Disponível em: http://www.elpais.com/articulo/opinion/KRAUZE/_ENRIQUE/LATINOAMERICA/MEXICO/PARTIDO_REVOLUCIONARIO_INSTITUCIONAL_/PRI/_/MEXICO/dictadura/perfecta/elpepiopi/19920601elpepiopi_16/Tes. Acesso: 20/11/2011. Ver: www.youtube.com "Vargas Llosa y la dictadura perfecta". Acesso 20/01/2011.
243 EFE. "Responde el escritor peruano a Octavio Paz". *Reforma*, México, martes, 5 de noviembre de 1996.

> Muchas veces me pregunté en estos años por qué el intelectual latinoamericano que con mayor lucidez había autopsiado el fenómeno de la dictadura (en *El Ogro Filantrópico*, 1979) y la variante mexicana del autoritarismo, podía hacer gala en este caso de tanta ingenuidad. Una resposta posible es el siguiente: Paz sostenía semejante tesis, menos por la fe en la aptitud del PRI para metamorfosearse en un partido genuinamente democrático, que por su desconfianza pugnaz hacia las fuerzas políticas alternativas, el PAN (Partido de Acción Nacional) o el PRD (Partido de la Revolución Democrática). Nunca creyó que estas formaciones estubieron en condiciones de llevar a cabo la transformación política de México. El PAN le parecia un partido provinciano, de estirpe católica, demasiado conservador. Y el PRD un amasijo de ex priistas y ex comunistas, sin credenciales democráticas, que, probablemente, de llegar al poder, reestablecerían la tradición autoritária y clientelista que pretendían combatir.[244]

A explicação para as posições políticas do poeta estavam relacionadas, de acordo com Vargas Llosa, a falta de credibilidade que os outros partidos representavam para ele, mas é inegável notar, como mencionado tantas vezes, que a sua proximidade com o PRI neoliberal e a Televisa contribuiu, também, com a produção de seu valor literário e político por meio da ampliação de sua visibilidade e de seu reconhecimento, acentuado, ainda mais, com a premiação do *Nobel*. "No me llamen de conservador"[245] foi a frase utilizada por Paz a um jornal mexicano para se defender de suas associações com o Estado, justificar suas simpatias pelo liberalismo e suas críticas às esquerdas.

O programa *La experiencia de la libertad* tornou-se um *show* e Paz, a grande estrela, estava no seu "Olimpo",[246] ao se apresentar na Televisa tanto como defensor dos interesses públicos do México como esclarecedor das dinâmicas sociais do mundo contemporâneo. Sobre as duras críticas que sofreu a respeito de suas aparições na mídia, ele, uma vez, declarou: "Eu usei a Televisa e a Televisa me

---

244 VARGAS LLOSA, Mario. *Diccionário del amante de América Latina, op. cit.*, p. 292.
245 DAY, Anthony & Muñoz, Sergio. Entrevista con Octavio Paz. México: *La Jornada*, 1995. Disponível em: http://www.cs.uwaterloo.ca/~alopez-o/politics/opaz.html Acceso: 20/07/2011.
246 MASA, Enrique. "Octavio drástico y brillante. Paz dictó cátedra ante cincuenta intelectuales del mundo". Revista *Proceso*, México, nº 796 03/02 1992, p. 53.

usou, da mesma forma que qualquer um poderia usar os meios de comunicação. Eu também escrevi no jornal *La Jornada* [de esquerda] e ninguém me disse que eu era um agente desse jornal".[247] Entretanto, não se pode deixar de considerar a incomparável capacidade de influência da Televisa, que procura transmitir aos seus milhões de telespectadores uma visão "imparcial" da política, e *La Jornada*, um jornal mexicano impresso, de esquerda, e com uma tiragem ínfima perto do alcance público da emissora.

O debate político televisivo e sua repercussão na imprensa foram gerados no momento de grandes avanços tecnológicos nos meios de comunicação e de espetacularização excessiva da informação veiculada. É possível afirmar que o último quartel do século XX foi a Idade de Ouro da televisão, pois foi quando ela se ampliou e adquiriu maior audiência e poder econômico, ao tornar-se a principal mídia política no mundo contemporâneo, ameaçada somente, na atualidade, pelo advento da *internet*.[248]

3.8 – "El Coloquio de Invierno": uma resposta midiática das esquerdas

A insatisfação dos intelectuais de esquerda em relação às ideias políticas de Paz foi evidente. Muitos intelectuais se manifestaram na imprensa escrita atribuindo às esquerdas, ao contrário do poeta, diversas contribuições significativas às sociedades latino-americanas, na luta pela justiça social e pela democracia. Como afirmou Jorge Castañeda, em 1994: "Se hoje a América Latina passa por um processo de democratização que, por mais superficial e reversível que seja, representa imenso avanço em relação ao passado, isto se deve sobretudo à resistência que a esquerda opôs às ditaduras passadas".[249] Mas a visibilidade adquirida pelo poeta no México, com o apoio da Televisa, o respaldo do governo do PRI, e o peso de um prêmio como o *Nobel*,[250] exigiu das esquerdas uma resposta à altura

---

247 GARCÍA HERNANDEZ, Arturo & ESPINOSA, Pablo. "La *simbiosis* Paz-Televisa, capítulo pendiente de reflexión". *La Jornada*, México, 21 de abril de 1998, p. 11.

248 MISSIKA, Jean-Louis. *La fin de la télévision*. Paris: La Republique dês Idees, 2006, p. 75.

249 CASTAÑEDA, Jorge. *Utopia desarmada: intrigas, dilemas e promessas da esquerda latino-americana*. São Paulo: Companhia das Letras, 1994, p. 20.

250 Segundo Nathalie Heinch, os prêmios literários "na verdade não apenas criam 'distanciamentos de grandeza', particularmente brutais em relação aos pares e aos que os rodeiam, mas, sobretudo, eles constituem uma forma de reconhecimento tanto menos admitida pelos

para que elas fossem ouvidas e vistas, tanto quanto o poeta. A solução encontrada surgiu de uma reunião entre amigos, como Jorge Castañeda, Carlos Fuentes, Fernando Benítez, entre outros, que decidiram repensar as esquerdas, em uma época em que elas estavam abaladas com o triunfo dos Estados Unidos e do livre mercado, por meio da organização de outro evento midiático televisionado, no México, denominado *El Coloquio de Invierno*.[251]

O Colóquio ocorreu em 1992, entre os dias 10 e 21 de fevereiro, na UNAM, e reuniu dezenas de intelectuais de várias partes do mundo, distribuídos em 18 sessões de trabalho, como Gabriel García Márquez, Hernando de Soto, Perry Anderson, Eric Hobsbawm, Regis Debray, Enrique Florescano, Francisco Weffort, entre outros, com o intuito de pensar as transformações ocorridas na América Latina e no mundo, sem a intenção de ser um *show* como foi *La experiencia de la libertad*. O Colóquio contou também com patrocínios privados e públicos, como a revista *Nexos*[252] e o *Consejo Nacional para la Cultura y las Artes* (CONACULTA).[253]

Segundo o Comitê Organizador, a transmissão do evento foi ao vivo, através do satélite Morelos II, a 62 instituições de educação superior do México e a 25 sistemas estatais de rádio e televisão. O Canal 22 apresentou no canal fechado,

---

escritores, quanto estes visem a aprovação estética do pequeno círculo dos especialistas e da popularidade no longo prazo, mais do que sucesso de dinheiro e de notoriedade no curto prazo." HEINCH, Nathalie. *A sociologia da arte*. São Paulo: Edusc, 2008, p. 88.

251 Segue o depoimento de Castañeda sobre o Colóquio: "La idea de organizar el Coloquio de Invierno – recuerda Jorge G. Castañeda – surgió desde el año pasado, a partir de reuniones sociales en las que [...] la gente tiene que llamar 'progresistas' que se podría llamar de izquierda. 'Porque para la sensibilidad progresista, cada vez había la impresión de que se encontraba en un permanente desamparo y derrota; y por otro lado, el triunfo de los Estados Unidos y el libre mercado.' (...) El Coloquio de Invierno no será un show más de Televisa, que aprovechó su imagen internacional para exaltar la sabiduría de Octavio Paz." RAMIREZ, Ignacio. "Cultura – Lo organizan la UNAM, el Consejo de Cultura y Nexos – Octavio Paz acusa de unilateral al Colóquio de Invierno y no asistirá". Revista Proceso, México, nº 796, 3 de fevereiro de 1992, p. 50-53.

252 A revista *Nexos* era, na época, de tendência marxista e social-democrata feita predominantemente por acadêmicos, que se posicionavam, desde os anos de 1970, como oposição à revista *Vuelta*, dirigida por Paz. GONZÁLEZ TORRES, Armando. *Las guerras culturales de Octavio Paz*. México: Gobierno del Estado de Puebla, 2002.

253 O Canal 22, o Centro de Producción y Programas Informativos y Especiales (Cepropie) de Imevisión e os grupos Cementos Mexicanos e Pulsar foram alguns dos outros patrocinadores do evento.

sem a publicidade do Encontro *Vuelta*; o Canal 13 ficou responsável por relatar um resumo diário dos trabalhos; e a Radio UNAM veiculou em tempo real as aulas inaugurais e as conferências magistrais.[254] É possível afirmar que essa proposta midiática foi mais acadêmica e aberta que o encontro *Vuelta*, pois a participação dos convidados foi pautada por palestras seguidas de perguntas de universitários e jornalistas, e não de debates diretos e inacessíveis à participação de jornalistas e interessados, como foi *La experiencia de la libertad*. Somado a isso, a resistência às ideias "vagas e ensaísticas" dos chamados "homens de letras" na compreensão da realidade social foi evidente na realização do colóquio. Os convidados foram, com exceção de célebres romancistas como Carlos Fuentes, Fernando del Paso e Gabriel García Márquez, em sua maioria, historiadores, cientistas políticos, economistas, sociólogos, diplomatas e jornalistas.[255]

Os principais temas tratados giraram em torno de: I – *La situación mundial y la democracia;* II – *Las Américas en el horizonte del cambio;* III *México y los cambios de nuestro tiempo*. É relevante destacar que pensar sobre a televisão e a inserção dos intelectuais nesse meio foi uma preocupação de muitos dos convidados, não apenas porque, como afirmou Hobsbawm,[256] o tempo e a distância foram "abolidos" com o advento da televisão, mas também porque a principal emissora mexicana, Televisa, foi vista como a grande representante da direita, vinculada aos interesses do PRI. Segundo Roger Bartra, "el PRI usa los medios de comunicación para se promover. Gasta mucho dinero con eso".[257] A proposta de Fernando del Paso sobre a televisão mexicana foi a de que o governo e a iniciativa privada deveriam produzir uma comunicação plural, tal como se observava na BBC de Londres.[258] É importante acrescentar que a BBC foi a primeira emissora pública do

---

254 FUENTES, Carlos (org.). *El Coloquio de Invierno*. México: Fondo de Cultura Económica, 1992, p. 8.
255 Ver: BARTRA, Roger. *Oficio mexicano*. México: Lecturas Mexicanas, 2003.
256 HOBSBAWM, Eric. "Crisis de la ideología, de la cultura y de la civilización". In: *Coloquio de Invierno*, vol. I, México: FCE, 1992, p. 62.
257 BARTRA, Roger. "Grandes cámbios, modestas proposiciones". *Coloquio de Invierno*, vol. III, México: FCE, 1992, p. 63.
258 "Tendríamos así tres televisiones: la del César, la de los mercaderos y la del ágora. Cuando digo 'ágora' no me refiero a ninguna universidad en particular y en todo caso pienso que, estando unas universidades financiadas por el Estado y otras por la iniciativa privada, ninguna

mundo, que serviu de referência democrática para os demais sistemas pelo modelo de gestão participativa, com conselhos representativos da sociedade.²⁵⁹

A televisão foi, então, convertida em tema, e tratada como a principal difusora da informação nas sociedades contemporâneas. Foi considerada por Monsiváis objeto de interesse, uma vez que, no México, era vista como uma "entidade invencível", em que se atribuía a "toda sorte de vitórias". Era equivocado pensar que a televisão, segundo o escritor, substituía a educação, a leitura e provocava a apatia política, pois a educação correspondia a elementos básicos, a leitura fluía independentemente desses meios, e, fundamentalmente, devido ao aumento das taxas de alfabetização. Além disso, a política continuava a ser objeto de discussão fomentada, muitas vezes, pela própria televisão. A ideia de Monsiváis, em sua comunicação, era dizer que apesar das resistências, a televisão era "la interlocutora fundamental de la sociedad, y monopolista del uso del tiempo libre."²⁶⁰ Isso explicava a adesão imediata desses intelectuais a um colóquio midiático. Mas o grande protagonista que contribuiu para a viabilização desse projeto foi, de fato, o escritor Carlos Fuentes, que abriu o encontro com um discurso a favor da democracia e avesso à política econômica neoliberal, que, para ele, representava a liberdade autorizada dos mais fortes para dominarem os mais fracos.

> El modelo reaganista se basó en una ilusión envuelta en la mentira. La ilusión era que se podían reducir impuestos y aumentar los gastos de defensa, incrementando la producción, la inversión y el ahorro. La verdad es que los tres factores descendieron abruptamente, desembocado en el doble déficit federal, y comercial, y en la más colosal deuda exterior del mundo. La mentira que envolvió a la ilusión es que la riqueza acumulada en la cima, tarde o temprano, se desparramaría hacia abajo, distribuyéndose con justicia. Esto no sucedió. Esto jamas ha sucedido. A menos

---

de ellas debería ser propietaria de esta televisión, y, en cambio, en Ella se tendría que dar cabida a todas." DEL PASO, Fernando. *Coloquio de Invierno*, vol. III, México: FCE, 1992, p. 36.

259 GOBBI, Maria Cristina & MELO, José Marques de (orgs.). *Televisão na América Latina: 1950-2010, pioneirismo, ousadia e inventividade*. São Bernardo do Campo: Unesp, 2011, p. 270.

260 MONSIVÁIS, Carlos. "Cultura, tradición y modernidad". *Coloquio de Invierno*, vol. III, México: FCE, 1992, p. 159.

que la instituición estatal intervenga activamente para asegurar el cumplimiento de normas de equidad social.[261]

Como visto, foi e ainda é difícil para as esquerdas abrir mão de um Estado interventor, pois não acreditam que a justiça social venha com o livre mercado. O escritor advertiu, ao longo da sua palestra, para o risco de se cair na onda neoliberal, em "los dogmas de Karl Marx sepultado, a los dogmas de Adam Smith resurrecto".[262] Vale ressaltar que Fuentes foi, durante muitos anos, um grande amigo e admirador de Paz. Certa vez, escreveu: "Na amizade generosa de Octavio Paz, aprendi que não havia centros privilegiados de cultura, raça ou política; que nada deve ser deixado de fora da literatura, porque nosso tempo é um tempo de redução moral".[263] Mas, em 1988, segundo o jornalista Miguel de la Vega, a amizade foi rompida devido a um artigo escrito, naquele ano, por Enrique Krauze, *La comedia mexicana de Carlos Fuentes*,[264] na revista *Vuelta*, acerca da obra de Fuentes.[265] Nesse artigo, Krauze o acusa de utilizar indevidamente os fatos históricos, reprova seu apoio à Revolução Sandinista e o recrimina pelas análises "distorcidas" em relação à realidade mexicana.

O resultado foi um debate feroz que teve como consequência o fim de uma amizade de décadas entre Paz e Fuentes, em razão do poeta tê-lo magoado, ao permitir que Krauze publicasse na revista *Vuelta* um artigo tão ofensivo a seu respeito. Quando o Encontro *Vuelta* foi realizado, Fuentes não foi convidado, e quando Paz ganhou o prêmio, Fuentes afirmou: "Nuestras relaciones ahora son malas, aunque yo le he mandado felicitar por el *Nobel*. Tuvimos una larga amistad, pero a veces cruzan cucarachas en el camino de la amistad. Cucarachas

---

261 FUENTES, Carlos. "La situación mundial y la democracia". *Coloquio de Invierno*, vol. 1, México: FCE, 1992, p. 17.

262 TENA MENJUMEA, Torcuato. "Choque frontal entre Octavio Paz y el encuentro de intelectuales inaugurado por Carlos Fuentes". *ABC – Cultura*, Madrid, 12/2/92, p. 47.

263 FUENTES, Carlos. *Eu e os outros: ensaios escolhidos*. Rio de Janeiro: Rocco, 1989, p. 34.

264 Krauze começa o artigo citando Henry Fielding: "He speaks all his words distinctly, half as loud again as the other. Anybody can see he is an actor." KRAUZE, Enrique. "La comedia mexicana de Carlos Fuentes". Revista *Vuelta*, México, junio de 1988, p. 15-27.

265 PONCE, Armando. "Krauze impugnó a Fuentes y Fuentes y Paz rompieron su larga amistad". Revista *Proceso*, México, nº 798, 17 de fevereiro de 1992, p. 48.

ambiciosas [...]".²⁶⁶ Nessa mesma época, Krauze lamentou ao jornalista Manuel Robles o fim da amizade entre Paz e Fuentes, devido à publicação de seu artigo na revista *Vuelta*, em 1988, e afirmou, ainda, que Paz não queria que ele tivesse publicado aquelas críticas: "Por desgracia, Fuentes creyó, o más bien quiso creer, en la hipótesis de que Octavio estaba detrás de mi texto. La fructífera amistad entre Paz y Fuentes no sólo fue importante en la vida de ambos, sino en la literatura mexicana".²⁶⁷ Em carta ao amigo Pere Gimferrer, de 12 de junho de 1988, o poeta confessou, acerca desse tema:

> Como si no fuese bastante con el desajuste íntimo que experimento apenas regreso a México, debo ahora enfrentarme al pequeño escándalo provocado por el ensayo de Enrique Krauze sobre (contra) Carlos Fuentes. Yo hubiera preferido no publicar ese texto en *Vuelta*. No pude. Lo siento de verdad. Tú me conoces y sabes que lo que digo es cierto. Y no hubiera querido publicar ese escrito apasionado, por dos motivos. El primero: la vieja y sincera amistad que me une (o unía, no sé) a Fuentes. Una amistad desde hace años resignada a sus intermitencias y a sus desapariciones súbitas seguidas por sus apariciones no menos súbitas. Mis polémicas y batallas han sido siempre (o casi siempre) intelectuales e ideológicas. Pero, ¿cómo hubiera podido yo, que tantas veces he defendido la libertad de opinión, negar las páginas de la revista a un escritor mexicano – aparte de que ese escritor es, nada menos, el subdirector de *Vuelta*? La reacción previsible, no se hizo esperar: varios artículos de desagravio a Fuentes y otros de crítica acerba en contra de Krauze. Naturalmente, no han faltado de los renacuajos que dicen – uno y otro escribió – que se trata de una maniobra inspirada por mi para desacreditar a un rival aspirante al premio Nobel. ¡Qué infames! Jamás he ambicionado ese mallado premio – es otra mi idea de la gloria

---

266 FUENTES, Carlos. *Apud*. DE LA VEGA, Miguel. "Neruda, Del Paso, Salazar Mallén, Vargas Llosa, Flores Olea... las polémicas de Paz, cargadas de pasión, ira, desdén y afán de imponerse". Revista *Proceso*, México, nº 1121, 26 de abril de 1998, p. 58. É interessante observar que no ano em que Paz morreu, Fuentes declarou ao jornal *El País* que foi o escritor que mais escreveu sobre ele, e que havia doado a uma universidade norte-americana mais de mil cartas entre ele e Paz. FUENTES, Carlos. "Mi amigo Octavio Paz". *El País*, España, 13 de mayo de 1998, p. 49.

267 PONCE, Armando. "Krauze impugnó a Fuentes y Fuentes y Paz rompieron su larga amistad". Revista *Proceso*, México, nº 788, 17 de febrero de 1992, p. 49.

– y nunca he movido ni moveré un dedo para tenerlo. Pero este incidente ha hecho más amargo mi regreso.²⁶⁸

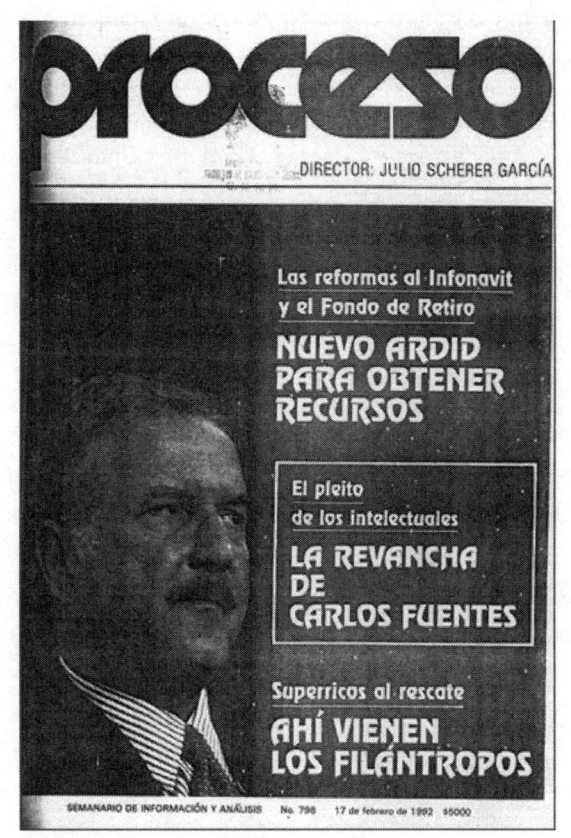

Figura 14: A "revanche" de Carlos Fuentes.²⁶⁹

Em todo caso, o colóquio não podia excluir o único prêmio *Nobel* mexicano, e o convite foi feito a Paz, que não aceitou, alegando ter sido convidado de última hora (uma semana antes), e por considerar que o evento representava apenas uma tendência política – a de esquerda.²⁷⁰ O fato de também não ter sido

---

268 PAZ, Octavio. *Memorias y palabras: cartas a Pere Gimferrer 1966-1997*. Barcelona: Seix Barral: Biblioteca Breve, 1999, p. 328.
269 SHERER GARCÍA, Julio (director). "El pleito de los intelectuales: la revancha de Carlos Fuentes". Revista *Proceso*, México, nº 798, 17/02/1992.
270 RAMIREZ, Ignacio. "Octavio Paz acusa de unilateral al Colóquio de Invierno y no asistirá". Revista *Proceso*, México, nº 796, 3 de fevereiro de 1992, p. 50-53. Segundo Jaime Sánchez Su-

convidado nenhum dissidente cubano e a revista de esquerda *Nexos* ter tido uma participação ativa, revista esta de oposição declarada à revista *Vuelta*, eram evidências suficientes, para o poeta, de que o evento estava "invalidado moralmente" e representava uma obstinada defesa do regime cubano:

> No exato momento [segundo Paz] em que o governo de Castro fuzilava oponentes e encarcerava sindicalistas livres e professores universitários. [...] Enquanto os intelectuais discursavam, a poetisa Maria Elena Cruz Varela[271] era detida e humilhada pela polícia cubana. O silêncio do colóquio diante das indignidades a que foi submetida Cruz Varela é uma mancha que não será fácil apagar ou esquecer.[272]

Entretanto, quando se lê as publicações das palestras proferidas no evento, é possível observar que muitos dos participantes de esquerda eram avessos às arbitrariedades do governo cubano, e que a grande questão, apontada por muitos deles, era imaginar a viabilidade da justiça social em um mundo inevitavelmente capitalista e neoliberal. Monsiváis, por exemplo, reconheceu que, na América Latina, as esquerdas tiveram uma grande dificuldade para formular um projeto de modernização, ao conceder aos norte-americanos o monopólio interpretativo da modernidade e resistir a criticar o governo de Fidel Castro. De maneira autocrítica, Monsiváis afirmou o seguinte, sobre a esquerda:

> Observó desde lejos los desarrollos específicos de la cultura, no captó el impulso de las nuevas sensibilidades artísticas, desistió de los proyectos humanistas ajenos a la búsqueda de justicia social, se asiló en el lenguaje muerto de los manuales de marxismo, se dilapidó en las formulaciones que se proponía deshacer los núcleos de la modernidad (la teoría de la dependencia, la resistencia cultural), se desinteresó a fondo por las transformaciones del gusto, y *last but not least*, sólo valoró el presente remitiéndolo

---

sarrey, com exceção do Dr. Sarukhán todos os participantes do colóquio foram simpatizantes ou militantes de esquerda. SÁNCHEZ SUSARREY, Jaime. *Ibidem*, p. 72.

271 Maria Elena, Cruz Varela é uma poetisa cubana que liderou o grupo "Critério Alternativo", de oposição a Castro, nos anos de 1990. Disponível em: http://www.liberal-international.org/editorial.asp?ia_id=704. Acesso: 20/08/2011.

272 PAZ, Octavio. "El coloquio de los incurables" (1992). In: *Miscelánea II. Obras Completas*. México: FCE, vol. 14, 2001, p. 333 (1ª ed. 2000).

todo a lo que no admitiria retrocesos, al triunfo del socialismo. Por un lado tal actitud tiene una base incontrovertible: el bloque criminal de los gobiernos norteamericanos; por outra parte, la posición es lamentable: se pospone la crítica urgente en homenaje al extinto mito de la revolución.[273]

Hobsbawm concluiu sua palestra representando muito bem parte das inquietações dos intelectuais participantes do *Coloquio de Invierno*:

> En suma, la diferencia actual entre liberales y socialistas no tiene que ver con el socialismo, sino con el capitalismo. Ambos están de acuerdo, excepto casos notables, en que el socialismo de los regímenes comunistas al estilo soviético no funciona y debe ser desechado.[274]

A simplicidade com que autores de direita, como Friedrich Von Hayek, associaram os fatos históricos ao identificar o comunismo com o totalitarismo e o liberalismo com a democracia foi, para o historiador inglês, impressionante. De acordo com Manuel Villa, era preciso avançar na América Latina nas discussões de um projeto alternativo de democracia e liberalismo com equidade social. As questões públicas deveriam, assim, levar em consideração a responsabilidade social do Estado e a incapacidade da maioria dos indivíduos de sobreviver às "leis" do mercado.[275] Aguilar Camín, então diretor da revista *Nexos*, corroborou com essa ideia ao afirmar no evento que: "La gran esclavitud de México, lo que hace la vida difícilmente tolerable para millones de mexicanos, lo que abroga su libertad y sujeta su albedrío, es la pobreza, no la política. La desigualdad, no la democracia, es el problema difícil de México".[276]

Paz questionou publicamente, naquela mesma semana de fevereiro, não só as ideias expressadas durante o encontro, mas a idoneidade do mesmo, principalmente

---

273 MONSIVÁIS, Carlos. "Cultura, tradición y modernidad". *El Coloquio de Invierno vol. III*, México: FCE, 1992, p. 151.

274 HOBSBAWM, Eric. "Crisis de la ideología, de la cultura y de la civilización". In: *El Coloquio de Invierno – Vol. I*, México: FCE, 1992, p. 63

275 VILLA, Manuel. "El derrumbe de los estatismos". In: *El Coloquio de Invierno – Vol. II*, México: FCE, 1992, p. 125.

276 AGUILÁR CAMÍN, Héctor. "El cambio mundial y la democracia". *El Coloquio de Invierno*, vol. III, México: FCE, 1992, p. 56.

devido aos financiamentos públicos (UNAM e CONACULTA) envolvidos com a revista *Nexos*. Essas divergências foram para as manchetes dos jornais: "Choque frontal entre Octavio Paz y el encuentro de intelectuales inaugurado por Carlos Fuentes: el premio Nobel califica el coloquio como la negación del pluralismo en México".[277] "Tragicomedia mexicana III – "Vuelta 'contra' Nexos", guerra de papel".[278] É importante lembrar que a rivalidade entre as revistas *Vuelta* e *Nexos* remonta aos anos 70, e ganhou visibilidade, de acordo com Nancy Benítez Amaro, principalmente, com o apoio da Televisa a *Vuelta* e da TV Azteca (TV privada) a *Nexos*.[279]

Figura 15: *Vuelta* contra *Nexos*.[280]

Quando a polêmica provocada por Paz foi difundida nos jornais, o poeta questionou os gastos públicos envolvidos para a realização do evento, principalmente os financiamentos realizados pelo CONACULTA, órgão estatal.[281] O poeta

---

277 TENA MENJUMEA, Torcuato. "Choque frontal entre Octavio Paz y el encuentro de intelectuales inaugurado por Carlos Fuentes". *ABC – Cultura*, Madrid, 12/2/92, p. 47.

278 AUSTIN, Jose. "Tragicomedia mexicana III: 'Vuelta' contra 'Nexos', guerra de papel". *La Jornada*: México, jueves 8 de octubre de 1998.

279 Ver: CÁRDENAS SÁNCHEZ, Alma Lidia & BENÍTEZ AMARO, Nancy. "Análisis comparativo de las revistas culturales Vuelta y Nexos – parte integrante de la definición del periodismo cultural mexicano". México: *Tesis, Facultad de Ciencias Políticas y Sociales*, UNAM, 1998.

280 AUSTIN, Jose. "Tragicomedia mexicana III: 'Vuenta' contra 'Nexos', guerra de papel". *La Jornada*: México, jueves 8 de octubre de 1998.

281 Para Ochoa Sandy, era difícil quantificar esses gastos, sendo que uma parte foi utilizada para o transporte dos intelectuais envolvidos, 57 estrangeiros, que gastaram cerca de 100 mil dólares, com passagens de avião. O custo de sete dias de hospedagem no Hotel Presidente foi de 50 mil dólares, e de participação foi de 82 mil dólares. Um total de 230 mil dólares, sem incluir

contestou os gastos do colóquio que denominou de "hibernación intelectual" da esquerda para, entre outros objetivos, tomar conta dos centros vitais da cultura nacional.[282] Segundo assinalou:

> Movilizar tanta gente, pagarles pasajes, estáncia, honorários, agasajos, etc. costará un dineral. ¿Quién pago todo esto? No la revista *Nexos*, aunque se dice que está subvencionada por el gobierno, sino la Universidad y el Consejo Nacional para la Cultura y las Artes. Estas dos instituciones tienen la obligación de rendir cuenta de los dineros que están gastando y nosotros, los ciudadanos y los contribuyentes, tenemos el derecho y el deber de pedírsela.[283]

A defesa de Paz pela independência do intelectual e as acusações contra a revista *Nexos* de se beneficiar do governo provocou a seguinte resposta de Aguilar Camín:

> Hay en las imputaciones de Paz, y en la gritería circundante, una última acusación, que es acaso la primera, porque es la descalificación esencial. Se refiere a la insinuación de la pérdida de la independencia de *Nexos* por la cercania de algunos de sus miembros con el gobierno. Hay en esa conjectura una visión maniquea, y hasta infantil, según la cual, del gobierno sólo pueden venir sujeción y oprobio y de la sociedad sólo independencia y limpieza. Es otro falso dilema que debemos revisar, porque oculta más de lo que ayuda a entender.[284]

A consequência dessas controvérsias foi a renúncia de Paz como jurado da Comissão de Literatura do CONACULTA, durante o *Coloquio de Invierno*. É

---

    alimentação, atividades turísticas, transmissão de operação do evento para universidades, institutos tecnológicos, escolas públicas e privadas, chamadas telefônicas e publicidade. OCHOA SANDY, Geraldo. "La renuncia de Paz, una gran perdida: su opinión para el otorgamiento de becas siempre fue 'Especialmente Respetado'". Revista *Proceso* 798, México, 17 de febrero de 1992, p. 50.

282 PAZ, Octavio. "Palabras mayores y medias palabras" (1992). In: *Miscelánea II. Obras Completas*, vol. 14: México: FCE, 2001, p. 328 (1ª ed. 2000).

283 RAMIREZ, Ignacio. "Octavio Paz: La planeación del Coloquio de Invierno, un golpe bajo de Flores Olea, Aguilar Camín y otros", Revista *Proceso*, México, n° 797, 10 de febrero, 1992, p. 50-55.

284 AGUILAR CAMÍN, Héctor, *op. cit.*, p. 56.

importante esclarecer, como afirma o jornalista Ochoa Sandy,[285] que o CONACULTA é um órgão federal criado pelo governo de Salinas de Gortari, em 1989, com o objetivo de que intelectuais, artistas, empresários e o próprio Estado contribuíssem para fomentar projetos de preservação e difusão do patrimônio cultural mexicano. Um dos idealizadores do projeto foi, junto com Fernando Benítez e Gastón García Cantú, o próprio Paz, que se tornou, desde a criação do órgão, um membro importante na decisão sobre a escolha dos destinos dos financiamentos culturais do país.

O poeta aceitou esse cargo público por acreditar que poderia contribuir para diversificar os investimentos a respeito da cultura no país, e saiu porque alegou considerar que a instituição tinha se tornado extremamente burocrática. Assim, afirmou:

> Cada cerimonia es una cursi, cerimonia de reparto de premios. Así se ha intentado cooptar y atraer a los jóvenes y neutralizar a los talentos independientes. Platican un mecenazgo que equivale a la castración. Para el burócrata el ideal es la unanimidad, el consenso, para el verdadero intelectual es la diversidad, el culto a la diferencia.

Com efeito, a ligação do poeta com esse órgão do governo tinha sido, até esse momento, minimizada nas manifestações públicas de Paz, provavelmente pela defesa que fazia da necessidade do intelectual se afastar do Estado, o que na sua própria prática não ocorria.

Segundo o jornalista Tena Menjumea, Paz considerou que o então diretor do CONACULTA, Victor Flores Olea, por apoiar *El Coloquio de Invierno*, "ha sido viciado paulatinamente por la parcialidad, el favoritismo y la política de neutralización de la voces independientes".[286] Em seu *Itinerário*, o poeta assinalou sobre o envolvimento do CONACULTA no *Coloquio de Invierno*: "El gobierno y las instituciones nacionales de cultura tienen el deber de ser imparciales en esta clase

---

285 OCHOA SANDY, Gerardo. "La renuncia de Paz, una gran perdida: su opinión para el otorgamiento de becas siempre fue 'Especialmente Respectado'". Revista *Proceso*, México, nº 798, 17 de fevereiro de 1992, p. 50.

286 TENA MENJUMEA, Torcuato. "Choque frontal entre Octavio Paz y el encuentro de intelectuales inaugurado por Carlos Fuentes". *ABC – Cultura*, Madrid, 12/2/92, p. 47.

de conflitos".[287] Certamente, o incômodo que o *Coloquio de Invierno* provocou no poeta foi o fator determinante de sua renúncia ao cargo do CONACULTA.[288] Mas o auge da controvérsia que envolveu a sua renúncia foi a demissão do então presidente do CONACULTA e organizador do *Coloquio de Invierno*, representante da esquerda do PRI, Victor Flores Olea. Segundo Flores Olea, o "burburinho" provocado pelo poeta devido aos investimentos do CONACULTA no Colóquio fez com que o próprio presidente da República o demitisse. Em 1996, Flores Olea declarou ao jornalista Miguel de la Vega:

> Dos días antes de mi "remoción" del Consejo, José Córdoba (jefe de la Oficina de la Presidencia) me informó que Octavio Paz había solicitado una urgente entrevista con el presidente de la República. Al día siguiente Córdoba tuvo a bien confiarme que Paz había exigido satisfacción por los ataques que había recibido de *El Nacional* y por la no invitación a participar en el Coloquio. [...] Cursi o no la frase de Armando Ponce tiene un sentido: el presidente Salinas sacrificaba a su secretário sin cartera por el pontífice de las Letras.[289]

A resposta de Paz a essa insinuação veio, sem pormenores:

> Flores Olea es politólogo, novelista, diplomático, periodista y fotógrafo. Un verdadero Frégoli que cambia de oficio como el famoso cómico de disfraz. Lo que no sabíamos es que también

---

287 PAZ, Octavio. *Itinerário, op. cit.*, p. 222.

288 **La Renuncia de Paz**
México a 7 de febrero de 1992
Sr. Victor Flores Olea, Presidente, Consejo Nacional para la Cultura y las Artes. Ciudad de México
Estas líneas tienen por objeto informarle que a partir de esta fecha dejo de ser miembro de la Comisión de Literatura del Fondo Nacional para la Cultura y las Artes. En el acto de fundación del Consejo Nacional, el 1º de marzo de 1989, señalé que todos los que habíamos aceptado colaborar en las tareas del Fondo teníamos como único princípio y guía a la libertad de creación. Por desgracia, el Consejo no sólo se ha convertido en un organismo más y más burocrático sino que su acción ha sido paulatinamente viciada por la parcialidad, el favoritismo y la política de cooptación y neutralización de las voces independientes.
Octavio Paz

289 FLOREAS OLEA *Apud*. DE LA VEGA, Miguel. "Neruda, Del Paso, Salazar Mallén, Vargas Llosa, Flores Olea... las polémicas de Paz, cargadas de pasión, ira, desdén y afán de imponerse." Revista *Proceso*, México, nº 1121, 26 de abril de 1998, p. 59.

> es vidente. La Providencia le ha otorgado una gracia que sólo concede a los santos la bilocación, estar en dos lugares al mismo tiempo. Sólo así puedo ver y oír cómo yo urdía mis tramas y conspiraciones en la sombra. A otro perro con ese hueso [...] Aquí corto: no me parece cuerdo continuar esta discusión.[290]

Muitos dos membros de *Vuelta*, como Ruy Sánchez, apoiaram Paz publicamente.

> Distingamos lo que significa Paz en el mundo intelectual. Es una voz que molesta a los sectores que se sienten señalados por su historia ideológica. Poca gente soporta la independencia de Paz: es un hecho ineludible [...] La manera como fue invitado llevaba la intención de que no participara y él tiene todo el derecho de no querer participar. *Nexos* e *Vuelta*. Paz es un protagonista de nuestra cultura.[291]

Pode parecer pueril a desavença ocorrida em um evento organizado pelas esquerdas, uma vez que os fatores emocionais (injúria, inveja, competição, temperamento, insinceridade etc.) ganharam muita evidência nessa polêmica. Mas, segundo afirmou Poniatowska, ninguém como Paz tinha conseguido introduzir tal grau de controvérsia no México.

> Paz se mete. Es cruel a veces. No permite la contradicción, pero busca la réplica. Busca al contrincante para derrotarlo. Se lanza. Hablar en voz alta es un riesgo, Paz lo corre. Argumenta. Puede o no convencer, no comprender a los demás, él sigue peleando. A veces me pregunto: ¿No peleará acaso contra sí mismo? ¿No peleará el poeta del sol contra el hombre público? Si hay un ser regido por las pasiones en nuestro país, ése es Octavio Paz. Y las pasiones, son convervadoras. Al menos, dicen que conservan la juventud.[292]

---

290 PAZ, Octavio. *Apud.* DE LA VEGA, Miguel. "Neruda, Del Paso, Salazar Mallén, Vargas Llosa, Flores Olea...las polémicas de Paz, cargadas de pasión, ira, desdén y afán de imponerse." Revista *Proceso*, México, nº 1121, 26 de abril de 1998, p. 59.

291 PEGUERO, Raquel. "El coloquio reafirma la ....". *La Jornada*, México, 11 de fev. de 1992.

292 PONIATOWSKA, Elena. *Las palabras del árbol. op. cit.*, p. 47; p. 192.

293 Revista *Proceso*, "La prepotência de Paz", 1992.

Figura 16: "A prepotência de Paz".[293]

Como se sabe, as contradições que envolveram as relações dos intelectuais com o poder político são muitas. Paz discursou sobre a imparcialidade do intelectual a respeito do poder público, mas se beneficiou dele, assim como os intelectuais de esquerda que criticaram o liberalismo no colóquio e foram, segundo Ignacio Ramirez, comemorar o evento com a presença ilustre do presidente Salinas de Gortari, adepto das reformas neoliberais, bem como pleitear a possibilidade de ocupar cargos públicos.[294] Segundo Sánchez Susarrey, a aproximação de Aguílar

---

294 Segundo o jornalista Ignacio Ramírez: "Y la noche, el presidente Carlos Salinas de Gortari ofrecerá una cena de bienvenida a todos los participantes del Coloquio de Invierno en Los Piños." RAMÍREZ, Ignacio. "Cultura: Octavio Paz: La planeación del Coloquio de Invierno, un golpe bajo de Flores Olea, Aguilar Camín y otros". Revista *Proceso*, México, n° 797 /10 de Febrero /1992, p. 55.
Segundo Paz: "De pronto y sin que mediasen muchas explicaciones el debate abierto no es fuerte de nuestros intelectuales – el grupo de la revista Nexos, el más prestigioso de la izquierda, asumió posiciones más y más cercanas al nuevo gobierno del presidente Salinas. Curioso intercambio: el lugar que ocupaban Cárdenas, Muñoz Ledo y los otros líderes separatistas en el PRI ahora lo tienen los intelectuales de *Nexos* en ciertas esferas del gobierno. No sé si la política haya ganado con el trueque sé que la cultura, entendida como libre debate, ha perdido. [...] El grupo *Nexos* es más estatista que socialista. [...] Muchos aplaudieron las reformas para ocupar cargos públicos." PAZ, Octavio. "Los nexos de *Nexos*". In: *Miscelánea II*, vol. 14. México: FCE, 2001, p. 334. (1ª ed. 2000)

Camín e Rolando Cordera com o governo, naquele momento, era tão conhecida quanto a vinculação de Jorge Castañeda com Cuauhtémoc Cárdenas.[295] As discussões sobre financiamentos, proteções, empregos e benefícios foram, segundo Castañeda, selvagens, frequentes e extenuantes, pois o que estava em jogo era a compreensão e o destino do continente. Para ele, uma sociedade civil débil coincidia, naquele momento, com a importância expressiva dos intelectuais, que, com tempo, perderiam relevância, devido à explosão da sociedade civil mexicana.[296] Como afirmou Patrício Eufracio Solano, os debates intelectuais que ocorreram nos anos de 1990 e 1992, contribuíram com a pluralidade acerca da interpretação da realidade social mexicana, no momento em que a "mediocridade política e educacional" era evidente.

> México era entonces y acaso continúa siéndolo hoy día, una sociedad a lo Timbiriche, gustosa de los ritmos de fácil tonada y melodía pegajosa, pendiente del yerro ajeno para con ello hacer conservación de café; gustosa del escándalo como forma de reconocimiento social y aferrada a una agenda nacional de debate centrada en la programación televisiva. Entonces, ¿por qué habrían de ser distintos a nosotros nuestros intelectuales?[297]

Talvez fosse mais prudente também levar em conta que os debates e controvérsias salientam, no fundo, o conjunto de questões políticas e sociais (projeção intelectual na mídia, democracia, neoliberalismo, crise das esquerdas, desenvolvimento dos meios de comunicação de massa etc.), somadas aos comportamentos emocionais dos intelectuais (injúria, inveja, competição, insinceridade, amizades etc.) e, até mesmo, contingências (fim, inesperado pelo Ocidente, do socialismo real) que marcaram os caminhos da constituição do conhecimento sobre a realidade social mexicana, e, também, contemporânea.

---

295 SÁNCHEZ SUSARREY, Jaime. *Op. cit.*, p. 72.
296 CASTAÑEDA, Jorge. *Utopia desarmada: intrigas, dilemas e promessas da esquerda latino-Americana*. São Paulo: Companhia das Letras, 1994, p. 169.
297 EUFRACIO SOLANO, Patrício. "El liderazgo intelectual de Octavio Paz y el Encuentro Vuelta". El Colegio de Puebla – *Revista Digital Universitaria*, México, 10 de octubre 2008, vol. 9, nº 9.

Considerações finais

Este livro parte da constatação de que o poeta e ensaísta mexicano Octavio Paz se tornou, no seu país, entre os anos 70 e 90, um protagonista intelectual incômodo para as esquerdas, em um momento decisivo de reorientação política, quando o valor da democracia passou a ser, cada vez mais, considerado em detrimento das experiências revolucionárias nas sociedades latino-americanas. As críticas ostensivas tecidas pelo poeta acerca do nacionalismo, do autoritarismo e da violência armada de parte das esquerdas, no século XX, são alguns exemplos, como visto, das resistências que provocou entre muitos intelectuais no México. Um dos elementos fundamentais para a compreensão do papel singular que ocupou na sociedade mexicana, daquela época, foi, a análise de suas estratégias de reconhecimento (escritos autobiográficos, tradição familiar, sociabilidade, ligações com poderes políticos, empresariais e midiáticos).

É importante evidenciar que o fenômeno social chamado Octavio Paz não seria estudado em suas polêmicas políticas, com a mesma relevância, se não fosse o seu prestígio como poeta. Mas, por outro lado, Paz também se tornou muito mais visível como poeta a partir de vários meios políticos, jornalísticos e midiáticos em que as possibilidades de mediação com seu público resultaram tão amplas como a sua capacidade de obter reconhecimento. Introduzir e defender ideias políticas democráticas em um universo mexicano que vivenciava a crise das esquerdas revolucionárias, que buscava alcançar a modernidade social e que ansiava por reformas políticas foi um dos fatores decisivos, além de seu indiscutível e aclamado talento, para a definição de sua própria excelência. Este é um caso completamente oposto ao descrito por Norbert Elias a respeito da vida de Mozart, em que o campo de atuação era restrito e a sociedade de corte em que vivia, no século XVIII, era fechada e incapaz de reconhecer as suas contribuições.

O procedimento escolhido para o entendimento da natureza de suas polêmicas políticas foi o de investigar, primeiramente, a sua trajetória através de fontes distintas, algumas pouco visitadas – como é o caso de parte de seu epistolário –, que ajudaram a iluminar o caminho da transformação de suas ideias políticas, dos valores dominantes na sociedade mexicana de seu tempo e dos debates travados entre ele e diversos intelectuais como Carlos Monsiváis, Héctor Aguilar Camín e Carlos Fuentes. Com efeito, isso possibilitou a identificação não apenas dos seus críticos em assuntos políticos, como também do comportamento ambíguo dos mesmos, ao longo do tempo, uma vez que, de acordo com Fernando Viscaíno, "todos se sentiam parte da extremidade desse gigante".[1]

Em seguida, a pesquisa desenvolveu-se no sentido de expor e aprofundar a ideia de que as controvérsias provocadas pelos seus ensaios políticos, durante a segunda metade do século XX, possuíam vários lados. A escolha feita pelo gênero ensaístico em um ambiente intelectual universitário marcado por teorias marxistas, entre os anos 60 e 70, fez com que fosse visto como um pensador com afirmações imprecisas, genéricas e, por vezes, inconsequentes; a opção pela defesa de ideias liberais diante das esquerdas, o levou no México a ser associado ao discurso de direita; o investimento em publicizar suas ideias em diversos projetos editoriais propiciou uma enorme difusão de sua obra como também concedeu a ele uma autoridade pública incomparável; a posição defendida acerca da "independência" dos intelectuais gerou desconfianças e questionamentos, inclusive em razão dos compromissos e atitudes de Paz; a interpretação difundida sobre a modernidade nas Américas provocou uma imagem vinculada ao conservadorismo e ao imperialismo; e, por último, as críticas que Paz sustentou em relação ao papel do Estado, das políticas nacionalistas e da Igreja no México, relacionadas às suas simpatias pelo surrealismo, tiveram como contrapartida a tentativa de deslegitimar os seus argumentos políticos como frutos de influências estrangeiras descabidas para a análise social mexicana.

---

1   VISCAÍNO, Fernando. *Biografia política de Octavio Paz o la razón ardiente*. Málaga: Editorial Algazara, 1993, p. 131.

Após o exame detalhado das diversas dimensões de seus ensaios políticos e das polêmicas por eles suscitadas, procurou-se, então, mostrar, através da ênfase dada à discussão sobre a dimensão visual de suas ideias, que os aspectos essenciais de suas polêmicas não foram apenas seus escritos políticos contrários à revolução e ao Estado provedor e a favor da democracia liberal, mas também sua inserção sistemática nos meios de comunicação de massa, principalmente por intemédio de sua vinculação a Televisa, vista pelas esquerdas mexicanas, no período, como uma emissora conservadora, reacionária, partidária e de tendência neoliberal. Inserção e vinculação essa desenvolvida nos meios de comunicação de massa sob o signo da contenda e geradora de sua certificação, reconhecimento e consagração massiva no México, uma vez que o poeta cedo entendeu que uma emissora como a Televisa tinha o poder de aumentar a influência de suas ideias ao provocar audiências, comentários, discussões, resistências e aplausos maiores do que qualquer outra mídia.

É possível considerar, por fim, que a sua postura política "dissidente" e não convencional no meio intelectual mexicano, durante a segunda metade do século XX, em que predominavam o nacionalismo e as ideias à esquerda, deu-lhe uma compreensão ambígua no que concerne à sua postura política, pois foi visto como conservador pelas esquerdas mexicanas e de centro pelas direitas, a despeito de ver-se como um "revolucionário". Essa ambiguidade foi um traço de um poeta moderno que viveu uma vida de contradições ao ser, por exemplo, amparado, tantas vezes, pelas organizações burocráticas do Estado mexicano e sentir-se, ao mesmo tempo, compelido a enfrentar essa força na luta para mudar o seu mundo. Isso feito na expectativa de criar e defender suas ideias políticas e literárias, ainda quando tudo em sua volta se desfazia e se transformava continuamente.

Referências bibliográficas

1. OBRAS DE OCTAVIO PAZ

1.1 Livros

PAZ, Octavio. "Alba de la libertad – 1990". GRENIER, Yvon (org.). *Octavio Paz: sueño en libertad*. Barcelona: Seix Barral – Biblioteca Breve, 2001.

_____. "América en plural y en singular". In: *Ideas y costumbres: La letra y el cetro. Obras Completas*, vol. 8. FCE, 2003 (1ª ed. 1993).

_____. "América Latina y la democracia (Tiempo Nublado, Seix Barral 1983)". In: GRENIER, Yvon (org.). *Octavio Paz: sueño en libertad*. Barcelona: Seix Barral – Biblioteca Breve, 2001.

_____. "América: comunidad o coto redondo?". In: *Ideas y Costumbres: La Letra y el cetro. Obras Completas*, vol. 9. México: FCE, 2003 (1ª ed. 1993).

_____. "André Breton o la busca del comienzo". In: *Excursiones/Incursiones: Dominio Extranjero. Obras Completas*, vol. 2. México: FCE, 2003 (1ª ed. 1991).

_____. "Ante un presente incierto (11 de dezembro de 1988)". In: GRENIER, Yvon. (org.) *Octavio Paz: sueño en libertad*. México: Seix Barral, 2001.

_____. "Blanco". In: *Obra Poética I (1935-1970). Obras Completas*, vol. 11. México: FCE, 2006.

_____. "Contrarronda" (1985) In: *Ideas y costumbres I: La letra y el cetro. Obras Completas*, vol. 9. México: FCE, 2003 (1ª ed. 1993).

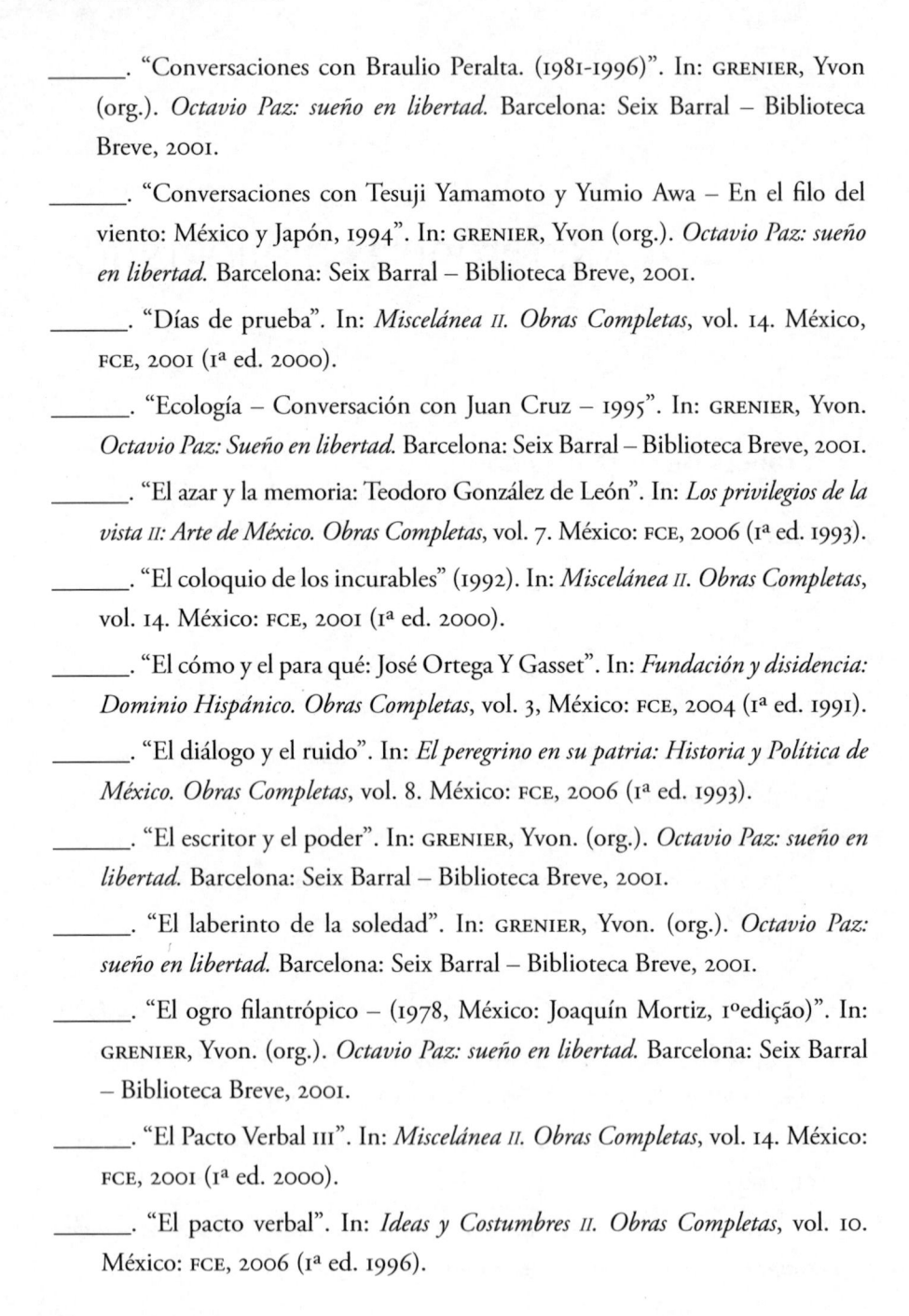

_____. "Conversaciones con Braulio Peralta. (1981-1996)". In: GRENIER, Yvon (org.). *Octavio Paz: sueño en libertad*. Barcelona: Seix Barral – Biblioteca Breve, 2001.

_____. "Conversaciones con Tesuji Yamamoto y Yumio Awa – En el filo del viento: México y Japón, 1994". In: GRENIER, Yvon (org.). *Octavio Paz: sueño en libertad*. Barcelona: Seix Barral – Biblioteca Breve, 2001.

_____. "Días de prueba". In: *Miscelánea II. Obras Completas*, vol. 14. México, FCE, 2001 (1ª ed. 2000).

_____. "Ecología – Conversación con Juan Cruz – 1995". In: GRENIER, Yvon. *Octavio Paz: Sueño en libertad*. Barcelona: Seix Barral – Biblioteca Breve, 2001.

_____. "El azar y la memoria: Teodoro González de León". In: *Los privilegios de la vista II: Arte de México. Obras Completas*, vol. 7. México: FCE, 2006 (1ª ed. 1993).

_____. "El coloquio de los incurables" (1992). In: *Miscelánea II. Obras Completas*, vol. 14. México: FCE, 2001 (1ª ed. 2000).

_____. "El cómo y el para qué: José Ortega Y Gasset". In: *Fundación y disidencia: Dominio Hispánico. Obras Completas*, vol. 3, México: FCE, 2004 (1ª ed. 1991).

_____. "El diálogo y el ruido". In: *El peregrino en su patria: Historia y Política de México. Obras Completas*, vol. 8. México: FCE, 2006 (1ª ed. 1993).

_____. "El escritor y el poder". In: GRENIER, Yvon. (org.). *Octavio Paz: sueño en libertad*. Barcelona: Seix Barral – Biblioteca Breve, 2001.

_____. "El laberinto de la soledad". In: GRENIER, Yvon. (org.). *Octavio Paz: sueño en libertad*. Barcelona: Seix Barral – Biblioteca Breve, 2001.

_____. "El ogro filantrópico – (1978, México: Joaquín Mortiz, 1ºedição)". In: GRENIER, Yvon. (org.). *Octavio Paz: sueño en libertad*. Barcelona: Seix Barral – Biblioteca Breve, 2001.

_____. "El Pacto Verbal III". In: *Miscelánea II. Obras Completas*, vol. 14. México: FCE, 2001 (1ª ed. 2000).

_____. "El pacto verbal". In: *Ideas y Costumbres II. Obras Completas*, vol. 10. México: FCE, 2006 (1ª ed. 1996).

_____. "El peregrino en su patria. – 28 de febrero de 1994". In: *Miscelánea II. Obras Completas*, vol. 14. México: FCE, 2001 (1ª ed. 2000).

_____. "Intelligentsia II – Conversación con Eugenio Umerenkov". 1995. In: GRENIER, Yvon. (org.). *Octavio Paz: sueño en libertad*. Barcelona: Seix Barral – Biblioteca Breve, 2001.

_____. "Intermitencias del oeste (3) (México: Olimpiada de 1968)" In: *Obra poética I – 1935-1988. Obras Completas*, vol. 11. México: FCE, 1997 (1ª ed. 1996).

_____. "La conjura de los letrados". In: *Miscelánea II. Obras Completas*, vol. 14. México: FCE, 2001 (1ª ed. 2000).

_____. "La democracia: lo absoluto y lo relativo". In: *Ideas y Costumbres Completas. Obras Completas*, vol. 9. México: FCE, 2003 (1ª ed. 1993).

_____. "La invasión fue condenable". In: GRENIER, Yvon. *Octavio Paz: sueño en libertad*. Barcelona: Seix Barral – Biblioteca Breve, 2001.

_____. "La letra y el cetro. (Plural, 13 de octubre de 1972)". In: GRENIER, Yvon (org.). *Octavio Paz: sueño en libertad*. Barcelona: Seix Barral – Biblioteca Breve, 2001.

_____. "La literatura y el Estado – Premio Alfonso Reyes – 1986". In: GRENIER, Yvon. (org.). *Octavio Paz: sueño en libertad*. Barcelona: Seix Barral – Biblioteca Breve, 2001.

_____. "La outra voz (1º de dezembro de 1989)". In: GRENIER, Yvon. (org.) *Octavio Paz: sueño en libertad*. México: Seix Barral, 2001.

_____. "La tradición de ruptura". In: *La casa de la presencia – Poesía e Historia. Obras Completas*, vol. 1. México: FCE, 2003 (1ª ed. 1991).

_____. "Ladera Este". In: *La casa de la presencia – Poesía e Historia. Obras Completas*, vol. 1. México: FCE, 2003 (1ª ed. 1991).

_____. "Las elecciones de 1994: Doble Mandato". In: GRENIER, Yvon (org.). *Octavio Paz: sueño en libertad*. Barcelona: Seix Barral – Biblioteca Breve, 2001.

_____. "Las obvisiones de Alberto Gironella". In: *Los privilegios de la vista II: Arte de México. Obras Completas*, vol. 7. México: FCE, 2006 (1ª ed. 1993).

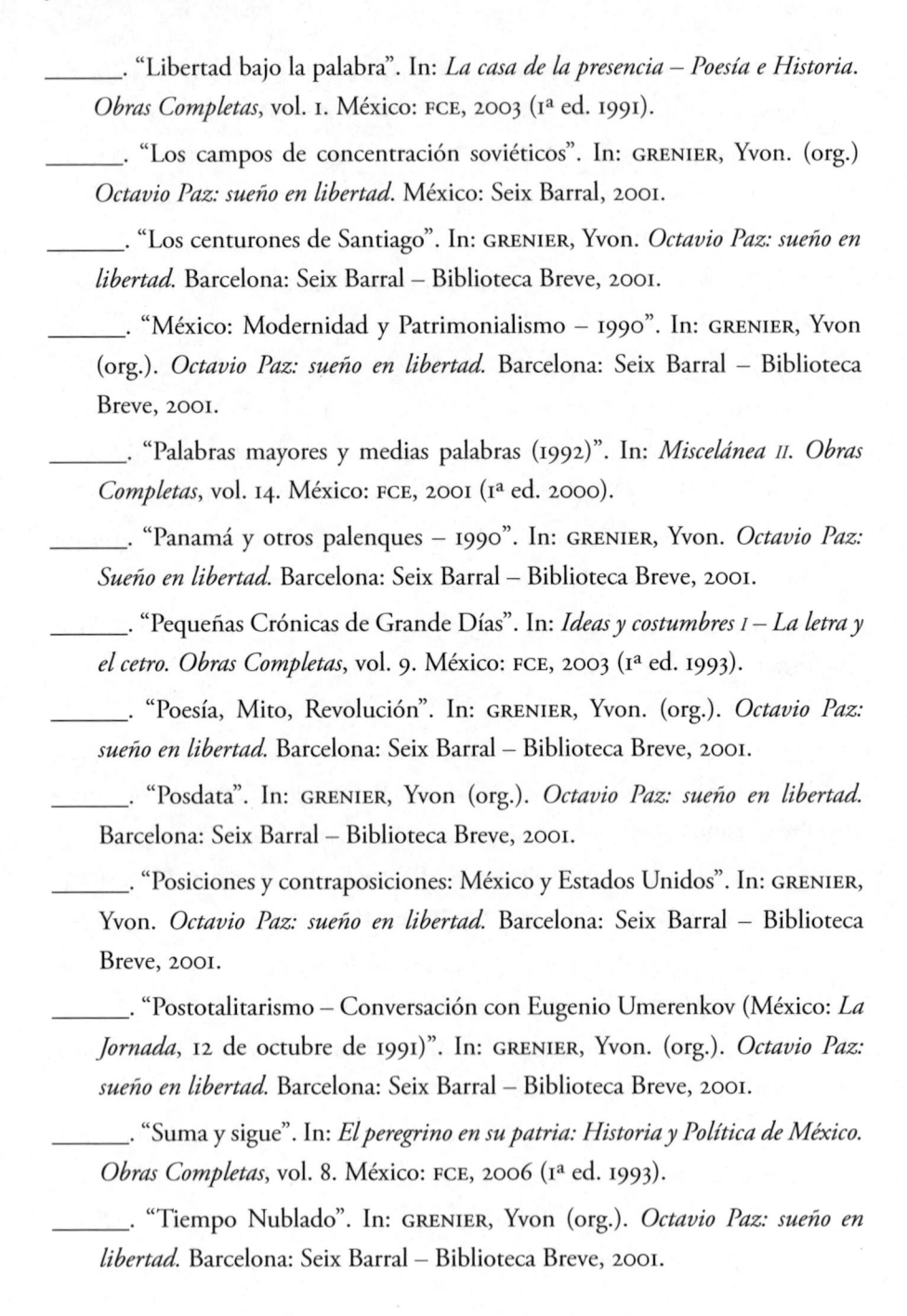

_____. "Libertad bajo la palabra". In: *La casa de la presencia – Poesía e Historia. Obras Completas*, vol. 1. México: FCE, 2003 (1ª ed. 1991).

_____. "Los campos de concentración soviéticos". In: GRENIER, Yvon. (org.) *Octavio Paz: sueño en libertad*. México: Seix Barral, 2001.

_____. "Los centurones de Santiago". In: GRENIER, Yvon. *Octavio Paz: sueño en libertad*. Barcelona: Seix Barral – Biblioteca Breve, 2001.

_____. "México: Modernidad y Patrimonialismo – 1990". In: GRENIER, Yvon (org.). *Octavio Paz: sueño en libertad*. Barcelona: Seix Barral – Biblioteca Breve, 2001.

_____. "Palabras mayores y medias palabras (1992)". In: *Miscelánea II. Obras Completas*, vol. 14. México: FCE, 2001 (1ª ed. 2000).

_____. "Panamá y otros palenques – 1990". In: GRENIER, Yvon. *Octavio Paz: Sueño en libertad*. Barcelona: Seix Barral – Biblioteca Breve, 2001.

_____. "Pequeñas Crónicas de Grande Días". In: *Ideas y costumbres I – La letra y el cetro. Obras Completas*, vol. 9. México: FCE, 2003 (1ª ed. 1993).

_____. "Poesía, Mito, Revolución". In: GRENIER, Yvon. (org.). *Octavio Paz: sueño en libertad*. Barcelona: Seix Barral – Biblioteca Breve, 2001.

_____. "Posdata". In: GRENIER, Yvon (org.). *Octavio Paz: sueño en libertad*. Barcelona: Seix Barral – Biblioteca Breve, 2001.

_____. "Posiciones y contraposiciones: México y Estados Unidos". In: GRENIER, Yvon. *Octavio Paz: sueño en libertad*. Barcelona: Seix Barral – Biblioteca Breve, 2001.

_____. "Postotalitarismo – Conversación con Eugenio Umerenkov (México: *La Jornada*, 12 de octubre de 1991)". In: GRENIER, Yvon. (org.). *Octavio Paz: sueño en libertad*. Barcelona: Seix Barral – Biblioteca Breve, 2001.

_____. "Suma y sigue". In: *El peregrino en su patria: Historia y Política de México. Obras Completas*, vol. 8. México: FCE, 2006 (1ª ed. 1993).

_____. "Tiempo Nublado". In: GRENIER, Yvon (org.). *Octavio Paz: sueño en libertad*. Barcelona: Seix Barral – Biblioteca Breve, 2001.

_____. "Whitman, poeta de América". In: *La casa de la presencia: Poesía e Historia. Obras Completas*, vol. 1. México: FCE, 2003, p. 285 (1ª ed. 1991).

_____. "Y qué América Latina?". In: *Miscelánea II. Obras Completas*, vol. 14. México: FCE, 2001 (1ª ed. 2000).

_____. *Itinerario*. México: FCE, 1993.

_____. *O arco e a lira*. Rio de Janeiro: Nova Fronteira, 1982.

_____. *Pasión crítica*. México: Universidad Nacional Autónoma de México, 1985.

_____. *Sóror Juana Inés de la Cruz: as armadilhas da fé*. São Paulo: Mandarin, 1998 (1ª ed. 1982).

_____. *Tempo Nublado*. Rio de Janeiro: Guanabara, 1986 (1ª ed. 1983).

1.2 Artigos em revistas

PAZ, Octavio. "México 1972 – Los escritores y la política". Revista *Plural*, México, 13 janeiro de 1972.

_____. "Corriente Alterna – Carta a Adolfo Gilly". Revista *Plural*, México, nº 5, febrero de 1972, p. 16-20.

_____. "Cartas de Octavio Paz". Revista *Plural*, México, nº 6, marzo de 1972, p. 3-8.

_____. "México 1972: Los escritores y la política". Revista *Plural*, México, nº 13, octubre de 1972, p. 21-23.

_____. "El arte del Surrealismo". Revista *Plural*, México, 1972, p. 36.

_____. "La pregunta de Carlos Fuentes". Revista *Plural*, México, nº 14, noviembre de 1972.

_____. "El ocaso de la vanguardia: revolución, eros, metaironía". Revista *Plural*, México, nº 26, 1973.

_____. "Polvos de aquellos lodos". Revista *Plural*, México, nº 30, marzo de 1974, p. 17-25.

_____. "Entre orfandad y legitimidad". Revista *Plural*, México, nº 46, julio de 1975, p. 14-21.

_____. "Daniel Cósio Villegas: las ilusiones y las convicciones". Revista *Plural*, México, nº 56, abril de 1976, p. 74-80.

_____. "El negro y el blanco". Revista *Plural*, México, nº 58, junio de 1976, p. 27-30.

_____. "Paz: 'Alguien me deletrea'". Revista *Proceso*, México, 27 de agosto de 1984, p. 54-55.

_____. "El diálogo y el ruído". Revista *Vuelta*, México, deciembre. 1984, p. 4-7.

_____. "Alguien me deletrea: Entrevista con Carlos Castillo Peraza". Revista *Vuelta*, México, nº 162, mayo de 1990, p. 50-51.

_____. "André Breton: la nieve y el relámpago". Revista *Vuelta*, México, abril de 1996.

_____. "Siluesta de Ireneo Paz". Revista *Vuelta*, México, febrero de 1997.

_____. "México después de 6 de julio: una encuesta". Revista *Vuelta*, México, nº 248, julio de 1997, p. 17-19.

_____. "Una apuesta vital". Revista *Vuelta*, México, octubre de1997.

_____. "Un sueño de libertad: Cartas a cancilleria". Revista *Vuelta*, México, marzo de 1998.

_____. "El pesadelo del régimen stalinista para mí generación". Revista *Proceso*, México, nº 1123, mayo de 1998, p. 10.

_____. "Carta para Enrique Krauze". Revista *Letras Libres*, México, enero de 1999.

_____. "Cartas inéditas. Introducción de Enrique Krauze". Revista *Letras Libres*, México, diciembre de 2006.

_____. "Dos décadas de Vuelta". Revista *Letras Libres*, México, diciembre de 2006.

_____. "Cartas de un editor". Revista *Letras Libres*, México, mayo de 2008.

1.3 Artigos em jornais

PAZ, Octavio. "Democracia, único camino para lograr una sociedad más justa". *Unomásuno*, México, 6 de abril de 1994.

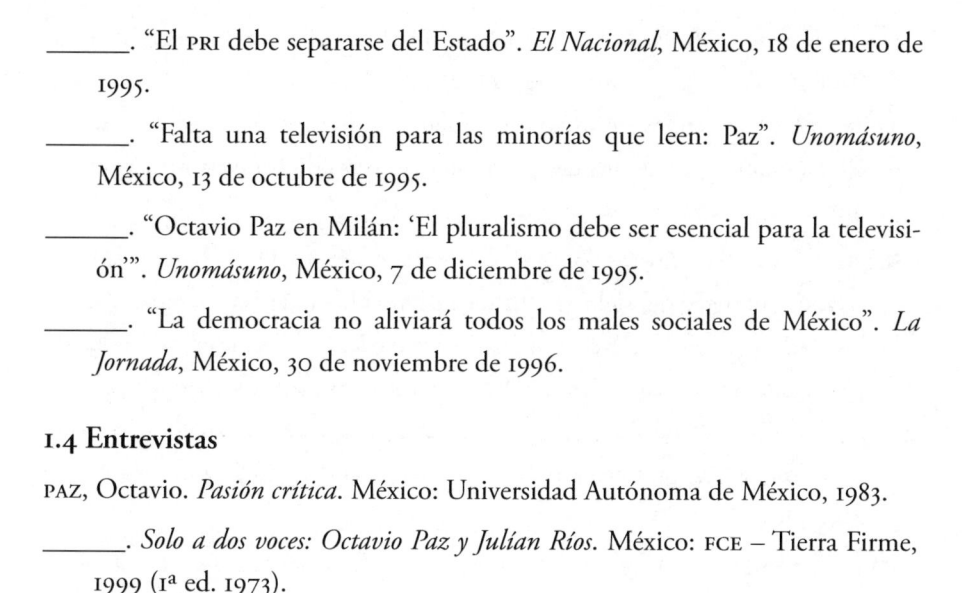

_____. "El PRI debe separarse del Estado". *El Nacional*, México, 18 de enero de 1995.

_____. "Falta una televisión para las minorías que leen: Paz". *Unomásuno*, México, 13 de octubre de 1995.

_____. "Octavio Paz en Milán: 'El pluralismo debe ser esencial para la televisión'". *Unomásuno*, México, 7 de diciembre de 1995.

_____. "La democracia no aliviará todos los males sociales de México". *La Jornada*, México, 30 de noviembre de 1996.

1.4 Entrevistas

PAZ, Octavio. *Pasión crítica*. México: Universidad Autónoma de México, 1983.

_____. *Solo a dos voces: Octavio Paz y Julián Ríos*. México: FCE – Tierra Firme, 1999 (1ª ed. 1973).

1.5 Epistolário

STATON, Anthony (org.). *Correspondencia*: Octavio Paz/Alfonso Reyes (1939-1959). México: FCE, 1998.

GIMFERRER, Pere. *Octavio Paz: Memorias y palabras/Cartas a Pere Gimferrer 1966-1997*. México: Seix Barral, 1999.

ORFILA REYNAL, Arnaldo. *Cartas cruzadas*: Octavio Paz/Arnaldo Orfila Reynal 1965-1970. México: Siglo XXI, 2005.

PAZ, Octavio. *Jardines errantes: Cartas a J. C Lambert (1952-1992)*. México: Seix Barral, 2008.

PAZ, Octavio. *Cartas a Tomás Segovia (1957-1985)*. México: FCE, 2008.

1.6 Vídeos

TAL TV. *Juan Villoro*. Disponível em: http://www.tal.tv/pt/webtv/video.asp?house=P006001&video=JUAN-VILLORO. Acesso: 20/07/2011.

TELEVISA. *Conversaciones con Octavio Paz*. 1984. Produzido pela Televisa em Comemoração aos 70 anos de Octavio Paz, 1984. Diretor Geral: Héctor Tajonar (21 Programas) Nesses programas, o poeta teve interlocutores como Álvaro Mutis, Miguel León-Portilla, Luis Mario Schneider, Teodoro González de León, Enrique Krauze, Salvador Elizondo, Ramón Xirau e José de la Colina. Todos os programas foram transcritos pelo escritor Adolfo Castañon, 2009. *Alguns desses programas estão disponíveis no www.youtube.com

TELEVISA. *El siglo XX – la experiencia de la libertad*. 1990. I – Hacia la sociedad abierta, II – El mapa del siglo XXI, III – La palabra liberada, IV – Las pasiones de los pueblos y V – El ejercicio de la libertad: política y economía. Produzido pela TELEVISA. Diretor Geral: Héctor Tajonar. In: PAZ, Octavio (coord.) *La experiencia de la libertad*. (7 Tomos) México: Editora Obsidiana – Televisa, 1991. Ver: www.youtube.com "Vargas Llosa y la dictadura perfecta". Acesso 20/01/2011.

TELEVISA. *México en la obra de Octavio Paz*. 1989. (6 Programas) I – El laberinto de la soledad – Mesoamérica y Nueva España, II – De la Independencia a la Revolución – A crítica de la pirámide, III – Arte Precolombino – Arte Moderno, IV – Re/Visiones de la Pintura Mural – Arte Contemporáneo, V – Sor Juana Inés de La Cruz o las trampas de la fe – Poesía Moderna e VI – Los Contemporáneos – Itinerario Poético. Produzido pela TELEVISA – Videovisa *Alguns desses programas estão disponíveis no www.youtube.com

TELEVISA. *Octavio Paz: el hechicero de su tiempo*. Programas exibidos pela Televisa em homenagem aos 10 anos da morte do poeta. Abril-Maio 2008. Participações: Elena Poniatowska, Enrique Krauze, Ramon Xirau, Héctor Tajonar, Enrico Marío Santí, Alejandro Rossi etc. Disponível em: http//www.televisa.com. Acesso em: 17/02/09.

UNAM. *El Coloquio de Invierno*. 1992. I – La situación mundial y la democracia II – Las Américas en el horizonte del cambio III – México y los cambios de nuestro tiempo. Producido por: UNAM – CONACULTA – FCE. Transcrito em: FUENTES, Carlos (org.). *El Coloquio de Invierno*. México: Fondo de Cultura Económica, 1992.

2. OBRAS SOBRE OCTAVIO PAZ

2.1 Livros

AGUILAR MORA, Jorge. *La divina pareja: historia y mito en Octavio Paz*. México: UNAM, 1978.

BLOOM, Harold. *Octavio Paz*. Filadélfia, 2002.

CÁRDENAS SÁNCHEZ, Alma Lidia y BENÍTEZ AMARO, Nancy. "Análisis comparativo de las revistas culturales Vuelta y Nexos – parte integrante de la definición del periodismo cultural mexicano". México: *Tesis, Facultad de Ciencias Políticas y Sociales*, UNAM, 1998.

CAITOR, Nick. *Octavio Paz*. Londres: Critical Lives, 2007.

CRIPA. Ival de Assis. *O círculo, a linha e o aspiral: temporalidade da poesia e da história na crítica de Octavio Paz*. Campinas. Universidade Estadual de Campinas, 2002 (tese de doutorado).

DIAZ ARCINIEGA, Victor. *Historia del Fondo de Cultura Económica (1934-1994)*. México: UMAM, 1996. (Doctorado en História).

ENCISO, Froylán. *Andar fronteras: el servicio diplomático de Octavio Paz en Francia. 1946-1951*. México: Siglo XXI, 2008.

EUFRACIO SOLANO, Patrício. *Interpretación y revelación en los ensayos de Octavio Paz*. México: UNAM, 2002 (Maestría en Letras).

GONZÁLEZ TORRES, Armando. *Las guerras culturales de Octavio Paz*. México: Colibri, 2002.

GIMFERRER, Pere. *Lecturas de Octavio Paz*. España: Barcelona, 1980.

_____. *Octavio Paz: memorias y palabras*. España: Barcelona, 1999.

GRENIER, Yvon. *Del arte a la política: Octavio Paz y la busca de la libertad*. México: FCE, 2004.

_____. (org.) *Octavio Paz: Sueño en libertad – Escritos Políticos*. México: Seix Barral, 2001.

GONZÁLEZ, Javier. *El cuerpo y la letra: la cosmología poética de Octavio Paz*. México: Fondo de Cultura Económica, 1990.

GONZÁLEZ ROJO, Enrique. *Cuándo el rey se hace cortesano:* Octavio Paz y el stalinismo. FCE: México, 1990.

GONZÁLEZ TORRES, Armando. *Las guerras culturales de Octavio Paz.* México: Gobierno del Estado de Puebla, 2002.

GRECCO, Priscilla Miraz de Freitas. *De uma máscara à outra: questões de identidade em el Laberinto de la Soledad, de Octavio Paz.* São Paulo: Unesp, 2010 (dissertação de mestrado).

GRENIER, Yvon. *Del arte a la política: Octavio Paz y la búsqueda de la libertad.* México: FCE, 2004.

IVASK, Ivar. *The perpetual present: the poetry and prose of Octavio Paz.* Normam: OK, 1973.

JARDIM, Eduardo. *A Duas Vozes (Hannah Arendt e Octavio Paz).* Rio de Janeiro: Civilização Brasileira, 2007.

KRAUZE, Enrique. "Octavio Paz: o poeta e a revolução". In: *Os redentores: idéias e poder na América Latina.* São Paulo: Saraiva, 2011.

MACIEL, Maria Ester. *Vertigens da Lucidez: Poesia e critica em Octavio Paz.* São Paulo: Experimento, 1995.

MONSIVÁIS, Carlos. *Adonde yo soy tú somos nosotros. Octavio Paz: crónica de vida y obra.* México: RayaelAgua, 2000.

PAZ, Octavio. *Anuario de la Fundación Octavio Paz I.* México: FCE, 1999.

PERALTA, Bráulio. *El poeta en su tierra: Diálogos con Octavio Paz.* México: Hoja Casa Editorial, 1996.

PONIATOWSKA, Elena. *Octavio Paz: Las palabras del árbol.* Barcelona: Editora: Lumen, 1998.

QUIROGA, José. *Understanding Octavio Paz.* Columbia, 1999.

RAMÓN, Xirau. *Ceremonia luctuosa en memoria de Octavio Paz.* México: El Colegio Nacional, 1999.

RODRIGUEZ, Napoleón. *Ireneo Paz: Letra y Espada Liberal.* México: Ediciones Fontanara, 2002.

RODRIGUEZ LEDESMA, Xavier. *El pensamiento político de Octavio Paz:* las trampas de la ideología. México: Plaza y Valdés, 1996.

SALGADO, Dante. *Ensayística de Octavio Paz.* México: Editorial Práxis, 2004.

SÁNCHEZ, Alberto Ruy. *Una introducción a Octavio Paz.* México: Cuadernos de Joaquín MORTIZ, 1990.

SANTÍ, Enrico Mario. *Luz espejeante: Octavio Paz ante la crítica.* México: UNAM: Biblioteca Era, 2009.

SHERIDAN, Guilhermo. *Poeta con paisaje: ensayos sobre la vida de Octavio Paz.* México: Ediciones Era, 2004.

SILVA, Gênese Andrade da. *Verso y Reverso: la reescritura de "Libertad bajo palabra" de Octavio Paz.* São Paulo. Departamento de História – USP, 1995 (dissertação de mestrado).

STANTON, Anthony. *Octavio Paz: entre poética y política.* México: El Colegio Nacional, 2009.

VÁSQUEZ VALLEJO, Salvador. *El pensamiento internacional de Octavio Paz.* México: Universidad Autónoma de Puebla, 2006.

VISCAÍNO, Fernando. *Biografía Política de Octavio Paz o La Razón Ardiente.* Málaga: Editorial Algazara, 1993.

VERANI, Hugo J. *Bibliografía Crítica de Octavio Paz (1931-1996).* México: El Colegio Nacional, 1997.

2.2 Artigos de Revistas

AGUILAR CAMÍN, Héctor. "Pequeño regreso al gran hechizo del mundo". Revista *Nexos*, México, nº 83, noviembre de 1994, p. 71-74.

_____."El Apocalipsis de Octavio Paz". Revista *Nexos*: México, 01/10/1978. Disponível em http://www.nexos.com.mx/?P=leerarticulov2print&Article=265696. Acesso: 20/10/2010.

AGUILAR CAMÍN, Luis Miguel. "Octavio Paz, 1914-1998". Revista *Nexos*, México, mayo de 1998, p. 77-82.

ANDUEZA, Maria. "Carlos Barral: Poeta, Navegante y Editor". *Cuadernos Americanos*, México, marzo-abril de 1991, p. 337.

ANTONIO CUADRA, Pablo & CHAMORRO BARRIOS, Pedro J. "También en Nicaragua". México: Revista *Vuelta*, nov. de 1981, p. 54-55.

ARANDA, Julio. "Helena Paz dice que sus padres nunca se divorciaron, y exige parte de la herencia para ella y su madre". Revista *Proceso*, México, nº 1121 /26 de abril de 1998, p. 60.

BECERRA, Eduardo. "Mariposa de Obsidiana: El surrealismo y la voz del mito". América sin nombre (nº 9-10). Universidad de Alicante: España, noviembre 2007, p. 43-48. Disponível em: http://biblioteca.universia.net/html_bura/ ficha/params/id/35527107.html. Acesso em: 10/02/2011

BIANCIOTTI, Héctor. "Octavio Paz se ha muerto: el mundo es más pobre". Revista *Vuelta*, nº 259, México, junio de 1998, p. 26.

BLOCH, Avital H. "Vuelta y cómo surgió el neoconservadurismo en México". México: *Universidad Autónoma de Baja California*, 2008, jul/dec, vol. IV, nº 8, p. 74-100.

BONET, Juan Manuel. *Al surrealismo entre Viejo e Nuevo Mundo*. Fundación Cultural Mapfre Vida, España, marzo – 22 Abril, 1990, p. 18. (catálogo da exposição)

BRADU, Fabienne. "Octavio Paz traductor". Revista *Vuelta*, nº 259, México, junio de 1998, p. 30-31.

BUEN ABAD DOMÍNGUEZ, Fernando. "Salinas de Gotari y la demagogia desesperada". *Rebelión: Universidad de la Filosofía*, México, 2010. Disponível em: http://www.avizora.com/atajo/informes/mexico_textos/0045_salinas_de_ gortari_y_la_demagogia_desesperada. Acesso: 22/07/2011.

CAYUELA GALLY, Ricardo. "Un malentendido". Revista *Letras Libres*, México, nº 112, abril de 2008, p. 28-29.

CAMPA, Homero. "La cálida relación epistolar de Octavio Paz con Lezama Lima, Cintio Vitier y Fernández Retamar". Revista *Proceso*, México, nº 1123, 10 de mayo de 1998, p. 55-58.

CAMPBELL, Federico. "Ireneo Paz: periodista porfiriano; Octavio Paz Solórzano: abogado zapatista; Octavio Paz: poeta". Revista *Proceso*, México, n° 407, 20 de agosto de 1984, p. 49-51.

CASTAÑEDA, Jorge G. "Latinoamérica y el final de la Guerra Fría". Revista *Nexos*, México, n° 153, septiembre de 1990, p. 31-45.

_____. "Octavio Paz Nicaragua y México". Revista *Proceso*, México, 15 de octubre de 1984, p. 40-41.

CASTAÑEDA, Rafael Rodríguez. "Sobre Televisa". Revista *Proceso*, México, 27 de agosto de 1984, p. 20-24.

CASTAÑÓN, Adolfo. "Octavio Paz: Fragmentos de um itinerário luminoso". *Cuadernos Americanos*, México, n° 70, julio-agosto de 1998, p. 23-38.

CASTILLO, Heberto. "La experiencia de la libertad". Revista *Proceso*, México, n° 722, 3 de septiembre de 1990, p. 32-33.

_____. "Entregar no es integrar". Revista *Proceso*, México, 15 de octubre de 1990, p. 30.

CHOMSKY, Noam. "Hacia una política anarco-marxista". Revista *Plural*, México, n° 40, enero de 1975, p. 14-27.

CÓRDOVA, Arnaldo. "El dilema de la universidad de masa". Revista *Plural*, México, n° 71, agosto de 1977, p. 60-74.

CÓRDOVA, Arnaldo."Nación y nacionalismo en México". Revista *Nexos*, México, n° 83, noviembre de 1984, p. 27-33.

CORREA PÉREZ, Alicia. "Acercamiento a la obra de Octavio Paz". *Cuadernos Americanos*, México, n° 70, julio-agosto de 1998, p. 39-59.

CRUZ, VARELA, Maria Elena. "Maria Elena Cruz Varela (1992)". *Liberal International*, London. Disponível em: http://www.liberal-international.org/editorial.asp?ia_id=704. Acesso: 20/08/2011.

DE LA VEGA, Miguel. "Neruda, Del Paso, Salazar Mallén, Vargas Llosa, Flores Olea…las polémicas de Paz, cargadas de pasión, ira, desdén y afán de imponerse." Revista *Proceso*, México, n° 1121, 26 de abril de 1998, p. 59.

DEL PASO, Fernando. "Los privilegios de Octavio Paz". Revista *Letras Libres*, México, abril de 2003. Disponível em: http://www.letraslibres.com/revista/convivio/los-privilegios-de-octavio-paz. Acesso em: 20/12/2011.

DOMINGUEZ MICHAEL, Christopher. "Octavio Paz en la India, 2002". Revista *Letras Libres*, México, enero de 2003. Disponível em: http://www.letraslibres.com/revista/letrillas/octavio-paz-en-la-india-2002. Acesso: 10/05/2011

_____. "Memorias del encuentro: La experiencia de la libertad." Revista *Letras Libres*, México, nov/2009. Disponível em: http://www.letraslibres.com/index.php?art=14169. Acesso em 23/04/2011.

ENRIGUE, Álvaro & CAYUELA GALLY, Ricardo. "Vuelta a semilla, entrevista con Alejandro Rossi". Revista *Letras Libres*, México, diciembre de 2006. Disponível em: http://www.letraslibres.com/revista/convivio/vuelta-la-semilla-entrevista-con-alejandro-rossi. Acesso em: 10/10/2011.

ERLIJ, David. "Octavio Paz: un encuentro en Cambridge". Revista *Letras Libres*, México, julio de 2003, p. 78-80.

ESCALENTE GONZALBO, Fernando. "Octavio Paz: Hora Cumplida'". Revista *Vuelta*, nº 259, México, junio de 1998.

ESQUINCA, Jorge. "Octavio Paz: los empeños de la palabra". Revista *Letras Libres*, México, agosto de 2003. Disponível em: http://www.letraslibres.com/revista/libros/octavio-paz-los-empenos-de-la-palabra. Acesso: 10/06/2011.

EUFRACIO, Patrício. "Imagen y arquétipo en los ensayos de Octavio Paz". *Cuadernos Americanos*, México, nº 70, julio-agosto de 1998, p. 60-66.

FABIANI, Jean Louis. *Controverses scientifiques, controverses philosophiques: figures, positions, trajets*. Paris, Mil neuf cent, 2007, nº 25, p. 11-34.

F. C. "Abrumadora condena a las declaraciones de Octavio Paz contra la Revolución Nicaraguense". Revista *Proceso*, México, 19 de noviembre de 1984, p. 50-51.

FUENTES, Carlos. "Palabras Iniciales". Revista *Plural*, México, nº 13, octubre de 1972, p. 9-14.

FURET, François. "El fin de la utopía". Revista *Nexos*, México, nº 245, mayo de 1997, p. 67-75.

GARCIA RAMIREZ, Fernando. "La experiencia de la libertad". Revista *Letras Libres*, México, dez/2006. http://www.letraslibres.com/index.php?art=11682. Acesso 20/04/2011.

GOMES HARO, Geramine. "Paz y Gironella: complicidades estéticas". Revista *Letra Libres:* México, abril/1999. Disponível em: http://www.letraslibres.com/index.php?art=5767. Acesso: 28/03/2011.

GONZALEZ PEDRERO, Enrique. "La lucidez de Octavio Paz". Revista *Vuelta*, nº 259, México, junio de 1998. Disponível em: http://letraslibres.com/revista/la-lucidez-de-octavio-paz. Acesso: 06/06/2010.

GRASS, Gunter. "Siete tesis para un socialismo democrático". Traducción: José de la Colina. Revista *Plural*, México, nº 38, noviembre de 1974, p. 80-81.

HERNANDÉZ PÉREZ, Hernando. "Elena Garro". México, agosto de 2008. Disponível em http://elrincondehernando.blogspot.com/2008_08_01_archive.html. Acesso: 03/2010

HINOJOS, Juan José. "Clubes de intelectuales". Revista *Proceso*, México, nº 800, 2 de marzo de 1992, p. 36-37.

HINOJOSA, Juan José. "Vargas Llosa, excepcional". Revista *Proceso*, México, nº 722, 3 de septiembre de 1990, p. 32-33.

KING, Jonh. "Octavio Paz: Pasión Crítica". Revista *Letras Libres*, México, nº 112, abril de 2008, p. 30-36.

KRAUZE, Enrique. "Tu, intelectual, ese desconocido". Revista *Plural*, México, nº 52, enero de 1976, p. 63-65.

KRAUZE, Enrique. "La comedia mexicana de Carlos Fuentes." Revista *Vuelta*, México, nº 139., junio de 1988, p. 15-27.

KRAUZE, Enrique. "El sol de Octavio Paz". Revista *Vuelta*, México, mayo de 1998.

KRAUZE, Enrique. "La soledad del labirinto". Revista *Letras Libres*, México, abril de 2003, p. 40-47.

LAMBERT, Jean-Clarence. "Octavio Paz: El fuego de las palabras". Revista *Vuelta*, México, junio de 1998. Disponível em: http://www.letraslibres.com/autores/jean-clarence-lambert. Acesso: 20/03/2010.

LEMUS, Rafael. "Octavio Paz a dos manos". Revista *Letras Libres*, México, abril de 2003. Disponível em: http://www.letraslibres.com/revista/letrillas/octavio-paz-dos-manos. Acesso: 20/03/2010.

LEMUS, Rafael. "Crítica a la pirámide". Revista *Letras Libres*, México, nº 112, abril de 2008, p. 18-20.

LIZALDE, Eduardo. "Octavio Paz – José Revueltas". Revista *Letras Libres*, México, abril de 1999. Disponível em: http://www.letraslibres.com/revista/convivio/octavio-paz-jose-revueltas-convergencia-de-dos-disidentes.   Acesso: 20/03/2010.

LÓPEZ NARVÁEZ, Froylán M. "Vuelta y Vuelta". Revista *Proceso*, México, nº 722, 3 de septiembre de 1990, p. 23.

MALPARTIDA, Juan. "Un tiempo llamado Octavio Paz". Revista *Letras Libres*, México, noviembre de 2005. Disponível em: http://www.letraslibres.com/revista/letrillas/un-tiempo-llamado-octavio-paz. Acesso: 23/06/2011.

MALPARTIDA, Juan. "Paz Epistolar". Revista *Letras Libres*, México, abril de 2008. Disponível em: http://www.letraslibres.com/revista/convivio/paz-epistolar. Acesso: 20/05/2010.

MARIO SANTÍ, Enrico. "Entrevista con Octavio Paz: El misterio de la vocación". Revista *Letras Libres*, México, enero de 2005. Disponível em: http://www.letraslibres.com/revista/convivio/entrevista-con-octavio-paz. Acesso: 20/09/2011.

MAZA, Enrique. "Octavio Paz dictó cátedra ante cincuenta intelectuales del mundo". Revista *Proceso*, México, nº 721, 27 de agosto de 1990, p. 44-53.

MERGIER, Anne Marie. "Empeznado por el PRI, todos los partidos en México deben democratizarse, dice Octavio Paz". Revista *Proceso*, México, junio de 1989, p. 24-25.

MIGUEL OVIEDO, José. "Octavio Paz y el drama de la modernidad". Revista *Plural*, México, nº 39, Diciembre de 1974, p. 82-83.

MONSIVÁIS, Carlos. "Octavio Paz y la izquierda". Revista *Letras Libres*, México, abril de 1999. Disponível em: http://www.letraslibres.com/revista/convivio/octavio-paz-y-la-izquierda. Acesso: 20/03/2011.

MISKULIN, Silvia. "O movimento estudantil de 1968 no México". *Anais Eletrônicos* do VIII *Encontro Internacional da ANPHLAC*. Vitória, 2008. Disponível em http://www.anphlac.org/html/revista.php. Acesso: 20/08/2011

MORALES, Sonia & CAMPBELL, Federico. "Paz en la TV, Juzgado por Intelectuales: Muchos se abstienen". Revista *Proceso*, México, nº 386 – 1984. 26/03 p. 46-50.

MORSE, Richard. "La herancia de América Latina". Revista *Plural*, México, nº 46, julio de 1975, p. 33-42.

MUELLER, Enrique. "Octavio Paz, homenajeado como "orgullo de México". *El País*, España,22/08/1984. Disponível em: http://www.elpais.com/articulo/cultura/PAZ/_OCTAVIO/MADRID/_MIGUEL_DE_LA_/MEXICO/MEXICO/Octavio/Paz/homenajeado/orgullo/Mexico/elpepicul/19840822elpepicul_7/Tes. Acesso: 01/08/2011.

NARANJO, Rogelio. "A la altura de la vanidad". Revista *Proceso*, México, nº 722, 15/10/1990, p. 29.

NIEVA, Francisco. "De mi fidelidad – felicidad a Octavio Paz". Revista *Vuelta*, nº 259, México, enero de 1998. Disponível em: http://www.letraslibres.com/hemeroteca/revista-vuelta/vuelta-n-254-enero-1998. Acesso:20/09/2011.

"NOBEL Prize in 1990 – Octavio Paz". Disponível em: http://nobelprize.org/nobel_prizes/literature/laureates/1990/. Acesso: 20/06/2011.

NOYOLA, Francisco M. "Irineo Paz y el periodismo político del siglo XIX". Revista *Zócalo*. México, 08/07/2010. Disponível em: http://www.revistazocalo.com.mx/index.php?option=com_content&view=article&id=667&Itemid=5. Acesso: 10/08/2011.

OCHOA SANDY, Gerardo. "'Vuelta' y 'Nexos': Vidas paralelas, vecinos distantes". Revista *Proceso*, México, nº 796, 3 de febrero de 1992, p. 52-53.

_____. "La renuncia de Paz, una gran pérdida: su opinión para el otorgamiento de becas siempre fue 'Especialmente Respectado'". Revista *Proceso*, México, nº 798, 17 de febrero de 1992, p. 50.

_____. "Coloquio: Las relaciones de los intelectuales con el poder". Revista *Proceso*, México, nº 799, 24 de febrero de 1992, p. 52-53.

PACHECO, Emilio. "Octavio Paz y los otros". Revista *Letras Libres*, México, Noviembre de 2002. Disponível em: http://www.letraslibres.com/revista/convivio/paz-y-los-otros. Acesso: 18/09/2011.

PAPAIOANNOU, Kostas. "Superdesarrollo y revolución (Segunda y última parte)". Revista *Plural*, México, nº 56, Abril de 1976, p. 26-31.

_____. "Superdesarrollo y revolución". Revista *Plural*, México, nº 55, marzo de 1976, p. 6-11.

PASO, Armando. "El episodio que esta por detrás del pleito de los intelectuales". Revista *Proceso*, México, nº 798, 17 de febrero de 1992, p. 48-53.

PATULA, Jean. "Exclusivismo dictatorial, en la organización del encuentro de 'Vuelta'". Revista *Proceso*, México, nº 796, 3 de febrero de 1992, p. 52-53.

PERALES, Jaime. "Vuelta y Partisan Review, revistas que aspiran a entender las cosas". Revista *Letras Libres*, México, 1994. Disponível em: http://biblioteca.itam.mx/estudios/estudio/letras36/notas2/sec_1.html. Acesso: 20/07/2011.

PÉREZ CORREA, Fernando. "Las clases dominantes en México". Revista *Plural*, México, nº 9, Junio de 1972, p. 29-33.

PLIEGO, Roberto. "Vargas Llosa en el laberinto mexicano". Revista *Nexos*, México, 03/11/2010. Disponível em: http://www.nexos.com.mx/?P=leerarticulo&Article=1197810. Acesso: 20/04/2011.

PONCE, Armando. "Ya no hay paraísos en la tierra; mis pasiones son racionales y razonables: Octavio Paz". Revista *Proceso*, México, 15 de octubre de 1990, p. 45.

PONCE, Armando & OCHOA SANDY, Geraldo. "'Vuelta' inicia su encuentro de la libertad: 'Fidel Castro no haría algo así': Krauze". Revista *Proceso*, México, nº 721, 27 de agosto de 1990, p. 56-58.

PONCE, Armando. "Detrás de 'los asuntos familiares' de Vargas Llosa: su pleito con Octavio Paz". Revista *Proceso*, México, nº 723, 10 de septiembre de 1990, p. 50-55.

PONCE, Armando & OCHOA SANDY. "En las afueras del encuentro: Acciones y reacciones, expectación, polémicas, denuestos." Revista *Proceso*, México, nº 796 03/02/1992, p. 45-47.

PONCE, Armando. "Paz no quiere se pontífice, sino interlocutor": Krauze. Revista *Proceso*, México, nº 386, 26/03/1984, p. 47-50.

_____. "Detrás de 'los asuntos familiares' de Vargas Llosa: su pleito con Octavio Paz". Revista *Proceso*, México, nº 723, 10 de septiembre de 1990, p. 50-55.

_____. "Krauze impugnó a Fuentes y Fuentes y Paz rompieron su larga amistad". Revista *Proceso*, México, nº 798, 17 de febrero de 1992, p. 48.

PONTES, Heloisa. "Cidades e intelectuais: os novaiorquinos do *Partisan Review* e os paulistas de *Clima* entre 1930 e 1950". *Revista Brasileira de Ciências Sociais*, Brasil, vol. 18, nº 53. 2003. http://www.scielo.br/pdf/rbcsoc/v18n53/18077.pdf. Acesso: 20/08/2011.

POZAS HORCASITAS, Ricardo. "La libertad en el pensamiento político de Octavio Paz". Revista Mexicana de Sociologia, vol. 58, nº 2, México, abril-junio de 1996, p. 3-20.

PROCHASSON, Christophe & ROSMUSSEN, Anne. *Du don usage de la dispute*. Paris: Mil neuf cent, 2007, nº 25, p. 5-12.

PUIG, Carlos. "Octavio Paz enfoca su crítica contra la crítica". Revista *Proceso*, México, 15 de octubre de 1990, p. 43-53.

RAMÍREZ, Ignacio. "Además de las empresas oficiales, Televisa va tras las centrales obreras." Revista *Proceso*, México, 27 de agosto de 1984, p. 20.

_____. "En el gobierno encontró la Televisa...". Revista *Proceso*, México, 27 de agosto de 1984, p. 22.

_____. "Octavio Paz acusa de unilateral al Coloquio de Invierno y no asistirá". Revista *Proceso*, México, nº 796, 3 de febrero de 1992, p. 50-53.

_____. "Octavio Paz: la planeación del Coloquio de Invierno, un golpe bajo de Flores Olea, Aguilar Camín y otros". Revista *Proceso*, México, nº 797, 10 de febrero de 1992, p. 50-55.

_____. "Cultura – Lo organizan la UNAN, el Consejo de Cultura y Nexos – Octavio Paz acusa de unilateral al Coloquio de Invierno y no asistirá". Revista *Proceso*, México, nº 796, 3 de febrero de 1992, p. 50-53.

_____. "Octavio Paz replica a Flores Olea". Revista *Proceso*, México, nº 800, 2 de marzo de 1992, p. 55-57.

RAMÓN DE LA FUENTE, Juan. "Octavio Paz de vuelta a la UNAM". Revista *Letras Libres*, México, julio de 2005.

ROJAS, Rafael. "Lecturas Cubanas de Octavio Paz". Revista *Vuelta*, México, junio de 1998.

ROSSI, Alejandro. "El Laberinto de la soledad: 50 años". Revista *Letras Libres*, México, nº 120, diciembre de 2008, p. 36-42.

ROSSI, Alejandro. "Octavio Paz". México: Revista *Letras Libres*, México, junio de 1999.

RUSKIN, John. "Notas sobre [hacia] el boom". Revista *Plural*, México, nº 4, enero de 1972, p. 29-32.

SÁNCHEZ, Alberto Ruy. "Octavio Paz contra cualquier invasión a Nicaragua". Revista *Vuelta*, México, diciembre de1984, p. 46

SÁNCHEZ, Iroel. "Vargas Llosa: motivos para um prémio". La pupila insomne. Blog: (Santa Clara, Cuba, 1964). Iroel Sánchez Editor y periodista. Disponível em: http://lapupilainsomne.wordpress.com/vargas-llosa-motivos-para-um--premio/. Acesso: 23/05/2011.

SANCHÉZ ROBAYANA, Andrés. "Cartas Cruzadas, de Arnaldo Orfila y Octavio Paz". Revista *Letras Libres*, México, octubre de 2006.

SAVATER, Fernando. "Octavio Paz en su inquietud". Revista *Vuelta*, México, septiembre de 1991, nº 178, p. 10-12.

SEMO, Ilán. "Los hijos de Sánchez, de Oscar Lewis. La antropología como narrativa y afección". Revista *Letras Libres*, México. Disponível em: http://www.letraslibres.com/index.php?art=14975. Acesso: 20/06/2011

SOARES, Gabriela Pellegrino. "Novos meridianos da produção editorial em castelhano: o papel de espanhóis exilados pela Guerra Civil na Argentina e no México". Revista *Varia História*, Belo Horizonte, vol. 23, nº 38 jul/dez 2007. In: http://www.scielo.br/scielo.php?script=sci_arttext&pid=S0104-87752007000200009. Acesso: 20/07/2011.

SHERIDAN, Guillermo. "Octavio Paz y la Universidad". Revista *Vuelta*, México, junio de 1998.

SHERIDAN, Guilhermo. "La renuncia de Octavio Paz a la embajada de la Índia". Revista *Proceso*, México, nº 1144, 4 de octubre de 1998, p. 68-70.

SHERIDAN, Guillermo. "Octavio Paz (1914-1998) – Editor". Revista *Letras Libres*, México, diciembre de 2006.

_____. "El día que conocí a Octavio Paz". Revista *Letras Libres*, México, mayo de 2008.

_____. "Casa vieja con veredas". Revista *Letras Libres*, México, marzo de 2009.

SHERER GARCÍA, Julio (dir.). "El pleito de los intelectuales: la revancha de Carlos Fuentes". Revista *Proceso*, México, nº 798, 17/02/1992.

SORÁ, Gustavo. "Edición y política. Guerra Fría en la cultura latinoamericana de los años 60." *Revista del Museo de Antropología*, Universidad Nacional de Córdoba, Argentina, 2008. Disponível em: http://www.fae.unicamp.br/focus/textos/SORA%20-%20Edicion%20y%20politica.pdf. Acesso: 20/02/2011.

STANTON, Anthony. "Correspondencia entre Octavio Paz y Alfonso Reyes". Revista *Vuelta*, México, mayo de 1998.

SUCRE, Guillermo. "Mi itinerario con Octavio Paz". Revista *Vuelta*, México, junio de 1998.

VANDEN BERGUE, Kristine. "Intelectuales 'demócratas' contra 'comunistas': ¿Un estilo peculiar de peculiar?". *Cuadernos Americanos – Año XII*, México, vol. 4, julio-agosto de 1998, p. 121-140.

VARGAS LLOSA, Mario. "Homenaje de Vargas Llosa, en 'El lenguaje de la pasión'". Revista *Proceso*, nº 1284, México, 10 de junio de 2001, p. 72-73.

_____. "La civilización del espectáculo". Revista *Letras Libres*, México, Febrero 2009, Año XI, nº 122, p. 14-22.

VILLEGAS, Abelardo. "PRI, PAZ!". Revista *Proceso*, México, nº 724, 17 de septiembre de 1990, p. 36.

VILLORO, Luis. "Una visión de Octavio Paz". Revista *Letras Libres*, México, abril de 1999.

VOLPI, Jorge. "La guerra de los veinte años. Octavio Paz en Vuelta". Revista *Viceversa*, México, diciembre de 1996.

WONG, Oscar. "Estética, comunicación y cultura de masas". Revista *Plural*, México, nº 62, noviembre de 1976, p. 19-24.

YSLIZARRITURRI, Diana. "Entrevista con Octavio Paz, editor de revistas". Revista *Letras Libres*, México, julio de 1999.

ZAID, Gabriel. "El futuro de Octavio Paz". Revista *Letras Libres*, México, abril de 1999. Disponível em: http://www.letraslibres.com/revista/convivio/el--futuro-de-octavio-paz. Acesso 10/02/2010.

_____. "Los intelectuales". Revista *Vuelta*, México, 1999, nº 168, p. 21.

_____. "Recuento de Octavio Paz". Revista *Letras Libres*, México, abril de 2003, p. 50.

ZEA, Leopoldo. "Octavio Paz: identidad y modernidad". *Cuadernos Americanos*, México, nº 70, julio-agosto de 1998, p. 11-22.

_____. "Paz: a lo universal por lo profundo". *Cuadernos Americanos*, México, marzo-abril de 1991, p. 23-37.

2.3 Artigos de Jornais

ABELLEYRA, Angélica. "La democracia no aliviará todos los males sociales de México: Paz". *La Jornada*, México, 30 de noviembre de 1996, p. 13.

AFP. "Borges, Paz, Carpentier, Rulfo y Cortázar renacen con voz e imagen". *La Crónica*, México, junio de 1998, p. 13B.

AGUILAR CARMÍN, Héctor. "Metáforas de la 'tercera vía'". *La cultura en México*, México, nº 900, junio 6 de 1979, p. 2-11.

ANDRADE SANCHEZ, Gabriel. "El PRI debe separse del Estado: Octavio Paz". *El Nacional*, México, 18 de enero de 1995.

ANDRÉS ROJO, José. "Los zapatistas de Chiapas no explican su versión de libertad, justicia y democracia". *El Nacional*, México, 16 de junio de 1995.

AUSTIN, Jose. "Tragicomedia mexicana III: 'Vuenta' contra 'Nexos', guerra de papel". *La Jornada*, México, 8 de octubre de 1998.

ÁVILES FABILA, René. "Su Reinado Dividió a la Cultura del País". *Excélsior*, México, domingo 26 de abril de 1998, p. 27-28.

BAIA, Quina. "Octavio Paz resume en cinco puntos las reformas democráticas esenciales". *El Universal*, México, 2 de octubre de 1994.

BAUTISTA, Virginia. "A veinte años del Nobel de Octavio Paz". *Excélsior*, México, 26/12/2010. Disponível em: http://www.excelsior.com.mx/index.php?m=nota&id_nota=699256. Acesso: 22/07/2011.

BARBENA, Miguel. "Vuelta: fe de erratas". *Excélsior*, México, 17 de mayo de 1998, p. 5.

BERTRÁN, Antonio. "La verdad para los muertos". *Reforma*, México 3 de junio de 1998, Sección C.

BERTRÁN, Antonio. "Está paralizada la Fundación Octavio Paz". *Reforma*, México, 15 de octubre de 2001, p. 1

CÉSPEDES, Roberto. "Coloquio sobre Octavio Paz en Cuba. Abordan su obra por primera vez". *Reforma*, México, 15 de marzo de 1998, p. 5C.

COLOSIO, Donaldo. "Democracia, único camino para lograr una sociedad más justa: Octavio Paz". *Unomásuno*, México, 6 de abril de 1994, p. 3.

CÓRDOVA, Arnaldo. "Octavio Paz y la izquierda". *La Jornada:* México (01/07/2007). Disponível em: http://www.iis.unam.mx/biblioteca/pdf/arnaldo_cord09.pdf. Acesso:20/08/2011.

CUÉLLAR, Rogelio. Foto de Rogelio Cuéllar para o jornal *La Jornada* em 1990. Disponível em: http://www.jornada.unam.mx/2009/05/18/index.php?section=politica&article=011n1pol. Acesso: 21/04/2011.

DAY, Anthony & Muñoz, Sergio. "Usen el adjetivo o etiqueta que quieran, pero no 'conservador': Octavio Paz". *La Jornada*, México, 12 de mayo de 1995.

Disponível em: http://www.cs.uwaterloo.ca/~alopez-o/politics/opaz.html. Acesso: 24/07/2011.

DAY, Anthony & Muñoz, Sergio. Entrevista con Octavio Paz. *La Jornada*, México, 1995. http://www.cs.uwaterloo.ca/~alopez-o/politics/opaz.html. Acceso: 20/07/2011.

EFE. "Responde el escritor mexicano a Octavio Paz. En 1990 salí de México por mi voluntad: Mario Vargas Llosa". *Reforma*, México, martes 5 de noviembre de 1996, p. 25.

ESPEJO, Beatriz. Paz: "Nobel de Literatura de 1990 – La fuerza de la derecha". *El Financiero*, México, viernes – 12 de outubro de 1990, p. 43.

ESPINOSA, Jorge Luis. "Los últimos 15 días aumentó la venta de libros de Octavio Paz hasta en un 70%". *Unomásuno*, México, 6 de mayo de 1998.

EUFRACIO SOLANO, Patrício. "El liderazgo intelectual de Octavio Paz y el encuentro Vuelta". *El Colegio de Puebla – Revista Digital Universitaria*: México, 10 de octubre 2008, vol. 9, nº 9. Disponível em: http://www.revista.unam.mx/vol.9/num10/art78/art78.pdf. Acesso: 20/03/2010.

FLORES AGUILAR, Verónica. "México y la India son países acabado de hacer: Paz." *El Día*, México, 8 de septiembre de 1995.

FLORES, Mauricio. "El deber del intelectual es pensar: seguiré ocupándome de Chiapas". *El Nacional*, México, 8 de febrero de 1994, p. 11.

FLORES, Sergio. "Difundirán a Octavio Paz en el Discovery Channel". *Reforma*, México, 7 de junio de 1998, p. 4C.

FUENTES, Carlos. "Mi amigo Octavio Paz". *El País*, España, 13 de mayo de 1998, p. 49.

GARCÍA HERNANDEZ, Arturo. "El Coloquio reafirma la vocación de la UNAM y su compromiso con México". *La Jornada*, México, 11 de febrero de 1992, p. 37.

GARCÍA HERNANDEZ, Arturo & ESPINOSA, Pablo. "La *simbiosis* Paz-Televisa, capítulo pendiente de reflexión". *La Jornada*, México, 21 de abril de 1998, p. 11.

GARRIDO, Luis Javier. "La vuelta de Paz". *La Jornada*, México, 9 de febrero de 1996, p. 22.

GENOVES, Santiago. "Vuelta y Nexos – Intelectuales divididos". *Excélsior*, México, 9 de abril de 1992, p. 7 A.

GOMES HARO, Claudia. "A potlatch de Alberto Gironella a Octavio Paz". *La Jornada:* México, 25/09/1999. Disponível em http://www.jornada.unam.mx/1999/09/25/cul-alberto.html. Acesso: 10/03/2011.

GOMES HARO, Geramine. "Muere el pintor Alberto Gironella, una de las grandes figuras del arte mexicano." *El País*, España, abril/1999. Disponível: http://www.elpais.com/articulo/cultura/GIRONELLA/_ALBERTO/MEXICO/Muere/pintor/Alberto/Gironella/grandes/figuras/arte/mexicano/elpepicul/19990804elpepicul_3/Tes. Acesso: 28/03/2011.

HERNANDEZ CAMPOS, Jorge. "Oh Paz!". *Unomásuno*, México, 28 de noviembre de 1995, p. 5.

HINOJOSA, Luis Madero. "Dos poetas – Octavio Paz y Carlos Fuentes". *Unomásuno*, México, 29 de junio de 1998.

KLAHR, Marco Lara. "El *Nobel* no es un pasaporte para la inmortalidad, pero sí me permitirá mayor audiencia". *El Financiero*, México, viernes, 12/10/1990, p. 42.

LLANOS, Raul. "Susto y tristeza de Octavio Paz y su esposa por el incendio en su casa". *La Jornada*, México, 23 de diciembre de 1996, p. 36.

MALCHER, Christian. "La polémica forma parte del talento de Paz: Poniatowska". *El Día*, México, 13 de abril de 1998, p. 28.

MATA, Rodolfo. Octavio Paz – Nota bibliográfica. Disponível em: http://www.horizonte.unam.mx/cuadernos/paz/biopaz.html Acesso: 09/09/2013

MATADAMA, Ma. Elena. "Octavio Paz dijo que ahora estamos condenados a ser modernos". *El Universal*. México, 22 de febrero de 1994, p. 2-4.

MEJÍA, Eduardo. "Las ediciones totalizadoras de Paz". *El Financiero*, México, 22 de septiembre de 1997.

MELÉNDEZ, Jorge. "El intelectual y los príncipes." *El Financiero*, México, 27 de abril de 1998.

MONSIVÁIS, Carlos. "El escritor vivo". ¡*Siempre!*, México, nº 738, 16 de agosto de 1967.

MONTAÑO GARFIAS, Ericka. "La viuda de Octavio Paz desmiente a Bermúdez y acusa: 'me han quitado todo'". *La Jornada*, México, 6 de agosto de 2004, p. 7.

MUELLER, Enrique. "Octavio Paz, homenageado como 'orgullo de Mexico'". *El País*, México, 22/08/1984. Disponível em: http://www.elpais.com/articulo/cultura/PAZ/_OCTAVIO/MADRID/_MIGUEL_DE_LA_/MEXICO/MEXICO/Octavio/Paz/homenajeado/orgullo/Mexico/elpepicul/19840822elpepicul_7/Tes. Acesso: 01/08/2011.

PALÁCIOS GOYA, Cynthia. "En México se há malentendido a Paz:Verani". *El Universal*, México, 17 de octubre de 1998, p. 3.

PAZ, Helena. "A mi padre, Octavio Paz". *Unomásuno*, México, 31 de enero de 1998, p. 3.

PEGUERO, Raquel. "El colóquio reafirma la…". *La Jornada*, México, martes 11 de febrero de 1992.

PERALES, Jaime. "Vuelta y Partisan Review, revistas que aspiran a entender las cosas". Itam, México, 1994.

Disponível em: http://biblioteca.itam.mx/estudios/estudio/letras36/notas2/sec_1.html. Acesso: 20/07/2011.

_____. "A lo largo de los años, me reconcilié con el liberalismo: Paz". *El Financiero*, México, 12 de mayo de 1998, p. 58.

PERALTA, Braulio. "El surrealismo ya no existe como actividad, queda como aventura interior: Octavio Paz". *La Jornada*, México, 18 de deciembre de 1996, Cultura 27.

PEREYRA, Carlos. "La crisis ideológica". La cultura en México, Supl. Cult. de *Siempre!*, México, núm 548, 9 de agosto de 1972, p. 3-4.

PIETRO, Francisco. "Mis desencuentros con Octavio Paz". *Unomásuno*, México, 30 de abril de 1998.

RAMOS RODRIGUEZ, Jacqueline. "Mucho se debe a que existen varias versiones de sus textos: Enrico Mario Santí. 'Paz, mal estudiado, pese a ser un escritor muy importante.'" *Excelsior*, México, 23 de agosto de 1997, p. 7.

REUTER. "Clarifiquen sus ideas de democracia y libertad, pide Octavio Paz a Zapatistas." *Excelsior*, México, 8 de abril de 1996, p. 5-A.

RICO, Salvador. "Contribuir a que Haya Serenidad, Deber de los Intelectuales: Paz". *El Financiero*, México, 14 de enero de 1994, p. 33.

RODRÍGUEZ ARAUJO, Octavio. "De coloquios y revistas". *La Jornada*, México, 11 de febrero de 1992, p. 40.

SHERIDAN, Guillermo. "Octavio Paz. Post-Mortem". *Reforma*, El Ángel México, 18/04/1999. Disponível em: http://busquedas.gruporeforma.com/reforma/Pages/Buscaimpresa.aspx. Acesso: 20/04/2008.

SEPTIÉN, Jaime. "Octavio Paz y la televisión". *¡Siempre!*, México, 30 de Abril de 1998, p. 64.

TAIBO, Ignacio. "Televisa ha comprado una Figura Mundial". *El Financeiro*, México, 12 de Octubre de 1990, p. 43.

TAJONAR, Héctor. "Pensamiento, poesía y televisión". *Reforma*: Él Ángel, México, 26 de abril de 1998, p. 4. (os grifos são nossos)

TENA MENJUMEA, Torcuato. "Choque frontal entre Octavio Paz y el encuentro de intelectuales inaugurado por Carlos Fuentes". *ABC – Cultura*, Madrid, 12/2/92, p. 47.

VARGAS LLOSA, Mario. "Tribuna: La dictadura perfecta, piedra de toque". *El País*, Madrid, 01/06/1992. Disponível em: http://www.elpais.com/articulo/opinion/KRAUZE/_ENRIQUE/LATINOAMERICA/MEXICO/PARTIDO_REVOLUCIONARIO_INSTITUCIONAL_/PRI_/MEXICO/dictadura/perfecta/elpepiopi/19920601elpepiopi_16/Tes. Acesso: 20/11/2011.

VELAZQUEZ YEBRA, Patricia. "Octavio Paz: Mi obra es un camino cruzado por muchas voces – Preséntalos últimos cuatro tomos de sus obras completas." *El Universal*, México, sábado 9 de abril de 1994.

VELÁZQUEZ YEBRA, Patricia. "Paz y Cela abrirán una colección de audiolibros". *El Universal*, México, 25 de enero de 1997.

ZAMARRA, Roberto. "Paz ejerce un dogmatismo primitivo". *Reforma*, México, jueves 30 de agosto de 1990.

3. BIBLIOGRAFIA GERAL

ADORNO, Theodor. "El ensayo como forma". In: *Notas de Literatura* (1954). Barcelona: Ariel, 1962.

AGUILAR CAMÍN, Héctor. *México: a cinza e a semente*. São Paulo: BEI, 2002.

_____. *La guerra de galio*. México: Planeta, 2007.

_____. *Pensando en la izquierda*. México: FCE, 2008.

AINSA, Fernando. *De la edad del oro al el dorado: génesis del discurso utópico latinoamericano*. México: Fondo de Cultura Económica, 1992.

ALCANTRA CONTRERAS, Javier. *Legitimidad y democracia en México contemporáneo: Estudio del cambio político y conceptual a través de los discursos de algunos intelectuales mexicanos: Cuadernos Americanos, Plural, Vuelta y Letras Libres*. México: Flacso (tese de doutorado em Ciências Sociais), 2010.

ARENAS CRUZ, Mara José. *Hacia una teoría general del ensayo. Construcción del texto ensayístico*. Cuenca, Ediciones de la Universidad de Castilla – La Mancha, 1997.

AROCENA, Felipe; LEÓN, Eduardo de (orgs.). *El complejo de Próspero: ensayos sobre cultura, modernidad y modernización en América Latina*. Montevidéu: Vintén Editor, 1993.

BARTRA, Roger. *Oficio Mexicano*. México: Lecturas Mexicana, 2003 – 1993 1 edição.

BARRY B. LEVINE (org.). *El desafío neoliberal: El fin del tercermundismo en América Latina*. Bogotá: Grupo Editorial Norma, 1992.

BENJAMIN, Walter. *Magia e técnica: arte e política: ensaios sobre literatura e história da cultura*. São Paulo: Brasiliense, 1994.

BERMAN, Marshall. *Tudo que é sólido desmancha no ar: a aventura da modernidade*. São Paulo: Companhia das Letras, 1995.

_____. *Um século em Nova York – Espetáculos em Times Square*. São Paulo: Companhia das Letras, 2009.

BOBBIO, Norberto. *Os intelectuais e o poder*. São Paulo: Unesp, 1997.

_____. *Direita e Esquerda: Razões e significados de uma distinção política*. São Paulo: Unesp, 2001.

BOURDIEU, Pierre. *Esboço de auto-análise*. São Paulo: Companhia das Letras, 2005.

_____. *A economia das trocas simbólicas*. Rio de Janeiro: Perspectiva, 2009.

_____. *A distinção: crítica social do julgamento*. Rio Grande do Sul: Zouk Editora, 2007.

_____. *Sobre Televisão*. São Paulo: Jorge Zahar, 1997.

BUÑUEL, Luis. *Mi último suspiro*. España: Plaza & Janes Editores, 2000.

BRIGGS, Asa & BURKE, Peter. *Uma história social da mídia: De Gutenberg à Internet*. Rio de Janeiro: Jorge Zahar, 2004.

CAMP, Roderic A. *Los Intelectuales y el Estado en el México del Siglo XX*. México: FCE, 1988.

CAMUS, Albert. "La Pléiade", Essais. Paris: Gallimard, 1965, p. 1582. In: WINOCK, Michel. *O século dos intelectuais*. Rio de Janeiro: Bertrand Brasil, 2000.

CÁRDENAS SÁNCHEZ, Alma Lidia & BENÍTEZ AMARO, Nancy. "Análisis comparativo de las revistas culturales Vuelta y Nexos – parte integrante de la definición del periodismo cultural mexicano". México: *Tesis, Facultad de Ciencias Políticas y Sociales*, UNAM, 1998.

CARR, Barry. *La izquierda mexicana a través del siglo XX*. México: Ediciones Era, 2000.

CASTAÑON, Adolfo. *Viaje a México: Ensayos, Crónicas y Retratos*. México: Iberoamericana, 2008.

CASTAÑEDA, Jorge. *Utopia desarmada: intrigas, dilemas e promessas da esquerda latino-americana*. São Paulo: Companhia das Letras, 1994.

CHIAPPINI, Ligia e AGUIAR, Flávio Wolf de (orgs.). *Literatura e história na América Latina*. São Paulo: Edusp, 1993.

CHOMSKY, Noam. *Novas e velhas ordens mundiais*. São Paulo: Scritta, 1996.

CORTÁZAR, Julio. *Nicarágua tan violentamente Dulce*. Nicarágua: Ediciones Monimbó, 1985.

CÓSIO VILLEGAS, Daniel. *Historia General de México*. México: El Colégio de México, 2000.

COSTA, Adriane Vidal. *Pablo Neruda: uma poética engajada*. Rio de Janeiro: E-papers, 2007.

_____. *Intelectuais, política e literatura na América Latina: o debate sobre revolução e socialismo em Cortazar, García Márquez e Vargas Llosa. (1958-2005)*. Departamento de História – FAFICH –UFMG, 2009 (tese de doutorado).

CRESPO, Horacio (org.). *José Aricó: Marx e a América Latina*. Buenos Aires, FCE, 2010.

DAGNINO, Evelina (org.). "Cultura, Cidadania e Democracia. A transformação dos discursos e práticas na esquerda latino-americana". In: *Cultura e Política nos Movimentos Sociais Latino-americanos*. Belo Horizonte: Humanitas-UFMG, 2000.

DAYRELL, Eliane Garcindo & IOKI, Zilda Márcia Gricoli (org.) *América Latina Contemporânea: desafios e perspectivas*. Rio de janeiro: Expressão e Cultura. São Paulo: Edusp, 1996.

DELARBRE, Raúl Trejo (org.). *Televisa: El quinto poder*. México: Claves Latinoamericanas, 1985.

DE LA CONCHA, Geraldo. *La razón y la afrenta – Antología del panfleto y la polémica en México*. Toluca – Estado de México: Instituto Mexiquense de Cultura, 1995.

DEVÉS-VALDÉS, Eduardo. *Redes Intelectuales en América Latina. Hacia la constitución de una comunidad intelectual*. Santiago de Chile: Colección Idea, 2007.

DONOSO, José. *Historia personal del "boom"*. Barcelona: Anagrama, 1972.

DOSSE, François. *O desafio biográfico: Escrever uma vida*. São Paulo: Edusp, 2009.

DUBY, Georges. *A História continua*. Rio de Janeiro: UFRJ, 1993.

ECO, Umberto. *Apocalípticos y integrados*. México: Tusquets, 1965.

EARLE, Peter G. & Robert G. Mead Jr. *Historia del ensayo hispanoamericano*. México: Editora Andrea, 1971.

ELIAS, Norbert. *Mozart: Sociologia de um gênio*. Rio de janeiro: Jorge Zahar, 1994.

FERNANDEZ MORENO, César (coord.). *América Latina em sua literatura*. São Paulo: Perspectiva, 1979.

FLORES, Malva. "Un cuartel general hispanoamericano. Inicio y consolidación de la revista Vuelta (1976-1998)". In: CRESPO, Regino (coord.). *Revistas en América Latina: proyectos literarios, políticos y culturales*. México: UNAM – Ediciones Eón, 2010.

FRANCIATTO, Claudir (org.). *A façanha da liberdade*. São Paulo: OESP, 1985.

FUENTES, Carlos. *Eu e os outros – Ensaios escolhidos*. Rio de Janeiro: Rocco, 1989.

_____. *O espelho enterrado: reflexões sobre a Espanha e o Novo Mundo*. Rio de Janeiro: Rocco, 2001.

_____. *Este é o meu credo*. Rio de Janeiro: Rocco, 2006.

FUSER, Igor. *México em transe*. São Paulo: Scritta, 1995.

GARCÍA CANCLINI, Néstor. *Culturas Híbridas: Estratégias para entrar e sair da modernidade*. São Paulo: Edusp, 1998.

_____. *Latinoamericanos buscando lugar en este siglo*. Buenos Aires: Paidós, 2002.

_____. *A globalização imaginada*. São Paulo: Iluminuras, 2003.

_____. *Las industrias culturales y el desarrollo de México*: Siglo XXI, FLACSO, 2006.

_____. *Leitores, Espectadores e Internautas*. São Paulo: Iluminuras, 2008.

GARCÍA CANTÚ, Gastón & CAREAGA, Gabriel. *Los intelectuales y el poder*. México: Contrapuntos, 1993.

GARCÍA MÁRQUEZ, Gabriel. *Crónicas – Obra Jornalística 5 – 1961-1984*. Rio de janeiro: Record, 2006.

GIRARDET, Raul. *Mitos e mitologias políticas*. São Paulo: Companhia das Letras, 1987.

GOBBI, Maria Cristina & MELO, José Marques de (orgs.). *Televisão na América Latina: 1950-2010, pioneirismo, ousadia e inventividade*. São Bernardo do Campo, Unesp, 2011.

GRUZINSKI, Serge. *A guerra das imagens. De Cristovão Colombo à Blade Runner (1492-2019)*. São Paulo: Companhia das Letras, 2006.

HEINCH, Nathalie. *A sociologia da arte*. São Paulo: Edusc, 2008.

HOBSBAWM, Eric. *Estratégias para uma esquerda racional: escritos políticos 1977-1988*. Rio de Janeiro: Paz e Terra, 1991.

_____. *Era dos extremos: o breve século XX – 1914-1991*. São Paulo: Companhia das Letras, 1995.

IMBERT, Anderson E. *Historia de la literatura Hispano-americana*. México: Fondo de Cultura Económica, 1954.

KRAUZE, Enrique. *La Historia Cuenta*. México: Tusquets, 1998.

_____. *La Presidencia Imperia: ascenso y caída del sistema político mexicano (1940-1996)*. México: Tusquets, 1997.

_____. *Travesía liberal*. México: FCE, 2003.

_____. *Os redentores: idéias e poder na América Latina*. Rio de Janeiro: Benvirá, 2011.

KUJAWSKI, Gilberto de Mello. *Ortega Y Gasset: A aventura da razão*. São Paulo: Editora Moderna, 1994.

LANDEROS, Carlos. *Yo, Elena Garro*. México: FCE, 2007.

LEFORT, Claude. *A invenção democrática*. Rio de Janeiro: Autêntica, 2011 (1ª ed. – 1981).

LOTTMAN, Herbert. *La Rive Gouche – La elite intelectual y política en Francia entre 1935-1950*. México: Ediciones Tusquets, 2006.

LÖWY, Michel (org.). *O marxismo na América Latina: uma antologia de 1909 aos dias atuais*. São Paulo: Fundação Perseu Abramo, 1999.

_____. *A estrela da manhã: Marxismo e Surrealismo*. Rio de Janeiro: Civilização Brasileira, 2002.

LOZANO, Lucrecia. *De Sandino al triunfo de la revolución*. México: Siglo XXI, 1985.

NERUDA, Pablo. *Confesso que vivi: memórias*. São Paulo: Círculo de Lectores, 1979.

MALPICA VALADEZ, Karina. *Construyendo consensos: Vuelta y Nexos*. México: UNAM – Tesis de Ciencias Políticas y Administración Pública, 1995.

MARTÍN-BARBERO, Jesus. "Las transformaciones del mapa: identidades, industrias y culturas". In: GARRETÓN, Manuel Antonio. (coord.). *América Latina: un espacio cultural en el mundo globalizado. Debates y perspectivas*. Bogotá: Convenio Andrés Bello, 1999.

_____. *Dos meios às mediações: comunicação, cultura e hegemonia*. Rio de Janeiro: UFRJ, 1997.

_____. *Os exercícios de ver: Hegemonia audiovisual e ficção televisiva*. São Paulo: Senac, 2001.

MARTINEZ MEDELLIN, Francisco J. *Televisa: siga la huella*. México: Instituto Politécnico Nacional: Claves Latinoamericanas, 1989.

MCLUHAN, Marshall. "Visão, som e fúria". In: LIMA, Luiz Costa (org.) *Teoria da cultura de massa*. São Paulo: Paz e Terra, 1978.

MICELI, Sergio. «*O papel político dos meios de comunicação de massa*". In: Sosnowski, Saul e Schwartz Jorge. (orgs.). *Brasil: o trânsito da memória*. São Paulo: Edusp, 1994, p. 41-67.

MIRANDA, Luciano. *Pierre Bourdieu e o campo da comunicação: por uma teoria da comunicação praxiologica*. Porto Alegre: Edipucrs, 2005.

MISKULIN, Silvia Cezar. *Cultura Ilhada: Imprensa e Revolução Cubana (1959-1961)*. São Paulo: Xamã, 2003.

_____. *Os intelectuais cubanos e a política cultural da Revolução (1961-1975)*. São Paulo: Alameda, 2009.

_____. "O movimento estudantil de 1968 no México". *Anais Eletrônicos* do VIII *Encontro Internacional da ANPHLAC*. Vitória, 2008. Disponível em http://www.anphlac.org/html/revista.php. Acesso: 20/08/2011

_____. *Debates entre intelectuais latino-americanos: a Revolução Cubana nas publicações Plural e Vuelta*. Segundo Congreso – Flacso, México 2010.

MISSIKA, Jean-Louis & WOLTON, Dominique Wolton. "Les intellectuals et la télévision". In: *La folle du logis: la télévision dans les sociétes démocratiques*. Paris: Gallimard, NRF, 1983.

MISSIKA, Jean-Louis. *La fin de la télévision*. Paris: La Republique dês Idees, 2006.

MITRE, Antonio. *O dilema do centauro: ensaios de teoria da história e pensamento latino-americano*. Belo Horizonte: Editora UFMG, 2003.

MODONESI, Massimo. *La crisis histórica de la izquierda mexicana*. México: UNAM, 2003.

MONSIVÁIS, Carlos. *Aires de familia: cultura y sociedad en América Latina*. Barcelona: Editorial Anagrama, 2000.

MORIN, Edgar. *A Cabeça Bem-Feita – repensar a reformar /reformar o pensamento*. Rio de Janeiro: Bertrand Brasil, 2006.

MORSE, Richard M. *O espelho de Próspero:* cultura e idéias nas Américas. São Paulo: Companhia das Letras, 1988.

ORTEGA Y GASSET, José. *Meditaciones del Quijote. Ideas sobre la novela*. Madrid, Espasa-Calpe, 1964.

OVIEDO, José Miguel. *Breve historia del ensayo hispanoamericano*. Madri: Alianza Editorial, 1991.

PADILLA, Heberto. *Fuera del juego*. Miami: Editores Universal, 1998.

PALMEIRA, Miguel. *Moses Finley e a "economia antiga": a produção social de uma inovação historiográfica*. São Paulo, USP, 2009 (tese de doutorado).

PRADO, Maria Ligia; SOARES, Gabriela Pellegrino; COLOMBO, Sylvia. *Reflexões sobre a democracia na América Latina*. São Paulo: Senac, 2007.

PASTORIZA, Francisco R. *Cultura y Televisión: una relación de conflicto*. México: Gedisa Editorial, 2003.

PINTO, Julio Pimentel. *Uma memória do Mundo: ficção, memória e história em Jorge Luis Borges*. São Paulo: Estação Liberdade: Fapesp, 1998.

_____. *A leitura e seus lugares*. São Paulo: Estação Liberdade, 2004.

PIZARRO, Ana (org.). *América Latina: palavra, literatura e cultura*. Campinas: Unicamp, 1995, 3 Vol.

POLIZZOTTI, Mark. *Revolution of the mind: the life of André Breton*. Nova York, 1995.

PAPAIONNOU, Kostas. *La consagración de la história*. México: FCE, 1989.

RAMA, ÁNGEL. *El boom en perspectiva*. Signos Literários (Enero-Julio), 2005.

RÉMOND, René (org). *Por uma história política*. Rio de Janeiro, 1996.

RINGER, Fritz K. *O declínio dos mandarins alemães*. São Paulo: Edusp, 2000.

RODRIGUES, Helenice. "O intelectual no 'campo' cultural francês: do 'Caso do Dreyfus' aos dias atuais". Belo Horizonte: *Revista Varia História*, vol. 21, nº 34, Julho 2005, p. 395-413.

ROLLAND, Denis (orgs.). *Intelectuais: sociedade e política, Brasil-França*. São Paulo: Cortez, 2003.

ROSANVALLON, Pierre. *La contrademocracia: la política en la era de la desconfianza*. Buenos Aires: Manantial, 2011.

ROUQUIÉ, Alain. *O Extremo-Ocidente: introdução à América Latina*. São Paulo: Edusp, 1992.

SADER, Emir (org.) *Enciclopédia Contemporânea da América Latina e do Caribe*. São Paulo, Boitempo, 2007.

SÁNCHEZ SUSARREY, Jaime. *El debate político y intelectual em México*. México: Grijaldo, 1993.

SAID, Edward W. *Cultura e imperialismo*. São Paulo: Companhia das Letras, 1995.

_____. *Representações do intelectual – As conferências Reith de 1993*. São Paulo: Companhia das Letras, 2003.

_____. *Humanismo e crítica democrática*. São Paulo: Companhia das Letras, 2007.

SANTÍ, Enrico Mario. *La dimensión estética del ensayo*. México: Siglo XXI, 2004.

SANTIAGO, Silviano. *As raízes e o labirinto da América Latina*. Rio Janeiro: Rocco, 2006.

SARLO, Beatriz. "Sensibilidad, cultura y política: el cambio de fin de siglo". In: TONO MARTINEZ, José (complet.) *Observatorio siglo XXI: Reflexiones sobre arte, cultura y tecnología*. Paidos: México, 2002.

SARLO, Beatriz. "Intelectuales y Revista: Razones de una prática". In: *Le discours culturel dans le revues latino-américaines (1940-1970)*. Paris: Université de Sorbonne Nouvelle –Paris III, 1990.

SOARES, Gabriela Pellegrino & COLOMBO, Sylva. *Reforma liberal e lutas camponesas na América Latina: México e Peru nas últimas décadas do século XIX e princípios do XX*. São Paulo: Humanitas. FFLCH/USP.

SONTAG, Susan. *Ao mesmo tempo*. São Paulo, Companhia das Letras, 2008.

SKIRIUS, John (Compilador). *El ensayo hispano-americano del siglo XX*. México: FCE, 1981.

SKINNER, Quentin. *As fundações do pensamento político moderno*. São Paulo: Companhia das Letras, 1996.

SUBERCASEAUX, Bernardo, "Élite ilustrada, intelectuales y espacio cultural". In: GARRETÓN, Manuel Antonio. (coord.). *América Latina: un espacio cultural en el mundo globalizado. Debates y perspectivas*. Convenio Andrés Bello, Bogotá, 1999.

TERÁN, Oscar (org.). *Ideas en el siglo. Intelectuales y cultura en el siglo XX latinoamericano*. Buenos Aires: Siglo XXI, 2004.

TOCQUEVILLE, Alexis de. *A democracia na América*. São Paulo: Martins Fontes, 2005.

TODOROV, Tzvetan. *O jardim imperfeito: o pensamento humanista na França*. São Paulo: Edusp, 2005.

_____. *A Beleza Salvará O Mundo. Wilde, Rilke e Tsvetaeva: os aventureiros do absoluto*. Rio de Janeiro: Difel, 2011.

VARGAS LLOSA, Mario. *Diccionario del amante de América Latina*. México: Paidós, 2006.

VILLEGAS, Abelardo. *México en el horizonte liberal*. México: UNAM, 1981.

XIRAU, Ramón. Octavio Paz: *El sentido de la palabra*. México: FCE, 1970.

ZAID, Gabriel. *De los libros al poder*. México: FCE, 1998.

WEINBERG, Liliana. *El ensayo iberoamericano: perspectivas*. México: UNAM, 1995.

_____. *Ensayo, simbolismo y campo cultural*. México: UNAM, 2000.

WILLIAMS, Raymond. *Televisión – Tecnología y forma cultura.* Buenos Aires: Paidós, 2011.

_____. *Palavras-Chave.* São Paulo: Boitempo, 2007.

WINOCK, Michel. *O século dos intelectuais.* Rio de Janeiro: Bertrand Brasil, 2000.

Agradecimentos

Este livro é o resultado de uma série de investimentos de pesquisa feitos, principalmente, nas bibliotecas e nos arquivos mexicanos, que se desdobraram, ao mesmo tempo, em participações em congressos no Brasil, na Argentina e no Chile por meio do amplo apoio da Fapemig. Sou muito grata a esta instituição de fomento assim como a Capes, que em conjunto com o Programa de Pós-Graduação em História da UFMG tornaram possível a publicação desse trabalho. Devo agradecer, especialmente, à minha orientadora, Profa. Dra. Kátia Gerab Baggio, pela confiança depositada, dedicação inestimável, leitura cuidadosa e amizade.

Beneficiei-me de muitas associações intelectuais frutíferas durante a elaboração deste trabalho às quais presto os meus sinceros agradecimentos. Entre elas está o Prof. Dr. Antonio Mitre, professor inspirador, sob cujo auspício ouviu pela primeira vez algumas ideias do projeto e contribuiu de maneira muito substantiva no meu exame de qualificação. O Prof. Dr. Alfredo Ávila e o Prof. Dr. Álvaro Matute do Instituto de Investigaciones Históricas – UNAM viabilizaram gentilmente a minha pesquisa no México; este último analisou as minhas hipóteses e forneceu informações expressivas. O escritor Adolfo Castañon concedeu uma entrevista valiosa em que disponibilizou o acesso a fontes raras. O meu amigo, Prof. Dr. Miguel Palmeira, propôs bibliografias decisivas em meio a conversas sobre as questões que envolvem a História Intelectual. A Profa. Dra. Silvia Miskulin indicou amigavelmente ótimas referências bibliográficas bem como a Profa. Dra. Adriane Vidal, que fez sugestões importantes no meu exame de qualificação. Certamente, este trabalho sai enriquecido pelas convivências com as Profas. Dra. Maria Ligia Prado e Dra. Maria Helena Capelato, referências no desenvolvimento dos estudos históricos sobre a América Latina no Brasil. A possibilidade de caminhar junto com um grupo de pesquisadores da UFMG e da USP empenhados nos estudos de temas relativos à América Latina como Breno Anderson Miranda, Caio de Sousa Gomes, Carlos Alberto Sampaio, Carine Dalmás, Gabriel Passetti, Gabriela Pellegrino Soares, Mariana Villaça, Mateus Fávaro, Natally Dias, Maria Antônia Dias, Regina Crespo, Romilda Motta, Stella Scatena, Tereza Spyer, Wagner Pinheiro, entre outros, foi uma grande oportunidade que propiciou tanto o meu amadurecimento profissional quanto a conquista de boas amizades. A ajuda prática de Alessandro, Edilene, Kelly, Rosa, Meire e Valteir nas tarefas institucionais foram determinantes.

Aos meus amigos de colégio e faculdade, Alessandra Soares, Anice Lima, Carolina Capanema, Christina Bamberg, Edmar da Silva, Flávia Amaral, Frederico Alves, Luísa Andrade, Michelle Puccetti, Pedro Medeiros e Rafael Freitas, rendo os meus alegres agradecimentos, cujos incentivos foram fundamentais. Aos meus amigos das minhas idas e vindas a São Paulo, Ana Karícia Dourado, Fabio Joly, Fernanda Guimarães, Joana Climaco, Luis Filipe Lima, Miguel Palmeira, Rafael Benthien, Renata Turin, Rodrigo Turin, Vânia Lopes e Waleska Barbosa agradeço a companhia prazerosa com que me brindaram ao longo da minha investigação.

À minha família, principalmente, aos meus pais, Lucia e Marcelo, minha enorme gratidão pelo apoio amoroso. Sou muito grata aos Vailati que me acompanharam com interesse, em particular, ao Luiz, que com inteligência e afeto caminhou ao meu lado, ao longo desses anos, ajudando-me a ver aonde que eu queria chegar, para que eu pudesse começar de novo. Dedico este trabalho a ele.

Esta obra foi impressa em São Paulo na primavera de 2013. No texto foi utilizada a fonte Adobe Garamond Pro em corpo 11 e entrelinha de 16,5 pontos.